Joseph Rudyard Kipling, geboren am 30. Dezember 1865 in Bombay, ist am 18. Januar 1936 in London gestorben.

Rudyard Kipling, das ist vor allem für uns der Autor der klassischen Tiererzählungen »Das Dschungelbuch«. Das ist für die Kenner der große Romancier und Erzähler der Moderne; der erste englischsprachige Schriftsteller, dem der Nobelpreis für Literatur zuerkannt wurde, bereits zu Lebzeiten ein Erfolgsautor.

Kaum zu überblicken sind die Einzelausgaben und Auflagen in jeglicher Gestalt, und der Erfolg konzentriert sich nicht nur auf die »Dschungelbücher« oder auf die »Just-so-stories« oder auf »Kim«, sondern so ziemlich auf sein ganzes erzählerisches Werk.

Ein Erzähler war er, und dies von Anbeginn an. Übersinnliche und bizarre Phänomene faszinierten Kipling. Die phantastische Szenerie übte immer wieder eine ungeheure Anziehungskraft auf ihn aus. Das Spektrum ist breit: Märchen und Mythen, die Welt der Erwachsenen und der Kinder, aber auch die Welt der Tiere und der Gegenstände.

Zahlreiche phantastische Erzählungen entstanden in der Zeit von 1884 bis 1932. Sie sind in dieser vorliegenden Ausgabe versammelt und geben in der Neuübersetzung von Friedrich Polakovics einen brillanten Querschnitt. Henry James hat Kipling ein »absolut unheimliches Talent« genannt, dessen Werk voll ist von der »verborgensten, tückischsten Kunstfertigkeit«. Einen Beweis dafür liefert diese Sammlung der phantastischen Erzählungen.

insel taschenbuch 1286

Rudyard Kipling

Unheimliche Geschichten

# *Rudyard Kipling*
# *Unheimliche Geschichten*

Ausgewählt von
Franz Rottensteiner
Aus dem Englischen von
Friedrich Polakovics
Insel Verlag

Umschlagabbildung:
Roland Topor, Lassitude nord. 1986.
Der Abdruck erfolgt mit
freundlicher Genehmigung von Roland Topor

insel taschenbuch 1286
Erste Auflage 1991
Originalausgabe

Hinweise zu dieser Ausgabe am Schluß des Bandes
Vertrieb durch den Suhrkamp Taschenbuch Verlag
Umschlag nach Entwürfen von Willy Fleckhaus
Satz: MZ-Verlagsdruckerei GmbH, Memmingen
Druck: Nomos Verlagsgesellschaft, Baden-Baden
Printed in Germany

1 2 3 4 5 6 – 96 95 94 93 92 91

# *Inhalt*

## *Der Traum des Duncan Parrennes*

Ganz wie schon zu seiner Zeit Mr. Bunyan*, so habe auch Ich, Duncan Parrennes – von Profession Writer** bei der Höchst Ehrenwerthen Ost-Indien-Compagnie in diesem gottverlassnen Calcutta –, einen Traum gehabt, welcher mich so durcheinander gebracht, wie ich's nur ein Mal im Leben gewesen: damals, als meine Stute Kitty plötzlich zu lahmen begonnen. Derhalben, und auch, um seiner nicht zu vergessen, hab' ich mich dazu verstanden, besagten Traum hier schriftlich niederzulegen, ob der Himmel auch weiß, wie ungewohnt Einer des Schreibens ist, dem der Degen stets flinker zur Hand war denn Feder & Dinten-Horn – schon damals, vor langen zwei Jahren, als ich London den Rücken gewandt.

Bald nach dem Kehraus der großen Tanz-Lustbarkeit beim General-Gouverneur (die er in jedem November, gegen Ende des Monats, zu geben pflegt) hatte ich mich auf mein Zimmer verfügt, von dessen Fenster aus man den Hugli*** vor sich liegen sieht, diesen trüben, so gar nicht englischen Strom. Meine Nüchternheit war nicht die beste, doch war ich gleichwohl nicht stärker betrunken als an jedem anderen Abend. Was nämlich daheim, in unsrer westlichen Welt, als arge Besäufniß angesehn wird, ist ja bei uns hier im Osten blos ein verzeihlicher Rausch. Deshalb war ich, wie etwan der große Shakespeare gesagt haben würde, gewissermaßen nur Nord-Nord-Östlich besoffen. Indeß, und ohnbeschadet so alcoholischen Zustands, hatten die kühlen Nachtwinde (denen man freilich nachsagt, sie trügen das kalte Fieber & Darm-Affectionen die Menge in sich) mich schon ein wenig ernüchtert, und so überschlug ich bei mir, wie ich von aller Krankheit der letzten vier Monate eigentlich doch nur recht mäßig molestirt wor-

* engl. Prediger (*Pilgrim's Progress*), 1628-1688. ** hist.: niedrigster Rang in der Ostindischen Kompanie. *** westlichster Arm im Gangesdelta; Kalkutta-Zufahrt. Anm. d. Ü.

den sei, wohingegen sämtliche jungen Leute, mit denen ich ostwärts gesegelt, schon seit einem Monat zur Ewigen Ruhe bestattet lagen in dem faulichten Grund im Norden der Compagnie-Häuser. Obzwar noch immer ein wenig benebelt, dankte ich GOtt für die Zubilligung einer Frist, um welche mein irdisches Dasein verlängert sein mochte bis zum Hereinbruch des März. Daß wir noch am Leben waren (und unsere Zahl war um vieles geringer als die Zahl Derer, welche der Hitze des Sommers zum Opfer gefallen), hatte uns mächtig befeuert an diesem Abend, als wir auf den Wällen des Forts – auf unsere Weise – der Gütigen Vorsehung unseren Dank abgestattet: doch waren unsere Späße weder sonderlich geistreich gewesen noch von einer Art, wie ich sie in Gegenwart meiner Frau Mutter hätte von mir geben mögen!

Sobald ich mich auf mein Bett gelegt hatte (oder vielmehr, mich darauf fallen gelassen), floh mich, mit meiner Besäufniß, auch aller Schlaf. An Tausenderlei begann ich zu denken, das man besser nicht aufrühren sollte! Da schwebte als Erstes – wie sehr ich's auch abgetan wähnte – gleich einem gemalten Bildniß das berückende Antlitz von Kitty Somerset am Fußende meines Lagers vorüber, und ich entsann mich, wie sehr sie mir zugesetzt hatte, dies verwünschte Land aufzusuchen, blos auf daß ich's hier rascher zu Reichtum brächte und sie danach heiraten könnte. Dies alles war mit der beiderseitigen Billigung unserer Aeltern geschehen. Dann aber hatte sie sich eines Bessern (oder auch Ueblern) besonnen, indem sie, keine drei Monate nach meiner Einschiffung, jenen Tom Sanderson zum Ehegemahle genommen! Von Kitty schweiften meine Gedanken zu Mrs. Vansuythen, einer Dame von hohem Wuchse, bleicher Erscheinung und veilchenfarbenen Augen. Sie war von Chinsura, aus der Niederländischen Faktorei, nach Calcutta gekommen und hatte hier sämtlichen Männern, darunter auch etlichen Vorgesetzten, den Kopf verdreht und sie gegen einander ausgespielt. Ein paar unsrer Damen sagten ihr nach, so eine hätte sich weder eines ehrbaren Mannes noch einer Heirats-Urkunde zu rühmen – doch können gerade die wohlanständigsten Frauen recht hart sein in solchem Respecte – gar, wenn man bedenkt, daß besagte Mrs. Vansuythen bei weitem anziehender war als all diese Damen zusammengenommen! Gelegentlich eines Empfanges beim General-Gouverneur hatte sie mir gegenüber mit Gunstbezeigungen nicht gespart, was mir prompt den Ruf eingetragen, ihr *preux chevalier* zu sein – welcher französische Ausdruck ein in Wahrheit viel schlimmeres Wort umschreibt. Ob ich indeß für besagte Dame auch nur das Geringste empfand (wenngleich ich ihr schon am dritten Tag Ewige Liebe geschworen), hätte ich damals so wenig wie späterhin sagen können. Einzig mein Hochmut und eine behende Führung des Degens, die in Calcutta unerreicht war, hatten mir ihre Gunst eingetragen, und so wähnte auch ich, dieser Mrs. Vansuythen ergeben zu sein.

Sobald ich jedoch ihren veilchenfarbenen Blick aus meinem Denken verbannte, sagte mir meine Vernunft, wie töricht es sei, mich dieser Frau auch nur genähert zu haben, und ich mußte erkennen, wie sehr doch das Jahr meines Hierseins mit all seinen Leidenschaften und begehrlichen Wünschen mir das Hirn verbrannt hatte, ja mich selber in Teufels Küche gebracht, so daß ich mit jedem weiteren Monat gealtert war um ihrer zehn! Von Reue gepackt, gedachte ich meiner Frau Mutter, gelobte wohl tausend Mal Umkehr zum Bessern in meiner Bezechtheit – und habe solches Gelöbniß wieder und wieder gebrochen! Morgen früh schon, so sagte ich mir, fang' ich ein ganz neues Leben an – und spottete in meinem Alcoholdunst (der mich hartnäckig umfangen hielt) all der Gefahren, denen ich bisher entronnen war. Ich stellte mir allerlei Luft-Schlösser vor, deren schattenhafte Regentin ohnwandelbar Kitty Somerset war, obschon mit den veilchenfarbenen Augen und der sanften, schleppenden Sprache von Mrs. Vansuythen.

Zuletzt überkam mich ein Hochgefühl (gewißlich die Folge

von Mr. Hastings'* Madeira), so daß ich vermeinte, schon auf bloßen Wunsch hin General-Gouverneur sein zu können oder auch Nabob und Fürst, ja der Groß-Mogul in Person! Ich wankte einher durch mein neu gewonnenes Reich, scheuchte die schlafenden Diener mit Fußtritten auf, bis sie heulend entflohen, und rief Himmel und Hölle zum Zeugen, daß Ich, Duncan Parrennes und Writer im Dienste der Compagnie, vor Nichts und vor Niemandem auf dieser Welt auch nur die geringste Angst hätte! Als ich aber feststellen mußte, daß weder der Mond noch der Große Bär daran dachten, sich meiner Forderung zu stellen, sank ich, vom Schlaf übermannt, auf mein Lager zurück.

Indeß, nur zu bald aus dem Schlummer geweckt durch die mehrfache Wiederholung meiner zuletzt geäußerten Worte, gewahrte ich, daß ein Betrunkener meine Kammer betreten hatte – offenbar einer der Gäste von Mr. Hastings' Abendgesellschaft! Er nahm Platz auf dem Fußende meines Lagers, als wär' es sein eigenes Bett, und ich bemerkte dabei, daß seine Züge aufs Haar den meinigen glichen – nur, daß sie viel älter wirkten! Dann aber verstellten sie sich zu denen des General-Gouverneurs, oder auch meines Vaters, der schon ein halbes Jahr tot war! Dies alles empfand ich jedoch als natürlich und schrieb es dem übermäßigen Weingenuß zu. Gleichwohl erboste der ungebetene Gast mich so sehr, daß ich ihn nicht allzu höflich meiner Behausung verwies. Er aber hatte für all meine Vorhaltungen stets nur die gleiche Antwort, die er Silbe für Silbe auskostete wie einen Leckerbissen: »Writer im Dienste der Compagnie, der vor Nichts und vor Niemandem Angst hat!« Nachdem er's zu mehren Malen gesagt, beugt er sich nahe zu mir und beteuert, daß ein Kerl von meinem Schlag weder Gott noch den Teufel zu fürchten hätte – und daß es ein wackerer Bursche wie ich, bei entsprechender Lebensdauer, sogar bis zum General-Gouverneur bringen könnte. Allein, ich

* Warren Hastings, engl. Staatsmann, 1732-1818; Generalgouverneur von Indien 1772-1785. Anm. d. Ü.

müsse vorher noch für alles bezahlen (womit er, wie ich vermute, auf die wechselnden Zufälle unseres hiesigen, umgetriebenen Lebens anspielte). Ich aber war unterdessen hinlänglich ernüchtert und vollends erwacht, so daß ich geneigt war, solcherlei Reden für die Scherze eines Betrunknen zu nehmen. So sag' ich ganz munter – »Und wieviel hätte ich Euch zu bezahlen für diesen meinen Palast, welcher ganze zwölf Fuß im Geviert mißt, und für meine erbärmlichen fünf Pagodas* pro Monat? Zum Teufel mit Euch und Eurem Gewäsch: für alles das hab' ich schon gut und gern zwei Mal bezahlt – mit Krankheit und sonstiger Ohnbill!« Da beugt sich der Kerl noch näher zu mir, so daß ich im Mondlicht jedweden Zug, jede Falte seines Gesichts wahrnehmen konnte! Und damit war auch noch der letzte Rest meiner Besäufniß dahin, ganz wie das Wasser unserer großen Flüsse versickern mag in einer einzigen Nacht! Und Ich, Duncan Parrennes, der vor Nichts und vor Niemandem Angst hat, wurde plötzlich von einem Entsetzen befallen, so tödlich, wie es vor mir wol kein Sterblicher jemals gekannt hat: nämlich, ich sah, daß des Fremden Gesicht ja *mein eigenes* war, wenn auch durch Krankheit zerfurcht und von Ausschweifung arg verwüstet – ganz so, wie ich früher einmal, als ich (GOtt helfe mir) aufs Schwerste betrunken, mich im Spiegel gesehen hatte, todbleich und greisenhaft abgezehrt! Und ich halte dafür, daß in jenem Moment jedweder Andre noch mehr Angst empfunden hätte als ich, dem es ja sonst an Beherztheit niemals gebricht!

Nach einer Weile, in der ich still dagelegen, schweißnaß vor Entsetzen und nur darauf wartend, wann ich denn endlich aufwachen würde aus diesem schrecklichen Traum (denn daß es ein Traum war, wußte ich ja), fängt er zum andern Mal an, ich müsse erst noch für alles bezahlen! Und, nach einer weiteren Pause, als hätte dies in Pagodas und Sicca-Rupien** zu gesche-

* hist.: Goldmünze im Werte von ca. 7 1/2 Shillings, benannt nach der Pagode auf ihrer Revers-Seite. ** Rupien bengalischer Prägung, etwas höher im Wert. Anm. d. Ü.

hen – »Na, wieviel ist es dir wert?« Darauf ich, nur sehr leise: »Wer immer Ihr seid – wenn Ihr mich um Himmels Willen in Frieden lasset, so will ich von heute Nacht an ein besseres Leben beginnen!« Und er, belustigt ob meiner Worte, aber vorgeblich sie überhörend – »Wolan, ich möchte ja blos einen jungen und wackeren Prahlhans, wie du einer bist, von etwas befreien, das ihm auf den künftigen, indischen Pfaden recht sehr im Wege sein könnte! Du magst mir glauben,« – und er blickte mir tief in die Augen dabei – »es giebt keine Rückkehr!« Solcherlei Ohngereimtheiten, aus denen ich im Moment nicht klug werden konnte, hatten mich in Bestürzung versetzt, und so wartete ich wortlos ab, was etwa noch kommen werde. Da sagt er ganz ruhig: »Gieb mir dein Zutraun in Männer!« Daraus ersah ich, wie hoch der geforderte Preis war, und zweifelte nicht im geringsten daran, daß mein Gast das Verlangte mir abnehmen würde! Mein Kopf war, ohnbesehen der Angst, der Schlaflosigkeit und des genossenen Weines, schon wieder recht klar. Ich fall' also meinem Besucher sogleich in das Wort, sagend, so schlecht sei ich nicht, wie er mich hinstellen wolle, und hätte sämtlichen Freunden, so weit sie mir's wert gewesen, allzeit und in allen Stücken vertraut! Und es sei nicht an mir, sag' ich noch, daß die einen allesamt Lügner gewesen, und die anderen Diebe, und ich bät' ihn derhalben aufs neue, doch abzulassen von seinem Begehr! Damit hielt ich inne, ein wenig besorgt, ich hätte mich allzu sehr hinreißen lassen. Er aber achtete gar nicht darauf, sondern legte mir blos seine Hand auf die linke Brustseite, welche ganz kalt davon wurde. Und dann lacht er und sagt: »Jetzt gieb mir auch noch dein Zutraun in Weiber!« Und da bin ich vom Bett aufgeschrocken, als hätte mich was gestochen, denn ich dachte an meine Frau Mutter in England und bildete mir dabei ein, mein Vertrauen in GOttes beste Geschöpfe könne mir nimmer entrissen noch auch heimlich entwendet werden! Aber dann, unterm harten Blick meines Anderen Selbst, mußt' ich zum andern Mal in dieser Nacht über Kitty nachdenken (und daß sie mich sitzengelassen und jenen

Tom Sanderson mir vorgezogen), und auch über Mrs. Vansuythen, meine Mätresse, der es ja blos mein höllischer Hochmut angetan hatte, und daß sie noch schlechter als Kitty war! Und ich, als Verworfenster von uns Dreien, erkannte jetzt auch, daß ich im Verlauf meines ferneren Lebens wohl oder übel die vom Teufel geebnete Straße hinabtanzen mußte, nur, weil an ihrem Ende ein helles Frauenlächeln mir winkte. Dann wiederum kam's mir vor, alle Weiber der Welt wären entweder so tükkisch wie Kitty, oder verworfen wie diese Vansuythen (ich hatte ja bei den Weibern noch nie etwas andres erlebt) – und wurde überaus zornig, und betrübte mich darob so sehr, daß ich namenlos froh war, als die Hand meines Anderen Selbst sich wieder auf meine Herzgrube legte und damit alle Narrheit hinwegnahm von mir! Dies geschehen, schwieg der Gast eine Weile. Ich aber war überzeugt, daß er binnen kurzem verschwinden, oder ich aufwachen müsse. Aber da fängt er aufs neue an (diesmal geduldig und sanft), wie töricht es wäre, mich solchen Verrücktheiten hinzugeben, wie er sie soeben von mir genommen, und daß er mich vor seinem Abschied noch um etliches bitten wolle, was kein erwachsener Mann, ja nicht einmal ein grüner Junge hierzulande mit sich herumschleppt. Und so geschah es, daß er aus meinem Herzen gewissermaßen alles entfernte, was mir noch an Seel & Gewissen aus meiner Jugend verblieben – wobei er ohn' Unterlaß meine eigenen Augen auf mich geheftet hielt! Solcher Verlust fiel mir viel schwerer auf das Gemüt, als es die beiden andern getan: denn obschon ich – GOtt weiß es, wie weit! – vom Pfade der Tugend abgeirrt war, so wohnte mir doch noch, und ob auch ich selber es sage, im Herzen etwelche Ohnverderbtheit, die, wenn ich nüchtern war (oder auch krank), mich all meine früheren Taten bitter bereuen machte! Jetzt aber ward ich auch dieses letzten Restes beraubt und verspürte an seiner Statt nur eine neue, tödliche Kälte in meiner Brust! Nun bin ich aber, wie schon gesagt, in der Federkunst nicht sehr bewandert und muß deshalb fürchten, mich mit allem, was ich niedergeschrieben, nicht genugsam verständlich gemacht zu haben. Doch giebt's da gewisse Puncte im Leben jedweden Jünglings, allwo, durch große Bekümmerniß oder Sündhaftigkeit, das Kindliche aus ihm getilgt wird, und er mit einem einzigen Schritte hinüberwechselt zu leidvoller Mannheit: ganz wie unser gleißender, indischer Tag urplötzlich in Nacht übergeht, ohne jedes vermittelnde Zwielicht, vom einen Extrem zum andern. Mög' also dies Gleichniß meinen Gemütszustand deutlicher machen – gar wenn man bedenkt, daß meine Seelenpein wohl an die zehen Mal größer gewesen, als dergleichen irgend ein anderer Mensch im Lauf seines Lebens erfährt. In solcher Verfassung wagte ich nicht, mir vor Augen zu führen, welch einen Wandel ich in einer einzigen Nacht durchgemacht hatte! Gleichwohl habe ich ihn seit damals schon häufig genug erwogen. »Ich hab' den geforderten Preis ja schon bezahlt«, sag' ich also mit klappernden Zähnen, dieweil eine tödliche Kälte mich überkommen hatte. »Und was bekomm' ich dafür?« Es war kurz vor Tage, und mein Anderes Selbst wurde schon fahl vor der weißlichen Helle im Osten – wie das allzeit ist mit Gespenstern und Teufeln, sagt meine Frau Mutter. Mein Gast hatte sich schon zum Gehen gewandt, doch meine Worte hielten ihn noch ein Mal auf, und er lachte – es klang wie mein eigenes Lachen, als ich im letzten August meinem Widerpart Angus Macalisters den Degenarm durchbohrte: er hatte behauptet, Mrs. Vansuythen sei gerade so schlecht wie ihr Ruf! – »Was du bekömmst?« wiederholt mein nächtlicher Gast wortwörtlich die Frage. »Wolan denn – die Kraft, die du brauchst, um am Leben zu bleiben, solange es GOtt oder dem Teufel gefällt! Empfange sohin, junger Herr, meine Gabe!« Dies gesagt, drückt er mir etwas in meine Hand, das ich in der Finsterniß noch nicht erkennen konnte. Und als ich gleich danach aufblickte, war er schon fort.

Erst mit Hellwerden war es mir möglich, die erhaltene Gabe zu prüfen: doch was ich da in der Hand hielt, war nichts denn ein kleines Stück Brod – trocken und hart.

# *Die Gespenster-Rikscha*

Gib, daß kein böser Traum mich störe,
Kein Teufelsblendwerk mich betöre!
*Nachtgebet*

Einer der wenigen Vorteile, die Indien England voraushat, besteht in der Leichtigkeit, mit der man dort untereinander bekannt wird: schon fünf indische Dienstjahre reichen aus, um durch andere oder persönlich mit den zwei- bis dreihundert Amtsträgern einer Provinz verbunden zu sein, sämtliche Offiziersmessen der zehn bis zwölf Regimenter und Batterien sowie weitere anderthalb Tausend sonstiger Leute aus nichtoffiziellen Bereichen kennenzulernen. Nach zehn Jahren Dienstzeit hat der Bekanntenkreis sich für gewöhnlich verdoppelt, und nach Vollendung des zwanzigsten Dienstjahrs kennt man jedweden Engländer im gesamten Indischen Reich oder weiß doch zumindest von ihm, so daß man durchs ganze Land reisen kann, ohne jemals für ein Hotel bezahlen zu müssen.

Weltenbummler, die bloß auf das eigne Vergnügen bedacht sind, haben – wie ich mich entsinne – solcher Gastfreiheit eher geschadet. Zählt man jedoch zum »Inneren Kreis« und ist man zumindest kein Grobian oder gar Taugenichts, so stehen einem auch heute noch sämtliche Häuser offen, und diese kleine, für sich bestehende Welt kann sich als überaus freundlich und hilfreich erweisen.

Vor etlichen fünfzehn Jahren war Rickett aus Kamartha zu Besuch bei Polder aus Kumaon. Er wollte nur drei Tage bleiben, erlitt aber einen rheumatischen Anfall mit Fieber und stellte durch volle sechs Wochen Polders gesamte Haushaltung auf den Kopf, machte ihm alle eigene Arbeit unmöglich und wäre in Polders Schlafzimmer fast noch gestorben. Polder jedoch verhält sich seither, als wäre er Rickett auf immer und ewig verpflichtet, ja übersendet den kleinen Ricketts Jahr für Jahr ein Paket mit Geschenken und Spielzeug. Und so ist es überall. Männer, die üblicherweise uns gegenüber ihre Geringschätzung nicht verhehlen, und Weiber, die nicht nur uns Männer bei jeder Gelegenheit schlechtmachen, sondern auch an unsern Frauen kein gutes Haar lassen, schinden sich für dich ab bis auf die Knochen, sobald du erkrankt bist oder sonstwie in ernsthaften Schwierigkeiten.

Heatherlegh, der Doktor, betrieb außerhalb seiner Praxis eine private Krankenstation – ein paar Hütten für Unheilbare, wie ein Freund von ihm es bezeichnete. Im Grunde war's aber nur eine Art Reparaturschuppen für Klimaschäden. Oft genug ist ja das Wetter in Indien von kaum erträglicher Schwüle, und da die Anzahl verläßlicher Bausteine unwandelbar konstant bleibt, und die zugestandene Freiheit einzig in der Erlaubnis besteht, unbedankt Überstunden zu machen, brechen die Leute mitunter zusammen und geraten mental so sehr durcheinander wie die Metaphern in diesem Satz.

Heatherlegh ist der reizendste Doktor, den man sich vorstellen kann: unwandelbar empfiehlt er seinen Patienten »Flachliegen, Kurztreten, Kühlhalten«. Er behauptet, an Überarbeitung gingen bei weitem mehr Menschen zugrunde, als diese nichtsnutzige Welt es verdient, und er beharrt auf dem Standpunkt, auch Pansay, der ihm vor drei Jahren buchstäblich unter den Händen verstarb, sei nur das Opfer zu vieler Arbeit gewesen. Natürlich hat er kraft seiner Autorität nur ein Lachen für meine Annahme, es habe in Pansays Hirn einen Riß gegeben, durch welchen ein wenig vom Dunkel der Anderen Welt herübergedrungen sei, und *das* erst habe ihn vollends erledigt. »Pansay ist aus den Fugen geraten nach einem längeren Heimaturlaub. Ob er zu Mrs. Keith-Wessington sich benommen hat wie ein Schuft oder nicht, spielt dabei keine Rolle. *Ich* jedenfalls behaupte, die Plackerei in der Katabundi-Ansiedlung hat ihn dermaßen hergenommen, daß er schwermütig wurde und sich ein Gewissen gemacht hat aus etwas, das nur ein banaler

P. & O.-Flirt* gewesen sein kann. Sicher ist nur, daß er mit Miss Mannering verlobt war, und nicht minder gewiß ist *sie* es gewesen, die das Verlöbnis gelöst hat. Hinterher hat ihn ein kaltes Fieber befallen, und nur daraus hat sich der ganze Unsinn jener vermeintlichen Geistererscheinung entwickelt. Nein, die Ursache seiner Krankheit ist ganz gewiß Überforderung gewesen – nur sie hat das Übel genährt und am Ende den armen Kerl auch noch das Leben gekostet. Er ist Opfer eines Systems, das den einzelnen zwingt, die Arbeit von zweieinhalb Leuten zu tun!«

Ich bin da freilich anderer Meinung und weiß auch, warum: wenn nämlich der Doktor auf Krankenvisite und ich zufällig in Reichweite war, bin ich des öftern bei Pansay gesessen, der mich ganz elend gemacht hat, sobald er anfing, leise und monoton jenen Aufzug zu schildern, den er auf dem Krankenlager beständig vor Augen hatte. Auch der Wortschwall solcher Beschreibung war krankhaft. Als er dann einigermaßen erholt war, schlug ich ihm vor, er solle die ganze Affäre von Anfang an niederschreiben. Ich wußte ja, wie gemütserleichternd sich Tinte manchesmal auswirken kann. Sogar kleine Jungen, wenn sie ein neues, verbotenes Wort gehört haben, fühlen sich erst erleichtert, sobald sie's mit Kreide an eine Wand oder Tür schmieren können. Auch das ist auf seine Art Literatur.

Bei der Niederschrift hatte Pansay noch hohes Fieber, und auch die von ihm gewählte Tonart der Schauergeschichte trug nicht dazu bei, ihn zu kalmieren. Dennoch, zwei Monate später erklärte man ihn für arbeitsfähig. Aber obwohl man ihn dringend für ein unterbesetztes Arbeitsteam brauchte, entschloß er sich lieber, zu sterben. Und bis zuletzt schwor er Stein und Bein, von immer dem gleichen Alptraum besessen zu sein. Wenige Tage vor seinem Hintritt übergab er mir seine Aufzeichnungen. Somit ist, was ich im Folgenden wiedergebe, *seine* Version der Affäre, schriftlich fixiert und datiert im Jahr 1885: –

* Peninsular and Occidental- (bzw. Oriental-) Schiffahrtsgesellschaft. Anm. d. Ü.

Mein Doktor behauptet, daß ich Ruhe und Luftveränderung brauche. Es ist durchaus möglich, daß ich beides schon bald haben werde – eine Ruhe, die nie mehr gestört werden kann, weder von einem Rotrock-Kurier noch vom Kanonenschuß, der uns den Mittag signalisiert, und einen Luftwechsel, den auch kein Dampfer nach England mir jemals verschaffen könnte. Doch solang es noch nicht dazu kommt, bin ich zum Bleiben entschlossen und will, in bewußter Mißachtung der Ratschläge meines Arztes, alle Welt ins Vertrauen ziehen. Sie soll sich ihr eigenes Bild machen können von meinen Leiden – soll von sich aus entscheiden, ob jemals auf dieser Welt ein vom Weibe geborener Mann Ärgeres durchgemacht hat als ich selber.

Wenn ich auch rede wie ein zum Tode verurteilter Mörder, der nur mehr aufs Schnappen der Falltür wartet, so verdient mein Bericht trotz aller phantastischen Unglaublichkeit doch zumindest Beachtung. Daß man ihn später einmal für glaubwürdig halten wird, erwarte ich nicht. Noch vor zwei Monaten hätte auch ich jeden Menschen, der mir mit sowas gekommen wäre, für wahnsinnig oder betrunken gehalten und von mir gewiesen. Vor jenen zwei Monaten war ich ja noch der glücklichste Mensch in ganz Indien. Heute hingegen gibt es von Peschawar bis an die See keinen, der elender wäre als ich. Bisher wissen davon nur zwei Menschen – mein Arzt und ich selbst. Mein Zustand, so sagt er, erkläre sich aus einer leichten Gehirnaffektion, verbunden mit schlechter Verdauung und Schwächung der Sehkraft. Nur das sei die Ursache meiner so hartnäckig wiederkehrenden »Hirngespinste«. Hirngespinste – daß ich nicht lache! Aber was soll's: *ich* schimpfe ihn einen Narren – und *er* steht mir weiterhin bei, gleichbleibend freundlich mit einer höflichen Fachkundigkeit, der sein immer gepflegter, rötlicher Backenbart einen so seriösen Anstrich verleiht, daß ich fast schon an mir zu zweifeln beginne, ja, mich für undankbar halte – für einen übelgelaunten, schwierigen Kranken. Indes, dies möge der Leser von *sich* aus entscheiden.

Vor drei Jahren, nach längerem Heimaturlaub, als ich mich in Gravesend nach Bombay einschiffte, war es mein Glück – und späteres Unheil –, an Bord die Bekanntschaft einer gewissen Mrs. Keith-Wessington zu machen. Sie war die Gemahlin eines bei Bombay diensttuenden Offiziers. Von welcher Art diese Frau war, ist in unserm Zusammenhang nicht von Bedeutung. So sei nur gesagt, daß jeder von uns noch vor Ende der Reise hoffnungslos in den andern verknallt war – einfach blind, ohne jede Vernunft! Nur der Himmel weiß, daß mein Einbekenntnis frei ist von jeglicher Eitelkeit. Affären von dieser Art erfordern stets einen der gibt, und einen der nimmt. Schon mit dem ersten Tag jener unheilvollen Beziehung war mir bewußt, daß *Agnes* es war, welche die stärkeren, dominierenderen, leidenschaftlicheren und – wenn ich so sagen darf – selbstloseren Gefühle in unsre Verbindung einbrachte. Ob auch *sie* sich dessen bewußt war, kann ich nicht sagen. Hinterher freilich ist es jedem von uns aufs Schmerzlichste klargeworden.

Als wir in Bombay eintrafen, war es schon Frühling. Jeder von uns ging nun seiner Wege, und während der nächsten drei bis vier Monate sahen wir nichts voneinander – bis dann mein Urlaub und ihre Zuneigung uns oben in Simla zusammenführten. Dort verbrachten wir unsere Tage gemeinsam, doch mit dem Hingang der Zeit brannte mein Strohfeuer aus und war gegen Ende des Jahres zu einem traurigen Häufchen aus Asche geworden. Das soll keine Ausrede sein – ich will mich nicht reinwaschen von aller Schuld. Mrs. Wessington hatte um meinetwillen sehr vieles geopfert und war bereit, auch noch den Rest hinzugeben. Indes, im August 1882 erfuhr sie aus meinem Munde, ich sei ihrer Gegenwart überdrüssig, sie mache mich krank, ja nicht einmal ihre Stimme könnte ich länger ertragen. Neunundneunzig von hundert Frauen wären daraufhin meiner Person ebenso müde gewesen, und fünfundsiebzig von ihnen hätten sich an mir gerächt durch aktive und offenkundige Flirts mit anderen Männern. Doch Mrs. Wessington war Nummer Hundert: auf sie übte weder die unverhohlene Lustlosigkeit noch die verletzende Schroffheit meiner Gespräche auch nur die mindeste Wirkung.

»Jack, Liebster!« – Das war ihr ewiger Kuckucksruf. »Es ist ganz gewiß nur ein Mißverständnis – ein schrecklicher Irrtum! Du wirst sehn – es wird alles wieder wie früher! *Bitte*, vergib mir doch, liebster Jack!«

Die Schuld lag einzig an mir, das war mir bewußt. Und dieses Bewußtsein verkehrte mein Mitleid zu Passivität – und aus der passiven Duldung entwickelte sich nach und nach blinder Haß. Es war wohl derselbe Instinkt, der einen Mann dazu treibt, eine erst halbgetötete Spinne mit grausamer Lust vollends zu zerstampfen. So weit war es mit mir gekommen gegen Ende des Jahrs 82.

Das folgende Jahr sah uns wieder gemeinsam in Simla – sie mit ihrem ewig gleichen Gesicht und den lahmen Versöhnungsversuchen – und mich, durch und durch von Verachtung und Widerwillen erfüllt. Bisweilen ließ es sich nicht vermeiden, ihr unter vier Augen gegenüberzutreten, und jedesmal waren's die nämlichen Worte – stets dieses vernunftlose Klagen, es sei »ganz gewiß nur ein Mißverständnis« und sie hoffe noch immer, es könne »alles wieder wie früher« werden. Wär's mir der Mühe wert gewesen, so hätte ich sehen müssen, daß nur diese Hoffnung sie noch am Leben erhielt. Immer blasser und schwächer und dünner ist sie geworden, mit jedem weiteren Monat. Es war, um einen Mann in den Wahnsinn zu treiben! Zumindest in diesem Punkt wird man mir beistimmen müssen. Das Ganze war vollkommen überflüssig, ja kindisch und nicht einmal weiblich! Ich bleibe dabei, ein Gutteil der Schuld lag in *ihrem* Verhalten. Trotzdem habe ich später, in den schwarzen, durchfieberten Nächten, mir bisweilen die Frage gestellt, ob ich nicht hätte sanfter, versöhnlicher mit ihr umgehen sollen. Doch eben das *ist* ja das »Hirngespinst«: wie hätte ich ihr denn Liebe vorheucheln sollen, wo ich doch nichts mehr empfand? Nein, das wäre höchst unfair gewesen – sowohl ihr als auch mir gegenüber!

Auch im vergangenen Jahr sahen wir einander wieder – und die Bedingungen waren noch immer die gleichen: die nämlichen, lahmen Versöhnungsversuche von *ihrer*, – die gleiche, schroffe Gleichgültigkeit von *meiner* Seite. Mir ging es darum, sie endlich zur Einsicht zu bringen, wie falsch und wie hoffnungslos es doch wäre, die alte Beziehung erneuern zu wollen um jeden Preis! Im Laufe der Zeit gerieten wir mehr und mehr auseinander – will sagen, es wurde schwierig für sie, mir zu begegnen, denn ich hatte nun andere Interessen, die mich stärker in Anspruch nahmen. Wenn ich mir's heute, auf meinem Krankenbett, recht überlege, so sind jene Tage des Jahrs 84 nur ein verworrener Alptraum, eine phantasmagorische Mischung aus Licht und aus Schatten gewesen: mein Hofieren der kleinen Kitty Mannering; meine Befürchtungen, Hoffnungen, Zweifel; die langen, gemeinsamen Ausritte; meine bebende Liebeserklärung; Kittys Antwort darauf; und immer wieder der Anblick eines todbleichen Gesichts, vorüberhuschend in einer von schwarzweiß livrierten Kulis gezogenen Rikscha – der nämlichen Rikscha, nach der ich vordem so sehnsuchtsvoll Ausschau gehalten; und dann noch das Winken einer behandschuhten Hand und, wenn Agnes mich unter vier Augen traf, was freilich nur selten passierte, die ermüdende Monotonie ihrer Versöhnungsversuche. Nein, Kitty Mannering war's, die ich liebte! Von Herzen und ehrlich liebte ich sie, und je mehr diese Liebe zunahm, desto tiefer zuwider wurde mir Agnes. Im August waren Kitty und ich schon verlobt. Aber am Tage nach unsrer Verlobung begegnete mir hinter Jakko das verwünschte Schwarzweiß jener *Jhampanies** ! In einem Anflug von Mitgefühl blieb ich stehen, um Agnes Wessington reinen Wein einzuschenken. Indes, sie wußte schon alles.

»Wie ich höre, hast du dich verlobt, liebster Jack.« Und, schon im nächsten Moment: – »Es ist ganz gewiß nur ein Mißverständnis – ein schrecklicher Irrtum! Du wirst sehn – es wird

* Rikschakulis. Anm. d. Ü.

alles wieder wie früher! Du und ich, wir werden wieder die alten!«

Vielleicht wär' meine Antwort auch einem Manne zu stark gewesen. Jedenfalls traf sie die sterbende Frau wie ein Peitschenhieb. »Bitte, vergib mir, Jack! Ich wollte dich nicht erzürnen – doch es ist wahr – es ist wahr!«

Dann brach Mrs. Wessington vollends zusammen. Ich aber wandte mich ab und ließ sie ihren Weg fortsetzen. Nur flüchtig hatte ich das Gefühl, mich ganz hundsgemein benommen zu haben. Ich warf einen Blick zurück und sah, daß die Rikscha gewendet hatte – vermutlich wollte sie mich überholen.

Jene Szene und ihre Begleitumstände sind mir mit photographischer Schärfe im Gedächtnis geblieben: der triefende Himmel (es war gegen Ende der Regenzeit), die tropfnassen, zausigen Föhren, die schlammige Straße und die sie begrenzenden schwarzen, aus dem Felsen gesprengten Wände waren der düstere Hintergrund, von dem sich die schwarzweiß livrierten *Jhampanies*, die gelben Rikschapaneele und Mrs. Wessingtons blondes, gramvoll geneigtes Haupt deutlich abhoben. In der Linken hielt sie das Taschentuch, der Körper war kraftlos zurückgesunken in den gepolsterten Sitz. Beim Sanjowlie-Wasserbehälter zwang ich meinen Gaul auf einen Seitenpfad, nahm also buchstäblich Reißaus. Dabei war's mir, als riefe sie mich noch einmal kraftlos beim Namen, aber vielleicht habe ich mir's nur eingebildet. Jedenfalls hielt ich nicht an, ich *wollte* mich nicht vergewissern. Zehn Minuten danach traf ich zufällig Kitty – auch sie war zu Pferd –, und das Vergnügen unseres langen, gemeinsamen Rittes bewirkte, daß ich jenes Rencontre vollkommen vergaß.

In der folgenden Woche verstarb Mrs. Wessington, und damit war die unaussprechliche Last ihres Daseins von mir genommen. Ich kehrte recht selbstzufrieden ins Flachland zurück und hatte nach einem Vierteljahr die gesamte Affäre restlos vergessen. Zwar mahnten die alten Briefschaften mich noch ab und zu an jene alte Beziehung, aber mit Januar hatte ich meine

Sachen durchforstet und alles verbrannt, was sich an diesbezüglicher Korrespondenz darin vorgefunden. Und Anfang April jenen Jahres – das war 85 – war ich neuerlich oben in Simla – dem jetzt noch halb ausgestorbenen Simla, wo mir in Kittys Gesellschaft und bei all den verliebten Gesprächen und nicht minder verliebten Spaziergängen die Zeit wie im Fluge verging. Wir faßten dabei den Entschluß, Ende Juni zu heiraten. So wird man mir glauben, wenn ich behaupte, in jenen Tagen der verliebteste, glücklichste Mensch in ganz Indien gewesen zu sein.

Auf diese Weise verstrichen zwei herrliche Wochen, doch ihr Vorübergang wurde uns gar nicht bewußt. Dann erst kam uns in den Sinn, was sich für Sterbliche in unsern Umständen schicke, und ich bedeutete meiner Verlobten, nur ein entsprechender Ring wäre das äußere, würdige Zeichen unsrer Verbindung. Sie möge vom Fleck weg mit mir zu Hamilton reiten, um sich einen Ring anprobieren zu lassen. Bis zu jenem Moment hatte keiner von uns an derlei Lappalien gedacht, das kann ich beschwören! Nun aber, am 15. 4. des Jahrs 85, begaben wir uns sogleich zu Hamiltons Juwelierladen. Es sei darauf hingewiesen, daß ich mich damals – wie gegenteilig mein Arzt sich auch aussprechen mag – bei bester Gesundheit befand, in ausgeglichner Gemüts- und harmonischer Geistesverfassung. Gemeinsam betraten wir Hamiltons Laden, wo ich sofort und ohne mich viel um die Herkömmlichkeiten zu kümmern, meiner Kitty im Beisein des amüsierten Verkäufers den Ring mit eigener Hand anprobierte. Es war ein Saphirring mit zwei Diamanten. Danach unternahmen wir einen Spazierritt hangabwärts zur Combermerebrücke, die zu Pelitis Etablissement führt.

Während mein Waler* sich vorsichtig über den unsichern, schiefrigen Grund wagte, und die nebenher reitende Kitty sich lachend mit mir unterhielt – während ganz Simla, beziehungs-

* Aus Neu-Südwales importiertes Kavalleriepferd. Anm. d. Ü.

weise all das, was bisher vom Flachland gekommen war, sich um den Leseraum und Pelitis Veranda scharte –, war's mir, als riefe mich jemand von ferne bei meinem *Vor*namen. Zwar kam mir die Stimme bekannt vor, doch von wann und von wo, das hätt' ich nicht sagen können. Auf der kurzen Strecke von Hamiltons Laden zu den ersten Bohlen der Combermerebrücke dachte ich an ein Halbdutzend Leute, denen man solchen Fauxpas zutrauen konnte, kam aber doch zu dem Schluß, es hätten mir bloß die Ohren geklungen. Aber unmittelbar vor Pelitis Etablissement fesselten meinen Blick vier *Jhampanies* in schwarzweißer Livree vor einer gelben, billigen Rikscha. Das erinnerte mich an die letzte Saison und damit höchst unliebsam an Mrs. Wessington! Warum konnte es nicht dabei bleiben, daß sie gestorben und abgetan war? Weshalb mußten mir ihre schwarzweiß livrierten Bedienten den herrlichen Tag kaputtmachen? Bei wem immer sie nunmehr in Dienst stehen mochten – ich faßte den Vorsatz, dort um den Gefallen zu bitten, man möge sie doch die Livree wechseln lassen! Ja, ich war auch bereit, alle vier in *meine* Dienste zu nehmen und ihnen dann, nötigenfalls auch für Geld, die verwünschten Livreen vom Leibe zu reißen! Unmöglich, hier wiederzugeben, welche Flut unerwünschter Erinnerungen mich bei ihrem Anblick befiel!

»Kitty!« rief ich erschrocken. »Das sind ja die *Jhampanies* der bedauernswerten Mrs. Wessington! Bei wem die wohl jetzt im Dienst sind?«

Kitty hatte während der letzten Saison Mrs. Wessington flüchtig kennengelernt und Anteil genommen an der kränkelnden Frau.

»*Was* sagst du? *Wo?*« fragte sie. »Ich sehe ja gar nichts!«

Noch während sie's sagte, warf sich ihr Pferd, das einem bepackten Lastesel auswich, der näherkommenden Rikscha direkt in den Weg! Mir blieb keine Zeit, einen Warnruf zu tun – da ging es auch schon zu meinem Entsetzen samt seiner Reiterin mitten durch Kulis und Rikscha *hindurch*, als wäre das alles nur leere Luft!

»Was ist denn los mit dir, Jack?« rief sie mir zu. »Weshalb schreist du so durch die Gegend? Wenn ich auch verlobt bin, so muß doch nicht gleich alle Welt darum wissen! Zwischen dem Esel und der Veranda war Platz genug! Glaubst du, ich könne nicht reiten? – *Da*, schau mal her!«

Worauf die eigenwillige Kitty erhobenen Hauptes zum Musikpavillon galoppierte, in der Meinung, ich würde ihr folgen, wie sie mir hinterher sagte. Nun, was mit mir los war? Eigentlich nichts – nur, daß ich entweder betrunken oder verrückt sein mußte – oder, daß Simla heimgesucht war von Dämonen! Ich zügelte meinen störrischen Gaul und riß ihn herum. Auch die Rikscha hatte gewendet und stand mir nun unmittelbar gegenüber, am linken Geländer der Combermerebrücke!

»Jack! Liebster Jack!« (Nein, diesmal gab's keinen Irrtum – die Worte gellten mir durch das Hirn, als hätte man sie mir ins Ohr geschrien.) »Es ist nur ein schrecklicher Irrtum, da bin ich ganz sicher! *Bitte*, vergib mir und laß alles wieder so werden wie früher!«

Das Dach war zurückgeschlagen, und vor mir saß – so wahr ich bei Tage den Tod herbeisehne und ihn fürchte bei Nacht – vor mir saß in ihrer Rikscha die leibhafte Mrs. Keith-Wessington, das Taschentuch in der Linken und das blonde Haupt vornübergeneigt!

Wie lang ich sie regungslos angestarrt habe, weiß ich nicht mehr. Schließlich riß mich mein indischer Stallbursche aus der Betäubung, indem er den Waler am Zügel ergriff und mich fragte, ob mir nicht wohl sei? Vom Entsetzlichen zum Banalen ist oft nur ein Schritt, und so schwang ich mich taumelnd vom Pferd und wankte, fast ohne es wahrzunehmen, in Pelitis Etablissement, um mich mit einem Brandy zu stärken.

An den Marmortischchen saßen etliche Pärchen. Man schwatzte über den Tratsch und die Neuigkeiten des Tages, doch war mir in jenem Moment jedwede Banalität ein stärkerer Trost als der frömmste geistliche Zuspruch: Hals über Kopf stürzte ich mich ins Geschwätz und redete, lachte und scherzte drauflos mit einem Gesicht (ich sah es flüchtig im Spiegel), so blutleer und bleich wie das einer Leiche! Einige Herren bemerkten, in welcher Verfassung ich mich befand. Sie hielten mich für betrunken und wollten mich vorsorglich fernhalten von ihren Damen. Ich aber stieß sie zurück – ich war auf Geselligkeit aus wie ein Kind, das sich im Finstern geängstigt hat und nun bei Erwachsenen Schutz sucht. An die zehn Minuten muß ich drauflosgeschwatzt haben – doch kam's mir wie eine Ewigkeit vor, ehe ich endlich von draußen Kittys helle Stimme vernahm, die nach mir fragte. Und unmittelbar danach stand sie schon im Lokal, um mich nach Gebühr auszuschelten ob meines pflichtvergessnen Verhaltens. Doch mein Anblick hielt sie davon ab.

»Was ist los mit dir, Jack?« rief sie mir zu. »Was *war* denn – was ist da passiert? Bist du krank?« Dergestalt in die Enge getrieben, nahm ich Zuflucht zur Lüge und sagte, die Sonne sei mir zuviel gewesen. Dabei war es fünf Uhr am Nachmittag, bei vollkommen bedecktem Himmel! Schon beim Sprechen erkannte ich meinen Fehler, versuchte ihn zu verbessern, verstrickte mich heillos in Widersprüche – und folgte der zornroten Kitty wie ein begossener Pudel ins Freie, verfolgt von der Schadenfreude der andern. Ich entschuldigte mich irgendwie (genaueres weiß ich nicht mehr) mit einem Anflug plötzlicher Schwäche, und sprengte dann heimwärts, zu meinem Hotel. Kitty mußte allein weiterreiten.

Wieder in meinem Zimmer, setzte ich mich zunächst einmal hin und versuchte, den Vorfall in Ruhe zu überdenken: hier war *ich*, Theobald Jack Pansay, ein Bürger Bengalens von exzellenter Erziehung, im Jahre des Heils 85, bei wahrscheinlich heilem Verstand und bei voller Gesundheit – und hatte dennoch in panischer Angst vor der Geliebten Reißaus genommen, weil sich mir eine Frau gezeigt hatte, die schon acht Monate tot und begraben war! Das waren Fakten, um die ich mich nicht herumdrücken konnte. Dabei hatte mir beim Verlassen von Hamiltons Laden nichts ferner gelegen als der Gedanke an

Mrs. Keith-Wessington! Und nichts war alltäglicher, als draußen der Gehsteig vor Pelitis Etablissement! Es war noch taghell gewesen, und die Straße voll Menschen! Und trotzdem hatte sich mir, ganz unerwartet und gegen jedes Gesetz der Natur, ein Gesicht aus dem Grabe gezeigt!

Kittys Araber war durch die Rikscha *hindurch*gegangen und hatte damit meine erste Vermutung zerstört, die Rikscha mit ihren livrierten Kulis sei nach Mrs. Wessingtons Tod von einer ihr wunderbar gleichenden Frau übernommen oder gemietet worden! Immer wieder ging der Gedanke mir durch den Kopf – ich zermarterte mir das Hirn! Doch immer wieder ließ ich das Nachdenken sein – verwirrt und verzweifelt. Der Klang jener Stimme ließ sich so wenig erklären wie die gesamte Erscheinung! Zunächst war mir ja die verrückte Idee gekommen, mich rückhaltlos Kitty anzuvertrauen und sie um sofortige Heirat zu bitten – in ihren Armen Zuflucht zu finden vor der gespenstischen Rikscha-Insassin! »Schließlich«, so sagte ich mir, »beweist ja allein schon die Gegenwart dieser Rikscha das Illusionäre der ganzen Erscheinung: man mag zwar Gespenstern von Männern und Frau begegnen – aber doch nie einem Geisterfahrzeug mit Kulis davor! Das ganze ist einfach absurd! Man male sich doch den Geist solch eines Bergmenschen aus!«

Anderntags, in aller Frühe, sandte ich Kitty die schriftliche Bitte, sie möge mein gestriges, sonderbares Verhalten als ungeschehen betrachten. Doch meine Angebetete zürnte noch immer, und so schien eine mündliche Aussprache wohl unumgänglich. Mit einem Wortschwall, der das Produkt meines nächtlichen Suchens nach einer Ausrede war, erklärte ich ihr, mich habe ein plötzliches Herzflattern überkommen – wohl infolge gestörter Verdauung. Die eminent brauchbare Begründung verfehlte nicht den erstrebten Effekt, und so unternahmen Kitty und ich schon am Nachmittag einen Spazierritt – wenngleich nun die erste Lüge wie ein Schatten zwischen uns stand.

Nichts hätte Kitty größere Freude gemacht, als im kurzen

Galopp rund um Jakko zu reiten. Da aber meine Nerven sich von der jüngstvergangenen Nacht noch nicht erholt hatten, machte ich lahme Einwendungen und schlug vor, lieber die Strecke zum Observatoriumshügel und dann über Jutogh zur Boileaugunge-Straße zu nehmen – mir sei jeder Kurs recht, nur nicht der rund um Jakko! Kitty jedoch wurde ärgerlich, schien fast schon beleidigt zu sein. Also gab ich ihr nach, aus Furcht vor weiteren Mißhelligkeiten, und wir nahmen die Richtung nach Chota Simla. Den größeren Teil dieses Weges ging es im Schritt. Erst eine Meile unterhalb des Konvents legten wir nach Gewohnheit einen kurzen Galopp ein, hinauf zu dem ebenen Straßenstück am Sanjowlie-Reservoir. Die vermaledeiten Gäule schienen zu fliegen, und das Herz schlug mir schneller und schneller, je näher wir jener Anhöhe kamen! Den ganzen Nachmittag war mir der Kopf vollgewesen mit nichts als Gedanken an Mrs. Wessington; jeder Zoll dieser Strecke erinnerte mich an unsre gemeinsamen Ritte und unsre Gespräche; es war in den Felsformationen und tönte im Rauschen der Föhren; scholl aus den vom Regen geschwollenen Wasserstürzen herüber – und war wie höhnisches Lachen ob meiner Beschämung! Noch in den Ohren der Wind sang von der Schändlichkeit meines Verhaltens!

Und dann, in der Mitte des ebenen Stücks, das man deshalb die »Damenmeile« genannt hat, kam's zu dem gebührenden Höhepunkt: das Entsetzliche wartete schon – es lag auf der Lauer! Keine einzige *andere* Rikscha war zu entdecken, weit und breit nichts – nur die vier schwarzweißen *Jhampanies* mit ihrem gelben Gefährt, und hinter den gelben Paneelen das blonde Haupt einer Frau – alles ganz so wie ich es achteinhalb Monate früher verlassen hatte! Sekundenlang bildete ich mir ein, auch Kitty müsse erblicken, was *ich* vor mir sah – wo wir doch auch sonst und in allen Dingen so sehr harmonierten! Doch schon ihre nächsten Worte bewiesen mir meinen Irrtum: »Keine Menschenseele in Sicht! Komm, Jack – ich hetz' dich hinunter zum Reservoir-Verwaltungsgebäude!« Ihr kleiner, sehniger Araberhengst flog dahin wie ein Vogel – und mein Waler knapp hinterher! So ging's im gestreckten Galopp zu den Felsen hinunter, und nach einer halben Minute war's nur mehr ein Steinwurf bis zu jener Rikscha! Da zügelte ich meinen Gaul und blieb ein wenig zurück – die Rikscha hielt ja inmitten der Straße –, doch zum andern Mal ging der Araberhengst durch sie hindurch, und mein Waler tat es ihm gleich! »Jack! Liebster Jack! *Bitte*, vergib mir!« scholl es mir klagend ans Ohr, und gleich danach, »Es ist nur ein Irrtum – ein schrecklicher Irrtum!«

Ich gab meinem Reittier die Sporen, als ritte mich selber der Teufel! Als ich zurücksah zum Reservoir, warteten dort vor dem Abhang noch immer die schwarzweißen Kulis – harrten geduldig –, und dann wehte der Wind mir höhnisch das Echo der eben vernommenen Worte ans Ohr. Auf der noch verbleibenden Strecke mockierte sich Kitty nicht wenig ob meines plötzlichen Schweigens: ich hatte ja bisher pausen- und wahllos eingeredet auf sie! Jetzt aber hätt' ich ums Leben kein Wort mehr zustandegebracht und hielt wohlweislich den Mund – von Sanjowlie bis zu der Kirchen-Anhöhe.

Da ich noch am selben Abend bei den Mannerings speisen sollte, blieb mir eben noch Zeit, im Galopp heimzujagen und mich dort umzukleiden. Auf der zur Elysiumhöhe führenden Straße – es dämmerte schon – hörte ich aber, wie zwei Männer sich unterhielten. – »Komische Sache«, sagte soeben der eine. »Sämtliche Spuren verwischt! Sie wissen, wie sehr meine Gattin verrückt war nach dieser Frau. (Ich selber konnte nichts finden an ihr.) Und da hat sie mir fort in den Ohren gelegen, ich möge die alte Rikscha, und womöglich auch gleich die vier Kulis, um jeden Preis übernehmen. Für mich waren's krankhafte Hirngespinste – aber was blieb mir denn übrig – ich mußte den Wunsch der *Memsahib* erfüllen! Sie werden es mir nicht glauben, aber der Rikschaverleiher hat mir gesagt, alle vier – sie waren übrigens Brüder – seien auf einer Reise nach Hardwar ein Opfer der Cholera geworden! Und die Rikscha will er mit eigenen Händen zu Kleinholz zerschlagen haben. Er verwende niemals die Rikscha einer verstorbenen *Memsahib*, das bringe nur Unheil, hat er beteuert. Merkwürdig, meinen Sie nicht? Welch eine Idee – die arme kleine Mrs. Keith-Wessington könnte außer sich selber auch anderen Unglück bringen!« – Ich mußte laut auflachen bei diesen Worten, doch ich lachte aus purer Verzweiflung: es *gab* also dieses Gespenst einer Rikscha samt ihren geisterhaften Bedienten aus jener Anderen Welt! Wieviel ihnen wohl Mrs. Wessington drüben bezahlen mochte? Und für wieviele Stunden pro Tag? Und wohin ging dann die Fahrt?

Die sichtbare Antwort auf die letzte meiner drei Fragen ließ nicht auf sich warten: im Zwielicht des Abends verlegte das infernalische Ding mir aufs neue den Weg! Tote reisen sehr schnell und bedienen sich mancher Abkürzungen, die unsern irdischen Kulis unbekannt sind! Zum andernmal kam mich das Lachen an, indes, ich verstummte sofort: ich befürchtete ja, wahnsinnig zu werden. In gewissem Grade mochte ich es schon sein, denn ich entsinne mich deutlich, unmittelbar vor der Rikscha mein Tier gezügelt und Mrs. Wessingtons Geist einen Guten Abend entboten zu haben! Die Antwort war mir nur zu sehr vertraut, doch ich hörte sie an bis zum Schluß und erwiderte dann, dies alles sei mir seit langem bekannt, und es würde mich freuen, endlich was Neues von ihr zu erfahren. Ein ausbündiger Teufel muß mich geritten haben an jenem Abend, denn ich erinnere mich, auch noch mit dem üblichen Tagesgeschwätz angefangen zu haben.

»Vollständig übergeschnappt! Armer Kerl! – Oder vollkommen besoffen! Komm herüber, Max, und versuchen wir, ob wir ihn heimbringen können!«

Das war aber nicht Mrs. Wessingtons Stimme gewesen: die beiden Männer von vorhin hatten mich auf die leere Luft einreden hören und waren mir nachgekommen, um sich zu überzeugen, was denn mit mir los sei! Doch war ihren Worten bei aller Hilfsbereitschaft und Fürsorglichkeit zu entnehmen, daß sie mich für volltrunken hielten. Ohne es selber recht wahrzunehmen, dankte ich ihnen, ritt im Galopp zu meinem Hotel, zog mich dort um, traf zehn Minuten verspätet bei den Mannerings ein, entschuldigte dies mit dem draußen herrschenden Dunkel, wurde von Kitty getadelt ob meiner Säumigkeit – und konnte mich endlich setzen.

Die Konversation war unterdessen allgemeiner geworden. Die Gäste redeten ungeniert miteinander, und im Schutz solcher Unterhaltung versuchte ich, mit der Geliebten ein Gespräch anzuknüpfen. Ich bemerkte dabei, daß am anderen Ende der Tafel ein kleingewachsener Herr mit rötlichem Backenbart sich recht ausführlich darüber verbreitete, wie ihm am heutigen Abend auf offener Straße ein unbekannter Verrückter begegnet sei.

Schon nach wenigen Sätzen wurde mir klar, daß er *unsre* Begegnung meinte, jenen Vorfall vor dreißig Minuten! Als er aber mitten in seinem Bericht beifallheischend rundumsah, ganz in der Art eines professionellen Geschichtenerzählers, bemerkte er *mich* – und verstummte abrupt. Dann, inmitten der peinlichen Stille, murmelte er etwas von »Faden verloren haben« und ruinierte damit eine Reputation, die er sich als blendender Unterhalter in den letzten sechs Urlaubssaisonen erworben hatte. Ich jedoch segnete ihn aus tiefstem Herzen dafür – und wandte mich meinem Fischgericht zu.

Als das Abendessen vorbei war, fiel es mir schwer, mich von Kitty zu trennen: ich war ja so gut wie gewiß, daß jenes gespenstische Etwas schon draußen vorm Haus meiner harrte! Indes, der rotbärtige Herr – ein Dr. Heatherlegh aus Simla, ich war ja inzwischen mit ihm bekanntgeworden – machte sich nunmehr erbötig, mir auf dem gemeinsamen Stück unsres Heimwegs Gesellschaft zu leisten, und ich war ihm sehr dankbar dafür und akzeptierte.

Mein Vorgefühl hatte mich nicht getäuscht: das gespenstische Ding wartete schon auf der Mall mit einer, so wollte mir scheinen, voll teuflischer Bosheit flackernden Lampe! Mein rotbärtiger Begleiter ging sogleich in *medias res* – für mich ein Signal, daß er schon während des Essens an nichts andres gedacht haben konnte.

»Ich frage mich, mein lieber Pansay, was denn zum Teufel mit Ihnen los war heut abend, auf der Elysiumstraße?« Die Plötzlichkeit dieser Frage entrang mir die Antwort, noch eh' ich mich ihrer richtig versah:

»*Das* da war los!« Und ich zeigte dabei auf das Ding.

»›*Das da*‹, sagen Sie? Nun, wenn's nicht Säuferwahn ist, dann muß es auf Augentäuschung beruhen, glauben Sie mir! Und da Sie kein Trinker sind, wie ich beim Essen festgestellt habe, *kann* es nicht Säuferwahn sein. Dort, wohin Sie soeben gezeigt haben, befindet sich nichts! Trotzdem sind Sie schweißnaß und zittern wie ein verängstigtes Pony! Folglich müssen Sie einer Augentäuschung erliegen, und gerade *dar*auf verstehe ich mich! Reiten Sie also mit mir nach Hause, in die Untere Blessingtonstraße!«

Zu meiner großen Erleichterung hielt sich die Rikscha, statt auf uns zu warten, gleichbleibend zwanzig Meter vor uns, indem sie sich jeweils der Gangart unserer Pferde anpaßte. Und auf diesem langen, nächtlichen Ritt erzählte ich meinem Begleiter so ziemlich alles, was ich auch hier schon geschildert habe.

»Sie haben mir eine der besten Geschichten verdorben, die ich je zu erzählen Gelegenheit hatte«, sagte er schließlich. »Aber in Anbetracht dessen, was Sie schon durchgemacht haben, sei Ihnen verziehen. Kommen Sie jetzt mit nach Hause zu mir und tun Sie, was ich Ihnen rate. Und sind Sie erst wieder kuriert, junger Freund, so meiden Sie künftig die Weiber und auch sonst alle schwerverdauliche Kost – und das bis ans Lebensende!«

Die Rikscha vor uns behielt ihren Abstand weiterhin bei, doch meine fortwährenden Hinweise, wo sie sich jeweils befinde, schienen für meinen rotbärtigen Freund eher vergnüglich zu sein.

»Tatsächlich – es liegt an den Augen, Pansay! Ihr Sehvermögen ist daran schuld, Ihr Gehirn und wohl auch der Magen! Sie haben sich viel zu viel durch den Kopf gehen lassen und darüber Ihre Verdauung und Ihre schwachen Augen vergessen. Ist aber Ihr Magen erst wieder in Ordnung, so wird sich in Kürze auch alles andere geben! Sie brauchen ganz einfach was für die Leber. Ab jetzt bleiben Sie in *meiner* Behandlung! Ihr Fall ist mir allzu interessant, als daß ich ihn jemand anderem abtreten möchte!«

Wir befanden uns schon im Schattenbereich der Unteren Blessingtonstraße, als vor uns die Rikscha an einem überhängenden, föhrenbestandenen Felsen urplötzlich anhielt. Ich zügelte unwillkürlich mein Pferd und erklärte dem Doktor den Grund. Er aber stieß einen Fluch aus.

»Wenn Sie glauben, ich hätte die Absicht, eine ganze Nacht hier in der Kälte zu bleiben, bloß wegen Ihrer Magen-Hirn-Augengeschichten ... Gott steh mir bei! Was ist *das*?!«

Mit abruptem, dumpfem Getöse, in einer allesverhüllenden Wolke aus Staub, ging vor uns eine Mure zu Tal – etwa zehn Meter Felsengestein, Baumbestand, Sträucher und Trümmerwerk jedweder Art –, wälzte sich über die Straße und schnitt uns den Weg ab! Gleich betrunkenen Riesen taumelten die entwurzelten Stämme herab – und legten sich krachend übereinander! Starr verhielten die Pferde und schwitzten vor Angst. Als das Getöse verhallt war, stieß mein Gefährte halblaut hervor: »Mann! Wären wir weitergeritten, dann lägen wir jetzt zehn Fuß tief begraben! ... Kommen Sie, Pansay, und nichts wie nach Hause zu mir! Danken Sie Gott! *Ich* hab' einen Schnaps bitter nötig!«

Wir kehrten um, ritten zurück bis zur Kirchen-Anhöhe und erreichten nur wenig nach Mitternacht Dr. Heatherleghs Domizil.

Er verlor keine Zeit und begann fast sofort mit meiner Behandlung. Eine volle Woche ließ er mich nicht aus den Augen. Und oftmals in jener Woche dankte ich meinem Schicksal, daß es mich in Berührung gebracht mit diesem besten, verständigsten Arzt in ganz Simla! Ich fühlte mich besser von Tag zu Tag und befreundete mich immer stärker mit Heatherleghs Theorie, einem durch Augen, Verdauung und Denken bewirkten »Hirngespinst« aufgesessen zu sein. Meiner Verlobten sandte ich Nachricht, ich hätte mir durch einen Sturz aus dem Sattel den Knöchel verstaucht und sei nun für mehrere Tage ans Bett gefesselt – hoffe jedoch, das werde sich geben, noch ehe ihr meine Abwesenheit so recht zu Bewußtsein käme.

Heatherleghs Heilmethode war recht simpel: sie bestand aus Lebertabletten in Verbindung mit eiskalten Bädern und anstrengenden Ritten, die wir jedoch nur zeitig am Morgen oder spätabends riskierten, was er recht klug zu begründen wußte: – »Ein Mann mit verstauchtem Knöchel kann unmöglich ein Dutzend Meilen am Tag im Sattel verbringen, und falls Ihre junge Verlobte uns zu Gesicht bekäme, so könnte sie argwöhnisch werden.«

Am Ende der Woche, nach gründlicher Untersuchung von Pupillen und Blutdruck und Puls sowie nach striktesten Einschärfungen in bezug auf Diät und Bewegung im Freien, entließ mich der Doktor ebenso plötzlich wie er meiner sich angenommen. Dabei gab er mir diesen Glückwunsch mit auf den Weg: – »Mann, ich bescheinige Ihnen hiermit Ihre vollkommene Heilung. Packen Sie also getrost Ihre Sachen zusammen – und widmen Sie sich nach Kräften Ihrer Verlobten!«

Meine Dankesbezeigungen tat er von vornherein ab.

»Glauben Sie *ja* nicht, ich hätte es bloß um *Ihret*willen getan! Wahrscheinlich haben Sie sich wie ein Schuft in all diesen Dingen benommen. Gleichwohl sind Sie ein Phänomen, dessen Ausmaß dem Ihrer Schuftigkeit um nichts nachsteht! – Nein, lassen Sie das«, verbat er sich neuerlich meine Erkenntlichkeit. »Nicht eine einzige Rupie – was *glauben* Sie denn! Und jetzt *ab* mit Ihnen, und sehen Sie zu, diese Augen-Hirn-Magengeschichten möglichst bald wiederzukriegen – ich bezahle nämlich ein *Lakh** für jede neue Erscheinung!«

* Hunderttausend Rupien. Anm. d. Ü.

Schon nach einer halben Stunde befand ich mich bei den Mannerings und saß dort im Zimmer mit Kitty vereint, im Rausch meines Glücksgefühls und in der Gewißheit, nie wieder jenem entsetzlichen Etwas begegnen zu müssen! Und im Bewußtsein so neu errungener Kraft schlug ich vor, sogleich einen Ausritt zu unternehmen, denn es reizte mich ganz besonders, von neuem den Rundkurs um Jakko zu nehmen.

Ich befand mich so wohl wie noch nie – ich quoll fast schon über von Vitalität und animalischer Lust an jenem letzten Apriltag! Auch Kitty war hocherfreut ob meiner Verwandlung und beglückwünschte mich von Herzen in ihrer rückhaltlos offenen Art. Lachend und unbeschwert plaudernd verließen wir eilig das Haus und galoppierten wie früher die Chota Simla-Straße hinauf.

Ich konnte es kaum erwarten, oben am Sanjowlie-Wasserbehälter zu sein, um mich dort vollends von meiner Genesung zu überzeugen. Zwar taten die Pferde ihr Bestes, doch meiner Ungeduld war das zu wenig. Kitty bestaunte denn auch mein ungestümes Verhalten: »Aber Jack, was *hast* du denn nur!« rief sie zuletzt. »Du führst dich ja auf wie ein Kind! Was hast du vor?«

Wir waren knapp unterhalb des Konvents, und aus purem Übermut stachelte ich meinen Waler mit dem Knauf meiner Reitgerte an, sich auf der Straße in allerlei Kapriolen zu produzieren.

»Was ich vorhabe, fragst du mich?« rief ich zurück. »Gar nichts weiter, mein Kind! Hättest *du* eine volle Woche das Bett hüten müssen, so wärst du nicht weniger übermütig als ich und würdest

›Singen und springen und unbeschwert sein,
  Deiner alten Lebenslust inne
Dich aller Wunder der Schöpfung erfreun
  Und der genesenen Sinne!‹«

Noch während ich diesen Spruch zitierte, erreichten wir die Anhöhe über dem Kloster, von wo man schon bis nach Sanjowlie hinübersehn kann. Doch vor mir, inmitten des ebenen Straßenabschnitts – warteten schon die schwarzweißen Kulis von Mrs. Keith-Wessington, und sie selber saß in der Rikscha, hinter den gelben Paneelen! Mein Pferd gewaltsam zurückreißend, blickte ich noch einmal hin – rieb mir die Augen – und muß dabei einen Schrei getan haben! Im nächsten Moment lag ich flach auf der Straße, mit dem Gesicht nach unten, und Kitty kniete tränengebadet an meiner Seite!

»Kind – ist es schon weg?« stieß ich hervor. Aber Kitty schluchzte nur umso heftiger.

»*Was* soll wieder weg sein, Jack, Liebster? Und was hat das zu bedeuten? Da muß doch ein schrecklicher Irrtum obwalten – ach, Jack, ein schrecklicher Irrtum!«

Diese letzten Worte brachten mich auf die Beine – innerlich tobte ich, schäumte beinahe vor Grimm!

»Oh ja – da *waltet* was ob!« wiederholte ich, fast schon von Sinnen. »Und es *ist* ein schrecklicher Irrtum! Komm her und schau ihn dir an!«

Unklar entsinne ich mich, Kitty am Handgelenk bis an den Rikschakarren gezerrt und sie beschworen zu haben, sie möge doch selber reden mit dieser Erscheinung – ihr sagen, wir seien verlobt, und weder Tod noch Teufel könnten unsre Verbindung je wieder trennen! Und nur Kitty mag wissen, was alles ich *noch* gesagt habe! Wieder und wieder wandte ich mich an die entsetzliche Wesenheit in ihrer Rikscha, flehte sie an, meine Worte doch endlich zur Kenntnis zu nehmen und mich nicht zu Tode zu quälen! Dabei muß ich aber im Beisein von Kitty auch jene alte Liebesbeziehung erwähnt haben, denn plötzlich horchte sie auf, schreckensbleich und mit weitoffnem Blick.

»Besten Dank, Mr. Pansay«, sagte sie scharf. »Das war *mehr* als genug. Syce* hora láo!«

* Stallbursche oder Reitknecht. Anm. d. Ü.

Unsere Stallburschen, ungerührt wie Orientalen schon sind, hatten inzwischen die Reittiere eingefangen und waren mit ihnen herzugekommen. Kitty schwang sich aufs Pferd, doch ich fing es am Zügel ab und bat sie inständig, auf mich zu hören und mir zu verzeihen! Als Antwort hieb sie mir mit der Peitsche übers Gesicht, vom Auge bis über die Lippen, und gebrauchte zum Abschied ein Wort, das ich nicht einmal heute und hier zu Papier bringen möchte! Ich schloß daraus – und hatte damit nur zu recht –, daß Kitty nun *alles* wußte! Taumelnd suchte ich Halt an der Rikscha, das Blut rann mir übers Gesicht, der Peitschenhieb hatte darin eine fahlblaue Spur hinterlassen. Jede Selbstachtung war nun dahin – und genau in jenem Moment kam Heatherlegh auf mich zugesprengt! Er mußte Kitty und mir von ferne gefolgt sein.

»Doktor«, sagte ich nur und zeigte auf mein Gesicht. »Das ist Miss Mannerings Signatur auf meinem Entlassungsdekret! Und... wegen des *Lakh* werd' ich mich später bei Ihnen bedanken!«

In all meinem Elend reizte mich Heatherleghs Miene dennoch zum Lachen.

»Aber, mein ärztlicher Ruf steht auf dem Spiel«, hub er an.

»Reden Sie keinen Unsinn«, flüsterte ich. »Ich habe soeben das Glück meines Lebens verloren! Nehmen Sie mich lieber mit, zu sich nach Hause!«

Noch während ich sprach, war die Rikscha verschwunden, und was weiter geschah, nahm ich nicht mehr wahr. Die Jakko-Anhöhe schien plötzlich zu schwanken – bewegte sich wolkengleich auf mich zu – und ich wußte nichts mehr.

Erst sieben Tage danach (wir schrieben den 7. Mai) kam ich wieder zu mir. Ich lag in Heatherleghs Zimmer, so schwach wie ein Kind. Der Doktor, an seinem Schreibtisch über Briefschaften gebeugt, fixierte mich scharf. Seine ersten Worte waren nicht sehr ermutigend, aber ich war schon zu sehr geschwächt, als daß sie mich sonderlich aufgeregt hätten:

»Hier – Ihre Miss Kitty hat sämtliche Briefe zurückgesandt.

Ihr zwei jungen Leute habt ja recht eifrig korrespondiert, muß ich sagen! Dann ist da ein Päckchen – da könnte ein Ring drinnen sein. Das gewinnende Schreiben vom Herrn Papa – ich war so frei, es zu lesen – hab' ich lieber sofort ins Feuer geworfen. Der alte Herr scheint Ihnen nicht sehr gewogen zu sein.«

»Und Kitty?«

»Die hat es, nach ihren Worten zu schließen, noch ärger erwischt als den Vater. Anscheinend haben Sie, ehe ich aufgekreuzt bin, allerlei komisches Zeug über Ihr altes Verhältnis von sich gegeben. Sie sagt, daß ein Mann, der sich verhalten hat wie Sie zu Mrs. Keith-Wessington, sich auf der Stelle umbringen sollte – aus purem Mitleid mit seiner Erbärmlichkeit. Eine hitzköpfige kleine Person, Ihre Flamme, ein richtiges Mannweib. Übrigens möchte auch sie den Auftritt während des Rittes um Jakko einem Anfall von Säuferwahn zuschreiben. Eher möchte sie sterben, so sagt sie, als jemals ein weiteres Wort mit Ihnen wechseln zu müssen.«

Aufstöhnend wälzte ich mich auf die andere Seite.

»Sie haben also die Wahl, lieber Freund: Ihre Verlobung ist als geplatzt zu betrachten, aber die Mannerings wollen nicht *all*zu hart sein. Was ist Ihnen lieber? Säuferwahn – oder Epilepsie? Tut mir leid, eine weitere Alternative bietet sich nicht – außer, Sie zögen es vor, an ererbtem Irrsinn zu leiden. Inzwischen weiß schon ganz Simla von jener Szene, die sich auf der ›Damenmeile‹ abgespielt hat. – Na, so kommen Sie schon! Ich geb' Ihnen fünf Minuten zum Überlegen.«

Ich glaube, jene fünf Nachdenkminuten waren die reine Erkundung der untersten Höllenbezirke, soweit überhaupt ein lebender Mensch dorthin vordringen kann. Ich konnte mir selber zusehn, wie ich mich vorantastete durch die finsteren Labyrinthe aus Hoffnungslosigkeit, Zweifel und Elend. Und ich fragte mich, wie Dr. Heatherlegh an seinem Schreibtisch, welche der schaurigen Möglichkeiten ich nun auf mich nehmen sollte – und vernahm schließlich eine Stimme, in der ich die eigene fast nicht mehr wiedererkannte:

»Hierzulande ist man besonders penibel in Dingen der Ehre und der Moral. So lassen Sie denn die Leute im Glauben, es wäre Epilepsie, Heatherlegh, und richten Sie meine Empfehlungen aus. Im übrigen möcht' ich jetzt weiterschlafen.«

Dann verschmolz mein gespaltenes Selbst wieder zum alten Ich (dem halb schon verrückten, halb noch vom Teufel genarrten), das sich unruhig wälzte auf seinem Lager, während es das Geschehen der letzten vier Wochen Schritt für Schritt nachzuvollziehen versuchte.

»Aber – ich *bin* ja in Simla«, sagte ich mir unaufhörlich. »Ich heiße Jack Pansay und befinde mich hier auf Urlaub, in Simla, wo es überhaupt keine Geister gibt! Wie unvernünftig von jener Frau, mir als Geist zu erscheinen! Weshalb läßt sie mich nicht in Frieden? Ich hab' ihr doch gar nichts getan! Genausogut könnte *ich* tot sein, und *Agnes* wär' noch am Leben! Nur, *ich* würde *nicht* wiederkehren, um *sie* umzubringen! Kann man mich nicht in Frieden und ungestört glücklichsein lassen?«

Erst zu Mittag wurde ich wach – und ehe ich wieder einschlief, stand die Sonne schon sehr tief am Himmel. Doch mein Schlaf glich nur dem des gefolterten Missetäters, der schon zu sehr erschöpft ist, als daß er noch weitere Qualen empfände.

Anderntags war's mir nicht möglich, mein Bett zu verlassen. Gleich am Morgen teilte mir Heatherlegh mit, Mr. Mannering habe Antwort gesandt, und dank seines (Heatherleghs) Zutuns sei die Geschichte von meinem epileptischen Anfall schon publik in ganz Simla, wo man mir allerwärts ehrliches Mitgefühl zolle.

»Und das dürfte mehr sein, als Sie verdienen«, schloß er in gewinnendem Ton. »Auch wenn Sie, weiß Gott, genug durchgemacht haben! Aber was soll's: wir beginnen am besten sofort mit Ihrer Kur, Sie widernatürliches Phänomen!«

Indes, ich verbat mir nachdrücklich jede Behandlung. »Sie haben schon viel zu viel für mich getan, alter Freund«, sagte ich. »Und ich glaube nicht, Sie auch jetzt noch belästigen zu müssen!«

Ich war ja zutiefst überzeugt, daß der Doktor trotz all seiner Mühe mir meine Gewissensbürde nicht würde erleichtern können. Und Hand in Hand mit solchem Wissen ging das hoffnungslose, ohnmächtige Aufbegehren gegen das Sinnlose solchen Geschehens. Gab es nicht zahllose Männer, die *auch* nicht besser waren als ich – und dennoch Strafaufschub hatten über das irdische Leben hinaus? Ich empfand es als grausames Unrecht, als einziger ausersehen zu sein für dieses abscheuliche Los! Doch machte diese Gemütsverfassung alsbald jener anderen Platz, worin die Rikscha und ich die einzige Realität zu sein schienen inmitten einer Umgebung aus nichts als Schattenphantomen, und wo sogar Kitty zur Geistererscheinung wurde; wo Mannering, Heatherlegh und alle andern Bekannten, so Männer wie Frauen, gespenstische Züge annahmen; ja, wo noch die grauen Bergkämme ringsum zu Schattengebilden wurden, nur dazu da, mich zu quälen! Dies unablässige Auf und Ab meiner Stimmung währte die ganze, elende Woche, obschon ich mich körperlich kräftiger fühlte mit jedem Tag, bis mir mein Spiegelbild zeigte, daß ich dem Alltag wiedergegeben und wie früher ein Mensch unter Menschen war. Erstaunlicherweise war meinem Gesicht gar nicht anzumerken, was ich durchlitten hatte: ein wenig bleicher vielleicht, wirkte es ebenso unauffällig wie früher. Ich hatte nämlich erwartet, auf Dauer verändert zu sein – sichtbar gezeichnet von jenem Übel, das mich von innen her aufzehrte. Doch nichts davon war mir anzumerken.

Am 15. Mai, vormittags um elf Uhr, verließ ich Heatherleghs Haus. Nach alter Junggesellengewohnheit begab ich mich in den Club. Dort stellte ich fest, daß meine Geschichte in der Version, die der Doktor ausgestreut hatte, schon allen bekannt war. Man begegnete mir zuvorkommend und extrem freundlich, wenngleich ein wenig gezwungen. Ich ersah daraus, daß ich für den Rest meines Lebens dem Kreis der Gefährten entfremdet sein würde, und blickte in schmerzlichem Neid auf die lachenden Kulis vorm Haus auf der Mall. Ich speiste im Club, empfahl mich um vier und schlenderte ziellos die Straße entlang, von der vagen Hoffnung beseelt, irgendwo auf Kitty zu treffen. Doch weit gefehlt: am Musikpavillon warteten schon die schwarzweiß livrierten Kulis auf mich, zogen mit ihrer Rikscha einher neben mir, und schon auch tönte das altbekannte Geleier von Mrs. Wessington mir wieder ans Ohr. Seit dem Verlassen des Clubs hatte ich sie erwartet – überrascht war ich eigentlich nur von ihrer Verspätung! Schweigend ging's nun die Chota Simla-Straße entlang, die gespenstische Rikscha ständig an meiner Seite. Am Bazar überholte mich Kitty. Sie war zu Pferd und in Begleitung eines mir fremden Herrn. Jeden Straßenköter hätte sie stärker beachtet als mich – nicht einmal ihren gemächlichen Trab beschleunigte sie! Indes, daran mochte auch der verregnete Nachmittag schuld sein.

So ging es nun paarweise und im Spaziergängertempo auf dem alten Rundkurs um Jakko herum – uns voran Kitty mit ihrem Begleiter, und hinter den beiden einher ich mit meiner gespenstischen Liebe von früher. Die Straße ertrank schier im Wasser; wie aus Dachrinnen troff's von den Bäumen am Fuße des Felsens; in Schwaden wehte der Sprühregen über uns hin. Mehrmals ertappte ich mich über Selbstgesprächen: – »Jack Pansay«, so redete ich mir zu, »du bist in Simla auf Urlaub – in *Simla*! Im alltäglichen, ganz gewöhnlichen Simla! Das solltest du niemals vergessen, niemals!« Dann versuchte ich, mir den Tratsch aus dem Club ins Gedächtnis zu rufen: wieviel der oder der für sein Pferd bezahlt hatte – kurz, alles, was da in Zusammenhang stand mit meinem vertrauten, anglo-indischen Alltag. Auch das Einmaleins sagte ich her, so rasch ich's vermochte, um mich meiner Sinne zu vergewissern. Das war eine große Beruhigung und ersparte es mir eine Zeitlang, auf Mrs. Wessingtons Reden zu hören.

Aufs neue erstieg ich nunmehr den Abhang zum Kloster. Oben angelangt, betrat ich das ebene Straßenstück. Kitty und ihr Begleiter legten einen Galopp ein, und ich war nun allein mit Mrs. Keith-Wessington. »Agnes«, beschwor ich sie,

»möchtest du nicht das Dach zurückklappen und mir erklären, was das zu bedeuten hat?« Das Dach glitt geräuschlos zurück, und ich sah mich nun Auge in Aug mit der längstbegrabnen Geliebten! Sie war noch genauso gekleidet, wie ich sie letztmals im Leben gesehen, auch das Taschentuch in ihrer Rechten war noch das alte, ebenso wie das Visitkartentäschchen in ihrer Linken. (Eine seit so langer Zeit Verstorbne mit einem Visitkartentäschchen!) Innerlich klammerte ich mich verzweifelt ans Hersagen des Einmaleins, doch mit den Händen suchte ich Halt am gemauerten Straßengeländer, um sicher zu sein, daß wenigstens dies noch real war!

»Agnes«, begann ich von neuem, »sag mir um Gotteswillen, was das zu bedeuten hat!« Sie beugte sich vor, mit jener raschen, ihr eigentümlichen Kopfbewegung, die mir so vertraut war. Dann begann sie zu sprechen.

Wäre meine Geschichte nicht so überspannt – hätte sie nicht schon längst alle Grenzen der Glaubwürdigkeit übersprungen, so müßte ich jetzt um Vergebung bitten für sie. Da ich aber weiß, daß ohnehin niemand mir glauben wird – nicht einmal Kitty, für die sie ja eigentlich bestimmt ist als eine Art Rechtfertigung meines Verhaltens –, fahre ich fort in meinem Bericht. Mrs. Wessington sprach auf mich ein, und ich immer neben ihr her, von der Sanjowliestraße bis zu der Kehre vorm Haus des Stationskommandanten, ganz als wäre ich im Gespräch mit einer lebenden Rikschapassantin. Mein Zustand war übergegangen in jene andere, qualvolle Stimmung, worin ich, dem Fürsten in Tennysons Dichtung vergleichbar, »inmitten einer Geisterwelt einherschritt«. Offenbar war beim Standortkommandeur ein Gartenfest zu Ende gegangen, denn wir sahen uns plötzlich umgeben von einer heimkehrenden Menge. Dennoch, ich hatte den Eindruck, all diese Leute wären nur Schatten, und Mrs. Wessingtons Rikscha ginge durch sie hindurch wie durch leere Luft! Was wir im Verlauf jenes geisterhaften Gespräches erörtert haben, vermag ich nicht mehr zu sagen – oder vielmehr, ich *wage* es nicht. Heatherlegh freilich hätte nur lachend darauf bestanden, ich sei »wieder mal meinem Augen-, Magen- und Hirngespinst aufgesessen«. Dennoch war das Geschehen für mich, trotz seiner Unheimlichkeit, eine erhebend schöne Erfahrung. Ist es denn möglich, so fragte ich mich, daß ich in diesem irdischen Leben mich abermals um die Gunst derer bemühe, die gestorben ist durch meine Schuld, zugrunde gegangen an meiner Grausamkeit und Mißachtung?

Auf dem Heimweg gewahrte ich Kitty – auch sie nur als Schattengebild unter Schatten!

Wollt' ich der Reihe nach alles beschreiben, was während der nächsten zwei Wochen passierte, so fände diese Geschichte niemals ein Ende und beanspruchte die Geduld meiner Leser weit über Gebühr. Morgen um Morgen, Abend um Abend zog ich nun mit der gespenstischen Rikscha durch Simla. Wohin immer ich gehen mochte – stets folgten mir die vier schwarzweiß livrierten Gestalten, leisteten mir Gesellschaft, ob ich das Hotel nun verließ oder dorthin zurückkehrte. Nach dem Theater erblickte ich sie in der lärmenden, rufenden Menge der anderen *Jhampanies*; verließ ich nach einem langen Whistabend den Club, so standen sie draußen bereit; bei jeder Geburtstagsfeier erwarteten sie geduldig mein Wiedererscheinen; ja noch am hellichten Tag, wenn ich auf Besuchstour war, gaben sie mir das Geleit! Bis auf den einzigen Umstand, daß sie keinen Schatten warf, schien diese Rikscha ein ganz alltägliches Fuhrwerk aus Holz und aus Eisen zu sein. Mehr als nur einmal mußte ich an mich halten, um nicht mit warnendem Aufschrei den oder jenen herangaloppierenden Freund vorm Zusammenstoß zu bewahren. Und mehr als nur einmal promenierte ich über die Mall, im intensiven Gespräch mit Mrs. Wessington, doch zur Belustigung sämtlicher andern Passanten.

Seit ich mich wieder öffentlich zeigte, war noch keine Woche vergangen, und doch mußte ich schon bemerken, daß man meine »Anfälle« jetzt nicht mehr ernstnahm, sondern mehr und mehr dazu neigte, mich für geistesgestört zu halten! Meine Lebensgewohnheiten änderte ich aber nicht, machte weiterhin meine Besuche, unternahm Ausritte in die Umgebung und speiste so unbefangen im Club wie nur je. Stärker als früher verlangte es mich nach der Gesellschaft von meinesgleichen; ich sehnte mich nach dem realen, faßbaren Leben, empfand aber etwas wie Unbehagen, sobald ich zu lange getrennt blieb von meiner Gespenstergefährtin. Indes, es ist mir nicht möglich, die wechselnden Stimmungen zu beschreiben, denen ich seit jenem 15. Mai bis zum heutigen Tag unterworfen bin.

Manchmal erfüllte die Gegenwart jener Rikscha mich mit Entsetzen und panischer Angst, dann wieder mit einer Art Freude, der tiefste Verzweiflung folgte. Ich wagte es nicht, Simla den Rücken zu kehren, und wußte dabei nur zu gut, daß mein Bleiben den Tod nach sich ziehen werde. Und überdies wußte ich auch, daß mir bestimmt war, sehr langsam zu sterben, meinem unwiderruflichen Ende Tag für Tag nur um einen kleinen Schritt näher zu sein! Meine einzige Sorge war nur, solchen Sühnetod in aller Stille und möglichst unauffällig zu sterben. Anderseits drängte es mich, Kitty wiederzusehn, und so beobachtete ich nicht ohne geheimes Vergnügen ihr betont verliebtes Getue mit meinem Nachfolger – oder vielmehr, mit den wechselnden Nachfolgern meiner Person. Kitty war ebensosehr aus meinem Leben verschwunden wie ich aus dem ihren. Während des Tages war ich in Begleitung von Mrs. Wessington unterwegs und fühlte mich dabei fast schon zufrieden. Im Dunkel der Nacht aber betete ich zum Himmel, er mög' mich in meine alte Umgebung zurückkehren lassen. Doch über so vielfältig wechselnder Stimmung schwebte beständig das leise, sinnbetäubende Wunder des Ineinanderfließens von sichtbaren Dingen und Unsichtbarkeiten inmitten so gegenwärtiger Welt – und alles nur zu dem Zweck, eine arme Seele zu Tode zu hetzen.

*27. August.* – Heatherlegh hat mir schier unermüdlich Beistand geleistet: gestern erst hat er mir vorgeschlagen, ich solle doch um einen längeren Krankenstand einkommen. – Ein Ansuchen stellen, nur um der Gesellschaft eines Phantoms zu entrinnen! Einen Antrag einbringen, die Regierung möge mir gnädigst gewähren, durch einen Heimaturlaub in England fünf Gespenster und eine gespenstische Rikscha auf immer loswerden zu können! Heatherleghs Vorschlag hatte zur Folge, daß ich einen fast schon hysterischen Lachkrampf erlitt! Hinterher sagte ich ihm, ich sei fest entschlossen, mein Ende in aller Stille *hier* abzuwarten, in Simla. Denn ich bin sicher, daß es nicht mehr allzu fern ist! Glaubt mir, ich fürchte es mehr, als Worte dies ausdrücken könnten! Nacht für Nacht martern mein Hirn unzählbare Spekulationen um diesen Tod.

Werde ich sterben im Bett, wie sich's für einen englischen Gentleman schickt? Oder wird mir auf einem letzten Spaziergang über die Mall vor allen Leuten die Seele entrissen, auf immer und ewig dazu verdammt, ein grauenhaftes Phantom zu begleiten? Werd' ich mich in jener Anderen Welt in alter Botmäßigkeit wiederfinden, gebunden an dieses Weib? Ist es unser Los, gemeinsam bis an das Ende der Zeit überm Schauplatz irdischen Daseins zu schweben? Je näher der Tag meines Todes heranrückt, desto übermächtiger wird das Entsetzen, das unser lebendiges Fleisch vor den Schemen und Schatten von jenseits des Grabes empfindet. Furchtbares Los, so bald zu den Toten hinunter zu müssen, nach kaum noch zur Hälfte gelebtem Leben! Und tausendmal schrecklicher noch, in eurer Mitte verharren zu müssen – ein Etwas erwartend, dessen Entsetzlichkeit wir uns nicht vorstellen können! Habt Mitleid mit mir – nein, mit dem, was ihr »Hirngespinst« nennt, denn was ich sonst noch geschrieben habe, glaubt ihr ja doch nie und nimmer! Und trotzdem sage ich euch: wenn jemals ein Mann von den Mächten der Finsternis umgebracht wurde – so bin *ich* dieser Mann!

Und, um der Gerechtigkeit willen, habt Mitgefühl auch mit *ihr*: nämlich, wenn je eine Frau zu Tode kam durch einen Mann, so bin *ich* es, der Mrs. Keith-Wessington umgebracht hat! Und der letzte Vollzug meiner Strafe ist schon über mir.

## *Der Bisara von Puri*

Fisch ohne Augen, der weissagen kann,
Fisch ohne Augen, wer tat dir das an?
Leih meinem heimlichen Wünschen dein Ohr,
Hex mir, du Fisch, einen Liebsten hervor!

*Bisara-Zauber*

Manche Einheimische sagen, er komme aus Indiens äußerstem Norden, noch jenseits von Kulu, von dort, wo der zwölfzöllige Tempelsaphir aufbewahrt ist. Andere behaupten, er sei in Tibet entstanden, im Teufelsheiligtum zu Ao-Chung, dortselbst entwendet worden durch einen Kafiren, dem dann ein Gurkha ihn stahl, der seinerseits wieder bestohlen wurde von einem Lahuli, dieser von einem *Khidmatgar**, der ihn einem Engländer weiterverkaufte, wodurch alle zaubrischen Kräfte verflogen seien. Denn um wirksam zu sein, muß der Bisara von Puri den Besitzer wechseln durch Diebstahl oder, noch besser, durch Raubmord. Jedenfalls aber muß man ihn *stehlen.*

Indes, all diese Geschichten, auf welchen Wegen besagter Bisara nach Indien gekommen sein soll – sie treffen nicht zu. Er wurde nämlich vorzeiten in Puri verfertigt, an der nordwestlichen Küste des Golfs von Bengalen, und schon die Art seiner Herstellung würde ein kleines Buch füllen. Eine der Bajaderen des dortigen Tempelbezirks hat ihn gestohlen, um seiner Zauberkraft willen. Späterhin ging er von Hand zu Hand, immer weiter nach Norden hinauf, bis nach Hanlé – stets unter der alten Bezeichnung »Bisara von Puri«. In einem winzigen, silbernen Kästchen ist er verwahrt, dessen mit acht Rubinen verzierter Deckel sich durch Federdruck öffnet, und hat die Gestalt eines sehr kleinen Fischs ohne Augen, geschnitzt aus dunkelglänzendem Nußholz und gehüllt in ein Stückchen ver-

* Indischer Hausdiener und Aufwärter. Anm. d. Ü.

schossenen, golddurchwirkten Gewebes. Dies also ist der Bisara von Puri, und es wäre für jedermann besser, eine Königskobra in Händen zu halten, als in Berührung zu kommen mit *ihm*.

Nun sind zwar in unseren Tagen sämtliche magischen Künste veraltet und abgetan – jedoch nicht in Indien, wo sich gar nichts verändert, allem schillernden Tand unsrer sogenannten Errungenschaften der Zivilisiertheit zum Trotz. Und jeder, der Kenntnis erlangt hat von dem Bisara von Puri und seinem Geheimnis, kann euch dessen Zauberkraft schildern – eine Kraft, welche unabdingbar voraussetzt, daß er ehrlich gestohlen wurde. Dann aber ist sie der einzig verläßliche, unfehlbar wirkende Liebeszauber des Landes – wenn man von *einer* Ausnahme absieht. (Dieser zweite Zauber ist in den Händen eines Soldaten der Reitertruppe des Nizam*, der Ort heißt Tuprani und liegt im Norden von Haiderabad.) Bis hierher kann alles Gesagte als faktisch und ausgemacht gelten. In größerer Ausführlichkeit mag es erzählen, wer Lust dazu hat.

Wird der Bisara jedoch *nicht* gestohlen, sondern verschenkt, rechtmäßig erworben oder auch nur gefunden, so wendet der Zauber sich nach einer Zeit von drei Jahren gegen seinen Besitzer und führt sodann binnen kurzem zu dessen Ruin oder Tod. Auch dies ist ein Faktum, das jeder von euch sich nach Belieben auslegen mag, falls er die Zeit dazu aufbringt. Im übrigen könnt ihr inzwischen ja lachen darüber. Gegenwärtig befindet sich der Bisara an einem sicheren Ort: ein *Ekka*-Pony** trägt ihn am Hals, versteckt unterm Halsband, welches verziert ist mit blauen Perlen gegen den Bösen Blick. Sollte der *Ekka*-Kutscher den Bisara von Puri aber entdecken und an sich nehmen, oder ihn gar seiner Ehefrau schenken, so tut er mir heute schon leid!

Im Jahr 1884 war der Bisara noch im Besitze der überaus schmutzigen, mit einem Kropfe behafteten Frau eines Kulis aus

* Titel des Herrschers von Haiderabad. ** Indischer Einspänner-Karren. Anm. d. Ü.

dem Gebirge, oben in Theog, im äußersten Norden. Von dort erst ist er nach Simla gekommen, wo ihn dann Churtons *Khidmatgar* erwarb und an seinen Herrn um den dreifachen Silberwert weiterverkaufte, denn Churton war Sammler von Kuriositäten. Dem Diener war dabei ebenso wenig bewußt wie dem Herrn, *was* man da eingekauft hatte. Indes, ein Besichtiger der Kollektion – Churton, ihr Sammler, war Hilfskommissar in Indiens Verwaltung – wußte sehr wohl um die Bedeutung des Kästchens, wahrte aber wohlweislich die Zunge. Obzwar als Engländer landfremd, zählte er doch zu den Eingeweihten, was ihn recht sehr von der Majorität seiner Landsleute unterschied: ihm war die gefährliche Kraft dieses winzigen Kästchens bekannt – ob sie nun wirksam sein mochte oder nur ungenutzt schlief. Und Liebe, sobald sie unerwünscht ist, kann sich als entsetzliche Gabe erweisen.

Pack – oder »Drecks«pack, wie wir ihn nannten, war in jeder Beziehung ein widerwärtiger Winzling, der nur aus Versehen in die Armee geraten sein konnte. Den eigenen Säbel überragte er eben noch um drei Zoll, war aber selber kaum halb so stark, und dieser Säbel war ihm nach Maß angeschneidert. Nun, jenen Pack konnte niemand leiden, und der Grund dafür war, wie ich glaube, die erbärmliche Nichtswürdigkeit, mit der er so hoffnungslos in Miss Hollis verknallt war – eine stattliche, ausnehmend hübsche Person, die ihn noch in Tennisschuhen hoch überragte: sie maß ja an die einssiebzig. Doch Pack beschied sich nicht etwa mit heimlicher Liebe, sondern brachte vielmehr sein gesamtes, nichtswürdiges Naturell mit ins Spiel. Wäre er nicht dermaßen abscheulich gewesen, so hätte man ihn bemitleiden müssen! Er gebärdete sich wie ein Pfau, er bramarbasierte, stolzierte umher, fortwährend bemüht, Miss Hollis' große und ruhige, graufarbene Augen auf sich zu lenken und vor ihr im günstigsten Licht zu erscheinen – doch ohne Erfolg. Insgesamt einer der Fälle, wie sie uns manchmal begegnen, sogar hierzuland, wo nur nach unumstößlichen, kodifizierten Regeln geheiratet wird, und mithin ein Fall vollkommen blinder Vernarrtheit von seiten des Einen, doch ohne die mindeste Aussicht auf eine Erwiderung solcher Gefühle. Miss Hollis erblickte in Pack nur eine Art Ungeziefer, wie sich's auf Straßen und Wegen herumtreibt. Wenn überhaupt, so hatte er höchstens die Aussicht, es zur Hauptmannsbesoldung zu bringen. Für jeden *Anna** darüber hinaus gebrach's ihm an Fähigkeit und an Verstand. Jeder männlichen, hochgewachsnen Erscheinung hätte so brennende Liebe einen Anstrich von Großartigkeit verliehen – aber bei diesem Pack ward sie einfach zur puren Belästigung, ja zur Plage.

Was ich bis jetzt gesagt habe, wird man mir glauben. *Nicht* glauben werdet ihr mir, was weiter geschah: eines Tages saß Churton mit jenem Bekannten, der um das Bisara-Geheimnis wußte, beim *Tiffin*** im Simla-Club und klagte dabei ganz allgemein über sein Leben. Die beste Stute sei ihm aus dem Stall über den Steilhang hinuntergestürzt und habe dabei das Rückgrat gebrochen, seine eignen Entscheidungen würden von seiten der vorgesetzten Behörde häufiger umgestoßen, als man nach acht Jahren Dienst in seiner Stellung hinnehmen könne, auch leide er ständig an fiebrigen Leberbeschwerden, ja fühle sich insgesamt hundeelend – und das schon seit Wochen! Alles in allem genommen, stand ihm der Überdruß schon bis zum Hals – er war niedergeschlagen und völlig entmutigt.

Nun ist, wie jedermann weiß, das Speisezimmer des Simla-Clubs durch einen gemauerten Bogen unterteilt in zwei Räume. Wendet man sich beim Eintritt nach links und nimmt am Fenstertisch Platz, so kann man die Tische zur Rechten des Eingangs nicht sehen, weil es der Bogen verhindert. Sonderbar daran ist, daß nicht nur der Gast, sondern auch die Bedienung hinter dem Vorhang, von wo man das Essen serviert, jedes gesprochene Wort deutlich mithören kann. Dies zu wissen, ist von Bedeutung. Ein Raum mit solcher Akustik gleicht ja einer Falle, vor der's auf der Hut zu sein gilt!

* Indische Münze, etwas mehr als ein Penny. ** Indisches Gabelfrühstück. Anm. d. Ü.

Halb scherzhaft und halb in der Hoffnung, bei seinem Gesellschafter Glauben zu finden, erzählte der wissende Tischgenosse unserem Churton den Werdegang des Bisara von Puri, und tat es in größerer Ausführlichkeit, als *ich* hier berichtet habe. Und er schloß mit dem Vorschlag, Churton möge doch seiner Stute auch das winzige Kästchen nachwerfen, über den Steilhang hinunter, um dann feststellen zu können, ob damit auch seine Schmerzen und sonstigen Sorgen abgetan wären. Doch weil für normale englische Ohren diese Geschichte nur folkloristisch von Reiz war, setzte sich Churton lachend darüber hinweg indem er sagte, jetzt, nach dem *Tiffin*, fühle er sich schon viel besser. Damit verließ er den Club. Aber Pack, welcher rechterhand, hinter dem Bogen, gleichfalls beim *Tiffin* saß, hatte Wort für Wort mitgehört und auch verstanden, wiewohl die absurde Vernarrtheit in seine Miss Hollis ihn schon zum Gespött von ganz Simla gemacht, ja ihn nahezu um den Verstand gebracht hatte.

Es zählt zu den Sonderbarkeiten des Lebens, daß vernunftlose Liebe, ganz ähnlich wie blinder Haß, einen Mann dazu bringen kann, seinen Gefühlen *alles* zu opfern, koste es, was es wolle, und ohne Kalkül der eigenen Kräfte. Ihr könnt euch darauf verlassen, Salomon hätte der Astaroth und all den anderen Damen mit ihren merkwürdigen Namen *keine* Altäre errichtet, wäre in seiner eignen *Zenana** alles in Ordnung gewesen! Indes, das gehört nicht hierher. Was wirklich geschah, war aber dies: Schon am folgenden Tag stattete Pack der Wohnung von Churton einen Besuch ab, gerade als dieser nicht anwesend war. Er hinterließ seine Karte, *stahl* jedoch den Bisara von Puri von dessen Platz unter der Standuhr auf dem Kamin – entwendete ihn wie ein gewöhnlicher Dieb, der er von Natur aus ja war. Und schon drei Tage danach war ganz Simla elektrisiert von der Nachricht, Miss Hollis habe den Pack akzeptiert – ihn, diesen Dreckspack, erhört! Man denke nur – Pack, diese schä-

* Indisch, für Haremsgemächer. Anm. d. Ü.

bige Ratte! Bedarf es denn eines noch stärkeren Beweises? Der Bisara von Puri hatte sich wieder einmal als wirksam erwiesen – er war ja durch Diebstahl in andere Hände gekommen, ganz wie sich's gehört!

Im Lauf seines Lebens kann ein Mann sich mitunter berechtigt fühlen, in fremde Affären einzugreifen, um jener Macht, die wir Vorsehung nennen, ins Handwerk zu pfuschen.

So auch unser Eingeweihter: er *spürte*, daß er das Recht dazu habe. Allein, bloß zu *glauben*, oder nach solchem Glauben zu *handeln*, sind zwei sehr verschiedene Dinge. Aber die Schamlosigkeit, mit der dieser Pack mit seiner Miss Hollis öffentlich paradierte, und vielleicht auch Churtons so rasche Genesung von seinen Leberbeschwerden – all das gab den letzten Anstoß zu einer klärenden Unterredung mit Churton. Der aber nahm die gemachte Eröffnung nicht ernst: seine Erziehung verbot ihm zu glauben, daß ein Mann in Regierungsdiensten jemals zum Dieb werden könne – zumindest, wenn's nur um Lappalien gehe. Doch bewog ihn die wundersame Erhörung des ekligen Pack, auf puren Verdacht hin zu handeln. Er schwor hoch und heilig, sich nur vergewissern zu wollen, *wohin* sein rubinenbesetztes, silbernes Kästchen verschwunden sein könnte! Einen Obrigkeitsdiener des Diebstahls zu zeihen, war ein Ding der Unmöglichkeit, und durchsuchte man dennoch sein Zimmer, so wurde man selber zum Dieb! Also entschloß sich Churton, genötigt von seinem Bekannten, lieber zum Einbruch. Sollte sich aber nichts vorfinden in jenem Raum ... indes, es wäre vulgär, an die Folgen auch nur zu denken!

Pack war ins »Benmore« gegangen, zu einem Ball – das Benmore war damals noch, was es ursprünglich gewesen, und kein Amtsgebäude – und tanzte dort fünfzehn Walzer von insgesamt zweiundzwanzig mit seiner Miss Hollis. Unterdessen versicherten Churton und dessen Begleiter sich aller erreichbaren Schlüssel und begaben sich zu Packs Zimmer, weil sie gewiß sein konnten, auch keinen der Diener dort anzutreffen. Pack war ein geiziger Kerl und hatte statt einer soliden, einbruchsicheren Geldkassette nur eine der hiesigen, billigen Imitationen erworben, wie sie schon für zehn Rupien auf dem Markt sind. Schon der erstbeste Schlüssel paßte – und zu unterst in der Schatulle, noch unter Packs Lebensversicherungspolizze, kam der Bisara von Puri zum Vorschein!

Churton bedachte den schurkischen Pack mit einer Schimpfkanonade, steckte das winzige Kästchen zu sich und begab sich mit seinem Begleiter dann gleichfalls zum Ball. Man kam eben noch zur Abendtafel zurecht, und Churton gewahrte dabei in den Augen jener Miss Hollis den Anfang vom Ende: unmittelbar nach dem Essen erlitt sie einen hysterischen Anfall und mußte von ihrer Mama weggebracht werden.

Im weiteren Verlauf jenes Abends – Churton trug das unheilige Kästchen noch in der Tasche – verstauchte er sich den Fuß auf der Treppe, die hinunter zum Tanzparkett führte, und mußte den Heimweg in einer Rikscha antreten. Er haderte mit seinem Schicksal und glaubte nach diesem Unfall weniger denn je an die Kraft des Bisara von Puri. Trotzdem, er suchte Pack auf, stellte den Kerl zur Rede und beschimpfte ihn nach Gebühr. Pack hörte ihm schweigend zu und nahm alles hin mit dem nervösen, kläglichen Lächeln eines zu klein geratenen Menschen, dem's an der Körperlichkeit wie an der Seele gebricht, eine Beleidigung übelzunehmen oder gar zu vergelten. Er trollte sich dann seiner Wege, und so kam es erst gar nicht zum öffentlichen Skandal.

Schon in der Woche danach erhielt Pack von Miss Hollis den Laufpaß. Sie habe sich gründlich in ihren Gefühlen geirrt, sagte sie. Danach übersiedelte er in den Süden, nach Madras, wo er nicht mehr viel Schaden anrichten konnte, auch nicht im Rang eines Obersten, falls er es je dazu bringen mochte.

Churton jedoch beharrte darauf, zum Zeichen der Dankbarkeit seinem Bekannten und Helfer den Bisara von Puri zu schenken. So nahm denn der Eingeweihte ihn wohl oder übel entgegen, begab sich jedoch alsbald an den Fahrweg hinunter, sah dort ein *Ekka*-Pony, das ein mit blauen Perlen verziertes

Halsband umhatte, verbarg den Bisara von Puri darunter, fixierte ihn auch noch mit einem Stück Schuhband – und dankte dem Himmel, sich aller Gefährdung nun doch noch entzogen zu haben!

Wohlgemerkt also: sollte einem von euch der Bisara von Puri irgendwo unterkommen, so braucht er das Kästchen nicht zu zerstören. Weshalb – das zu erklären fehlt es mir jetzt an der Zeit. Jedenfalls liegt alle Wirksamkeit nur in dem kleinen, hölzernen Fisch ohne Augen. Wenn ihr noch mehr wissen wollt, dann schlagt gelegentlich nach bei den Herrn Gubernatis oder Max Müller – die können es euch dann erzählen.*

Ihr werdet jetzt sagen, meine Geschichte sei bloß erfunden – ausgedacht von A bis Z. Sei's drum, von mir aus! Kommt euch aber jemals ein mit Rubinen besetztes, silbernes Schächtelchen unter, nur siebenachtel Zoll lang und dreiviertel Zoll breit, mit einem tiefbraunen, hölzernen Fischchen darin, das in ein goldnes Gewebe gehüllt ist, so behaltet es ruhig. Behaltet es für drei Jahre – und ihr werdet dann ganz von selber erfahren, ob meine Geschichte erfunden ist oder wahr!

Besser noch: *stehlt* es – wie Pack das getan hat –, und ihr werdet am Ende bereuen, daß ihr euch nicht gleich zu Anfang umgebracht habt!

* Angelo de Gubernatis, ital. Autor (1840-1913), Max Müller, deutsch-engl. Sanskritgelehrter (1823-1900). Anm. d. Ü.

## *Kasernengespenster*

Solange die »Unverwüstlichen«* sich bloß auf Picknicks, Gymkhanas,** Damenbekanntschaften oder ähnlich Harmloses beschränkten, verlor man kein böses Wort über sie. Als es jedoch bei ihnen zu geistern begann, wurde man aufmerksamer: »Ein Regiment, das sich Gespenster leistet, ist nicht ganz geheuer und verstößt gegen jedes Dienstreglement!« Dem hielten die »Unverwüstlichen« prompt entgegen, daß Geister Privatsache wären und nicht Regimentseigentum. Für alles Nähere sei aber Tesser zuständig. Tesser jedoch sagte bloß, man möge sich mit solchen Fragen zur – heißesten Dienststelle scheren, und meinte, es sei wirklich schlimm genug, Männer in der Abteilung zu haben, die sein Bett zum Heuhaufen machten und, in seiner Abwesenheit, ihm auch noch die Banjosaiten zerrissen, ohne daß man die Übeltäter erwischen und nach Gebühr zur Sau machen könne. Und im übrigen wäre er dankbar, wenn die Leute dieses Geschwätz über Geister mit sich selber ausmachen wollten!

Das war, noch ehe die »Unverwüstlichen« bei ihren sämtlichen Liebschaften schwuren, sie hätten mit jenen Störenfrieden in Tessers Quartier überhaupt nichts zu tun! Aber sehr bald ließ auch Horrocks in der Messe verlauten, er habe vorige Nacht in seiner Bude zwei weiße Gestalten herumhüpfen sehen, und wolle in Hinkunft verschont bleiben von derlei Unfug! Daraufhin verwahrten die »Unverwüstlichen« sich mit allem Nachdruck gegen den Argwohn, sie hätten die Hand im Spiele gehabt, und gaben Horrocks den Rat, er möge sich in dieser Sache doch lieber an Tesser wenden.

Nun scheint es mir nicht sehr wahrscheinlich zu sein, daß ein Subaltern-Offizier*** auch noch an anderes glaubt als an die Chance, eine eigene Kompanie zu bekommen. Doch Horrocks

* wörtl.: »Unextinguishables«. ** sportliche Wettbewerbe, vornehmlich Rennen. *** jeder Offiziersgrad unterm Hauptmannsrang. Anm. d. Ü.

und Tesser waren die Ausnahme von der Regel: sie *glaubten* an ihre Gespenster – und hatten auch allen Grund, an sie zu glauben.

Nacht für Nacht, gegen drei Uhr morgens, war Horrocks hellwach und beobachtete die beiden weißen Gestalten, wie sie im Zimmer umhersprangen und bis an die Decke hüpften. Da er indes von ruhiger Gemütsart war, beschränkte er sich darauf, zunächst einmal eine Woche lang seine Diener im Aug' zu behalten, ferner auf fremde Personen zu achten und im übrigen während der Nacht wachzubleiben. So kam er zu der Erkenntnis, es handle sich wirklich nur um Gespenster, so daß es die Mühe nicht lohne, sich weiter um sie zu bekümmern. Ihm lag nicht daran, durch etwa geäußerte Furcht solchem Spuk auch noch Vorschub zu leisten! Wenn er also, wie üblich, aufschrak aus seinem Schlummer und jene Gestalten känguruhgleich umherhüpfen sah, so brummte er bloß – »Macht nur weiter, mir kann's egal sein!« – und schlief wieder ein.

Tesser hingegen meinte, »Für *dich* mag's genug sein, Spaß an den deinen zu haben – du kannst sie ja *sehen*! Ich aber sehe die meinen *nicht*, und das ist nur halb so lustig!«

Nämlich, wenn Tesser sein Zimmer betrat, so fand er sein Lager komplett abgeräumt, als hätte da jemand mit einem einzigen Ruck, von der rechten oberen bis an die linke untere Ecke, das gesamte Bettzeug herausgerissen! Für gewöhnlich lag auch die umgeworfene Lampe daneben, und sein liebstes Stück, das so schön intarsierte, nickelbeschlagene Banjo, lag säuberlich auf dem nackten Gestell – doch es fehlten alle fünf Saiten, die hatte man abgerissen!

Nach dreimaliger Wiederholung des Vorfalls entfernte Tesser die Saiten mit eigener Hand – und am folgenden Abend gratulierte ihm einer der Männer zu seinem Spiel: zu der halben Stunde Banjomusik, wie er so schön sie noch niemals im Leben mitangehört habe!

»Wann soll das gewesen sein?« fragte ihn Tesser.

»Letzten Abend – zwischen neun und zehn Uhr«, versetzte

der Mann. Tesser jedoch war gestern schon um halb acht zum Essen gegangen und erst gegen Mitternacht heimgekehrt!

Daraufhin knöpfte er sich seinen Leibdiener vor und drohte dem Kerl mit den entsetzlichsten Strafen. Der Diener war aschfahl vor Angst. »Ich bin nur ein schwacher Mensch«, beteuerte er. »Wenn aber der Sahib von einem Teufel besucht wird – was kann ich dagegen oder dafür?«

»Wer redet denn von einem *Teufel*?« schrie Tesser ergrimmt.

»Wenn ich ihn aber gesehen habe!« verteidigte sich der Diener. »Und zwar in der Nacht! Immer wieder ist er ums Bett geschlichen – nur deshalb ist alles so *ulta-pulta* in Sahibs Zimmer! Ich bin nur ein schwacher Mensch und getrau' mich allein nicht hinein – sondern nur, wenn mich der *Bhisti** begleitet!«

Vor Zorn außer sich, wandte sich Tesser schließlich an Horrocks, und gemeinsam stellten sie Fallen auf, um jenen »Teufel« zu fangen. Danach drohten sie ihren Dienern, sie würden die Hundepeitsche zu spüren bekommen, falls dieser *Shaitanke*-Hokuspokus nicht aufhören sollte! Doch die Diener begannen zu schwitzen vor Angst, und so hatte es keinen Sinn, sie noch mehr einzuschüchtern. Wenn Tesser am Abend ausging, schliefen vier seiner Leute in der Veranda, wie stets. Sobald aber das seiner Saiten beraubte Banjo zu spielen anfing, sprangen sie auf und suchten das Weite.

Es kam der Tag, an dem Tesser mit einer Abteilung der »Unverwüstlichen« nach einem der äußeren Forts abrücken mußte. Vielleicht nach Godvingha, Jamrud oder Phillour – aber die waren es nicht. Er ließ sein Quartier leichten Herzens zurück, denn jener Teufel war ihm recht sehr auf die Nerven gegangen! In Tessers Begleitung befand sich ein jüngerer Leutnant – doch auch der Teufel kam mit. Nach zehn Tagen Dienst in dem entlegenen Fort nahm Tesser sich frei, um einmal auswärts zu es-

* ind. Regiments-Wasserträger. Anm. d. Ü.

sen – und traf, als er zurückkam, den Kameraden weit draußen vorm Hauptgraben an, auf Posten in jener Bastion, die am weitesten von den Offiziersunterkünften entfernt lag.

»Was ist denn passiert?« fragte er.

»Horch!« sagte der andere. Und unterm glitzernden Sternenhimmel vernahmen die beiden von den Mauern der Festung herüber die getragenen Banjoklänge, als spielte dort jemand Kirchenmusik!

»Drei Stunden lang geht das schon so!« sagte der junge Leutnant. »Ich hab' zwar noch niemals daran gedacht, meinen Dienst zu verlassen – aber jetzt werd' ich es tun! Mein lieber Tesser – du bist ja gewiß der Beste von allen, aber ... wie du ja einsehen wirst – *so* geht's auf die Dauer nicht weiter mit dir! Es ist nicht mein Auftrag, unter jemandem Dienst zu machen, der's mit dem Teufel zu tun hat!«

»Es ist nicht dein Auftrag?« erwiderte Tesser. »Nun, wenn du dich wie ein Verrückter aufführen willst, so stell' ich dich unter Arrest ... und zwar *in meinem Zimmer*!«

»Steck mich, wohin du willst – ich *denke* nicht dran, dieses Höllenkonzert noch länger mitanzuhören! Hier geht's nicht mit rechten Dingen zu, das ist gegen alle Natur! Glaub mir, ich möchte ja keinesfalls deine Gefühle verletzen, aber denk einmal nach, ob du nicht am Ende – irgendwann etwas angestellt hast – einen Mord begangen vielleicht – oder Wechsel gefälscht?«

»Hör jetzt genau zu, du kompletter, du doppelter, du hinter den Ohren noch nicht einmal trockener Vollidiot: falls du vielleicht –«

»Zugegeben – vielleicht hast du recht!« unterbrach ihn der andere. »Nur, was hast du erwartet? Wie soll ein Mensch denn vernünftig bleiben bei all diesem Aufruhr?«

Das Banjo schepperte weiter, als wär' es mit zwanzig Saiten bespannt anstatt mit fünfen. Tesser warf einen Stein nach dem Fenster – und die Splitter regneten in den Befestigungsgraben. Aber das Banjo spielte, als wär' nichts geschehen! Tesser zerrte den Leutnant mit sich hinauf ins Quartier – und fand ein entsetzliches Chaos vor: alles war durcheinandergeworfen, Lampe und Stühle gestürzt, das Bettzeug über den Boden verstreut, der Tisch umgekippt und zur Seite gerückt! Tesser besah sich den Schaden und sagte verzweifelt: »*Schöne* Bescherung!«

Hinter ihm, durch den offenen Eingang, spähte der Jüngere herein.

»Nur gut, daß du es so leicht nimmst«, sagte er dann. »Für mich ist's ja weniger leicht: ich habe nämlich das Zimmer *fest zugesperrt*, gleich nachdem du gegangen bist! – Wär's nicht gescheiter, du würdest statt meiner den Horrocks herauskommen lassen? Er hat ähnliche Sorgen wie du, und aus *mir* wird, wenn das hier so weitergeht, ja doch nur ein zitternder Halbidiot!«

Tesser warf sich aufs Bett und ließ alles so, wie es dalag. Er war fuchsteufelswild. Gleich am anderen Morgen ritt er zu seinem Standort zurück und bat Horrocks, ob denn nicht *er* »den Narren, den man mir da aufgehalst hat,« ablösen könne.

»So haben sie dich also doch aufgespürt und beglücken dich wieder – das ist es doch, oder?« frug Horrocks. »Auch bei mir hat sich nicht viel geändert – nur, daß sie jetzt schon zu dritt sind! Drei weiße Gestalten! Wir werden es also gemeinsam durchstehen müssen!«

Infolgedessen richteten Horrocks und Tesser sich in jenem Außenfort ein, und die »Unverwüstlichen« hatten jetzt neuen Gesprächsstoff über »sieben weitere Teufel«. Indes, es war Tesser nicht möglich, herauszubekommen, von *wo* dieser üble Spaß seinen Ausgang nahm. Dreimal die Woche war in seinem Zimmer das Unterste zuoberst gekehrt! Horrocks hingegen wurde zunächst überhaupt nicht belästigt – offenbar waren *seine* Gespenster an ihren Ort gebunden und nicht, wie bei Tesser, an die Person! *Dessen* Teufel waren mit ihm hierher übersiedelt. Unsere Freunde vertaten drei Viertel der Zeit, um dahinterzukommen, *wer* für die Verwüstungen in Tessers Zimmer verantwortlich sei. Doch schon nach vierzehn Tagen fragten sie sich, *was* es sein könnte! Und nach einer weiteren Woche sahen sie ein, daß da nichts zu machen wäre, und stellten ihre Bemühungen ein. Was auch immer dahintersteckte – es ließ sich nicht überlisten, auch nicht dann, als Tesser ganz ostentativ den Standort verließ, und Horrocks mit schußbereitem Revolver unter Tessers Bett auf der Lauer lag! Die Diener waren noch tiefer verängstigt als je zuvor, und nichts ließ vermuten, daß etwa *sie* die Hand im Spiel hätten. Nein, es war schon so, wie Tesser zu Horrocks sagte: »Wird nur ein kleiner Leutnant von Geistern belästigt, so ist das ein Spaß. Aber stell dir mal vor, sowas passiert einem Oberst! Oder nimm einmal an, ich heirate demnächst: könntest du dir ein Mädchen vorstellen, die es auch nur eine Woche aushielte – mit mir *und* diesem Teufel?«

»Kann ich nicht sagen«, entgegnete Horrocks. »Verheiratet war ich nicht oft – aber ich hab' da ein Weib gekannt, deren Mann hat an Delirium tremens gelitten – an Säuferwahn. Jetzt ist er tot, und da könnt' ich mir denken, daß *sie* dich *schon* heiraten würde! Ein Mädchen ist sie ja nicht mehr, hat aber große Erfahrung mit diesen *anderen* Teufeln – denen der blauen Sorte! Der Staat zahlt ihr eine Pension, und da solltest du ihr vielleicht schreiben! Ich persönlich, an *ihrer* Stelle, wenn ich sowas erlebt hätte, würde mich freilich hüten vor dir!«

»Siehst du, und das ist der springende Punkt«, sagte Tesser. »Diese Teufels-Affäre bringt mich mit der Zeit in Verruf, ein Säufer zu sein! Dabei hab' ich mich, wie du weißt, während der letzten zehn Wochen nur an Fruchtsaft gehalten und bin schon um zehn Uhr zu Bett gegangen!«

»Am Ende ist's gar kein wirklicher Teufel«, meinte Horrocks nachdenklich. »Vielleicht ist das Ganze ein ausgeklügelter Schwindel, einer, für den man den Urheber umlegen sollte! Kann aber auch sein, du hast einen der hiesigen Teufel beleidigt – es spricht ja alles dafür, daß es wimmelt von ihnen in diesem beschissenen Land!«

»Aber warum kapriziert sich so einer dann ausgerechnet auf

*mich?*« fragte Tesser. »Und wenn, warum *zeigt* er sich nicht – warum tritt er mir nicht leibhaftig entgegen, um sich's mit mir auszumachen?«

Die beiden standen im Freien, vorm Eingang zur Messe. Es war unterdessen dunkel geworden, und während sie sich unterhielten, fing plötzlich das Banjo zu spielen an – kaum zwanzig Schritte entfernt!

Horrocks rannte auf seine Bude, um die Schrotflinte und den Revolver zu holen, wonach er mit Tesser hinaufschlich zu dessen Zimmer. Vor der Tür blieben sie stehen: drinnen das Banjo spielte und spielte!

»Jetzt haben wir ihn!« rief Horrocks, trat die Tür auf und knallte die doppelte Schrotladung mitten hinein in den Raum, während Tesser, so schnell es der Abzug erlaubte, alle sechs Schüsse des Trommelrevolvers hinterdreinpulverte!

Die gesamte Einrichtung war demoliert – und das gesamte Fort auf den Beinen! Aber das war auch schon alles. Es gab keinen Toten. Nur das Banjo lag wie gewöhnlich auf dem überworfenen Bett ...

In der Veranda ließ Tesser sich auf einen der Stühle fallen und gebrauchte Worte dabei, die ihn zum ebenbürtigen Partner sämtlicher Höllenteufel erhoben! Auch Horrocks fluchte die Sterne vom Himmel – doch an Tesser kam er da nicht heran.

So waren beide von Herzen erleichtert, als die vier Wochen Außendienst ihrem Ende zugingen. Ein letztes Mal hielten sie Kriegsrat – aber sie kamen zu keinem Ergebnis.

»Weißt du, ich habe den Eindruck, für dich wär's das Beste, deinem Teufel ein bißchen Bewegung zu machen. Geh doch mit den Männern, die abgelöst werden, nach Bombay hinunter!« schlug Horrocks vor. »Wenn es wirklich ein Teufel ist, wird er dich auch auf der Bahnfahrt begleiten!«

»Ich weiß nicht, ob das so günstig ist«, warf Tesser ein. »Bombay ist um diese Zeit eher nicht zu empfehlen! Ob ich nicht lieber einkommen sollte um einen Depotdienst – droben im Bergland?« Nun – und das tat er dann auch.

Damit ist meine Geschichte auch schon zu Ende. Der Teufel ist unten im Flachland geblieben, und Tesser ging in die Berge und war ihn los. Hätte ich diese Geschichte erfunden, so müßt' ich mir jetzt ein entsprechendes Ende ausdenken. Ich könnte den ganzen Unfug zum Beispiel als einen üblen Streich, als einen Schabernack hinstellen, den sich jemand geleistet hat. Aber weil es mein Amt ist, mich nur an die Fakten zu halten, muß ich's genug sein lassen an dem, was ich bisher berichtet habe. Mag ja sein, jene Teufelei war wirklich nur ein übler Scherz. Wenn ja, dann ist's einer der besten gewesen, die jemals verübt worden sind! Und wenn *nicht* … Aber das müßtet ihr euch dann schon selber ausmachen.

# *Mündliche Botschaft*

Auch wenn du, Liebste, sterben mußt und klagen
Als Geist an meiner Tür,
So will darum ich nimmermehr verzagen,
Dich lieben für und für,
Die aus dem Haus des Todes wiederkehrt,
Den Gram zu lindern, der mein Herz verzehrt!

Der hier dargebotene Bericht mag all denen erklärlich scheinen, die um seelische Dinge und Grenzen des Möglichen wissen. Ich aber lebe schon lange genug in diesem Land, um zu wissen, daß es am besten ist, *gar nichts* zu wissen, und kann die Geschichte nur so niederschreiben, wie sie sich abgespielt hat.

Dumoise war Arzt in Meridki, auf unserem Stützpunkt. Unter uns jedoch nannten wir ihn nur »Dösmaus«, weil er rundlich und klein von Gestalt war und ständig verschlafen aussah. Trotz alledem war er ein guter Arzt, der nie aus der Fassung geriet und mit niemandem Streit bekam – nicht einmal mit dem Regierungsbevollmächtigten, der ein saugrober Klotz war, mit dem Feingefühl eines Ackergauls. Zur Gemahlin nahm unser Doktor ein Mädchen, die war so rundlich wie er und wirkte nicht minder verschlafen. Es war dies eine Miss Hillardyce von den »Squash«-Hillardyces aus Bengalen – ihr Vater hatte die Tochter des eigenen Chefs geheiratet, aus purem Versehen. Indes, das ist eine andre Geschichte.

Eine Hochzeitsreise in Indien währt selten länger als eine Woche, doch steht es jedem Hochzeitspaar frei, sie auszudehnen auf zwei bis drei Jahre. Für Jungvermählte, die noch voll aneinander Genüge finden, ist Indien ein herrliches Land, weil es beiden ermöglicht, ihre Zeit nur unter sich und vollkommen ungestört zu verbringen. Auch unsere »Dösmäuse« hielten es so. Die zwei kleingewachsenen Leutchen zogen sich gleich nach der Hochzeit in ihre vier Wände zurück und lebten von da an nur mehr einander. Natürlich sahen sie sich mitunter gezwungen, eine Gesellschaft zu geben, doch erwarben sie sich keine Freunde dabei, und so ging denn das Leben weiter wie es schon immer gegangen, ohne daß jemand in unserem Stützpunkt sich viel um die beiden gekümmert hätte. Gelegentlich wurde die Meinung geäußert, »Dösmaus« sei wirklich ein feiner, wenn auch schlafmütziger Kerl. Ein behördlicher Arzt, der sich mit niemandem zankt, ist ja schon an sich eine rare Erscheinung.

Nur wenige Menschen bringen es fertig, irgendwo auf der Welt Robinson Crusoe zu spielen – und erst recht nicht in Indien, wo unser so wenige sind. Man ist hier umso mehr auf die Dienste der anderen angewiesen. So war es nicht richtig von Dumoise, sich ein volles Jahr von der Außenwelt abzukapseln – aber das kam ihm erst zu Bewußtsein, als mitten im indischen Winter der Typhus ausbrach in unserem Stützpunkt, und die Gattin des Doktors bettlägerig wurde. Er aber, der kleine und schüchterne Mensch, wartete fünf Tage zu. Dann erst wurde ihm klar, daß jenes hitzige Fieber schlimmere Ursachen hatte. Indes, noch drei weitere Tage verstrichen, ehe er's über sich brachte, bei Mrs. Shute, der Gattin des Ingenieurs, vorzusprechen und ihr seine Sorgen zu schildern. Nun weiß man in fast jeder Haushaltung Indiens ja nur zu gut, wie hilflos im Falle von Typhus die Ärzte sein können. Also ging es darum, den Kampf aufzunehmen und ihn Schritt für Schritt auszufechten zwischen dem Tod und den Pflegerinnen. Mrs. Shute war nahe darangewesen, den Doktor zu ohrfeigen ob einer Säumigkeit, die in ihren Augen fast schon »verbrecherisch« war. Sie stürzte auf und davon, um nach der Ärmsten zu sehen. Wir hatten in jenem Winter schon sieben Fälle von Typhus in unserem Stützpunkt. Und weil, im Durchschnitt gerechnet, jeder fünfte Typhuspatient es nicht übersteht, waren wir allesamt so gut wie sicher, demnächst einen Toten beklagen zu müssen. Trotzdem tat jedermann, was er konnte: die Frauen kümmerten sich um die weiblichen Kranken, die Männer, sofern sie nicht verheiratet waren, um die krankgewordenen Männer. So schlugen wir uns zwei Monate lang mit den Typhusfällen herum, brachten sie allesamt über den Berg – und triumphierten über den Tod! Doch als wir schon glaubten, es endgültig ausgestanden zu haben, und Anstalten trafen, zur Feier so glorreichen Sieges ein Ballfest zu geben, erlitt Mrs. Dumoise einen Rückfall, und wir *hatten* nun unser Begräbnis. Ihr Mann brach am offenen Grabe zusammen und mußte weggebracht werden.

Nach dem Tod seiner Frau verkroch Dumoise sich in seinem Haus und blieb allem Trost unzugänglich. Zwar kam er seinen Verpflichtungen vorbildlich nach wie bisher, doch spürten wir andern sehr deutlich, wie nötig er einen Urlaub hatte. Auch seine Fachkollegen rieten ihm dringend dazu. Dumoise nahm den Vorschlag sehr dankbar auf – er war ja in jenen Tagen dankbar für alles – und unternahm bald danach eine Fußtour nach Chini, das etwa zwanzig Tagesmärsche von Simla entfernt liegt, hoch oben im Bergland. Die dortige Gegend ist überaus heilsam für jeden, der nicht mehr mit sich zurechtkommt. Der Weg führt durch riesige, stille Gebirgszedernwälder, vorbei an gewaltigen, lautlosen Felsformationen und über weite, grasbewachsene Hügel, die sich wölben wie Frauenbrüste. Und der übers Grasland hinstreichende Wind sänftigt die Seele nicht minder als der auf die Zedern rieselnde Regen. Mithin fand der kleine Dumoise sich unversehns auf dem Wege nach Chini, ausgestattet mit Plattenkamera, sonstiger Foto-Ausrüstung und einem Jagdgewehr, sowie in Begleitung eines nichtsnutzigen Trägers, den er nur mitgenommen, weil er der bevorzugte Diener der verstorbenen Gattin gewesen. Im übrigen war dieser Bursche nur diebisch und faul. Dennoch vertraute ihm unser Doktor in allen Stücken.

Auf dem Rückweg von Chini unternahm Dumoise einen Abstecher in Richtung Bagi, mitten durchs Forstschutzgebiet am Fuße des Hattu-Gebirges. Manche der weiter herumgekommenen Leute behaupten, der Fußmarsch von Kotegarh bis nach Bagi sei einer der schönsten auf dieser Welt. Jedenfalls führt er durch düstere Feuchtwaldgebiete und mündet dann plötzlich in eine kahle, schwarzfelsige Ödnis. Der Dâk-Bungalow* von Bagi gewährt allem Wind freien Zutritt und ist bitterkalt. Nur wenige Leute nehmen den Weg über Bagi, doch hat ihn Dumoise vielleicht eben deshalb gewählt. Um sieben Uhr abends machte er halt, und sein Träger begab sich sogleich hangabwärts ins Dorf, um dort nach Kulis Umschau zu halten, für die Etappe des kommenden Tags. Die Sonne war untergegangen, schon sauste der Nachtwind im Felsengestein. Und unser Doktor stand am Verandageländer, in Erwartung der Rückkehr des Trägers. Indes, der Mann kam zurück, kaum daß er gegangen war, und in so großer Eile, daß Dumoise glaubte, ein Bär müsse hinter ihm her sein! So rasch die Beine ihn trugen, rannte der Mann auf die Anhöhe zu!

Aber kein Bär war die Ursache seines Entsetzens. Er schwang sich auf die Veranda und warf sich zu Boden, mit blutender Nase und schreckensbleichem Gesicht. Atemlos stieß er hervor: – »Ich hab' die *Memsahib* gesehen! Ich hab' die *Memsahib* gesehn!«

»Wo soll das gewesen sein?« fragte Dumoise.

»Dort unten – auf der Straße zum Dorf! Sie war auf dem Wege hinunter, hat ein blaues Gewand angehabt, ihren Schleier gehoben und zu mir gesagt: – ›Ram Dass‹, so hat sie gesagt, ›bestell deinem *Sahib* meine *Salaams* und richte ihm aus, schon nächsten Monat erwarte ich ihn – in Nuddea!‹ Und dann bin ich ausgerissen, weil ich mich gefürchtet habe.«

Was Dumoise daraufhin gesagt hat oder getan, ist mir nicht bekannt. Jedoch behauptet Ram Dass, sein Herr habe gar nichts geäußert, sondern sei nur die ganze Nacht auf der kalten Veranda geblieben, sei dort auf und ab geschritten, habe auf das Erscheinen seiner *Memsahib* gewartet und immer wieder, wie ein Verrückter, die Arme ins Dunkel gestreckt. Aber es habe sich keine *Memsahib* gezeigt, und so sei man am nächsten

* Indische Relais-Station. Anm. d. Ü.

Tag weitergezogen nach Simla, wobei ihm sein Herr und Gebieter ununterbrochen mit Fragen zugesetzt habe.

Ram Dass konnte aber nur sagen, ihm sei die *Memsahib* begegnet, habe den Schleier gehoben und ihm jene Botschaft aufgetragen, die er getreulich bestellt habe – Wort für Wort ausgerichtet! Daran hielt er fest. Er wußte gar nicht, wo Nuddea lag – und hatte auch nicht die Absicht, dorthin zu gehen, auch nicht für doppelten Lohn.

Nuddea liegt in Bengalen – hat also überhaupt nichts zu tun mit einem im Pandschab diensttuenden Arzt. Von Meridki sind es noch mehr als zwölfhundert Meilen bis dort hinunter.

In Simla machte der Doktor gar nicht erst halt, sondern kehrte auf direktem Weg nach Meridki zurück, um den Dienst wieder zu übernehmen von dem Ersatzarzt, der ihn während der Zeit seiner Abwesenheit vertreten hatte. Es gab dabei etliches zu besprechen, klinische Dinge und Rezepturen betreffend. Auch waren da neue, vom Generalarzt erlassene Direktiven zur Kenntnis zu nehmen und zu vermerken. Das nahm einen vollen Tag in Anspruch. Erst gegen Abend eröffnete Dumoise seinem Stellvertreter – einem alten Freund aus früheren Tagen – was sich in Bagi ereignet hatte. Und der andere meinte, da hätte Ram Dass ebensowohl Tuticorin, an der Südspitze Indiens, zum Ort der Zusammenkunft wählen können.

In diesem Moment traf ein Telegrammbote ein, mit der telegraphischen Weisung aus Simla, den Dienst in Meridki vorerst nicht anzutreten, sondern sofort nach Nuddea weiterzureisen, zu spezieller Verwendung. In Nuddea war eine Cholera-Epidemie ausgebrochen, und Bengalens Behörden, zu knapp an Ärzten wie stets, hatten Pandschab ersucht, einen Leiharzt hinunterzusenden.

Dumoise schob die Depesche zu seinem Freund hinüber: – »Na, was sagst du dazu?«

Der Vertretungsarzt sagte gar nichts. Was gab es da noch zu sagen!

Doch dann fiel ihm ein, daß Dumoise auf dem Rückweg von

Bagi durch Simla gekommen war und dabei von dieser Versetzung gehört haben mochte.

Er bemühte sich, solche Vermutung und auch den Argwohn, der sich daran knüpfte, vorsichtig zu äußern, doch Dumoise schnitt ihm das Wort ab, indem er sagte: – »Hätte ich *das* beabsichtigt, so wär' ich von Chini gar nicht erst hierhergekommen! Ich war ich auf der Jagd dort oben! Und ich möchte am Leben bleiben, ich habe noch allerhand vor ... aber es macht mir nichts aus.«

Der andere neigte zustimmend den Kopf. In der Dämmerung half er dem Freund, die kaum erst geöffneten Koffer wieder zu packen. Soeben trat auch Ram Dass ein, um die Lampen zu bringen.

»Wohin ist der *Sahib* denn unterwegs?« fragte er.

»Nur nach Nuddea«, war die ergebene Antwort des Doktors.

Ram Dass umklammerte Schuhe und Knie seines Herrn und flehte ihn an, *nicht* dorthin zu gehen, auf keinen Fall! Er weinte und stöhnte und schrie, bis man ihn aus dem Zimmer jagte. Mithin packte auch er seine Habseligkeiten zusammen. Danach trat er wieder ein und bat um ein Zeugnis. Er wolle um keinen Preis nach Nuddea, nur um seinen *Sahib* dort sterben zu sehn und am Ende auch selber zu sterben!

Also zahlte Dumoise den Mann aus und begab sich hernach *allein* nach Nuddea. Und sein hiesiger Stellvertreter nahm Abschied von ihm, als hätt' man den Freund zum Tode verurteilt.

Elf Tage danach war der Doktor mit seiner *Memsahib* wieder vereint. Und Bengalens Behörden waren gezwungen, einen weiteren Arzt anzufordern, um mit der Epidemie in Nuddea fertigzuwerden. Ihr *erster* Import lag starr in Chuadangas Dâk-Bungalow.

## *Meine selbsterlebte Gespenstergeschichte*

Diese Geschichte befaßt sich ausschließlich mit Geistern. Es gibt in Indien welche, die nehmen das Aussehen kalter und fetter, gedunsener Leichname an und lauern in Baumkronen neben der Straße den Reisenden auf. Und kommt ein Wanderer des Wegs, so lassen sie sich auf ihn fallen, setzen sich ihm ins Genick und sind nimmer abzuschütteln. Dann gibt es auch schreckliche Geister von Weibern, welche im Kindbett gestorben sind: die spuken beim Sinken der Nacht auf Seitenpfaden umher oder verbergen sich in den Kulturen am Dorfrand und stoßen beständig Lockrufe aus, denen zu folgen den sicheren Tod bedeutet: nicht nur in diesem, nein, auch im anderen Dasein. Ihre Füße sind aber rückwärts gekehrt und deshalb für jeden besonnenen Menschen erkennbar. Ferner gibt's auch Gespenster von kleinen, in Brunnen ertränkten Kindern. Sie geistern auf Brunnenrändern herum oder am Rande des Dschungels – sie wimmern und klagen in sternheller Nacht, oder klammern sich an die Hände der Frauen und betteln, von ihnen getragen zu werden. Sie und die Leichengespenster sind aber rein heimischen Ursprungs und wagen sich niemals an einen Sahib heran: von keinem dieser einheimischen Geister ist bisher authentisch bezeugt, er habe etwa versucht, einem Engländer Furcht einzujagen. Demgegenüber haben schon sehr viele englische Geister sowohl farbiges Volk als auch Weiße vom Leben zum Tode befördert.

Nahezu jede zweite Station besitzt ihr Gespenst. In Simla soll es gleich zwei davon geben – nicht zu reden von jener alten Vettel, die den Blasbalg bedient im Dâk-Bungalow zu Syree an der Alten Heerstraße. Hinwiederum steht zu Mussuri ein Haus, worin ein Wesen voll Anmut sein Unwesen treibt, und in Lahore, so heißt es, besorgt eine Dame in Weiß den Nachtwächterdienst um eins der Gebäude. In Dalhousie wird erzählt, an einem der dortigen Häuser ›reproduziere‹ sich abends im Herbst bis ins letzte Detail ein schrecklicher Pferde-Unfall mit tödlichem Ausgang. Anderseits wieder hat Muri einen fröhlichern Geist, doch soll dort inzwischen, nach der Cholera-Epidemie, auch noch Raum genug für einen traurigen sein. Und in Mian Mir befinden sich Offiziersunterkünfte, deren Türen sich selbsttätig auftun, wogegen die Stühle in der Hitze des Juni nicht von *sich* aus zu knarren beginnen, sondern unterm Gewicht jener Unsichtbaren, die sich darauf niederlassen. Peschawar schließlich besitzt eine Anzahl von Häusern, in die niemand einziehen will, und ähnliche Unstimmigkeiten vernimmt man aus Allahabad. Vollends strotzen die ältern Provinzen von Mauern, in denen es umgeht, und die dortigen Hauptverkehrswege sind frequentiert von Gespenster*heeren*.

Etliche Dâk-Bungalows an der Großen Fernstraße umschließen auch kleine Begräbnisstätten – übriggebliebene Zeugen vom ›Handel und Wandel des sterblichen Lebens‹ aus längst vergangenen Tagen, als die Menschen noch von Kalkutta nach dem Nordwesten des Landes zogen. Es ist nicht sehr ratsam, in diesen Bungalows zu übernachten: meist sind sie sehr alt, darüber hinaus auch unsäglich verdreckt, und ihr *Khansamah** steht dem verfallnen Gemäuer an Alter zumeist nicht nach. Entweder schwatzt er nur greisenhaft darauf los, oder er döst einfach altersmüd vor sich hin. Stellst du ihn aber zur Rede, so verweist er dich wortreich auf irgendeinen vor drei Jahrzehnten verstorbnen, gleich hinterm Hause begrabenen Sahib und behauptet dazu steif und fest, damals, als er im Dienste besagten Sahibs gestanden, habe kein anderer *Khansamah* dieser Provinz an ihn heranreichen können! Dann klappert er schnatternd und maulend und zitternd mit Schüsseln und Tellern herum – und du gibst es auf, ja bereust, deinen Ärger gezeigt zu haben.

* Indischer Stationswirt. Anm. d. Ü.

Noch vor gar nicht so langer Zeit war ich darauf angewiesen, in solchen Dâk-Bungalows zu übernachten. Doch blieb ich niemals drei Nächte hintereinander in ein und demselben Gebäude und brachte es deshalb zu einiger Kenntnis in diesem Genre. Ich hab' in Stationen gewohnt, die von der Regierung erbaut worden sind, mit gemauerten Ziegelwänden und holzgezimmerten Decken, jedes Zimmer mit Einrichtungsinventar und, zum Willkomm, mit einer gereizten Kobra unter der Schwelle. Und ich habe in ›umgebauten‹ gewohnt – in alten, zu Dâk-Bungalows adaptierten Gemäuern, wo sich nichts am gehörigen Platz befand, und fürs Abendessen kein einziges Huhn aufzutreiben war. Auch in aufgelassnen Palästen hab' ich genächtigt, wo der Wind zwar durch marmornes Gitterwerk pfiff, was aber genauso abscheulich war, als hätt' er durch schadhafte, hölzerne Wände geblasen. Und ich habe einmal in einem Dâk-Bungalow übernachtet, wo die letzte Eintragung im Gästebuch fünfzehn Monate alt war, und wo man der Curry-Ziege den Schädel abgehackt hat mit dem Schwert. Ein glücklicher Zufall hat es gewollt, mich mit Männern jeglicher Herkunft zusammenzuführen – mit nüchternen Missionaren, mit Deserteuren britischer Regimenter und mit betrunkenen Landstreichern, die mit Whiskyflaschen nach allem warfen, was ihnen über den Weg lief. Aber mein glücklichster Zufall ist es gewesen, eben noch aus einer Vaterschafts-Sache herausgekommen zu sein. Weil nun so viele Tragödien unseres indischen Lebens ausgerechnet in Dâk-Bungalows sich abgespielt haben, fragte ich mich, warum es denn dort keine Geister gebe? Natürlich hätte dann nur ein aberwitziger Geist einen Dâk-Bungalow sich zum Aufenthalt wählen können. Es sind jedoch im Laufe der Zeit so viele Männer in Dâk-Bungalows ums Leben gekommen, daß der Prozentsatz geistesgestörter Gespenster dort recht beträchtlich sein mochte!

Nun, es währte gar nicht so lange, da traf ich auf den von mir vermuteten Geist – oder vielmehr, auf die Geister –, denn es waren ihrer gleich zwei.

Wir wollen den Bungalow Katmal Dâk-Bungalow nennen. Das war aber noch der geringste der Schrecken. Ein Mann mit empfindlicher Haut dürfte erst gar nicht in Dâk-Bungalows übernachten. Sogar heiraten täte ihm besser. Nun, dieser Katmal Dâk-Bungalow war alt und verfallen. Instandgesetzt worden war er noch nie. Der Boden bestand aus zersprungenen Ziegeln, die Wände waren verdreckt, und die Fenster so schwarz, daß man kaum hindurchsehen konnte. Errichtet an einer Nebenstraße, wurde er der Hauptsache nach von allerlei heimischer, kleiner Beamtenschaft frequentiert – von der Finanz- bis zur Forstverwaltung. Echte Sahibs gab's hier fast keine. Der altersgebeugte *Khansamah* sagte mir das.

Ich traf dort ein bei launenhaft regnerischem und windigem Wetter, und jeder Windstoß brachte die steifen Toddy-Palmbäume vorm Haus zum Klappern, als wären es Totengebeine. Der *Khansamah* verlor schier den Kopf bei meiner Ankunft. Er sei vorzeiten im Dienst eines Sahib gestanden – und ob ich den Sahib gekannt hätte? Er nannte den Namen eines nicht unbedeutenden Mannes, den man freilich schon vor einem Vierteljahrhundert zu Grabe getragen hatte, und zeigte mir auch eine alte Daguerreotypie aus dessen prähistorischer Jugend. Ein in Stahl gestochenes Porträt hatte ich vor einem Monat als Frontispiz einer zweibändigen Memoiren-Ausgabe gesehen – und fühlte mich plötzlich namenlos alt.

Der Tag ging zur Neige, und der *Khansamah* kümmerte sich um das Essen. Er sagte gar nicht erst »*Khana*« dazu – menschliche Nahrung. Er nannte es »*Ratub*«, das heißt unter anderm auch »Fraß« und meint Hundefutter. Aber das war nicht so böse gemeint – er mochte den richtigen Ausdruck seit langem vergessen haben.

Während er draußen noch seine Tierleichen zerhackte, sah ich mich um in dem Dâk-Bungalow und machte mir's darin bequem. Im ganzen gab es vier Räume. Der meine war eine Art Eckverschlag, und von jedem der Zimmer ging es zum nächsten durch ehemals weiße, schmutzverkrustete Türen, die mit langen Eisenquerstangen verriegelt waren. An sich war der Bungalow ziemlich solide gebaut, aber die Trennwände zwischen den Räumen erweckten den Eindruck einer Bruchbude, so dünn waren sie. Jeder Schritt, jedes Abstellen eines Gepäckstücks hallte durch sämtliche Räume, und von der hintersten Mauer kam auch noch das Echo zurück. Deshalb machte ich meine Tür zu. Es gab keine Lampen hier, sondern bloß Kerzen in Glaszylindern, und im Waschraum eine Petroleumfunzel.

Was die purste und finsterste Trübsal betrifft, so war dieser Dâk-Bungalow der ärgste all jener ungezählten, die ich jemals betreten hatte: es gab keine Feuerstelle, und da sich die Fenster nicht öffnen ließen, konnte man auch keine Holzkohlenpfanne verwenden. Der Regen klatschte gegen das Haus, der Wind heulte ums Gemäuer, und in das Gestöhn und Gegurgel mischte sich auch noch das Knattern der Toddy-Palmbäume. Draußen ums Haus zog heulend ein Rudel Schakale, und von fern ertönte als Antwort das Spotten einer Hyäne. Solch eine Hyäne würde sogar einen Sadduzäer davon überzeugen, daß Tote auch wieder auferstehn – und wär' es vom ärgsten der Tode! Dann kam das *Ratub* – ein undefinierbares Zeug, halb auf einheimische, halb auf englische Art zubereitet, und dazu der uralte *Khansamah*, der hinter mir stehenblieb und von allerlei längst nicht mehr lebenden Engländern schwatzte, während die Kerzenflämmchen, vom Winde gepeitscht, einen irrwitzigen Schattentanz mit der Lagerstatt und ihren Moskitonetzen vollführten. Im ganzen war's eine Abendmahlzeit, so recht dazu angetan, einem Mann jede einzelne seiner begangenen Sünden vor Augen zu führen – und auch seine künftigen, falls er dazu noch imstande sein mochte!

Den Schlaf verwehrten mir mehrere hundert Ursachen. Im Waschraum die Ölfunzel warf die absurdesten Schatten ins Zimmer, und der Wind fing jetzt an, unsinniges Zeug von sich zu geben.

Als aber die Ursachen selber schon schläfrig wurden, vollgesaugt mit meinem Blut wie sie waren, vernahm ich das mehrstimmig-skandierte »Faß-an-und-hoch-da-mit«-Schnaufen etlicher Sänftenträger draußen vorm Haus, und gleich darauf trug man die erste Sänfte herein – dann eine zweite – und schließlich noch Nummer drei. Ich hörte ganz deutlich, wie sie auf dem Boden abgesetzt wurden, und auch die sperrende Stange vor meiner Tür erbebte davon.

»Jemand will da noch herein«, dachte ich. Aber es wurde kein Wort vernehmbar, und so redete ich mir ein, es sei nur der böige Wind gewesen. Indes, dann wurde die Türverriegelung des Nachbarzimmers gelöst und die innere Tür aufgestoßen! »Irgendein Hilfsbeamter«, sagte ich mir, »und er bringt seine Freunde mit. Jetzt wird eine Stunde lang nichts als geschwatzt und gespuckt und geraucht!«

Indes, weder Stimmen noch Schritte wurden vernehmbar. Auch stellte niemand Gepäck ab im Raum nebenan. Nur die Tür fiel ins Schloß, und ich dankte dem Himmel, weil meine Nachtruhe ungestört blieb. Dennoch, es wunderte mich, wohin denn die Träger verschwunden sein mochten? Also erhob ich mich nochmals und spähte hinaus in die Dunkelheit. Von Sänften war nichts zu bemerken! Dann aber vernahm ich – schon im Begriff, mich neuerlich hinzulegen – von nebenan einen Laut, wie ihn kein Mensch mit normalen Sinnen mißdeuten könnte: es war das gedämpfte Rollen einer Billardkugel über die volle Distanz, wenn der Spieler auf eine Serie aus ist! Kein anderer Laut läßt sich damit vergleichen! Und schon in der nächsten Minute wiederholte sich dieses Geräusch! – Ich aber ging wieder zu Bett. Ich war nicht erschrocken, nein, keineswegs – mich plagte einzig die Neugier, was wohl aus den Sänften geworden sein mochte? Nur deshalb war ich imstande, mich wieder schlafen zu legen.

Nach einer weiteren Minute war da das doppelte Klicken einer Karambolage – und jetzt sträubten sich mir die Haare! Es trifft ja nicht zu, wenn man sagt ›mir standen die Haare zu Berge‹: was sich da strafft, ist nur die Kopfhaut, wodurch uns ein Prickeln über den Schädel läuft – daher diese Redensart.

Dann kam neuerlich dieser rollende Laut – und ein Klick! Nein, das *konnte* nur von einer Billardkugel kommen! Diese Geräusche machten mir eine beträchtliche Weile zu schaffen, und je länger ich überlegte, desto unwahrscheinlicher schien es, daß ein Bett, ein Tisch und zwei Stühle – dies die gesamte Möblierung des Nachbarzimmers – die akustischen Phänomene einer Partie Billard so täuschend hervorbringen sollten!

Nach einer weiteren Karambolage – den Geräuschen zufolge über drei Banden – ließ ich das Nachdenken sein. Dies *war* ja nun ganz offenbar mein Gespenst, und ich hätte die Welt drum gegeben, aus diesem verwünschten Dâk-Bungalow entwischen zu können! So lag ich und lauschte – und je länger ich mein Gehör strapazierte, desto klarer vernehmbar wurde das Spiel: es rollte und klickte und klickte und rollte, und manchesmal war's ein doppelter Klick – ein Rollen – und dann noch ein dritter! Nein, es stand außer Zweifel, dort drüben war ein Billardspiel im Gange!

Aber nur *zwischen* den windstillen Intervallen, nur bei wehendem Wind vollzog sich das Spiel – Stoß um Stoß ging es weiter. Ich versuchte, mir einzureden, es sei ganz normal, nicht auch die Stimmen zu hören – doch ohne Erfolg.

Weiß man wirklich, was Furcht ist? Nicht die gewöhnliche Furcht vor Anpöbelung, Körperverletzung oder auch Tod – nein, die abscheuliche, bebende Angst vor einem Etwas, das man nicht sieht – jene entsetzliche Bangnis, die uns den Mund trockenlegt bis in den Hals, die uns den Schweiß aus den Handflächen treibt und den Gaumen so sehr befällt, daß wir nicht mehr zu schlucken vermögen? Es ist eine Furcht von besonderer Art, und wer sie noch niemals verspürt hat, der weiß nicht, wovon ich hier rede! Und die Probe auf solches Exempel bestand in der baren Unmöglichkeit dieser Billardpartie in einem Dâk-Bungalow! Kein Mensch – ob nüchtern oder betrunken – hätte dergleichen für möglich gehalten, ja, sich einbilden können, das harte Geklick einer Karambolage mit ›Schrauben-Effet‹ zu vernehmen!

Eine beträchtliche Anzahl von Dâk-Bungalows hat es in sich, einer schrankenlosen Leichtgläubigkeit Vorschub zu leisten. Würde man beispielsweise einem notorischen Dâk-Bungalowbenützer versichern, »im Nebenraum liegt eine Leiche, im zweitnächsten haust eine Wahnsinnige, und jenes Paar dort auf seinem Kamel war noch eben zuvor sechzig Meilen entfernt« – er würde keinerlei Unglauben zeigen, weil er ja wüßte, nichts auf der Welt ist so aberwitzig, daß es nicht Wirklichkeit werden könnte in einem Dâk-Bungalow!

Unglücklicherweise erstreckt solche Leichtgläubigkeit sich auch auf Gespenster. Ein vernünftiger Mensch, frisch von Zuhause hier eingetroffen, hätte sich einfach herumgedreht und weitergeschlafen. Ich tat das nicht. So gewiß man mich für eine blutleere Leiche gehalten hätte, weil mir fast alles Blut zum Herzen zurückgeströmt war, so gewiß zählte ich jedweden Stoß einer Partie Billard, die nebenan in dem hallenden Raum hinter der eisenverriegelten Tür ihren endlosen Fortgang nahm! Und am meisten fürchtete ich, die Spieler dort drüben könnten auch noch nach einem Markör verlangen. Doch diese Angst war absurd: Wesen, die im Stockfinstern zu spielen vermochten, konnten gewißlich auf dergleichen Hilfe verzichten. Ich weiß heute nur, wieviel Angst ich empfand, als Markör gerufen zu werden, und daß diese Angst höchst real war.

Es währte unglaublich lange, bis die Partei endlich aus war, und drüben die Tür ins Schloß fiel. Und weil zu Tode ermüdet, schlief ich alsbald ein. Andernfalls hätte ich mich ganz bestimmt lieber wachgehalten. Dennoch, um nichts in ganz Asien wär' es mir eingefallen, die eigene Tür zu entriegeln, um einen Blick in die Finsternis nebenan zu riskieren.

Noch am Morgen war ich überzeugt, sehr weise gehandelt zu haben. Ich erkundigte mich, wann und wie es denn weiterginge von hier?

»Noch auf ein Wort, *Khansamah*!« sagte ich schließlich. »Was haben heut Nacht die drei Sänften hier drinnen zu suchen gehabt?«

»Da waren doch gar keine Sänften!« beteuerte der Gefragte.

Daraufhin betrat ich den Nachbarraum: das Tageslicht flutete durch den geöffneten Eingang. Ich war unglaublich gefaßt und hätte mich im Moment nicht gescheut, eine Partie Billard gegen den Teufel persönlich zu spielen – und wär' es Black Pool gewesen, seine ureigne Domäne!

»War das hier schon immer ein Dâk-Bungalow?« erkundigte ich mich beiläufig.

»Oh nein«, erklärte der *Khansamah*. »Noch vor zehn oder zwanzig Jahren – ganz genau weiß ich's nicht mehr – ist dieses Haus ein Billardsaal gewesen.«

»*Was* sagst du da?!«

»Ein Billardsaal, Sahib, gewiß – für die Sahibs vom Eisenbahnbau! Ich bin damals *Khansamah* in ihrem Wohngebäude gewesen und hab' ihnen immer den Brandy-*Shrab** herübergebracht. Um jene Zeit waren hier noch keine drei Zimmer, sondern nur ein einziger Raum mit einem großen Billardtisch darin, und da haben die Sahibs Abend für Abend gespielt. Aber jetzt sind die Sahibs schon alle gestorben, und die Eisenbahn geht, wie man hört, schon fast bis Kabul.«

»Weißt du sonst noch was über die Sahibs?«

»Nun, es ist lange her, aber ich weiß noch, wie der eine von ihnen, ein sehr dicker Sahib, und immer so jähzornig – wie der also eines Abends hier drinnen gespielt und zu mir gesagt hat: ›Mangal Khan‹, so hat er gesagt, ›Brandy – *pani do*!‹ Und da hab' ich ihm das Glas nachgefüllt, und er beugt sich über den Tisch, um weiterzuspielen – und der Kopf sinkt ihm tiefer und tiefer, bis er auf dem Tisch aufschlägt, so daß die Brille herunterfällt, und als wir – die andern Sahibs und ich – ihn aufheben wollen, da ist er schon tot! Ich habe dann mitgeholfen, ihn hinüberzutragen. Ach ja – es war ein energischer Sahib, und stark! Und doch ist *er* tot, und *ich*, der steinalte Mangal Khan, bin, mit Verlaub, noch am Leben!«

* *Shrab*, in Indien für jede Art Wein oder Spirituosen. Anm. d. Ü.

Das war nun wirklich mehr als genug! Jetzt *hatte* ich mein Gespenst! Und es war ein Artikel aus erster Hand, ein Begebnis, wie es authentischer gar nicht mehr sein konnte! Ich würde einen Bericht an die Gesellschaft für Spiritistische Forschung absenden – ja noch das gesamte Britische Empire mit meiner Neuigkeit paralysieren! Doch vorerst noch wollte ich bis zum Hereinbruch der Nacht achtzig Meilen bebauten Landes zwischen mich und diesen verwünschten Dâk-Bungalow legen! Die Forschungsgesellschaft mochte den Fall hinterher durch ihren Beauftragten nachprüfen lassen!

Ich begab mich wieder ins eigene Zimmer, um für die Weiterreise zu packen, brachte aber noch vorher die einzelnen Fakten säuberlich zu Papier. Und während ich dasaß und rauchte, ging drüben das Spiel wieder los! Diesmal mit einem absichtlichen Fehlstoß, denn der rollende Laut verstummte sofort.

Die Tür stand noch immer offen, und so war's mir möglich, ins andere Zimmer zu blicken. *Klick-klick*! Jetzt war's eine Karambolage gewesen! Ich erhob mich und trat in den Raum – ohne Furcht zu empfinden, denn alles war sonnenhell, und ums Haus pfiff ein lebhafter Wind. Doch die unsichtbare Billardpartie nahm ungestört ihren Fortgang, noch dazu in unglaublichem Tempo! Aber das war alles andere als ein Wunder: eine kleine, rastlose Ratte rannte wie irrsinnig in der schmutzigen Zimmerdeckenbespannung hinauf und hinunter, und eine gelockerte Rahmenleiste am Schiebefenster klapperte auf dessen Haltebolzen pro Minute gut und gern fünfzig Serien herunter in dem lebhaften, böigen Wind!

An sich ist es ja unmöglich, das Klicken gespielter Billardbälle zu mißdeuten! Unmöglich auch, ihren rollenden Laut zu verkennen! Und doch war mein Irrtum entschuldbar: denn sobald ich die Lider schloß über meiner Erleuchtung, waren es abermals die Geräusche einer Billard-Blitzpartie – unverwechselbar und erstaunlich naturgetreu!

Herein trat jetzt übelgelaunt Kadir Baksch, mein getreuer Leidensgefährte:

»Dieser Bungalow ist unglaublich verkommen – und nur gut für die unterste Kaste! Kein Wunder, daß wir gestört worden sind und daß alles ein einziger Dreckhaufen ist! Da sind doch gestern, noch spät in der Nacht – ich war draußen schon eingeschlafen – drei Trupps Sänftenträger erschienen und haben behauptet, es sei hier der Brauch, in den Engländerzimmern die Nacht zu verbringen! Weiß denn dieser *Khansamah* nicht, was sich gehört? Wirklich, sie wollten herein, aber ich hab' ihnen Beine gemacht! Kein Wunder, daß alles so aussieht – wenn diese *Uryas* immer wieder hier drin sind! Es ist eine Schande – eine Niedertracht und Gemeinheit!«

Was Kadir Baksch nicht erwähnte, war nur, daß er von jeder der Kulipartien zwei Annas* Übernachtungsgebühr im voraus abkassiert und hinterher, außer Hörweite, die Kerle davongeprügelt hatte mit seinem großen, grünfarbenen Schirm, von dessen wahrem Verwendungszweck ich bisher so wenig Ahnung gehabt wie, seinerseits, mein Kadir Baksch von jedweder Moral!

Hinterher nahm ich mir unseren *Khansamah* noch einmal vor. Indes, als der Alte vollkommen den Kopf verlor, wich meine Wut dem Erbarmen – und dies Erbarmen führte zu einem längern Gespräch, in dessen Verlauf er den tragischen Tod jenes dicken Ingenieur-Sahib an drei weit voneinander entfernte Orte verlegte – zwei davon fünfzig Meilen von hier, und in dritter Lesart sogar nach Kalkutta: dort habe der Sahib beim Dogcart-Kutschieren durch Unfall den Tod gefunden!

Ich brach nicht sofort auf, wie ich anfangs beabsichtigt hatte, sondern blieb noch für eine weitere Nacht, während derer der Wind und die Ratte, der gelockerte Rahmen samt seinem Schiebebolzen am Fenster im Hundertfünfzigertempo klickklackten und surrende Laute erzeugten. Schließlich legte sich aber der Wind, und das Spiel war aus und verstummte. Mir jedoch wurde erst jetzt so richtig bewußt, daß nur ich sel-

* = 1/8 Rupie

ber mir diese selbsterlebte Gespenstergeschichte kaputtgemacht hatte!

Hätte ich meine Nachforschungen rechtzeitig abgebrochen – *alles Erdenkliche* wäre aus ihr zu machen gewesen!

Von allen meinen Gedanken war *der* wohl die bitterste Einsicht.

## *Die Trommler der »Von und Zu«*

Das Heeresregister vermerkt sie als »Der Erlauchten Prinzessin Von und Zu Hohenzollern-Sigmaringen-Anspach Königliches Leibregiment der Leichten Merthyr-Tydfilshire Infanterie, Regimentsbezirk 329 A«, aber in allen Kasernen und Heereskantinen nennt man es statt »Von und Zu« nur mehr »Davon und Zurück«. Irgendwann wird dieses Regiment etwas vollbringen, das einen Ehrentitel aus solchem Spottnamen macht. Zum gegenwärtigen Zeitpunkt jedoch haben die Männer ihre Schande noch nicht überwunden, und jeder, der sie die »Davon und Zurück« nennt, riskiert Kopf und Kragen.

Zwei abfällige Wörter, in die Stallungen eines beliebigen Kavallerieregiments gerufen, scheuchen die Männer heraus auf die Straße, mit Gurten und Besen bewaffnet und unter wüsten Schimpfreden. Doch nur ein gehauchtes »Davon und Zurück«, und unsere »Von und Zu« werden zum Schießprügel greifen!

Als einziger mildernder Umstand kann gelten, daß damals die Männer in einem zweiten Versuch alles darangesetzt haben, ihren Kampfauftrag ehrenvoll auszuführen. Bis auf weiteres weiß aber jeder in ihrem Bereich, daß sie eindeutig geschlagen wurden, vollkommen aufgerieben, ja schlotternd vor Angst! Und das wissen sie selber nur allzu gut, vom Offizier bis hinunter zum letzten Soldaten. Auch die Gardekavallerie weiß darum, und bei Ausbruch des nächsten Kriegs wird auch der Feind es zu spüren bekommen: denn es gibt da zwei, drei Regimenter, deren Schild einen schwarzen Fleck hat, den sie erst noch abwaschen müssen. Und das wird für den Gegner, an dem sie das tun, alles andere sein als erfreulich!

Offiziell ist der Mut des britischen Soldaten sprichwörtlich, und im allgemeinen trifft das auch zu. Ausnahmen von dieser Regel werden äußerst diskret behandelt und kommen allenfalls noch in der gelösten, mitternächtlichen Stimmung von Offiziersmessen auf den Tisch. Da vernimmt man dann seltsam erschreckende Dinge von Verweigerung des Gehorsams, von inkompetenten Befehlen und auch von Feigheit vor dem Feind – Dinge, die insgesamt und ohne das sprichwörtlich-ständige Kriegsglück des britischen Heeres unweigerlich zum totalen Desaster geführt haben würden. Solche Geschichten sind überhaupt nicht erfreulich und werden am Offizierstisch oder am großen Holzfeuer nur unter vorgehaltener Hand kolportiert, und jeder junge, unerfahrene Leutnant läßt den Kopf sinken und wünscht insgeheim, seine Männer mögen sich, gottbehüt, niemals als widersetzlich erweisen!

Insgesamt darf man Fehlschläge, sollten sie einmal passiert sein, dem britischen Soldaten nicht anlasten – aber *sagen* darf man ihm so etwas nicht. Ein halbwegs fähiger General wird sechs Monate brauchen, um seine Truppen dem jeweils zu führenden Krieg anzupassen; ein Oberst mag die Gefechtskraft des Regiments äußerstenfalls ein Vierteljahr lang falsch einschätzen; ja sogar ein Kompanieführer mag sich im Unklaren sein über Charakter und Kampfgeist seiner Handvoll Soldaten. Und eben deshalb sollte man diese Soldaten – und namentlich die von heute – für Fehlschläge nicht verantwortlich machen. Hinterher mag man sie hängen oder erschießen – um den anderen Mut zu machen. Doch keinesfalls darf der Soldat durch Zeitungsschmierer schlechtgemacht werden – das wäre nur taktlos, ganz abgesehn von der Papierverschwendung.

Nehmen wir einmal an, er steht schon vier Jahre im Dienst seiner Kaiserin. Noch weitere zwei Jahre, und er wird diesen Dienst verlassen. Von Hause aus hat er keine Moral, und vier Jahre sind einfach zu wenig, ihm die nötige Festigkeit einzubleuen oder ihm beizubringen, welch heilige Sache sein Regiment ist. Er will sich besaufen, will sich amüsieren – in Indien auch noch Geld scheffeln –, aber um nichts in der Welt will er verwundet werden. Der ihm zuteilgewordene Drill reicht eben noch hin, ihm den Zweck von Befehlen halbwegs verständlich zu machen und zwischen sauberen Hiebwunden und solchen durch Splitter oder Gewehrkugeln zu unterscheiden. Deshalb weiß er, sobald er vorgehen muß, daß sein Todesrisiko groß ist, und er hat den Verdacht, man verheize ihn bloß um den Preis eines Zeitgewinns von zehn Minuten. So geht er entweder mit äußerster Schnelligkeit vor, oder er trödelt herum, verdrückt sich zwischen die andern oder rennt einfach davon, ganz nach Maßgabe der Disziplin, die man ihm in den vier Jahren beigebracht hat.

Ohne gründliche Kenntnis der Dinge, mit mangelhafter Vorstellungskraft, auch noch gehemmt durch die Eigensucht niederer Klassen und ohne wirkliche Bindung an sein Regiment, sieht solch ein junger, unerfahrener Mann sich unverhofft einem Feind gegenüber, der in den Ländern des Ostens stets häßlich ist, haarig und hochgewachsen, und häufig auch unter Geheul und Gebrüll über ihn herfällt. Hat unser Mann erfahrene Soldaten zur Seite, die schon zwölf Jahre dienen und, wie er weiß, ihr Handwerk von Grund auf verstehen, weshalb sie Kartätschenfeuer, feindliche Ausfälle oder auch Scheinattakken ungerührt hinnehmen, so mag er Mut fassen und den Gewehrkolben festeren Herzens zwischen Wange und Schulter klemmen. Und er wird umso beherzter sein, wenn der Rangältere, welcher ihn ausgebildet und ihm das Soldatsein beigebracht hat – recht mühsam zuweilen –, wenn dieser Altergediente ihm zuraunt: »Jetzt brüllen sie noch fünf Minuten und machen so weiter. Dann ziehn sie sich hinter die Wälle zurück, und dann kriegen wir sie an den Ohren!«

Andernfalls aber, wenn er nur Männer von seinem Kaliber um sich hat, angstbleich wie er, den Finger nervös am Abzug, und mit der beständigen Frage: »Was zum Teufel geht denn hier vor?«, während die Kompaniechefs mit schwitzenden Händen den Säbel schwingen und fortwährend brüllen: »Erstes Glied – Bajonett auf! Langsam – und Ruhe bewahren! Visier dreihundert – nein, *fünf*! Hinlegen alle! Ruhe bewahren. Erstes Glied, knieend – legt an!« und so weiter, – dann wird ihm mulmig zumut. Und erst recht kriegt er Schiß, wenn er hört, wie der Kamerad neben ihm sich überschlägt mit einem

Geschepper, als sauste ein Schürhaken ins Kamingitter, und mit dem grunzenden Laut eines erschlagenen Ochsen. Wird er dann aufgerüttelt und sieht den Erfolg seines eigenen Feuerns beim Gegner, so wird ihm schon leichter ums Herz, und es kann sein, daß er sich anstacheln läßt zu blindwütiger Kampfbegier, die aber, entgegen der weitverbreiteten Meinung, kontrolliert ist von eiskaltem Mut, der die Männer befällt gleichwie ein Malariafieber. Rüttelt hingegen *niemand* ihn auf, ja wird ihm kalt um den Magen, und schreit man in solcher Krise auch noch mit ihm herum, so daß er Befehle zu hören vermeint, die gar nicht gegeben wurden, so wird er die Nerven verlieren – und das rettungslos! Und von sämtlichen Dingen unter der Sonne gibt es nichts Ärgeres, als ein britisches Regiment, das sich auflöst und vor dem Gegner zurückweicht. Und kommt zum Argen auch noch das Ärgste – springt also die Panik auch auf die Nachbareinheiten über und wird zum Lauffeuer der Angst, so muß man die Männer davonrennen lassen, und die Kompaniekommandanten täten besser daran, um ihrer Sicherheit willen zum Gegner überzulaufen. Bringt man die Männer aber zum Stehen und führt sie zum andernmal gegen den Feind, so gibt es kein Aufhalten mehr: denn ein *zweites*mal weichen sie nicht mehr zurück!

In ungefähr dreißig Jahren, von heute gerechnet, wenn wir es fertiggebracht haben werden, alles, was Hosen trägt, dermaßen schlecht auszubilden, wird unsre Armee ein glorios unzuverlässiger Sauhaufen sein: sie wird zuviel wissen und zu wenig vollbringen. Und später noch, wenn einmal sämtliche Männer den Intelligenzgrad eines heutigen Offiziers erreicht haben werden, dann wird sie gerade noch dazu taugen, den Barackenboden zu fegen. Grob gesprochen, müßten wir also entweder Gentlemen einstellen – oder Lumpen und Schufte. Am besten jedoch Lumpen und Schufte unterm Kommando von Gentlemen, um das Metzgergeschäft wirksam und rasch vollziehen zu können. Der ideale Soldat sollte natürlich von sich aus denken können – so steht's im *Soldatenführer*. Doch leider muß er, um solcher Tugend teilhaftig zu werden, erst noch *an sich* denken lernen, und so wird dieses Denken mißleitet. Vielleicht denkt ein Lump oder Schuft nicht so sehr an sich selber, sondern ist nur aufs Umbringen aus, doch ein wenig Bestrafung wird ihn dazu bringen, zunächst auf die *eigene* Haut achtzugeben und erst *dann* die des anderen zu durchlöchern. Ein kriegsstarkes, religiös gefestigtes Regiment Hochländer, geführt von echten Presbyterianern, ist vielleicht noch fürchterlicher im Kampf als ein ganzes Tausend rauflustiger, irischer Rowdies unter der Führung von großteils unfähigen Freidenkern. Indes bestätigt all das nur jene Regel, welche besagt, daß der Soldat, im Durchschnitt gerechnet, unzuverlässig ist. Seine Ansichten vom Wert des Lebens, ja seine ganze Erziehung sind nicht dazu angetan, bedingungslos vorzugehen und alle sich bietenden Chancen zu nutzen. Man sagt ihm nicht, was er zu tun hat, wenn seine Kameraden gefallen sind, und solange man das nicht ändert – wie sehr viele Regimentskommandeure es wünschen –, wird er sich öfter mit Schmach und mit Schande bedecken, als dem Ruf der Armee oder dem Kaiserreich zuträglich ist. Hinsichtlich der Offiziere gäbe es ja nichts zu sagen, ihre Ausbildung hat früh begonnen, und Gott hat es gefügt, daß ein gebührend erzogener, englischer Mittelstandsjunge alle anderen Knaben an Rückgrat, Gehirn und Gefühl übertrifft. So kommt's, daß ein Jüngling von achtzehn, also fast noch ein Kind, nichts weiter tut, als freudigen Herzens den Blechsäbel schwingen – bis er umgelegt wird. Muß er sterben, so tut er's als Gentleman. Überlebt er, so schreibt er nach Hause, er habe »was abgekriegt«, sei »aus dem Hinterhalt angekratzt« oder »abgeknallt« worden. Danach setzt er sich hin und begehrt Invalidengeld von der Regierung – doch nur bis zum nächsten, kleineren Krieg: da verschwört er sich vor der Arztkommission, kriegt seinen Oberst herum, beweihräuchert den Adjutanten – und darf wieder an die Front.

Diese Moralpauke, wohlgemeint wie sie ist, bringt mich geradenwegs auf die zwei ausgekochtesten kleinen Teufel, die jemals in der Musikkapelle eines englichen Regiments getrommelt haben oder gepfiffen. Ihrem schandbaren Leben wurde ein Ende gesetzt, indem sie sich öffentlich aufgelehnt und in meuternder Absicht gegebene Befehle mißachtet haben. Sie wurden dafür erschossen. Sie hießen Jakin und Lew – »Schweinchen« Lew –, und beide waren verwegene, hautschlechte Trommelbuben, die oftmals verprügelt wurden vom Tambourmajor unsres »Von und Zu«-Regiments.

Jakin war ein im Wachstum zurückgebliebener Junge von vierzehn, und Lew war etwa gleich alt. Waren sie ohne Aufsicht, so betranken sie sich und rauchten. Sie fluchten gewohnheitsmäßig und nach Kasernenmanier vor sich hin – also ohne besonderen Anlaß, zwischen geschlossenen Zähnen hervor. Nur *ein*mal pro Woche gerieten sie sich in die Haare – aber dann ganz gehörig. Jakin stammte von irgendwoher aus der Londoner Gosse. Ob er durch Dr. Barnardos Hände zur Würde des Trommelbuben gelangt war, ist nicht verbürgt*. Und Lew kannte vollends nur sein Regiment, und sein ganzes Vergnügen bestand von Kind auf nur darin, der Regimentsmusik zuzuhören. Irgendwo im verhärteten, kleinen Gemüt bewahrte er eine echte Liebe für die Musik. Auch war er, höchst irreführend, mit einem Cherubkopf ausgestattet. Insofern nannten die bezaubernden Damen, die dem Regiment beim Gottesdienst zusahen, ihn nur »ihren Liebling«. Kein Wunder, sie hörten ja nie seine ätzenden Kommentare bezüglich ihrer Moral und Manieren, wenn er zurück zur Kaserne marschierte und über neue Gründe nachdachte, um sich mit Jakin prügeln zu können.

Den anderen Trommelbuben waren die beiden verhaßt ob ihrer Unberechenbarkeit. Ob Jakin gerade dabei war, auf Lew einzudreschen, oder ob Lew Jakins Kopf in den Dreck stieß – so hatte doch jeglicher Angriff von außen sofort die vereinigten Kräfte von Jakin und Lew gegen sich – und das mit sehr

* Thomas J. Barnardo gründete 1867 in London das erste Heim für verwahrloste Jugendliche. Anm. d. Ü.

schmerzlichen Folgen! Die beiden waren die Ismaels des ganzen Korps, aber Ismaels mit viel Geld, denn sie rauften Woche für Woche gegen Bezahlung, zur Kurzweil aller Baracken, falls sie nicht ausgespielt wurden gegen die übrigen Jungen. Auf solche Weise kam allerhand Geld zusammen.

An dem in Rede stehenden Tag herrschte Unfriede im Lager. Man hatte die beiden beim Rauchen ertappt, auf frischer Tat sozusagen, und Rauchen ist ja bekanntlich sehr ungesund für kleine Jungen, gar wenn sie Kautabak dazu verwenden! Nun behauptete aber Lew steif und fest, Jakin habe »so scheußlich gestunken, weil er die Pfeife im Sack gelassen«, so daß einzig nur *er* verantwortlich sei für die erhaltenen Stockprügel, von denen ihnen der Hintere brannte.

»Ich sag' dir doch, daß ich die Pfeife versteckt gehabt habe – hinten, bei den Baracken«, sagte Jakin versöhnlich.

»Ein verdammter Lügner bist du«, versetzte Lew kühl.

»Und *du* ein dreimal verdammter Hurenbastard«, erwiderte Jakin im sichern Bewußtsein, daß *seine* Herkunft hier unbekannt war. Dieses Wort aus dem reichen Barackenvokabular kann man nicht kommentarlos hingehen lassen: du kannst deinen Gegner getrost einen Dieb nennen, ohne was zu riskieren dabei. Sogar »feige Sau« kannst du sagen zu ihm, und es wird höchstens ein Stiefel an deinem Ohr vorbeisausen. Nennst du ihn aber »Hurenbastard«, dann mußt du's an seinen Vorderzähnen beweisen.

»Wär' ich nicht so verprügelt, so hättest du sowas bestimmt nicht riskiert«, sagte Lew kläglich und umtänzelte schon Jakins Deckung.

»Gleich wirst du noch viel verprügelter sein«, erwiderte Jakin jovial und landete einen Geraden auf Lews alabasterner Stirn. Trotzdem wäre alles noch gutgegangen, und diese Geschichte wäre, wie es so schön in den Büchern heißt, niemals geschrieben worden – hätte ein arges Geschick nicht gewollt, daß genau in jenem Moment der Sohn des Kantinensergeanten auftauchte – ein hochaufgeschossner, beschäftigungsloser, nichtsnutziger Bursche von fünfundzwanzig, der nach Ende der ersten Runde zwischen die beiden Kampfhähne trat und sich aufspielen wollte. Ewig in Geldnöten, wußte er nur zu genau, daß unsre beiden die Taschen voll Silber hatten.

»Noch ein einziger Schlag«, sagte er, »und ich bring' euch zur Meldung bei meinem Alten, und der meldet es dem Fahnensergeanten!«

»Was geht dich das an?« sagte Jakin, und seine Nasenflügel blähten sich unheilverkündend.

»Ach – *mich* überhaupt nichts. Aber *ihr* werdet Ärger bekommen, und ihr wart schon zu oft beim Rapport, ihr könnt euch das nicht mehr leisten!«

»Zum Teufel – wie willst du wissen, was wir getan haben und was nicht? Du bist ja nicht einmal in der Armee, du lausiger Zivilist, du nassauernder Hund!«

Damit trat er von links ganz nah an den Kerl heran.

»Bloß weil du zwei Gentlemen antriffst, die einen Meinungsstreit mit den Fäusten austragen, steckst du deinen schmierigen Rüssel in Sachen, die dich nichts angehn? Lauf heim zu deiner Halbblutschlampe von Mutter – oder du kriegst von uns, was dir gebührt!« sagte Jakin.

Der Bursche wollte sich revanchieren indem er versuchte, die Köpfe der beiden aneinander zu stoßen – und das wäre ihm beinah geglückt, hätte ihm Jakin nicht eins in den Magen versetzt, und Lew ihn nicht gegen das Schienbein getreten. Eine halbe Stunde lang rauften die drei, keuchend und blutend, bis schließlich unsere beiden den fürchterlich zugerichteten Gegner triumphierend über den Boden schleiften, wie zwei Terrier einen niedergerissenen Schakal.

»So!« keuchte Jakin. »Und jetzt kriegst du dein Fett!« Damit fuhr er fort, dem Kerl die Visage zu zerdreschen, während Lew auf der restlichen Anatomie herumtrampelte. Ritterlichkeit hat keinen Stellenwert im üblichen Weltbild des Trommelbuben. Er kämpft, wie seine Rangältern, um sich einen Namen zu machen.

Schließlich ergriff der grauenhaft zugerichtete Bursche die Flucht – aber nicht minder entsetzlich war die Wut des Kantinensergeanten! Und ebenso schrecklich ging es im Dienstzimmer zu, als unsre zwei Missetäter sich gegen die Klage verantworten mußten, eine »Zivilperson« halbtot geprügelt zu haben. Der Kantinensergeant lechzte danach, den Vorfall als kriminell hinzustellen, und sein würdiger Sohn log das Blaue vom Himmel herunter. Über den beiden strammstehenden Jungen brauten sich die Beweise wie schwarze Gewitterwolken zusammen.

»Ihr zwei kleinen Satansbraten gebt mir mehr aufzulösen, als das ganze übrige Regiment!« rief der Oberst ergrimmt. »Aber da predigt man nur tauben Ohren, und euch auf Dauer einlochen oder gar in Eisen zu legen, das *kann* ich ja nicht. Also wird's wohl oder übel neuerlich Stockprügel geben!«

»Entschuldigung, Sir. Dürften wir was zu unsrer Verteidigung sagen?!« schrie Jakin mit schriller Stimme dazwischen.

»He! *Was* hör' ich da? Wollt euch wohl auch noch mit *mir* anlegen?« rief der Oberst verblüfft.

»Nein, Sir«, sagte Lew. »Wenn aber zu Ihnen ein Mann kommt, Sir, und sagt, er werde Sie melden, bloß weil es da unter Freunden einen kleineren Wickel gegeben hat, Sir – und dann auch noch Geld aus Ihnen herausquetschen will, Sir –«

Das Dienstzimmer dröhnte vor Lachen. »Und? Weiter?« forschte der Oberst.

»Genau das hat dieses Lügenmaul vorgehabt, Sir! Und er hätt' es *getan*, wenn wir ihn nicht davon abgebracht hätten! Wir haben ihn gar nicht *so* arg zugerichtet, Sir. Er hatte keinerlei Recht, sich dazwischenzudrängen! Mir macht es nichts aus, wenn der Tambourmajor uns verprügelt, oder wenn irgendein Korporal uns zur Meldung bringt – aber ich glaube, es steht einem schäbigen Zivilisten nicht zu, einem Mann der Armee Vorschriften zu machen!«

Eine zweite Lachsalve dröhnte durchs Zimmer – nur der Oberst blieb ernst.

»Wie steht es mit dem Charakter der beiden?« fragte er den Regimentsspieß.

»Sir, der Kapellmeister sagt«, versetzte der Diensthabende – und als solcher der einzige im Regiment, vor dem unsre beiden Respekt hatten – »die zwei stellen alles mögliche an – nur lügen, *das* tun sie nicht, Sir!«

»Glauben Sie denn, Sir, wir hätten den Kerl nur so zum Spaß durchgewalkt?« sagte Lew und wies auf den Kläger.

»Ach was – ich erteile euch einen Verweis – einen ernsten Verweis, wohlgemerkt!« sprach der Oberst verärgert, und als die Jungen weg waren, verpaßte er dem Kantinensergeanten und dessen Sohn eine Standpauke wegen sinnloser Einmischung, und empfahl dem Kapellmeister, auf mehr Disziplin bei den Trommelbuben zu achten.

»Und wenn auch nur *einer* von euch mir noch einmal kommt mit zerkratzter Visage«, donnerte der Kapellmeister, »so übergeb' ich ihn dem Tambourmajor und der soll euch prügeln, bis euch die Haut in Fetzen vom Arsch hängt! Nehmt das zur Kenntnis, ihr zwei Satansbraten!«

Aber dann tat es ihm leid, so grob gewesen zu sein, wenn auch nur für so lange, als der in seiner roten Verschnürung an einen Seraph gemahnende Lew dazu brauchte, den Platz des Trompeters – der im Lazarett lag – zu übernehmen und ein martialisches Stück hinzulegen! Lew war ja hochmusikalisch und hatte, in seinen bessern Momenten, oftmals der Sehnsucht Ausdruck verliehen, innerhalb der Kapelle jedwedes Instrument zu erlernen.

»Nichts spricht dagegen, Lew, daß auch *du* es einmal zum Kapellmeister bringst«, sprach der Kapellmeister und Komponist etlicher Walzer. Er arbeitete ja Tag und Nacht im Interesse seiner Kapelle.

»Was hat er gesagt?« wollte Jakin nach Dienstschluß wissen.

»Ich könnte *auch* so ein Scheißkapellmeister werden, dem sie in der Messe 'nen Sherry anbieten.«

»Höh! Der meint ja, aus dir wird höchstens so ein beschissener Nonkombattant – *das* hat er gemeint, genau das! Wenn *ich* diesen Kindergarten erst hinter mir hab' – dann werd' ich Soldat! Ein Jahr, und ich bin Gefreiter und kenn' den Betrieb von innen und außen. Drei Jahre, dann bin ich Sergeant. Heiraten? Ohne mich! Ich bleib' bei der Stange und lerne auf Offizier und lass' mich zu einem anderen Haufen versetzen, wo man über mich noch nicht so viel weiß. Dort werd' ich dann Offizier – und dann frage ich Sie, *Mister* Lew, ob Sie eventuell ein Glas Sherry möchten: und du wirst dir die Füße in deinen verdammten Bauch stehen müssen, draußen, im Vorraum, bis der Messe-Sergeant dir das Glas in deine Dreckspfoten gibt!«

»Du glaubst doch nicht wirklich, daß ich Kapellmeister werd'? Doch nicht *ich*! Nein, ich werd' *auch* Offizier. Man muß nur den Vorsatz fassen und dabei bleiben, sagt der Herr Lehrer. Das Regiment bleibt noch weitere sieben Jahre hier stationiert – da bin ich dann schon Gefreiter, oder doch nahe daran.«

So besprachen die Jungen ihre Zukunftsaussichten und verhielten sich eine Woche lang ruhig – will sagen, Lew bändelte mit der Tochter des Fahnensergeanten an – sie war dreizehn. »Aber nicht«, wie er Jakin erklärte, »mit Heiratsabsichten, sondern bloß, um die Hand drinzuhaben.« Und der schwarzhaarigen Cris Delighan machte die neue Liebschaft mehr Spaß als alle früheren zusammengenommen, und die übrigen Trommelbuben wurden darüber ganz wild, und Jakin predigte ständig von den Gefahren, sich »von Unterröcken ans Gängelband nehmen zu lassen«.

Doch weder die Liebe noch gute Vorsätze hätten Lew längere Zeit auf den Pfaden der Schicklichkeit halten können, wäre da nicht das Gerücht vom aktiven Einsatz des Regiments in Umlauf gekommen – vom Einsatz in Kampfhandlungen, die wir, der Kürze halber, als den »Krieg der verlorenen Stämme« bezeichnen wollen.

Das Gerücht durchlief die Mannschaftsbaracken fast noch früher als die Offiziersmesse, und von den sämtlichen neunhundert Männern in diesen Baracken hatten noch keine zehn einen Schuß im Gefecht abgefeuert. Der Oberst hatte vor zwanzig Jahren an einer Strafaktion an der Grenze teilgenommen, einer der Majore hatte am Kap Dienst getan, und ein chronischer Deserteur in Kompanie fünf hatte in Irland beim Säubern der Straßen geholfen. Das aber war auch schon alles. Das Regiment lag in Ruhestellung seit Jahren. Mannschaften wie Chargen standen zum überwiegenden Teil erst drei bis vier Jahre im Dienst, die Unteroffiziere waren allesamt unter dreißig, und Mannschaften wie Sergeanten dachten schon längst nicht mehr an die Fahnendevisen – an die Sprüche auf ihren neuen Feldzeichen, die irgendein Erzbischof kurz vor der Abfahrt aus England noch rasch eingesegnet hatte.

Aber allesamt wollten sie an die Front – harrten begeistert ihrem Einsatz entgegen –, und hatten doch keine Ahnung, was Krieg wirklich bedeutet. Und keiner war da, es ihnen zu sagen. Es war ein gebildetes Regiment, der Prozentsatz von Schulabsolventen war hoch, und die meisten der Männer konnten um einiges mehr, als nur Lesen und Schreiben. Man hatte sie rekrutiert in loyaler Beachtung einer Staats- und Hoheitsidee, die sie überhaupt nicht verstanden. Aus übervölkerten Industriebezirken hatte man sie geholt, und das System hatte den ausgemergelten Knochen wieder Fleisch und Muskulatur gegeben – aber nichts für die *Herzen* dieser Söhne von Menschen, die seit Menschengedenken um einen Hungerlohn hatten schuften müssen für drei, schwitzend in Trockenräumen, über Webstühle gekrümmt, hustend vom Bleiweißdunst oder schaudernd auf den Frachtkähnen mit ungelöschtem Kalk. Die Armee hatte ihnen Ruhe verschafft, bei ausreichender Kost, und jetzt sollte es in den Krieg gehen gegen die »Nigger« – und darunter verstanden sie Leute, denen man nur mit dem Stock drohen mußte, um sie Hals über Kopf zu verjagen. Deshalb löste das neue Gerücht überall Freude aus im Regiment, und die gewitzten Schreibstubenhengste rechneten sich schon die Chancen aufs *Batta** aus, und daß sie sich ihren Sold zurücklegen könnten. Beim Oberkommando sagte man sich: Die »Von und Zu« sind seit einer Generation nicht im Feuer gestanden. Wir werden sie also zu leichter Verwendung einsetzen – zum Schutz unseres Nachschubs und der Verkehrslinien. Und das hätte man beinah getan, unerachtet des Faktums, daß man britische Regimenter an der Front dringender brauchte – höchst dringend sogar –, und daß die unzuverlässigen Eingeborenenregimenter für den leichteren Dienst gut genug waren. »Geben Sie diesen Männern zwei erfahrene Regimenter zur Seite und bilden Sie eine Brigade«, befahl das Oberkommando. »Das mag zwar hart sein für sie, aber sie lernen dabei ihr Geschäft, bevor sie eingesetzt werden. Nichts Besseres, als ein Nachtalarm, und den Burschen die Beine langziehen – das macht so ein Regiment erst richtig scharf für das Feld. Wartet mal ab, bis einem Halbdutzend Posten der Hals abgeschnitten ist!«

Der Oberst schrieb hochbefriedigt, der Kampfgeist der Männer sei ausgezeichnet, der Zustand des Regiments lasse keinen Wunsch offen, und alles sei kerngesund. Die Majore grinsten vor Freude, die Subalternoffiziere walzten paarweise durch den Speisesaal – und hätten sich bei der Revolverausbildung fast noch gegenseitig erschossen. Nur Jakin und Lew waren von Herzen erschrocken: was würde nun aus den Trommlern werden? Ging die Musik mit an die Front? Und wieviele Trommler brauchte dann das Regiment?

Gemeinsam hielten sie Rat, im Geäst eines Baumes, und rauchten dabei.

»Verdammter Scheiß – uns hier im Depot bei den Weibern zu lassen – aber *dir* wäre das ja nur recht«, meinte Jakin sarkastisch.

»Du meinst, wegen Cris? Was ist schon ein Weib, oder ein ganzes, verdammtes Depot voller Weiber gegen die Chance, an

* anglo-ind., hier: Frontzulage. Anm. d. Ü.

die Front zu kommen? Du weißt ganz genau, daß ich darauf nicht weniger scharf bin als du!« sagte Lew.

»Wenn ich doch nur so ein Scheißhornist wär'«, sagte Jakin betrübt. »Da nehmen sie diesen Tom Kidd, mit dem ich 'ne Mauer verputzen könnte, aber an *uns* zwei denken sie nicht!«

»Na, dann hauen wir diesen Tom Kidd so zusammen, daß er nicht mehr imstand ist, zu blasen! Du hältst ihm die Hände, und ich tret' ihn in den Bauch«, schlug Lew vor und schaukelte sich im Geäst.

»Sowas hilft uns nicht weiter. Wir sind nicht danach, mit unserm Ruf aufzutrumpfen – der ist schlecht genug! Wenn die Musik hier im Lager bleibt, dann bleiben auch wir, das steht felsenfest. Und geht sie mit, dann stellt uns der Doktor aus Gesundheitsgründen zurück. Oder bist du feldtauglich, Schweinchen?« Jakin boxte Lew mit aller Kraft in die Rippen.

»Aber ja«, sagte Lew und ließ einen herzhaften Fluch los. »Freilich, der Doktor sagt, unser Herz ist nichts wert, vom Rauchen auf nüchternen Magen. Pump dich mal auf, und ich werd' es probieren!«

Jakin pumpte sich auf, und Lew schlug mit aller Kraft auf den Brustkasten seines Gefährten ein. Jakin wurde kreidebleich – er gurgelte, keuchte, verdrehte die Augen – und sagte: »Alles in Ordnung!«

»Du schaffst es«, sprach Lew anerkennend. »Ich hab' schon gehört, daß Leute tot umfallen, wenn man sie richtig am Brustbein erwischt.«

»Trotzdem – das bringt uns nicht weiter«, erwiderte Jakin. »Weißt du denn überhaupt, wohin es gehn soll?«

»Das weiß nur Gott, und der schert sich nicht um unsereinen. Hinauf irgendwo, an die Front, um Paythans abzumurksen – riesige, haarige Teufel, die dir die Därme herausreißen, wenn sie dich erst mal zu fassen kriegen. Aber es heißt, auch *ihre* Weiber sind schön.«

»Und wie sieht's mit Beute aus?« erkundigte sich der verworfene Jakin.

»Kein blutiges Anna, so hört man, außer du scharrst den Erdboden auf und schaust nach, was die Nigger vergraben haben. Nein, dort gibt's nichts zu holen.« Jakin stand aufrecht auf seinem Ast und spähte ins Freie hinaus.

»Lew«, sagte er plötzlich, »dort kommt ja der Oberst! Der ist ein gemütliches altes Haus. Hau'n wir ihn doch an!«

Es fehlte nicht viel, und Lew wäre abgestürzt beim Gedanken an solche Vermessenheit. Zwar fürchtete er, ganz wie Jakin, weder Gott noch sonst einen Menschen auf dieser Welt, doch es gibt Grenzen, die sogar der Frechheit eines Trommelbuben gesetzt sind, und einen Oberst ganz einfach ...

Aber Jakin war schon längs des Stammes heruntergeglitten und bewegte sich rasch auf den Oberst zu. Der war in Gedanken versunken, sah sich im Geist als C.B. – wenn nicht gar schon als K.C.B.* –, wo ihm doch das Kommando über eines der besten Linienregimenter anvertraut war, über die »Von und Zu«! Und da sah er plötzlich, wie zwei kleine Jungen auf ihn losmarschierten! Schon einmal hatte man ihm allen Ernstes gemeldet, die Trommler befänden sich in einem Zustand »der an Meuterei grenzt«, und die Rädelsführer wären Jakin und Lew! War das nun eine Verschwörung?

Im Abstand von zwanzig Metern hielten die beiden an, marschierten die vorgeschriebnen vier Schritte, bauten sich auf, salutierten gleichzeitig und stramm, jeder so steif wie ein Ladestock, wenn auch ein weniges größer.

Der Oberst befand sich in freundlicher Stimmung, und die zwei Knaben wirkten so einsam und schutzlos auf der verlassenen Fläche. Übrigens war der eine von ihnen ausnehmend hübsch!

»Na, ihr zwei?« sagte der Oberst und musterte sie. »Habt ihr vielleicht vor, mich im Freien zu überfallen? Ich will euch ja gar nichts tun, auch wenn ihr« – er schnüffelte argwöhnisch – »geraucht haben solltet!«

* Commander bzw. Knight Commander of the Bath = Komtur des Bath-Ordens. Anm. d. Ü.

Man mußte das Eisen schmieden, solange es heiß war. Das Herz schlug den beiden bis in den Hals.

»Vergebung, Sir«, hub Jakin an. »Das Regiment ist zum Frontdienst abkommandiert, Sir?«

»Soviel ich weiß, ja«, sagte der Oberst freundlich.

»Und die Musik – geht sie mit, Sir?« fragten beide wie aus Einem Mund. Und sofort hinterher: »Wir sind doch dabei, Sir, oder nicht?«

»Ihr beide?« sagte der Oberst erstaunt und trat ein wenig zurück, um die kleinen Gestalten besser betrachten zu können. »Ihr zwei! Schon der erste Tagesmarsch gäb' euch den Rest!«

»O nein, Sir – keineswegs! Wir halten Schritt, wohin es auch geht – bei jeder Parade und auch sonst überall!« beteuerte Jakin.

»Wenn aber dieser Tom Kidd mitgeht, dann klappt er wie'n Taschenfeitel zusammen«, ergänzte Lew. »Tom hat sehr enge Adern, Sir, in beiden Beinen!«

»*Wie* enge denn?«

»Seehr enge Adern, Sir! Deshalb schwellen sie an nach jeder längeren Parade, Sir. Und wenn *er* mitkommen kann, dann können wir's *auch*!«

Der Oberst sah sich die beiden noch einmal ganz genau an.

»Nun ja – die Musik geht mit«, sagte er so ernst, als spräche er mit Gleichgestellten. »Habt ihr noch Eltern, ihr zwei?«

»Nein, Sir«, kam's erleichtert zurück. »Wir sind beide verwaist, Sir! Niemand da, um auf ihn Rücksicht zu nehmen!«

»Ihr armen Würstchen – ihr wollt also wirklich mit an die Front, wahrhaftig? Aber warum nur?«

»Ich trage die Uniform unserer Königin jetzt schon zwei Jahre«, gab Jakin zur Antwort. »Und es ist sehr hart für den Mann, Sir, wenn seine Pflichttreue nicht anerkannt wird!«

»Und – und wenn ich nicht mitgeh', Sir«, meldete Lew sich zu Wort, »so will der Kapellmeister, sagt er, aus mir 'nen besch – 'nen bescheuerten Musiker machen, Sir – und dabei hab' ich richtigen Dienst noch nicht mal *gesehen*, Sir!«

Der Oberst schwieg längere Zeit. Dann sagte er ruhig: »Wenn euch der Doktor durchrutschen läßt – ich glaube, dann nehm' ich euch mit. Nur würd' ich an eurer Stelle lieber *nicht* rauchen!«

Die Jungs salutierten – und weg waren sie! Der Oberst schritt heimwärts, berichtete seiner Frau die Geschichte, und die war darob fast zu Tränen gerührt. Den Oberst hingegen freute das Ganze: wenn schon diese Kinder so waren – was für Taten würden da erst die Männer vollbringen?

Jakin und Lew betraten die Knabenbaracke mit großer Würde und weigerten sich gut und gern zehn Minuten, mit den Kameraden auch nur eine Silbe zu wechseln. Dann aber, fast schon berstend vor Stolz, ließ Jakin sich lässig vernehmen: »Ich hab' mit dem Oberst geredet – feines Haus, dieser Oberst! Sag' ich zu ihm: ›Herr Oberst‹, sag' ich, ›ich möcht' an die Front, zusammen mit dem Regiment!‹ – ›Das sollst du auch‹, sagt er darauf, ›und ich wünsch' mir nur eins: daß es noch mehr von eurem Kaliber bei euch kleinen Dreckspatzen gäb', mit euren verdammten Trommeln!‹ – Kidd, in deinem eigenen Interesse – wenn du mit der Ausrüstung nach mir schmeißt, bloß weil ich die Wahrheit sage, so kriegst du geschwollene Beine!«

Trotz alledem, es ging drunter und drüber in der Baracke, denn die anderen wurden vom Zorn verzehrt und vom Neid gefressen, aber Jakin wie Lew taten nichts, um diesen Streit beizulegen.

»Ich geh' jetzt und sag' meiner Alten Adieu«, sagte Lew, um das Faß zum Überlaufen zu bringen. »Und daß sich inzwischen keiner von euch an meinen Sachen vergreift – die sind für den Frontdienst, mich hat ja der Oberst persönlich um meine Begleitung ersucht!«

Damit trollte er sich hinüber zum Baumdickicht hinterm Quartier für Verheiratete, und pfiff dort so lange, bis Cris herauskam, und er, nach dem üblichen Austausch von Zärtlichkeiten, damit anfangen konnte, ihr die neue Lage auseinanderzusetzen.

»Ich geh' mit dem Regiment an die Front«, sagte er schneidig.

»Schweinchen, das ist gelogen«, versetzte Cris, und das Herz blieb ihr beinahe stehen dabei, weil sie ja wußte, daß es bei Lew keine Lüge gab!

»Da lügst du dich selber an, Cris«, sagte Lew und legte den Arm um sie. »Es stimmt schon, ich geh' an die Front. Beim Abmarsch des Regiments wirst du es sehen – alles frischfröhlich, und ich bin dabei. Küß mich noch einmal zum Abschied, Cris, das gibt mir Kraft!«

»Wärst du im Lager geblieben – wohin du *gehörst* –, so könntest du Küsse kriegen, soviel dir – soviel wie du magst, du verdammter Kerl«, klagte Cris und hielt ihm den Mund hin.

»Ja, es ist hart, Cris – das geb' ich dir zu. Aber die Mannespflicht? Wär' ich im Lager geblieben, so würdest du gar nicht mehr gut von mir denken!«

»Kann schon sein, Schweinchen – aber du wärst dann bei mir! Und was ist schon alles Denken der Welt gegen das Küssen!«

»Und alle Küsse der Welt sind nichts gegen das Gefühl, vorn an der Brust deines Uniformrocks 'ne Medaille zu tragen.«

»*Du* kriegst doch keine Medaille!«

»Aber ja doch – die *krieg* ich! Ich und Jakin – wir sind die einzigen Trommler, die mitgehen werden! Alle andern sind ausgewachsene Männer, und wir kriegen unsre Medaillen wie sie!«

»Jeden anderen hätten sie nehmen können, nur dich nicht, mein Schweinchen! Du wirst sehen, sie schießen dich ab – du bist viel zu waghalsig. Bleib doch da, Schweinchen, Liebling – bleib hier im Lager bei mir, und ich lieb' dich dafür auf immer und ewig!«

»Tust du das nicht schon jetzt, Cris? Du hast's doch gesagt!«

»Das schon – aber anders wär' es bequemer! Wart doch noch ab, bis du größer bist, Schweinchen – jetzt bist du ja noch nicht größer als ich!«

»Ich bin seit zwei Jahren in der Armee und denk' nicht daran, diese Chance zu versäumen – und du solltest mich nicht daran hindern! Ich komm' ja zurück, Cris, und bin ich dann erst Soldat, so heirat' ich dich – ja, ich heirate dich, sobald ich Gefreiter bin!«

»Versprochen, Schweinchen?«

Lew dachte flüchtig daran, wie kurz zuvor Jakin und er sich ihre Zukunft ausgemalt hatten – aber der Mund von Cris war dem seinen zu nahe.

»Versprochen – so wahr mir Gott helfe!« gelobte er.

Daraufhin umhalste ihn Cris.

»So will ich dich nicht mehr zurückhalten, Schweinchen! Geh mit, hol dir deine Medaille, und ich mach' dir einen neuen Nähbeutel, so schön ich's nur kann«, flüsterte sie.

»Tu eine Haarlocke hinein, Cris, und ich trag' ihn bei mir, solange ich lebe!«

Dann weinte Cris noch ein bißchen, und damit endete das Gespräch. Die Gereiztheit unter den Trommelbuben war fast am Überkochen, und so waren Jakin und Lew nicht zu beneiden: nicht nur, daß man sie zwei Jahre vor dem gebührenden Alter von vierzehn in die Armee aufgenommen, sondern jetzt – und offenbar eben deshalb! – nahm man sie auch noch mit an die Front! Dergleichen war ohne Beispiel im Dasein der Trommler! Man hatte die Regimentsmusik auf die vorgeschriebenen zwanzig Mann reduziert und die anderen Musiker zur Truppe versetzt, nicht aber Jakin und Lew: die blieben als Überzählige bei der Kapelle, wiewohl sie viel lieber Kompanietrompeter geworden wären.

»Hat nicht viel zu sagen«, meinte Jakin nach der ärztlichen Untersuchung. »Sei froh, daß wir überhaupt mitkommen dürfen! Der Doktor sagt, wenn wir *das* überstanden haben, sagt er, was uns der Sohn vom Kantinensergeanten angetan hat, so werden wir wahrscheinlich auch alles andere aushalten können.«

»So ist es«, erwiderte Lew und betrachtete zärtlich den unbeholfen zusammengeflickten Nähbeutel, den Cris ihm gegeben hatte, mit einer in Form eines »L« daraufgehefteten Haarlocke.

»Besser kann ich es nicht«, hatte sie schluchzend gesagt. »Aber von Mutter oder vom Unteroffiziersschneider wollte ich mir nicht helfen lassen. Trag ihn in Ehren, Schweinchen, und denk immer daran, wie lieb ich dich habe!«

Sie marschierten zur Bahnstation, neunhundertundsechzig Mann stark, und alles im Lagerbereich war auf den Beinen, um sie zum Abschied noch einmal zu sehen. Die Trommelbuben bissen die Zähne zusammen beim Anblick von Jakin und Lew, die mit der Musik marschierten, die Ehefrauen weinten am Bahnsteig, und die Soldaten brüllten sich heiser vor Stolz, bis ihre Gesichter blau anliefen.

»Ein beachtlicher Haufen«, sagte der Oberst zu seinem Vize, als sie die Einwaggonierung der ersten vier Kompanien überwachten.

»Und zu allem bereit und imstande«, bekräftigte enthusiastisch der Ersatzkommandeur. »Nur hab' ich den Eindruck, sie sind noch ein wenig zu jung und nicht hart genug für das Handwerk, das sie erwartet. An der Front oben ist es jetzt bitterkalt!«

»Aber sie sind kerngesund«, versetzte der Oberst. »Und Krankenausfälle müssen wir eben in Kauf nehmen – mit sowas ist immer zu rechnen!«

So fuhren sie nordwärts, stets weiter nordwärts, an Kamelherden und Karawanen vorüber, und dann kamen die Schlachtenbummler mit Legionen bepackter Maultiere – und das Gewimmel wurde von Tag zu Tag dichter, bis der Zug unterm Pfeifen der Lokomotive in einen hoffnungslos vollgestopften Ausladebahnhof einfuhr, wo auf einem Halbdutzend Behelfsgleisen schon sechs Vierzigwaggonzüge abgestellt waren, wo es schrillte von Pfeifsignalen, wo schwitzende Babus geschäftig waren und die Indentantur-Offiziere fluchten vom Morgen bis in die Nacht unterm wirbelnd aufwölkenden Häcksel der Futterballen und zu tausendfachem Ochsengebrüll.

»Los, los, und raus aus dem Zug – ihr werdet schon dringend gebraucht an der Front!« Das war die Begrüßung der »Von und Zu«, und die Blessierten im Lazarettzug bekräftigten es.

»Es liegt nicht so sehr an den Scheißgefechten«, schnaufte ein kopfbandagierter Husar, an die Schar der ihn bestaunenden Männer gewandt.

»Nein, gar nicht so sehr, obwohl es genug davon gibt. Es ist diese Scheißverpflegung und das verdammte Klima dort oben! Wenn's einmal nicht hagelt, so haben wir Frost jede Nacht, und die kochende Hitze am Tag, und das Wasser hat einen Gestank, daß es dich umhaut. Mein Schädel hat einen Sprung wie 'ne Eierschale, und auch eine Lungenentzündung hat mich erwischt, und mein Bauch ist komplett durcheinander! Kein Honiglecken in der beschissenen Gegend dort oben, das kann ich euch sagen!«

»Und wie ist's mit den Niggern?« erkundigte sich ein Soldat.

»Dort drüben am Nebengleis sind Gefangene im Zug – geht doch hin und schaut sie euch an! Die gehören zur Oberschicht ihres Landes. Das gewöhnliche Volk schaut noch ärger aus. Wollt ihr wissen, mit was sie kämpfen? Dann langt mal da unter den Sitz und holt das Langmesser hervor!«

Das taten sie und erblickten erstmals im Leben das schreckliche, mit einem beinernen Griff versehene Afghanenmesser, das fast schon die Länge von Lew hatte.

»Mit dem werdet ihr noch Bekanntschaft machen«, sagte warnend und leise der Mann. »Das haut euch den Arm von der Schulter, als wär' er von Butter. Ich habe dem Kerl, der's an mir probieren wollte, den Schädel gespalten – aber es gibt noch genug seinesgleichen dort oben. Zustoßen – darauf verstehn sie sich nicht, aber zu*hauen*, das *können* sie!«

Die Männer überquerten die Gleise, um die Gefangenen zu inspizieren. Die aber glichen in nichts jenen »Niggern«, die unseren »Von und Zu« bisher vor Augen gekommen: groß waren sie, schwarzhaarig und finster – echte Abkömmlinge der Beni-

Israel.* Und während die Männer sie anstarrten, spuckten diese Afghanen vor ihnen aus und besprachen sich untereinander, ohne herüberzublicken.

»Meine Fresse! Sowas von Schweinerei!« rief Jakin am Ende der Prozession. »Sag, Alter, wie ham sie denn *dich* geschnappt, he? *Kiswasti*** – bist du *noch* nicht gehenkt für deine Visage?«

Der Größte aus jener Schar wandte sich langsam herum, wobei seine Beinschienen klirrten, und starrte den Jungen an. »Seht einmal« rief er den andern auf Pushtu*** zu. »Sie setzen schon Kinder gegen uns ein! Was für ein Volk! Was für Narren!«

»Hallo!« sagte Jakin und nickte ihm aufmunternd zu. »Mit euch geht's jetzt ab – hinunter ins Flachland! *Khana* kriegt ihr, *pienikapanie* kriegt ihr – ein Leben werdet ihr führen wie so ein Scheißmaharadscha *ke marfik*. Besser, als ein Bajonett in den Därmen! Mach's gut, Alter, und paß auf dein hübsches Gesicht auf – nur immer freundlich und nett!«

Und die Männer lachten dazu und formierten sich zu ihrem ersten Marschtag, in dessen Verlauf sie feststellen mußten, daß das Soldatenleben auch seine Schattenseiten hervorkehren kann. Die Größe und viehische Grausamkeit dieser »Nigger«, die man hier »Paythans« nannte, verfehlte nicht ihren Eindruck, aber noch eindrucksvoller war die elendige Ödnis solcher Umgebung. Hätten sich auch nur zwanzig erfahrne Soldaten im Korps befunden – sie hätten den jüngeren beigebracht, wie man es sich trotz allem halbwegs bequem macht zur Nacht. Aber es gab keine altgedienten Soldaten, und so war's für die Truppe ein »schweinemäßiges Leben« auf ihrem Marsch an die Front. Alles Feldküchenelend, den Ärger mit den Kamelen, das Ungemach des Zeltlebens und die Mühe mit überladenen Maultieren lernten die Männer kennen. Und das Studium der

* Volksstamm jüd. Abkunft in der Gegend von Bombay, dort seit dem 12. Jh. bekannt. ** Kiswa(h) – das schwarze Tuch über der Kaaba. *** Hauptsprache im S. u. O. Afghanistans sowie in den Grenzgebieten von Indien u. Belutschistan. Anm. d. Ü.

winzigen Organismen im Wasser trug ihnen in einigen Fällen auch noch die Ruhr ein.

Am Ende des dritten Marschtages, nach der Ankunft im Lager, wurden sie unliebsam überrascht vom Einschlag einer eisernen Kugel. Abgefeuert aus einer sechshundert Meter entfernten, befestigten Stellung, schlug sie einem am Feuer sitzenden Mann den Schädel zu Brei. Damit war es mit der erhofften Nachtruhe aus und vorbei, denn das war erst der Auftakt zu einem Beschuß über weite Distanz zu eben diesem Behufe gewesen! Tagsüber sahen sie nur die unguten Abschußwolken von den Felsgipfeln längs ihres Marsches aufsteigen, und während der Nacht auch das ferne Aufblitzen des Mündungsfeuers. Gelegentlich gab es Tote, dann feuerten alle blindlings ins Dunkel und manchmal auch in die Zelte der benachbarten Einheit. Die Männer fluchten aus Leibeskräften und beteuerten unausgesetzt, dies alles sei zwar sehr schön, habe aber mit Krieg nichts zu tun!

Und damit hatten sie recht. Das Regiment konnte gegen die Scharfschützen nichts unternehmen – man durfte nicht haltmachen, weil es doch galt, Anschluß zu kriegen an die schottischen und die Gurkha-Einheiten der eigenen Brigade. Und den Afghanen war das bekannt, und ebenso wußten sie nach ihrem ersten, probeweisen Beschuß, daß sie da ein noch unerfahrenes Regiment vor sich hatten. Umso mehr legten sie's darauf an, die »Von und Zu« gebührend auf Trab zu halten. Keinesfalls hätten sie sich solche Späße mit einer erfahrenen Einheit erlaubt – mit den gewitzten Gurkhas zum Beispiel, deren Kurzweil es war, sich nachts auf die Lauer zu legen und ihrerseits Jagd auf die Jäger zu machen – mit diesen gefürchteten Burschen in Weiberkleidern, die man auf Nachtwache zu ihrem Gott beten hörte, und deren Gemütsruhe nicht zu erschüttern war durch Beschuß aus dem Hinterhalt. Oder mit jenen niederträchtigen Sikhs, die so unvorbereitet und sorglos marschierten und so grausam herfielen über jene, die Vorteil ziehen gewollt aus so scheinbarer Sorglosigkeit. Dies weiße Regiment war jedoch anders – um sehr vieles anders: es schlief wie ein Igel – und setzte sich wie ein stachliger Igel nach allen Seiten zur Wehr, sobald es aufgestört wurde. Die Wachtposten auf ihrem Rundgang stampften den Boden, daß man sie eine Viertelmeile weit hören konnte, und schossen auf alles, was sich bewegte – und wär's ein verlaufener Esel gewesen. So konnte man sie, sobald sie gefeuert hatten, nahezu wissenschaftlich »erlegen«, zur Abschreckung und Schande für den kommenden Morgen. Dann gab's da auch noch den hinterherziehenden Troß, wo man die Leute ganz unbesorgt abschlachten konnte. Ihre Schreie beunruhigten die weißen Burschen, und der Verlust ihrer Dienerschaft machte ihnen erheblich zu schaffen.

So wurde mit jedem Marschtag der Feind aus dem Hinterhalt dreister, und das Regiment wand sich unter den vielen Attacken, die es nicht vergelten konnte. Die Krönung des ganzen war dann ein Nachtüberfall mit Durchschneiden der Zeltverspannung, dem Einsturz der regendurchweichten Zeltbahnen und dem gloriosen Abschlachten der darunter hilflos strampelnden Mannschaft. Das war ein glänzender Handstreich, tadellos ausgeführt, und zerrte noch mehr an den ohnehin schon zerrütteten Nerven der »Von und Zu«. Und alles, was man ihnen an Mut bis zu jenem Punkt abverlangt hatte, war die »Zwei-Uhr-früh-Courage«, wobei sie nur ihre eigenen Kameraden erschossen und im übrigen um den Schlaf gebracht waren.

Unzufrieden, verdrossen, teilnahmslos, wütend und krank, die Uniform schmutzig und ausgebleicht – so trafen die »Von und Zu« bei der Brigade ein.

»Es heißt, Sie hatten's nicht leicht auf Ihrem Anmarsch«, sagte der Brigadier. Als er aber die spitalsreifen Mannschaften sah, zog er ein langes Gesicht.

»Sieht gar nicht gut aus«, sprach er bei sich. »Wie 'ne Herde verwahrloster Schafe!« Und laut, an den Oberst gewendet: »Ich fürchte, wir können euch keine Schonfrist gewähren – wir brauchen jetzt jeden Mann. Andernfalls hätt' ich euch zehn Tage Ruhe bewilligt, um wieder auf die Beine zu kommen.«

Der Oberst verzog das Gesicht. »Auf Ehre, Sir«, erwiderte er, »es besteht nicht der leiseste Grund, uns zu schonen. Meinen Männern ist zugesetzt worden, ohne daß sie zurückschlagen konnten. Was sie jetzt wollen, ist nur, einen greifbaren Gegner vor sich zu haben.«

»Ich halte nicht viel von den ›Von und Zu‹«, vertraute der Brigadier dem Adjutanten unter vier Augen an. »Sie sehen nicht aus wie Soldaten und befinden sich in einem Zustand, als wären sie quer durch ganz Indien marschiert! Ein müderer Haufen als der ist mir bisher noch nie vor Augen gekommen!«

»Ach – das gibt sich schon, wenn es erst losgeht. Der Paradeglanz ist zwar weg, wird aber bald durch feldmäßigen Anstrich ersetzt sein«, meinte der Adjutant. »Man hat ihnen arg mitgespielt, und sie wissen noch gar nicht, was da mit ihnen geschieht.«

Nein, sie wußten es nicht. Sie hatten nur immer eins draufgekriegt, und das nicht zu wenig, unter Begleitumständen, die einfach zum Kotzen waren. Und auch das *echte* Kotzen war ihnen gekommen, welches den stärksten Mann umwirft, bis er schreiend zur Grube fährt. Und das Schlimmste von allem war, daß die Offiziere so wenig von diesem Land wußten wie ihre Mannschaft, aber so taten, als wüßten sie einfach alles darüber. Die »Von und Zu« befanden sich in erbärmlichem Zustand, glaubten jedoch, das werde sich ändern, sobald sie Gelegenheit fänden, dem Gegner offen entgegenzutreten. Die paar Zufallstreffer während der Talmärsche – das war nicht das Wahre gewesen, und das Bajonett schien überhaupt keine Chance zu kriegen. Aber das war vielleicht gar nicht so schlecht, denn so ein langarmiger Afghane hat acht Fuß Reichweite mit seinem Messer und verträgt soviel Blei, daß er noch Zeit genug findet, drei Engländer außer Gefecht zu setzen.

Die »Von und Zu« hätten ihre Gewehre sehr gern am Feind ausprobiert – im Salvenfeuer aus siebenhundert Läufen –, und allein *dieser* Wunsch zeigt uns, in welcher Stimmung die Männer waren.

Die Gurkhas kamen ins Lager und wollten sich in gebrochnem Kasernenenglisch mit den Neuen verbrüdern, boten ihnen Tabak für die Pfeifen und zahlten in der Kantine die Zeche. Aber die »Von und Zu«, in Unkenntnis dieser Gurkhanaturen, behandelten ihre Gastgeber, als hätte man es mit »Niggern« zu tun, und die grünuniformierten Männer setzten sich ab zu ihren Freunden, den Hochländern, und vertrauten ihnen unter viel Heiterkeit an: »Dieses weiß Regiment verdammt Scheißregiment. Und so muffig – böh! Und dreckig – böh! Heia – Schluck für Johnny?« Worauf die Hochländer ihren Gurkhas eins auf den Schädel gaben und ihnen verboten, ein englisches Regiment herabzusetzen und schlechtzumachen! Und die Gurkhas grinsten tiefgründig, denn die Hochländer waren ja so etwas wie ihre älteren Brüder und privilegierten Verwandten. Jeder andre Soldat, wenn er so einen Gurkha auch nur berührt, riskiert einen Messerhieb übers Gesicht.

Drei Tage danach wagte der Brigadier eine offene Feldschlacht nach allen Gesetzen des Kriegs und unter Berücksichtigung des afghanischen Temperaments. Der Feind hatte seine nicht sehr beträchtlichen Kräfte in den Bergen versammelt, und die Bewegung zahlreicher grüner Standarten zeigte dem Brigadier an, daß auch die Stämme ausgerückt und den regulären afghanischen Truppen zu Hilfe gekommen waren. Die verfügbare Kavallerie bestand aus einer ganzen und einer halben bengalischen Lanzenreiterschwadron, an Artillerie standen dem General nur zwei der neuen Geschütze mit gezogenem Rohr zur Verfügung, und auch die hatte er sich von einer dreißig Meilen entfernten Einheit ausborgen müssen.

»Wenn sie die Schlacht annehmen, und ich habe allen Grund, das zu glauben, so werden wir Zeugen eines sehenswerten Infanteriegefechts sein«, sagte der Brigadier. »Und wir ziehen das ganze sehr stilvoll und regelrecht auf: jedes Regiment geht mit seiner Musik ins Gefecht, und nur die Kavallerie halten wir in Reserve.«

»*Nur* die Kavallerie?«

»Nur die Kavallerie – wir haben die Absicht, die afghanischen Linien aufzurollen«, sagte der Brigadier, der seine besondern Ansichten hatte und von Reserven nichts hielt, wenn es galt, gegen Asiaten zu kämpfen. Und wenn man es recht überlegt, so würden die Grenzen unseres Imperiums noch heute bei Brighton verlaufen, hätte das britische Heer in all seinen kleineren Gefechten sich stets nur auf seine Reserven verlassen.

Diese Schlacht aber sollte ein glorreicher Sieg werden.

Die drei Regimenter hatten den Auftrag, nach planmäßiger Besetzung der Höhen aus drei verschiedenen Schluchten hervorzubrechen und von drei Seiten – im Zentrum, von rechts und von links – vorzurücken auf das, was wir das afghanische Heer nennen wollen. Gegenwärtig hielt es den tiefergelegenen Grund einer flachen Talmulde besetzt, woraus wir ersehen, daß drei Seiten des Tales praktisch im Besitz der Engländer waren, und nur die vierte von den Afghanen gehalten wurde. Im Falle ihrer Niederlage konnten sie sich in das felsige Bergland absetzen, unterm Feuerschutz der dort liegenden Stammeskrieger. Im Falle des Sieges jedoch würden auch diese im Verein mit ihren Soldaten über die Engländer herfallen.

Die Geschütze sollten die Angriffsspitzen der in geschlossener Formation vorgetragenen, afghanischen Vorstöße mit Granatfeuer eindecken, und die Kavallerie, die in der rechten Talschlucht bereitstand, sollte der auf den vereinigten Angriff folgenden Flucht noch ein wenig nachhelfen. Von seinem Gefechtsstand auf einem beherrschenden Felsen wollte der Brigadier die sich entwickelnde Schlacht überwachen. Die »Von und Zu« sollten aus der mittleren Talschlucht hervorbrechen, die Gurkhas aus der zur Linken, und die Hochländer aus der zur Rechten, weil ja der linke Flügel des Gegners dessen stärkster zu sein schien und deshalb am vehementesten attackiert werden mußte. Es geschah ja nicht alle Tage, daß eine afghanische Streitmacht sich zur offenen Feldschlacht stellte, und der Brigadier war entschlossen, den bestmöglichen Vorteil daraus zu ziehen.

»Hätten wir nur ein paar Männer mehr«, äußerte er bedauernd, »so könnten wir dieses Gesindel einkreisen und restlos zur Sau machen! Wie aber die Dinge nun einmal liegen, bleibt uns nur übrig, den Feind auf der Flucht zusammenzuhauen. Es ist schon ein Jammer!«

Die »Von und Zu« waren die letzten fünf Tage in Ruhestellung gelegen und hatten trotz ihrer Dysenterie ihre Kampfmoral wiedergewonnen. Doch das Glück war ihnen nicht hold, denn sie kannten ihr Kriegshandwerk nicht, und wenn ja, so hätten sie es nicht anzuwenden gewußt. Jene fünf Ruhetage, in denen erfahrne Soldaten ihnen das Nötige hätten beibringen können, hatten sie damit vertan, ihr vergangenes Mißgeschick zu diskutieren – daß also der oder jener am Morgen noch frisch und munter, und noch vor Hereinbruch des Abends mausetot gewesen sei, und mit welchem Geschrei und Gestrampel der oder jener sein Leben ausgehaucht habe unterm afghanischen Messer. Der Tod war ja eine ganz neue und schreckliche Sache für diese Mechanikersöhne, denen er bisher nur in schicklich-ziviler Gestalt, als Sterben im Infektionskrankenbett, begegnet war. Und das abgeschirmte Barackenleben trug nicht dazu bei, die Furcht vor dem Tod zu vermindern.

Mit frühestem Morgen begannen die Hörner zu schmettern, und die »Von und Zu«, mißleitet von Kampfbegier, rückten ab, ohne auf ihren Kaffee und ihren Zwieback gewartet zu haben, was ihnen nur eintrug, sich unter voller Bewaffnung und bei bitterer Kälte im Warten die Beine vertreten zu müssen, während die anderen zwei Regimenter sich in aller Ruhe kampfbereit machten. Und alle Welt weiß, wie übel es ausgeht, einem Hochländer Beine zu machen, wenn er von der Notwendigkeit solcher Hast nicht überzeugt ist.

Die »Von und Zu« warteten also, stützten sich auf die Gewehre und lauschten auf den Protest ihres knurrenden Magens. Der Oberst, als man ihm hinterbrachte, daß die Affäre erst später beginnen werde, versuchte sein Bestes, das übereilte Ausrücken wieder gutzumachen und war darin so erfolgreich, daß der Kaffee schon gekocht war, als die Männer sich in Bewegung setzten, mit ihrer Musik an der Spitze. Aber auch jetzt war's noch nicht an der Zeit, und die »Von und Zu« rückten zehn Minuten vor dem geplanten Zeitpunkt in das Tal ein. Die Musik, nach Erreichen des offenen Felds, schwenkte nach rechts, nahm unterm Schutz eines Felsens Aufstellung und spielte dort zum Vorbeimarsch des Regiments weiter auf.

Was sich den ungeschulten Blicken der Männer bot, war nicht erfreulich, denn das hintere Ende des Tals war in voller Breite besetzt von einer kampfbereiten Armee – geschlossene Regimenter in Rot, die (und daran war nicht zu zweifeln) das Feuer eröffnet hatten aus Martini-Henry-Gewehren, deren Kugeln kaum hundert Meter vor der führenden Kompanie den Boden aufwarfen. Über diesen zerschossenen Grund mußte das Regiment vorrücken, und es eröffnete diesen Tanz mit einer höflichen, allgemeinen Verbeugung vor den pfeifenden Projektilen. Das geschah so perfekt und gleichzeitig, als hingen die Männer an einer einzigen Stange. Kaum fähig, von sich aus zu denken, feuerten sie eine Salve, indem sie ihre Gewehre blindlings in Anschlag brachten und auf den Abzug drückten. Das mochte auf die Beobachter an den Berghängen einigen Eindruck machen, rührte aber die Masse des wartenden Gegners nicht im geringsten und hatte eigentlich nur zur Folge, daß im Geknatter des Salvenfeuers jeder Befehl unterging.

»Großer Gott!« rief der Brigadier auf seinem Beobachtungsfelsen. »Jetzt hat dieses Bataillon den gesamten Aufmarsch verdorben! Seht zu, daß sich die andern beeilen, und die Geschütze sollen das Feuer eröffnen!«

Doch die Geschütze sahen sich auf ihrem Weg um die Höhen aufgehalten von einem Widerstandsnest – einer kleinen Erdschanze, die man aus achthundert Meter Distanz sogleich unter Feuer nahm, sehr zum Mißfallen der Besatzung, welche mit Waffen von dermaßen höllischer Präzision nicht gerechnet hatte.

Inzwischen rückten die »Von und Zu« weiter voran, wenn

auch in verlangsamtem Tempo. Wo blieben die anderen Regimenter, und woher hatten denn diese Nigger ihre Martinigewehre? Instinktiv schwärmten die Männer jetzt aus, warfen sich hin, feuerten aufs Geratewohl, sprangen ein paar Schritte vorwärts, warfen sich neuerlich hin – wie man es ihnen beigebracht hatte. Doch in so offener Formation fühlten sie sich verzweifelt allein und rückten deshalb wieder näher zusammen, um Trost beim Nachbar zu finden.

Das Knallen des feuernden Nebenmannes im Ohr spornte den andern zu eigenem Schnellfeuer an – doch auch dies geschah nur, weil der Lärm ihm ein Trost war. Der Erfolg ließ nicht auf sich warten: schon nach der fünften Salve umhüllte die Reihen ein dichter, sichtnehmender Rauch, und die Kugeln schlugen schon zwanzig bis dreißig Meter vor den Gewehrschützen in den Boden, weil das Gewicht der Bajonette und der bockende Rückstoß der Martinigewehre die Arme erlahmen machte und deshalb die Schußbahn erheblich verkürzte. Die Kompaniekommandanten durchspähten ratlos die Pulverdampfschwaden, und die nervöseren suchten sogar, den Rauch mit ihren Helmen davonzuwedeln.

»Höher und weiter nach links feuern!« brüllte ein Hauptmann sich heiser. »Scheiße! Feuer einstellen, bis dieser Qualm sich verzogen hat!«

Zu mehreren Malen gaben die Hörner den Befehl weiter, und sobald er befolgt worden war, erwarteten die »Von und Zu«, Scharen gefallener Feinde vor sich zu sehen. Doch als eine Brise die Rauchschwaden leewärts verwehte, stand der Gegner noch immer kampfbereit da, ganz augenscheinlich ohne Verluste. Eine Vierteltonne an Blei war zweihundert Meter vor ihm in den Boden geschlagen, wie die aufgeworfene Erde bewies.

Der Kampfmoral der Afghanen hatte das nicht geschadet, sie haben die stärkeren Nerven. Ungerührt warteten sie das Ende der Schießerei ab und feuerten seelenruhig in den Rauch, wo er am dichtesten war. Ein Schütze der »Von und Zu« irritierte die Kompanie mit seinem Schmerzgeheul, ein zweiter, im

Todeskampf keuchend, schlug mit den Füßen gegen die Erde, und ein dritter, die Gedärme von einem Querschläger zerfetzt, bat heulend die Kameraden, ihn von seiner Qual zu erlösen! Das waren die ersten Verluste, und ihr Anblick war wenig beruhigend. Der Pulverdampf hatte sich mittlerweile zu einem dünnen Nebel gelichtet.

Dann erhob sich beim Gegner ein großes Gebrüll, und ein Haufe – eine schwärzliche Masse – löste sich aus seinen Reihen und stürmte unglaublich rasch auf die Engländer zu. Es waren etwa dreihundert Mann, bereit, sich heulend und schießend und hauend auf ihre Gegner zu stürzen, sobald das Todeskommando der vordersten Fünfzig am Feind war. Das Kommando bestand aus Ghazis, religiösen Fanatikern, die man mit Drogen vollends verrückt gemacht hatte. Als sie heranstürmten, ruhte das britische Feuer, und in dieser Feuerpause erscholl der Befehl, die Reihen zu schließen und den Sturm mit dem Bajonett abzuwehren.

Jeder erfahrne Soldat hätte den »Von und Zu« sagen können, der einzige Weg, einem Ghazisturm zu begegnen, sei Salvenfeuer auf weite Distanz, weil ein Kämpfer, der den Tod *sucht*, der sterben *will*, um ins Paradies einzugehen, in neun von zehn Fällen seinen Gegner umbringen wird, da dieser das Leben *über* den Tod stellt. Wo also die »Von und Zu« in geschlossener Formation hätten vorrücken sollen, schwärmten sie zu einer Schützenlinie aus, und wo sie hätten ausschwärmen sollen, erwarteten sie geschlossen den Ansturm des Gegners.

Ein Mann, der unausgeschlafen und hungrig vom Lager gescheucht und vor den Feind geführt wird, ist niemals in guter Verfassung. Und die wird nicht besser, sobald er das Weiße im Auge von dreihundert sechs Fuß hohen Teufeln erblickt, die unter Wutgeheul, mit Schaum in den Bärten und meterlangen Messern in den Fäusten auf ihn zugestürmt kommen.

Schon konnten die »Von und Zu« die Signalhörner hören, welche das Gurkharegiment im Laufschritt nach vorn trieben, während von links die wiehernden Dudelsackklänge der Hochländer kamen. So tat man sein Bestes, die erreichte Linie zu halten, wiewohl die Reihe der Bajonette schon unruhig zu wogen begann, wie Bootsruder, die aus dem Takt sind. Und alsbald, im Nahkampf von Mann zu Mann, erfuhren die »Von und Zu« am eigenen Leib die überlegenen Körperkräfte des Gegners: ein Schmerzgeheul setzte dem Ansturm ein Ende, die Haumesser fleischten sich ein, die Szene spottete jeder Beschreibung! Die Männer schlossen sich eng zusammen und hieben auf alles ein, was sich regte – oft genug auf die eigenen Kameraden. Ihre Front gab nach, riß wie Papier auseinander, und die fünfzig Ghazis hatten nun freie Bahn! Und was hinter ihnen einherkam, war im Rausch seines Sieges nicht minder entsetzlich!

Die hinteren Formationen erhielten Befehl, aufzurücken, die Subalternoffiziere warfen sich ins Getümmel – und blieben allein, weil ihre Männer von vorne den Kampflärm, die Angstschreie und das Schmerzgebrüll hörten und der Anblick des dunkelgeronnenen Bluts ihnen Angst machte. Da gab es kein Halten mehr – es war eine einzige Flucht: zum Teufel mit den Offizieren, wenn sie's nicht anders wollen – nur weg von hier, möglichst weit fort von diesen höllischen Messern!

»Vorwärts!« brüllten die Offiziere – aber die Männer fluchten auf sie und wichen zurück, rissen die Nachbarn mit sich, wandten sich und rannten auf und davon.

Charteris und Devlin, die zwei Subalternoffiziere der hintersten Kompanie, glaubten ihre Männer noch hinter sich – und wurden einfach niedergesäbelt.

»Das ist *eure* Schuld, ihr feigen Schweine!« schrie der stürzende Devlin, dem das Haumesser von der Schulter bis unters Brustbein gefahren war, und eine weitere Abteilung fliehender Männer trat ihn vollends zu Boden und trampelte über ihn weg, um die schützende Schlucht zu gewinnen, aus der man gekommen war...

»Ich küßt' sie in der Küche und ich küßt' sie in der Halle.
Folgt mir, Kinder, ich bin da!
›Gottogott‹, so rief die Köchin, ›küßt er uns denn alle?‹
Halle – Halle – Halle – Hallelujah!«

Noch immer strömten die Gurkhas aus der Schlucht zur Linken hervor und ergossen sich in ihrem üblichen Laufschritt über die Hänge. Die schwärzlichen Felsen wimmelten nur so von tiefgrünen Kletterern, und die Signalhörner jubilierten dazu:

»Frühmorgens! Frühmorgens, zum strahlenden Licht!
Wenn Gabriel ins Horn stößt frühmorgens!«

Stolpernd und rutschend kamen die hinteren Kompanien der Gurkhas übers Geröll. Die vorderen Reihen hielten für kurze Zeit inne, um einen Überblick über das Tal zu gewinnen und dabei die gelockerten Schuhriemen fester zu binden. Dann durchlief ein zufriedenes Aufatmen all die verharrenden Kämpfer, und es war, als lächelte das ganze Land, denn siehe – dort unten *waren* die Feinde, denen der eilige Vormarsch der Gurkhas gegolten! Und der Feinde waren übergenug – es war das reine Vergnügen! Die Männer lockerten schon ihre *Kukris** und blickten voll Spannung auf die Offiziere, wie Terriers, die darauf passen, den Apportierstein endlich geworfen zu sehen. Vor ihnen lag der Abhang zum Tal und bot eine gute Aussicht auf das Geschehen. Sie setzten sich auf die Geröllbrocken, um erst einmal zuzusehen, denn die Offiziere wollten keinerlei Kräfte verschwenden, bloß um jenen Ansturm der Ghazis abwehren zu helfen, der dort unten, auf eine halbe Meile Entfernung, in Gang war. Sollten die weißen Männer doch sehen, wie sie ihre Front halten konnten!

»Haj-jaj!« rief der Subadar-Major**, dem der Schweiß aus allen Poren drang. »Die Blödmänner stehn in geschlossener

* Krummschwert der Gurkhas. ** eingeborener Offizier. Anm. d. Ü.

Ordnung – jetzt nicht Zeit für geschlossene Ordnung – jetzt Zeit für Salvenfeuer! Böh – zum Kotzen, sowas!«

Erschrocken und belustigt zugleich – vielleicht auch beleidigt –, beobachteten die Gurkhas das Zurückweichen der »Von und Zu«, und äußerten fluchend, was sie davon hielten.

»Sie rennen! Die weißen Männer rennen davon! Oberst-Sahib, sollen auch *wir* bißchen rennen?« raunte Runbir Thappa, der Oberjemadar*. Doch der Oberst wollte noch nicht. »Laß die Burschen erst noch eins aufs Dach kriegen«, sagte er grimmig. »Geschieht ihnen recht. Noch eine Minute, und sie kommen von selber zum Stehen!« Er sah durch den Feldstecher, wie ein Offizierssäbel blitzte: »Treibt mit der flachen Klinge die blöden Rekruten nach vorn! Mann – wie diese Ghazis über sie herfallen!«

Die zurückweichenden »Von und Zu« rissen auch die Offiziere mit sich. Doch die Enge des Passes zwang die fliehenden Scharen, sich wieder zusammenzuschließen, und die hinteren Reihen feuerten unregelmäßige Salven ab. Daraufhin ließen die Ghazis von ihrer Attacke ab, weil sie nicht wußten, wieviel Reserven noch in der Schlucht bereitstehen mochten. Überdies wäre es unklug gewesen, die weißen Männer zu weit zu verfolgen. Also zogen sie sich zurück wie die Wölfe, gaben sich mit dem angerichteten Blutbad zufrieden und hielten nur inne, um auf die niedergestreckten Verwundeten einzuhauen. Die »Von und Zu« waren um eine Viertelmeile gewichen und erst in der engen Ausmündung der Schlucht zum Stehen gekommen, zitternd vor Schmerzen, demoralisiert und geschüttelt von Angst, während die Offiziere, vor Wut außer sich, mit der flachen Klinge auf ihre Männer einhieben, um sie nach vorne zu treiben.

»Anhalten! Anhalten! Stehengeblieben, ihr feigen Schweine – ihr Weiber! Herum mit euch – Rechts um! In Marschordnung angetreten, ihr Hunde!« brüllte der Oberst, und die Subalternoffiziere fluchten dazu, was das Zeug hergab. Aber

* Oberleutnant. Anm. d. Ü.

das Regiment wollte nur weg – wollte fort aus der Reichweite dieser unerbittlichen Messer. Unentschlossen wogte es unter Geschrei her und hin, während die Gurkhas von rechts schon Salve um Salve aus ihren kurzläufigen Sniderbüchsen auf die zurückschwärmenden Ghazis abfeuerten.

Die Musik unsrer »Von und Zu« war als erste davongelaufen, obwohl der felsige Hügel, hinter dem sie Aufstellung genommen, das feindliche Feuer abhielt. Jakin und Lew waren gleichfalls gerannt, doch ihre kürzeren Beine hielten nicht Schritt, und so blieben sie fünfzig Meter zurück und sahen sich, als die andern das Regiment schon erreicht hatten, alleingelassen auf weiter Flur.

»Ab mit uns und zurück zu den Felsen!« rief Jakin keuchend. »Dort können sie uns nicht sehen!« Und sie rannten zurück zu den verstreut herumliegenden Instrumenten der Regimentsmusik. Das Herz drohte ihnen die Rippen zu sprengen.

»Das ist ja ein reizender Auftritt für uns!« sagte Jakin und warf sich langhin auf den Boden. »Ein verdammt feiner Auftritt für die britische Infanterie! Solche Scheißkerle! Rennen auf und davon und lassen uns ganz allein hier zurück! Was machen wir jetzt?«

Lew langte sich eine der weggeworfenen Feldflaschen, die natürlich randvoll mit Kantinenrum war, und trank, bis er husten mußte.

»Da, nimm einen Schluck«, sagte er dann. »In ein paar Minuten sind sie wieder da – wirst schon sehen!«

Jetzt trank auch Jakin – doch vom Regiment war nichts zu sehen. Fernher vom Talanfang hallte das dumpfe Getöse der Flucht, und bald danach kamen die Ghazis zurück, die sich beeilten, aus dem Feuerbereich der Gurkhas zu kommen.

»Nur wir zwei sind noch übrig von der Musik – und werden todsicher umgebracht«, sagte Jakin.

»Ich wehre mich bis zum letzten«, sagte Lew mit schon schwerer Zunge und fuchtelte mit seinem Kurzsäbel. Der Rum begann ja zu wirken, und auch bei Jakin war es nicht anders.

»Jetzt halt mal die Luft an! Ich weiß was besseres als nur zu kämpfen«, versetzte Jakin, dem der Rum einen plötzlichen Einfall bescherte. »Geben wir lieber den feigen Schweinen dort hinten das Signal zum Vorgehen! Die Paythanschufte sind ja schon weg. Na mach schon, auf mit dir, Lew! Sie treffen uns nicht. Nimm du die Querpfeife und laß mir die Trommel! Und dann los, wir blasen ihnen den Marsch, was das Zeug hergibt! Dort kommen ja schon ein paar von den Unsern! Auf mit dir, du besoffner Versager! Halt dich nach rechts – und hinaus, im Geschwindschritt!«

Er schob sich den Trommelgurt über die Schulter, drückte Lew die Querpfeife in die Hand – und dann marschierten die beiden hinter der Deckung des Felsens hervor und hinaus ins freie Gelände, unter den schauderhaft angestimmten Eröffnungstakten der »Britischen Grenadiere«.

Wie Lew schon gesagt hatte, wagten sich etliche Männer der »Von und Zu« widerwillig und schamerfüllt wieder heran, getrieben von Säbelhieben und Schimpfkanonaden. Das Rot ihrer Röcke leuchtete fernher vom oberen Ende des Tals, und dahinter wogte die Reihe der Bajonette. Doch zwischen so schütterer Schwarmlinie und dem abwartenden Gegner, der mit afghanischem Argwohn in so überstürzter Flucht eine Kriegslist vermutete und deshalb nicht nachstieß, lag eine halbe Meile offenen Felds, wo nur die Verwundeten lagen.

Jetzt erst kamen die beiden in Takt, legten mit voller Kraft los und marschierten Schulter an Schulter, wobei Jakin die Trommel wie ein Besessener schlug. Die Querpfeife fiepte und quiekte erbärmlich, war aber weithin vernehmbar – bis zu den Gurkhas hinüber.

»Na kommt schon, ihr Hunde!« murrte der ungeduldige Jakin. »Soll'n wir hier denn ewig aufspielen?« Lew sah nur stur gradeaus und marschierte noch strammer, als er es je bei einer Parade getan.

Und wie zur Verhöhnung des fernen Gewimmels ertönte die alte Soldatenweise unter Geschrill und Getrommel: –

»Da reden sie von Herkules,
Vom Großen Alexander,
Und auch, daß keiner sie vergess'
Von Hektor und Lysander.«

Von fern scholl das Händeklatschen der Gurkhas herüber, begleitet vom Beifallsgeschrei der Hochländer – aber kein Schuß wurde abgefeuert, weder von britischer noch von afghanischer Seite. Und die zwei winzigen, roten Gestalten marschierten über das offene Feld, parallel zu den feindlichen Linien.

»Doch alle Helden dieser Welt,
Wer wollte sie vergleichen
Mit Englands Grenadier im Feld,
Vor dem die Feinde weichen?«

Die Männer des »Von und Zu« standen jetzt dichtgedrängt am Rande der Talmulde. Hoch oben der Brigadier war sprachlos vor Zorn. Und noch immer keine Bewegung beim Feind! Alles stand still, selbst noch der Tag, und sah auf die beiden Kinder.

Jakin hielt an und schlug den langen Trommelwirbel zum Sammeln. Die Querpfeife schrillte verzweifelt.

»Rechtsum – kehrt! Halt dich aufrecht, Lew, du bist ja total besoffen!« rief Jakin. Dann schwenkten die beiden um und marschierten zurück. –

»Die alten Helden kannten
Nicht Pulver und Kanon':
Vor ihren Schwertern rannten ...«

»Da kommen sie endlich!« rief Jakin. »Weiter, Lew, weiter!«

»Die Feinde nicht davon!«

Die »Von und Zu« strömten jetzt aus der Talschlucht hervor. Was ihnen die Offiziere während der Zeit ihrer Demütigung zugebrüllt hatten, wird niemand erfahren – Soldaten wie Offiziere schweigen sich darüber aus.

»Sie greifen zum zweitenmal an!« schrie ein afghanischer Priester. »Schießt die Jungen nicht ab! Fangt sie lebendig – wir bekehren sie zu unserm Glauben!«

Aber schon dröhnte die erste Salve, und Lew fiel aufs Gesicht. Jakin hielt sich noch eine Minute lang aufrecht, drehte sich um die eigene Achse – und brach zusammen, während die »Von und Zu« schon wieder vorrückten, die Flüche der Offiziere im Ohr und die Beschämung ob der erlittenen Schmach in ihren Herzen.

Die Hälfte der Männer hatte den Tod unsrer Trommeljungen mitangesehen, aber keiner ließ sich etwas anmerken. Nicht einmal Rufe wurden vernehmbar. Im Laufschritt und in offener Ordnung ging es voran übers freie Feld, doch ohne zu feuern.

»Das ist«, bemerkte der Oberst der Gurkhas, »der *wirkliche* Angriff, wie er geplant war. Vorwärts jetzt, Kinder!«

»Ulu-lu-lu-lu!« heulten die Gurkhas und stürmten den Abhang hinunter unterm Freudengeklirr ihrer *Kukris* – dieser schrecklichen Gurkha-Krummsäbel.

Auf dem rechten Flügel war alles noch ruhig. Die Hochländer blieben besonnen, empfahlen Gott ihre Seele (für den gefallenen Kämpfer ist es das gleiche, ob er den Tod in Grenzwirren erleidet oder bei Waterloo). Dann erst schwärmten sie aus und begannen zu feuern auf ihre Art – also nicht übereilt, aber pausenlos, während die beiden Geschütze, nachdem die erwähnte, lästige Erdschanze niedergekämpft worden war, nunmehr die auf den Höhen um ihre wehenden, grünen Standarten versammelten Krieger mit einem Granathagel eindeckten.

»Sturrmangriff ist eine lästige Sache«, murrte der Fahnensergeant der am äußersten rechten Flügel vorgehenden Kompanie des Hochländer-Regiments. »Es brringt die Männer zum Fluchen – aber ich glaube, es wirrd zum Sturrm kommen *müssen*, wenn diese schwarrzen Teufel noch länger Widerstand leisten! Stewarrt, Mann, Sie feuern ja in die Sonne, das ist ja die rreine Verschwendung von Muniton auf Rregierungskosten! Halten Sie zwei Spannen tiefer und zielen Sie vor dem Abdrrükken – lassen sich Zeit, Mann! Was machen die Engländer drrüben? Im Zentrum ist es recht rruhig. Rrennen sie denn schon *wieder* davon?«

Aber die Engländer wichen nicht mehr zurück. Sie stießen und hieben und stachen sich weiter voran, denn ob auch ein weißer Soldat einem durch Schafhaut oder wattierte Jacke geschützten, afghanischen Kämpfer nur selten gewachsen ist, so war da trotz allem der Druck der von hinten nachstoßenden Männer, und kommt noch das Rachebedürfnis im Herzen dazu, so werden mit Kolben und Bajonett ganz beachtliche Dinge erreicht. Die »Von und Zu« fingen erst wieder zu feuern an, als sie mit einer einzigen Kugel ein Halbdutzend Gegner durchlöchern konnten, und unter der Wucht solcher Salve geriet die Front der Afghanen ins Wanken! Jetzt suchten die Männer sich ihre Gegner einzeln heraus und erschlugen sie keuchenden Atems, weil sie unterm Druck ihres Lederzeugs fast keine Luft mehr bekamen – und erkannten so zum erstenmal, daß ein attackierter Afghane bei weitem nicht so sehr zu fürchten ist wie einer, der attackiert: was ihnen jeder erfahrne Soldat schon längst hätte sagen können.

Doch es gab keine alten Soldaten in ihren Reihen.

Den größten Krach in dem Kampfgetümmel schlugen die Gurkhas, denn sie arbeiteten unter ekelhaftem Geklopf, als hackte man Rindfleisch auf einem Hackstock, mit dem *Kukri*, dem Gurkha-Krummsäbel, den sie dem Bajonett vorzogen, wohl wissend, wie gründlich verhaßt den Afghanen diese halbmondförmige Klinge war.

Als die Afghanen zu wanken begannen, kamen ihnen von oben die grünen Standarten zu Hilfe, um die weichende Front noch einmal zu stabilisieren. Doch das war höchst unklug: schon dreimal hatten die Lanzenreiter rechts hinten in ihrer Bereitstellungsschlucht ihren einzigen Subalternoffizier nach vorne gesandt, um nach der Lage zu sehen. Und beim drittenmal kam er zurück mit einem Streifschuß am Knie und verkündete unter gotteslästerlichen, hindustanischen Flüchen, jetzt sei es soweit! Damit ging die Schwadron um den rechten Hochländerflügel herum ins Gefecht und brach unterm pfeifenden Knattern der Wimpel auf ihren Lanzen über den wankenden Gegner herein, obwohl sie, nach allen Regeln der Kriegskunst, noch dessen volle Flucht hätte abwarten müssen.

Dennoch, es war eine schwungvolle Reiterattacke, und so geschickt ausgeführt, daß sich die Kavallerie schließlich vor jenem Paß befand, durch den die Afghanen ihren Rückzug antreten gewollt. Und in jene Schneise, welche die Lanzen freigefegt hatten, strömten zwei Kompanien Hochländer nach – ganz gegen den Schlachtplan des Brigadiers! Diese neue Entwicklung war aber erfolgreich, denn sie beraubte den Gegner der Basis wie einen von seiner Klippe gerissenen Schwamm und überließ ihn dem Feuer von sämtlichen Seiten des unerbittlichen Schlachtfelds. Und wie einem Schwamm, den der Badende in seiner Wanne umherstößt, erging es jetzt den Afghanen – bis sie sich auflösten zu kleinen Gruppen, die viel schwieriger zu bekämpfen waren als das Gros einer Streitmacht.

»Na also!« rief der Brigadier. »Alles verläuft nach Plan, ganz wie ich's vorausgesagt habe! Wir haben sie abgeschnitten von ihrer Basis und hauen sie vollends zusammen!«

Eigentlich hatte der Brigadier sich auf den frontalen Angriff verlassen, im Hinblick auf die begrenzten Streitkräfte, die ihm zur Verfügung standen. Doch muß man Verständnis aufbringen, wenn jemand, der vollkommen abhängig ist von den Fehlern des Gegners, einen günstigen Zufall als vorausgeplant darstellt. Das Niedermachen des Gegners nahm seinen Fortgang, die afghanische Streitmacht befand sich in kopfloser Flucht – es war, als hetzte man Wölfe, die nur mehr knurrend und blindlings um sich schnappen können. Zu zweit und zu dritt warfen die roten Lanzenreiter sich in den Kampf, legten unter Triumphgeheul ihre Lanzen ein – es sah aus wie treibende Spieren auf stürmischer See – und sprengten dann auf ihre Opfer zu. Dabei hielten die Reiter sich stets zwischen ihrer Beute und den schroff ansteigenden Höhen, denn was noch auf den Beinen war, suchte aus diesem Todestal dorthin zu entkommen.

Die Hochländer ließen den Fliehenden zweihundert Meter Vorsprung und knallten die Keuchenden ab, bevor sie die schützenden Felsen erreichten. Die Gurkhas taten's den Hochländern gleich, und nur unsre »Von und Zu« besorgten das Niedermachen auf eigene Weise, denn sie hatten einen dichten Schwarm Feinde zwischen den Bajonetten und einer Felsenwand festgenagelt, und die wattierten Jacken der Eingepferchten leuchteten auf unterm Mündungsfeuer!

»Wir können sie nicht länger halten, Hauptmann-Sahib!« rief atemlos ein Rissaldar der Lanzenreiter. »Nehmen wir lieber den Karabiner zuhilfe! Die Lanze ist gut, aber Zeitverschwendung!«

Also griff man zum Karabiner, doch der Feind lief noch immer davon – verschwand zu Hunderten in den Bergen, denn man hatte nur zwanzig Kugeln, um ihn davon abzuhalten. Oben auf ihrer Höhe stellten jetzt auch die Geschütze das Feuer ein – sie hatten sich restlos verschossen –, und der Brigadier sah es stöhnend mit an, denn das Musketenfeuer reichte nicht aus, den Rückzug des Feinds zu zerschlagen. Geraume Zeit vor den letzten Salven waren die Krankenträger mit ihren Bahren schon auf dem Schlachtfeld und schleppten die Verwundeten ab. Die Schlacht war geschlagen, und hätte man frische Truppen gehabt, so wären diese Afghanen reinweg vom Erdboden vertilgt worden! Immerhin hatten sie Hunderte Tote, und die meisten von ihnen markierten den Weg unsrer »Von und Zu«.

Aber das Regiment stimmte nicht ein in den Jubel der Hochländer und machte den plumpen Triumphtanz der Gurkhas inmitten der Toten nicht mit. Verstohlen blickten die Männer auf ihren Oberst und blieben schweratmend auf ihre Gewehre gestützt.

»Fort und zurück, ins Lager mit euch! Habt ihr *noch* nicht

genug Schande auf euch geladen an einem einzigen Tag? Kümmert euch um die Verwundeten – für mehr seid ihr nicht zu brauchen!« grollte der Oberst. Dennoch hatten die »Von und Zu« in der jüngstvergangenen Stunde alles vollbracht, was jedweder Kommandeur seinen Männern abfordern kann. In ihrer Unerfahrenheit waren sie schwer gedemütigt worden, aber hatten sich hinterher nur umso besser geschlagen – und nun waren Schimpf und Schande ihr Lohn.

Ein junger, vorwitziger Fahnensergeant, schon drauf und dran, sich für einen Helden zu halten, bot seine Feldflasche einem der Hochländer an, dessen Zunge schwärzlich verfärbt war vom Durst. »Mit so feigen Schweinen trinke ich nicht«, stieß der Bursche heiser hervor und wandte sich an einen Gurkha: »Heia, Johnny! Hast du 'nen Schluck Wasser für mich?« Und grinsend reichte der Gurkha ihm die Flasche herüber. Der »Von und Zu«-Mann erwiderte nichts.

Erst als das Schlachtfeld vom Gröbsten gesäubert war, kehrten die Männer ins Lager zurück. Doch einzig der Brigadier, der sich schon jetzt, also drei Monate vor der Zeit, zum Ritter geschlagen sah, fand für die »Von und Zu« Worte der Anerkennung. Der Oberst war völlig erledigt, die Offiziere wußten sich nicht zu fassen vor Grimm.

»Na ja«, meinte der Brigadier. »Sie sind natürlich noch jung, und so ist es kein Wunder, daß sie aus dem Tritt gekommen und ein wenig gewichen sind.«

»Heilige Muttergottes und Tante Maria!« sagte für sich ein junger Stabsoffizier. »›Aus dem Tritt und ein wenig zurück‹! Eine schandbare Hasenjagd ist's gewesen!«

»Und, wie wir ja allesamt wissen, sie sind wiedergekommen!« meinte beschwichtigend der Brigadier, als er die aschfahle Miene des Obersten sah. »Und sie haben sich dann so tapfer geschlagen, wie man's nur immer erwarten konnte! Großartig – das muß man sagen! Ich hab' ihnen zugesehen. Kein Grund, sich die Sache zu Herzen zu nehmen, mein lieber Oberst! Es ist einfach so, wie ein deutscher General irgendwann einmal von seinen Männern gesagt hat: ›Sie wollten erst mal eins aufs Dach kriegen und weiter nichts‹!« Und innerlich sagte er sich – »Jetzt, nach dieser Feuertaufe, kann ich sie unbesorgt überall anderswo einsetzen, in Eigenverantwortlichkeit. Gar nicht so schlecht, daß sie erst noch eins draufgekriegt haben. Das war eine bessere Schule als alles Getue mit dem Gewehr, und wird sie – für später – ganz schön scharfgemacht haben! Trotzdem – ich möchte jetzt nicht in der Haut ihres Obersten stecken!«

Den ganzen Nachmittag lang morste der Heliograph seine Blinksignale über die Berge, um einer vierzig Meilen entfernten Gipfelstation die erfreuliche Nachricht zu übermitteln. Und spätabends traf dann ein staubbedeckter, schwitzender, völlig erschöpfter Korrespondent ein, der ausgesandt worden war, um über das völlig belanglose Niederbrennen eines Dorfs zu berichten, und der, seit er von fern jene Blinksignale entziffert hatte, sein Mißgeschick weidlich verfluchte.

»Irgendwie geht's um die Einzelheiten – so vollständig, wie das im Augenblick geht, wenn ich darum bitten darf! Zum ersten und einzigen Mal habe ich diesen Feldzug verlassen – hat man mich abberufen von hier«, erklärte der Korrespondent dem Brigadier, der die Gelegenheit nur zu gern wahrnahm und des langen und breiten zu schildern begann, wie man ein gegnerisches Bereitstellungsheer buchstäblich vernichtet habe, fast vollständig aufgerieben, und alles nur dank der Fähigkeit, der Strategie und weisen Voraussicht des Kommandeurs der Brigade.

Aber etliche sind da anderer Meinung – und unter ihnen die Gurkhas, die von den Hängen herab mitangesehn haben, daß jene Schlacht durch zwei Trommeljungen gewonnen wurde – durch Jakin und Lew, deren kleine Leichname man gerade noch rechtzeitig auffand, um mit ihnen zwei noch freie Plätze am oberen Ende des Massengrabes zu füllen, wo seither die Toten ruhen: am Fuße der Jagai-Höhen.

## *Das Brandmal der Bestie*

Es gibt Leute, welche dafürhalten, östlich von Suez höre der Machtbereich unserer Vorsehung auf: die Menschen, so heißt es, unterlägen dort schon der Gewalt von Asiens Göttern oder Dämonen, und die Vorsehung unserer Kirche von England wirke sich bloß noch gelegentlich aus, auf Engländer nur, und in anderer Weise als früher.

Solche Annahme könnte durchaus auch so manchen der mehr oder minder müßigen Schrecken erklären, wie sie das Leben in Indien für uns mit sich bringt, ja mag in gewissem Grad auch zum bessern Verständnis dieser Geschichte beitragen.

Mein alter Freund Strickland – er ist Polizeibeamter und weiß über hiesige Zustände recht gut Bescheid – kann sämtliche Fakten des hier geschilderten Vorfalls bezeugen. Ebenso hat Dumoise, unser Doktor, mit eigenen Augen gesehen, was Strickland und ich mitansehen mußten. Seine Schlußfolgerungen sind freilich höchst irrig gewesen. Jetzt ist er tot – auf befremdliche Weise ums Leben gekommen. Ich habe darüber an anderer Stelle berichtet.*

Als Fleete nach Indien kam, besaß er nur wenig Geld, aber etlichen Grund und Boden im Himalajagebiet, unweit des Dorfes Dharmsala. Irgendein Onkel hatte ihm den Besitz hinterlassen, und Fleete war wegen der Erbschaft gekommen. Er war ein großer, netter, harmloser Kerl, wußte natürlich nicht viel über Land oder Leute und fand sich auch nicht in ihrer Sprache zurecht.

Von seinem Besitz in den Bergen war er zu Pferd in unsren Stützpunkt gekommen, um mit uns Neujahr zu feiern, und hatte bei Strickland Quartier bezogen. Zu Silvester gab es ein großes Gelage im Club, und so wurde es eine feuchtfröhliche Nacht. Wenn Männer sich aus den entlegensten Winkeln des Indischen Reiches zusammenfinden, so haben sie allen An-

* »Mündliche Botschaft«, p. 64. Anm. d. Ü.

spruch darauf, einmal richtig über die Stränge zu hauen! Von der Grenze hatte man uns ein paar Offiziere eines Festnahmekommandos heruntergeschickt, die während des Jahrs keinen zwanzig weißen Gesichtern begegnet waren, ja fünfzehn Meilen weit reiten mußten, um im nächstgelegenen Fort wieder mal richtig zu Tische zu sitzen, wobei sie auch noch gewärtig sein mußten, statt der erwarteten Drinks eine Kugel mit Grüßen vom Khaiberpaß in den Bauch zu bekommen. Sie genossen es ganz augenscheinlich, nun vor dergleichen sicher zu sein, denn sie versuchten, mit einem zusammengerollten, im Garten eingefangenen Igel Billard zu spielen, und einer von ihnen, den Schreibzettel zwischen den Zähnen, tanzte dazu im Zimmer herum. Auch ein paar Plantagenbesitzer von weiter südlich waren zugegen und hatten unmäßigen Spaß mit unserem »A. G. S.«, »Asiens Größtem Aufschneider«, welcher versuchte, sie in allem zu überbieten, was sie zu erzählen wußten. Wer irgend Rang oder Namen hatte, war hier versammelt, und man besprach die Verluste an Toten, die Ausfälle an Verletzten und Kranken, wie das Jahr sie uns abgefordert.

Es war eine mehr als feuchtfröhliche Nacht: allesamt grölten wir »Auld Lang Syne«* und hatten dabei, ich weiß es noch gut, die Füße in unserer Siegestrophäe, einer Polomeisterschafts-Schale, wogegen wir mit den benebelten Köpfen schon fast an die Sterne streiften und einander fortwährend ewige Freundschaft gelobten. Späterhin hat es dann etliche aus unserm Kreis hinunter zur Annexion Burmas verschlagen. Andere nahmen teil an den Feldzügen im Sudan, wollten die dortigen Grenzen aufmachen – und wurden stattdessen im wildesten Busch vor Suakin ihrerseits aufgemacht von den Fuzzies**. Wieder andere haben's zu Sternen und Orden gebracht, etliche heirateten, und das war schlimm, andere machten es anders, was *noch* ärger war – und der Rest behielt seine Ketten und mühte sich ab, etwas Geld zu ergattern, doch ohne rechte Erfahrung.

* schottisch, »Oh Gute Alte Zeit«. ** sudanesische Krieger vom Stamme der Hadendon. Anm. d. Ü.

Fleete begann jene Nacht mit Sherry und Bittrem, trank bis zum Dessert nur Champagner, entschied sich danach für das unverdünnt-kratzige Caprigesöff, das so stark ist wie Whisky, goß ausgiebig Benediktiner in seinen Kaffee, setzte noch vier bis fünf Whisky-Soda darauf, um seine Billardstöße sicherer zu machen, und trank bis halb drei in der Frühe ein Bier um das andre, jedes mit Brandy getauft. Infolgedessen wankte er, als wir um halb vier Uhr morgens bei vierzehn Grad Kälte endlich ins Freie traten, gereizt auf sein hustendes Pferd zu, ging wütend los auf das Tier, wollte im Bocksprung aufsitzen – aber das Pferd riß sich los und lief auf und davon, in den Stall. Also war es an Strickland und mir, die Unehrengarde zu machen und den total Bezechten nach Hause zu schaffen.

Unser Weg führte durch den Bazar, ganz nahe am kleinen Tempel des Hanuman-Gottes vorbei – das ist eine Affengottheit von hohem Rang, der man viel Ehrfurcht entgegenbringt, wie denn hierzuland sämtliche Götter große Verehrung genießen, und nicht minder die Priester. Ich selber schreibe dem Hanuman große Bedeutsamkeit zu und bin deshalb freundlich zu seinem Volk, den großen, graufarbenen Affen aus dem Gebirge. Man kann ja nie wissen – vielleicht braucht man eines Tages ja doch einen Freund!

Im Tempel war Licht, und als wir vorüberkamen, hörten wir den beschwörenden Singsang von Männerstimmen. In den hiesigen Tempeln stehen die Priester zu jeder Nachtstunde auf, um ihrem Götzen zu huldigen. Doch plötzlich, noch eh' wir ihn hätten zurückhalten können, eilte Fleete die Stufen hinauf, trat in den Tempel, klopfte dort zweien der Priester gönnerhaft auf den Rücken – und preßte danach voll Feierlichkeit seinen Zigarrenstummel dem Götzenbild auf die rote, steinerne Stirn! Strickland bemühte sich noch, Fleete aus dem Tempel zu zerren – der aber setzte sich auf den Boden und lallte mit schwerer Zunge: »Sch-schaut einmal her! Das B-brandmal der B-beschtie! Von mir sch-schelber gemacht! Is' es nicht schööön?«

Schon nach einer halben Minute war der Tempel von Lärm und Getümmel erfüllt, und Strickland, der ja die Folgen solch einer Götterentweihung nur zu gut kannte, gab seiner Befürchtung Ausdruck, jetzt werde gleich was passieren! Er selber stand bei den Priestern in einigem Ansehn zufolge seiner Amtswürde und langen Ansässigkeit sowie wegen seiner Milde im Hinblick auf alles hiesige Treiben – aber ihm schwante nichts Gutes! Fleete saß noch immer zu Füßen der Statue und wollte sich nicht erheben. Der »alte, sympathische Hanuman« sei ein herrlicher Polster, behauptete er unablässig.

Da tauchte urplötzlich ein silberhäutiger Kerl aus einer Nische hinter dem Götzenbild auf! Trotz der bitteren Kälte war er vollkommen nackt und schimmerte wie bereiftes Metall, denn er war, wie es schon in der Bibel heißt, »von einem Aussatz befallen, so weiß wie der Schnee«. Auch hatte er keine Gesichtszüge mehr, denn er litt schon seit Jahren an diesem Übel. Wir bückten uns und versuchten gemeinsam, Fleete wieder flottzukriegen und auf die Beine zu stellen. Immer mehr Volk drängte nunmehr herzu – schien aus dem Boden zu wachsen –, und der Silbermensch schlüpfte uns unter den Armen hindurch, pfiff und miaute dabei wie ein Otter, umklammerte Fleete und stieß den gesichtslosen Kopf ihm an die Brust, hielt sich fest dagegengepreßt, noch ehe wir ihn zurückreißen konnten! Danach trollte er sich in einen Winkel, wo er sich niederließ, fortwährend miauend, während inzwischen die Menge sämtliche Tempelausgänge blockierte.

Die Priester, noch ganz außer sich, bevor jener silbrige Kerl sich so fest an Fleete geschmiegt hatte, schienen durch solche Umarmung ernüchtert worden zu sein.

Nach Minuten des Schweigens trat einer von ihnen an Strickland heran und sprach in fließendem Englisch: »Führt euren Freund nun hinweg! *Er* ist mit Hanuman fertig, doch Hanuman noch nicht mit *ihm.*« Danach wich die Menge zurück, und wir schleppten Fleete aus dem Tempel.

Strickland war maßlos verärgert. Er sagte, man hätte uns um

ein Haar alle drei abschlachten können, und Fleete habe allen Grund, dem Himmel zu danken, hier noch mit heiler Haut davongekommen zu sein!

Aber Fleete dankte weder dem Himmel noch einem von uns. Er sagte, er wolle ins Bett. Er war heidenmäßig besoffen!

Wir mühten uns weiter voran, Strickland ergrimmt und wortlos – bis Fleete einen Schweißausbruch hatte, dem ein heftiger Schüttelfrost folgte. Das komme nur vom Gestank des Bazars, sagte er, und er wundere sich, daß man Schlachthöfe in solcher Nähe zu englischen Wohnsitzen dulde! »Riecht ihr denn nicht das Blut?« fragte er in einem fort.

Wir brachten ihn schließlich zu Bett. Draußen graute der Morgen, und Strickland lud mich zu einem weiteren Whisky-Soda ein. Während wir tranken, erörterten wir jenen Auftritt im Tempel. Er fühle sich, gestand Strickland mir ein, wie vor den Kopf geschlagen von solchem Ausgang. Strickland läßt sich von einheimischem Volk nur höchst ungern mystifizieren – sein Geschäft ist es ja, die Leute mit deren eigenen Waffen zu schlagen. Das ist ihm bis jetzt zwar noch nicht geglückt, doch glaubt er, im Verlaufe von fünfzehn bis zwanzig Jahren doch um etliches weitergekommen zu sein.

»Eigentlich hätten sie uns statt ihres Miaugezeters grün und blau prügeln müssen«, meinte er dann. »Ich frage mich, was das bedeuten soll! Nein, ich trau' der Geschichte noch nicht!«

Ich sagte, aller Wahrscheinlichkeit nach werde die Tempelvorstehung gerichtliche Klage erheben wegen Beleidigung der Religion. Im indischen Strafgesetz gab's einen eigenen Abschnitt, der genau auf Fleetes Bubenstreich paßte. Darauf Strickland, er könne nur hoffen und beten, daß sie nur das und nichts andres tun würden! Bevor ich sein Haus verließ, warf ich noch einen Blick in Fleetes Zimmer. Er lag rechtsherum auf dem Bett und kratzte sich seine linke Brustseite. Endlich, um sieben Uhr morgens, konnte auch ich mich hinlegen. Mir war bitterkalt, ich fühlte mich niedergeschlagen und gar nicht zufrieden.

Um ein Uhr ritt ich hinüber zu Stricklands Behausung, um nach Fleetes Befinden zu fragen: er mußte ja einen gehörigen Brummschädel haben! Fleete saß schon beim Frühstück, schien sich aber nicht wohlzufühlen. Sein üblicher Gleichmut war gänzlich verflogen, denn er machte soeben den Koch nach Strich und Faden herunter, weil der die Koteletts hatte durchbraten lassen! Nun ist aber ein Mann, den es trotz einer durchzechten Nacht nach blutigem Fleisch gelüstet, ein recht seltener Vogel. Das hielt ich Fleete vor, doch der lachte dazu.

»Bei euch hier gibt's komische Stechfliegen«, sagte er dann. »Die haben mich richtig zerfressen, zumindest an einer Stelle!«

»Laß mich die Bisse mal sehen«, forderte Strickland ihn auf. »Vielleicht sind sie schon zurückgegangen seit heute morgen!«

Während die neuen Koteletts noch auf dem Rost schmorten, knöpfte Fleete sich das Hemd auf, entblößte die Brust und wies uns links oben ein Bißmal, das aussah wie eine der schwarzen Rosetten im Fell eines Leoparden: es bestand aus fünf oder sechs etwa kreisförmig angeordneten Flecken. Strickland sah es sich eingehend an und meinte danach: »Heute morgen war es noch rosa – und jetzt ist es schwarz!«

Fleete stürzte zum Spiegel.

»Du lieber Himmel!« stieß er hervor. »Schöne Bescherung! Was mag das nur sein?«

Zu einer Antwort kam es nicht mehr, weil in diesem Moment die Koteletts hereingebracht wurden – alle noch blutig. Fleete machte sich drüber her und vertilgte gleich drei auf höchst unappetitliche Weise: er benutzte bloß seine rechten Mahlzähne und warf bei jedem weiteren Zubiß den Kopf nach rechts über die Schulter, als *schnappte* er nach dem Fleisch! Doch erst nach Beendigung solcher Mahlzeit schien ihm das zu Bewußtsein zu kommen, denn er sagte verlegen: »So hungrig wie heute bin ich im ganzen Leben noch nicht gewesen! Ich hab' ja geschlungen wie eine Bulldogge!«

Hinterher nahm mich Strickland beiseite: »Geh jetzt nicht weg. Bleib lieber hier – auch über Nacht«, sagte er.

Da aber mein Haus nur drei Meilen von hier lag, schien mir Stricklands Verlangen absurd. Indes, er beharrte darauf, und wollte mir etwas erklären – doch da fiel Fleete ihm ins Wort und sagte beinah verschämt, er habe noch immer mordsmäßig Hunger. Strickland hatte schon zu mir nach Hause gesandt, um mir Bettzeug und Reitpferd nachbringen zu lassen. Dann begaben wir uns zu dritt zu den Stallungen hinüber, wo wir uns die Zeit bis zum geplanten Ausritt vertrieben. Kein Pferdeliebhaber wird müde, sich um seine Tiere zu kümmern, und so oft zwei von ihnen ihre Zeit damit totschlagen, profitiert einer vom andern an Fachwissen und auch an Lügen.

Es standen fünf Pferde im Stall, und ich werde nie wieder vergessen, wie sie sich aufführten, sobald wir zu ihnen traten. Sie schienen plötzlich von Sinnen zu sein – bäumten sich unter schrillem Gewieher und hätten sich um ein Haar losgerissen! Sie schäumten, zitterten, schwitzten und waren vor Angst ganz außer sich. Dabei waren Stricklands Pferde ebenso zutraulich wie seine Hunde, so daß wir uns ihr Verhalten nicht zu erklären wußten. Wir sahen uns schließlich gezwungen, den Stall zu verlassen, schon aus Besorgnis, die Pferde in ihrer panischen Angst könnten von sich aus zu Schaden kommen. Draußen jedoch machte Strickland kehrt, rief mich zurück und nahm mich zum zweitenmal mit in den Stall. Zwar hatten die Pferde sich noch nicht beruhigt, ließen uns aber an sich heran und bargen, nachdem wir sie eine Zeitlang besänftigend abgeklopft hatten, die Köpfe an unserer Brust.

»Nicht vor *uns* haben sie solche Angst«, sagte Strickland nach einer Weile. »Weißt du, ich gäbe drei Monatsgehälter, wenn *Ausbund* jetzt reden könnte!«

Aber *Ausbund* war bloß ein stummes Geschöpf, das sich nur schnaubend an seinen Herrn drücken konnte, wie das Pferde schon tun, sobald sie uns etwas mitteilen wollen in ihrer Sprachlosigkeit. Auch Fleete kam jetzt wieder herein, doch als ihn die Tiere erblickten, ging der Aufruhr neuerlich los! So blieb uns nur übrig, schleunig das Weite zu suchen, um nicht niedergetreten zu werden. »Die mögen dich aber *gar* nicht sehr, alter Freund!« sagte Strickland zu Fleete, sobald wir in Sicherheit waren.

»Blödsinn!« verwahrte sich Fleete. »Meine Stute gehorcht mir, sie pariert wie ein Hund!« Er trat auf sie zu – sie stand unangepflockt in einer eigenen Box. Kaum aber zog er die sperrenden Querstangen weg, da wurde sie wild, schlug aus, rannte ihn über den Haufen und suchte das Weite! Ich mußte lachen, doch Strickland schien gar nicht belustigt zu sein: mit beiden Fäusten zerrte er an seinem Schnurrbart, als gält' es, ihn auszureißen! Fleete machte keinen Versuch, sein Tier einzufangen. Er fühle sich schläfrig, sagte er nur, und gähnte dazu. Dann ging er hinüber ins Haus, um sich hinzulegen. Das war wohl die dümmste Idee, den Neujahrstag zu verbringen!

Strickland blieb eine Weile im Stall bei mir sitzen. Er fragte mich, ob ich an Fleete etwas auffällig fände. Nun ja, er verschlinge sein Fleisch wie ein Raubtier, erwiderte ich, doch könne das ebensowohl vom langen Alleinsein kommen, droben im unzugänglichen Bergland und außerhalb aller feinen Gesellschaft, worin es so vornehm und edel zugehe wie beispielsweise bei uns! Doch Strickland schien gar nicht auf mich zu hören, denn schon seine nächste Bemerkung galt den Bißspuren auf der Brust unsres Freunds. Die könnten sehr wohl von Stechfliegen oder sonstigem Ungeziefer herrühren, vermutete ich. Vielleicht auch nur eine Art Muttermal, das nun verspätet zum Vorschein komme! Indes, und bis auf den Umstand, daß sie recht ekelhaft wirkten, blieben wir gänzlich verschiedener Meinung, was Strickland Gelegenheit gab, mich einen Trottel zu nennen.

»Noch darf ich nicht aussprechen, was ich mir denke«, sagte er schließlich, »weil du mich dann für verrückt halten würdest. Doch wenn es dir möglich ist, solltest du noch ein paar Tage bleiben. Ich möchte, daß noch ein zweiter ihn im Auge behält. Deine Meinung sag aber erst, wenn ich mir selber im klaren bin!«

»Ich speise auswärts heut abend«, gab ich zu bedenken.

»Ich ebenfalls«, sagte Strickland, »genauso wie Fleete – das heißt, wenn er seine Absicht nicht ändert.«

Wir vertrieben uns rauchend im Garten die Zeit, ohne zu reden, und jeder nur mit seiner Pfeife beschäftigt. Wir waren ja Freunde und wollten einander nicht mit Geschwätz die Freude am guten Tabak verderben. Erst als wir ausgeraucht hatten, begaben wir uns ins Haus, um Fleete aufzuwecken. Aber er war schon hellwach und schritt nervös im Zimmer umher.

»Ich möchte noch Koteletts haben«, sagte er unvermittelt. »Könnte ich sie bekommen?«

Wir mußten lachen. »Mach endlich weiter und zieh dich um«, sagten wir nur. »In einer Minute stehen die Ponies vorm Haus!«

»Schon gut«, gab er zur Antwort. »Ich komme gleich nach den Koteletts – aber blutig müssen sie sein, wohlgemerkt!«

Er meinte es ernst. Dabei war's erst vier, und wir hatten um ein Uhr gegessen! Doch er ließ nicht nach und verlangte beharrlich nach halbrohem Fleisch. Schließlich legte er doch noch die Reitsachen an und betrat die Veranda. Aber sein Pony – die Stute lief irgendwo draußen herum – ließ ihn nicht an sich heran! Und auch die andern zwei Tiere waren nicht mehr zu bändigen – hatten panische Angst! Nach einer Weile gab Fleete es auf, indem er sagte, er werde lieber zu Hause bleiben und sich was zu essen besorgen. Also ritten wir ohne ihn los und fragten uns in allem Ernst, was es mit ihm wohl auf sich haben könnte? Als wir den Hanumantempel passierten, trat jener silberhäutige Bursche heraus und miaute hinter uns her.

»Er gehört nicht zur Priesterschaft dieses Tempels«, sagte Strickland nachdenklich. »Am liebsten würd' ich den Kerl vom Fleck weg arretieren!«

Der Galopp unsrer Pferde war eher lahm an jenem Abend: nur lustlos ging es dahin, als wären die Tiere nach einem Parforceritt erschöpft.

»Die Aufregung von heute Mittag war für sie wohl zu viel«, meinte Strickland.

Das blieb seine einzige Äußerung auf dem gesamten Ritt. Ein paarmal fluchte er noch vor sich hin, aber das zählte ja nicht.

Erst um sieben Uhr abends kamen wir heim. Es war schon finster geworden, aber im Bungalow brannte kein Licht. »Schlampiges, faules Dienergesindel!« murrte Strickland verärgert.

Mein Tier schrak plötzlich zurück – bäumte sich vor einem Hindernis inmitten der Zufahrt! Es war Fleete, der sich vor uns erhob.

»Was machst denn *du* hier – was kriechst du auf allen vieren im Garten herum?« herrschte Strickland ihn an.

Beide Tiere wurden jetzt scheu und hätten uns beinahe abgeworfen! An den Stallungen stiegen wir ab und schritten zu Fleete zurück, der unterm Orangengesträuch noch immer auf allen vieren herumkroch.

»Was zum Teufel ist mit dir los?« fragte Strickland.

»Nichts ist los – überhaupt nichts!« Sehr rasch und sehr undeutlich war das gekommen. »Ich kümmere mich um den Garten – botanisiere ein bißchen. Der Erdgeruch ist einfach himmlisch! Ich mache dann noch einen Rundgang – einen längeren Streifzug, und bleibe die ganze Nacht weg!«

Erst jetzt fiel mir auf, wie verwirrt dieser Mann war, und ich sagte sogleich zu Strickland, »Ich will heute abend lieber nicht auswärts essen!«

»Gott segne dich!« rief er merklich erleichtert. »Und jetzt, Fleete, sieh zu daß du hochkommst, sonst holst du dir hier noch das Fieber! Komm mit uns ins Haus, wir wollen was essen und vorher die Lampen anzünden – wir bleiben daheim und speisen zu dritt!«

Fleete erhob sich nur widerstrebend und sagte dabei: »Nein, keine Lampen – kein Licht! Hier im Finstern ist es viel schöner. Essen wir lieber im Freien – Koteletts, aber nicht zu wenig, und alle recht blutig, mit Kruspeln und Sehnen daran!«

Wenn man bedenkt, wie bitterkalt im nördlichen Indien eine Jännernacht sein kann, so grenzte Fleetes Vorschlag an Wahnsinn!

»Du kommst mit ins Haus!« befahl Strickland. »Und das sofort – auf der Stelle!«

Fleete gehorchte. Als die Lampen hereingebracht wurden, sahen wir erst, daß er über und über kotverschmiert war. Also mußte er sich auf der Erde umhergewälzt haben! Den Lampenschein mochte er nicht und zog sich alsbald in sein Zimmer zurück. Sein Blick war zum Fürchten: ein erschreckend grünliches Schillern machte sich darin bemerkbar – wohlverstanden, nicht *in* seinen Augen, sondern auf deren Grund –, und die Unterlippe hing schlaff herab.

»Heute Nacht steht uns allerhand Ärger bevor«, sagte Strickland. »Heute Nacht geht es rund! Behalt lieber die Reitsachen an!«

Wir warteten längere Zeit auf Fleetes Wiedererscheinen und befahlen inzwischen den Dienern, das Abendessen zu bringen. Von nebenan hörten wir ihn im Finstern rumoren – und plötzlich erscholl aus dem Zimmer ein langgezogenes Heulen – wie das Geheul eines Wolfs!

Nun wird ja recht viel geredet und auch geschrieben von »gefrierendem Blut in den Adern«, »entsetzensgesträubtem Haar« und so weiter, doch sollte man mit dergleichen nicht spaßen: auch mir blieb das Herz sekundenlang stehen, als wär' es von einer Klinge durchbohrt, und Strickland war weiß wie das Tischtuch!

Aufs neue ertönte das Heulen – und draußen, von jenseits der Felder, kam fernes Antwortgeheul!

Das war der Höhepunkt allen Horrors! Strickland stürzte ins Nachbarzimmer, ich hinter ihm her – und wir gewahrten, wie Fleete unter kehligem Knurren soeben dabei war, durchs Fenster ins Freie zu klettern! Auf unsere Zurufe fauchte er bloß.

Was dann geschah, weiß ich nicht mehr genau, doch dürfte Strickland ihm mit dem Stiefelknecht eins auf den Schädel gegeben haben. Wie hätte ich sonst auf Fleetes Brustkasten sitzen und den Kerl festhalten können? Er brachte kein Wort hervor, stieß nur Knurrlaute aus, und nicht einmal sie waren menschlich, sondern die eines Wolfs! Schon tagsüber war alles Menschliche von ihm gewichen, und jetzt, nach Hereinbruch der Nacht, war es vollends erstorben: was ehedem Fleete geheißen – nun war es zur Bestie geworden!

Das alles war außerhalb jeder Vernunft und Erfahrung. Schon lag das Wort »Tollwut« mir auf der Zunge, doch ich sprach es nicht aus, weil ich wußte, daß ich mich ja nur selber belog!

Es gelang uns, Fleete mit den ledernen Riemen des Punkah* zu fesseln: wir schlossen ihn krumm, Hände und Füße zusammen, und fixierten ihm mit einem Schuhlöffel auch noch die Zunge, was einen wirksamen Knebel ergibt, wenn man weiß, wie's gemacht wird. Danach schafften wir den Wehrlosen wieder ins Speisezimmer und sandten nach Dumoise, dem Doktor, er möge sogleich herüberkommen! Als aber der Bote schon unterwegs war und wir endlich glaubten, aufatmen zu können, äußerte Strickland: »Eigentlich haben wir jetzt einen Fehler gemacht: das *ist* kein Fall für den Arzt, der kann hier nicht helfen!« Und ich wußte, er hatte recht.

Der Kopf der Bestie war frei, und sie stieß damit nach allen Seiten. Wäre jetzt jemand hereingekommen – er hätte geglaubt, wir seien dabei, einen Wolf abzuhäuten. Das war wohl der widerlichste Aspekt an dem gesamten Geschehen!

Strickland saß da, stützte das Kinn in die Hand, starrte die Bestie an wie sie sich krümmte und wand – aber sagte kein Wort. In Fetzen hing ihr das Hemd um den Leib, und so lag das schwarze, rosettenförmige Bißmal offen zutage. Wie eine Brandblase, wie eine eiternde Pustel stand es hervor.

* indischer Zimmerfächer mit Seilzugbedienung. Anm. d. Ü.

Während wir schweigend der Ankunft des Doktors harrten, ertönte von draußen ein schrilles Miauen, wie von einem Otterweibchen. Wir hatten uns kaum erhoben, da machte sich nahezu körperhaft eine ganz neue Übelkeit fühlbar! (Ich rede von mir, nicht von Strickland.) Wir suchten einander zu trösten wie die Männer in *Pinafore**: es sei nur die Katze gewesen, beteuerte einer dem andern.

Dann endlich trat Dumoise ein. Noch nie zuvor habe ich einen Menschen so unprofessionell erschrecken, so ratlos gesehen! Er meinte, dies sei wohl ein aussichtsloser Fall von Hydrophobie, also Hunds- oder Tollwut, und da wäre buchstäblich nichts mehr zu machen: auch alle Beruhigungsmittel würden den Todeskampf nur noch verlängern! Der Bestie stand jetzt der Schaum vor dem Mund. Wir sagten dem Doktor, Fleete sei schon mehrmals von Hunden gebissen worden. Wer sich ein Halbdutzend Terrier hält, der muß damit rechnen, gelegentlich einen Biß abzukriegen. Nun, Dumoise konnte wirklich nicht helfen, erklärte sich aber bereit, uns amtlich zu attestieren, daß Fleete an der Hundswut gestorben sei. Jetzt begann die Bestie auch noch zu heulen – es war ihr gelungen, den Schuhlöffel auszuwürgen! Dumoise in seiner Gutmütigkeit wollte noch bei uns bleiben und das Ende abwarten, doch Strickland wies dieses Anerbieten zurück: er wolle dem Doktor den Neujahrstag nicht verderben und bitte ihn nur, die wahre Ursache von Fleetes Tod nicht publik zu machen.

So verließ uns der Doktor unter allen Anzeichen echter Erschütterung und Anteilnahme. Doch erst, als das Knirschen der Räder verklungen war, vertraute mir Strickland flüsternd seinen Verdacht an – einen Argwohn, der so ungeheuerlich war, daß er nicht wagte, ihn laut auszusprechen. Und auch ich, in Erwägung der Worte, schämte mich meiner Zustimmung und schützte lieber Unglauben vor.

»Auch wenn dieser silbrige Bursche unseren Freund für seine

* Kurztitel der Komischen Oper »H. M. S. Pinafore« von Gilbert und Sullivan, 1878. Anm. d. Ü.

Untat wirklich verhext haben sollte, könnte sich solche Bestrafung nicht so rasch auswirken«, machte ich geltend.

Noch während ich Strickland dies zuflüsterte, erhob sich draußen vorm Haus abermals jenes Geschrei, und die Bestie fing an, sich wie in Krämpfen zu winden, so daß wir schon fürchten mußten, die ledernen Riemen würden zerreißen!

»Paß inzwischen auf«, sagte Strickland. »Sollte sich das noch mehrmals ereignen, so muß ich zur Selbsthilfe schreiten – und *du* wirst mir helfen dabei!«

Damit eilte er in sein Zimmer, kam aber nach wenigen Minuten mit dem Lauf einer alten Schrotflinte zurück. Auch ein Stück Angelschnur, einen Strick und die hölzerne Schlafpritsche brachte er mit. Ich unterrichtete ihn, die Anfälle träten jeweils zwei Sekunden nach jedem Geschrei auf, doch scheine die Bestie schon merkbar schwächer zu werden.

»Aber ans Leben kann er ihr nicht – nein, ans Leben kann er ihr nicht!« murmelte Strickland.

Gegen mein besseres Wissen sagte ich nochmals: »Es wird – nein, es *muß* eine Katze sein! Wär' nämlich der silberne Kerl dran schuld, weshalb sollte er noch hierherkommen?«

Strickland schichtete Holz auf das Feuer, schob den Flintenlauf in die Glut, legte danach die Schnur auf den Tisch, suchte einen Spazierstock hervor und brach ihn entzwei. Er hatte jetzt zirka ein Meter Angelschnur nebst dem Darmsaitenstück mit Drahtwicklung für den Angelhaken, wie man's zum *Mahsir*fischen* verwendet, und verknüpfte die Enden zu einer Schlinge.

Als er damit fertig war, sagte er: »Wie kriegen wir ihn am besten? Aber lebend und unverletzt muß er sein!«

Ich sagte, wir könnten da nur auf die Vorsehung bauen und uns mit Poloschlägern in den Büschen vorm Haus auf die Lauer legen. Das Wesen, ob Mensch oder Tier, welches da draußen

* großer, indischer Süßwasser-Speisefisch. Anm. d. Ü.

herumschreie, umkreise offenbar wie ein Nachtwächter unser Haus, und so könnten wir's aus den Sträuchern heraus überfallen und dingfest machen.

Strickland erklärte sich einverstanden. Durch das Waschraumfenster schlüpften wir auf die vordere Veranda und huschten über die Wagenauffahrt zum Strauchwerk der anderen Seite.

Im vollen Lichte des Monds kam der Leprakranke soeben ums Haus. Er war vollständig nackt, stieß von Zeit zu Zeit einen miauenden Schrei aus und vollführte danach einen Schattentanz. Das war ein widerwärtiger Anblick, und der Gedanke, den armen Fleete von solcher Scheußlichkeit zur Bestie degradiert zu wissen, brachte in mir auch noch die letzten Skrupel zum Schweigen: ich entschloß mich, Strickland bei jedweder Folter behilflich zu sein – ob nun mit dem glühenden Lauf, mit der Angelschnurschlinge, ob an den Lenden, am Kopf, ob verkehrtherum oder was immer!

Der Leprakranke war unterm Vordach stehengeblieben, und wir fielen mit unseren Schlägern über ihn her. Er war unglaublich kräftig, so daß wir schon glaubten, er werde entkommen oder sich ernstlich verletzen, noch eh' wir uns seiner bemächtigt hätten. Unsre Meinung, Aussätzige seien geschwächt, erwies sich als vollkommen irrig! Doch dann stellte Strickland dem Kerl ein Bein, brachte ihn endlich zu Fall, und ich trat ihm mit aller Kraft auf die Gurgel! Er miaute und schrillte entsetzlich, und noch durch den Reitstiefel konnte ich spüren, wie unrein sein Fleisch war!

Mit seinen aussatzverkrüppelten Händen und Füßen stieß er nach uns, doch wir fingen ihn unter den Armen mit der Schnur einer Hundepeitsche, zerrten ihn rücklings ins Vorhaus und von dort in das Zimmer, wo die gefesselte Bestie lag. Dort machten wir ihn mit Hilfe etlicher Koffergurte vollends unschädlich. Er hatte die Gegenwehr eingestellt, stieß aber noch immer miauende Laute hervor. Als wir ihn der Bestie zeigten, reagierte sie ganz unbeschreiblich: sie bäumte sich auf, fiel wieder zurück, krümmte und wand sich, als hätte man ihr Strychnin eingegeben, und stöhnte zum Gotterbarmen! Was sonst noch alles passierte, kann hier nicht geschildert werden.

»Ich glaube, meine Vermutung trifft zu«, ließ sich jetzt Strickland vernehmen. »Aber erst einmal bitten wir ihn, er möge den Kranken von dessen Übel befreien.«

Doch der Lepröse miaute ungerührt weiter. Darauf wickelte Strickland sich ein Tuch um die Hand und holte den Flintenlauf aus der Glut. Ich zog unterdessen die Schlinge über die Liegestatt und den Mann und drehte sie mit dem Spazierstockfragment so fest zusammen, daß der Niedergeschnallte sich nicht mehr aufbäumen konnte. Erst in jenen Momenten erfuhr ich an mir, mit welchen Gefühlen Männer wie Frauen und kleine Kinder einer Hexenverbrennung beiwohnen mögen: die Bestie krümmte sich unter Gestöhn, und auch dem leprösen Kerl konnte man von der Schwarte, die einst ein Gesicht gewesen, seine entsetzlichen Ängste ablesen: sie zogen darüber wie Hitzewellen übers rotglühende Eisen – eines Gewehrlaufs zum Beispiel.

Strickland hielt sich die Augen zu, aber nur kurz – und wir machten uns an unser Werk. Was nun folgte, eignet sich nicht für den Druck.

Der Morgen zog schon herauf, und da erst begann der Leprakranke zu reden! Bisher war seinem Miaugeschrei nichts zu entnehmen gewesen. Daneben die Bestie war mittlerweile ohnmächtig geworden, wohl aus Erschöpfung, und so war es im Hause recht still. Wir banden den Lepramann los und befahlen ihm dann, den bösen Geist auszutreiben. Er kroch zu der Bestie hin und legte ihr seine Hand auf die linke Brustseite. Dies getan, sank er plötzlich vornüber und rang stöhnend nach Luft.

Gebannt auf Fleetes Miene starrend, gewahrten wir, wie sie sich langsam beseelte. Die Augen – es waren nun wieder die eines Menschen – fielen ihm zu, und der Schweiß rann in Strömen über die Stirn. Wir warteten eine Stunde, doch er wurde nicht wach. Schließlich schafften wir ihn in sein Zimmer und sagten dem Leprakranken, er sei wieder frei und könne jetzt gehen. Das Bettgestell ließen wir ihm, auch das Leintuch für seine Blöße, ferner die Tücher und Handschuhe, mit denen wir ihn angefaßt hatten, und auch die Peitsche, womit er gefesselt gewesen. Er hüllte sich in das Leintuch und trat in den Morgen hinaus, ohne ein Wort oder sonst einen Laut.

Strickland fuhr sich übers Gesicht und ließ sich auf einen der Stühle fallen. Fern in der Stadt tat ein Nachtgong sieben Schläge.

»Genau vierundzwanzig Stunden!« rief Strickland. »Und was ich von sieben bis sieben hier angestellt habe, das reicht bei weitem für meinen Hinauswurf vom Dienst und zur Überweisung ins Irrenhaus! Was glaubst du – sind wir schon wach, oder träumen wir noch?«

Der glühende Flintenlauf lag auf dem Boden, sengte ein Loch in den Teppich, und der Gestank nach verbrannter Wolle war durchaus real.

Erst gegen Mittag, um elf, versuchten wir, Fleete wachzukriegen. Die schwärzliche Leopardenrosette auf seiner Brust war spurlos verschwunden! Er selbst schien zu Tode erschöpft und wirkte vollkommen geistesabwesend. Erst als er uns wahrnahm, begann er zu reden: »Höö –«, sagte er, »hol' euch der Teufel – und ›Prosit Neujahr‹! Und noch was: Trinkt niemals Champagner und Schnaps und Bier durcheinander! Ich bin noch halbtot davon!«

»Schönen Dank für die Blumen – aber sie kommen zu spät«, sagte Strickland. »Heute ist schon der *zweite* Neujahrstag! Den ersten hast du verschlafen – wie ein Murmeltier, rund um die Uhr!«

In diesem Moment ging die Tür spaltbreit auf, und Dumoise schob den Kopf herein. Er war zu Fuß herübergekommen, in der Meinung, wir wären dabei, Fleete auf den Laden zu strekken und für den Sarg herzurichten.

»Ich hab' eine Pflegerin mitgebracht«, sagte er. »Die dürfte besser wissen ... na, was eben jetzt noch zu tun bleibt!«

»Halloh!« begrüßte ihn Fleete und setzte sich auf. »Nur herein mit dir, für alle Fälle!«

Dumoise war wie vor den Kopf geschlagen. Strickland geleitete ihn hinaus und eröffnete ihm, er müsse sich wohl in der Diagnose vergriffen haben. Der Doktor, noch immer perplex, machte sich hastig davon. Er sah seinen ärztlichen Ruf in Gefahr und faßte deshalb Fleetes Genesung als persönlich gemeinten Affront auf! Auch Strickland ging kurz danach außer Haus.

Nach seiner Rückkehr sagte er uns, er sei im Hanumantempel gewesen und habe Genugtuung anbieten wollen für die Entweihung des Gottes, doch man habe ihm feierlich versichert, kein weißer Mann sei dem Götterbild auch nur in die Nähe gekommen, und er, Strickland, sei die Schuldlosigkeit in Person und einer Selbsttäuschung erlegen! »Na, was sagst du dazu?« fragte er.

»›Es gibt mehr Dinge zwischen Himmel und ...‹« hub ich an.

Aber Strickland kann dieses Zitat nicht mehr hören: ich hätte es viel zu oft strapaziert, es sei schon ganz fadenscheinig!

Und *noch* ein Kuriosum begab sich – für mich nicht minder erschreckend als die andern Begebnisse jener Nacht: nämlich, als Fleete, endlich angekleidet, unser Speisezimmer betrat, fing er an, argwöhnisch die Luft einzuziehen. Es war, als bewegte sich seine Nase von selber! »Hier stinkt's aber ganz bestialisch nach Hund«, sagte er. »Pflegst du denn deine Terrier so wenig? Versuch es doch mal mit Schwefel, verehrtester Strick!«

Doch der gab keine Antwort, sondern klammerte sich an der Stuhllehne fest und hatte im nächsten Moment einen hysterischen Lachkrampf! Scheußlich, bei einem gestandenen Mannsbild so etwas mitansehn zu müssen! Doch dann fiel mir ein, daß wir in diesem Zimmer und während der ganzen Nacht mit jenem silbrigen Kerl ja um Fleetes Seele gerungen, daß wir uns zutiefst erniedrigt und unsere englische Würde auf immer verloren hatten – und ich konnte nicht mehr an mich halten, sondern stimmte in Stricklands hysterische Heiterkeit ein! Ich lachte und schnappte nach Luft und führte mich ebenso unmöglich auf wie mein Freund, bis Fleete schließlich glauben mochte, zwei vollkommen Irre vor sich zu haben!

Erst etliche Jahre danach, als Strickland schon längst verheiratet war und aus Rücksicht auf seine Gemahlin fleißig die Kirche besuchte, erörterten wir das Geschehen nochmals und in aller Ruhe. Dabei machte Strickland den Vorschlag, ich solle den Fall zu Papier bringen und publizieren.

Ich selber glaube ja nicht, das Mysterium damit aufhellen zu können. Erstens glaubt mir ja ohnehin niemand so wenig erfreuliche Dinge, und zweitens weiß jeder rechtschaffene Mensch gut genug, daß sämtliche heidnischen Götzen nur taubes Gestein sind oder ein tönendes Erz, und daß jeder Versuch, etwas andres in ihnen zu sehen, füglich als Todsünde gilt!

# *Imrays Wiederkehr*

Bei offenem Tor, so berichtet die Mär,
Kam Nacht für Nacht das Gespenst einher,
Verfolgte den Schloßherrn seit manchem Jahr,
War ihm feind – und krümmte ihm dennoch kein Haar.

Als hauchfeiner Schatten, sprachlos und schwach,
Stellte es stumm seinem Blutsvetter nach,
Und war doch nur jammervoll anzusehn,
Wie sich's mühte, hinter ihm herzugehn!

*Der Baron*

Imray hat das Unmögliche möglich gemacht: ohne vorherige Warnung, ohne ersichtlichen Anlaß ist er, bei noch jungen Jahren und am Beginn seiner Laufbahn, spurlos verschwunden aus dieser Welt – will sagen, aus jenem kleinen, indischen Stützpunkt, wo er beschäftigt gewesen.

Tags zuvor noch frisch und wohlauf, in voller Lebendigkeit an den Billardtischen seines Clubs – war er am folgenden Morgen verschwunden, rein vom Erdboden weg! Alles Forschen nach seinem Wohin blieb erfolglos, er hatte sich schlichtweg davongemacht von seinem Platz: war nicht zum gehörigen Zeitpunkt am Dienstort erschienen, und auch sein Dogcart ward nicht mehr gesehen im Straßenverkehr. Deshalb, und weil sein Verschwinden den Verwaltungsbetrieb des Indischen Kaiserreichs um eine Winzigkeit hemmte, hielt dieses Kaiserreich um genau diese Winzigkeit inne und fragte nach Imrays Verbleib: man suchte etliche Teiche mit Schleppseilen ab, lotete auch ein paar Brunnen aus, schickte Depeschen die Eisenbahnlinien hinauf und hinunter, telegraphierte zum nächstgelegenen Hafen in zwölfhundert Meilen Entfernung – aber kein Imray war aufzuspüren: weder am Haken der Schleppseile noch am Ende der Telegraphendrähte fand er sich vor. Er blieb spurlos verschwunden, und auch seine Dienstgeber dachten nicht länger an ihn: das Getriebe des großen Indischen Kaiserreichs nahm seinen Fortgang, weil nichts es aufhalten durfte, und so war über Nacht Imrays Menschentum zum Mysterium geworden – zu einem der Rätsel, wie man sie an den Tischen des Clubs vielleicht noch vier Wochen erörtert, ehe sie in Vergessenheit fallen. Seine Jagdwaffen, seine Wagen und Pferde gingen an den höchstbietenden Käufer, und sein unmittelbarer Vorgesetzter schrieb an die Mutter einen unklaren Brief, des Inhalts, ihr Sohn sei auf mysteriöse Weise abhandengekommen, und sein Bungalow stehe jetzt leer.

Als die drei bis vier Monate heißesten Wetters vorüber waren, erachtete Strickland, mein Polizeifreund, den Zeitpunkt für günstig, Imrays Bungalow von dem einheimischen Grundherrn zu pachten. Das war noch vor seiner Verlobung mit jener Miss Youghal, wovon ich schon früher berichtet habe, noch zu der Zeit, als er sich besonders fürs bodenständige Leben und Treiben interessierte. Doch war auch sein persönliches Leben eigenartig genug: so mancher beklagte sich über die Art und manche Gewohnheiten Stricklands. Zu essen gab es bei ihm zwar genug, aber keinen geregelten Ablauf. Er stand auf, ging im Hause umher, nahm zu sich, was er vorfand und wann immer es ihm beliebte. Das ist aber auf die Dauer nicht gut für den Menschen. Der Hausrat beschränkte sich auf ein Halbdutzend Gewehre, drei Schrotflinten, fünf Reitsättel und eine Sammlung recht schwerer, zusammensteckbarer *Mahsir*-Ruten, länger und stärker als jene zum Lachsfang. Mit solcher Gerätschaft war die eine Hälfte des Bungalows okkupiert, wogegen die andere Strickland und seiner Gefährtin Tietjens gehörte, einer riesigen Hündin aus Rampur*, die täglich soviel vertilgte wie zwei ausgewachsene Männer. Mit Strickland verkehrte sie in ihrer eigenen Sprache, und wann immer sie auf ihren Streifzügen etwas bemerkte, das darauf angelegt schien, den Frieden Ihrer Majestät, der Königin Englands und Kaiserin Indiens zu

* Nordindien, ca. 200 km östl. Delhi. Anm. d. Ü.

stören, so kam sie nach Hause zu ihrem Herrn, um ihm die Sache auf ihre Art anzuzeigen, und Strickland pflegte dann stets nach dem Rechten zu sehen, was unweigerlich zu behördlicher Intervention, zu Strafgebühren und Festnahmen führte. Die Einheimischen erblickten in Tietjens die Inkarnation eines Geistes, und ihr Respekt vor der Hündin entsprang der Furcht und dem Haß. Im Bungalow war ihr ein eigener Raum vorbehalten, mit Bettgestell, Decke und Trinknapf, und wenn jemand bei Nacht Stricklands Zimmer betrat, warf sie ihn mit ihrem Ansprung zu Boden und verbellte den Kerl, bis man die Lampe brachte. Schon einmal hatte sie Strickland das Leben gerettet, seinerzeit, als er im Grenzgebiet oben einen lokalen Mörder verfolgte. Der hatte im Morgengrauen versucht, Strickland viel weiter fortzubefördern als bloß auf die Andamanen*. Tietjens hatte den Mann abgefangen, als er, den Dolch schon zwischen den Zähnen, zu Strickland ins Zelt kriechen wollte. Zufolge gerichtlich erwiesener Mordabsicht war der Kerl später gehenkt worden. Seit damals trug Tietjens ein Halsband aus gediegenem Silber, und ihre Bettdecke zierte ein Monogramm! Auch war diese Decke aus doppeltem Kaschmirgewebe, denn Tietjens war äußerst heikel und wählerisch von Natur.

Unter keinen Umständen trennte sie sich von ihrem Herrn: als er einmal mit Fieber zu Bett lag, ließ sie den Doktor nicht an ihn heran – zwar konnte sie ihrem Herrn nicht helfen, aber Hilfe von fremder Hand war nicht geduldet! Macarnaght, vom Indischen Ärztedienst, mußte ihr mit dem Gewehrkolben klarmachen, daß er ja der Mann mit den Chininpillen sei!

Bald nachdem Strickland den Bungalow Imrays bezogen hatte, führten mich meine Geschäfte in seinen Stützpunkt, und weil der Club überfüllt war wie stets, nahm ich bei Strickland Quartier. Es war ein beachtlicher Bungalow – acht Zimmer, und mit einem Strohdach gedeckt, das keinen Regen hindurch-

* indische Zuchthausinsel. Anm. d. Ü.

ließ. Die Deckenbespannung unter dem Dach sah aus wie ein fester Plafond. Der Grundeigentümer hatte sie vor Stricklands Einzug noch einmal weißtünchen lassen, und so hätte jemand, der über die Bauart indischer Bungalows nicht informiert ist, niemals vermutet, daß sich darüber auch noch der dreikantig-finstere Raum des offenen Dachstuhls befand, wo zwischen Balken und Stroh sich Ratten und Fledermäuse, Ameisen und sonstiges Ungeziefer oder ungutes Viehzeug festgesetzt hatten.

Tietjens empfing mich in der Veranda mit einem Gebell, das um nichts dem Gedröhn der St. Pauls-Glocke nachstand, und zeigte mir ihre Freude, indem sie mich ansprang und sich mit den Vorderpfoten auf meine Schultern stützte. Strickland hatte uns etwas zusammengerührt, das er eine Mahlzeit nannte. Er ging nach dem Essen gleich außer Haus: ihn rufe der Dienst, sagte er. So sah ich mich plötzlich alleingelassen mit meinen eigenen Sorgen und Tietjens. Die brennende Sommerhitze war der Schwüle des Regens gewichen, kein Windhauch störte die drückende Luft, und nur das Wasser fiel senkrecht vom Himmel und wirbelte bläuliche Dunstschwaden auf. Draußen der Bambus, die Flaschenbäume, die Poinsettien*- und Mangogewächse standen reglos im rauschenden Regen, und in den Aloehecken quakten und schnarrten die Frösche. Kurz vor Hereinbruch des Abends, als der Regen noch stärker wurde, saß ich in der hinteren Veranda, lauschte dem Dachtraufenlärm und kratzte mich am ganzen Körper, weil mein Hitze-Ausschlag mich juckte. Tietjens kam zu mir heraus, stieß mich mit der Schnauze an und legte mir den Kopf in den Schoß – sie schien recht beunruhigt zu sein! Als der Tee hereingebracht wurde, gab ich ihr etliche Kekse, blieb aber weiterhin auf der Veranda, weil es dort kühler war als im Haus. Die Räume hinter mir waren stockfinster, es roch dort zu stark nach dem Sattelzeug und auch nach Waffenöl, kurz, die Umgebung behagte mir nicht. Aus der Dämmerung draußen tauchte mein Diener auf –

* Weihnachtsstern, ein Wolfsmilchgewächs. Anm. d. Ü.

bis auf die Haut durchnäßt, die Musselinsachen klebten an ihm –, und sagte, ein Mann sei gekommen und wünsche hier vorzusprechen. Nur höchst ungern – es war ja stockfinster im Haus – betrat ich das kahle Wohnzimmer und gebot meinem Diener, die Lampen zu bringen. Doch wer immer da gekommen sein mochte – mir war's, als hätt' ich an einem der Fenster seine Gestalt wahrgenommen –, bei erleuchtetem Zimmer war nichts mehr von ihm zu sehen! Nur der Regen strömte draußen vorm Fenster, und der Dunst wölkte auf. Ich sagte zum Diener, er sei wohl nicht recht bei Trost, und begab mich wieder auf die Veranda, um unserer Tietjens Gesellschaft zu leisten, doch sie war schon hinaus in die Nässe gelaufen und durch nichts mehr hereinzulocken, auch nicht durch Kekse mit Zuckerglasur. Erst kurz vor dem Abendessen kam Strickland nach Hause, gleichfalls triefend vor Nässe. Sein erstes Wort war eine Frage:

»War jemand hier?«

Ich erklärte entschuldigend, mein Diener habe mich in das Wohnzimmer gerufen, doch sei das nur falscher Alarm gewesen. Ein Herumtreiber möglicherweise, der etwas von Strickland gewollt, sich dann aber anders besonnen habe. Strickland äußerte sich nicht dazu, sondern befahl, das Essen zu bringen. Und weil's eine wirkliche Mahlzeit mit weißem Gedeck war, setzten wir uns zu Tisch.

Um neun Uhr abends wollte Strickland zu Bett, und auch ich war rechtschaffen müde. Sobald ihr Herr sein Zimmer aufsuchte – es grenzte an die geräumige Kammer, die für Tietjens bestimmt war –, kam sie unterm Tisch hervor und verschwand in der weniger einsehbaren Veranda. Hätte bloß eine Frau sich entschieden, draußen im Regen zu übernachten, so wäre das nicht von Bedeutung gewesen. Tietjens jedoch war ein Hund und deshalb die wertvollere Kreatur. Ich blickte auf Strickland und glaubte, er werde ihr eins mit der Peitsche versetzen, aber er lächelte nur gequält, wie jemand, der von häuslichen Sorgen erzählt. »Seit ich hier drinnen wohne, macht sie es so«, sagte er. »Laß ihr doch ihren Willen!«

Nun, es war Stricklands Hund, und so sagte ich nichts, empfand nur dasselbe wie er, der diesen Vorfall so leichthin abgetan hatte. Tietjens streckte sich draußen vor meinem Schlafzimmerfenster langhin auf den Boden. Der Wind pfiff in immer neuen Böen ums Haus, donnerte übers Dachstroh – und legte sich wieder. Blitze zersprühten am Himmel, als platzten geworfene Eier gegen ein Scheunentor, aber nicht gelb war ihr Licht, sondern von bläulicher Fahlheit. Durch die Spalten der Bambusblende sah ich den riesigen Hund auf der Veranda – die Rückenhaare gesträubt und die Beine so straff wie das Drahtseil der Hängebrücke! In den Pausen zwischen dem Rollen des Donners versuchte ich, Schlaf zu finden, wurde jedoch die Empfindung nicht los, daß da jemand sei, der dringend meiner Hilfe bedürfe: ich hörte, nein, *fühlte* mich beim Namen gerufen, denn die Stimme des Rufers war nur ein tonlos ersterbendes Flüstern. Dann hörte das Donnern auf, und Tietjens lief in den Garten hinaus und heulte den Mond an. Jemand machte sich an meiner Tür zu schaffen, wollte sie öffnen, schritt wieder und wieder durchs Haus und verweilte schweratmend erst auf der vorderen, dann auf der hinteren Veranda. Schon überkam mich der Schlaf – da bildete ich mir ein, ein wildes Pochen und Lärmen vernommen zu haben, entweder über mir oder draußen, von nebenan!

Ich stürzte zu Strickland hinüber und fragte ihn, ob ihm denn schlecht sei – ob er mich gerufen habe? Er lag halbangezogen auf seinem Bett und hatte die Pfeife im Mund. »Ich hab' mir gedacht, daß du hereinkommen wirst«, sagte er bloß. »Bin *ich* etwa vorhin durchs Haus gegangen?«

Ich sagte, er sei durchs Speisezimmer gepoltert, dann durch das Rauchzimmer und auch durch etliche andere Räume – aber er lachte darüber und meinte, ich solle jetzt wieder zu Bett gehn. Das tat ich denn auch und schlief danach bis zum Morgen – war aber in meinen verworrenen Träumen so gut wie sicher, jemandem in seiner Notlage meinen Beistand verweigert und damit an ihm ein Unrecht verübt zu haben. Welcher

Art jene Notlage war, vermochte ich nicht zu sagen – nur, daß sich da Unruhe, Flüstern, ein Rütteln an der Verriegelung und ein verstohlenes Tappen vernehmbar gemacht! Jemand warf mir da meine Säumigkeit vor, doch im Erwachen drang mir, vom Garten herein, nur Tietjens' Geheul und das Rauschen des Regens ans Ohr.

Ich war jetzt zwei Tage bei Strickland. Da er täglich zum Dienst ging, überließ er mich jeweils auf acht bis zehn Stunden der Gesellschaft von Tietjens. Solange es hell war, fühlte ich mich recht behaglich, und auch mit der Hündin schien es nicht anders zu sein. Erst, wenn es dämmerig wurde, zogen wir uns gemeinsam zurück in die hintere Veranda und drückten uns dort aneinander. Zwar befanden nur wir uns im Haus – und doch gab's da etwas wie einen *dritten* Bewohner, der sich allzu stark fühlbar machte, wiewohl ich mit ihm nichts zu tun haben wollte! Ich bekam ihn nie zu Gesicht – aber manchesmal wehten die Vorhänge zwischen den Zimmern, als ginge da jemand vorüber, und die Bambusstühle begannen bisweilen zu knistern, als höbe sich etwas Schweres von ihnen. Und wenn ich das Speisezimmer betrat, um mir ein Buch zu holen, spürte ich deutlich, daß im Schatten der Vorderveranda jemand mein Weggehen abwartete. Das Verhalten der Hündin machte die Dämmerung nur noch unheimlicher: unter gesträubtem Fell starrte sie in das Dunkel der Nebenzimmer und schien angespannt den Bewegungen eines Wesens zu folgen, das ich nicht zu sehen vermochte. Sie betrat jene Räume niemals, ließ sie jedoch nicht aus den Augen! Immerhin, auch das war mehr als genug! Und erst, wenn mein Diener die Lampen angesteckt hatte, und das Zimmer wohnlich erhellt war, kam sie zu mir herein, setzte sich vor mich hin und folgte aufmerksamen Blicks jenem wesenlosen Bewohner, als schritte er lautlos vorbei hinter mir. Hunde können mitunter recht muntre Gesellschafter sein!

Ich unterrichtete Strickland so schonend wie möglich von meiner Absicht, mich im Club nach einem Quartier umzutun.

Seine Gastfreundschaft sei zwar bewundernswert, auch seine Angelruten und Jagdgewehre hätten mir's angetan, aber das Haus und die herrschende Atmosphäre seien mir nicht ganz geheuer. Er hörte mich an bis zum Schluß, lächelte müde, war aber nicht im geringsten verärgert. Er ist ja ein Mensch, der für fast alles Verständnis aufbringt. »Bleib doch noch eine Weile«, sagte er nur, »und wart ab, was das Ding zu bedeuten hat! Wovon du da sprichst, das kenne ich schon, seit ich hier in dem Bungalow wohne. Bleib also noch und wart ab! Hat mich schon Tietjens verlassen, so willst jetzt auch *du* gehn?«

Schon einmal hatte ich ihn so erlebt – in einer Affäre mit einem heidnischen Götzen –, und war mit genauer Not der Irrenanstalt entgangen! Mein Verlangen nach ähnlichen Vorfällen war also mehr als gestillt. Er jedoch war ein Mensch, dem ungute Dinge so selbstverständlich zukamen, wie etwa uns anderen eine Einladung zum Abendessen.

Also mußte ich deutlicher werden und sagte ihm unmißverständlich, er sei mir zwar ungeheuer sympathisch und ich sähe ihn schrecklich gerne bei Tag, doch unter seinem Dach auch noch die Nacht zu verbringen, käme für mich nicht mehr in Frage! Das war nach dem Abendessen, und Tietjens befand sich schon wieder auf der Veranda.

»Beileibe – das wundert mich nicht!« rief Strickland plötzlich und sah zur Deckenbespannung hinauf. »Schau mal dorthin!«

Zwischen dem Tuch und dem Mauersims hingen die Schwanzenden zweier bräunlicher Schlangen herab und warfen pendelnde Schatten an die beleuchtete Wand!

»Wenn du dich so sehr vor Schlangen fürchtest, dann ist das nur selbstverständlich –« setzte er noch hinzu.

Nun sind mir ja Schlangen entsetzlich zuwider – jeder Blick ihrer Augen beweist uns, um wieviel mehr als wir Menschen sie vom Sündenfall wissen, und wie voll der Verachtung sie sind, welche der Satan empfand, als man Adam aus dem Paradies trieb! Und ferner, ganz abgesehn von dem Gesagten, sind ihre

Bisse meist tödlich, und das Gezücht windet sich auch noch um unsere Hosenbeine herauf!

»Du solltest dein Dachstroh gründlich durchsuchen«, schlug ich ihm vor. »Gib mir eine *Mahsir*-Rute – wir stochern die Bestien herunter!«

»Sie verkriechen sich zwischen dem Dachgebälk«, sagte Strickland. »Aber ich mag keine Schlangen über mir haben – ich steige gleich mal hinauf! Mach du dich inzwischen bereit mit dem Besenstiel! Ich schüttle sie dann herunter, und du schlägst sie tot!«

Sehr begeistert war ich ja nicht von seinem Vorschlag, holte aber den Besen und stellte mich mitten im Zimmer bereit. Strickland hatte inzwischen die Gartenleiter aus der Veranda gebracht und lehnte sie gegen die Zimmerwand. Jetzt verschwanden die Schlangenschwänze nach oben – wir hörten das trockene Rascheln ihrer langen, über die ausgewölbte Bespannung sich ziehenden Leiber. Strickland nahm eine der Lampen mit sich, während ich mich nach Kräften bemühte, ihm das Risiko solcher Schlangenverfolgung zwischen Zimmerdecke und Dachstroh vor Augen zu führen, nicht zu reden von der Wertminderung dieses Hauses, wenn er das Tuch am Ende gar noch zerrisse!

»Blödsinn!« versetzte er nur. »Sie verkriechen sich zwischen der Wand und dem Tuch! Die bloßen Ziegel sind ihnen zu kalt, und sie suchen die Zimmerwärme.« Er schob die Hand zwischen Bespannung und Mauerecke und zog das Tuch von der Kante. Unter scharfem Reißgeräusch gab es nach, und Strickland steckte den Kopf in das Dunkel des Dachgebälks. Ich biß die Zähne zusammen und machte mich schlagbereit, ohne zu wissen, *was* da herabkommen werde!

»Mhmm!« ließ sich Strickland von oben vernehmen – es tönte hallend und hohl unterm Dach. »Da ist ja noch Platz genug für etliche weitere Zimmer, und – Himmel, da *ist* ja auch jemand!«

»Schlangen?« rief ich hinauf.

»Woher denn – ein Büffel natürlich! Reich mir die zwei untern Stücke einer *Mahsir*-Rute herauf, damit ich es wegstoßen kann – es liegt auf dem Längsträgerbalken!«

Ich hielt ihm das Gewünschte entgegen.

»Das reine Schlangen- und Eulenquartier! Kein Wunder, daß dieses Viehzeug hier nistet!« rief Strickland und stieß mit dem Rutenstock zu. »Herunter mit dir, wer immer du bist! – Paß auf und zieh jetzt den Kopf ein – gleich kommt's hinunter!«

Ich sah, wie die Deckenbespannung in ihrer Mitte von etwas Schwerem herabgedrückt wurde: immer tiefer senkte sie sich, fast bis zur brennenden Lampe auf unserem Tisch! Rasch zog ich sie aus dem Gefahrenbereich und sprang zurück! Das Tuch an der einen Seite gab nach, riß mitten entzwei – und ein grausiges Etwas stürzte herab und lag auf dem Tisch! Ich wagte erst wieder hinzusehn, als Strickland von seiner Leiter geklettert und wieder bei mir im Zimmer war!

Als schweigsamer Mensch machte er nicht viele Worte, sondern griff nur nach einem Zipfel des Tischtuchs und verhüllte die Leichenreste.

»Na sowas«, sagte er dann und stellte die Lampe zur Seite. »Unser Freund Imray ist wieder da! Na was denn – du *wirst* doch nicht – oder doch?«

Unter dem Tischtuch hatte sich etwas bewegt! Aber gleich danach krümmte sich eine Schlange ans Licht – und wand sich im nächsten Moment auf dem Boden, mit zerschmettertem Rückgrat! Mir jedoch war so übel geworden, daß ich kein vernünftiges Wort hervorbrachte!

Strickland überlegte einen Moment – und holte sich dann was zu trinken. Das Ding unterm Tischtuch rührte sich nicht.

»Ist das wirklich Imray?« fragte ich nach einer Weile.

Strickland schlug das Tischtuch zurück und sah nach.

»Es *ist* Imray«, sagte er dann, »und mit durchschnittener Gurgel – vom einen Ohr bis zum andern.«

Und es war wie aus Einem Mund, als jeder von uns für sich sagte: »Deshalb also das Schleichen und Flüstern im Haus!«

Draußen im Garten fing Tietjens an, wütend zu bellen, und kurz danach stieß sie mit der Schnauze die Zimmertür auf.

Sie schnupperte eine Weile, blieb aber am Eingang stehen. Die zerrissene Deckenbespannung hing fast bis zur Höhe des Tisches hernieder und erlaubte uns kaum, von unserem grausigen Fund abzurücken.

Erst jetzt kam die Hündin herzu und setzte sich neben uns hin. Sie fletschte die Zähne und stemmte die vorderen Pfoten ein. Dabei ließ sie ihren Gebieter nicht aus den Augen.

»Böse Sache, du alte Dame«, sprach er auf sie ein. »Männer klettern im allgemeinen zum Sterben nicht unters Bungalowdach, und schon gar nicht machen sie dann die Bespannung hinter sich dicht. Das sollten wir uns durch den Kopf gehen lassen!«

»Könnten wir das nicht anderswo tun?« schlug ich vor.

»Gute Idee! Mach die Lampen aus, wir gehn in mein Zimmer hinüber!«

Aber ich löschte die Lampen nicht aus, sondern ging als erster hinüber und überließ es Strickland, im Wohnzimmer finster zu machen. Dann erst kam er mir nach, und wir steckten die Pfeifen an und überlegten. Oder besser, Strickland überlegte – ich selber war viel zu aufgeregt und rauchte nur wie ein Schlot.

»Also, Imray ist wieder da!« stellte er fest. »Die Frage ist nur, wer ihn umgebracht hat? Sag nichts – mir fällt da was ein: zusammen mit diesem Bungalow hab' ich ja fast die gesamte Dienerschaft übernommen! Und Imray war doch ein umgänglicher, harmloser Typ – oder nicht?«

Ich stimmte ihm bei, obschon das Ding unterm Tischtuch weder dies noch andres verriet.

»Wenn ich jetzt aber sämtliche Diener ins Zimmer rufe, so stehen sie allesamt da und lügen gemeinsam das Blaue vom Himmel! Was würdest *du* tun?«

»Ruf sie doch einzeln herein«, sagte ich.

»Und dann rennt ein jeder hinaus und erzählt es brühwarm

den andern«, entgegnete Strickland. »Nein, wir dürfen sie nicht zueinander lassen! Glaubst du, daß *dein* Diener schon etwas weiß?«

»Ich könnt' es mir denken – halte es aber nicht für wahrscheinlich. Er ist ja noch keine drei Tage hier«, sagte ich. »Und was hältst *du* von dem Ganzen?«

»Vorläufig tapp' ich im Dunkeln. Wie zum Teufel könnte der Tote hinter die Deckenbespannung gelangt sein?«

Draußen, vor Stricklands Schlafzimmertür, ertönte vernehmliches Husten: Bahadur Khan, Stricklands Leibdiener, war erwacht und wollte nun seinem Herrn beim Zubettgehn behilflich sein.

»Herein!« sagte Strickland. »Heiße Nacht heute, meinst du nicht auch?«

Bahadur Khan, ein hochgewachsener Mohammedaner mit grünem Turban, bestätigte, daß die Nacht zwar sehr warm sei, doch werde es bald wieder regnen, was, mit Verlaub, dem Land Erleichterung brächte.

»So ist es, mit Allahs Hilfe«, erwiderte Strickland und mühte sich, aus seinen Stiefeln zu kommen. »Übrigens hab' ich den Eindruck, Bahadur Khan, daß ich dich schon seit langem ziemlich rücksichtslos ausgenützt habe – eigentlich geht das schon so, seit du im Dienst bist bei mir! Wann genau ist das gewesen?«

»Das wissen Hochwohlgeboren nicht mehr? Es war gleich nachdem Imray Sahib heimlich nach England gereist ist, ohne vorher was gesagt zu haben. Damals ist mir die Ehre zuteil geworden, bei dem Beschützer der Armen in Dienst zu treten!«

»Und Imray Sahib ist nach Europa gereist?«

»So erzählen einander die Diener.«

»Und du willst wieder zu ihm gehn, sobald er zurück ist?«

»Aber gewiß doch, Sahib! Er war ja ein gütiger Herr und hat seine Diener sehr gut behandelt!«

»Das ist nur zu wahr! – Jetzt bin ich rechtschaffen müde, aber morgen geht's auf die Jagd! Bring mir doch einmal die kleine Jagdbüchse her, die fürs Antilopen-Abschießen – sie liegt dort drüben, im Futteral!«

Der Diener bückte sich, entnahm dem Behältnis Schaft, Lauf und Kolben der Büchse, brachte alles herüber, und Strickland setzte die Teile unter herzhaftem Gähnen zusammen. Danach nahm er eine Patrone und schob sie in den Verschluß der 9mm-Schnellfeuerwaffe.

»Und *heimlich*, sagst du, ist Imray Sahib nach Europa gegangen! Das ist wirklich sonderbar – hab' ich nicht recht, Bahadur Khan?«

»Was weiß unsereiner schon viel von den Gepflogenheiten der Weißen, Hochwohlgeboren!«

»Nicht sehr viel, das ist wahr! Aber gleich wirst du *mehr* davon wissen! Ich habe nämlich erfahren, daß Imray Sahib von seiner langen Reise zurück ist und eben jetzt, hier nebenan, seinen Diener erwartet!«

»Sahib!«

Der Lampenreflex glitt den Gewehrlauf entlang – die Waffe zielte auf Bahadur Khans breite Brust.

»So geh und sieh nach!« befahl Strickland. »Da – nimm die Lampe! Dein Herr ist sehr müde und wartet auf dich – also mach schon!«

Der Diener ergriff die Lampe und trat, von Stricklands Gewehrmündung vorwärtsgestoßen, ins Speisezimmer. Er tat einen Blick in die schwarze Höhlung des Strohdachs, bemerkte dann zu seinen Füßen die noch immer sich windende Schlange – und wurde plötzlich aschfahl im Gesicht, denn er hatte das Ding unterm Tischtuch bemerkt!

»Siehst du es?« fragte Strickland nach einer Weile.

»Ich sehe – und bin Wachs in den Händen des Weißen Mannes. Was gedenken Seine Erlauchtheit zu tun?«

»Dich zu hängen – noch in diesem Monat. Was sonst?«

»Nur, weil ich den da umgebracht habe? Wohlan, Sahib, wollet bedenken: als er noch unter uns Dienern weilte, fiel sein Blick einmal auf mein Kind, einen vierjährigen Knaben. Und er hat dieses Kind behext, denn es starb nach zehn Tagen am Fieber – bedenket, *mein Kind*!«

»Und hat Imray Sahib damals etwas gesagt?«

»Er sagte, es sei ein sehr hübsches Kind, und hat ihm den Kopf gestreichelt. Und daran ist es gestorben! Worauf ich Imray Sahib im Finstern umgebracht habe, als er vom Dienst ermüdet im Bett lag und schlief. Worauf ich ihn unters Dachgebälk schaffte und hinterher alles dichtgemacht habe. Aber Hochwohlgeboren wissen das alles ja schon, und ich bin Hochwohlgeboren zu Diensten.«

Strickland, über den Lauf seiner Waffe hinweg, warf mir einen Blick zu und sagte auf Englisch: »Du hast doch alles verstanden? Du bist Zeuge – er hat ihn ermordet!«

Bahadur Khan, noch immer aschfahl im Gesicht, stand im Schein seiner Lampe und suchte nach weiterer Rechtfertigung. »Nun bin ich ertappt«, sagte er dann. »Doch schuld ist der Mann dort gewesen! Sein Böser Blick hat mein Kind getötet, und dafür hab' ich *ihn* umgebracht und hinterher seine Leiche versteckt. Aber nur, wer mit Teufeln im Bunde ist« – er sah dabei auf die teilnahmslos kauernde Hündin –, »nur so einer konnte wissen von meiner Tat!«

»Ja, du hast es recht schlau angefangen – nur hättest du ihn mit einem Strick an dem Balken festbinden müssen. Jetzt wirst dafür *du* an einem Strick hängen – nach Recht und Gesetz!«

Ein verschlafener Polizist tauchte auf, von einem zweiten gefolgt. Strickland hatte nach ihnen gesandt. Tietjens rührte sich nicht, gab keinen Laut.

»Nehmt ihn mit – zur Polizeistation!« befahl Strickland. »Er steht unter Mordanklage!«

»Ich werde also gehenkt?« fragte Bahadur Khan. Er unternahm keinen Fluchtversuch, blickte nur vor sich zu Boden.

»Das ist so gewiß, wie die Sonne scheint und das Wasser fließt«, bestätigte Strickland.

Bahadur Khan tat einen großen Schritt rückwärts und blieb zitternd stehen. Die zwei Polizisten warteten noch.

»So geht schon!« gebot ihnen Strickland.

»Wohlan – doch ich gehe sehr schnell«, sagte Bahadur Khan. »Seht her – ich bin schon so gut wie gestorben!«

Den Fuß hebend, wies er uns die daran hängende, braunschillernde Schlange: im Todeskampf hatte sie sich in Bahadurs kleine Zehe verbissen.

»Ich stamme aus guter Familie«, sagte Bahadur Khan und begann schon zu taumeln. »Das öffentliche Schafott wäre zu große Schande für mich: ich nehme deshalb *diesen* Weg. Doch vorher sei noch gesagt, daß die Hemden des Sahib korrekt abgezählt sind, und daß ein zweites Stück Seife in seinem Waschbecken liegt. Man hat mir mein Kind verhext, und ich habe den Hexer getötet. Weshalb soll ich da mit dem Henkerstrick umgebracht werden? Meine Ehre ist nun gerettet – und – und so sterbe ich jetzt.«

Nach einer Stunde war er dahin – wie alle, die von der kleinen, bräunlichen *Karait* gebissen werden. Die Polizisten schafften ihn und das Ding unterm Tischtuch an den befohlenen Ort. Das war unerläßlich, um Imrays Verschwinden endgültig aufklären zu können.

»Und dies«, sagte Strickland gelassen, während er sich ins Bett fallen ließ, »– dies nennt sich das aufgeklärte Neunzehnte Jahrhundert! Hast du gehört, was der Kerl gesagt hat?«

»Jedes Wort«, sagte ich. »Imray hat einen fatalen Fehler begangen!«

»Und nur, weil er nichts gewußt hat vom Wesen der Orientalen und von den zufälligen Tücken eines jahrzeitlich bedingten Fiebers. Dabei war Bahadur Khan schon vier Jahre bei ihm im Dienst!«

Es schauderte mich: mein eigener Diener war ebensolange bei mir! Als ich mein Zimmer betrat, stand er schon bereit, ausdruckslos wie der kupferne Kopf einer Münze, um mir beim Ausziehen der Stiefel zu helfen.

»Was war eigentlich mit diesem Bahadur Khan?« fragte ich ihn.

»Die Schlange hat ihn gebissen, und er ist gestorben daran. Alles andere ist ja dem Sahib bekannt.«

»Und wieviel von dem ganzen hast *du* gewußt?«

»Soviel man von jemandem weiß, der in der Dämmerung kommt und Genugtuung sucht. Langsam, Sahib! Laßt mich erst noch Euren Stiefel abziehen!«

Ich war im Begriff, vollkommen erschöpft einzuschlafen, da rief Strickland von seiner Seite des Hauses herüber:

»Tietjens ist wieder an ihrem Platz!«

So war es. Der riesige Jagdhund lag majestätisch auf seiner Bettstatt, auf der eigenen Decke. Im Nebenzimmer hing die durchrissne Plafondbespannung herab und streifte im Luftzug über den Tisch.

# *Am Ende des Wegs*

Der Himmel wie Blei, rotverbrannt unsre Mienen,
Und die Tore der Hölle weit aufgeschwungen,
Und die Winde der Hölle dem Abgrund entsprungen,
Und ihr wirbelnder Staub hat den Himmel verschlungen
Und senkt sich als feuerfarbenes Linnen
Schwer über uns – eine Wolke des Zorns!

Und die Seele verläßt uns und hebt sich von hinnen,
Löst sich von allem, worum wir gerungen,
Wonach wir getrachtet in Leid und Beschwer,
Und weht nun hinweg wie der Staub aus dem Linnen,
Entreißt allem Fleisch sich und kommt nimmermehr
Überm klagenden Dröhnen des Cholera-Horns!

(Himalaja-Gebiet)

Vier Männer, wie jeder andre berechtigt zu »Leben in Freiheit« und »Streben nach Glück«, saßen beim Whist um den Tisch. Das Thermometer wies an die 40 Grad Hitze – für sie. Im Zimmer war es so finster, daß man den Wert der einzelnen Karten eben noch wahrnehmen konnte – und auch die bleichen Gesichter darüber. Ein schäbiger, fast schon zerfallender Punkah* aus weißlich verwaschnem Kattun zerrührte mit tristem Geknarr die stickigheiße Luft. Draußen herrschte die düstere Trübnis eines Novembertags über London: Sonne, Himmel und Horizont waren nicht mehr unterscheidbar hinter dem dunstigen Braunviolett einer brütenden Schwüle. Es war, als müßte die Erde vom einen Moment auf den andern am Hitzschlag verenden.

Ab und zu wölkte, obschon kein Lufthauch sich regte, lohfarbner Staub auf, breitete sich wie ein Tischtuch über die dür-

* Im Plafond verankerter, indischer Zimmerfächer.

ren Baumkronen – und sank träg zu Boden. Dann wieder, meilenfern draußen, tanzte ein Staubteufel über das Flachland – und fiel auseinander, kopfüber, wiewohl da nichts war, seinem Wirbeltanz Halt zu gebieten: nichts außer der langen und niedrigen Reihe gestapelter, weiß überstaubter Eisenbahnschwellen vor einer Handvoll armseliger Hütten aus schrottreifen Schienen, zerschlissenem Kanvas und rissigem Lehm, die sich um den flachen, vierzimmrigen Bungalow scharten – das Domizil des Hilfsingenieurs und Bauleiters dieses Abschnitts der Gaudhari-Staatsbahn.

Die vier, aller Kleidungsstücke entledigt und nur im leichtesten Schlafzeug, saßen übelgelaunt bei ihrer Kartenpartie, immer wieder uneins darüber, wer nun am Ausspielen sei und wer nicht. Es war nicht gerade das eleganteste Whist – doch war es schon schwierig genug gewesen, die Partie überhaupt zustande zu bringen: Mottram, von der indischen Landvermessung, hatte seit vorigem Abend schon dreißig Meilen im Sattel und ein weiteres Hundert im Zug hinter sich – nur, um von seinem entlegenen Posten im Wüstengebiet hierher zu gelangen. Lowndes, von der Zivilverwaltung, in die Polit-Abteilung versetzt mit besonderem Auftrag, hatte es eben noch einrichten können, den ekelhaften Intrigen eines heruntergekommenen Eingeborenenstaats kurzfristig den Rücken zu kehren – eines Gemeinwesens, dessen König, bald kriecherisch, bald aufbegehrend, größere Geldmittel forderte aus dem erbärmlichen Steueraufkommen, das man den ausgeplünderten Bauern und fast schon ruinierten Kamelzüchtern abgepreßt hatte. Und Spurstow, der Bahnarzt, hatte ein Arbeitslager der Kulis, das von der Cholera heimgesucht war, dem Seuchentod überlassen für jene zwei Tage und Nächte, die er wieder einmal in *weißer* Gesellschaft verbringen gewollt. Bleibt noch Hummil, der Hilfsingenieur: er war der Gastgeber unserer Runde – er hielt hier die Stellung. So konnte er seine Freunde an jedem Samstag empfangen, sofern sie sich hatten freimachen können. Und wenn einer fernblieb, drahtete Hummil umgehend an dessen letzte

Adresse, ob der Betreffende etwa schon tot sei? Dort drüben im Osten gibt es ja zahllose Plätze, wo nicht allein Höflichkeit es verbietet, seine Bekannten auch nur für kurze Zeit aus den Augen zu lassen!

Keiner aus dieser Runde hegte besondere Wertschätzung für die drei andern: bei den Zusammenkünften gab's jedesmal Streit, und doch brannte jeder darauf, die Gefährten wiederzusehn – fast wie ein Verschmachtender sich nach dem rettenden Wasser sehnt! Sie waren ja allesamt gänzlich auf sich gestellt und wußten deshalb nur zu gut um die Schrecken der Einsamkeit. Auch hatte noch keiner von ihnen die Dreißig erreicht – und das ist bei weitem kein Alter für solche Erfahrung.

»Vielleicht noch ein Pilsner?« fragte jetzt Spurstow zwischen dem zweiten und dritten Robber. Er trocknete sich die schweißnasse Stirn.

»Bier ist aus – leider! Und das Sodawasser reicht höchstens noch für heute Abend«, gab Hummil zur Antwort.

»*Schöner* Betrieb das!« knurrte Spurstow verärgert.

»Was *noch*! Ich habe geschrieben *und* telegraphiert – mehr kann ich nicht tun! Die Züge verkehren noch nicht nach Fahrplan. Vorige Woche ist uns sogar das *Eis* ausgegangen – Lowndes war hier – kannst ihn ja fragen!«

»Da bin ich nur froh, daß *ich* nicht dabei war. Eis hätt' ich euch schicken können, aber wer sagt einem das! – Puh! Viel zu heiß für ein weiteres Spiel!« Dabei warf er Lowndes einen giftigen Blick zu, aber der lachte nur: ihm machte sowas nichts aus.

Mottram erhob sich, trat an die Tür und spähte durch einen Spalt ihrer Blenden.

»Herrliches Wetter!« sagte er nur.

Alle vier gähnten. Sie hockten herum, ohne Ziel, ohne Zweck, nur mit der Untersuchung von Hummils Habseligkeiten beschäftigt – Jagdflinten, zerlesene Romane, Sattelzeug, Sporen und ähnliches mehr. Zwar hatten sie all das schon ehedem in den Fingern gehabt, zu Dutzenden Malen – doch es gab ja nun wirklich nichts andres zu tun!

»Irgendwas Neues dabei?« fragte Lowndes.

»Die *Gazette of India* von letzter Woche, und auch ein Zeitungsausschnitt von daheim. Mein Vater hat ihn mir geschickt. Was sie da schreiben – da kannst du nur lachen!«

»Wieder mal einer von unseren hohen Vertretern, der sich hochtrabend ›M. P.‹ betitelt – Mitglied des Parlaments?«

»Ganz recht. Hört euch das einmal an – es geht auf *dich*, Lowndes! Zum Beispiel *hier*: ›... und ich nehme nicht Anstoß, öffentlich auszusprechen, daß die Zivile Verwaltung in Indien nichts anderes ist als ein Monopol – das eifersüchtig gehütete Vorrecht unserer englischen Aristokraten! Was *hat* denn die Demokratie – was hat die Masse der kleinen Leute von einem Land zu erwarten, das wir Schritt um Schritt um seine Selbständigkeit betrogen oder vielmehr, das wir *annektiert* haben? Ich will's Ihnen sagen: so gut wie nichts, überhaupt nichts! Ja, schon – das Land wird bestellt, doch einzig im Interesse blaublütiger Nachkommenschaft! Und die ist peinlich bedacht, ihre horrenden Einkünfte abzusichern, indem man alles vereitelt, ja schon im Keime erstickt, was nach Kontrolle riecht und, Gott behüte, die Praktiken solcher Verwaltung aufdecken und ans Licht bringen könnte! Hinwiederum zwingt man die Ärmsten der Armen dazu, im Schweiß ihres Angesichts aufzukommen für das Wohlleben all dieser Drohnen!‹« Hummil schwenkte zu den »Hört! Hört!«-Rufen der andern den Zeitungsausschnitt überm Kopf hin und her.

Lowndes, nach einer Weile, hub gedankenvoll an: »Wißt ihr, ich gäbe drei Monatsgehälter dafür, diesen Herrn nur für einen Monat hier draußen zu haben, bei mir. Da könnte er sich durch Augenschein überzeugen, wie so ein freier, unabhängiger, einheimischer Herrscher sich aufführt! Der Alte Holzdieb« – einer der hochdekorierten Potentaten von Englands Gnaden – »hat mir vergangene Woche bis aufs Blut zugesetzt, um höhere Zuwendungen für sich herauszuschinden! Und bei seinem letzten Auftritt – ich schwör's! – hat er mir eine von seinen Kebsweibern offeriert, als ›Gegengeschenk‹ sozusagen!«

»Nicht schlecht! Na und *du* – hast du das Angebot akzeptiert?« fragte Mottram.

»Woher denn! Jetzt tut's mir beinahe schon leid – sie war eine schnucklige Kleine, gar nicht so unhübsch! Nur ist sie mir fort und fort in den Ohren gelegen mit der entsetzlichen Not und Entbehrung im Weiberstall ihres Gebieters: seit bald einem Monat hätten die Lieblinge dort nichts Neues mehr für ihre Blöße, und der Alte sei nur darauf aus, in Kalkutta die neue Karosse zu kaufen, alles gediegenes Silber – Silbergestänge, silberne Lampen, Silberbeschläge und was nicht noch! Ich habe versucht, ihm verständlich zu machen, daß er die Einkünfte aus zwanzig Jahren verwirtschaftet hat und deshalb jetzt kurztreten muß – aber er kann das nicht einsehn!«

»Er könnte doch einen Griff in die Schatzkammer tun? Da liegen doch gut und gern drei Millionen an gemünztem Gold, an Juwelen und an Geschmeide – und das direkt unter seinem Palast?« meinte Hummil.

»Bring du erst einmal einen hiesigen König dazu, den Familienschatz anzuzapfen! Das verbieten ihm schon seine Priester, bis zum äußersten Notfall! Vielmehr hat inzwischen mein Alter sich noch eine weitere Viertelmillion unter den Nagel gerissen!«

»Und woher kommt diese Mißwirtschaft insgesamt?« fragte Mottram.

»Aus dem Land selber: schon die Haltung der einfachen Leute macht einen krank! Ich kenne da einen Steuereintreiber, der hat neben einer Milchkamelstute so lange gewartet, bis das Fohlen heraus war – und dann *ab* mit der Mutter, schnurstracks, für die noch ausständige Steuer! Aber was bleibt mir übrig? Es ist die reine Unmöglichkeit, aus diesen Hofschreiberlingen irgendwas rauszukriegen! Und komm' ich trotzdem dahinter, daß man – beispielsweise – der Truppe schon seit drei Monaten keinen Sold mehr ausbezahlt hat, so bewirk' ich damit beim Oberbefehlshaber höchstens ein fettes Grinsen! Und werd' ich beim Alten Holzdieb vorstellig, so fängt Ihre Majestät auch noch zu flennen an! Haben sich völlig den königlichen Getränken ergeben – Kognak mit Likör anstatt Whisky, und Heidsieck statt Sodawasser!«

»Genau wie der Rao von Jubela! Aber lange hält das nicht einmal so ein Hiesiger durch«, warf Spurstow dazwischen. »Wirst sehen, der macht seinen Abgang von heute auf morgen!«

»Aber *dann* ist was fällig! Dann gibt's einen Kronrat, der junge Prinz kriegt einen Erzieher – und später die Herrschaft über das Reich samt allen, durch zehn lange Jahre zusammengekratzten Schätzen.«

»Worauf dann der junge Gebieter, nachdem man ihm sämtliche englischen Laster beigebracht hat, die Erbschaft mit vollen Händen zum Fenster hinauswirft, und die Früchte aus zehn Jahren Arbeit in achtzehn Monaten durchbringen wird – ich habe dergleichen schon *ein*mal erlebt«, sagte Spurstow. »An deiner Stelle würd' ich dem Alten ganz sachte die Zügel anlegen, mein Lieber! Denn ob so oder so – hassen *werden* sie dich!«

»Das klingt alles recht schön und gut. Der Außenstehende hat da leicht reden von ›Zügel anlegen‹ und so. Doch wie willst du denn einen Saustall ausmisten mit einer in Rosenwasser getunkten Schreibfeder? Im übrigen weiß ich sehr wohl, was ich täglich riskiere! Zwar hat sich bisher nichts in dieser Richtung getan, denn ich hab' einen alten Afghanen zum Diener, der auch meine Küche besorgt – der läßt sich gewiß nicht so leicht bestechen von ihnen – und von den ›aufrichtigen Freunden‹, wie sie selber sich nennen, laß *ich* mir erst recht nichts vorsetzen! Trotzdem, es ist ein verdammt hartes Brot! Spurstow, du kannst es mir glauben – viel lieber wäre ich draußen im Lager, bei dir! Man soll ja sogar auf die Jagd gehen können in der Umgebung?«

»Möchtest du denn? Ich lieber nicht! An die fünfzehn Todesfälle pro Tag – da vergeht dir von selber die Lust, auch noch auf etwas zu *schießen*, da jagst du dir höchstens die Kugel durchs *eigene* Hirn! Und das ärgste dran ist, daß die armen Teufel dich ansehn, als wärst du der Retter aus all ihrer Not! Weiß Gott, was ich alles schon ausprobiert habe – mein letzter Versuch ist nur mehr empirisch gewesen, hat aber doch einem Alten das Leben gerettet! Als hoffnungslos haben sie ihn mir gebracht, und ich hab' ihm Gin eingegeben und Worchestersauce mit Cayennepfeffer. Und es hat ihn *kuriert*! – Weiterempfehlen möcht' ich's ja nicht!«

»Und wie ist der Krankheitsverlauf generell?«

»Im Grunde recht einfach: Chlorodyne, Opiumtabletten, Chlorodyne, Nitrat, dann Lehmziegel an die Füße – und ab, zum Verbrennungsplatz unten am Fluß! Letztlich macht ja nur *das* dem Elend ein Ende. Es ist *schwarze* Cholera, müßt ihr wissen! Arme Teufel sind das! Indes, ich muß sagen, mein Apotheker, der kleine Bunsih Lal – er schuftet für zehn! Hab' ihn zur Beförderung eingegeben, für den Fall, daß er's überlebt.«

»Und wie stehn die Chancen für *dich*, alter Freund?« fragte Mottram.

»Wer soll das wissen! Da zerbrech' ich mir lieber erst gar nicht den Kopf! Auf jeden Fall hab' ich mein Abschiedsgesuch eingereicht. – Na, und was treibt denn *ihr* so im allgemeinen?«

»Ich hocke im Zelt unterm Tisch und spuck' immer wieder auf den Sextanten, damit er hübsch kühl bleibt«, versetzte der Landvermesser. »Ferner mache ich Spülungen gegen die Augenentzündung, die ich ja *doch* noch bekomme, und im übrigen geb' ich mir Mühe, dem Hilfsvermesser verständlich zu machen, daß fünf Strich Winkelabweichung in Wirklichkeit doch etwas mehr sind, als er vermutet. Eigentlich bin ich, ihr wißt es ja, mutterseelenallein – und so wird es bleiben, bis diese Affenhitze vorbei ist!«

»Dagegen ist Hummil der reine Glückspilz«, äußerte Lowndes und ließ sich dabei in den Liegestuhl fallen. »Hat ein sicheres Dach überm Kopf – wenn auch zerlöchert bis zur Plafondbespannung, aber ein Dach, immerhin! Und Tag für Tag sieht er den Zug, kriegt sein Bier, kriegt sein Sodawasser und, so

Gott will, auch das nötige Eis! Bücher hat er und Bilder« – es waren herausgerissene Blätter aus einer Zeitschrift für graphische Kunst – »und noch dazu die Gesellschaft von Jevins, seinem illustren Sub-Kontrahenden – ganz abgesehn von dem Vergnügen, *uns drei* allwöchentlich bei sich zu sehn!«

Hummil grinste nur grimmig. »Glückspilz? – Na ja, höchstwahrscheinlich sogar. Nur Jevins – dem geht's *noch* besser!«

»*Wie* – er wird doch nicht –?«

»Ja doch! Abgekratzt ist er – vorigen Montag!«

»Doch wohl nicht Selbstmord?« fragte Spurstow sofort und sprach damit aus, was auch die anderen dachten. Cholera gab es ja keine im Bauabschnitt Hummils, und auch das Fieber ließ dem Befallenen üblicherweise die Gnadenfrist einer Woche. Jeder *plötzliche* Todesfall legte deshalb den Rückschluß auf Selbstmord nahe.

»Zu verübeln wär's keinem bei dieser Hitze«, antwortete Hummil. »Sonnenstich, nehme ich an. Nämlich, er ist letzte Woche, gleich nach eurem Aufbruch, in die Veranda gekommen und hat mir gesagt, er wolle heut abend nach Hause zu seiner Frau, nach Liverpool in die Market Street. Ich habe daraufhin den Apotheker herkommen lassen, er soll ihn sich ansehn, und wir haben gemeinsam versucht, Jevins ins Bett zu stecken. Aber nach kaum zwei Stunden reibt er sich die Augen und meint, es war nur ein Anfall, und er hoffe, nichts Schlimmes gesagt zu haben! Jevins ist immer bedacht gewesen, sein soziales Niveau anzuheben ...«

»Und, weiter?«

»Dann ist er hinüber, zum eigenen Bungalow, hat sich dort eines seiner Gewehre geschnappt und hat es zu reinigen begonnen. Zum Diener hat er gesagt, er wolle auf einen Bock gehn, gleich morgen früh. Natürlich hat er am Abzug gefummelt – und sich durch den Kopf geschossen: Päng – ein Unfall! Der Apotheker hat den Bericht abgeschickt, an meine Dienststelle, und Jevins liegt jetzt da draußen begraben. Ich hatte dir telegraphiert, Spurstow, ob du noch was machen könntest!«

»Du bist schon ein komischer Kauz«, sagte Mottram. »Das Ganze so zu vertuschen, als hättest du selber ihn auf dem Gewissen!«

»Ach Gott – da hat es nichts weiter auf sich«, versetzte Hummil gelassen. »Höchstens, daß ich zu meinen eigenen Pflichten jetzt auch noch die seinen am Hals hab'! Der Leidtragende bin nur ich selber. Jevins ist jetzt fein raus – schon, durch Unfall natürlich – aber fein raus! Der Apotheker wollte erst noch einen langen Bericht aufsetzen – über Selbstmord und so. Gib einem Babu* die Chance – und er ist nicht mehr aufzuhalten!«

»Und weshalb nicht Selbstmord, sondern nur Unfall?« fragte Lowndes.

»Kein direkter Beweis! In diesem Land hat ein Mann ohnehin fast keine Befugnis – aber das Recht auf sein eignes Gewehr sollten wir ihm doch lassen: auch, wenn er falsch damit umgeht! Und vielleicht brauch' ich selber mal einen, der mir einen Unfall bescheinigt. Sterben und sterben lassen!«

»Schluck lieber 'ne Pille«, sagte jetzt Spurstow, der Hummils bleiches Gesicht kritisch beobachtet hatte. »Sei kein Narr und schluck lieber 'ne Pille! Dein Gerede ist purer Quatsch und sonst nichts! Wenn einer sich umbringt, so drückt er sich nur vor der Arbeit! *Ich* – und wär' ich ein *zehn*facher Hiob – ich wäre trotzdem gespannt, was sich als nächstes begibt! Nein, ich würde bleiben und zuschaun!«

»Ach, weißt du – *diese* Art Neugier hab' ich verloren«, entgegnete Hummil.

»Hast du's vielleicht mit der Leber?« fragte teilnehmend Lowndes.

»Aber wo – nur, ich find' keinen Schlaf mehr. Und das ist bei weitem schlimmer!«

»Da geb' ich dir recht!« rief Mottram. »Mitunter geht's mir genauso – da bleibt dir nur Durchhalten übrig – bis sich die Sache von selber erledigt. Was nimmst du dagegen?«

* Englische Lebensart imitierender Hindu. Anm. d. Ü.

»Gar nichts. Wozu auch? Es hilft ja doch nicht. Keine zehn Minuten hab' ich ein Aug' zugetan seit Freitag früh!«

»Armer Hund! Spurstow, da müßtest du doch was machen dagegen!« sagte Mottram. »Übrigens, jetzt, weil du's erwähnst – deine Augen sind ganz verklebt und geschwollen!«

Spurstow, der Hummil noch immer studierte, lachte verhalten. »Den kriegen wir schon wieder hin – aber nicht jetzt, sondern später. Was glaubt ihr, wird's noch zu heiß sein für einen Ausritt?«

»Wohin denn?« erwiderte Lowndes müde. »Heute abend, acht Uhr, müssen wir weg – da gibt's noch zu reiten genug! Ich kann keinen Gaul mehr *sehen*, wenn ich von ihm abhängig bin! Du liebe Zeit – was fängt man nur an?«

»Fang an, wieder Whist zu spielen, der Punkt einen Chik (Vierrupienstück im Wert von ca. 8 Shillings), und einen Goldmohur (15 Rupien) der Robber«, versetzte Spurstow sogleich.

»Dann lieber noch Poker: ein Monatsgehalt in den Pool – ohne Limit – und erhöht wird um fünfzig Rupien! Einer von uns wird fertiggemacht, noch vor unserm Aufbruch!« rief Lowndes.

»Hab' überhaupt keine Lust, irgendwen von uns fertigzumachen«, entgegnete Mottram. »Und aufregend ist sowas auch nicht – eher schon blöd.« Er durchquerte den Raum und trat an das wacklige, kleine Reisepiano – es war ein Stück Strandgut von jenem Paar, das ehedem hier gehaust hatte – und öffnete das Gehäuse.

»Laß nur – es ist längst hinüber«, warnte ihn Hummil. »Die Dienerschaft hat drauf herumgedroschen!«

Das Piano war wirklich total verstimmt, aber Mottram gelang es, die rebellischen Noten einigermaßen zusammenzuhalten. Er entlockte der schadhaften Klaviatur eine Weise, die an einen seinerzeit recht populären Varietésong gemahnte. Die Männer in ihren Liegestühlen, voll plötzlichen Interesses, wandten sich dem Klavierspieler zu, und Mottram hieb nur um so lebhafter ein auf den wimmernden Kasten.

»Nicht schlecht!« sagte Lowndes. »Ich möchte drauf schwören, zum letztenmal habe ich das ums Jahr '79 gehört, kurz bevor es mich hierher verschlagen hat!«

»Ach«, sagte Spurstow selbstgefällig. »Ich war noch 1880 daheim!« Und er nannte den Titel des damals hochpopulären Gassenhauers.

Mottram exekutierte die Nummer auf nachgerade brutale Weise. Lowndes sparte nicht mit Kritik und verbesserte ihn immer wieder. Daraufhin wechselte Mottram zu einem anderen Genre – und tat dann, als hätte er jetzt genug.

»Bleib sitzen!« rief Hummil. »Ich habe ja gar nicht gewußt, was für 'ne musikalische Ader du hast! Spiel weiter, bis du nichts andres im Hirn hast! Und wenn ihr das nächste Mal kommt, ist der Kasten gestimmt! Spiel jetzt was Lustigeres!«

Was Mottrams armseliges Spiel dem klapprigen Ding zu entlocken vermochte, war wirklich höchst primitiv – aber die Männer lauschten begeistert und besprachen während der Pausen, was sie zuletzt in der Heimat gehört hatten oder gesehen. Draußen der Wind war mittlerweile zum Sturm angeschwollen, dicke Staubwolken wirbelten über das Haus, und im Zimmer herrschte nachtschwarzes Dunkel. Mottram jedoch spielte ungerührt weiter, und sein verrücktes Geklimper mischte sich mit dem knatternden Flappen der schadhaften Deckenbespannung.

Dann, in der Stille, welche dem Sandsturm gefolgt war, wechselte Mottram von den persönlicheren, schottischen Weisen, bei denen er mitgesummt hatte, zu einem andächtigen Abendchoral.

»Wir haben ja Sonntag«, sagte er nur und neigte das Haupt.

»Spiel schon weiter – wozu die Entschuldigung!« gebot Spurstow.

Hummil platzte urplötzlich heraus – konnte vor Lachen kaum reden: »Natürlich, das *mußt* du spielen, auf jeden Fall! Steckst voller Überraschungen heute! Wer hätte gedacht, daß du so sarkastisch sein kannst! Wie geht das Ding weiter?«

Mottram intonierte die Melodie.

»Um die Hälfte zu langsam! Und viel zu wenig von Dank erfüllt!« reklamierte Hummil. »Es muß flotter gehen, viel flotter – wie die ›Heuschreckenpolka‹: *so* ungefähr!« Und schon legte er los, im *prestissimo*:

»Lobet den Herren und danket zur Nacht
Für alles Heil, das der Tag uns gebracht!

Nur *so* kommt heraus, daß wir dieses Heil auch von Herzen emp*finden*! Und wie geht's dann weiter?

Mir, der ich wach in der Finsternis lieg'
Und meine Seele in Frömmigkeit wieg',
Störe kein sündhafter Traum diesen Frieden,

– *noch* schneller, Mottram! –

Und der Versucher ist machtlos hienieden!«

»Schäm dich – du alter Heuchler!«

»Hör auf mit dem Blödsinn! Treib deinen Spott von mir aus mit allem – aber laß dieses Lied aus dem Spiel! Ich verbinde damit zu viel Schönes aus früheren Zeiten!«

»Einen ländlichen Sommerabend – bunte Butzenscheiben – es fängt schon zu dämmern an – du und sie stecken die Köpfe zusammen überm Kirchengesangsbuch ...«, hub Mottram an.

»... und ein dicker Maikäfer fliegt dir auf dem Heimweg ins Aug' – alles riecht herrlich nach Heu – und auf dem Heuschober oben, wie eine große Hutschachtel, der alte Mond – und die Fledermäuse, die Rosen – die Milch und die Mücken darin«, ergänzte Lowndes.

»Und, nicht zu vergessen, die Mütter!« mischte Spurstow sich ein. »Fast hör' ich es noch, wie mich meine Mutter, als ich noch ganz klein war, mit diesem Lied eingewiegt hat!«

Mittlerweile war es im Zimmer stockfinster geworden. Man konnte nur *hören*, wie Hummil sich in seinem Liegestuhl aufrappelte:

»Und folglich«, rief er gereizt, »wirst du dies Lied auch noch singen, wenn du längst in der Hölle schmorst – sieben Faden tief! – Diese Scheinheiligkeit gefolterter Missetäter – das nenn' ich Schindluder treiben mit aller göttlichen Intelligenz!«

»Nimm lieber *zwei* Pillen«, meinte beschwichtigend Spurstow. »Bei dir ist es die gefolterte Leber.«

»Der friedliche Hummil *ist* aber heute bei Laune! Morgen früh, seine Kulis, die tun mir schon *jetzt* leid!« sagte Lowndes, während die Diener schon eintraten, um die Lampen zu bringen und den Tisch fürs Abendessen zu decken.

Sobald man Platz nahm vor den abscheulichen Ziegenkoteletts und dem rauchigen Tapiokapudding, nutzte Spurstow die Chance und flüsterte Mottram ins Ohr: »Gut gemacht, David!«

»Kümmere du dich lieber um Saul«, gab der zurück.

»Was habt ihr zwei da zu tuscheln?« fragte argwöhnisch Hummil.

»Nur, daß du ein verdammt armseliger Gastgeber bist! Der Fasan ist ja kaum zu schneiden!« versetzte Spurstow mit gewinnendem Lächeln. »Und sowas nennst du ein Abendessen?«

»Was denn – hast du ein Festgelage erwartet?«

Während der Mahlzeit war Hummil beständig drauf aus, der Reihe nach jeden der Gäste aufs Korn zu nehmen und ihn vor den Kopf zu stoßen. Und bei jedem dieser Versuche versetzte Spurstow dem jeweils Gemeinten einen Tritt gegen das Schienbein, weil er nicht wagte, sich über den Tisch hin mit entsprechenden Blicken verständlich zu machen. Hummil war nahezu weiß im Gesicht, sah abgespannt aus, hatte die Augen unnatürlich weit offen. Doch keiner dachte daran, die gezielten, persönlichen Angriffe ernstzunehmen. Als aber die Mahlzeit beendet war, hatte jeder es eilig, von hier wegzukommen.

»So bleibt noch ein wenig! Jetzt wollt ihr gehn, wo's erst richtig gemütlich wird? Hoffentlich hab' ich keinen verärgert – ihr seid ja so überempfindlich!« Und dann, in gänzlich verändertem Ton, nahezu kriecherisch-flehend: »Wollt ihr denn *wirklich* schon gehen?!«

»Wie heißt es beim seligen Jorrocks*? ›Wo ich gegessen habe, dort will ich auch schlafen‹«, zitierte Spurstow. »Will mir ohnehin morgen früh deine Kulis vornehmen, wenn es dir recht ist. Ich nehme doch an, du hast einen Schlafplatz für mich?«

Die beiden anderen schützten die Unaufschiebbarkeit ihrer morgigen Pflichten vor, sattelten ihre Gäule und ritten langsam davon. Beim Abschied hatte Hummil sie noch inständig gebeten, nächsten Sonntag doch unbedingt wiederzukommen! Während sie nun vorantrabten, redete Lowndes sich seinen Grimm von der Seele:

»...noch nie hab' ich so große Lust verspürt, einen Mann an dessen eigenem Tisch in den Arsch zu treten! Sagt der mir doch glatt, ich hätte betrogen beim Whist, und ich stünde in seiner Schuld! Na, und zu dir, daß du nicht nur die andern belügst, sondern auch noch dich selber! – Sehr böse bist du ja *nicht* darüber!«

»Überhaupt nicht«, versetzte Mottram. »Ein armer Kerl ist er! Hast du jemals erlebt, daß unser alter Hummil sich dermaßen aufgeführt hätte?«

»Das entschuldigt ihn nicht! Spurstow hat mich unausgesetzt gegen das Schienbein getreten, und da hab' ich mich eben zusammengenommen! Andernfalls hätt' ich –«

»*Nichts* hättest du! Sondern dich so verhalten, wie Hummil im Falle von Jevins! Was kann der Mann für die Hitze! Bei Gott – ich verbrenn' mir ja fast schon die Finger an meiner Zügelschnalle! – So mach schon, setz dich in Trab – aber gib acht auf die Rattenlöcher!«

Der zehnminütige Trab hatte zur Folge, daß beim Zügeln des Gauls unserm schweißgebadeten Lowndes eine weise Bemerkung entschlüpfte:

»Großartig von Spurstow, daß er bei ihm bleibt heut Nacht!«

»Das ist wahr – ein guter Mann, dieser Spurstow! So, hier

* Hauptfigur der Jägerromane des Robert Smith Surtees (engl. humor. Romancier, 1803-1864). Anm. d. Ü.

trennen sich unsere Wege. Also, bis nächsten Sonntag – das heißt, wenn mich nicht vorher der Hitzschlag erwischt!«

»Abgemacht – und vorausgesetzt, der Finanzminister des Alten Holzdiebs tut mir nichts in die Suppe! Gute Nacht also, und – möge Gott dich begleiten!«

»Was denn – was *hast* du schon wieder?«

»Ach, nichts.« Lowndes griff zur Reitgerte, zog Mottrams Stute eins über und sagte dazu: »Bist gar kein so übler Kerl – *das* wollt' ich noch sagen!« Aber da stob die erschrockene Stute schon auf und davon – gleich eine halbe, sandige Meile!

Im Bungalow des Hilfsingenieurs saßen Spurstow und Hummil einander wortlos gegenüber. Jeder sog emsig an seiner Pfeife und ließ den anderen nicht aus den Augen. Was ein Junggesellenhaushalt zu bieten vermag, ist so einfach wie anpassungsfähig: ein Diener räumte den Tisch ab, kam dann zurück mit zwei primitiven, hierzuland üblichen Schlafrosten – Bändergeflechten in hölzernen Rahmen –, warf leichte Kalkuttamatten darüber, schob die Gestelle nebeneinander, befestigte mit ein paar Nadeln zwei Handtücher unten am Punkah, so daß deren Fransen knapp über Nase und Mund des Schläfers hinfächelten – und verkündete dann, das Nachtlager sei bereit!

Die Männer warfen sich hin, sobald sie den Punkah-Kulis unter Androhung sämtlicher Höllenstrafen eingeschärft hatten, aufs Ziehen ja nicht zu vergessen! Türen und Fenster waren geschlossen, denn draußen herrschte Backofenhitze. Das Thermometer im Zimmer zeigte freilich »nur« 40 Grad, aber die Luft war geschwängert mit dem Schmauch schlechtgetrimmter Petroleumlampen, und solcher Gestank, gepaart mit Gerüchen nach hiesigem Pfeifentabak, nach Lehmziegeln und heißer Erde, hat schon so manchem den Rest gegeben: denn es ist der Geruch des Großen Indischen Kaiserreichs, wenn es sich wandelt zur Folterkammer auf ein endloses, halbes Jahr! Spurstow hatte die Kopfkissen wohlweislich so angeordnet, daß er mehr lehnte als lag, mit dem Kopf in sicherer Höhe: es ist ja nicht ratsam, sich flach zu betten bei solcher Hitze – noch dazu, wenn man dickhalsig ist, weil man dann allzu leicht aus dem natürlichen Tiefschlaf hinüberschnarcht in den noch tiefern des Hitzschlags.

»Bette den Kopf möglichst hoch!« mahnte er, als er gewahrte, daß Hummil dabei war, sich flach auszustrecken.

Die Nachtlampe war tief heruntergeschraubt. Der Punkah warf seinen wabernden Schatten durchs Zimmer, beständig gefolgt vom leisen Wehen des Handtuchs und dem wimmernden Laut des am Mauerloch scheuernden Zugseils. Dann erschlaffte der Punkah, kam beinahe zum Stillstand. Spurstows Stirn war schweißüberströmt! Ob er wohl aufstehen sollte und den Kuli zusammenstauchen? Doch da ging es mit heftigem Ruck wieder los, und eine Nadel fiel aus dem Handtuch! – Kaum war sie wieder befestigt, fing es bei den Hütten der Kulis zu trommeln an in stetigem Takt – und war wie das Pochen verengter Blutbahnen im fiebergepeinigten Schädel! Spurstow wälzte sich seitlich herum und fluchte still vor sich hin. Nur Hummil rührte sich nicht. Starr wie ein Leichnam lag er auf dem Bett, die Hände gestreckt und fest an den Seiten des Körpers. Aber sein Atem ging viel zu rasch – er konnte unmöglich schlafen! Spurstow warf einen Blick auf die starr ausgestreckte Gestalt: die Kinnladen waren zusammengepreßt, die zitternden Lider von krampfigen Falten umschlossen.

›Er nimmt alle Kraft zusammen‹, dachte Spurstow bei sich. ›Was mag er bloß haben?‹ – »He, Hummil!«

»Ja?« kam's mit belegter Stimme zurück.

»Kannst du nicht schlafen?«

»Nein.«

»Heißer Kopf? Verquollener Hals? Oder was sonst?«

»Weder, noch – danke. Ich schlaf' nur zu wenig.«

»Und fühlst dich sauelend dabei?«

»Hundserbärmlich, ich danke! – Ist das so 'ne Hindutrommel da draußen? Hab' anfangs geglaubt, es ist nur mein Kopf ... Ach, Spurstow, um alles in der Welt – gib mir was, daß ich endlich mal einschlafen kann, aber richtig, für zumindest sechs

Stunden!« Er sprang auf, am ganzen Leib zitternd: »Seit Tagen kein bißchen normaler Schlaf mehr – ich halt' das nicht länger aus, ich *kann* nicht mehr weiter!«

»Scheußlich – da tust du mir leid!«

»Davon hab' ich nichts – gib mir doch was, daß ich einschlafen kann! Es ist rein zum Wahnsinnigwerden! Ich weiß ja kaum noch, was ich rede! Schon seit drei Wochen muß ich mir jedes Wort überlegen, ja vorbuchstabieren, bevor es mir über die Lippen kommt! Es ist, um verrückt zu werden! Nicht einmal *sehen* kann ich noch richtig, und auch mein Tastgefühl läßt mich im Stich! Dafür hab' ich irre Hautschmerzen! So tu doch was, daß ich einschlafen kann – ach, Spurstow, unternimm irgendwas – ich muß endlich schlafen können, nicht nur so dahindösen, sondern tief schlafen!«

»Schon gut, Alter – immer die Ruhe! Mach's halblang – dir geht's nicht so schlecht wie du meinst!«

Aber Hummil war nicht mehr zu halten: seine Schleusen waren geborsten, er klammerte sich an den Arzt wie ein verängstigtes Kind! »Hummil, laß los – du brichst mir ja noch alle Knochen!«

»Ich brech' dir auch noch den *Hals*, wenn du mir nicht hilfst! ... Nein, ich hab' es ja nicht so gemeint! Sei mir nicht bös, alter Junge!« Er wischte den Schweiß von der Stirn, sichtlich bestrebt, sich wieder zu fassen. »Bin nur unruhig ein bißchen – und ganz außer mir! Kannst du mir gar nichts zusammenmischen – Bromkalium vielleicht?«

»Das ist für die Katz'! Warum hast du mir das nicht schon früher gesagt? – So laß meinen Arm endlich los – ich seh' einmal nach, ob sich bei den Zigaretten was findet für deine Beschwerden!« Spurstow durchstöberte seine Tagesklamotten – drehte den Lampendocht höher, öffnete dann eine kleine, silberne Dose, brachte daraus eine märchenhaft winzige Spritze zum Vorschein und trat zu dem wartenden Hummil.

»Letzte Zuflucht unsrer Kultur«, sagte er, »und ich mache höchst ungern davon Gebrauch! Halt einmal deinen Arm her!

– Na, die Schlaflosigkeit hat der Muskulatur nicht geschadet. – Sowas von dicker Haut! Da könnt' ich ja gleich einem *Büffel* was spritzen! – So! Das Morphium wirkt innerhalb von Minuten! Leg dich jetzt hin und wart ab!«

Ein Lächeln reinster, fast schon debiler Verzückung ging über Hummils Gesicht. »Ich glaube, es wirkt schon«, flüsterte er. »Gleich bin ich weg! Herrgott – einfach himmlisch! Spurstow, du mußt mir die Schachtel dalassen! – Du ...« Die Stimme erstarb, sein Kopf sank hintüber.

»Nicht um alles in der Welt!« sagte Spurstow zu dem bewußtlos Daliegenden. »Und jetzt, alter Freund, weil deine Art Schlaflosigkeit auch die Moral untergräbt, besonders in so belanglosen Fragen wie Tod oder Leben – jetzt bin ich so frei und schieb deinem Plan einen Riegel vor!«

Er tappte barfuß in die Sattelkammer, holte die großkalibrige, schwere Jagdbüchse sowie das Schnellfeuergewehr aus dem Waffenverschlag und nahm auch noch den Revolver an sich. Er schraubte die Zündkegel von der Büchse, versteckte sie sorgfältig in einer Satteltasche, entfernte vom Repetiergewehr den Verschluß und beförderte ihn mit einem Tritt unter den Kleiderschrank. Den Revolver klappte er einfach auf und hämmerte den Schlagbolzen mit dem Absatz eines Reitstiefels platt.

»So, das hätten wir«, sprach er bei sich und wippte den Schweiß von den Händen. »Diese kleinen Vorsichtsmaßnahmen lassen dir Zeit, wieder zu Sinnen zu kommen! Du sympathisierst mir zu sehr mit Unfällen in der Gewehrkammer!«

Er wollte sich eben aus seiner knieenden Stellung aufrichten, als hinter ihm, von der Tür her, Hummils erstickte Stimme ertönte: »Du Blödmann!«

Es war ganz im Tonfall derer, die, kurz vor dem Tod, in wachen Momenten des Delirierens, sich an ihre Freunde wenden!

Spurstow sprang auf und ließ den Revolver fallen: in der Tür zur Kammer stand Hummil, von krampfhaftem Lachen geschüttelt!

»Du *bist* vielleicht gut – alle Achtung!« brachte er langsam hervor, jedes Wort sorgsam formend. »Nur, ich hab' im Moment nicht die Absicht, Hand an mich zu legen! Ich wollte nur sagen, Spurstow, das Zeug will nicht wirken! Was soll ich denn machen?« Panische Angst stand ihm ins Gesicht geschrieben.

»Leg dich hin und wart ab, bis es wirkt! Leg dich wieder hin – augenblicklich!«

»Ich denk' nicht daran! Daß es mich neuerlich nur zur Hälfte betäubt? Aber dann komme ich nicht mehr hoch! Weißt du denn, daß ich jetzt eben noch aufstehn hab' können? Sonst bin ich ja wie der Blitz auf den Beinen – aber du hast mir 'nen Klotz an die Füße gehängt! Fast hätt' ich es nicht mehr geschafft!«

»Ja, ja – ich weiß schon! Aber jetzt legst du dich hin!«

»Nein – und ich phantasiere nicht! Hundsgemein mitgespielt hast du mir! Ich hätte ja *sterben* können – *weißt* du das überhaupt?«

Wie ein Schwamm die Schrift von der Tafel wischt, so hatte ein Etwas, über dessen Natur sich Spurstow nicht schlüssig war, alles Menschliche aus Hummils Zügen gelöscht. Er stand im Eingang zur Kammer, mit dem Ausdruck kindlicher, längst verlorener Unschuld: er war buchstäblich zum verängstigten Kind geworden!

›Der stirbt mir noch unter den Händen‹, sagte sich Spurstow im stillen, und fügte dann laut hinzu: »Schon gut, mein Sohn! Aber jetzt gehen wir wieder ins Bett – und dort erzählst du mir alles. Na gut – hast nicht einschlafen können: und wie ist's mit all dem anderen Unsinn?«

»Es geht um den Platz – um einen Platz, dort unten, für mich!« sagte Hummil voll simpler Aufrichtigkeit. Die Droge fing an, in Wellen zu wirken, und das warf ihn jetzt hin und her zwischen der Furcht des erwachsenen Manns und einer kindlichen Angst – je nachdem, ob noch die Nervenkraft überwog, oder schon die Betäubung.

»Beim Allmächtigen, Spurstow – schon seit Monaten läßt es mir keine Ruhe – es hat mir die Nächte zur Hölle gemacht! Und doch bin ich mir keines Unrechts bewußt.«

»Sei still jetzt – ich geb' dir *noch* eine Dosis. Wir machen dem Alptraum ein Ende, du alter Schwachkopf!«

»Oh ja – aber eine so starke, daß ich nicht mehr wegrennen kann! Du mußt mich *wirklich* zum Schlafen bringen, nicht einfach nur schläfrig machen. Sonst fällt mir das Laufen zu schwer!«

»Ich weiß schon, ich weiß! Hab's an mir selber erfahren. Es waren die gleichen Symptome, wie du sie beschreibst.«

»Ach, mach dich nicht lustig, genier dich! Vor dem Beginn dieser schrecklichen Schlaflosigkeit hab' ich versucht, aufgestützt wachzuliegen – und mir dazu einen Sporn aufs Leintuch gelegt, damit er mich beim Zurückfallen sticht! Da – schau dir das an!«

»Mann – du bist ja zerstochen, als wärst du ein Gaul! Dich hat dein Nachtmahr aber nach Strich und Faden geritten! Und *wir* haben dich für grundvernünftig gehalten! Versteh' mir das einer! Aber du willst doch mit jemandem reden – das willst du doch, oder?«

»Ja, manchesmal ist mir danach. Aber nicht, wenn ich Angst hab'. Da will ich nur rennen. Du etwa nicht?«

»Ja, immer. – Aber vor deiner zweiten Dosis versuch' doch einmal, genau zu beschreiben, *was* dir im Grund so zu schaffen macht!«

Fast zehn Minuten redete Hummil auf Spurstow ein, stoßweise und flüsternd, und der Doktor prüfte dabei die Pupillen des Kranken, fuhr auch mehrmals davor mit der Hand hin und her.

Sobald Hummil verstummte, kam wieder die silberne Dose dran, und das letzte, was Hummil sagte, bevor er aufs neue zurücksank, war seine Bitte: »Mach, daß ich *wirklich* einschlafe – denn wenn es mich noch einmal packt, ist es aus mit mir – dann muß ich sterben!«

»Ja, ja. Jeder von uns muß einmal sterben, der eine früher, der andere später – und dem Himmel sei Dank, daß er diesem Elend ein Ende setzt«, sagte Spurstow und rückte die Kissen unterm Kopf des Kranken zurecht. »Und wenn ich nicht bald was zu trinken krieg', so erwischt's mich noch *vor* meiner Zeit! Ich schwitze ja nicht mehr – und das bei Halsweite 44!« Er goß sich brühheißen Tee auf, ein bewährtes Mittel gegen den Hitzschlag, wenn man davon drei, vier Tassen rechtzeitig einnimmt. Danach sah er neuerlich nach dem Schläfer.

»Ein blindes Gesicht, das nur immer weint und die Tränen nicht abwischen kann – ein blindes Gesicht, das durch Korridore hinter ihm herjagt? Hmm! Ganz entschieden, Hummil braucht Urlaub – zum frühestmöglichen Zeitpunkt! Und ob nun normal oder nicht – jedenfalls hat er sich aus freiem Willen ganz entsetzlich zerstochen. Versteh' das der Himmel – ich nicht!«

Gegen Mittag stand Hummil auf, im Mund einen üblen Geschmack, aber klaren Blicks und munterer Laune.

»Bin wohl recht schlecht beisammengewesen vorige Nacht?« fragte er.

»Ich hab' schon gesündere Männer gesehn. Mußt einen Sonnenstich abgekriegt haben! Hör zu: wenn ich dir einen sofortigen Urlaub verordne, ein Attest ausstelle mit höchster Dringlichkeitsstufe – wirst du dich daran halten und auf der Stelle um Urlaub einkommen?«

»Woher denn!«

»Aber *warum* nicht? Du hast ihn nötig!«

»Ja, schon. Aber ich halte durch, bis die Hitze vorbei ist.«

»Weshalb solltest du – wo du doch augenblicklich hier wegkommen kannst!«

»Der einzige, den sie herausschicken können, ist Burkett – eine geborene Flasche!«

»Ach, laß doch den Streckenbau aus dem Spiel – schließlich bist ja auch du nicht so wichtig dabei! Wenn's nicht anders geht, dann *telegraphier* doch um Urlaub!«

Hummil wirkte höchst unbehaglich.

»Bis zur Regenzeit halt' ich noch durch«, versetzte er ausweichend.

»Unmöglich! Telegraphier deiner Direktion, Burkett soll dich umgehend ablösen!«

»Ich will aber nicht! Und wenn du's genau wissen möchtest – Burkett hat eine Frau, und die hat erst kürzlich ein Baby gekriegt und ist jetzt oben in Simla, wo's kühler ist. Burkett kann sie per Bahn jede Woche von Samstag bis Montag besuchen. Und seiner kleinen Frau geht es nicht gut! Würde Burkett hierher versetzt, so würde auch *sie* mit ihm kommen. Sie müßte das Baby zurücklassen und würd' sich zu Tode kränken deshalb! Hier heraußen zu leben – und Burkett, das egoistische Ekel, besteht ja darauf, die Ehefrau habe beim Gatten zu bleiben –, bedeutet für sie den sicheren Tod! Glatter Mord wäre das! Und auch Burkett selber ist nicht viel kräftiger als eine Ratte – auch er ginge hier vor die Hunde! Außerdem weiß ich, daß seine Frau praktisch mittellos ist – aber hierherkommen würde sie trotzdem. Ich bin da irgendwie härter – und überdies nicht verheiratet. Wart ab, bis zur Regenzeit, dann mag Burkett sich dünnmachen hier heraußen. Dann wird es ihm sogar guttun!«

»Ist das dein Ernst – du willst weiterhin durchstehn, was du bisher schon durchgemacht *hast* – bis zum Anbruch der Regenzeit?«

»Ach – es wird so schlimm schon nicht werden! Du hast mir ja jetzt gezeigt, wie man's anfängt! Und ich kann dir ja jederzeit telegraphieren. Außerdem, jetzt, wo ich wieder Schlaf finden kann, wird sich schon alles einrenken! Kurz und gut – um Urlaub komme ich keinesfalls ein!«

»Du lieber Himmel! Und *ich* hab' geglaubt, jetzt sei alles in Butter!«

»Unsinn – du würdest es ebenso machen! Ich fühl' mich, dank deiner Dose, wie neugeboren, und *dich* rufen deine Geschäfte ins Arbeitslager zurück – oder nicht?«

»Ja, schon – trotzdem, wenn sich's einrichten läßt, komm' ich alle zwei Tage herüber!«

»So schlecht geht es mir nicht. Also spar dir die Mühe und gib deinen Kulis Ketchup mit Gin!«

»Also fühlst du dich wieder gesund?«

»Stark genug, um am Leben zu bleiben – wenn auch nicht stark genug, um hier in der Sonne herumzustehn und mit dir zu quatschen. Also, fort mit dir, Alter, und Gott befohlen!«

Damit drehte Hummil sich auf dem Absatz herum – und hatte die hallende Leere des Bungalows wieder vor Augen. Und was er als erstes in der Veranda erblickte, das war *er selber*, in eigner Person! Schon früher einmal hatte er diese Erscheinung gehabt – als Folge von Hitze und Übermüdung!

»Es ist schon ein Jammer«, sprach er für sich und rieb sich die Augen. »Wenn das Ding sich verflüchtigt so wie es ist und wie ein Gespenst, dann sind meine Augen oder mein Bauch nicht in Ordnung. Fängt's aber zu *gehen* an – dann ist es mein Kopf!«

Er näherte sich der Gestalt – doch die blieb stets in gleicher Entfernung, wie das bei Erscheinungen ist, welche durch Übermüdung entstehen. Dann glitt sie davon durch das Haus – und zerfloß vor der blendenden Helle des Gartens zu schwimmenden Flecken im Aug' ... Hinterher widmete Hummil sich bis zum Abend seinen Geschäften. Als er sich aber zu Tisch setzen wollte, fand er sich schon an der Tafel sitzen: die Erscheinung stand auf und schritt eilig hinaus. Bis auf den Umstand, daß sie keinen Schatten warf, war ihr Aussehn in jeder Beziehung real.

Was die nun folgende Woche für Hummil bereithielt, kann niemand ermessen. Eine Verschlimmerung der Seuche erlaubte es Spurstow nicht, seine Kulis alleinzulassen, und so blieb ihm nur übrig, an Mottram zu telegraphieren, *er* solle zum Bungalow reiten und dort übernachten. Aber Mottram war vierzig Meilen vom nächsten Telegraphenposten entfernt und wußte von nichts – war voll in Anspruch genommen von seinen Vermessungsgeschäften. Erst sonntags, zeitig am Morgen, traf er mit Lowndes und Spurstow zusammen, die schon auf dem Wege zu Hummil waren – zur allwöchentlichen Kartenpartie.

»Hoffentlich ist der Arme diesmal bei besserer Laune«, äußerte Lowndes, während er sich vor Hummils Tür aus dem

Sattel schwang. »Vielleicht ist er noch gar nicht aufgestanden!«

»Ich werde mal kurz nach ihm sehen«, sagte der Doktor. »Falls er noch schläft, dann brauchen wir ihn nicht zu wekken!«

Schon in der nächsten Minute erkannten die Männer am Tonfall des Arztes, der sie zum Eintreten aufforderte, was wirklich los war: sie brauchten Hummil nicht mehr zu wecken. Der Punkah über dem Bett wurde noch immer betätigt, aber Hummil war schon seit mindestens drei Stunden tot.

Der Körper lag auf dem Rücken, die Hände gegen die Seiten gepreßt, wie Spurstow es schon sieben Nächte zuvor beobachtet hatte. Die starr geöffneten Augen drückten namenloses Entsetzen aus.

Mottram, der Lowndes ins Zimmer gefolgt war, beugte sich über den Toten und küßte ihn leicht auf die Stirn. »Armer Teufel – du hast's hinter dir!« sagte er leise.

Lowndes aber hatte die *Augen* gesehen – und trat, von Grauen geschüttelt, zur anderen Wand.

»Der arme Kerl, der arme, alte Kerl! Und *ich* war letzthin so wütend auf ihn! Spurstow, wir hätten bei ihm bleiben sollen! Hat er denn –?«

Aber Spurstow schnitt dem Frager energisch das Wort ab, während er forschend durchs Zimmer blickte.

»Nein – hat er *nicht*!« sagte er barsch. »Nichts, das darauf hindeuten würde. Ruf jetzt die Diener herein!«

Sie kamen, gleich acht oder zehn an der Zahl, und spähten einander unter Getuschel über die Schultern.

»Wann ist euer Sahib zu Bett gegangen?« fragte der Doktor.

»Um elf – oder zehn, glauben wir«, sagte Hummils persönlicher Diener.

»Und? War er wohlauf? – Aber das wirst du nicht wissen –«

»Krank war er nicht, soviel wir gesehen haben. Aber er hat seit drei Nächten nur wenig geschlafen. Ich weiß das, ich habe ihn sehr viel herumgehen sehen – besonders um Mitternacht.«

Als Spurstow das Bettlaken glattstreichen wollte, fiel ein großer, gerader Pferdesporn auf den Boden. Der Doktor stieß einen ächzenden Laut aus. Der Diener besah sich den Leichnam.

»Was hältst *du* davon, Chuma?« fragte Spurstow beim Anblick des dunklen, verstörten Gesichts.

»Hochwohlgeboren – nach meiner unmaßgeblichen Meinung ist, was mein Herr gewesen, zu den Orten der Finsternis abgestiegen und ist dort gefangen, weil er nicht rasch genug fortrennen konnte. Der Sporn hier ist der Beweis seines Kampfes gegen die Angst. Ich habe dergleichen auch schon bei Männern unseres Volkes gesehen, nur haben sie *Dornen* benutzt, wenn ein böser Zauber sie während des Schlafs überwältigen wollte, und sie nicht gewagt haben, einzuschlafen.«

»Chuma, du bist ein Quatschkopf! Geh und sieh zu, daß man das Eigentum deines Herrn gebührend versiegelt!«

»Gott hat die Hochwohlgebornen gemacht, und Gott hat auch mich geschaffen. Wer sind wir, den göttlichen Ratschluß in Zweifel zu ziehen? Ich werde den anderen Dienern gebieten, sich abseits zu halten, dieweil Ihr meines Sahibs Habe zusammenzählt. Sie sind ja allesamt Diebe und würden sich dran vergreifen.«

»Soweit ich feststellen kann, ist er an – ach, an allem möglichen ist er gestorben! Herzschwäche, Herzschlag oder dergleichen«, sagte Spurstow zu seinen Gefährten. »Wir müssen dann eine Aufstellung seiner Effekten machen.«

»Er ist zu Tode ge*ängstet* worden«, beharrte Lowndes. »Schau dir doch seine Augen an! Und laß ihn um Gotteswillen nicht mit so offenen Augen begraben!«

»Was immer es war – jetzt tut es ihm nicht mehr weh«, sagte Mottram sehr leise.

Spurstow betrachtete die weitoffenen Augen.

»Kommt einmal her«, sagte er dann. »Bemerkt ihr da irgendwas?«

»Ich kann nicht mehr hinsehn«, beklagte sich Lowndes.

»Deck sein Gesicht endlich zu! Gibt es auf dieser Welt eine Angst, die einen Menschen so sehr entstellen kann? Grauenhaft ist das! Spurstow, ich bitte dich, deck ihn doch zu!«

»Angst dieser Art – nicht auf Erden«, versetzte der Doktor. Mottram stützte sich auf Spurstows Schulter und blickte aufmerksam auf den Toten.

»Ich sehe nichts weiter als graue Trübungen in den Pupillen – und dort dürfte an sich doch nichts sein!«

»Genau. Na gut, überlegen wir mal! Es würde gut einen halben Tag dauern, um so etwas wie 'nen Sarg aufzutreiben – und gestorben sein muß er um Mitternacht. Lowndes, alter Freund, geh also hinaus zu den Kulis, sie sollen gleich neben Jevins eine Grube ausheben. Und du, Mottram, machst jetzt mit Chuma einen Rundgang ums Haus und siehst nach, ob alles versiegelt ist wie sich's gebührt! Und schick mir zwei Männer herein – ich besorge inzwischen das andre.«

Als die starkarmigen Diener sich wieder zu ihren Kollegen gesellten, erzählten sie allerlei wirres Zeug über den Doktorsahib: wie er vergebens versucht habe, ihren Herrn durch magische Künste ins Leben zurückzurufen – will sagen, mit einem kleinen, grünfarbenen Kästchen, das er dem Toten vor Augen gehalten und mit dem er mehrmals geklappert habe, unter verstörtem Gemurmel. Und hinterher habe der Doktorsahib das Kästchen mit sich genommen!

Das hallende Hämmern beim Zunageln eines Sargdeckels ist gewiß kein erfreulicher Klang – doch wer damit schon vertraut ist, der sagt, viel schlimmer noch sei das Schleifen der Tücher und Scharren der Stricke, sobald der Verstorbene abgeseilt wird und ruckweise tiefer hinabsinkt mit dem Nachgleiten der Gurte, bis der umwickelte Leichnam würdevoll langsam den Grund der Grube berührt.

Noch jetzt, im allerletzten Moment, wurde Lowndes von Gewissensskrupeln befallen: »Darfst du den Grabgottesdienst denn überhaupt halten – vom Beginn bis zum Schluß?« fragte er Spurstow.

»Ich werde ihn halten. Aber du bist der Ältere, hättest also den Vorrang. Willst *du* es machen?«

»Keine Rede davon! Ich hab' nur gemeint, wir könnten versuchen, einen Kaplan aufzutreiben – ich reite, wohin du willst, damit Hummil 'ne bessere Chance hat – nur *darum* ist's mir gegangen.«

»Quatsch!« sagte Spurstow und formte die Lippen schon zu der schrecklichen Formel, die am Beginn jeder Beisetzung steht.

Nach dem Frühstück rauchten die drei ihre Pfeifen – wortlos, zu des Verstorbnen Gedenken. Erst nach einer Weile sprach Spurstow gedankenverloren: »Es ist gegen alles medizinische Wissen!«

»Was meinst du damit?«

»Was in den Augen zu sehen war.«

»Um Himmelswillen, so hör doch schon auf!« rief Lowndes. »Ich hab' einen Eingebornen schon an purer Angst sterben sehn, weil ein Tiger hinter ihm her war. Und ich *weiß*, woran Hummil gestorben ist!«

»Du weißt einen Dreck! Aber ich werde mich jetzt überzeugen!« Damit ging der Doktor hinüber ins Bad, unter Mitnahme seiner Kodak. Doch schon nach wenigen Minuten wurde dort etwas zerdroschen, und Spurstow kam wieder zum Vorschein – aber er war geisterbleich.

»Hast du die Bilder?« frug Mottram. »Und wie sehn sie aus?«

»Es ist nichts herausgekommen dabei – wie zu erwarten. Du brauchst nicht erst nachzusehn, Mottram! Ich habe den Film zerrissen. Es war gar nichts drauf. Von vornherein hoffnungslos!«

»*Das*«, sagte Lowndes nachdrücklich, wobei er die zitternden Hände fixierte, welche die Pfeife wieder in Gang setzen wollten, »– ist eine glatte *Lüge*!«

Mottram versuchte zu lachen – doch es blieb beim Versuch.

»Spurstow hat recht«, sagte er. »Im Augenblick sind wir geneigt, einfach *alles* für möglich zu halten. Um Himmelswillen, seien wir wieder vernünftig!«

Lange Zeit äußerte keiner ein Wort. Das Heulen des heißen Winds um das Haus war untermalt vom staubtrocknen Geraschel der Bäume. Dann rollte der tägliche Zug herein – blinkendes Messing und glänzender Stahl unter zischendem Dampf –, und stand keuchend still in der blendenden Helle.

»Besser, wir steigen jetzt ein«, sagte Spurstow, »und machen uns an unsre Arbeit. Den Totenschein habe ich ausgestellt, und sonst gibt es nichts mehr zu tun. Und was uns die Sinne zusammenhält, ist nur die Arbeit, sonst nichts. Also, kommt mit!«

Aber es rührte sich keiner. Im Juni, zur Mittagszeit, in einen Zug einzusteigen, ist nicht gerade ermunternd. Spurstow hob die Reitgerte auf, langte sich seinen Hut und trat aus dem Haus. Schon in der Tür, wandte er sich nochmals um:

»Den Himmel *mag* – die Hölle *muß* es geben.
Dazwischen *wir*: ist es nicht schön, zu leben?«

Weder Mottram noch Lowndes wußten darauf eine Antwort.

# *»Die beste Geschichte der Welt«*

»Lange vorm Hingang der Ritterzeit schon,
Und vor ihrem Ewigen Schlafe,
Bin ich König gewesen zu Babylon,
Und du warst ein christlicher Sklave.«
W. E. Henley

Er hieß Charlie Mears, war der einzige Sohn seiner verwitweten Mutter und wohnte im Norden Londons, von wo er tagtäglich zur Innenstadt fuhr, an seinen Arbeitsplatz in einer Bank. Mit seinen zwanzig Lenzen steckte er noch voller Pläne und Aspirationen. Kennen lernte ich ihn beim Betreten eines öffentlichen Billardsalons. Der Markör dort rief ihn vertraulich beim Vornamen, und Charlie sagte »Bullaug« zu ihm. Er sei nur als Zuschauer hier, eröffnete er mir ein wenig nervös. Doch weil es für jüngere Leute gar nicht so billig sein mochte, ausgekochten Billardexperten bei ihrem Spiel zuzusehn, riet ich ihm ernsthaft, er sollte doch jetzt lieber heimgehen zu seiner Mutter.

Es war dies der erste Schritt zu unserer engeren Bekanntschaft. Von da an kam er des öftern zu mir auf Besuch, statt mit seinen Bureaukollegen in London umherzuzigeunern. Und es währte nicht lange, da begann er, wie das mit jungen Leuten nun einmal ist, mir sein Herz auszuschütten und von Plänen und Hoffnungen zu erzählen, die freilich nur literarische Dinge betrafen. Vornehmlich als Dichter wollte er es zur Unsterblichkeit bringen, obschon er bisher nur kleine Geschichten von Liebe und Tod bei Redaktionen diverser Groschenblätter eingereicht hatte. Und von Stund an war es mein Schicksal, in aller Ergebenheit stillezusitzen, während Charlie mir vielhundertzeilige Dichtungen vortrug oder plumpe Fragmente von Stükken, welche gewiß dermaleinst die Welt wachrütteln würden! Indes, er vergalt mir meine Geduld mit vorbehaltlosem Vertrauen – und die Kümmernisse und Selbstoffenbarungen solch eines jungen Mannes sind ja fast ebenso sakrosankt wie die eines Mädchens. Charlie hatte sich bisher noch niemals verliebt, war aber begierig, den ersten sich bietenden Anlaß zu nutzen. Im übrigen sah er in allen Dingen nur Gutes, nahm alles und jedes für ehrenhaft, war aber gleichzeitig darauf bedacht, mich merken zu lassen, wie weltkundig er dennoch sei – als der wohlbestallte Bankangestellte mit fünfundzwanzig Shillings pro Woche. Er reimte »Liebe« auf »Triebe« und »Mond« auf »wohnt« und war felsenfest überzeugt, dergleichen habe vor ihm noch niemand gereimt! Die langen Schwachstellen seiner Stücke füllte er aus mit hastig hervorgestoßnen Ausflüchten oder Beschreibungen – und setzte sich ohne weiteres drüber hinweg, weil er alles, was er zu schreiben gedachte, dermaßen klarumrissen und fertig vor sich sah, daß er es schon für erreicht hielt und sich mir zuwandte, um meinen Beifall entgegenzunehmen.

Ich glaube zu wissen, daß seine Mutter die Aspirationen des Sohnes nicht unterstützte, ja sogar unterdrückte – und ich weiß ganz gewiß, daß ihm zu Hause als Schreibunterlage die Kante des Waschtisches diente. Er hatte mir diesen Umstand gleich zu Anfang unsrer Bekanntschaft eröffnet, und dabei meine Bücherregale weidlich geplündert. Kurz danach bat er mich flehentlich, ich möge ihm doch die Wahrheit sagen im Hinblick auf seine Befähigung oder Chance, »etwas wirklich Großes hervorzubringen, nicht wahr?« Möglicherweise hab' ich ihn damals *zu* sehr ermutigt, denn bald darauf, eines Abends, stand er unangekündigt vor meiner Tür. Seine Augen blitzten in höchster Erregung, ja, der Atem gehorchte ihm kaum, als er mich ansprach:

»Macht's dir was aus – könnte ich heute hier bei dir bleiben und den ganzen Abend lang schreiben? Ich werde nicht stören, bestimmt nicht! Aber daheim bei der Mutter habe ich keinen Platz, wo ich mich hinsetzen könnte!«

»Worum geht es denn überhaupt?« fragte ich ihn, nur zu gut wissend, worum es hier ging!

»Ich habe da eine Idee im Kopf – das gäbe die beste Geschichte, die jemals geschrieben wurde! Laß mich sie doch bei dir ausarbeiten – wirklich, es ist *die* Idee!«

Nun, da gab's keinen Widerspruch! Ich stellte ihm einen Tisch zur Verfügung, aber er dankte mir kaum, sondern stürzte sich mitten hinein in die Arbeit: wohl eine halbe Stunde lang kratzte die Feder pausenlos übers Papier. Erst dann seufzte Charlie auf und fuhr sich ratlos durchs Haar. Danach ging's schon wesentlich langsamer weiter, auch die Streichungen häuften sich nun – und schließlich hörte er auf. Die beste Geschichte der Welt schien nicht mehr voranzukommen!

»Ich weiß nicht, auf einmal schaut alles so fürchterlich schal aus«, sagte er niedergeschlagen. »Und doch, während ich mir's ausgedacht habe, war es so gut! Was ist da passiert?«

Ich brachte es nicht über mich, ihm die Wahrheit zu sagen, und so meinte ich nur: »Vielleicht bist du nicht in der rechten Stimmung fürs Schreiben!«

»Daran liegt es nicht – nur, alle Stimmung vergeht mir, sobald ich mir dieses Gesudel anschaue!«

»Lies mal vor, was du bisher geschrieben hast«, sagte ich.

Nun, er las es mir vor – und, wahrhaftig, es war herzlich schlecht. Überdies machte er Pausen nach jedem der schwülstigen Sätze, wohl in Erwartung von Beifall oder gar Lob! Wie ich nur allzu gut wußte, war er ja stolz auf dergleichen Satzgebilde.

»Man sollte es raffen – verdichten«, regte ich vorsichtig an.

»Mir ist es einfach zuwider, meine Sachen zusammenzustreichen! Man kann kein einziges Wort daran ändern, ohne den Sinn zu gefährden. Und *laut* vorgetragen liest es sich übrigens besser als vorhin, im Zuge der Niederschrift!«

»Charlie, du leidest an einem besorgniserregenden Übel, von dem sehr viele befallen sind! Am besten, du legst das Ganze jetzt weg und nimmst es nach einer Woche neuerlich vor!«

»Ich möchte es aber in *einem* Zug schreiben – und das *hier* und *jetzt*! Wie findest du es überhaupt – was hältst du davon?«

»Wie kann ich zu einer erst halbgeschriebnen Erzählung ein Urteil abgeben? Erzähl mir erst mal die *ganze* Geschichte – so, wie du sie im Kopf hast!«

Charlie erzählte sie mir – und es war alles darin, was die ihm eigene Ignoranz dem schriftlichen Ausdruck so sorgsam entzogen hatte! Ich starrte ihn an und fragte mich dabei im stillen, ob er am Ende die Ursprünglichkeit und die Kraft seines Einfalls gar nicht erkannt haben mochte? Denn ihm war hier entschieden die Idee der Ideen gekommen! Schon ganz andere Leute haben sich stolzgeschwellt mit Einfällen aufgeblasen, denen Charlies Idee an Brauchbarkeit und an Glanz um ein Zehnfaches überlegen war! Aber Charlie redete ungerührt darauflos und unterbrach solchen Strom purster Einbildungskraft immer wieder mit beispielhaft schrecklichen Sätzen, von deren Gebrauch er jedoch so sehr angetan war. Dennoch, ich hörte ihm zu bis ans Ende. Nein, es wäre zu töricht gewesen, solch glänzenden Einfall in dermaßen ungeeigneten Händen zu lassen! Noch dazu, wo doch ich selber so viel daraus hätte machen können! Nicht *alles*, versteht sich – aber doch so sehr viel!

»Also – was sagst du dazu?« fragte er schließlich. »Ich denk' mir, man könnte das Ganze ›Eines Schiffes Geschichte‹ betiteln.«

»Die Grundidee ist einfach glänzend! Was ich befürchte, ist nur – du wirst sie nicht durchhalten können! Demgegenüber – wenn *ich* –«

»Könntest denn *du* was draus machen? Wolltest *du* sie von mir übernehmen? – Ich würde mich freuen darüber, ja stolz darauf sein!« unterbrach mich Charlie sogleich.

Nur wenige Dinge auf dieser Welt sind uns noch angenehmer als die bedingungslos-ungestüme, leidenschaftsvollunverhüllte Bewunderung, die uns manchmal ein Jüngerer entgegenbringt. Kein weibliches Wesen, auch nicht in blindester Hingabe, würde sich das Gehaben des von ihr bewunderten Mannes so gänzlich zu eigen machen, ihre Kopfbedeckung nach *seiner* Art tragen, oder die eigene Rede um *seine* Flüche bereichern! Dies alles tat aber Charlie. Trotzdem wollte ich mein Gewissen erst noch beruhigen, bevor ich mich Charlies ureigensten Einfalls bemächtigen würde.

»Schließen wir einen Handel: ich zahle dir einen Fünfer für deine Idee«, schlug ich vor.

Sogleich ward aus Charlie wieder der nüchterne Bankangestellte.

»Vollkommen ausgeschlossen! Zwischen zwei Freunden, wenn ich's mit Verlaub so ausdrücken darf, und auch als ein Mann von Welt – nein, das könnt' ich auf gar keinen Fall! Meinetwegen übernimm die Idee wie sie ist, wenn du sie für brauchbar hältst! Ich habe noch haufenweis' andre!«

Gewiß, er hatte Ideen genug – niemand wußte das besser als ich –, aber es waren Ideen *anderer* Leute.

»Du mußt das Ganze geschäftsmäßig sehen – als Abkommen zwischen zwei Männern von Welt«, entgegnete ich. »Überleg doch einmal – für diese fünf Pfund kannst du dir jede Menge Gedichtbände kaufen! Geschäft ist Geschäft, und außerdem kannst du vollkommen beruhigt sein: ich würde den Preis nicht bezahlen, wenn er mir nicht –«

»Nun gut – wenn du mir *so* kommst«, sagte Charlie, der sichtlich angetan war von dem Gedanken an so viele Bücher. Demgemäß kamen wir überein, er könne mich aufsuchen ganz nach Belieben und mit allen seinen Ideen, werde ferner bei mir seinen Schreibtisch haben und das uneingeschränkte Recht, mit seinen sämtlichen Dichtungen oder Fragmenten jederzeit zu mir zu kommen. Zum Abschluß äußerte ich eine Bitte: »Sag mir nur eins noch – wie bist du eigentlich zu diesem Einfall gekommen?«

»Der ist ganz von allein dagewesen!« Charlies Augen waren dabei um ein Geringes geweitet.

»Mag sein – aber du hast mir so vieles über den Helden berichtet: das mußt du doch herhaben von irgendwo – vielleicht früher mal wo gelesen?«

»Zum Lesen bleibt mir keine Zeit – außer, wenn ich hier bei

dir sitze. An den Sonntagen bin ich ja nur mit dem Rad unterwegs, unten am Fluß, oft bis zum Abend. Warum? Ist vielleicht was nicht richtig mit meinem Helden – stimmt da was nicht?«

»Erzähl mir das Ganze nochmals, dann seh' ich es klarer. Du sagst doch, dein Held ist Seeräuber geworden. Und was hat er früher gemacht?«

»Früher war er im unteren Deck von diesem Dingsda – na, Schiff, von dem ich gesprochen habe!«

»Welche Art Schiff war denn das?«

»Eins von der Art, die mit Rudern fortbewegt werden. Das Seewasser spritzt durch die Luken herein und steht den Ruderern bis an die Knie. Und zwischen den beiden Reihen aus Ruderbänken gibt's einen erhöhten Steg, der verläuft von vorne nach achtern, und auf ihm patrouilliert der Aufseher mit seiner Peitsche und treibt die Männer zur Arbeit an.«

»Und woher weißt du das alles?«

»Ach, das liegt eben in der Erzählung. Und dann gibt es da auch ein Tau überm Kopf, das ist festgemacht an den Planken des oberen Decks, damit sich der Aufseher anklammern kann, wenn der Seegang zu stark wird. Und, du weißt ja, wenn er danebengreift und zwischen die Ruderer stürzt, dann verspottet ihn jedesmal unser Held und wird dafür ausgepeitscht. Und da kann er sich dann nicht wehren, denn er ist ja ans Ruder gekettet – der *Held*, meine ich.«

»*Wie* ist er ans Ruder gekettet?«

»Um seine Hüften ist ein eiserner Reifen an die Sitzbank gekettet, und in einer Art Eisenmanschette hängt er mit dem linken Gelenk an der Ruderstange. Und das in dem unteren Deck, wo man die widerspenstigsten Männer eingesperrt hat, und das Licht kommt nur durch die Einstiegsluke und durch die Ruderlöcher der Schiffswand. Stell dir nur vor, wie das ist, wenn so ein Sonnenstrahl eben noch zwischen Stange und Loch hereindringen kann und durch die Finsternis geistert je nach dem Schaukeln des Schiffs – kannst du dir's vorstellen?«

»*Ich* kann – aber kann mir nicht vorstellen, daß *du* es dir vorstellen kannst – wie also *kannst* du?«

»Wie sollt' es denn anders sein? Hör zu jetzt: jedes der ganz langen Ruder am oberen Deck wird pro Bank von *vier* Mann bedient, die kürzeren Ruder vom unteren Deck werden von *drei* Mann gerudert, und die kurzen im untersten Deck nur von *zweien*. Und jetzt stell dir vor: dort ist es nahezu Nacht, und die Männer dort unten kommen nach und nach um den Verstand! Und wenn einer krepiert ist an seinem Ruder, so schmeißt man ihn nicht über Bord, sondern schneidet ihn bloß von der Kette und zerhackt ihn zu handlichen Stücken! Die werden dann durch die Ruderlöcher gestopft und auf diese Weise ins Wasser befördert.«

»Aber *warum* das?!« Ich war starr vor Staunen – nicht so sehr ob des bekundeten Wissens, sondern vielmehr ob des Kommandotons solcher Eröffnung!

»Um jede Unruhe zu vermeiden und auch, um die anderen Ruderer einzuschüchtern. Man würde nämlich *zwei* Aufseher brauchen, um den Toten an Deck zu befördern. Ließe man aber die Männer im unteren Deck ohne Aufsicht – sie würden natürlich das Rudern einstellen und statt dessen versuchen, durch gleichzeitiges Aufstehn und mit Hilfe der eigenen Ketten die Ruderbänke aus ihrer Verkeilung zu sprengen!«

»Alle Achtung – deine Einbildungskraft sieht ja auch noch voraus – unglaublich! Wo hast du das alles gelesen – ich meine, über Galeeren, übers Los ihrer Ruderknechte und so?«

»Gelesen? Nicht, daß ich wüßte! Ich selber übe mich manchmal im Rudern, sobald sich Gelegenheit findet. Doch wenn du es *sagst* – vielleicht hab' ich wirklich mal so was gelesen!«

Bald darauf ging er fort, wollte sich bei diversen Buchhändlern umtun. Ich aber fragte mich ernstlich, wie denn ein so junger Bankangestellter imstande sein konnte, in so minuziöser Ausführlichkeit, mit derart profunder Kenntnis aller Details und so absoluter Sicherheit diese abenteuerliche und blutrünstige Geschichte von Gewalttat auf fernen Meeren, von Totschlag und Piraterie vor mir auszubreiten? Er hatte ja seinen Helden in einem wahren Verzweiflungstanz durch Revolte und Meuterei geführt, bis zum Kommando über ein eigenes Schiff – und am Ende solcher Geschichte auch noch zur Errichtung eines eigenen Inselreichs, »weißt du, irgendwo draußen, in den endlosen Weiten der See!« Damit war er losgezogen, ein anderer Hans im Glück, um meine armseligen fünf Pfund gegen Ideen und Methoden anderer Leute zu tauschen. Mir aber blieb als Trost die Gewißheit, *seine* Idee durch Kauf zu der meinen gemacht zu haben. Und überdies glaubte ich ja, daraus etwas machen zu können!

Bei seinem nächsten Besuch war er vollkommen betrunken – bis obenhin angefüllt mit Gedichten der vielen Poeten, die er nun erstmals gelesen hatte! Seine Pupillen waren geweitet, seine Worte überstürzten sich, ja er hüllte sich in Zitate gleichwie sich ein Bettler in den Purpur von Königen hüllt! Und am stärksten war ihm Longfellow zu Kopfe gestiegen:

»Ist das nicht umwerfend gut? Ist das nicht herrlich?!« legte er los, kaum daß er mir hastig die Hand gedrückt hatte. »Hör dir *das* einmal an –

›Willst du‹ – so der Mann am Steuer,
›Denn die dunkle See ergründen?
Nur, die ihrer Fährnis trotzen,
Werden das Geheimnis finden.‹

Bei Gott!

›Nur, die ihrer Fährnis trotzen,
Werden das Geheimnis finden‹«,

wiederholte er wohl an die zwanzigmal und schritt dabei im Zimmer auf und ab, als wäre ich gar nicht zugegen. »Aber auch ich weiß um dieses Geheimnis«, meditierte er laut vor sich hin. »Wie soll ich dir danken für deine fünf Pfund ... Oder, zum Beispiel *dies* hier:

›Noch denk' ich der düsteren Werften, der Molen,
An denen es aufschäumt so weiß wie der Schnee –
Und der Schiffer, der bärtigen Spaniolen,
Wie sie ihr fremdschönes Fahrzeug verholen –
Und des Zaubers der offenen See‹!

Ich habe noch keiner ›Fährnis getrotzt‹ – und doch ist mir, als wüßte ich *alles* darüber!«

»Es ist unbestreitbar – du hast einen Sinn für die See! Hast du sie jemals erlebt?«

»Als ganz kleiner Junge bin ich einmal bis nach Brighton gekommen. Wir haben in Coventry gewohnt, bevor wir hierher übersiedelt sind. Aber noch nie hab' ich sie in dem Zustand gesehen,

›Wenn fernher, atlantisch,
Sich drohend, gigantisch,
Der Äquinoktialsturm erhebt‹!«

Dabei faßte er nach meiner Schulter und schüttelte mich, als wollt' er mich spüren lassen, wie leidenschaftsvoll er selber gepackt war.

»Und sobald der Sturm *da* ist«, setzte er fort, »so stell' ich mir vor, daß an dem Schiff, von dem ich gesprochen habe, sämtliche Ruder zerbrechen – und daß ihre eisernen Griffe den Männern die Rippen zerschlagen, ihnen die Lunge durchbohren! Übrigens – hast du mit meiner Idee schon was anfangen können?«

»Bisher noch nicht. Erst möcht' ich von dir noch mehr dazu hören: erklär mir zum Beispiel, woher du so gut Bescheid weißt über die Ausrüstung solch eines Schiffs! Denn eigentlich hast du ja keinen blassen Schimmer von Schiffen!«

»Ich weiß nicht – aber sobald ich probier', es niederzuschreiben, ist es für mich genauso real wie jedes andere Ding. Erst vorige Nacht hab' ich im Bett drüber nachgedacht – nachdem ich mir Stevensons ›Schatzinsel‹ von dir ausgeborgt hatte. Da bin ich auf allerhand Neues gekommen für meine Geschichte.«

»Auf was denn, zum Beispiel?«

»Zum Beispiel darauf, was wohl die Männer zu essen gekriegt haben mögen auf ihrem Schiff: vertrocknete Feigen vielleicht und schwarzgewordene Bohnen, und aus einem Ziegenschlauch Wein – den haben sie sich von Bank zu Bank weitergereicht!«

»Also, dann wurde das Schiff schon in sehr alten Zeiten gebaut?«

»Was meinst du mit ›also‹? Ob nun in alten oder in neueren Zeiten, kann ich nicht sagen. Es ist ja nur so eine vage Idee – aber manchesmal kommt es mir vor, als wär' alles *wirklich*! – Ich geh' dir doch nicht auf die Nerven damit?«

»Nicht im geringsten! Hast du dir wieder was Neues zusammengedacht?«

»Ja – aber wahrscheinlich nur Blödsinn.« Charlie errötete leise.

»Und wenn schon – laß hören!«

»Na gut – ich habe die ganze Geschichte im Bett nochmals durchgenommen, bin dann wieder aufgestanden und habe auf einem Zettel notiert, was die Männer möglicherweise mit den Ecken und Kanten ihrer Eisenmanschetten in die Ruderstangen eingeritzt haben mögen. Das könnte dann die Erzählung vielleicht noch lebendiger machen! Für mich ist das alles so *wirklich*, kannst du das verstehn?«

»Hast du den Zettel bei dir?«

»Ja, schon. Doch wozu ihn herzeigen? Es sind ja bloß Kritzeleien! Allenfalls könnte man sie auf der Titelseite des Buchs abdrucken lassen.«

»Ich merk' es mir vor – aber jetzt zeig einmal her, was deine Männer da eingeritzt haben!«

Er brachte aus seiner Tasche ein abgerißnes Notizblatt zum Vorschein, mit nur einer einzigen Reihe von Zeichen. Ich nahm es entgegen und legte es achtsam zur Seite.

»Und was sollen die Zeichen bedeuten?« fragte ich ihn.

»Ach, ich weiß nicht! Vielleicht nur ›Ich bin hundemüd‹ oder so. Wie gesagt, wahrscheinlich nur lauter Unsinn, nichts weiter«, betonte er nochmals. »Es ist nur – all diese Männer im Schiff sind für mich so real als wären es wirkliche Menschen! Sieh zu, daß du endlich was machst aus meiner Idee! Ich hätte sie gern schon ausgearbeitet gesehn – und gedruckt!«

»Du hast mir bisher schon so viel erzählt, das gäbe ein dickes Buch!«

»So schreib es! Brauchst dich ja nur dahinterzusetzen!«

»Laß mir bis dahin noch etwas Zeit! Hast du vielleicht noch andre Ideen dazu?«

»Im Augenblick nicht. Weißt du, ich bin jetzt dabei, alle die Bücher zu lesen, die ich mir angeschafft habe. Und sie sind hinreißend schön!«

Nachdem er gegangen war, besah ich mir das Notizblatt mit den erwähnten Zeichen – und faßte mit beiden Händen nach meinem Schädel, um sicherzugehn, ob er noch da sei oder sich nicht zu drehen begänne! Danach ... aber zwischen meinem Verlassen des Zimmers und der Unterhandlung mit dem Polizisten im Britischen Museum, an der Tür mit der Aufschrift ›Privat‹, schien gar keine Zeit vergangen zu sein! Meine höflichst vorgetragene Bitte galt einem Gespräch »mit dem zuständigen Herrn fürs Altgriechische«. Aber der Polizeibeamte kannte sich nur mit den üblichen Vorschriften aus, und so mußte ich erst noch alle Gebäude und Ämter innerhalb des Museumsbezirks abklappern, bis dann doch noch ein älterer Herr, den man eigens vom Essen weggeholt hatte, meiner Irrfahrt ein Ende setzte, indem er mein Blatt an sich nahm, es dicht vor die Augen hielt – und ein verächtliches Schnauben von sich gab:

»Was das heißen soll? Hmm. Auf den ersten Blick möcht' ich sagen, es ist der Versuch, in altgriechischer Schrift zu schreiben, übrigens auf abscheuliche Weise, und zwar« – er sah mich bedeutungsvoll an – »durch eine besonders unkundige, ungeübte – nun ja, Person.« Und er begann, langsam vom Blatt zu lesen: »*Pollock, Erckmann, Tauchnitz, Henniker.*« – Das waren für mich höchst vertraute Begriffe!*

»Würden Sie mir noch erklären, was das bedeuten könnte?«

»Nun, der tiefere Sinn davon dürfte sein, daß mir – und das ziemlich oft – derlei Geschäfte schon zum Hals heraushängen!«

Damit retournierte er mir das Papier, und ich machte, daß ich davonkam – ohne ein Wort des Danks, der Erklärung oder Entschuldigung geäußert zu haben!

Indes, mein Versäumnis mag dennoch entschuldbar erscheinen: mir war ja, als einzigem Menschen auf Erden, hier die Chance zu der verwunderlichsten Geschichte der Welt an die Hand gegeben – nämlich, niederzuschreiben, was ein altgriechischer Rudersklave auf seiner Galeere nicht nur erlebt, sondern mir mündlich berichtet hatte! Kein Wunder, daß Charlie die Wirklichkeit und seinen Traum kaum noch auseinanderzuhalten vermochte! Zwar ist uns das Schicksal gnädig genug, um die Pforten von Leben zu Leben sorgfältig zu schließen, doch in diesem besonderen Fall war es weniger sorgsam gewesen, und so blickte Charlie, obschon er sich dessen gar nicht bewußt war, in Räume zurück, wohin seit Anfang der Zeiten kein Sterblicher jemals blicken gedurft! Und, was noch bedeutsamer war, er hatte keinerlei Ahnung, *welches* Wissen er mir da so leichthin zum Preis von fünf Pfund überlassen hatte! Und er würde so ahnungslos bleiben, denn Bankangestellte und Seelenwanderung haben nichts miteinander zu schaffen, und Altgriechisch steht in keiner Handelsschule der Welt auf dem Lehrplan! So würde er mich – der Gedanke machte mich hüpfen vor Freude inmitten der starren, ägyptischen Götteridole, denen ich in die zerschlagnen Gesichter blickte – auch weiterhin mit Material versorgen und meine Arbeit noch überzeugender machen: so überzeugend, daß die Welt sie begrüßen, aber dennoch für eine dreiste Erfindung ansehen würde! Und nur

* bekannte Verlagshäuser. Anm. d. Ü.

ich – ich ganz allein – würde um die buchstäbliche, die absolute Wahrheit dieser Geschichte wissen, wie ich denn auch ganz allein dies Juwel nun in Händen hielt und ihm nur noch den rechten Zuschnitt und Glanz geben mußte! Grund genug also für meinen Freudentanz, den ich da vor den Götterfiguren der Ägyptischen Abteilung vollführte – bis ein diensthabender Polizist aufmerksam wurde und sich auf mich zubewegte!

Was mir noch zu tun blieb, war eigentlich nur, Charlie zum Sprechen zu bringen – und das konnte ja nicht allzu schwer sein. Indes, ich hatte nicht mehr mit jenen verwünschten Gedichten gerechnet: immer wieder suchte Charlie mich auf – und gemahnte dabei an einen aufgezogenen Phonographen, so wenig war mit ihm anzufangen! Bis obenhin war er voll mit Byron und Shelley und Keats! Ich aber, der ich nun wußte, was dieser Bursche im früheren Leben gewesen, wollte mir keine Silbe seines Geschwätzes entgehen lassen und brachte ihm deshalb nur Hochachtung und Interesse entgegen – doch er mißverstand meine Anteilnahme, bezog sie ausschließlich auf die Lektüre und das Innenleben des gegenwärtigen Charlie Mears, dem solches Dasein so neu war wie einem soeben erschaffenen Adam! Bis zum Äußersten stellte er meine Geduld auf die Probe mit seinem ewigen Rezitieren fremder Gedichte, so daß ich mir beinah schon wünschte, jedweder englische Dichter möge getilgt sein aus dem Gedächtnis der Menschheit! Die größten Namen der Dichtung lästerte ich: nicht nur, weil sie Charlie abgelenkt hatten vom Pfad seiner eignen Erzählung, sondern weil sie ihn – in der Folge – auch noch zur Nachahmung verleiteten! Indes, ich fraß meine Ungeduld in mich hinein und wartete ab, bis die erste Begeisterungswoge sich glätten – bis dieser Bursche wieder zu seinen Träumen zurückkehren würde.

»Warum soll ich von *meinen* Gedanken erzählen, wo doch all diese Dichter mit Engelszungen geredet haben?« zürnte er eines Abends. »Warum schreibst *du* nicht wie sie?«

»Hältst du das mir gegenüber wirklich für fair?« entgegnete ich unter Aufbietung aller Beherrschung.

»Ich hab' dir die ganze Geschichte ja ohnehin schon entworfen«, sagte er bloß – und versenkte sich wieder in die Lektüre von ›Lara‹.

»Was ich brauche, sind die Details!«

»Du meinst also, alles, was sich verbindet mit dem verwünschten Kasten, den du 'ne Galeere genannt hast? Das ist doch gar nicht so schwer – das kannst du dir selber ausdenken! Dreh lieber das Gas heller auf – ich möchte jetzt weiterlesen!«

Am liebsten hätt' ich den Glühstrumpf an Charlies Schädel zu Scherben geschlagen, so sehr erboste mich solche Borniertheit! ›Selber ausdenken‹! *Natürlich*, es wäre mir möglich gewesen, hätte ich bloß gewußt, was Charlie so unbewußt wußte! Da aber *mir* jene Pforten ins Gestern verschlossen blieben, so blieb mir nur übrig, seine jugendliche Begeisterung zu ertragen und ihn bei Laune zu halten. Nur eine *Minute* der Achtlosigkeit – und unbezahlbare Erinnerungsbilder konnten für immer dahin sein! Vielleicht schob er *doch* irgendwann seine Bücher beiseite – er verwahrte sie in meiner Wohnung, weil die Mutter beim Anblick solcher verwerflichen Geldverschwendung vom Schlag gestreift werden mochte –, vielleicht kehrte er *doch* noch zu seinen Seefahrerträumen zurück! Inzwischen verfluchte ich wieder und wieder alle Poeten von England. Der bildhafte Sinn dieses Bankangestellten war überfrachtet, verfärbt und entstellt von allem, was er gelesen hatte, und das Resultat war ein konfuses Stimmengewirr, wie man es sonst nur zur Hauptgeschäftszeit in Stadttelephonen zu hören bekommt!

Sobald er jetzt von der Galeere erzählte – seiner *eigenen*, aber das wußte er nicht –, dann war's in den fremden, entlehnten Bildern aus der ›Braut von Abydos‹. Und die Erlebnisse seines Helden vermischte er mit Zitaten aus dem ›Korsar‹, wobei er sich noch in verzweifelt-moralischen Reflexionen aus ›Kain‹ und aus ›Manfred‹ erging! Und alles das in der Erwartung, mir damit dienlich zu sein! Nur, wenn auf Longfellow die Rede kam, legte sich dieser Wirrwarr: Charlie beruhigte sich dann, und ich konnte annehmen, daß seine Erinnerung wieder der Wahrheit entsprach.

»Was hältst du zum Beispiel von *dem?*« fragte ich ihn eines Abends, weil ich endlich begriffen hatte, in welchen Bahnen solches Gedächtnis am klaglosesten funktionierte. Und noch ehe er etwas einwenden konnte, las ich ihm nahezu die gesamte ›Saga von König Olaf‹ vor.

Offenen Mundes lauschte er mir – die Röte stieg ihm zu Gesicht, seine Hände schlugen den Takt auf der Lehne des Sofas, auf dem er sich ausgestreckt hatte – bis ich, bei Einar Tamberskelvers Gesang angelangt, den Vers rezitierte:

»Von der lockern Bogensehne
Zog Einar den Pfeil,
Und er sprach: ›Nun ist Norwegen
Dein, o König – Heil!‹«

Die Begeisterung hinderte Charlie am Atmen.

»Na, ist das nicht besser als Byron?« fragte ich probeweise.

»Was heißt da ›besser‹? *Wahr* ist es – buchstäblich *wahr*! Aber wie hat er das wissen können?«

Ich ging um etliche Strophen zurück und wiederholte:

»›Hör' ich recht?‹ – so fragte Olaf
Auf dem Achterschiff.
›Klang das nicht wie das Zerbersten
Eines Wracks am Riff?‹«

»Wodurch *hat* er nur wissen können, wie das klingt, wenn ein Schiff auf Grund läuft, und es ihm – r-rrp – die Ruder abknickt längs der gesamten Breitseite? Und wie kommt's, daß *ich* erst vorige Nacht ... aber blättre doch bitte zurück und lies mir noch einmal die Stelle vom ›Brüllenden Felsenriff‹ vor!«

»Nein, jetzt nicht – ich bin schon zu müd. Reden wir lieber von dir: was ist da gewesen, in der vorigen Nacht?«

»Mir hat ganz fürchterlich von der Galeere geträumt. Bei einem Seegefecht bin ich ertrunken! Wir waren in einem Hafen, neben uns das andere Schiff. Das Wasser war vollkommen ruhig und nur von unseren Rudern gepeitscht. Du weißt ja, wo ich immer sitze auf der Galeere?« Er redete anfangs nur zögernd, mit jener leisen, so englischen Scheu vor der Lächerlichkeit.

»Nein, das ist mir neu«, versetzte ich leise – und das Herz schlug mir schneller!

»Mein Platz ist am vierten Ruder, vom Bug her gezählt, auf dem Oberdeck rechts. Zu viert sind wir dran gesessen, jeder von uns an der Kette. Ich seh' noch ganz deutlich das Wasser unten am Schiff, und wie ich versucht hab', die Eisenmanschetten von den Gelenken zu streifen, bevor es losgehen würde. Dann gingen wir längsseits zum anderen Fahrzeug, doch da enterten seine Kämpfer schon über zu uns, die Ruderbank geht zu Bruch, und ich selber seh' mich am Deck festgenagelt, denn die andern drei liegen schon auf mir drauf, das Ruder quer überm Rücken!«

»Und dann?« – Charlies Augen waren auf einmal voll Leben und glänzten so sonderbar, als er über mich weg auf die Wand sah.

»Ich weiß gar nicht, wie es dann weitergegangen ist! Man hat mir auf dem Rücken herumgetrampelt – ich bin ja noch immer flach auf den Planken gelegen. Dann fingen links unsre Ruderer – auch sie noch in Ketten – zu schreien an und haben versucht, noch gegenzurudern. Ich habe das Wasser aufgurgeln hören, das Schiff hat sich wie ein Käfer schwerfällig gedreht, und ich hab' gewußt, da kommt jetzt eine Galeere im Rammstoß von links auf uns zu! Ich hab' noch den Kopf heben können und über der Bordwand ihr Segel bemerkt. Wir wollten auf Gegenkurs zu ihr gehen, also Bug gegen Bug, aber es war schon zu spät – unser Schiff schwang nur ganz wenig herum, weil ja die Galeere zur Rechten, die erste, schon in uns verhakt war und uns blockiert hat! Und dann – ach du meine Güte! War *das* ein Bersten und Krachen! Unsre linksseitigen Ruder knickten der Reihe nach ab, als die andre Galeere – jene, die schräg auf uns zuhielt, nicht wahr – herangebraust kam! Die Ruder vom unteren Deck haben die Planken des obern gesprengt, sind mit ihren eisenbeschlagenen Enden glatt durch unser Deck gestoßen, und eines der Ruder ist kerzengerade hinauf in die Luft geschossen und danach aufs Deck heruntergedonnert, mir ganz knapp am Schädel vorbei!«

»Wie ist denn *das* zugegangen?«

»Der Bug der angreifenden Galeere hat uns die Ruder gleich durch die Löcher zurückgerammt in das Schiff, von unten her war's nur ein einziges Krachen und Splittern –, und gleich darauf hat uns ihr Rammsporn fast genau mittschiffs getroffen und ausgehoben, wir haben Schlagseite gekriegt, die Burschen auf der Galeere rechts haben die Enterhaken und Taue gelöst und danach unser Deck beschossen – mit Pfeilen und heißem Pech und allerhand anderem Zeug. Unsre linke Seite ist höher und höher gestiegen, aber rechts waren wir schon fast im Wasser – ich dreh' meinen Kopf und seh', wie es buchstäblich stillsteht über der rechten Schutzwand – und erst dann ist es übergekommen in einem einzigen Schwall und mit voller Wucht auf uns herein! Ich habe nur noch einen Schlag im Rücken verspürt – und bin davon aufgewacht.«

»Einen Moment noch, Charlie! Als das Wasser schon über der Brüstung war – wie hat es da ausgesehn?« Ich stellte die Frage aus gutem Grund: ein Bekannter von mir war auf einem sinkenden Schiff gewesen, gleichfalls bei ganz ruhiger See, und hatte gesehn, wie das Wasser oben am Schanzkleid stillzustehn schien für einen Moment, und erst dann übers Deck hereinbrach.

»Es hat ausgesehn wie eine Banjosaite, so straff – und als wär' es auf Jahre erstarrt!«

Das war's, was ich hören gewollt! Mein Bekannter hatte es so formuliert: »Wie ein silbriger Draht über die volle Länge der Brüstung – ich hab' schon geglaubt, daß es niemals hereinbrechen würde!« Um dieser so kleinen, wertlosen Erkenntnis willen hatte er alles verloren, nur das nackte Leben gerettet – und ich, meinerseits, hatte zehntausend Meilen zurücklegen müssen, um auf ihn zu treffen und solcher Information aus zweiter Hand habhaft zu werden! Charlie hingegen, der Bankangestellte für fünfundzwanzig Shillings die Woche, der sich noch niemals in diesem Leben außer Sichtweite einer gebahnten Straße befunden – er *wußte* das alles, von sich aus! Da war's auch kein Trost für mich, daß er einmal, in einem früheren Dasein, für solches Wissen gezahlt hatte mit seinem Leben! Auch ich mußte dutzende Male gestorben sein – aber mir, der ich keinen Gebrauch machen konnte von dem, was ich einstmals erfahren, blieben die Pforten zum Gestern verschlossen!

»Und wie ist's weitergegangen?« fragte ich, ernstlich bemüht, den Teufel des Neids von mir abzuhalten.

»Das Komische daran war, daß ich während des ganzen Gefechts überhaupt nicht erstaunt war und auch keine Angst verspürt habe – ganz so, als hätt' ich schon zahllose ähnliche Kämpfe erlebt! Das habe ich, bevor's losging, auch zu dem Mann neben mir gesagt. Doch unser Deckaufseher, dieser erbärmliche Schuft, hat uns die Ketten nicht abgenommen und uns keinerlei Chance gelassen! Und er hatte doch immer beteuert, wir würden frei sein nach einem Gefecht! Aber dazu ist es niemals gekommen!« Bekümmert schüttelte Charlie den Kopf.

»So ein gemeiner Hund!«

»Jawohl, das ist er gewesen! Auch am Essen hat er geknausert, es war nie genug, und manchesmal hatten wir solchen Durst, daß wir Salzwasser getrunken haben – ich hab' den Geschmack noch heute im Mund!«

»Erzähl mir jetzt lieber, in welchem Hafen sich das Seegefecht abgespielt hat!«

»Davon hat mir nichts geträumt. Ich weiß nur, daß es ein Hafen war, wir hatten vertäut gelegen an einem Ring in einer weißen Mauer, die war unter Wasser mit Holz abgedämmt, damit uns bei Flut nicht die Schiffswand eingedrückt würde.«

»Merkwürdig! Und unser Held hat das Kommando geführt auf deiner Galeere – nicht wahr?«

»Hat er *nicht*! Er ist bloß am Vorschiff gestanden und hat wie ein Wilder gebrüllt! Aber den Aufseher hat er erschlagen.«

»Und dann seid ihr abgesoffen – mit Mann und mit Maus, oder nicht?«

»Das kann ich nicht sagen«, versetzte Charlie und blickte recht nachdenklich drein. »Ja, schon – die Galeere muß untergegangen sein, und mit ihr die gesamte Besatzung. Trotzdem wär' es möglich, daß unser Held sich gerettet hat. Vielleicht ist er auf die Galeere geklettert, die uns versenkt hat. Ich selber konnte das nicht mehr sehen – ich war ja schon tot, wie du weißt!«

Er fing an, kaum merklich zu zittern und beteuerte mir, er könne sich jetzt an nichts mehr erinnern.

Ich drang nicht weiter in ihn. Doch um ganz sicher zu sein, daß er keine Ahnung hatte vom eigenen Denkmechanismus, brachte ich ihm das Buch *Transmigration* von Mortimer Collins, worin es um Seelenwanderung geht. Bevor er es aufschlug, gab ich ihm einen Abriß der Handlung.

»So ein Schmarrn!« rief er unverblümt nach einer Stunde. »Was mach' ich denn mit solchem Blödsinn vom Roten Planeten, von diesem König und all dem anderen Zeug! Gib mir lieber meinen Longfellow herüber!«

Das tat ich denn auch – und brachte hernach alles das zu Papier, was ich mir gemerkt hatte von dem geschilderten Hafengefecht, wobei ich mich immer wieder um Bestätigung an ihn wandte, oder um weitere Details. Und jedesmal gab er nur Antwort, ohne den Blick von den Zeilen zu wenden, und tat es dermaßen sicher, als läse er's unmittelbar von den Buchseiten ab! Ich redete ganz normal, um diese günstige Stimmung nur ja nicht zu stören, weil ich allzu gut wußte, daß er in Gedanken weit weg war mit seinem Longfellow – draußen auf offener See!

»Charlie«, fragte ich ihn, »als damals die Ruderknechte gemeutert haben – wie sind sie da mit den Aufsehern fertiggeworden?«

»Sie haben die Bänke herausgerissen und ihnen damit das Hirn eingeschlagen. Wir haben damals sehr schwere See gehabt, und da ist im untersten Deck einer der Aufseher abgerutscht von seinem Laufsteg und mitten hineingestürzt zwischen die Ruderer. Die haben ihn, bei gefesselten Händen, gegen die Schiffswand gedrückt – und ihn ganz gemütlich erwürgt. Und weil es dort unten so finster war, hat der andere Aufseher gar nichts gemerkt. Erst, als er nach hinten kam und sich erkundigen wollte, hat man auch ihn heruntergezerrt und erwürgt, und dann haben die Männer sich Deck um Deck von ganz unten nach oben gekämpft, mit den krachenden Trümmern der Ruderbänke noch immer hinter sich her, an den Ketten! War das ein Gebrüll!«

»Und weiter? Was war *dann*?«

»Weiß ich nicht mehr. Unser Held ist auf und davongesegelt. Rothaarig war er, und einen ganz roten Bart hat er gehabt. Das war, glaube ich, nachdem er unsre Galeere gekapert hatte.«

Der Klang meiner Stimme schien ihn zu stören, denn er bewegte abwehrend die Linke wie jemand, der einen Mißton zurückweisen will.

»Du erzählst jetzt aber zum erstenmal, daß er rothaarig war und eure Galeere gekapert hat!« sagte ich nach gebührender Pause.

Charlie sann vor sich hin und blickte gar nicht herüber.

»Rot ist er gewesen – wie ein roter Bär hat er ausgesehn«, sprach er gedankenverloren. »Und gekommen ist er von Norden. So haben sie auf der Galeere gesagt, als er sich nach Ruderern umgesehn hat – nach freien Männern, nicht Sklaven. Und späterhin – Jahre danach – hörten wir von einem anderen Schiff, er sei zurückgekehrt oder so –«

Er bewegte jetzt tonlos die Lippen – offenbar hingerissen von einer Strophe seines Longfellow.

»Und wo *war* er die ganze Zeit?« Beinahe flüsternd fragte ich es, um jenen Teil von Charlies Gehirn, der mir noch zur Verfügung stand, nicht zu erschrecken.

»An fernen Gestaden – an langen, märchenhaft schönen Gestaden!« kam es nach einer Minute zurück.

»Auf Furdurstrandi vielleicht?« Ich bebte vor Spannung.

»Auf Furdurstrandi, gewiß.« Er nannte den Namen mit andrer, mir neuer Betonung. »Und dann hab' ich noch gesehen –« Die Stimme erstarb ihm.

»Ist dir bewußt, was du soeben gesagt hast?!« schrie ich ihn an, alle Vorsicht plötzlich vergessend.

Jetzt erst hob er die Augen und blickte mir voll ins Gesicht. »Nein!« rief er gereizt. »So laß einen Menschen doch endlich in Ruhe lesen! – Da, hör dir *das* einmal an: –

›Doch Othir, der alternde Schiffshauptmann,
Sprach weiter. Er wich nicht und blieb,
    Bis der König ihm endlich zu lauschen begann,
    Aufs neue die Feder aufnahm sodann
Und Wort für Wort niederschrieb.

Danach, an den König der Sachsen gewandt,
Hob Othir das Haupt – sah ihn an
    Und streckte zum Zeugnis der Wahrheit die Hand
    Und sprach: »So empfang denn als Unterpfand
Meines Worts diesen Walroßzahn!«‹

Du lieber Himmel, was für Kerle müssen das gewesen sein – einfach so ins Blaue drauflos zu segeln, ohne jede Gewißheit, ob sie jemals Land finden würden! Hah!«

»Charlie, *bitte*«, sagte ich flehentlich, »sei doch vernünftig – nur für ein, zwei Minuten vernünftig, und ich mach' dir den Helden unsrer Geschichte Zoll für Zoll zu einem Kerl, der nicht weniger tüchtig ist als dieser Othir!«

»Ach, du mit deiner Geschichte! Dieses Gedicht hat Longfellow geschrieben, da mag *ich* nicht weiter ans Schreiben denken – ich möchte jetzt *lesen*!« Nun war er vollends außer Stimmung geraten. So ließ ich's dabei bewenden und haderte nur mit mir selber ob meiner Unbedachtheit.

Man stelle sich einmal vor – da steht man knapp vor der Schatzkammer einer versunkenen Welt, und als Posten davor nur ein Kind – ein unverantwortliches, eigensinniges Kind, vertieft in sein Knöchelspiel –, und einzig von *seiner* Gunst hängt es ab, ob man den Schlüssel erhält oder nicht! Man stelle sich das einmal vor – und wird doch nur die Hälfte der Qualen ermessen, die ich damals empfunden habe! Bis zu jenem Abend hatte ja Charlie stets nur von Dingen erzählt, die bloß ein *griechischer* Rudersklave erlebt haben konnte. Jetzt aber – oder es war kein Verlaß mehr auf sämtliche Bücher – sprach er auf einmal von einem Wikingerwagstück, von der Überfahrt des Thorfin Karlsnefe nach Vinland, so nannten sie damals Amerika, im neunten, im zehnten Jahrhundert! Die Seeschlacht im Hafen hatte er miterlebt, seinen eigenen Tod mir geschildert. Dies Neue jedoch schien ein bei weitem gewagterer Schritt ins Vergangne zu sein! War es denn möglich – hatte er wirklich ein Halbdutzend Leben auf allen Meeren verbracht? Dämmerte ihm ein Begebnis herauf, das um ein volles Jahrtausend später stattgefunden hatte? Welch aberwitziges Durcheinander! Und als Ärgstes daran, daß Charlie Mears, unter normalen Umständen, wohl die allerletzte Person war, Licht in das Dunkel zu bringen! So blieb mir nur übrig, den rechten Moment abzuwarten – aber zu Bett ging ich mit den wildesten Phantasien. Nichts, das unmöglich schien, sollte Charlies abscheulich verworrnes Gedächtnis es noch bewahren!

Es mochte ja dazu kommen, daß ich die Saga von Thorfin Karlsnefe ganz neu würde schreiben können – auf eine Art, wie sie vor mir noch niemand geschrieben hatte –, daß es mir möglich sein würde, die Entdeckung Amerikas gewissermaßen als dessen Entdecker zu schildern! Das hing aber nur von Charlies Gutwilligkeit ab. Doch solange sich in seiner Griffweite auch nur eine einzige Bohn-Ausgabe um dreieinhalb Shillings* befand, war er gewiß nicht zum Reden zu bringen! Und ich wagte

* Henry George Bohn, engl. Verleger, 1796-1884, Herausgeber der wohlfeilen Buchreihe »Bohn's Library«. Anm. d. Ü.

doch kaum, seine Erinnerung anzustacheln, denn ich hatte es hier mit etwas zu tun, das um tausend Jahre zurücklag und nun einem ganz jungen Mann unsrer Zeit in den Mund gelegt war! Solch ein junger, heutiger Mensch reagiert schon auf jeden veränderten Tonfall, auf jedwede andere Meinung: er *müßte* zu lügen beginnen, wie sehr ihm auch daran läge, wahrhaftig zu sein!

Fast eine Woche verging, doch Charlie ließ sich nicht blikken. Als wir einander zum nächsten Mal trafen, war's in der Gracechurch Street – er war unterwegs in Geschäften, hielt ein Wechselbuch an sich gepreßt, das an einer Hüftkette hing. Über die London Bridge wollte er, ans andere Themseufer, und ich begleitete ihn ein Stück. Er aber dachte nur an sein Buch, wies mich auf dessen Wichtigkeit hin. Auf der Brücke sahen wir kurze Zeit zu, wie unten von einem Dampfer eine Marmorladung gelöscht wurde. Ein Lastkahn trieb unterm Heck des Dampfers vorbei, und eine einsame Schiffskuh begann zu muhen. Charlies Miene veränderte sich: plötzlich war aus dem simplen Bankangestellten – er hätte es selbst nicht geglaubt – ein ganz anderer, reiferer Mensch geworden! Er lachte schallend, wies übers Brückengeländer und rief: –

»Beim Brüllen *unserer* Stiere haben die Skraelings* Reißaus genommen, Hals über Kopf!«

Noch ehe ich etwas zu sagen vermochte, waren Lastkahn und Kuh hinterm Vorschiff des Dampfers verschwunden.

»Charlie – weißt du denn überhaupt, was das ist, ›Skraelings‹?«

»Nie gehört! Klingt aber nach neuer Seemövenart. Eine komische Art hast du, Fragen zu stellen!« gab er zur Antwort. »Ich muß jetzt hinüber ans andere Ufer, zum Kassierer der Omnibusgesellschaft. Wenn du auf mich wartest, können wir hinterher irgendwo essen, gemeinsam. Ich hätte da eine Idee für ein Gedicht!«

* Wikingerbezeichnung für nordamerik. Indianer bzw. Eskimos. Anm. d. Ü.

»Nein, vielen Dank, ich hab's eilig. Bist du sicher, nichts über ›Skraelings‹ zu wissen?«

»Solange er nicht genannt ist fürs Liverpool Handicap – absolut sicher!« Er nickte mir zu und verschwand in der Menge.

In der Saga von Erik dem Roten oder von Thorfin Karlsnefe heißt es ausdrücklich, daß vor neunhundert Jahren, bei der Ankunft von Karlsnefes Galeere vor Leifs Niederlassung an fremdem Gestade – Markland nannte er es, und es könnte Long Island gemeint sein –, daß damals die ›Skraelings‹ – wer und was immer sie waren – mit den Wikingern Handel treiben gewollt, aber zu Tode erschrocken verschwanden, als sie das Gebrüll jener Rinder vernahmen, die Thorfin mit sich gebracht hatte. Doch wie um alle Welt konnte ein griechischer Rudersklave Bescheid wissen um solche Dinge? Ich durchstreifte ziellos die Straßen, einzig bestrebt, dies Rätsel zu lösen – doch je mehr ich mich darein vertiefte, desto verworrener wurde das Ganze! Nur *eines* schien mir gewiß – und mir stockte der Atem darüber: sollte ich jemals dahinterkommen, so würde mein Wissen nicht nur *ein* Dasein von Charlie Mears' Seele umfassen, sondern ein halbes Dutzend – ein Halbdutzend gesonderter Lebensläufe auf hoher See, zugebracht in frühester Zeit!

Ich führte mir die Situation noch einmal vor Augen.

Falls ich Gebrauch machte von meinem Wissen, würd' ich damit allein und auf mich gestellt sein, solange nicht alle Menschen so klug waren wie ich selber. Nun, das wäre schon etwas – indes, ich war undankbar wie alle Menschen: daß Charlies Gedächtnis mich ausgerechnet im Stich ließ in einem Moment, wo ich seiner so dringend bedurfte, empfand ich als äußerst unfaires Los! Ihr Himmlischen Mächte – und ich blickte nach oben durch Nebel und Rauch –, die ihr gebietet über Leben und Tod, wißt ihr denn nicht, wieviel dies für mich bedeutet? Nichts weniger als jenen Ewigen Ruhm, der nur aus Einem ersteht und deshalb auch unteilbar ist! Dabei wär' ich schon zufrieden gewesen – und ich mußte an Clive* denken, so sehr erstaunte mich meine Genügsamkeit –, nur diese eine Geschichte verfassen zu dürfen, mit ihr einen winzigen Beitrag zu leisten zur Unterhaltungsliteratur unsrer Zeit! Wäre Charlie imstande gewesen, nur eine einzige Stunde sich voll zu erinnern – mir nur für sechzig kurze Minuten die Existenzen vor Augen zu führen, die er während eines Jahrtausends durchlaufen hatte – ich hätte allen Profit, alle Ehrungen hingegeben, die mir daraus erwachsen mußten! Nicht teilhaben wollte ich an dem Aufruhr, der sich erheben würde, sonderlich in jener Ecke, die man gemeinhin »die Welt« nennt. Nein, ich wollte das Ding anonym herausbringen! Sogar *andere* Leute würd' ich zu vermeintlichen Urhebern machen – die mochten es dann selbstgefällig verkünden lassen, hinausposaunen in alle Welt! Prediger würden daraus eine neue Art Lebensführung ableiten, würden beteuern, sie hätten damit die Menschheit erlöst von aller Angst vor dem Tod! Jedweder Orientalist in Europa würde der Arbeit den Vorzug geben vor allen Sanskrit- oder Pali-Texten, und emanzipierte Megären würden schmierige Varianten erfinden, um der eigenen Sache dienlich zu sein! Sogar Kirchen und Religionen würden sich in die Haare geraten ob meiner Geschichte! All das stand mir plötzlich vor Augen zwischen dem Halten und Anfahren eines städtischen Omnibusses: dies Gebalge eines Halbdutzends von Sekten, die der Welt allesamt »die Lehre der Wahren Seelenwanderung als Beginn einer Neuen Ära des Geistes« einhämmern würden. Und ferner, wie die so achtbare englische Presse, gleich einer kopfscheu gewordenen Herde, zurückschräke vor der bezwingenden Simplizität solcher Erzählung! Im Geist blickte ich schon um hundert – zweihundert – ja um tausend Jahre voraus! Voll Kummer erwog ich, wie man meine Arbeit verstümmeln oder verfälschen würde: wie rivalisierende Richtungen sie umdrehen und auf

* Robert Clive, Baron Clive of Plassey, 1725-1774, Gouverneur von Indien 1764-1767, in England wegen persönlicher Bereicherung angeklagt. Tod durch Selbstmord. Anm. d. Ü.

den Kopf stellen würden – bis dann zuletzt die westliche Welt, die ja seit je der Todesangst stärker zuneigt als jeder Hoffnung auf Leben – wie sie das Ganze dann abschieben würde als abergläubische Panikmache und bestenfalls interessante Folge eines so uralten Glaubens, daß er schon wieder den Anschein völliger Neuheit erwecke! An diesem Punkt angelangt, änderte ich die Konditionen, zu denen ich meinen Handel zu schließen gedachte mit den Herrschern über Leben und Tod: nur *erfahren* laßt mich die Geschichte – nur niederschreiben im sichern Bewußtsein, buchstäblich die Wahrheit zu sagen –, und ich will sie sofort verbrennen danach, sie als Dankesopfer darbringen! Fünf Minuten nach ihrer Niederschrift, nach Vollendung der letzten Zeile, würde ich alles vernichten! Nur schreiben wollte ich es, und das im Bewußtsein der absoluten Glaubwürdigkeit!

Es gab keine Antwort darauf. Die grellen Farben eines Aquarium-Plakats* lenkten mich ab, wobei ich mich fragte, ob es wohl ratsam wäre und klug, Charlie den Händen eines professionellen Hypnotiseurs auszuliefern, und wenn, ob der Junge dann unter fremder Willenseinwirkung zu reden anfinge über sein einstmals durchlaufenes Dasein! *Wenn* er es tat, und falls die Leute ihm glaubten ... aber Charlie würde sich fürchten und nur in Verwirrung geraten – oder sich gar noch wichtig vorkommen! Jedenfalls würde er dann zu lügen anfangen – entweder aus Angst, oder aus Eitelkeit. Nein, am sichersten war er in *meinen* Händen!

»Ihr Engländer seid schon ein komisches Volk!« erklang es dicht hinter mir. Ich blickte mich um: es war ein junger Bengale, ein Jus-Student, den ich von früher her kannte, aus meinen indischen Tagen. Er hieß Grish Chunder und war von seinem Vater nach England geschickt worden, um westliche Kultur anzunehmen. Der Alte war ein pensionierter, einheimi-

* Wahrscheinlich Houdinis rot-gelbes Zirkusplakat um 1900, »Das größte, sensationellste Mysterium aller Zeiten!« (Der Entfesselungskünstler steckt kopfüber in einem gefüllten Wasserbehältnis, dessen mit Vorlegeschlössern gesicherter Deckel von einem schwarzen Unhold niedergehalten wird. Anm. d. Ü.

scher Verwaltungsbeamter und brachte bei fünf Pfund pro Monat zweihundert pro Jahr für den Sohn auf, nur damit der in der Londoner City den Grünschnabel wetzen, sich für einen Kadetten von königlichem Geblüt ausgeben und Räuberpistolen erzählen konnte über die Brutalität jener indischen Bureaukraten, die noch den Ärmsten der Armen das Blut aus den Adern saugen!

Grish Chunder war ein recht junger, recht wohlgenährter und stämmig gebauter Bengale, stolzierte einher *à quatre épingles*, im Gehrock, mit hohem Hut, hellen Beinkleidern und dazu passenden, hellen Glacés. Ich aber kannte ihn aus einer Zeit, da die brutale, indische Bureaukratie ihm noch das Studium bezahlt, und er, am *Sachi Durpan*, sich aufrührerisch gebärdet und mit den Weibern der vierzehnjährigen Schulkollegen herumgeschmust hatte.

»*Sehr* komisch ist das, und *sehr* dumm«, sagte er nochmals und wies mit dem Kopf auf das Zirkusplakat. »Ich bin unterwegs in den Northbrook Club. Kommst du mit?«

Ich begleitete ihn. »Du siehst aber gar nicht gut aus«, meinte er. »Was geht dir im Kopf herum? Du sagst ja gar nichts!«

»Grish Chunder, du hast bestimmt schon zu viel gelernt, als daß du an einen Gott glauben könntest – oder?«

»Ooch – jaa, *hierzuland*! Aber zu Hause muß ich mich wieder dem dortigen Aberglauben anpassen, mich Reinigungsriten unterziehen, und meine Frauen werden die Götterfiguren salben.«

»Und werden *tulsi* aufhängen, beim *purohit* feiern und dich aufgeklärten Freidenker wieder in ihre Kaste aufnehmen. Du wirst von der alten *desi*-Kost leben, und alles wird dir genehm sein, vom Gestank draußen im Hof bis zum Eingeschmiertwerden mit Senföl!«

»Das alles wird mir nur angenehm sein«, versetzte Grish Chunder, ohne sich lang zu besinnen. »*Ein*mal ein Hindu – *immer* ein Hindu. Was ich hier gern erfahren möchte, ist nur, was ihr Engländer denn zu wissen vermeint!«

»Da kann ich dir was erzählen, das bis jetzt nur ein einziger Engländer weiß! Für dich mag es freilich ein alter Hut sein.«

Damit begann ich auf Englisch, ihm Charlies Fall vorzutragen, aber Grish Chunder stellte mir Fragen in seiner Landessprache, und so ging es dann weiter in jener Zunge, die der Geschichte gemäß war. Auf Englisch hätte man sie ohnehin nicht mitteilen können. Und Grish Chunder hörte mir zu, nickte von Zeit zu Zeit vor sich hin – und kam dann mit mir in meine Wohnung hinauf, wo ich ihm alles zu Ende erzählte.

»*Beshak*«, sprach er weise. »*Lekin darwaza band hai.* (Kein Zweifel. Aber das Tor ist verschlossen.) Ich hab' schon zu Hause von solcher Rückschau in vergangene Existenzen gehört. Natürlich ist das nichts Neues bei uns – aber daß einem Engländer so was passiert – einem rindfleischfressenden *Mlechh* – einem Verworfnen? – Das *ist* ungewöhnlich!«

»*Selber* verworfen, Grish Chunder! Auch du ißt tagtäglich dein Rindfleisch! Indes, überlegen wir lieber: der Junge entsinnt sich seiner Inkarnationen.«

»*Weiß* er das auch?« fragte Grish Chunder ganz ruhig, wippte auf seinen Beinen und setzte sich dann an den Tisch. Er redete jetzt wieder Englisch.

»Er weiß überhaupt nichts davon. Aber *wenn* er es wüßte – würde ich dann mit dir reden? So sag doch schon was!«

»Es *gibt* nichts zu sagen. Wenn du es deinen Freunden erzählst, halten sie dich für übergeschnappt und geben es in die Zeitung. Ich seh' dich schon Klage einbringen wegen Verleumdung und übler Nachrede!«

»Lassen wir diesen Punkt erst einmal – er steht jetzt nicht zur Debatte. Glaubst du, es gibt eine Chance, den Burschen zum Reden zu bringen?«

»Die gäbe es – aber jaa! Doch *wenn* er zu reden anfinge, so würde das auch das sofortige Ende eurer westlichen Welt bedeuten: *instanto* würde sie dir über den Kopf hereinbrechen! Derlei Dinge sind nicht erlaubt, verstehst du denn nicht? Wie ich schon sagte: das Tor ist verschlossen.«

»Also *doch* keine Chance?«

»Wie denn auch anders? Du bist ein Christ, und in euren Büchern ist es verboten, vom Baum des Lebens zu essen – ihr würdet ja sonst niemals sterben! Und wie solltet ihr euch vor dem Sterben fürchten, wenn ihr allesamt wüßtet, was dein Freund so unbewußt weiß? *Ich* habe zwar Angst, getreten zu werden, nicht aber Angst vor dem Tod, weil ich ja *weiß*, was ich weiß. *Ihr* habt *keine* Angst, getreten zu werden, aber fürchtet euch vor dem Sterben. Und Gott bewahre, wenn nicht! Schon in der folgenden Stunde würdet ihr Engländer aus allen Fugen geraten, alle Kräftebalance überwerfen und nichts als Unheil anrichten! Und *das* wäre dann das Ende! Aber du brauchst keine Angst zu haben: er wird sich an dies und an jenes erinnern, mal besser, mal weniger gut – und wird schließlich glauben, er habe geträumt. Dann wird er das Ganze wieder vergessen. In Kalkutta, vor meiner ersten Prüfung in Philosophie, ist das alles im Wordsworth-Schmierer gestanden: ›Ziehende Wolken der Glorie‹ – na, du weißt ja.«

»Aber wir haben's hier mit einer Ausnahme von der Regel zu tun!«

»Es gibt keine Ausnahmen von der Regel. Manche Regeln scheinen nur weniger streng als andre zu sein – aber alle sind gleich, sobald du rüttelst daran. Wenn dein Freund das und dies und dann wieder dies und das gesagt und damit gemeint hat, er könne sich allen früheren Daseins, oder auch nur an ein Stück *eines* Lebens erinnern, so wäre er keine Stunde mehr in seiner Bank, sondern, wie ihr das nennt, fristlos entlassen! Ins Irrenhaus würd' man ihn stecken! Das weißt du so gut wie ich, alter Freund!«

»Natürlich weiß ich das – aber ich denke jetzt gar nicht an ihn. Sein Name braucht in der Geschichte überhaupt nicht erwähnt zu werden!«

»Aha – ich verstehe! Die Geschichte wird niemals geschrieben! Immerhin, du kannst's ja probieren.«

»Ich bin im Begriff, es zu tun.«

»Machst du das nur für dich selber, oder – natürlich – um Geld zu verdienen?«

»Keineswegs – ich tu's rein um des Schreibens willen. Gewissermaßen mir selber zu Ehren, sonst nichts.«

»Nicht einmal dann besteht eine Chance. Die Götter lassen nicht mit sich spielen! Bis jetzt ist es eine recht hübsche Geschichte. Laß es – wie sagt man doch – damit bewenden, ich meine, wie sie jetzt ist! Und beeil dich, denn er wird nicht mehr lange so sein wie er ist!«

»Was soll das heißen?«

»Das, was ich sage. Ist er schon an eine Frau geraten?«

»Nein – bisher noch nicht.« Ich entsann mich Charlies diesbezüglicher Andeutungen.

»Ich meine damit, ob eine Frau jemals an *ihn* gedacht hat. Wenn es erst dazu kommt – *bus* – *hogya* – aus und vorbei! Ich weiß das! Dienstmädchen zum Beispiel. Die schmusen dich schon hinterm Hauseingang ab!«

Ich zuckte zusammen bei dem Gedanken, ein Dienstmädchen könnte mir meine Geschichte kaputtmachen – und doch, nichts konnte leichter passieren!

Grish Chunder grinste mich an.

»Ja – und auch andere hübsche Mädchen: Cousinen von ihm – oder auch nicht ... *Ein* erwiderter Kuß nur, an den er sich dann erinnert – und er wird von dem Unsinn geheilt sein. Oder aber –«

»*Was* – ›oder aber‹? Überleg dir, daß er ja nicht weiß, was er weiß!«

»Das weiß ich. Oder aber, wenn nichts dergleichen passiert, wird er aufgehn in seinem Beruf, in finanziellen Spekulationen, wie alle anderen auch. Und so muß es sein – du weißt, daß es gar nicht anders sein *kann*. Trotzdem, ich glaube, zu allererst wird's eine Frau sein!«

Es klopfte, und Charlie trat ungestüm ein. Er war dienstfrei, und ihm war vom Gesicht abzulesen, daß er vorhatte, ein langes Gespräch mit mir zu führen, höchstwahrscheinlich über irgendwelche Gedichte in seinen Taschen. Die waren zwar mehr als ermüdend, brachten ihn aber mitunter dazu, von der Galeere zu reden.

Grish Chunder musterte ihn scharf und kritisch.

»Entschuldige«, sagte Charlie verlegen. »Ich hab' nicht gewußt, daß du Besuch hast!«

»Ich bin ohnehin schon im Gehen«, versetzte Grish Chunder.

Als er sich empfahl, zog er mich auf den Korridor.

»Das also ist dein Mann«, sagte er rasch. »Glaub mir, von dem hörst du nie, was du erfahren möchtest! Nichts als Unsinn, das Ganze! Aber gewisse Dinge *sichtbar* zu machen – dazu wär' er vorzüglich geeignet! Nimm einmal an, wir tun so, als wär's nur zum Spaß«, – ich hatte Grish Chunder noch nie so zapplig gesehen – »und gießen ihm Tinte in die aufgehaltene Hand! Was hältst du davon? Ich schwör' dir, er sieht dann Dinge darin, die ein normaler Mensch gar nicht sehen *kann*! Laß mich die Tinte holen, und auch den Kampfer! Glaub mir – er ist ein Seher und kann uns sehr vieles verraten!«

»Es mag ja so sein, wie du sagst – aber ich werde ihn nicht deinen Göttern oder Dämonen ausliefern!«

»Das schadet ihm nicht. Er wird nur ein wenig benommen sein, wenn er aufwacht. Du hast ja schon zugeschaut, wie das ist, wenn kleine Jungen in eine Handvoll Tinte starren!«

»Deshalb möchte ich so etwas nicht mehr erleben! Du solltest jetzt lieber gehen, Grish Chunder.«

Er ging – doch noch vom unteren Ende der Treppe rief er zurück, ich verwürfe die einzige Chance, einen Blick in die Zukunft zu tun.

Das machte keinerlei Eindruck auf mich, denn ich war auf Vergangenes aus, und da konnten mir hypnotisierte Knaben nicht helfen, ob sie nun in einen Spiegel starrten oder in eine Handvoll Tinte! Dennoch verstand ich Grish Chunders Absicht sehr wohl und hatte auch einiges übrig dafür.

»Das *war* dir ein schwarzes Scheusal!« meinte Charlie, als

ich wieder eintrat. »Doch jetzt zu was andrem – ich habe da ein Gedicht: statt einer Partie Domino, nach dem Lunch, hab' ich's geschrieben. Darf ich es dir vorlesen?«

»Eigentlich les' ich es lieber für mich.«

»Dann entgeht dir aber der richtige Ausdruck. Außerdem liest du meine Sachen immer, als wären sie falsch gereimt!«

»So lies *du* es laut. Du bist da nicht anders als alle übrigen Dichter!«

Nun, Charlie trug es mir vor, und es war nicht viel schlechter als seine sonstigen Verse. Er hatte ja seine Bücher sorgsam studiert, war aber gar nicht erfreut, als ich sagte, mir wär' mein Longfellow *ohne* Verwässerung lieber.

Hinterher gingen wir sein Manuskript Zeile für Zeile durch, wobei Charlie nach jeder Kritik papageiengleich wiederholte:

»Oh ja, das mag durchaus besser sein, doch was ich eigentlich will, ist damit auch nicht erreicht!« Er glich hierin einer ganz bestimmten Spielart von Dichtern.

Die Rückseite seines Papiers war mit Bleistiftgekritzel bedeckt. »Und was ist *das*?« fragte ich.

»Ach – das hat nichts mit Dichtung zu tun! Das ist bloß verworrenes Zeug, wie ich's gestern vorm Schlafengehn aufnotiert habe – viel zu lang, um es in Reime zu bringen. Ich habe nur eine Art Blankvers verwendet.«

Hier Charlies »Blankverse«: –

Gerudert haben wir gegen den Wind bei heruntergelassenen Segeln –

*Gebt ihr uns nimmermehr frei?*

Wir lebten von Brot und von Zwiebeln, als ihr Städte erobert habt – oder wir flohen aufs Schiff, sobald der Feind euch zurückschlug.

Die Hauptleute schritten oben an Deck auf und ab, sangen Lieder bei günstigem Wetter, doch wir waren unten.

Wir legten das Kinn auf die Ruder, aber ihr merktet es nicht, denn wir wiegten uns weiter zum Schein.

*Gebt ihr uns nimmermehr frei?*

Vom Salz waren unsere Hände so rauh wie die Haut eines Hais. Bis auf die Knochen fraß sich das Salz durch die Risse in unseren Knien. Das Haar klebte uns an der Stirn wie die Lippen am Zahnfleisch. Ihr aber habt uns gepeitscht, weil wir nicht mehr zu rudern vermochten.

*Gebt ihr uns nimmermehr frei?*

Doch nicht mehr lange, und wir werden fort sein, durch die Ruderscharten geronnen gleichwie das Wasser vom Ruderblatt rinnt. Und wie ihr die andern auch anpeitschen werdet, hinter uns herzurudern – ihr werdet uns so wenig halten, wie ihr den Ruderdrusch halten könnt in der Faust, oder die Winde festbinden im Bauch eurer Segel. Hei!

*Gebt ihr uns nimmermehr frei?*

»Hmm. Was ist denn das – ›Ruderdrusch‹, Charlie?«

»Das beim Rudern aufspritzende Wasser. Weißt du, so ähnlich könnten sie auf der Galeere gesungen haben. Wirst du denn die Geschichte nie fertigschreiben und mich am Profit beteiligen?«

»Das hängt ganz von dir ab. Hättest du mir gleich zu Beginn mehr erzählt von deinem Helden, so wär' sie vielleicht schon fertig. Aber du deutest ja alles nur an, das ist zu nebulos!«

»Ich möchte ja nur die Grundzüge geben, ganz allgemein – dieses ewige Rudern von Ort zu Ort, die Land- und die Seegefechte mit ihrem Drum und Dran. Kannst du nicht von *dir* aus die Lücken füllen? Laß doch den Helden ein Mädchen befreien – von einer Piratengaleere vielleicht, er kann die Gerettete hinterher heiraten, oder so ähnlich!«

»Du bist wirklich ein hilfreicher Mitarbeiter! Ich denke doch, unser Held hat noch etliche Abenteuer durchmachen müssen, bevor er heiraten konnte!«

»Na, so mach eben einen verschlagenen Kerl aus ihm, einen Bösewicht von der politischen Sorte, der durch die Welt segelt, Bündnisse schließt und Verträge, um sie dann doch nur zu brechen – so einen schwarzhaarigen Burschen, der sich versteckt hinterm Mast, wenn es anfängt, gefährlich zu werden!«

»Neulich erst hast du gesagt, er sei *rot*haarig gewesen!«

»Kann *ich* unmöglich gesagt haben! Du mußt ihn natürlich schwarzhaarig machen! Dir fehlt es an Einbildungskraft.«

Die momentane Erkenntnis der Grundlagen eines Erinnerns, das er fälschlich für Phantasie hielt, reizte mich beinah zum Lachen – doch ich verkniff es mir lieber, um unsre Geschichte nicht zu gefährden.

»Ganz recht – *du* bist ja der Mann mit der Einbildungskraft! Also, ein schwarzhaariger Kerl auf gedeckter Galeere«, bestätigte ich.

»Aber nein, auf einen *offenen* Schiff – wie ein riesiges Boot!«

Es war zum Wahnsinnigwerden.

»Euer Schiff war nach allen Regeln gebaut: geschlossen, mit drei Verdecken – du hast es ja selber beschrieben«, wandte ich ein.

»Nein, nein – doch nicht jenes andere Schiff! Das war offen, oder doch nur mit halbem Verdeck, weil – Himmel, und doch, du hast recht! Du hast mich soeben erinnert, der Held sei rothaarig gewesen. Und wenn er rothaarig *war*, dann ist es *natürlich* ein offenes Schiff gewesen, so eins mit großem, farbigem Segel!«

Jetzt wird er, so dachte ich, sich gleich erinnern, auf wenigstens *zwei* Galeeren gewesen zu sein – auf der altgriechischen, gedeckten Trireme unterm Kommando jenes »schwarzhaarigen Bösewichts von der politischen Sorte«, und, später, auf einem Wikingerschiff, einem offenen Drakkar, befehligt von einem Anführer »so rot wie ein roter Bär«, und mit Kurs auf das ferne Markland! Dann aber muß mich der Teufel geritten haben:

»Charlie, hast du vorhin nicht ›natürlich‹ gesagt? Und weshalb?« fragte ich völlig unüberlegt.

»Ach, ich weiß nicht – willst du dich über mich lustig machen?«

Und damit war der Faden gerissen, zumindest fürs erste. Ich griff nach meinem Notizheft und tat, als hätt' ich sehr vieles zu schreiben.

»Das reine Vergnügen – die Arbeit mit einem so phantasievollen Burschen wie du einer bist«, sagte ich nach einer Weile. »Wie du deinen Helden hingestellt hast, einfach großartig!«

»Glaubst du wirklich?« versetzte er, rot vor Vergnügen. »Weißt du, oft und oft sag' ich mir selber, eigentlich muß doch mehr in mir stecken, als die Mu-, nein, die meisten mir zutraun!«

»Tja, in dir steckt sehr vieles – und mehr, als man glauben möchte!«

»So würdest du mir also raten, mich mit einem Essay zum Thema ›Der Tag eines Bankangestellten‹ am *Tit-Bits*-Preisausschreiben zu beteiligen? Erster Preis eine Guinee!«

»Eigentlich hab' ich es anders gemeint, junger Freund: du solltest lieber noch zuwarten und erst einmal mit der Galeerengeschichte zu Rande kommen!«

»Ach wo – die nimmt mir ja doch keiner ab! Aber *Tit-Bits* würde mich namentlich nennen, wenn ich gewinne, mit Adresse und allem! Was gibt's da zu grinsen? Wirklich, die machen das!«

»Ja, ja, ich weiß. Wie wär's jetzt mit einem kleinen Spaziergang? Da könnt' ich inzwischen meine Notizen zu unsrer Geschichte durchsehn und ordnen.«

Dieser leichtsinnige Bursche, der mich jetzt ein wenig betroffen zurückließ, mochte – ob wir beide es wußten oder auch nicht – auf Jasons ›Argo‹ gefahren sein! Mit Bestimmtheit jedoch war er Rudersklave oder Gefährte des Thorfin Karlsnefe gewesen! Wohl deshalb auch sein Interesse an Guinee-Wettbewerben. Beim Gedanken an Grish Chunders Worte mußte ich lachen: die Gebieter über Leben und Tod würden es Charlie Mears niemals erlauben, *wissentlich* von längst vergangenem Leben zu reden, und ich mußte, was er mir erzählte, von mir aus ergänzen aus meiner eigenen, schwachen Erfindung, während Charlie an seinem Essay über Bankangestellte herumknobelte.

Ich machte mich an eine Aufstellung meiner Notizen – doch das Netto-Ergebnis war wenig erfreulich. Danach las ich alles noch einmal durch: bis auf die Schilderung jenes Hafenscharmützels fand sich nichts darin vor, was nicht ebensowohl aus anderen Büchern sein konnte! Wikingerfahrten waren schon oftmals beschrieben worden, und auch die griechische Galeerengeschichte war keine Neuigkeit. Selbst wenn ich beides verfaßte – wer sollte mir dann die Genauigkeit meiner Details bestätigen oder auch streitig machen? Genausogut konnte ich meine Erzählung um noch ein Jahrtausend zurückdatieren! Jene Gebieter von Leben und Tod waren so klug, wie Grish Chunder behauptet hatte: sie ließen nichts durch, was die Gemüter der Menschen erregen oder besänftigen würde. Ich aber konnte, trotz dieser Erkenntnis, nicht abstehn von meiner Geschichte! So lösten während der folgenden Wochen Exaltiertheit und Resignation einander fortwährend ab – und das gut und gern zwanzig Mal! Wie die Sonne im März, wie die ziehenden Wolken – so wechselhaft war meine Stimmung! Während der Nacht und im Lichte des Frühlingsmorgens glaubte ich fest, meine Geschichte vollenden und Kontinente damit verändern zu können. Dann wieder, an verregneten, windigen Tagen, hielt ich die Niederschrift zwar noch für möglich, doch würde aus ihr nicht viel anderes werden, als ein gefirnißtes Falsifikat, ein auf »alt« hergerichtetes Stück – mit einem Wort, eine rechte Wardour Street-Arbeit*! Ich verfluchte Charlie zu Dutzenden Malen – und er konnte doch gar nichts dafür! Da er zur Zeit ausschließlich mit seiner Wettbewerbsarbeit beschäftigt zu sein schien, bekam ich ihn wochenlang kaum zu Gesicht. Die Erde bereitete sich für den Frühling, die Knospen sprangen aus ihren Hüllen – er aber sprach gar nicht mehr von seiner Lektüre. Seiner Stimme war jetzt ein neuer, selbstsicherer Ton bei-

* Londoner Zentrum des Antiquitätenhandels – auch gebräuchlich für archaisierendes Englisch. Anm. d. Ü.

gemischt, und mir selber lag nicht mehr so viel daran, in seiner Gegenwart von der Galeere zu reden. Er indes spielte bei jeder Gelegenheit darauf an, doch ging es ihm bloß um das Geld, das für ihn herausspringen würde.

»Ich denke, fünfundzwanzig Prozent – das wär' doch das Mindeste?« schlug er in schöner Offenheit vor. »Die Ideen stammen ja alle von mir – oder nicht?«

Solche Geldgier an ihm war mir neu. Sie mußte wohl ein Produkt seiner Tätigkeit in der City sein – nicht anders als der nasale Akzent halbgebildeter Städter, worin er sich neuerdings gefiel.

»Wir reden darüber, sobald die Arbeit getan ist. Ich kann gegenwärtig noch nichts daraus machen. Helden sind eben schwierig – mögen sie rot- oder schwarzhaarig sein!«

Er saß am Kamin und blickte nur starr in die Glut. »Ich verstehe nicht, was dran so schwierig sein soll! Für mich ist es klar wie Schuhwichse«, entgegnete er. Das Gaslicht begann zu flakkern, mit leisem Pfeifen schoß eine Stichflamme auf und erhellte das Zimmer. »Wir könnten zum Beispiel als erstes die Abenteuer des Roten hernehmen – vielleicht von dem Punkt an, als er auf Südkurs meine Galeere gekapert hat. Danach erst ist er nach jener fremden Küste weitergesegelt.«

Jetzt durfte ich Charlie auf keinen Fall unterbrechen! Zwar hatte ich weder Papier noch Feder zur Hand, doch wagte ich keine Bewegung, um seine Rede nur ja nicht zu stören! Die Gasflamme puffte und säuselte weiter, und allgemach sank Charlies Stimme zu einem Geflüster herab, während er mir von der Überfahrt jener offnen Galeere nach Furdurstrandi erzählte – von den Sonnenuntergängen auf hoher See, Abend für Abend erlebt unter der Wölbung des einzigen Segels, und anvisiert über den Schnabel des Schiffs, ins Zentrum der sinkenden Scheibe, »auf die wir unbeirrt zuhielten, weil wir kein anderes Hilfsmittel hatten, um unsern Kurs zu bestimmen« ... Er sprach von der Landung an einer Insel, vom Durchstreifen der Wälder, und daß dabei die Besatzung drei unter den Fichten schlafende Männer umgebracht habe. Deren Geister, behauptete er, hätten dann die Galeere verfolgt, seien hinter ihr hergeschwommen, und die Mannschaft habe durchs Los ein Opfer bestimmt und hernach über Bord geworfen, um den Zorn der beleidigten Götter zu stillen. Und Charlie erzählte, wie man von Seetang leben gemußt, als die Vorräte aufgezehrt waren, und wie die Beine anschwollen, und daß dann der Rote zwei meuternde Ruderer erschlagen habe, und wie sie am Ende, nach einem Jahr in den Wäldern, wieder das Segel gesetzt für die Heimfahrt, und wie ein unglaublich stetiger Wind sie so sicher vorantrieb, daß man während der Nächte habe ungestört schlafen können. Dies alles und mehr erzählte mir Charlie – manchmal mit so leiser Stimme, daß ich die Worte fast nicht mehr vernahm, wiewohl ich mucksmäuschenstill war und angespannt lauschte. Wie von seiner Gottheit der Heide, so redete Charlie von seinem rothaarigen Schiffskapitän. Kein anderer war's ja gewesen, der sie nach Erfordernis jeweils ermutigt oder geprügelt hatte, ohne Ansehn von Rang und Person. Und überdies hatte er sie drei Tage und Nächte sicher durchs Treibeis gesteuert, wo jede der treibenden Schollen voll fremdartiger Bestien gewesen, »die aufs Schiff und mit uns segeln wollten«, wie Charlie erzählte. »Und wir haben sie mit unsern Rudern ins Wasser zurückgestoßen.«

Die Gasflamme war schon erloschen – eine Schlacke zerknackte zu Asche – und die Kohlenglut sackte mit sachtem Geknister in sich zusammen. Der Erzähler war nun verstummt, und auch ich sprach kein Wort.

»Du lieber Himmel!« rief er zuletzt und blickte verwundert um sich: »Jetzt hab' ich solange ins Feuer gestarrt, daß mir ganz schwindelig ist! – *Was* war's, das ich vorhin mit dir besprechen wollte?«

»Irgendwas übers Galeerenbuch.«

»Richtig – jetzt fällt es mir wieder ein: fünfundzwanzig Prozent vom Gewinn müßten für mich herausspringen – meinst du nicht auch?«

»Soviel wie dir recht ist, wenn ich damit fertig bin.«

»Ich habe mich nur vergewissern wollen. Aber jetzt muß ich weg – ich hab' da – nun ja, verabredet bin ich!« Er empfahl sich und ließ mich allein.

Wäre ich nicht mit Blindheit geschlagen gewesen, so hätt' ich erkennen müssen, daß jener stockende, leise Bericht vor der Kohlenglut im Kamin nichts anderes war als Charlies Schwanengesang. Noch aber glaubte ich fest, das Ganze sei nur ein Vorspiel zu der ersehnten, restlosen Offenbarung gewesen: also würde mir doch noch gelingen, die Gebieter von Leben und Tod zu überlisten!

Als Charlie zum nächstenmal bei mir vorsprach, empfing ich ihn nahezu überschwenglich. Er jedoch wirkte nervös und verlegen, obschon bei strahlenden Augen und halbgeöffnetem Mund.

»Ich hab' ein Gedicht geschrieben«, brach's aus ihm hervor, und er fügte sogleich hinzu, »das Beste von allen, die mir jemals gelungen sind! Da – sieh es dir an!«

Ich stöhnte innerlich auf: eine geschlagene halbe Stunde würde nun draufgehn, das Zeug nach Schuldigkeit zu kritisieren – also zu loben –, um Charlie bei Laune zu halten! Und mein Stöhnen war nur zu berechtigt: Charlie hatte für diesmal Abstand genommen von den geliebten, tausendfüßigen Metren und einen kürzeren, abwechslungsreicheren Versfuß gewählt. Und hinter dem ganzen stand ein Motiv! Aber was soll's – hier ist sein Gedicht: –

Der Tag ist so herrlich, ein stürmischer Wind
  Rumort hinterm Hügel im Tann,
Und schäumt durch den Wald, daß es weithin erschallt,
  Und braust durch die Hecken heran!
So walle, oh Wind – wie das Blut in mir wallt
  Und nimmermehr stillwerden kann!

Sie gab sich mir – Himmel und Erde und Meer,
  So hört mich doch: nun ist sie mein!

Ihr düsteren Klippen, so blicket doch her:
Rührt nicht mein Glück euern Stein?

Mein ist sie – o Acker, du fruchtbare Erd',
Sei fröhlich – der Lenz kam beschwingt!
Sei fröhlich, denn sieh, meine Liebe beschert
Dir mehr, als die Saat dir erbringt!
So laß auch den Knecht, der dich eggend befährt,
Erfahren, was heut' aus mir singt!

»Tja – in der Tat, jetzt ist die Zeit der Aussaat, das ist nur zu wahr«, bemerkte ich lahm, aber ein Schock durchfuhr mir das Herz. Charlie gab keine Antwort – er lächelte bloß.

Oh Abendwolke, verkünd nah und fern
Meinen Sieg, laß die Sonne mir scheinen!
Zum Meister bin ich geworden, zum Herrn
Über das Herz dieser Einen!

»Nun? – Was sagst du dazu?« frug Charlie erwartungsvoll und blickte mir über die Schulter.

Ich hielt es für alles andre als gut, um nicht zu sagen, für einen erbärmlichen Dreck! Aber da schob er mir schon, ohne ein Wort der Erklärung, die Photographie übers Blatt – das Bild eines lockenfrisierten, nichtssagenden weiblichen Wesens mit dümmlichem Schmollmund.

»Ist es nicht – ist sie nicht hinreißend schön?« sagte er flüsternd, hochrot bis hinter die Ohren. Er war vollkommen umnebelt von rosigstem Glück erster Liebe! »Ich hatte ja keine Ahnung – nein, nicht im Traum hätt' ich sowas erwartet – wie ein Donnerschlag ist es gekommen!«

»Ach ja – das kommt oft wie ein Donnerschlag. Und jetzt bist du überglücklich?«

»Du lieber Gott – sie – sie hat sich in mich verliebt – sie *liebt* mich!« Er mußte sich setzen und wiederholte fortwährend die letzten drei Worte. Ich betrachtete dabei sein bartloses Milchgesicht, seine schmalschultrige, über der Arbeit am Schreibpult noch krümmer gewordene Engbrüstigkeit – und fragte mich allen Ernstes, ob solch ein Mensch wohl jemals in einem vergangenen Leben geliebt haben mochte, und wenn *doch*, so wann, wo und wie?

»Aber die Mutter – was wird denn *sie* dazu sagen?« fragte ich frischweg drauflos.

»Kümmert mich einen Dreck, was die sagt!«

Nun mag solchen Jüngling von zwanzig zwar sehr vieles einen Dreck kümmern – doch müßte auf solcher Liste die eigene Mutter nicht unbedingt figurieren. Dies gab ich ihm zu bedenken – wenn auch so schonend wie möglich. Er aber achtete gar nicht darauf, sondern redete von seiner Einzigen, wie sonst nur Adam im Paradies von Evas Glanz und berückender Schönheit den andern Geschöpfen erzählt haben mag. Dabei erfuhr ich so nebenbei, daß dieses Wunder Verkäuferin in einem Laden für Rauchwaren sei, mit einer Schwäche für Putz und billige Fähnchen, und ferner, daß sie ihrem Charlie schon mehrfach versichert habe, er sei der erste und einzige Mann in ihrem Leben!

Weiter und weiter redete Charlie. Ich hingegen, um Tausende Jahre von ihm entfernt, überlegte mir schon den künftigen Gang aller Dinge. Jetzt erst wurde mir klar, weshalb die Gebieter über den Tod und das Leben die Tore zum Gestern so fest hinter uns verschließen: nämlich, auf daß wir uns nimmermehr unsres ersten und schönsten Liebesfrühlings entsännen! Denn könnten wir es, so wär' diese Welt innerhalb eines Jahrhunderts nicht mehr von Menschen bewohnt!

»Nun gut – jetzt aber zurück, zu unsrer Galeerengeschichte!« sprach ich noch munterer als bisher, als Charlie für einen Moment zu reden aufgehört hatte.

Wie vor den Kopf geschlagen, sah er mich an: »Galeere? – Welche Galeere?! – Um Himmelswillen, Mann, mach keine Witze! Die Sache ist viel zu ernst! Du hast keine Ahnung, wie ernst sie mir ist!«

Grish Chunder hatte zu Recht prophezeit: Charlie war nun jener Frauenliebe begegnet, die alle Erinnerung löscht. Die beste Geschichte der Welt würde niemals geschrieben werden.

# *Die Kinder vom Tierkreis*

> Liebst du auch Eine so sehr wie dich selbst,
> Weil sie aus edlerem Stoffe sein mag –
> Und verdüstert ihr Sterben dir deinen Tag
> Und nimmt deinem Leben sämtlichen Glanz –
> So solltest du dennoch verstehen:
> Erst, wenn die Halbgötter gehen,
> Zeigen die Götter sich ganz.
>
> *Emerson*

Vor Tausenden Jahren, als die Menschen edler waren als heute, lebten die Tierkreiskinder auf Erden. Es waren ihrer sechs: der Widder, der Stier, Leo, die Zwillinge und das Mädchen. Und ängsteten sich vor den Sechs Häusern des Himmels, so da zu eigen waren dem Skorpion, der Waage, dem Krebs, den Fischen, dem Schützen, dem Wassermann. Sogar, als sie erstmals zur Erde herniederstiegen, wissend, daß sie unsterbliche Gottheiten waren, nahmen sie ihre Ängste mit sich. Und umso stärker ward ihre Furcht, je tiefer die Tierkreiskinder vertraut wurden mit den Menschen und deren Geschichten von den Sechs Häusern des Himmels. Die Menschen aber hielten die Tierkreiskinder für Götter und nahten sich ihnen unter Gebeten und langen Geschichten des Leids, und die Tierkreiskinder lauschten den Reden, aber verstanden sie nicht.

So manche Mutter warf sich den Zwillingen oder dem Stiere zu Füßen und klagte: »Mein Gemahl war auf dem Felde zur Arbeit, da hat der Schütze auf ihn geschossen, und er mußte sterben. Und auch mein Sohn wird vom Schützen getötet werden. So helft mir!« Dann senkte der Stier sein gewaltiges Haupt und sprach: »Was soll mir dein Klagen?« Und die Zwillinge lächelten bloß und ließen nicht ab von ihren Spielen, weil sie nicht verstanden, weshalb denn da Wasser floß aus den Augen der Menschen. Dann wieder traten ein Mann und ein Weib vor das Mädchen oder vor Leo und riefen: »Wir sind Neuvermählte und also sehr glücklich. Nehmt diese Blumen!« Und indem sie die Blumen verstreuten, gaben sie sonderbare Laute von sich, um das Maß ihres Glücks zu bekunden. Aber Leo und auch das Mädchen verwunderten sich noch viel stärker als die Zwillinge dies getan, weshalb denn das Volk »Ha ha ha!« schrie, ganz ohne Grund.

Dies nahm seinen Fortgang für Tausende Jahre menschlicher Rechnung, bis dann ein Tag kam, an welchem Leo beim Überschreiten der Berge das Mädchen herzukommen sah und entdeckte, daß sie sich völlig gewandelt hatte, seit er sie letztmals gesehen. Und das Mädchen sah beim Anblick von Leo, daß auch er ein ganz andrer geworden. Da faßten sie den Beschluß, es wäre ratsam für sie, sich nimmer zu trennen hinfort, auf daß nicht ein jeder von ihnen noch stärker verwandelt würde, und der andere dann nicht zur Hand wäre, Hilfe zu leisten. Und Leo küßte das Mädchen, und die gesamte Erde empfand solchen Kuß, und das Mädchen setzte sich auf einen Hügel, und Wasser rann ihr von den Augen. Dies aber war ein ganz neues Ding im Erinnern der Tierkreiskinder.

Als sie so beisammen saßen, kamen ein Mann und ein Weib ihres Wegs, und der Mann sprach zum Weibe:

»Weshalb noch Blumen verschwenden vor diesen tauben Göttern! Sie werden uns niemals verstehen, Geliebte.«

Das Mädchen aber sprang auf, legte die Arme um jene Frau und rief »Ich verstehe! Gib mir die Blumen, und ich will dich küssen!«

Aber Leo sprach heimlich zu jenem Mann: »Wie war dieser neue Name, welchen ich dich deiner Frau geben hörte?«

Und der Mann gab zur Antwort: »Geliebte natürlich.«

»Weshalb ›natürlich‹?« frug Leo. »Und wenn schon ›natürlich‹ – was bedeutet er dann?«

»Er bedeutet ›Du mir sehr Teure‹, und du brauchst nur die eigene Frau anzusehn, um zu wissen, warum.«

»Ich sehe«, erwiderte Leo. »Und du hast recht.« Und sobald

jener Mann, und auch jene Frau, sich entfernt hatten, sprach Leo »Geliebtes Weib« zu dem Mädchen. Und abermals weinte das Mädchen, aus purer Glückseligkeit.

»Ich glaube«, so sprach sie zuletzt und trocknete sich die Augen, »– ich glaube, wir haben unser Augenmerk zu wenig auf die Männer und ihre Frauen gerichtet. Was hast du gemacht mit den Opfern, die sie dir dargebracht haben?«

»Ich ließ sie verbrennen«, gab Leo zur Antwort. »Ich konnte sie ja nicht verzehren. Und was hast du mit den Blumen getan?«

»Ich ließ sie verwelken. Ich konnte mich nicht damit schmücken – ich hatte selber zu viele«, versetzte das Mädchen. »Nun aber tut es mir leid.«

»Wir müssen darob nicht bekümmert sein«, sagte Leo. »Wo wir doch einander gehören.«

Dieweil sie so miteinander sprachen, vergingen unmerklich die Jahre menschlichen Lebens, und jener Mann und sein Weib kamen des Weges zurück, beide mit weißem Haar, und der Mann trug die Frau in den Armen.

»Nun sind wir am Ende der Dinge«, sprach der Mann gelassen. »Sie, die mein Weib gewesen –«

»Wie ich das Weib bin von Leo«, sprach rasch das Mädchen und machte große Augen dazu.

»– mein Weib gewesen, ist getötet worden von einem Eurer Häuser des Himmels.« Der Mann legte seine Bürde zu Boden und lachte.

»Von welchem Hause des Himmels?« frug Leo zornig, denn er verabscheute jedes der Häuser im nämlichen Maß.

»*Ihr* seid die Götter – *ihr* müßt es wissen«, sagte der Mann. »Wir haben zusammengelebt und einer den andern geliebt, und ich hab' meinem Sohn einen großen Hof hinterlassen. Worüber sonst sollt' ich klagen, als daß ich noch immer lebe?«

Und als er sich über sein totes Weib neigte, war da ein sausender Laut in der Luft, so daß der Mann sich entsetzte und fortlaufen wollte, indem er rief: »Dies ist der Pfeil des Schützen! Laß mich noch ein wenig am Leben – nur eine kleine

Weile!« Aber da traf ihn der Pfeil, und er verstarb. Und Leo blickte das Mädchen an, und das Mädchen blickte auf Leo, und sie waren gleichermaßen verwirrt.

»Er hat sterben gewollt«, sagte Leo. »Er hat gesagt, daß er sterben wolle – und hat doch zu fliehen versucht, als der Tod über ihm war. Ein Feigling ist er gewesen.«

»Mitnichten«, sprach da das Mädchen. »Ich glaube zu fühlen, was *er* gefühlt hat. Leo, um ihrer, der Menschen willen, müssen wir mehr darüber erfahren!«

»Um *ihret*willen?« rief Leo laut und verwundert.

»Weil ja *wir* niemals sterben werden«, sagten Mädchen und Leo wie aus Einem Munde, und lauter als vorhin Leo allein.

»Bleib nun ganz ruhig hier sitzen, Geliebte«, sprach Leo. »Ich will unterdessen die abscheulichen Häuser des Himmels aufsuchen, um dort zu erfahren, wie wir diese Männer und Frauen zu einem Leben nach unserer Art bringen können.«

»Und auch zum Lieben nach unserer Art«, ergänzte das Mädchen.

»Ich glaube nicht, daß wir sie dies lehren müssen«, sagte Leo und schritt danach zornig davon, schwang sich die schwingende Löwenhaut um die Schultern, bis er vor dem Hause des Himmels stand, wo der Skorpion in der Finsternis wohnt, den Stachel über den Rücken gekehrt.

»Weshalb plagst du die Menschenkinder?« frug Leo, und das Herz schlug ihm bis in den Hals.

»Weißt du denn, ob ich allein es bin, der sie plagt?« erwiderte der Skorpion. »Frag doch einmal deinen Bruder, den Stier, und vernimm, was *er* sagt!«

»Ich komme im Namen der Menschenkinder«, sprach Leo. »Ich habe zu lieben gelernt auf ihre Weise, und möchte sie dafür zu leben lehren auf unsere Art.«

»Dein Wunsch ist seit langem gewährt. Sprich mit dem Stiere. Er steht unter meiner besonderen Obhut«, versetzte der Skorpion.

Auf seinem Abstieg zur Erde gewahrte Leo den hellen Stern

Aldebaran zwischen des Stieres Gehörn – ganz unten am Boden leuchtete er. Und als Leo hinzutrat, da sah er, daß sein Bruder, der Stier, ins Joch gespannt war vor dem Pflug eines Landmanns und sich durch ein sumpfiges Reisfeld mühte, das Haupt tief gesenkt und die Lenden triefend vom Schweiß. Und der Landmann trieb ihn voran mit einem gestachelten Stock.

»Stoß doch diesen Frechling zu Tode«, rief Leo, »und, um unsrer Ehre willen, steig aus diesem Sumpf!«

»Ich kann nicht«, versetzte der Stier. »Der Skorpion hat gesagt, er wird eines Tags, den ich nicht kenne, mich in den Nakken stechen, knapp über den Schultern, und ich werde sterben unter großem Gebrüll.«

»Was hat das zu tun mit dieser unwürdigen Arbeit?« frug Leo und stand auf dem Wall, welcher den sumpfigen Acker begrenzte.

»Alles und jedes. Ohne mich könnte der Landmann nicht pflügen. Er hält mich für ein verirrtes Stück Vieh.«

»Aber er ist nur ein schmutziger Bauer mit filzigem Haar«, entgegnete Leo. »Wir sind nicht dazu da, ihm zu dienen!«

»Du vielleicht nicht. Ich aber schon. Noch kann ich nicht sagen, wann der Skorpion sich besinnt, mich zu töten. Vielleicht, noch ehe ich diese Furche ausgepflügt habe.« Und der Stier stemmte sich gewaltig ins Joch, und der Pflug fraß sich durch den sumpfigen Grund, und der Landmann stach zu mit dem Treibstock, bis die Flanken des Stieres rot waren vom Blut.

»Und dies behagt dir?« rief Leo über die schlammigen Furchen hinter ihm her.

»Nein«, sagte über die Schulter der Stier und versuchte dabei, seine Hinterbeine aus dem zähen Morast zu befreien und auch die Nüstern zu säubern.

Da wandte ihm Leo verächtlich den Rücken und ging in ein anderes Land, wo er den Widder entdeckte inmitten zusammengerotteten Landvolks, welches den Hals ihm bekränzte und grünes Getreide zu Füßen legte.

»Wie schrecklich!« rief Leo. »Verjag diese Leute und zieh mit mir fort, du mein Bruder. Ihre Hände besudeln dein Vlies!«

»Ich kann nicht«, versetzte der Widder. »Der Schütze hat mir gesagt, er werde mich eines Tages, von dem ich nicht weiß, mit seinem Pfeile durchbohren, und ich werde sterben unter sehr großen Schmerzen.«

»Was hat das zu tun mit diesem unwürdigen Schauspiel?« frug Leo, aber schon weniger fest.

»Alles und jedes auf dieser Welt«, versetzte der Widder. »Noch nie zuvor haben die Leute ein so stattliches Schaf erblickt. Sie halten mich für ein verirrtes Geschöpf und schleppen mich weiter von Ort zu Ort, als ein Vorbild für ihre Herden.«

»Aber sie sind ja nur schmierige Hirten! Und wir sind nicht zu ihrer Kurzweil da«, sagte Leo.

»Du vielleicht nicht. Ich aber schon«, sprach der Widder. »Noch kann ich nicht sagen, wann der Schütze sich anschicken wird, seinen Pfeil nach mir abzusenden. Vielleicht, noch ehe die Leute dort an der Straße mich richtig gesehen haben.« Und der Widder senkte das Haupt, ließ sich von einem der Bauerntölpel mit einem Knoblauchgewinde bekränzen und litt es geduldig, daß ihm die Leute das Vlies zerzausten.

»Und dies behagt dir?« rief Leo über die Menge hinweg.

»Nein«, sagte der Widder, und der aufgewirbelte Staub machte ihn niesen, und er roch an dem Futter zu seinen Füßen.

Da wandte sich Leo und wollte noch einmal die Häuser des Himmels aufsuchen. Doch als er dahinschritt auf einer Straße, bemerkte er zwei kleine Kinder, die wälzten sich vor einer Hütte im Staub und spielten mit einer Katze. Da sah er, daß es die Zwillinge waren.

»Was treibt ihr hier?« fragte er unwirsch.

»Wir spielen«, sagten die Zwillinge, ohne von ihrem Spiel abzulassen.

»Könnt ihr nicht an den Gestaden der Milchstraße spielen?« sprach Leo.

»Das haben wir ja getan«, sagten sie, »bis dann die Fische

herzuschwammen und uns bedeuteten, eines Tages würden sie kommen, um uns mit sich fortzunehmen, doch ohne uns etwas zuleide zu tun. Inzwischen spielen wir hier ›Kleine Kinder‹, und die Leute haben es gern.«

»Und dies behagt euch?« frug Leo.

»Nein«, sagten die Zwillinge. »Doch auf der Milchstraße ist keine Katze.« Und zogen die ihre nachdenklich am Schwanz. In der Tür erschien eine Frau und trat hinter die beiden. Und Leo sah in den Augen der Frau einen Schimmer, wie er ihn auch schon in denen des Mädchens gesehen.

»Sie hält uns für Findelkinder«, sagten die Zwillinge und trabten zur Abendmahlzeit ins Haus.

Da eilte Leo, so rasch er's vermochte, vom einen der Häuser des Himmels zum andern, denn er konnte das Ungemach nicht verstehen, das über die Brüder gekommen war. Und er redete mit dem Schützen, und der Schütze versicherte Leo, von ihm aus hätte er nichts zu befürchten. Auch Wassermann, Fische und Skorpion gaben die nämliche Antwort. Sie wußten ja gar nichts von Leo, und er war ihnen weniger als dieses Nichts. Als Häuser des Himmels waren sie einzig damit befaßt, die Menschen zu töten.

Zuletzt stand Leo vor jenem finsteren Haus, das der Krebs aller Krebse bewohnt und wo er so regungslos liegt, daß man ihn für schlafend hielte, wäre da nicht das unablässige Spiel und tastende Fächeln fiedriger Fäden um seinen Mund. Und dies Gefächel hört niemals auf. Es gleicht einer lautlos und langsam weiterzüngelnden Flamme im faulichten Holz.

Leo stand unmittelbar vor dem Krebs und konnte im dämmrigen Dunkel eben noch dessen gewaltigen, schwarzblauen Rücken und darunter die reglosen Augen erkennen. Bisweilen vermeinte er, jemanden ganz leise schluchzen zu hören.

»Warum plagst du die Menschenkinder?« frug Leo. Aber es kam keine Antwort, und gegen den eigenen Willen rief Leo jetzt lauter: »Und warum plagst du auch uns? Was haben wir Böses getan, daß du uns plagst?«

Da entschloß sich der Krebs zur Antwort und sprach: »Was weiß ich schon viel, und was kümmert es mich? In Meinem Hause seid ihr geboren, und ist die Zeit erst gekommen, so hole ich euch.«

»Und wann *ist* diese Zeit?« fragte Leo und tat einen Schritt zurück vor dem rastlos sich rührenden Maul.

»Erst, wenn der volle Mond nicht mehr die volle Flut heraufrufen kann«, versetzte der Krebs, »hole ich mir den Einen von euch. Und erst, wenn der Andre die Erde an ihren Schultern gepackt hält, fass' ich auch ihn an der Kehle.«

Da hob Leo die Hand, befühlte den Adamsapfel, benetzte mit der Zunge die Lippen, nahm sich zusammen und sprach:

»So muß ich für zweie besorgt sein?«

»Für zwei«, bejahte der Krebs. »Und für so viele mehr, als noch nachkommen werden.«

»Mein Bruder, der Stier, hat das bessere Los«, sagte Leo betrübt. »Er ist allein!«

Doch ehe er weiterzusprechen vermochte, legte sich ihm eine Hand auf den Mund, und das Mädchen lag in seinen Armen. Nach Art aller Weiber war sie nicht an dem Orte verblieben, den Leo ihr angewiesen, sondern war hinterhergeeilt, um das Schlimmste mitanzuhören. Und war, alle Häuser des Himmels durchlaufend, hierher vor den Krebs gekommen.

»Wie dumm von mir«, flüsterte sie. »Lange und lange hab' ich im Dunkel auf deine Rückkehr gewartet. Da wurde mir angst. Jetzt aber –«. Und lehnte ihr Haupt ihm an die Schulter und seufzte erleichtert.

»Jetzt aber habe *ich* Angst«, sagte Leo.

»Du fürchtest um mich«, sprach das Mädchen. »Ich weiß es gewiß, weil auch ich um dich fürchte. Gehen wir jetzt, mein Gemahl!«

Sie traten gemeinsam aus jenem Dunkel und kehrten zur Erde zurück – Leo sehr still, doch das Mädchen bemüht, ihm Zuspruch zu geben. »Mein Bruder hat das bessere Los«, wiederholte er immer wieder und sagte zuletzt: »Gehen wir unserer Wege, ein jeder für sich, um allein zu sein bis zum Tode. Wir sind beide im Hause des Krebses geboren, und er wird uns holen.«

»Ich weiß es, ich weiß. Allein, wohin soll ich gehen? Und wo wirst du schlafen zur Nacht? Wir wollen es dennoch versuchen: ich bleibe hier. Gehst *du* weiter?«

Sehr langsam tat Leo sechs Schritt voran – aber gleich wieder drei große Schritte zurück, und war mit dem dritten an der Seite des Mädchens. Doch diesmal bat *sie* ihn, er mög' sie allein zurücklassen. So war er gezwungen, sie eine Nacht lang zu trösten. Und sie faßten in jener Nacht den Beschluß, einander nie mehr zu verlassen, auch nicht für eines Augenblicks Dauer. Und sobald sie dies einander gelobt, blickten beide zurück auf die finstre Behausung des Krebses, hoch zu ihren Häupten. Und umarmten einander und lachten sodann »Ha ha ha!«, ganz nach Art aller Menschenkinder. Und dies war das erste Lachen in ihrem Leben.

Am anderen Morgen kehrten sie heim unter ihr eigenes Dach und erblickten die Blumen und Opfergaben, welche die Bergbewohner aus deren Dörfern bis vor die Tür gebracht hatten. Und Leo zerstampfte das Opferfeuer, und das Mädchen schleuderte alle die Blumen weit fort, und es schüttelte sie dabei. Und als nach Gewohnheit die Dörfler wieder erschienen, um nach den Gaben zu sehen, fanden sie keine Rosen mehr vor und kein brennendes Fleisch auf den Opferaltären, sondern nur einen Mann und ein Weib, welche Hand in Hand auf den Altarstufen saßen.

»Bist du nicht Virgo?« frug eine der Frauen das Mädchen. »Ich habe dir gestern Blumen gebracht.«

»Schwester«, versetzte das Mädchen und errötete über und über, »bring mir hinfort keine Blumen mehr, ich bin nur ein Weib wie du selber.« Da entfernten sich Mann wie Frau voll der Zweifel.

»Was sollen wir tun?« fragte Leo.

»Wir wollen versuchen, fröhlich zu sein«, sagte das Mädchen. »Zwar wissen wir nun, was uns als Schlimmstes bevorsteht, aber das Beste, was Liebe uns bringt, kennen wir nicht. Es gibt noch sehr vieles, sich seiner zu freuen.«

»Ja – die Gewißheit des Todes«, erwiderte Leo.

»All diese Menschenkinder leben mit solcher Gewißheit, und haben zu lachen verstanden, längst ehe wir wußten, was Lachen ist. Leo, wir müssen das Lachen erst noch erlernen! Wir haben bisher nur *ein* Mal gelacht!«

Geschöpfe, die sich für Götter halten, wie die Tierkreiskinder dies taten, tun sich sehr schwer mit dem Lachen, denn die Unsterblichen finden nichts vor, was des Lachens wert wäre oder der Tränen. So erhob sich Leo nur sehr schweren Herzens und ging mit dem Mädchen unter die Menschen. Und ihre neue Furcht vor dem Tod schritt stets hinter ihnen einher.

Zunächst brachte unsere beiden ein nackter Säugling zum Lachen, weil er versuchte, sich seine rundlichen Zehen ins rosige Mäulchen zu stopfen. Dann lachten sie über ein Kätzchen, das seinen eigenen Schwanz fangen wollte. Ferner lachten sie über den Knaben, der seinem Mädchen einen Kuß rauben wollte und statt dessen eins hinter die Ohren bekam. Und ganz zuletzt lachten sie, weil ihnen der Wind ins Gesicht blies, als sie gemeinsam den Berghang hinuntersprangen und erst unten im Tal, ganz außer Atem, inmitten einer Schar Dörfler zum Stillstand kamen. Und auch die Dörfler lachten ob der fliegenden Kleider und hochroten Mienen unserer beiden. Und speisten sie gegen Abend, und luden sie dann zum Tanz auf dem Rasen, wo jedermann lachte aus reiner Freude am Tanzen.

In jener Nacht schrak Leo aus seinem Schlummer zu Seiten des Mädchens und rief dabei aus: »Ein jeder, mit denen wir heute zusammengewesen, muß sterben –«

»Auch wir werden sterben«, sprach schläfrig das Mädchen. »Leg dich wieder schlafen, mein Lieber.« Aber Leo sah nicht, daß ihr Gesicht tränenfeucht war.

Und Leo floh auf und davon, quer über die Felder, gejagt von der Angst vor dem eigenen Tod und vorm Tode des Mädchens, das ihm noch teurer war als sein eigenes Leben. Da sah er plötzlich den Stier, welcher im Mondlicht döste nach des Tags harter Arbeit, und aus halbgeschlossenen Augen die schönen, geraden Furchen besah, die er mit dem Pfluge gezogen.

»Ho!« sprach da der Stier. »So hat man auch dir diese Dinge erzählt. Welches der Häuser des Himmels bewahrt *deinen* Tod?«

Leo zeigte nach oben, auf die finstre Behausung des Krebses, und klagte: »Er wird auch das Mädchen holen!«

»Nun gut«, sprach der Stier. »Und was willst du tun?«

Da ließ Leo sich auf den Erdwall nieder und sagte, er wisse es nicht.

»Du kannst keinen Pflug ziehn«, sagte der Stier, und es klang ein wenig verächtlich. »Ich aber kann das, und es hält mich ab, an den Skorpion zu denken.«

Das ärgerte Leo, und er schwieg bis zum Morgengrauen und zum Erscheinen des Landmanns, welcher kam, um den Stier aufs neue ins Joch zu spannen.

»Sing mir was vor«, sprach der Stier, als das steif verkrustete Joch sich knarrend zu spannen begann. »Meine Schulter ist wundgescheuert. Sing eines der Lieder, wie wir sie gesungen, als wir uns noch für Götter gehalten!«

Leo tat einen Schritt ins Röhricht zurück und erhob seine Stimme zu einer Weise der Tierkreiskinder – zum Kriegsgesang junger Götter, welche vor nichts zurückscheuen. Und die anfangs nur unwillig vorgetragene Weise trug alsbald ihren Sänger mit sich, seine Stimme hallte über den Acker, und der Stier schritt im Takte dahin, und der Landmann hieb gehobenen Herzens auf die Flanken des Ziehenden ein. Und immer rascher wälzten die Furchen sich unter der Pflugschar zur Seite. Das Mädchen kam über die Felder geschritten, um Ausschau zu halten nach Leo. Sie gesellte sich dem Sänger im Röhricht, einte ihre Stimme der seinen, und des Landmannes Weib trug das Spinnrad vors Haus und lauschte dem Singen inmitten der Schar ihrer Kinder. Und als es Zeit wurde, Mittag zu halten, hatten das Mädchen und Leo sich durstig und hungrig gesungen, aber der Landmann und dessen Weib brachten das Roggenbrot und die Milch, und dankten den Beiden, und auch der Stier hielt mit Lob nicht zurück, denn er sprach: »Ihr habt mir geholfen, um ein halbes Ackerfeld weiter zu sein, als man mir abverlangt hat. Aber das härteste Tagwerk, oh Bruder, steht mir noch bevor!«

Leo wollte ein wenig ruhen und über die Worte des Krebses nachdenken. Das Mädchen jedoch trat zum Weibe des Landmanns und deren Säugling, um mit ihr zu plaudern, und das nachmittägige Pflügen nahm seinen Anfang.

»Jetzt kannst du uns wieder helfen«, sagte der Stier. »Der Tag bleibt nicht stehen, und die Beine werden mir steif. So sing, wie du bisher noch niemals gesungen!«

»Für einen schmutzigen Dörfler?« frug Leo.

»Er unterliegt dem nämlichen Schicksal wie wir. Oder bist du ein Feigling?« fragte der Stier. Da ward Leo rot vor Ärger und hub danach an, aus heiserer Kehle zu singen. Und verwarf nach und nach alle Lieder der Kindheit, und schuf sich im Singen ein eigenes Lied. Und vermochte dies nur, weil er dem Krebs Aug in Aug gegenübergestanden. So rief er sich allerlei Dinge herauf, die Landmänner wie Stiere betreffen und deren Reisfelder – Dinge, die er vor jener Begegnung noch nicht wahrgenommen. Und verflocht sie zu einem Gesang, worin er mehr und mehr aufging, und erzählte auf solche Weise dem Landmanne mehr über dessen Person und auch Arbeit, als dieser jemals geahnt. Und der Stier brummte beifällig, zog seine letzte Furche an jenem Tag, und auch das Lied war zu Ende, und der Landmann schätzte sich hoch, wie sehr auch die Knochen ihn schmerzten. Das Mädchen trat aus der Hütte, woselbst sie über die Kleinen gewacht und Weibersachen erörtert hatte mit deren Mutter, und dann aßen sie alle gemeinsam zu Abend.

»Euer Leben muß ja recht angenehm sein«, sagte der Landmann. »Ihr sitzet den Tag lang auf einem Wall und braucht nur zu singen, was euch durch den Kopf geht. Macht ihr das schon seit langem, ihr zwei – Zigeuner?«

»Ah!« muhte der Stier aus dem Stalle herüber. »Das ist der gesamte Dank – mehr hast du von Menschen nicht zu erwarten, oh Bruder!«

»Nein, noch nicht lange – wir sind erst am Anfang«, sagte das Mädchen. »Aber wir wollen es tun, solange wir leben, nicht wahr, mein Leo?«

»Ja«, sprach er schlicht, und sie gingen davon, Hand in Hand.

»Wie schön du doch singen kannst, Leo«, sprach sie, und es war, als spräche ein Weib zu ihrem Gemahl.

»Und was tatest *du* unterdessen?« frug er zurück.

Ich hab' mit der Mutter und ihren Kleinen gesprochen«, erwiderte sie. »Doch du verstehst nichts von dem, was uns Frauen das Herz erfreut!«

»Und – du meinst, ich soll weitermachen in solchem Zigeunergeschäft?«

»Natürlich, mein Lieber – und ich will dir helfen dabei.«

Es ist keine Zeile berichtet vom Leben der beiden, und so können auch wir nicht berichten, auf welche Weise Leo dies neue, von ihm verabscheute Geschäft auf sich nahm. Verbürgt ist uns nur, daß das Mädchen ihn liebte, wann und wo immer er sang. Und sobald er zu Ende war mit seinem Singen, ging sie umher mit einer Art Tamburin und sammelte Münzen fürs tägliche Brot. Doch war's auch zuzeiten an Leo, das Mädchen zu trösten ob des unwürdigen Lobes, das ihnen die Leute zuteil werden ließen, indem sie ihm schwankende Pfauenfedern an seine Kappe steckten und allerlei Knöpfe und bunte Flicken an seinen Rock nähten, wobei, nach Art aller Weiber, das Mädchen ihnen mit Rat und Tat beistand, wiewohl ihr die Niedrigkeit solchen Tuns wehtat in der Seele.

»Was hat das schon viel zu bedeuten«, pflegte dann Leo zu sagen, »solang unsre Lieder sie ein wenig glücklicher machen?« Und so zogen sie weiter über die Straßen und sangen von neuem das Alte Lied: daß sich die Menschen vor dem, was da kommt oder nicht kommt, nimmer zu fürchten hätten! Ihnen dies zu vermitteln, war am Anfang ein hartes Stück Arbeit, doch mit dem Hingang der Jahre wurde Leo gewahr, daß er verstand, die Menschen auch im strömenden Regen zum Lachen zu bringen – und auch zum Verweilen. Doch gab es auch Leute, die setzten sich nieder und weinten, wie sehr auch die Menge rings lachen und jubeln mochte. Und andere hielten dafür, daß Leo der Grund solcher Traurigkeit sei. Dann sprach in den Pausen das Mädchen zu ihnen und tröstete sie nach Kräften. Auch mochte es sein, daß etliche starben bei Leos Reden und Singen – denn der Schütze, der Skorpion und der Krebs, wie auch die übrigen Häuser des Himmels, waren geschäftig wie stets. Bisweilen rannten die Zuhörer auf und davon, denn sie fürchteten sich, doch Leo beruhigte sie, indem er sagte, dies wäre feige. Dann wieder spotteten sie jener Häuser des Himmels, aus denen der Tod kam, und Leo hielt ihnen vor Augen, dies täten sie aus noch größerer Feigheit.

Auf ihren Streifzügen mochte es sein, daß sie dem Stiere begegneten oder dem Widder, und eines Tags auch den Zwillingen – doch die waren allesamt viel zu beschäftigt: sie nickten bloß über die Menge herüber, um sich gleich darauf wieder den eigenen Dingen zu widmen. Und nach dem Vorübergang weiterer Jahre war auch dies kurze Erkennen dahin, denn über all ihrer Arbeit im Dienste der Menschen hatten die Tierkreiskinder vergessen, daß sie ehedem Götter gewesen. Der Stern Aldebaran zwischen den Hörnern des Stiers war überkrustet vom trockenen Schlamm, das Vlies des Widders verstaubt und zerzaust, und die Zwillinge waren zu ganz kleinen Kindern geworden, die sich auf der Türschwelle balgten um den Schwanz eines Katzenviehs. Dies erkannt, sagte Leo: »Wir wollen aufhören zu singen und närrische Späße zu machen!« Aber das Mädchen verneinte und sprach: »Mitnichten –«, doch wußte sie nicht, weshalb sie mit solchem Nachdruck verneinte. Leo beharrte darauf, wie unnatürlich es wäre – bis, eines Abends nach staubigem Tagmarsch, das Mädchen von sich aus den nämlichen Vorschlag machte. Jetzt aber entgegnete *er*, »ganz gewiß nicht!« und sie gerieten darüber in Streit zwischen den Reihen der Hecken und dachten nicht mehr an die Drohung der Sterne zu Häupten. Andere Sänger und Redner wuchsen im Laufe der Jahre heran, und Leo, uneingedenk, daß ihrer ja niemals zu viele sein konnten, ward von Haß gegen sie überkommen, weil er den Beifall der Menschenkinder für sich allein haben wollte. Auch das Mädchen ward ärgerlich, und so klangen in den Wochen danach die Lieder der beiden getrübt, und ihre Späße gezwungen, so daß die Menschenkinder unwillig riefen: »Geht heim, ihr Zigeuner – schert euch nach Hause und denkt euch was Besseres aus!«

Nach einem dieser so leidvoll beschämenden Tage erblickte das Mädchen, als es mit Leo die Felder durchschritt, den vollen Mond hinter den Bäumen. Da umklammerte es Leos Arm und rief angstvoll: »Die Zeit ist gekommen! Oh Leo, vergib mir!«

»Was hast du nur?« fragte Leo. Er hatte ja an jene anderen Sänger gedacht.

»Du mein Gemahl!« sagte sie, nahm seine Hand und legte sie auf ihre Brüste, und die Brüste, die er so gut kannte, waren so hart wie Stein. Da stöhnte Leo laut auf, denn er gedachte jetzt wieder der Worte des Krebses.

»Wir sind doch vorzeiten Götter gewesen!« rief er aus.

»Und Götter sind wir noch immer«, sagte das Mädchen. »Erinnerst du dich, wie wir gemeinsam vorm Hause des Krebses standen und gar nicht viel Angst gehabt haben? Und von da an ... haben wir völlig vergessen, wofür wir zu singen gedachten, und sangen bloß noch für Geld, ja haben uns darum gerauft! – Wir, die wir die Kinder des Tierkreises sind!«

»Es ist meine Schuld«, gab Leo zur Antwort.

»Wie könntest du an etwas schuld sein, woran nicht auch ich schuldig wäre?« fragte das Mädchen. »Meine Zeit ist gekommen, du aber lebst weiter und ...« Ihr Blick verriet mehr, als sie zu sagen vermochte.

»Ja, ich werde dran denken, daß wir Götter sind«, sagte Leo.

Es ist überaus hart für ein Kind des Tierkreises, welches sein Gottsein vergessen, den langsamen Tod der Geliebten mitansehn zu müssen, ohne ihr helfen zu können. Das Mädchen teilte Leo in ihren letzten Monaten alles das mit, was sie mit den Frauen und deren Kleinen im Hintergrund seiner Straßengesänge getan und geredet hatte, und Leo verwunderte sich, wie wenig er von Der gewußt, die ihm so nahe gestanden! Und noch im Sterben sagte sie ihm, daß er nie mehr für Geld singen dürfe, und auch nicht in Streit geraten mit anderen Sängern. Und bat ihn, nach ihrem Tod gleich wieder weiterzusingen.

Damit starb sie und ward begraben von ihm. Er aber wanderte weiter zu einem Dorf, das er kannte, und die Leute dort hofften darauf, er werde Streit anfangen mit einem inzwischen neu aufgetretenen Sänger. Doch Leo sagte »Bruder« zu ihm. Der neue Sänger war jung vermählt – und Leo wußte darum –, und als er zu Ende gesungen, straffte sich Leo und sang seinen neuen »Gesang von dem Mädchen«, den er sich ausgedacht hatte auf seinem Wege hierher. Und jeder Vermählte oder Verlobte, welchen Ranges und welcher Farbe auch immer, verstand den Gesang – sogar noch die Braut am Arme des Neuvermählten verstand ihn, und sobald er zu Ende war und Leos Herz schier zu brechen drohte, begannen die Männer zu schluchzen. »Das war überaus traurig«, sagten sie dann. »Jetzt aber bring uns wieder zum Lachen!« Und Leo, der sämtliches Menschenleid an sich erfahren hatte – er, der ein Gott gewesen und um seinen Untergang wußte –, wechselte unverweilt seine Tonart und brachte die Menschen zum Lachen, bis sie nicht mehr lachen konnten! Und sie gingen davon und fühlten sich aller Plage gewachsen und gaben Leo mehr Pfauenfedern und Münzen, als er hätte zählen können. Weil er aber wußte, daß Geld nur Streit nach sich zieht und daß jene Pfauenfedern dem Mädchen abscheulich gewesen, warf er beides von sich und machte sich auf, seine Brüder zu sehen und sie zu erinnern, daß auch sie Götter waren.

Er traf auf den Stier, doch dieser lag todwund in einem verwucherten Graben, weil der Skorpion ihn gestochen hatte, so daß er nun sterben mußte, aber nicht langsam wie vormals das Mädchen, sondern ganz rasch.

»Ich weiß alles«, ächzte der Stier, als er Leo herankommen sah. »Auch ich hatte es schon vergessen, aber jetzt weiß ich es wieder. Geh hin und besieh dir die Felder, die ich gepflügt. Die Furchen sind schnurgerade, trotz allem. Und was ist mit *dir*, oh Bruder?«

»Ich bin mit *meinem* Acker noch nicht zu Rande«, sprach Leo. »Tut der Tod weh?«

»Nicht der Tod, nur das Sterben«, sagte der Stier – und verstarb. Und der Landmann, der sein Besitzer gewesen, ward überaus traurig, denn der letzte Acker war noch nicht gepflügt.

Dies geschehen, verfertigte Leo seinen Gesang von dem Stier, der einstmals ein Gott gewesen und sein Gottsein vergessen hatte – und sang dies auf eine Weise, daß die Hälfte der jungen Männer auf Erden sich vermaß, selber Götter zu sein, doch ohne es bisher gewußt zu haben. Und die Hälfte von jener Hälfte ward überaus eitel und starb früh dahin. Und die Hälfte der Überlebenden strebte vergebens danach, es zu Göttern zu bringen, doch die andere Hälfte brachte das Vierfache dessen zustande, was sie geleistet hätte unter anderer Vorspiegelung.

Erst nach Jahren des Wanderns auf vielerlei Straßen, wobei er die Menschenkinder zum Lachen gebracht, begegnete Leo den Zwillingen. Sie saßen am Ufer des Flusses, warteten auf die Fische, von welchen sie abgeholt werden sollten, und hatten überhaupt keine Angst. Sie sagten zu Leo, die Frau in der Hütte habe nunmehr einen eigenen Säugling, und würde dieser erst alt genug sein für mutwillige Streiche, so wäre da eine wohlabgerichtete Katze, die sich am Schwanz ziehen lasse. Und die Fische holten die Beiden – doch für die Leute waren es nur zwei im Bach ertrunkene Kinder. Ihre Ziehmutter war darob sehr betrübt, aber drückte den eigenen Säugling an ihre Brust und war froh, nur die Findelkinder beklagen zu müssen.

Danach verfertigte Leo den Gesang von den Zwillingen, welche vergessen hatten, daß sie einstmals Götter gewesen, und sich im Staube gewälzt, um einer Ziehmutter Freude zu machen. Dies Lied wurde weit und breit von den Frauen gesungen. Und es bewirkte, daß sie lachten und weinten und ihre eigenen Kinder noch fester ans Herz drückten als bisher. Und manche von ihnen, die sich des Mädchens entsannen, sagten bisweilen: »Gewißlich ist dies die Stimme der Virgo. Nur sie allein konnte so vieles über uns wissen!«

Nach dem Entstehen der drei Gesänge trug Leo sie wieder und wieder vor und gelangte dazu, sie nur mehr für leere Worte zu halten. Und auch seine Zuhörerschaft ward ihrer müde, und Leo sah sich aufs neue versucht, seinem Singen ein Ende zu machen. Als er sich aber der Worte des Mädchens entsann, sang er weiter.

Einer der Zuhörer fragte ihn einmal: »Leo«, so sprach er, »nun hab' ich dich vierzig Jahre lang sagen gehört, daß wir keine Furcht haben sollen! Könntest du uns nicht etwas Neues erzählen?«

»Nein«, sagte Leo. »Andere Lieder zu singen, ist mir nicht erlaubt. Ihr dürft keine Furcht haben vor jenen Häusern des Himmels, auch dann nicht, wenn sie euch den Tod bringen!« Und als der Frager sich wandte, um fortzugehen, da erhob sich ein Sausen im Himmel, und der Pfeil des Schützen ward sichtbar, wie er nahe am Boden heranstrich, in Richtung des Mannes. Der aber nahm sich zusammen und wartete ab, bis der Pfeil ihn getroffen hatte.

»Nun sterbe ich«, sprach er gelassen. »Wie gut für mich, Leo, daß du vierzig Jahre lang für uns gesungen hast.«

»Fürchtest du dich?« fragte Leo und beugte sich über ihn.

»Ich bin nur ein Mensch und kein Gott«, sagte der Mann. »Und hättest du nicht gesungen, so wär' ich davongelaufen. Meine Arbeit ist nun getan, und ich mache kein Aufsehen aus meinem Sterben.«

»So bin ich aufs Beste belohnt«, sprach Leo bei sich. »Jetzt, wo ich sehe, was meine Lieder bewirken, will ich noch besser singen hinfort!«

Und er ging die Straße hinunter, rief seine Hörer zusammen und hub an, den Gesang von dem Mädchen zu singen. Und mitten in seinem Lied empfand er den eisigen Zugriff des Krebses an seinem Adamsapfel. Er hob die Hand, hielt den Atem an und verstummte.

»Sing weiter, Leo!« riefen die Leute. »Das alte Lied ist so schön wie nur je!«

Und Leo sang weiter, doch in seinem Herzen war eisige Furcht. Und als er zu Ende gesungen, verfestigte sich der Griff um seine Kehle. Der Sänger war alt geworden, hatte sein Mädchen verloren und fühlte nun auch, wie ihn die Kraft seiner Stimme verließ. Kaum konnte er noch die schwindende Schar seiner Hörer durchschreiten, und auch die Gesichter nahm er nicht mehr wahr. Trotz alledem schrie er den Krebs unwillig an:

»Gerade *jetzt* mußt du kommen?«

»Du bist unter Meinem Dache geboren. Wie sollte ich dich nicht holen?« versetzte der Krebs gelangweilt. Jedes der Menschenkinder, die er zu töten hatte, stellte ihm ja die nämliche Frage.

»Aber ich fange erst an, zu erkennen, was meine Lieder bewirken!« entgegnete Leo.

»Das *ist* ja der Grund meines Kommens«, sagte der Krebs und verstärkte den Druck um Leos Kehle.

»Aber du hast doch gesagt, du würdest erst kommen, sobald ich die Welt gepackt hielte an ihren Schultern«, röchelte Leo und sank schon zurück.

»Ich habe mein Wort noch niemals gebrochen. Du hast sie zu dreien Malen gepackt – mit deinen drei Liedern. Willst du noch mehr?«

»Laß mich am Leben, ich möchte noch sehen, wie die Welt den Sinn meiner Lieder erkennt«, flehte Leo. »Laß mich erleben, daß die Menschen durch sie –«.

»Todesmutiger werden?« fragte der Krebs. »Und wäre dies auch der Fall, so gäb' es noch immer einen, der Furcht empfände wie früher. Das Mädchen hat mehr Mut bewiesen als du. Komm jetzt mit mir!«

Ganz nahe stand Leo vor dem rastlosen, unersättlichen Maul.

»Das hab' ich vergessen«, sagte er schlicht. »Ja, das Mädchen war mutiger als ich. Aber auch ich bin ein Gott – und fürchte mich nicht.«

»Was soll mir das!« sagte der Krebs.

Dann ward Leo der Sprache beraubt, und er lag starr und stumm, wartend auf seinen Tod – und verstarb.

Er war das letzte der Tierkreiskinder gewesen. Nach seinem Tod wuchs ein Geschlecht niedriger Menschen heran, die zitternd wehklagten und heulten, weil die Häuser des Himmels sie und die ihren ums Leben brachten – *sie*, die doch ewiglich leben gewollt, ohne ein Leid zu empfinden! Und anstatt ihr Leben zu steigern, steigerten sie ihre Qualen aufs ärgste und hatten doch keine Kinder des Tierkreises mehr, um von ihnen geleitet zu werden. Und auch Leos Gesänge waren fast alle vergessen.

Nur in den Grabstein des Mädchens hatte er vormals die letzte Strophe seines Gesangs von der Toten gemeißelt – jene am Anfang unsrer Geschichte.

Und eines der Menschenkinder, nach Tausenden Jahren, entdeckte den Stein, rieb die Flechte von ihm, las seine Zeilen, aber bezog sie auf andere Ängste, als Leo gemeint. Und als der Entdecker zum Manne geworden, glaubten die Menschen, er selber habe die Verse gemacht. Aber sie stammen von Leo, welcher vom Tierkreise stammt, und lehren die Menschen, daß sie keinerlei Furcht haben sollen vor dem, was da kommt oder nicht kommt.

## *Die verschwundene Legion*

Zu Beginn des indischen Aufstands, kurz vor der Belagerung Delhis, war ein berittenes, einheimisches Regiment der irregulären Kavallerie in Peschawar stationiert, nahe der indischen Grenze. Dies Regiment wurde von etwas erfaßt, das John Lawrence* damals als »epidemischen Wahnsinn« bezeichnete, und hätte sich, wär' die Gelegenheit günstig gewesen, auf die Seite der meuternden Truppen geschlagen. Doch dazu kam es erst gar nicht, denn als die Rebellen sich südwärts in Marsch setzen wollten, wurde ihr Regiment von den Resten eines englischen Korps eingekreist und in die afghanischen Berge getrieben, wo die eben erst unterworfenen Stämme über die Fliehenden herfielen wie Wölfe über die Schafe. Von Berg zu Berg ging die Hetzjagd, von Talschlucht zu Talschlucht, hinauf und wieder hinunter durch vertrocknete Wasserläufe und weiter, um Felsmassive herum, bis von dem gesamten, führerlos rebellierenden Haufen nichts mehr vorhanden war: als wäre da Wasser im Sande versickert! Und der einzige, noch existierende Hinweis auf sein Bestehen ist ein säuberlich handgeschriebenes Mannschaftsverzeichnis, unterfertigt von einem Offizier: »Irreguläre Kavallerie – ehem. Adjutant.« Die Liste ist fleckig und altersvergilbt, doch läßt sich auf ihrer Rückseite noch heute ein Bleistiftvermerk von John Lawrence entziffern: »Die beiden loyal gebliebenen, indischen Offiziere sind in ihrem Rang zu belassen! J.L.« Von sechshundertfünfzig Säbeln waren nur diese zwei treugeblieben, und John Lawrence, bei aller Anspannung jener ersten Monate der Rebellion, hatte trotzdem die Zeit gefunden, an die beiden zu denken.

All das liegt nun mehr als dreißig Jahre zurück, und die afghanischen Krieger, die an der Vernichtung des Regiments mitgewirkt haben, sind mittlerweile alte Männer geworden.

* John Laird Mair Lawrence, 1811-1879, Generalgouverneur von Indien. Anm. d. Ü.

Manchmal erzählt ein graubärtiger Veteran von seiner Rolle bei jenem Massaker. »Über die Grenze sind sie gekommen«, kann man da etwa hören, »sehr stolz, und sie haben verlangt, auch wir sollten uns erheben, alle Engländer erschlagen und teilnehmen an der Erstürmung und Plünderung Delhis. Wir aber waren erst kürzlich von den Engländern unterworfen worden und wußten deshalb nur zu gut, was für Soldaten sie sind und daß die Regierung mit all dem Flachlandgesindel sehr leichtes Spiel haben werde. So gaben wir dem Hindustanihaufen einstweilen nur schöne Worte und blieben in unseren Stellungen, bis die erbitterten Rotröcke nachgerückt waren. Vor ihrer Wut hat das Regiment Schutz gesucht in unsern Bergen, und wir sind zu beiden Seiten auf der Lauer gelegen, bis wir gewußt haben, daß den Meuterern der Rückweg verlegt war. Dann erst sind wir hinunter und über sie her, denn wir waren ja scharf auf ihre Klamotten, ihr Zaumzeug, ihre Gewehre und Stiefel – vor allem auf ihre Stiefel! Ein einziges, großes Abschlachten ist das gewesen, wenn auch nicht auf einmal.« Dann putzt sich der Alte die Nase, schüttelt die langen, strähnigen Locken, leckt sich die Lippen und zeigt seine gelben Zahnstummel. »Ja, Mann für Mann haben wir sie erledigt, weil wir ihre Ausrüstung brauchten, und außerdem haben wir ja gewußt, daß ihr Leben verwirkt war vor Gott – durch die Sünde ihres Verrats an dem Salz, das sie gegessen hatten. Sie sind dann die Täler hinauf und hinunter, ununterbrochen geschüttelt vom Straucheln der Pferde, und haben um Gnade gejammert. Nach und nach haben wir sie wie das Vieh zusammengetrieben, bis wir sie eingekreist hatten an einem einzigen Ort – im flachen Talkessel von Sheor Kôt. Inzwischen waren schon viele von ihnen verdurstet, doch eine Menge war noch am Leben, aber die hatte nicht mehr die Kraft, sich zu wehren. Da sind wir dann über sie hergefallen, haben sie von den Pferden gerissen, manchmal gleich zwei auf einmal, und unsere Knaben haben die Säbel an ihnen probiert. Mein Beuteanteil war so und so hoch – so und so viele Gewehre, so und so viele Sättel. Damals waren uns ihre Gewehre noch gut genug. Heutzutage stehlen wir nur die Regierungsgewehre, die mit dem gezogenen Lauf. Ja, da gibt es nichts weiter zu sagen – wir haben das Regiment reinweg vom Erdboden vertilgt! Sogar das Gedächtnis an seine Toten stirbt nach und nach aus. Aber noch immer erzählen die Männer ...«

An diesem Punkt endete die Geschichte, und es war nicht herauszukriegen, *was* denn die Männer jenseits der Grenze einander erzählten. Die Afghanen sind ja von Natur sehr verschwiegene Leute, doch jederzeit für jede Schlechtigkeit gut, soviel läßt sich mit Sicherheit sagen! Monatelang verhielten sie sich gesittet und ruhig – und fielen dann plötzlich bei Nacht und Nebel über eine Polizeistation her, schnitten ein paar Polizisten den Hals durch, drangen ins Dorf ein, nahmen etliche Weiber mit sich, warfen Feuer aufs Dach, trieben beim Schein des brennenden Strohs die Rinder und Ziegen zusammen und machten sich mit ihrer Beute davon – hinauf in die Ödnis der Berge. Und Indiens Regierung gab sich beinah zu Tränen gerührt bei solchem Treiben! Da hieß es zunächst nur – »Bitteschön, seid wieder brav, so wollen wir's gut sein lassen!« Doch der betreffende Stamm drehte den Mahnern nur eine Lange Nase und gab eine rüde Antwort. Darauf die Regierung: »Wäre es nicht gescheiter, Blutgeld zu zahlen für die paar Leichen von neulich?« Also nahm man Zuflucht zur Hinhaltetaktik, zu Schimpfreden, Lügen – und ein paar jüngere Krieger, um den Behörden ihre Verachtung zu zeigen, räucherten eine zweite Polizeistation aus oder nahmen ein dreckiges Grenzfort unter Beschuß und knallten bei einigem Glück einen englischen Offizier ab. Da sagte dann die Regierung – »Jetzt hört einmal zu – wenn ihr wirklich so weitermacht, werdet ihr eine aufs Dach kriegen!« Und der Stamm, falls er wußte, wie die Dinge in Indien lagen, kroch dann entweder zu Kreuze oder blieb hart, je nachdem, ob die Regierung gerade mit anderen Dingen befaßt war, oder ob sie die Hände freihatte, um sich der Sache mit allen Kräften zu widmen. Manche von diesen Stämmen wußten ja auf die Leiche genau, wieviel man riskieren durfte, aber andere schlugen über die Stränge, verloren den Kopf und forderten die Regierung glattweg heraus! Also entschloß man sich dort schweren Herzens und mit einem tränenden Auge auf den englischen Steuerzahler, der in solchen Aktionen ja doch nur brutale Eroberungsfeldzüge sah, für teures Geld eine leichte Feldbrigade mit ein paar Geschützen in die Berge zu senden, um jenen gottlosen Stamm aus den fruchtbaren Talgründen zu vertreiben, hinauf in die Gipfelregion, wo nichts Eßbares wächst. Und der ganze Stamm rückte aus, ohne Scheu vor dem Kampf, weil die Krieger ja wußten, daß man daheim ihre Weiber nicht anrühren, die Verwundeten nicht verstümmeln, sondern versorgen werde, und daß sie selber, sobald der letzte Getreidesack leer war, kapitulieren und mit dem englischen General in Verhandlungen treten konnten, als wären sie reguläre Feinde gewesen. Dann, Jahre danach, bezahlte man Blutgeld an die Regierung – in winzigen Raten –, erzählte aber den Kindern, wie man die Rotröcke einstmals zu Tausenden umgebracht habe! Der einzige Nachteil so martialischer Kurzweil bestand in dem ausgeprägten Hang dieser Rotröcke, alle befestigten Türme und Schanzen mit Schießpulver in die Luft zu jagen. Das aber war in den Augen der Stämme stets eine große Niedertracht und Gemeinheit!

Das Oberhaupt all der kleineren Stammesführer, deren Clans auf Heller und Pfennig ausrechnen konnten, wie teuer es die Regierung käme, weiße Truppenverbände in Marsch zu setzen, war Priester und Räuberhäuptling in einer Person. Wir wollen ihn hier den Gulla Kutta Mullah nennen. Sein Enthusiasmus, die Mordbrennerei an der Grenze wie eine Kunst zu betreiben, war denn auch nahezu würdevoll! Aus purem Übermut ließ er den Postkurier niedersäbeln oder die Erdschanzen eines Forts unter Gewehrfeuer nehmen, und zwar immer dann, wenn er wußte, daß eben jetzt unsre Männer den Schlaf dringend nötig hatten! Und während der Pausen zwischen den Kämpfen besuchte er reihum die Nachbardörfer, um weitere

Stämme aufzuwiegeln. Auch unterhielt er in seinem Dorf eine Art Raststation für seine Raubgesellen. Es war das in einem Tal namens Bersund, und jeder namhafte Mörder in jenem Abschnitt wußte genau, daß man in Bersund getrost abschnallen konnte, denn das Tal galt als nahezu uneinnehmbar. Der einzige Zugang führte durch eine ganz enge Schlucht, die man innerhalb kürzester Zeit zur Todesfalle verwandeln konnte. Geschützt von den hohen, nur dem Gebirgler ersteigbaren Felsen, regierte der Gulla Kutta Mullah mit allem Pomp über ein Dorf aus Lehm- und Steinhütten, und in jeder der Hütten fanden sich rote Uniformfetzen und Ausrüstungsstücke gefallener Soldaten. Der Regierung lag viel daran, diesen Räuber dingfest zu machen, und einmal lud sie ihn ganz formell ein, er möge sich doch seiner Hinrichtung stellen, zufolge etlicher Morde, an denen er beteiligt gewesen! Hier seine Antwort:

»Ich bin bloß zwanzig Meilen von eurer Grenze – innerhalb Krähenflugweite. Holt mich doch, wenn ihr mich wollt!«

»Dies wird geschehen«, antwortete die Regierung. »Und dann wirst du baumeln.«

Den Gulla Kutta Mullah kümmerte das nicht sehr. Die Geduld der Regierung war, wie er wußte, lang wie ein Sommertag. Hingegen wußte er *nicht*, daß ihr Arm lang ist wie die Nächte im Winter.

Monate später, als alles friedlich war an der Grenze, und auch unten im Land wieder Ruhe herrschte, erwachte Indiens Regierung aus ihrem Schlaf und entsann sich des Gulla Kutta Mullah und seiner dreizehn Mordbrenner zu Bersund. Doch wär' es politisch unklug gewesen, auch nur ein Regiment dorthin in Marsch zu setzen – die Telegramme hätten sogleich einen Krieg ausposaunt! So galt es, in aller Stille, jedoch unverzüglich zu handeln, und die Vermeidung von Blutvergießen war dabei höchstes Gebot.

Dazu muß man wissen, daß längs der gesamten Nordwestgrenze Indiens eine Streitmacht von dreißigtausend Reitern und Fußsoldaten verteilt ist, deren Aufgabe darin besteht, die in jenen Gebieten ansässigen Stämme möglichst unauffällig in Schach zu halten. Diese Männer ziehen landauf und landab und wieder zurück, vom einen verfallenen Stützpunkt zum andern und stets auf dem Sprung, schon zehn Minuten nach erfolgtem Befehl kriegsmäßig vorzugehen. Und immer gibt's Kalamitäten auf jener eintönigen Strecke. Hart wie die Muskeln der Männer ist solches Leben, doch keine einzige Zeitung berichtet davon. Und aus diesen Streitkräften stellte Indiens Regierung nun ein Kommando zusammen.

Nachts, auf einem Stützpunkt, wo die berittene Nachtpatrouille schon beim geringsten Anzeichen scharf schoß; wo der blaugrüne Weizen unterm kalten Mond dieses nördlichen Landstrichs in riesigen Wellen wogt; wo die Offiziere Billard spielen zwischen den Lehmwänden ihrer Clubhütte: nachts kam der Befehl, zum Appell anzutreten! Fluchend und schimpfend ging man daran, die Männer zu wecken – etwa einhundert englische Fußsoldaten, zweihundert Gurkhas und eine Hundertschaft Kavalleristen der besten, einheimischen Reiterei.

Nur im Flüsterton teilte man auf dem Appellplatz den angetretenen Mannschaften mit, es gelte sogleich aufzubrechen, über die Berge in Richtung Bersund! Die englischen Infanteristen hatten die seitlichen Talränder zu besetzen, die Gurkhas sollten die Todesfalle am Zugang entschärfen, und die Kavallerie mußte in weitem Umgehungsmanöver hoch über dem Talschluß Stellung beziehen, um im Bedarfsfall den Kriegern des Mullah von oben her in den Rücken zu fallen. Dies alles unter der strikten Auflage, jedweden Kampf oder Lärm zu vermeiden! Die Rückkehr sollte im Morgengrauen erfolgen, und kein Schuß Munition durfte fehlen. Aber der Mullah und seine dreizehn Mordbrenner hatten gefesselt zur Stelle zu sein! War man erfolgreich, so würde niemand von der Sache erfahren und auch niemand Anstoß nehmen daran. Hingegen konnte jedwedes Mißlingen einen kleineren Grenzkonflikt auslösen und dem Gulla Kutta Mullah Gelegenheit geben, sich als Volksheld gegen eine tyrannische Großmacht zu gebärden – und nicht als gemeiner Grenzmörder, der er in Wirklichkeit war.

Danach herrschte Stille, nur unterbrochen vom Klicken der Kompaßnadeln und vom Schnappen der Taschenuhrdeckel, als die Kolonnenanführer ihre Peilung verglichen und Absprachen zu der geplanten Vereinigung trafen. Schon nach weiteren fünf Minuten lag der Appellplatz leer: die grünen Mäntel der Gurkhas, die Überröcke der englischen Infanterie waren im Dunkel verschwunden, und auch die Kavalleristen sprengten davon durch den feinen, die Sicht behindernden Regen.

Wie die Engländer und die Gurkhas ihre Aufträge erfüllten, darauf kommen wir später zurück. Die schwierigste Aufgabe hatte die Kavallerie: sie mußte den weitesten Weg zurücklegen und alle bewohnten Gebiete umgehen. Viele der Reiter stammten aus dieser Gegend, waren aber bereit, ja begierig, auch gegen die eigenen Leute vom Leder zu ziehn, und etliche der Offiziere waren schon früher hier in den Bergen gewesen, privat und ohne Befehl. So überschritt man die Grenze, erreichte ein trockenes Flußbett, galoppierte darin hinauf, durchmaß eine felsige Schlucht, überwand im Schutze der Dunkelheit eine der kleineren Höhen, umritt eine weitere, zertrampelte ein paar gepflügte Felder, wagte sich längs eines Wasserlaufs weiter, setzte über den Kamm eines Felsmassivs, flehte dabei zum Himmel, daß niemand das Schnauben der Pferde vernähme, und arbeitete sich voran durch Regen und Finsternis, bis man zur Linken den Bersund-Talkessel hinter sich hatte und endlich einschwenken konnte. Die Höhen am Talschluß waren sehr steil, und schließlich, um wieder zu Atem zu kommen, machte man halt an einer flacheren Stelle. Oder vielmehr, die Männer waren bemüht, ihre Tiere zu zügeln, aber die Pferde, gehetzt wie sie waren, hielten nicht an! Das Fluchen und Schimpfen, welches sich dabei erhob, war so lästerlich, daß man es nicht einmal hinter vorgehaltener Hand mitteilen könnte, und wurde begleitet vom Knarren des Sattelzeugs, als die Pferde sich in der Finsternis sträubten.

Der Leutnant am Ende des Trupps wandte sich auf seinem Tier und rief leise zurück:

»Carter, verdammt noch einmal, was hast du da hinten verloren? Mach, daß du nach vorn kommst mit deinen Leuten!«

Doch es kam keine Antwort, bis einer der Männer sagte:

»Carter Sahib *ist* vorn, nicht dort hinten. Es kommt nichts mehr nach hinter uns.«

»Aber gewiß doch!« beharrte der Leutnant. »Die Schwadron tritt sich ja auf den eigenen Schwanz!«

Jetzt kam auch noch der Major, der das Kommando hatte, von vorne heran, fluchte ergrimmt und fragte nach Leutnant Halley – eben dem, der soeben gesprochen hatte!

»Sehen Sie mal nach dem Rechten dort hinten!« befahl er. »Ihre verdammten Strauchdiebe haben die Richtung verloren und treiben sich jetzt an der Spitze herum – ihr *seid* mir vielleicht ein vertrottelter Haufen!«

»Soll ich die Männer abzählen, Sir?« fragte unwirsch der Leutnant, weil er durch und durch naß war und fror.

»Gut, zählen Sie ab!« befahl der Major. »Und fahren Sie mit der Peitsche dazwischen, verdammt noch einmal! Die Kerle verlieren sich ja – etliche haben sogar den Anschluß verpaßt!«

»Das habe auch ich geglaubt«, versetzte der Leutnant kühl, »und doch befinden sich sämtliche Männer bei mir, Sir! Sie sollten sich lieber an Carter wenden!«

»*Salaams* von Carter Sahib, und er läßt fragen, weshalb das Regiment haltmacht«, meldete einer der Reiter dem Leutnant.

»Wo zum Teufel *steckt* dieser Carter?« erkundigte sich der Major.

»Weiter vorn, mit all seinen Männern!«

»Bewegen wir uns denn im Kreis – oder sind wir im Zentrum dieser verdammten Brigade?« entrüstete sich der Major.

Dann war wieder Schweigen entlang der Kolonne. Auch die Tiere verhielten sich still. Doch durch den leichten Sprühregen konnten die Männer den Hufschlag von Pferden vernehmen – von sehr vielen Pferden auf steinigem Grund!

»Wir werden umzingelt!« rief Leutnant Halley erschrocken.

»Hier herum haben sie gar keine Pferde. Außerdem hätten sie dann schon früher auf uns geschossen«, widersprach der Major. »Es werden – ich meine, vielleicht sind es nur die Ponies der Dorfbewohner.«

»Dann hätten unsere Gäule gewiehert und uns gleich zu Beginn die Aktion verdorben! Seit einer halben Stunde geht das schon so«, sagte der Leutnant.

»Nur komisch, daß wir ihre Pferde nicht riechen«, wunderte sich der Major. Er befeuchtete einen Finger, rieb sich damit die Nase und hielt ihn prüfend gegen den Wind.

»*Kein* guter Anfang«, sagte der Leutnant und schüttelte sich das Wasser vom Mantel. »Was machen wir, Sir?«

»Wir machen ganz einfach weiter«, erwiderte der Major. »Und packen es noch diese Nacht!«

Die Kolonne setzte sich zögernd in Marsch – doch schon nach wenigen Schritten ertönte ein Fluch, von Hufeisen schlugen bläuliche Funken, ein Mann stürzte aus dem Sattel, und seine scheppernden Ausrüstungsstücke verursachten einen Krach, der sogar Tote aufgeweckt hätte!

»Jetzt sind wir erledigt!« rief Leutnant Halley. »Der ganze Berg ist nun wach, und wir können ihn unter Musketenfeuer erklettern! Da *haben* wir die Bescherung – das kommt von den Nacht- und Nebelaktionen!«

Der zitternde Kavallerist raffte sich auf und wollte erklären, sein Pferd sei über einen der kleinen Steinhaufen gestürzt, wie sie zum Gedenken eines gefallenen Mannes am Ort seines Todes errichtet sind. Doch hätte es dieser Begründung nicht erst bedurft, denn gleich danach stürzte der große, australische Gaul des Majors, und die gesamte Kolonne stand plötzlich still inmitten von etwas, das wie ein Friedhof aus Steinhaufen aussah, deren jeder fast zwei Fuß hoch war! Von den weitern Manövern unsrer Schwadron ist nichts überliefert – aber die Männer sagten, das Ganze sei wie eine berittene, nicht einstudierte Quadrille gewesen, nur ohne Musik. Doch am Ende suchten die Pferde unter Auflösung aller Ordnung sich ihren eigenen Weg und ließen die Steinhaufen hinter sich, so daß man die frühere Formation wieder einnehmen konnte und etliche Meter an Höhe gewann. Dann aber kam es, Leutnant Halleys Worten zufolge, zu einer Szene, die der anfangs geschilderten um nichts nachgab: der Major und auch Carter hatten plötzlich den Eindruck, es wären nicht alle Männer zur Stelle, und eine beträchtliche Anzahl triebe sich noch zwischen den Steinhaufen jenes Friedhofs herum! Leutnant Halley ließ seine Leute nochmals abzählen und entschloß sich dann, abzuwarten. Erst viel später hat er mir davon erzählt:

»Ich wußte erst gar nicht, was los war und wie es nun weitergehn sollte. Der Krach jenes Kerls, der vom Pferd gestürzt war, mußte das halbe Tal alarmiert haben, und ich hätte beschwören mögen, ein Regiment Feinde sei hinter uns her, mit einem Getöse, das laut genug war, um ganz Afghanistan aufzuscheuchen! Ich war schon auf alles gefaßt – und dann geschah überhaupt nichts!«

Das Unerklärlichste an jenem Nachtmarsch war aber die weiterhin herrschende Ruhe. Man wußte ja allgemein, daß der Gulla Kutta Mullah seine Wachen am hinteren Berghang aufgestellt hatte, und so war jeder darauf gefaßt, daß man jetzt, wo der Major seinem Grimm so vernehmlich Luft machte, von dort unter Feuer genommen würde! Als aber nichts dergleichen geschah, sagte man sich, daß der Regen den Lärm und das Pferdegetrappel übertönt haben mochte – und dankte dem Himmel dafür. Und am Ende war auch der Major überzeugt, daß a) sich keiner von seinen Leuten noch bei den Steinhaufen befinde, und b) auch kein starkes Feindaufgebot seine Truppe verfolge. Trotzdem waren die Männer zutiefst irritiert, die Pferde schweißnaß und aufgeregt, und jedermann sehnte das Licht des Tages herbei.

Man begann jetzt, den Berg zu erklimmen, wobei jeder Reiter sein Tier vorsichtig am Zügel hinter sich herzog. Doch bevor man die ersten Steigungen erklommen hatte und noch ehe die Brustharnische richtig zu drücken anfingen, zog ein Unwetter herauf, dessen Getöse die Berge durchhallte und jeden Laut unter sich erstickte – man hätte denn mit Kanonen geschossen! Der erste Blitz enthüllte die kahlen Felsen des Steilhangs: stahlblau hob sich der Bergkamm aus der Schwärze der Nacht, der Regen strömte hernieder – und nur wenige Schritte zur Linken ragte da ein afghanischer, steingemauerter Wachtturm auf, dessen Zugang im Oberstock war, nur über eine Leiter erreichbar! Aber die Leiter war eingezogen, und am Fenster lehnte ein Mann mit Gewehr! Schon im nächsten Moment, unterm krachenden Rollen des Donners, war alles finster – und eine Stimme ertönte von oben: »Wer da?«

Die Kavalleristen verhielten sich mucksmäuschenstill. Jeder nahm den Karabiner zur Hand und stellte sich neben sein Pferd. Nochmals erscholl der Anruf: »Wer da?« – und, noch lauter, »Oh – Bruder! Alarm! Schlag Alarm!« Die Männer wären ja lieber in ihren Reitstiefeln tot umgefallen anstatt um Pardon zu bitten, und dennoch läßt sich nicht leugnen, daß aus ihrer Mitte ein langgezogener Schrei auf den zweiten Anruf erfolgte: »*Marf Karo*! *Marf Karo*!«, was nichts andres bedeutet als »Habt Mitleid! Habt Mitleid!« Ja, der Schrei kam aus dem Regiment, das soeben den Berghang erstieg!

Die Abteilung stand sprachlos vor Staunen – bis die Reiter zu flüstern begannen und einander fragten: »Mir Khan, war das *deine* Stimme? – Abdullah, hast *du* gerufen?«

Leutnant Halley stand bei seinem Gaul und wartete ab. Solange die Schießerei noch nicht losging, war alles gut! Im grellen Licht eines zweiten Blitzes sah er die zitternden Flanken und nickenden Köpfe der Pferde, das Weiß in den Augen der um sich spähenden Männer – und auch den steinernen Wachtturm zur Linken! Doch kein Kopf zeigte sich an dem Fenster, und die schweren, eisenbeschlagenen Läden, die jeder Gewehrkugel trotzten, waren nunmehr geschlossen.

»Vorwärts jetzt – weiter, ihr Männer!« befahl der Major. »Wir müssen zum Gipfel, unter allen Umständen!« Mühsam kämpfte die Schwadron sich voran, die Pferde mit peitschenden Schweifen und funkenschlagenden Eisen, am Zügel bergangezerrt von ihren Reitern, während ununterbrochen die Steine zu Tal kollerten. Leutnant Halley behauptet, er habe noch niemals im Leben eine Schwadron solchen Krach machen hören! Die Männer, so sagt er, mühten sich aufwärts, als hätte jedes der Pferde acht Beine gehabt und noch ein Reservepferd hintendran. Trotzdem ertönte kein Laut mehr vom Wachtturm, und schließlich, vollkommen erschöpft, erreichten die Männer den obersten Grat über dem finsteren Schlund, wo irgendwo unten die Siedlung von Bersund liegen mußte. Die Gurte wurden gelockert, das Zaumzeug in Ordnung gebracht, die Sättel zurechtgerückt – und dann ließen die Männer sich fallen auf den felsigen Grund: was immer sich jetzt noch ereignen mochte – sie hatten bei jeder Attacke den Vorteil der besseren Position.

Das Donnergetöse ließ nach, und mit ihm auch der Regen. Neuerlich legte das Dunkel der Winternacht sich übers Land. Ringsum herrschte Stille, nur das Rauschen der Wasserstürze scholl von ferne herauf. Dann wurden die Fensterläden des Wachtturms mit lautem Geklapper geöffnet, und unmittelbar danach ertönte der Ruf des Wachtpostens: »Halloh – Hafis Ullah!«

Das Echo trug den Ruf weiter: »– lah – lah – lah!« Und vom jenseitigen Turm scholl es zurück: »Was ist los, Schahbas Khan?«

Und Schahbas Khan, in der hohen Stimmlage der Gebirgler, rief hinüber: »Hast auch du sie gesehn?«

»Ja!« kam's zurück. »Gott schütze uns vor den Geistern des Bösen!«

Erst nach einer Weile rief es vom anderen Turm: »Hafis Ullah, ich bin so allein! Komm herüber zu mir!«

»Schahbas Khan – ich bin genauso allein! Aber ich darf meinen Platz nicht verlassen!«

»Du lügst ja – Angst hast du, sonst nichts!«

Die Antwort kam erst nach längerem Schweigen. »Ja, ich hab' Angst! Sei lieber still! Sie sind ja noch immer direkt unter mir! Bete zu Gott und geh schlafen!«

Die lauschenden Männer wunderten sich: sie konnten sich nicht erklären, was unter den Wachttürmen sein könnte außer Steinen und Erde!

Jetzt fing Schahbas Khan wieder an: »Da, unter mir sind sie! Ich sehe sie ja! Um Gott, komm herüber zu mir, Hafis Ullah! Mein Vater hat zehn von ihnen erschlagen! So komm doch herüber!«

Und Hafis Ullah schrie noch viel lauter zurück: »Der meine hat ihnen kein Haar gekrümmt! Hört mich, ihr Männer der Nacht: weder mein Vater noch jemand aus meiner Sippe hat Anteil an jener Untat! Bleib du nur allein, Schahbas Khan, und nimm deine Strafe auf dich!«

»Irgendwer sollte den beiden Krakeelern schleunigst das Maul stopfen! Die krähen ja durch die Gegend wie Hähne bei Sonnenaufgang!« murrte Leutnant Halley. Es schauderte ihn vor Kälte an seinem Felsen.

Als er sich aber wandte, um seine durchweichte Seite vorm Regen zu schützen, kam da plötzlich ein bärtiger, zottiger, stinkender Kerl den Berghang herauf und taumelte ihm in die Arme. Halley warf sich über ihn, hielt ihn fest und stieß ihm den Säbelgriff tief in den Schlund: »Beim ersten Schrei bring' ich dich um«, sprach er munter.

Der Mann war zu Tode erschrocken. Er lag da und gab unverständliche Laute von sich. Als Halley den Säbelgriff etwas zurückzog, umkrallte ihm der Afghane den Arm und betastete ihn vom Handgelenk bis zum Ellbogen.

»Die Rissala!* Die toten Rissala!« stieß er hervor. »Dort unten sind sie!«

»Was denn nicht noch! Deine Rissala, die sehr *lebendigen* Rissala, sind hier oben bei uns«, sagte Halley, nahm die Was-

* irreguläre, einheimische Kavallerie der anglo-ind. Armee. Anm. d. Ü.

serzügel zur Hand und band dem Gefangenen die Hände. »Warum wart ihr in euren Türmen so blöd, uns passieren zu lassen?«

»Das Tal ist voll von Erschlagenen«, sprach der Afghane. »Und es ist besser, in die Hände der Engländer als in die der Toten zu fallen! Hin und her ziehn sie dort unten! Ich hab' es beim Schein der Blitze gesehn!«

Nach einer Weile gewann er die Fassung zurück und fragte ganz leise, weil Halley ihm die Pistole angesetzt hatte: »Was soll das heißen? Wir sind nicht im Krieg! Der Mullah wird mich umbringen lassen, weil ich euch nicht bemerkt habe!«

»Sei still«, sagte Halley. »So Gott will, sind wir hier, um deinen Mullah an den Galgen zu bringen! Seine Zähne sind schon zu lang! Du aber hast nichts zu fürchten, wenn sich bei Tage herausstellt, daß du nicht zu den Galgenvögeln gehörst, hinter denen wir her sind. Aber was hast du nur immer mit diesem toten Regiment?«

»Ich schieße bloß auf die Lebenden«, sagte der Mann, unendlich erleichtert. »Das tote Regiment ist dort unten. Ihr müßt es bei eurem Aufstieg passiert haben – vierhundert Tote zu Pferd stolpern dort zwischen den eigenen Gräbern herum – weil wir sie erschlagen haben!«

»Ach soo!« sagte Halley. »Deshalb also habe *ich* Carter verflucht, wie der Major *mich*! Vierhundert Säbel, sagst du? Kein Wunder, daß ich den Eindruck hatte, wir wären zuviele! Kurruk Schah«, – er wandte sich leise an den graubärtigen, einheimischen Offizier nebenan – »Hast du jemals von toten Rissala gehört, die hier in den Bergen herumgeistern sollen?«

»Aber gewiß doch«, sprach Kurruk Schah unter grimmigem Lachen. »Sonst hätte *ich*, der ich siebenundzwanzig Jahre im Dienste der Königin bin und viele dieser Gebirgshunde umgebracht habe, nicht so laut um Pardon gerufen, als wir beim Schein der Blitze vor den Wachttürmen standen! In meiner Jugend hab' ich mit eigenen Augen das Gemetzel gesehen – dort unten ist es passiert, im Tale von Sheor-Kôt, und ich weiß auch, was man sich seither erzählt. Doch was vermögen die Geister der Ungläubigen gegen uns, die wir den wahren Glauben besitzen! Schnür dem Hund da die Hände fester zusammen – ein Afghane ist wie ein Aal!«

»Aber tote Rissala«, versetzte Halley und band den Gefangenen fester,« – das ist doch Unsinn, Kurruk Schah! Tote sind tot! Willst du stillhalten, Saukerl!« Der Afghane sträubte sich unter Halleys Fäusten.

»Oh ja, die Toten sind tot, und deshalb gehen sie nur bei Dunkelheit um! Was gibt es da viel zu reden? Wir aber haben Augen und Ohren, also kannst du sie sehen und hören, dort unten am Hang!« sprach Kurruk Schah unbeirrt.

Eine Zeitlang starrte Halley hinab, intensiv lauschend. Das Tal war voll gedämpfter Geräusche, wie alle Täler zur Nachtzeit. Ob er jedoch etwas Unnatürliches wahrnahm, weiß nur er allein – zieht aber vor, nicht darüber zu reden.

Zuletzt, knapp vorm Dämmern des Tags, stieg an der fernen Seite des Tals von Bersund eine grüne Leuchtkugel zum Himmel und zeigte an, daß die Gurkhas den Eingang zur Schlucht besetzt hatten. Zur Rechten und Linken antwortete die Infanterie mit roten Signalraketen, und die Kavallerie schoß eine weiße Leuchtkugel ab. Die Afghanen schlafen zur Winterszeit länger, und so war es schon heller Tag, als die Krieger des Mullah aus ihren Hütten krochen – und sich verwundert die Augen rieben: allerorten gewahrten sie Männer in grünen und roten und braunen Uniformen, gestützt auf ihre Gewehre und in ringförmigem Kordon um die Senke von Bersund postiert, so daß nicht einmal ein Wolf hätte durchschlüpfen können! Und die Afghanen rieben sich ihre Augen noch stärker, als ein rotwangiger junger Mann, der nicht der Armee angehörte und die Zivilbehörde vertrat, in Begleitung von zwei Ordonnanzen herabkam ins Dorf, an Gulla Kutta Mullahs Eingangstür klopfte und ihm in aller Ruhe gebot, herauszukommen und sich für den Abtransport fesseln zu lassen! Danach durchsuchte der junge Mann auch die anderen Hütten, stieß den oder jenen der Raubgesellen mit dem Spazierstock an, und die also Bezeichneten wurden gefesselt und starrten danach hoffnungslos auf die Höhen ringsum, von denen die englischen Truppen gelangweilt auf das Dorf niederblickten. Einzig der Mullah fluchte und schimpfte aus Leibeskräften und nahm so lange das Maul voll, bis ein Soldat ihn beim Fesseln der Hände anherrschte:

»Schluß jetzt – kein Wort mehr! Warum bist du nicht *gleich* gekommen, als man's dir befohlen hat, anstatt uns die Nacht lang hier durch die Gegend zu hetzen? Du bist genausoviel wert wie mein Barackenausfeger, du alter, weißhaariger Strauchdieb! Los jetzt, und auf mit dir!«

Eine halbe Stunde danach war von den Soldaten, dem Mullah und den dreizehn Spießgesellen nichts mehr zu sehen. Die verdutzten Bewohner betrachteten traurig den Stapel zerschlagener Flinten und zerbrochener Säbel und fragten sich staunend, wie in aller Welt sie die Langmut von Indiens Regierung so sehr überschätzen gekonnt!

Es war eine saubere, kleine Aktion, tadellos ausgeführt, und den beteiligten Männern wurde für ihre Leistung gedankt – wenngleich nur inoffiziell.

Und doch habe ich den Eindruck, daß ein beträchtlicher Teil jenes Danks einem anderen Regiment gebührt hätte, dessen Name in den Brigadebefehlen *keine* Erwähnung findet, ja dessen bloßes Bestehen Gefahr läuft, vergessen zu werden.

# *Der Junge vom Reisighaufen*

Kinder, zum Spielen heraus wer da mag:
Der Mond ist so hell wie die Sonne bei Tag!
Das Essen, das Beten, das Schlafen laßt sein,
Kommt heraus auf die Straße im Mondenschein!
Die Leiter hinauf und die Mauer hinab –

Der Dreijährige in seinem Gitterbett heulte aus Leibeskräften, die Händchen zu Fäusten geballt und mit angstgeweiteten Augen! Aber niemand vernahm sein Geschrei, denn die Kinderstube lag weit drüben im westlichen Flügel, und das Kindermädchen war draußen und unterhielt sich hinter dem Lorbeergebüsch mit dem Gärtner. Aber dann kam die Wirtschafterin ihres Wegs und eilte hinauf, um nach dem Kleinen zu sehen und ihn zu beruhigen. Er war ihr besonderer Liebling, und deshalb mißbilligte sie das Verhalten des Kindermädchens.

»Was hast du? Was ist denn geschehen? Wer will denn dem lieben Georgie was tun?«

»Da ist – da ist so ein Polizeimann gewesen! Gleich unten, vorm Haus – ich hab' ihn gesehen! Der wollte herein – Jane hat ja *gesagt*, er wird mich holen!«

»Hier kommt *kein* Polizist ins Haus, mein kleiner Liebling! Komm, halt dich fest an mir – nimm meine Hand!«

»Aber – ich hab' ihn *gesehen* – da unten, vorm Fenster! Da ist er gekommen! Wo ist deine Hand?«

Die Wirtschafterin wartete noch eine Weile, bis der Kleine zu schluchzen aufgehört hatte. Erst, als sein ruhiger Atem verriet, daß er wieder schlief, stahl sie sich aus dem Zimmer.

»Jane, welchen Unsinn hast du Master Georgie von diesem Polizisten erzählt?«

»Ich *hab'* ihm ja gar nichts erzählt!«

»Aber ja doch – du hast! Und jetzt hat ihm davon geträumt!«

»Wir sind heute morgen Tisdall begegnet, draußen am Dowhead, auf unserer Fahrt mit dem Eselskarren. Vielleicht war es *das*!«

»Ach was! Sag, willst du das Kind denn zu Tode erschrecken mit deinen blöden Geschichten – und noch dazu hinterm Rükken des Herrn? Wenn ich dich noch *ein*mal erwische dabei –« und so weiter.

Der Sechsjährige in seinem Bett erzählte sich selber Geschichten. Das war etwas Neues, und er behielt es für sich. Vor einem Monat war es ihm eingefallen, eine von Mutter nicht mehr zu Ende erzählte Geschichte von sich aus weiterzuspinnen, und er hatte voll Freude entdeckt, daß dies ebenso neu war und spannend, als hätte die Mutter sie ihm »von Anfang bis Ende« erzählt! Ein Prinz kam vor in dieser Geschichte, der erschlug alle Drachen, doch stets nur für eine einzige Nacht! Also machte sich Georgie zum Prinzen, zum Pascha, zum Riesentöter und Gott weiß zu was noch (nur durfte er's keinem Menschen verraten, sonst hätt' man gelacht über ihn) – und wurde von seinen Geschichten unmerklich ins Traumland hinübergetragen, wo er so viele Abenteuer bestand, daß er sich ihrer nach dem Erwachen nur mehr zur Hälfte entsinnen konnte. Aber alle begannen auf gleiche Weise, oder, wie Georgie heimlich den Schatten erzählte, die um seine Nachtlampe schwebten, »immer am selben Ort«. Und der Ort war ein Reisighaufen, irgendwo an einem Strand, und um jenen Haufen herum lief Georgie mit anderen Kindern – Mädchen und Buben – jedesmal um die Wette! Wenn aber der Wettlauf zu Ende war, kamen da Schiffe vom Meer, die fuhren bis weit auf das trockene Land und taten sich auf zu riesigen Pappkartonschachteln! Oder es konnte auch sein, daß grüngoldne Eisengeländer plötzlich nachgaben vor ihm – man konnte durch sie hindurchgehen, ja sogar umwerfen konnte man sie – aber nur, solange man wußte, daß es im Traum war! Nie konnte Georgie sich länger als ein paar Sekunden auf das Geträumte besinnen, denn beim Erwachen war alles immer ganz wirklich, und Georgie, anstatt

Haus um Haus die Erwachsenen totzumachen (als gerechte Strafe für sie), saß dann trübselig herum auf den riesigen Stufen zur Tür und leierte das Einmaleins vor sich hin, so weit er's schon konnte – und er konnte es bis viermal sechs.

Die Prinzessin in seinen Geschichten war ein Geschöpf von bezaubernder Schönheit (sie stammte aus einer alten, bebilderten Ausgabe von Grimms Märchen, die nicht mehr im Handel war) und spendete Georgie immer viel Beifall, weil er so tollkühn umsprang mit all den Drachen und Büffeln! Er aber gab ihr dafür die schönsten zwei Namen, die ihm jemals zu Ohren gekommen: Annie und Louise, und er machte für sie *Anneluise* daraus. Sobald aber seine Geschichten in Traum übergingen, verwandelte sie sich immer in eines der kleinen Mädchen an jenem Reisighaufen – doch Titel und Krone behielt sie! Einmal sah sie zu, wie er draußen vorm Strand in den geträumten Wogen versank (tags zuvor war er von dem Kindermädchen zum Baden ans wirkliche Meer geführt worden), und da sagte er, als er schon unterging – »Die arme Anneluise! Jetzt wird sie aber sehr traurig sein, wo ich doch tot bin!« Anneluise indes schritt langsam am Strand auf und ab und rief nur – »›Ha! Ha!‹ sagte die Ente und lachte!« Das wäre für jedes wache Gemüt zwar nicht sehr passend gewesen, doch es mußte eine Art Zauber damit verbunden sein, denn der Meeresgrund hob sich sogleich, und Georgie watete wohlbehalten ans Land, mit einem zwölf Zoll großen Blumentopf an jedem Fuß! Und weil's ihm im wirklichen Leben aufs strengste verboten war, mit Blumentöpfen zu spielen, kam er sich herrlich unartig vor!

Als Georgie sieben Jahre alt war, bewirkte das Leben der Großen, welches er hinnahm, ohne es zu verstehen, eine Veränderung seiner Welt. Sie nannten das »Oxford-Besuch«. Da gab es große, von weiten Grasflächen umgebene Häuser, da dehnten sich endlose Straßen, und vor allem gab es da etwas, das sich »Buttery« nannte und eine Art Speisekammer sein mußte! Die wollte Georgie unbedingt sehen: er glaubte, es müsse dort überaus lecker und nahrhaft zugehen! Und er sah, daß seine Vermutung zutraf, als ihn das Kindermädchen durch ein Mauergewölbe zu einem ganz dicken Herrn führte, welcher ihn fragte, ob er denn gern ein Stück Brot hätte, mit recht viel Käse darauf? Und Georgie, daran gewöhnt, ununterbrochen zu naschen, aß alles auf, was die Speisekammer ihm bot, und war auch bereit, jenen bräunlichen Saft namens »Starkbier« zu trinken, hätt' ihn das Kindermädchen nicht rechtzeitig mit sich genommen zu einer Nachmittagsvorstellung von etwas, das »Pfeffers Gespenst« hieß und namenlos aufregend war! Da rollten die Köpfe der Leute über die Bühne, und klappernde Knochengerippe tanzten herum, dieweil Mr. Pfeffer, ein fraglos abscheulicher Kerl, im wehenden Umhang, mit gebreiteten Armen und im schwärzesten Baß (noch nie zuvor hatte Georgie einen Menschen so singen gehört) sich über sein jammervolles Schicksal beklagte! Ein Erwachsener wollte Georgie erklären, dies sei nur Illusion und werde mit Hilfe von Spiegeln erzeugt, also brauche er sich überhaupt nicht zu fürchten! Georgie wußte zwar nicht, was das ist, eine Illusion, doch daß ein Spiegel was Gläsernes war, mit einem Elfenbeingriff untendran, und auf Mutters Frisiertisch lag, das war ihm bekannt.

Deshalb war, was er da zu hören bekam, für ihn bloß »fades Gerede« der »Großen«, und so sah Georgie sich zwischen den Szenen nach Interessanterem um: neben ihm saß ein kleines, ganz in Schwarz gekleidetes Mädchen. Ihr Haar war so straff aus der Stirn gekämmt wie in dem Buch »Alice im Wunderland«. Die Kleine sah jetzt zu Georgie herüber, und er auf die Kleine – und so war man bekannt miteinander, ohne viel Umstände machen zu müssen.

»Ich habe mich in den Daumen geschnitten«, sagte er einfach. Es war dies der erste Erfolg seines ersten, wirklichen Messers – ein grausam tiefer, dreieckiger Einschnitt, den er hütete wie einen Schatz.

»Wie ßade – eß tut mir ßo leid«, lispelte sie. »Kann ich eß anßauen? – Bitte!«

»Es ist ein Lleu-koh-blast-Pflaster drüber – aber darunter ist alles voll Blut!« erklärte bereitwillig Georgie.

»Tut ßowaß nicht ßrecklich weh?« Die grauen Augen der Kleinen war voll Anteilnahme und Mitleid.

»Fürchterlich weh! Kann sein, daß ich auch noch die Maulsperre kriege!«

»Eß ßaut ja ganß ßrecklich auß – und tut mir ßoo leid!« Sie legte den Zeigefinger auf Georgies Hand und hielt den Kopf seitlich, um besser sehen zu können.

Da wandte das Kindermädchen sich um und riß Georgie heftig zurück: »Mit kleinen Mädchen, die man nicht kennt, redet man nicht, Master Georgie!«

»Aber, ich kenne sie ja – und sie ist sehr nett! Ich mag sie und hab' ihr auch gleich meinen zerschnittenen Daumen gezeigt!«

»Was denn nicht noch! Komm, wir tauschen die Plätze!«

Damit schubste sie Georgie hinüber auf ihren Sitz und nahm ihm damit alle Sicht auf die Kleine, während der »Große« aus der hinteren Reihe wieder mit seinen unnützen Erklärungen anfing.

»Aber ich *fürcht*' mich ja gar nicht!« sagte der Junge und wand sich vor Unbehagen. »Warum schlafen Sie denn nicht am Nachmittag, wie Mr. Provostoforiel das immer tut?«

Georgie war nämlich einem »Großen« vorgestellt worden, der hatte so ähnlich geheißen und war gleich darauf eingeschlafen, ohne ein Wort zu verlieren! Deshalb hielt Georgie ihn für den bedeutendsten aller Erwachsenen von Oxford und war seither bemüht, den Vorhaltungen jenes Herrn mit Schmeichelei zu begegnen. Doch dieser da, in der hinteren Reihe, schien das nicht sehr zu mögen, wenngleich er von jetzt an den Mund hielt. So lehnte Georgie sich in seinen Sessel zurück und folgte wortlos und hingerissen den Vorgängen auf der Bühne. Jetzt fing jener Mr. Pfeffer wieder zu singen an, und der dröhnende Baß, das rotglühende Feuer, der nebelhaft wehende Umhang – all das vermischte sich nun mit dem Bilde des Mädchens, das sich so lieb um Georgies zerschnittenen Daumen gekümmert.

Als die Vorstellung aus war, nickte sie Georgie noch einmal zu, und Georgie nickte zurück. Bis zum Schlafengehen redete er nur das nötigste, denn der Kopf war ihm voll von ganz neuen Farben und Tönen, von Lichteffekten und von Musik und vielerlei anderen Dingen, soweit er imstande war, sie zu verstehen. Und Mr. Pfeffers tieftönendes Klagen vermischte sich dem Gelispel des Mädchens! In jener Nacht erdachte Georgie eine ganz neue Geschichte, aus der er bedenkenlos jene »Rapunzel-Rapunzel-dein-goldenes-Haar-laß-herunter«-Prinzessin hinauswarf, zusamt ihrer Krone, die ihr die Gebrüder Grimm aufgesetzt hatten, worauf er eine ganz neue, andere *Anneluise* an ihre Stelle setzte. So war es nur zu natürlich, daß ihn beim nächstenmal an seinem Reisighaufen eine Kleine erwartete, deren Haar straff zurückgekämmt war, und die jetzt viel mehr als früher jener Alice vom Wunderland glich. Und dann rannte man um die Wette, und die nächtlichen Abenteuer begannen.

Zehn Jahre an einer englischen Schule lassen zum Träumen nicht sehr viel Zeit. Georgie wurde größer, nahm an Brustumfang zu – und erlernte auch sonst mancherlei, das nicht im Zeugnis vermerkt ist unter einem System aus Kricket, Fußball und Schnitzeljagden an vier bis fünf Tagen der Woche, und wenn mal ein Junge derlei Vergnügen schwänzte, dann setzte es drei gepfefferte Hiebe mit der eschenen Gerte! So ward er zum »Fuchs« der Unteren Dritten, stets mit zerknittertem Kragen und staubigem Hut, brachte es auch zum Leichten Halfback beim Fußball der Kleinen, wurde hernach durch die Stumpfheit der Unteren Vierten geschleust, wo alles sich sammelt, was für die Schule nicht taugt, errang seine Kappe fürs »Zweite Fünfzehnerteam«, genoß dann das Privileg, seine Bude mit nur zwei anderen teilen zu müssen, und faßte den Posten des Zweiten Klassenvertreters ins Auge. Vollends zu Ansehen brachte er es als Schülervertreter und beglaubigter Spielkapitän, und später als Führer des Schulheims, wo er mit seinen Gehilfen auf Anstand und Disziplin achtete bei siebzig Insassen im Alter von zwölf bis siebzehn. Dann wurde er höchste Instanz bei der Schlichtung von Streitigkeiten in der schwierigen Sechsten und avancierte danach zum Vertrauten und Bundesgenossen des Internatsleiters. Wenn er nunmehr im schwarzen Trikot, in den weißen Kniehosen und schwarzen Strümpfen der Ersten Rugbymannschaft auf dem Spielfeld erschien, den Ball unterm Arm und die alte, zerschlissene Kappe forsch ins Genick geschoben, hielten die Kleinen der Unterstufe sich ehrfürchtig abseits, wogegen die »neuen Kappen« des Teams ostentativ herzutraten und ihn vor aller Welt ins Gespräch zogen! Und schon im Sommer, sobald er von einem flauen, aber sicheren Spiel zurückkehrte in seinen Pavillon, spielte es keinerlei Rolle mehr, ob er nun gar nichts erzielt hatte oder, wie früher einmal, gleich Einhundertdrei: ob so oder so, man bejubelte ihn, und das Weibervolk, welches gekommen war, um dem Match beizuwohnen, hatte nur Augen für *ihn* – für Cottar, den *Größten*! »Seht doch – da kommt er!«

In erster Linie jedoch hatte er sich um den »Ruf« der Schule zu kümmern, und nur die wenigsten machen sich einen Begriff, wieviel leidenschaftliche Hingabe gewisse Jungen für dieses Amt aufbringen können! Das Zuhause war nur ein fernes Land mit Ponyreiten, Angeln und Jagen, aber auch lästigen Gästen, die einem andauernd die eigenen Pläne vergällten. Da war die Schule schon eine andere Welt, eine wirkliche, wo bedeutsame Dinge sich taten, wo Krisen ausbrachen, die gleich zu Beginn und in aller Stille beigelegt werden mußten! Nicht ohne Grund heißt es ja, »Überlaßt es den Konsuln, die Republik zu bewahren vor Schaden«, und so war Georgie sehr froh, sich am Ende der Ferien wieder in Amt und Würden zu sehen. Und hinter ihm, wenngleich nie zu nah, stand der weise, maßvolle Leiter des Internats, riet in dem einen Fall zur Klugheit der Schlange, und empfahl im andern die Sanftheit der Taube. Auf solche Weise, durch Andeutung mehr denn durch ausdrückliche Weisung, ließ er Georgie erkennen, daß Jugendliche und erwachsene Männer eigentlich ein und dasselbe sind, und daß, wer die einen zu zügeln weiß, mit der Zeit auch die andern zu führen versteht.

Für alle übrigen freilich war die Schule nicht dazu angetan, auf Emotionen zu achten, sondern forderte sie ziemlich hart, um die Schülerzahlen in Grenzen zu halten und um hinterher die Absolventen direkt zur Armee überstellen zu können, ohne die Hilfe des Londoner Paukers, der den Jungen allzuviel beibrachte und überdies auch zu teuer war. Cottar *der Größte* ging also den Weg, den schon Hunderte vor ihm gehen gemußt: der Schulleiter gab ihm sechs Monate lang noch den nötigen Schliff, lehrte ihn, wie man auf Fragen gewisser Prüfer am besten zu antworten habe – und übergab ihn sodann den zuständigen Ämtern, die ihn nach Sandhurst* weiterreichten. Dort merkte er bald genug, daß er wieder einmal ganz von unten anfangen müsse, bewirkte durch Respektierung der Älteren rasch, daß auch sie ihn respektierten, wurde dann zum Korporal befördert und konnte hinfort über Leute gebieten, welche sowohl die Sünden der Jugend als auch die Laster des Mannesalters in sich vereinten. Sein Lohn war auch hier eine Anzahl Pokale bei sportlichen Wettbewerben, ein Ehrendegen für »Gute Führung« und schließlich die Dekretierung zum Subaltern-Offizier durch Ihrer Majestät Beförderungskommission. Man versetzte ihn zu einem Linienregiment Erster Klasse, und er, ohne recht um die Gediegenheit seines Charakters zu wissen, freute sich seiner wohlwollenden Aufnahme in der dortigen Messe. Geldsorgen kannte er nicht, die Schule hatte ihm beigebracht, sein wahres Gesicht nicht zu zeigen, und ihn auch gelehrt, was alles »ein Junge nicht tun darf«. Das half ihm nun, Augen und Ohren offen, aber den Mund geschlossen zu halten.

Nach den Usancen des Englischen Weltreichs sah er sich über kurz oder lang nach Indien verschlagen, wo er Bekanntschaft machte mit dem Alleinsein in einem indischen Leutnantsquartier – ein Zimmer, ein Überseekoffer – und, in der

* königl. Militärakademie in Berkshire. Anm. d. Ü.

Messe, mit den Grundzügen so neuen Lebens. Immerhin gab es ausreichend Pferde in diesem Land – Ponies zu erschwinglichen Preisen, und für den, der sich's leisten konnte, auch noch den Polosport. Und auch den kläglichen Rest einer Hundemeute fand Cottar vor. So mühte er sich voran auf seinem Weg, ohne allzusehr zu verzweifeln. Mit der Zeit erkannte er auch, daß ein indisches Regiment ein womöglich noch besseres Sprungbrett für den aktiven Dienst war, als er vermutet hatte, und daß man auch als Berufssoldat sein Auskommen finden konnte. Ein Major an der neuen Schule bestärkte ihn enthusiastisch in dieser Idee, und so trugen die beiden eine Fachbibliothek militärwissenschaftlicher Werke zusammen und lasen und diskutierten häufig bis tief in die Nacht hinein. Aber der Regimentsadjutant blieb bei der alten Weisheit: »Lern erst einmal deine Männer kennen, mein Junge, und sie folgen dir bis in die Hölle! Mehr ist nicht nötig – nur, lern deine Männer kennen!«

Nun glaubte zwar Cottar, er kenne sie ja vom Kricket und anderen Regimentsspielen her zur Genüge – aber ihr wahres Wesen zeigte sich erst, als er mit einer zwanzig Mann starken Abteilung in ein dreckiges Außenfort abrücken mußte, oben im Bergland, an einer Schiffsbrücke über den reißenden Fluß. Und als dann das Hochwasser kam, mußten sie längs der Ufer allesamt hinter den losgerissenen Pontons herjagen. Anderes gab's nicht zu tun, und so ergaben die Männer sich der Besäufnis, dem Hasardieren und dem handgreiflichen Streit. Insgesamt waren sie ein erbärmlicher Haufen – wie ja nach Gewohnheit den jüngeren Offizieren die übelsten Kerle aufgehalst werden. Cottar sah solchem Treiben zu, solange er's vor sich verantworten konnte – und sandte dann Post ins Flachland hinunter, um ein Dutzend Paar Boxhandschuhe.

Er rief seine Leute zusammen: »Nichts gegen eure Raufhändel«, verkündete er, »wenn ihr nur verstündet, eure Fäuste recht zu gebrauchen! Aber das könnt ihr ja nicht. Nehmt diese Dinger da, und ich werd' es euch zeigen!« Und die Männer wußten seine Bemühung zu schätzen: von jetzt ab, anstatt einen Kameraden zu lästern, ihn zu verfluchen oder gar mit der Schußwaffe zu bedrohen, konnten sie ihn beiseite nehmen und sich bis zur Erschöpfung mit ihm herumprügeln. Es traf zu, was einer der Männer erklärte, als er mit verschwollenem Mund und einem geschlossenen Auge an einer der Schießscharten Blut spuckte über die Mauer: »Wir haben's mit Ihren Dingern versucht – an die zwanzig Minuten, Sir, aber das macht keinen Spaß. Wir haben danach die Handschuhe ausgezogen und es noch einmal zwanzig Minuten probiert, ganz so, wie Sie's uns gezeigt haben – und erst *das* hat uns gutgetan. Dabei war's kein Raufhandel, Sir, sondern bloß eine Wette!«

Cottar verkniff sich wohlweislich das Lachen, animierte die Männer aber zu weiteren Sportarten – zum Querfeldeinlauf in Sporthemd und Hose auf einem vorher markierten Parcours, und zum Einzeltraining am Abend, bis die Bewohner der Gegend, in ihrer natürlichen Lust an jederlei Kampfspiel, sich fragten, ob diese weißen Männer denn auch zu ringen verstünden? Sie sandten deshalb einen Mann in das Fort, der nahm die Soldaten am Hals und schleuderte sie in den Dreck, und die gesamte Besatzung hatte Freude daran und ließ es sich etwas kosten, um all diese Griffe und Würfe zu lernen – und das war bei weitem besser, als das Geld für obskureren Zeitvertreib hinauszuwerfen. Noch mehr aber freute das Landvolk sich über die neuen Wettkämpfe.

Auf Ochsenkarren war die Abteilung herauf in die Berge gezogen – aber im Fußmarsch kehrte sie zu ihrem Standort zurück und bewältigte dreißig Meilen pro Tag! Keine Maroden, keine Häftlinge, keinen Kriegsgerichtskandidaten führte sie mit sich. Die Männer verteilten sich unter die Freunde, sangen das Lob ihres Leutnants und hielten im übrigen Ausschau nach streitbaren Gegnern.

»Junge, wie hast du das fertiggebracht?« erkundigte sich der Regimentsadjutant.

»Oh, ich hab' ihnen bloß das Fett heruntergeräumt und ihnen dafür ein wenig Muskulatur angeschwitzt. Das Ganze war nicht viel mehr als ein Spaß!«

»Wenn du die Sache *so* siehst, dann kannst du von uns jede Menge Spaß haben! Der junge Davies fühlt sich nicht wohl, ist aber als nächster zum Außendienst kommandiert. Möchtest du für ihn einspringen?«

»Bist du sicher, daß er nichts dagegen hat? Ich will mich nicht vordrängen auf seine Kosten, verstehst du?«

»Da kannst du ganz unbesorgt sein! Du kriegst ja von uns den letzten Dreck dieses Korps, und kannst zusehen, was du draus machst!«

»In Ordnung«, versetzte Cottar. »Das macht mir bei weitem mehr Spaß, als hier unten herumzuhängen.«

»Komische Sache«, sagte der Regimentsadjutant, sobald Cottar mit zwanzig anderen Kerlen, die noch übler waren als die seiner ersten Abteilung, in die Berge gezogen war. »Wenn Cottar es nur im geringsten verstünde – die Hälfte der Weiber im Stützpunkt – hol' sie der Teufel – würde ihr Augenlicht dafür geben, wenn sie den Jungen ins Bett kriegen könnten!«

»Ach – *des*halb hat Mrs. Elery sich beklagt, ich nähme den netten Neuen viel zu hart her«, sagte ein Bataillonskommandeur.

»Ganz recht. Und – ›Warum kommt er denn abends nie zum Musikpavillon?‹, und ›Könnte man ihn nicht beim Tennis zu einem Doppel bewegen, er und ich gegen die Hammonmädchen?‹« höhnte der Adjutant. »Schaut euch dagegen den jungen Davies an, wie der sich zur Spottfigur macht bei der aufgedonnerten Alten, die seine Mutter sein könnte!«

»Niemand kann Cottar nachsagen, daß er hinter den Weibern her wäre, ob schwarz oder weiß!« versetzte nachdenklich der Major. »Aber gerade das ist die Art, die oft das schlimmste Ende nach sich zieht!«

»Nicht bei Cottar. Ich bin nur ein einziges Mal einem Kerl von seinem Kaliber begegnet – Ingles hat er geheißen, in Südafrika. Der war ein ebenso zäher und durchtrainierter Athlet und einzig darauf bedacht, immer in Höchstform zu sein. Hat ihm aber nicht viel genützt – bei Wesselstroom ist er gefallen, eine Woche vor Majuba*. Was ich mich frage, ist nur, wie der Junge solch einen Haufen zurechtstauchen wird?«

Sechs Wochen später kreuzte Cottar neuerlich auf, im Fußmarsch, mit all seinen Leuten. Er redete nie über das, was er mit ihnen angestellt hatte, aber die Männer erzählten begeistert davon, und so kam über die Sergeanten, die Offiziersburschen und andere Zuträger auch dem Oberst etwas zu Ohren.

Es gab große Eifersucht zwischen Cottars erster und zweiter Abteilung, aber sämtliche Männer waren sich einig in seiner Bewunderung, und sie zeigten ihm das, indem sie ihm alles ersparten, womit man einem mißliebigen Offizier die Hölle heißmachen kann. Dabei war Cottar so wenig wie in der Schule drauf aus, sich beliebt zu machen, und wurde gerade deshalb beliebt. Er begünstigte keinen – nicht einmal dann, als der schlampigste Krummstiefel seines Haufens die Kompanie beim Kricketmatch noch im letzten Moment herausriß mit nicht mehr erwarteten Dreiundvierzig! Auch ließ er keinerlei Leerlauf aufkommen, spürte rein instinktiv jeden Herumtreiber auf und machte ihm Beine. Er sah nicht viel Unterschied zwischen dem frisch von der Schulbank eingerückten Rekruten und einem Längerdienenden aus dem Depot, weil der ja genauso ahnungslos war. Und die Sergeanten, die es mitansahen, trugen ihm Dinge zu, die man sonst vor den jüngeren Offizieren verheimlicht. Seine Worte zitierte man in der Kantine, beim Wetten oder beim Tee, und man respektierte sie auch. Und der bösesten Hexe des Korps, welche sämtlichen anderen Weibern nachsagte, sie wären nur dafür gut, die Kochherde kaputt zu machen, verschlug es die Rede, sobald Cottar nach Vorschrift am Morgen erschien und fragte, ob jemand »etwas zu melden« habe?

»Alles mögliche hätt' ich zu melden«, sagte Frau Korporal

* Natal, Burensieg über die Briten, 1881. Anm. d. Ü.

Morrison. »Jeden Tag könnt' ich der fetten Kuh, dieser O'Halloran, den dreckigen Hals umdrehn! Aber so ist's nun einmal: da steckt er den Kopf durch die Tür, schaut so blöd vor sich hin und flüstert nur ›Etwas zu melden?‹ – und da bringst du kein Wort mehr heraus! Abküssen könnte man ihn – und irgendwann *tu'* ich es auch! Ach ja – kein größeres Glück, als so eine junge Unschuld sich einzufangen! Ich muß jetzt zu ihm, ihr Mädchen – hat wer was dagegen?«

Cottar sprengte soeben zum Polo hinüber und wirkte sehr stattlich, als er sein übermütiges Pony zwang, über den niedrigen Erdwall zu setzen, hinter dem das Übungsfeld lag. Auch andere Frauen empfanden so ähnlich wie Frau Korporal Morrison. Cottar jedoch blieb elf Stunden am Tag unabkömmlich und ließ sich durch Unterröcke auch nicht beim Tennis beirren. Dergleichen wäre ja doch nur »müßiger Quatsch«, erklärte er lachend seinem Major. In der Messe gab's keine Frauen, bis auf die Gemahlin des Regimentskommandeurs, und zu der hielt Cottar gehörigen Abstand. Sie sagte stets »mein Regiment« – und man weiß ja, was das zu bedeuten hat! Trotzdem – als man sie nach einem Schießwettbewerb mit der Preisverleihung betrauen wollte, und sie sich dagegen verwahrte, weil einer der Sieger mit einem Mädchen verheiratet war, das sich respektlos geäußert hatte hinter dem breiten Rücken der Dame, wurde Cottar einhellig dazu ausersehn, sie »doch noch herumzukriegen«. Das tat er denn auch, in seiner besten Ausgeh-Uniform, aber simpel und unverblümt, und sie gab schließlich nach.

»Sie hat sich bloß für die Fakten des Falles interessiert«, erläuterte er. »Die hab' ich ihr mitgeteilt – und so war sie im Bilde.«

»Tjaa«, meinte der Regimentsadjutant. »So wird es wohl sein. Kommst du heut' abend zum Füsilierball, Galahad*?«

»Nein, vielen Dank. Ich habe was zu besprechen mit dem Major.« Und so saß unser Tugendbold bis zur Mitternacht im

* Sir Galahad, Gralsritter der engl. Sage. Anm. d. Ü.

Quartier des Majors, mit zwei Kompassen und einer Stoppuhr, und verschob bunte Bleiklötzchen auf der Spezialkarte 1:10000.

Danach ging er zu Bett und schlief den Schlaf des Gerechten, voll heilsamer Träume. Aber zu Anfang der zweiten Hitzeperiode fiel ihm an den Träumen eine Besonderheit auf: zwei oder dreimal im Monat wiederholten sie sich oder setzten einander fort! Dabei sah er sich jedesmal auf derselben Straße ins Traumland hinübergleiten: sie führte an einer Küste entlang und an einem Reisighaufen vorüber. Zur Rechten breitete sich das Meer, manchmal, bei Flut, ganz nah unter Land, dann wieder weit draußen am Horizont, bei äußerster Ebbe. Doch jedesmal war es das nämliche Meer. Und auf jener Straße ging es hernach einen Abhang hinauf, der mit kurzem, verdorrtem Gras bedeckt war, und von dort in wunderbar traumhafte Täler. Und jenseits der Höhe, die bekrönt war von einer Art Straßenlaterne, konnte alles und jedes passieren! Aber bis zu jener Laterne war ihm die Straße so sehr vertraut wie sonst nur der Exerzierplatz. Und er gewöhnte sich dran, schon von weitem jenen bewußten Punkt anzusteuern, denn hatte er ihn erst erreicht, so war er so gut wie sicher, einschlafen zu können, und das war bei dieser indischen Hitze gar nicht so einfach! Zunächst, nur als Schatten unter geschlossenen Lidern, zeigten sich ihm die Konturen des Reisighaufens. Danach kam das Weiß der sandigen Küstenstraße, ganz nahe am Absturz zur schwarzen, unruhigen See. Dann war da die Kurve landeinwärts, hinauf zur einsamen Laterne. Und war er besonders unruhig, aus dem einen oder anderen Grund, so brauchte er sich nur zu sagen, er werde gewißlich dort ankommen – ganz sicher werde er das –, wenn er die Augen geschlossen hielte und den Dingen ihren Lauf ließe. Eines Abends jedoch, nach einer Stunde angestrengtesten Polos (das Thermometer in seinem Quartier zeigte noch um zehn Uhr nachts 35 Grad Hitze) konnte er keinen Schlaf finden, obwohl er sein bestes tat, um zu der vertrauten Straße und auf ihr zu jenem Punkt zu gelangen, wo er jedesmal einschlief. Zuletzt aber sah er doch noch den Reisighaufen vor sich und hastete über die Höhe, denn er spürte die hellwache Hitze des Tags ganz nah hinter sich! Mit vor Müdigkeit summendem Kopf gelangte er zu der Laterne – und da sprang plötzlich ein Polizist – ein ganz gewöhnlicher Landgendarm – vor ihm auf und packte ihn an der Schulter, noch ehe er in dem schützenden Tal hätte verschwinden können! Tiefes Entsetzen befiel ihn – das hoffnungslose Entsetzen der Träume –, denn der Polizist sprach mit der furchterwekkenden Deutlichkeit aller geträumten Stimmen – »Ich bin Polizeisergeant Tag, auf dem Rückweg aus der Schlafenden Stadt. Und *du* kommst jetzt mit!« Und da wußte Georgie auf einmal, daß jener die Wahrheit sagte – daß gleich dort unten die Stadt allen Schlafes lag, sie, wo er hätte Schutz finden können, und daß dieser Polizist Dingsda die Machtbefugnis besaß, ihn zurück in die elende Wachheit zu scheuchen! Schwitzend vor Angst starrte er auf die mondbeschienene Wand – und niemals konnte er diesen Schreck überwinden, obwohl ihm der Polizist bei so heißem Wetter zu wiederholten Malen entgegentrat. Sein Erscheinen verhieß jedesmal eine sehr böse Nacht!

Doch gab es auch Träume von einer ganz anderen Art – vollkommen ungereimte –, und sie brachten unaussprechliche Freuden mit sich! Und allesamt nahmen sie ihren Anfang an jenem Reisighaufen! Zum Beispiel traf er da neben der Straße einen Raddampfer an (den er vor vielen Nächten schon einmal bemerkt hatte) und betrat dessen Deck, worauf jener Dampfer mit unübertrefflicher Schnelligkeit über das ölglatte Meer fuhr! Das war herrlich, weil Georgie ja wußte, daß er große Dinge entdecken würde! Und der Dampfer legte bei einer Lilie an, die in einen Stein graviert war, der auf ganz natürliche Weise auf dem Wasser dahintrieb. Und als Georgie sah, daß auf der Lilie »Hongkong« geschrieben stand, sagte er »Wie denn auch anders! So hab' ich mir Hongkong seit je vorgestellt! Wie schön es doch ist!« Und nach einer Reise von Tausenden Meilen legte der Dampfer bei einer zweiten Steinlilie an, und auf ihr stand »Java« geschrieben. Und dieser Name freute ihn über die Maßen, denn er wußte jetzt, daß man am Ende der Welt war! Aber der kleine Dampfer fuhr immer weiter und warf erst Anker in einer tiefen Süßwasserbucht, deren Ränder aus glattem, moosübergrüntem Marmor bestanden. Ganze Inseln aus Lilien durchsetzten die Wasserfläche, und das Röhricht des Ufers wölbte sich drüber. Jemand bewegte sich in jenem Dickicht, und Georgie wußte, daß er hierher an das Ende der Welt gereist war, um diesen Jemand zu sehen! Deshalb war er vollkommen zufrieden, ja sogar glücklich – und schwang sich über die Reling, um die Person aufzusuchen. Als jedoch seine Füße das stille Wasser berührten, ward es augenblicklich zu einer sich raschelnd entrollenden Karte, zu einem Sechsten Viertel des Erdballs, jenseits aller menschlichen Vorstellungskraft, mit gelben und blaufarbnen Inseln, deren Beschriftung quer über sie hinlief. Und zwischen den Inseln ging es auf fremde Meere hinaus, so daß Georgie nur mehr den Wunsch empfand, über so wogendem Atlas auf raschestem Weg in bekanntere Breiten zurückzukehren. Immer wieder sagte er sich, daß man dabei nicht zu hastig sein dürfe, aber strebte trotzdem in verzweifelter Hast von hier fort, und die Inseln glitten ihm unter den Füßen davon, die Meerengen gähnten und weiteten sich – bis er sich gänzlich verirrt fand in der Vierten Dimension dieser Welt, ohne Hoffnung auf Rückkehr! Dennoch, in gar nicht so großer Entfernung zeigte sich ihm die bekannte, die frühere Welt mit ihren Flüssen und Höhenzügen, alles markiert nach den kartographischen Regeln von Sandhurst. Und plötzlich lief jene Person, derentwegen er hier in der Lilienbucht war (so hieß jener Ort), ihm durch unerforschte Gebiete voran und wies ihm den Weg. Gemeinsam liefen sie weiter, hielten sich an den Händen und kamen so an eine Straße, die über Felsschluchten führte und durch untertunnelte Berge! »Hier geht es zum Reisighaufen«, sprach jetzt das begleitende Wesen, und damit war alle Angst von Georgie genommen. Er bestieg jetzt ein Pony, weil er ja wußte, daß nun der Dreißigmeilenritt kam, wobei es sehr schnell zu sein galt! Und er ritt pfeilgeschwind durch alle die hallenden Tunnels und über die Kehren der Straße, und in einemfort ging es bergab, bis er zur Linken die See rauschen hörte und sie im Lichte des Vollmonds über den sandigen Strand heranstürmen sah bis an die Klippen! Tief aufgewühlt waren die Wogen, aber die Küste war ihm bekannt: landeinwärts lagen die schwärzlich-purpurnen Höhen, und über die Heide pfiff raschelnd der Wind. Da und dort war die Straße weggeschwemmt worden, und die Wasser strömten herein, ihn zu verschlingen – schwarze, gischtlose Zungen mattschimmernder Flut. Aber die eigentliche Gefahr drohte nicht von der See – wie er wußte –, sondern sie kam nur von »ihnen«, wer immer »sie« waren, und lag auf der Lauer landeinwärts, zur Rechten! Und ebenso war ihm bewußt, daß er in Sicherheit wäre, könnte er jene Kuppe erreichen, auf der die Laterne stand. Und es kam, wie erwartet: schon auf eine Meile Entfernung erblickte er längs der Küste das einsame Licht, sprang, als er dort war, vom Pferd, wandte sich rechts und ging leise hinüber zum Reisighaufen, entdeckte dort, daß auch das winzige Dampfboot wieder an seinem Ausgangspunkt lag – und muß danach eingeschlafen sein, denn an das weitere konnte er sich nicht erinnern. »Ich kriege die geographische Lage des Orts noch heraus«, sagte er sich beim Rasieren am Morgen. »Ich muß irgendwie einen Kreis gemacht haben! Überlegen wir mal: der Dreißigmeilenritt (wie zum Teufel hab' ich gewußt, daß er ›Dreißigmeilenritt‹ heißt?) trifft auf die Küstenstraße jenseits der ersten Höhe, auf der die Laterne steht. Und jenes Landkartengebiet liegt noch *hinter* den dreißig Meilen, irgendwo rechts hinaus, jenseits der Tunnels und Berge. Komisch sind solche Träume! Wie kommt es nur, daß dieser eine so gut zu den anderen paßt?«

Seinem soliden, rechtschaffnen Weg blieb er treu durch alle die jahreszeitlich bedingten und deshalb stets wiederkehrenden Pflichten. Dann wurde das Regiment an einen anderen Standort verlegt, und das bedeutete zwei lange Monate Fußmarsch, nur aufgelockert durch allerlei Jagdvergnügen. Und als man endlich angelangt war im neuen Quartier, wurde er Mitglied des dortigen Zeltclubs und ging mit dem Kurzspieß auf Keilerjagd. Auch lernte er, wie man den *Punch-Mahsir** fängt, neben dem sich der Tarpon oder Silberkönig ausnimmt wie ein Hering, so daß jeder, der solch einen Fisch an Land zieht, sich mit Fug und Recht seiner Anglerkunst rühmen darf. Es war dies nicht minder spannend und neu wie die Jagd auf das Großwild, die zu seiner Domäne wurde, sobald er sich mit seinem ersten Tiger hatte photographieren lassen, für seine Mutter.

Dann wurde der Regimentsadjutant zur Beförderung eingegeben, und Cottar freute sich ehrlich darüber, denn er schätzte den Adjutanten und fragte sich ernsthaft, wer denn die Fähigkeit hätte, die freigewordene Position einzunehmen. So traf ihn beinahe der Schlag, als diese Würde auf *ihn* kam, und der Oberst so lobende Worte fand, daß Cottar errötete bis an die Ohren! Die Position eines Adjutanten ist keine wesentlich andre als die eines Schülerführers, und das Verhältnis von Cottar zum Regimentskommandeur war denn auch ziemlich das gleiche wie einstmals zum Leiter des Internats. Aber im heißen Klima verliert man nur allzu leicht die Beherrschung, und so wurden Dinge gesagt und getan, die Cottar ziemlich zu schaffen machten, so daß er mitunter bös in die Klemme geriet, aus der ihm sein Feldwebel jedesmal loyal und stillschweigend heraushalf. Die zu nichts taugten, lehnten sich auf wider ihn, Schwachköpfe legten es darauf an, ihn vom rechtlichen Weg abzubringen, und die Engstirnigen – eben jene, von denen Cottar geglaubt, sie würden »nie tun, was ein Junge nicht tun *darf*«, unterstellten ihm hundsgemeine Motive, ja Durchstechereien bei Maßnahmen, die er getroffen hatte, ohne sich viel zu denken dabei. Alle Arten des Unrechts lernte er kennen und wurde ganz elend darüber. Sein einziger Trost waren da die Appelle, wenn er vor nahezu vollzählig angetretenen Kompa-

* *Punch*, nordind. Staat; *Mahsir*, großer, ind. Süßwasserfisch. Anm. d. Ü.

nien sich vergewissern konnte, wie wenige Kranke und Arrestanten sie zählten, und wenn er sich fragte, wann wohl die Zeit kommen werde, die so mühe- und liebevoll aufgebaute Maschinerie am Ernstfalle zu erproben! All diese Männer forderten ihm den vollen Arbeitstag ab, ja manchesmal auch noch etliche Stunden der Nacht. Das einzig Merkwürdige daran war, daß ihm niemals träumte vom Regiment, obwohl man das allgemein annahm. Aber sein Geist, befreit von der Mühe des Tags, stellte die Arbeit *insgesamt* ein oder trug ihn, falls noch irgendwie rege, über die alte Straße am Strand hinauf zu den Höhen mit ihrer einsamen Straßenlaterne, und ab und zu war da auch der gefürchtete Polizeisergeant Tag. Und nach Georgies zweiter Rückkunft aus dem Verlorenen Erdteil (dieser Traum kam wieder und wieder, zwar mit Varianten, doch stets mit der gleichen Grundkonzeption) war er so gut wie gewiß, daß er nur stillsitzen mußte, und jene Person aus der Lilienbucht würde ihm weiterhelfen. Und er wurde in dieser Gewißheit auch nicht enttäuscht! Manchesmal war er gefangen in finsteren Bergwerkstollen, so tief, als hätte man sie aus dem Herzen der Welt gehöhlt, und Menschen in ihrer Qual sangen dort hallende Lieder. Dann aber hörte er jene Person durch die Stollen und Gänge sich nähern – und fühlte sich wieder geborgen und wohl. Und sie trafen einander in Waggons der Indischen Bahn mit den niedrigen Dächern, abgestellt in einem goldgrün vergitterten Garten, und ein starres und weißes, mürrisches Publikum saß an den Frühstückstischen, die waren mit Rosen bestreut, und diese Leute trennten Georgie von seiner Gefährtin, und unterirdische Stimmen sangen tieftönende Lieder dazu.

Während der Zeit bis zum folgenden Wiedersehen war Georgie stets ganz entsetzlich verzweifelt. Sie trafen einander mitten in einer endlosen, tropischen Nacht und fanden Unterschlupf in einem sehr großen Haus. Es stand, wie er wußte, irgendwo nördlich der Bahnstation, wo die Leute an rosenbestreuten Tischen ihr Essen einnahmen. Um das Haus herum waren Gärten, dort tropfte alles vor Nässe, und in einem der

Zimmer, zu denen man nur über meilenlange und weißgetünchte Gänge gelangte, lag ein schwerkrankes Dingsda in seinem Bett. Auch war es Georgie bekannt, daß schon der geringste Lärm einen lauernden Horror auslösen würde, und ebenso wußte das seine Gefährtin. Als aber die Blicke der beiden über das Bett hin einander trafen, stellte Georgie mißvergnügt fest, daß sie ja noch ein Kind war – ein ganz kleines Mädchen mit Schnürstiefeln und straff nach hinten frisiertem, tiefdunklem Haar!

»Wie dumm!« dachte er. »Die könnte ja gar nichts machen, wenn jetzt diesem Dingsda der Kopf abfiele!«

Nun begann solches Dingsda auch noch zu husten, und der Gips bröckelte von der Decke und fiel aufs Moskitonetz – und da kamen »sie« schon herbei, von allen Seiten! Er zerrte die Kleine hinter sich her durch den stickigen Garten, verfolgt von den heulenden Stimmen, und dann spornten und peitschten sie ihre Reittiere über die dreißig Meilen längs des sandigen Strands an der donnernden See, bis sie die Höhe und die Laterne erreichten und an jenem Reisighaufen endlich in Sicherheit waren! Sehr oft waren ihre Träume auf so plötzliche Weise zu Ende, und beide waren dann wieder getrennt von einander und mußten, ein jedes für sich, die unglaublichsten Abenteuer bestehen! Aber am schönsten war es für sie, ganz deutlich zu wissen, daß ja dies alles nur Schein war! Dann durchquerten sie Flüsse, die eine Meile breit waren, und zogen nicht einmal die Schuhe aus! Oder sie legten Feuer an dichtbesiedelte Städte, bloß um sehen zu können, wie lustig es brannte, und verfuhren mit all den Schatten auf ihren Streifzügen so grob, wie Kinder es nun einmal sind. Hinterher glaubten sie immer, dafür büßen zu müssen, entweder bei jenen Eisenbahnleuten, die über den Rosen beim Essen saßen, oder oben im tropischen Hochland am anderen Ende der Dreißigmeilendistanz. Sobald sie aber beisammen waren, störte sie das nicht besonders. Doch oft und oft vernahm Georgie die gellenden Rufe des Mädchens, wenn sie von fern wie aus anderer Welt nach ihm schrie, und dann rannte er los, um ihr Hilfe zu bringen, ehe »sie« ihr etwas zuleide tun konnten!

Zu zweit erkundeten sie die dunkelpurpurnen Höhen, so weit sie sich von ihrem Reisighaufen landeinwärts wagten, und stets war es eine gefährliche Sache! Drinnen das Land war ja voll von »ihnen«, die da in den Tälern singend umhergeisterten, so daß unsre beiden sich in der Nähe des Strandes viel sicherer fühlten. So vertraut war ihm schon der Ort seiner Träume, daß er ihn auch bei Tag und in wachem Zustand für ein reales Gebiet hielt und sogar eine Faustskizze anfertigte. Natürlich ging er mit sich zu Rate – doch die Persistenz jenes Landes machte ihm Kopfzerbrechen. Seine gewöhnlichen Träume waren gestaltlos und fließend, wie das bei gesunden Träumen der Fall zu sein pflegt. Hatte er aber den Reisighaufen erreicht, so befand er sich auf vertrautem Gebiet und wußte, wohin er da ging! Manchmal verstrichen Monate, ohne daß ihm beim Schlafen etwas Besonderes auffiel. Aber dann kamen in einem einzigen Schub gleich fünf oder sechs solcher Träume, und am folgenden Morgen mußte die Karte, die er im Schreibfach verwahrte, auf den neuesten Stand gebracht werden, denn Georgie war ja ein methodischer Mensch! Natürlich bestand die Gefahr – und die älteren Kameraden sagten es ihm –, daß er sich vom Adjutanten zum »Umstandskrämer« auswachsen konnte, und sobald erst ein Offizier zu solchen Altweiberschrullen tendiert, hat sogar eine sitzengebliebene, siebzigjährige Jungfer noch mehr zu erwarten vom Leben als er.

Indes, das Schicksal sorgte von sich aus für den so dringend nötigen Wandel, und zwar, mit Winterbeginn, in Gestalt eines kleineren Feldzugs hinauf an die Grenze, der sich, nach Art aller kleinen Feldzüge, zu recht lästigen Kämpfen entwickelte. Und Cottars Regiment war eines der ersten, die dabei eingesetzt wurden. »Na«, meinte dazu ein Major, »das wird uns die Spinnweben ganz schön vom Hintern bürsten – besonders von deinem, Sir Galahad! Und die anderen können jetzt sehen, wie deine Gluckhennen-Mentalität sich auswirkt aufs Regiment!«

Cottar weinte beinahe vor Freude, als der Feldzug begann. Seine Männer waren bereit – körperlich besser in Form als andere Truppenteile. Im Feldlager hielten sie Disziplin, ob bei Trockenheit oder Nässe, ob sie satt waren oder hungrig, und sie folgten den Anweisungen der Offiziere mit der Fixigkeit und dem einexerzierten Gehorsam einer erstklassigen Rugbymannschaft. Als Verteidiger eines Stützpunkts wurden sie einmal abgeschnitten, kämpften sich aber unverdrossen zurück. Sie besetzten die Höhen und säuberten sie vom Feind mit der Geübtheit und Präzision einer wohlabgerichteten Meute, und als dann der Rückzug kam, und sie als Nachhut, von Verwundeten und Maroden in ihrer Kampfkraft behindert, zwölf Meilen zurück mußten durch ein ausgetrocknetes Tal, bedeckten sie sich mit Ruhm – auch nach Meinung der Nachbareinheiten. *Vor*gehen kann jegliches Regiment – doch nur wenige verstehen sich auf den geordneten Rückzug, mit den Verfolgern dicht an den Fersen!

Hinterher schwenkten sie ein, wurden zum Wegebau eingesetzt, oftmals unter Beschuß, und räumten dabei so manche lästige Erdschanze aus. Und erst, nachdem aller Abfall des Feldzuges fortgeschafft war, wurden auch sie, als die letzte Abteilung, zurückgenommen. Und nach einem weiteren Monat in einem befestigten Lager, was der Truppenmoral sehr viel abverlangte, kehrten sie zu ihrem Standort zurück, unterm Absingen folgender Strophe:

Was braucht er noch die andern –
  Er mag sie jetzt nicht mehr:
Er pfeift auf alle andern,
  Und macht es wie bisher!
Und geht er vor die Hunde
  Nach einem neuen Plan,
So rufen alle Weiber:
  Schau – *das* ist unser Mannomann –
  Schau – *das* ist unser Mann!

Dann erschien eine *Gazette*, der Cottar entnehmen konnte, er habe in jeder Situation »Mut, Kaltblütigkeit und Umsicht« bewiesen, habe unter Einsatz der eignen Person Verwundete aus dem feindlichen Feuer geborgen und auch ein Festungstor in die Luft gejagt – dies ebenfalls unter Beschuß. Die Folge davon war der Hauptmannsdienstgrad im Majorsrang, zusammen mit der Verleihung des D. S. O. – des Ordens für besondere Verdienste.

Soweit es die Bergung der zwei Verwundeten betraf, meinte er nur, die seien so gewichtige Burschen gewesen, daß nur er allein sie zu tragen vermochte. »Andernfalls hätt' ich natürlich ein paar meiner Leute geschickt. Na, und das mit dem Festungstor – da waren wir sicher vor allem Beschuß, sobald wir den toten Winkel unter den Mauern erreicht hatten.« Das alles hielt aber die Männer nicht ab, ihn zu bejubeln, so oft sie ihn zu Gesicht bekamen, und auch die Messe gab ihm zu Ehren ein Galadiner, und zwar am Vorabend seiner Heimreise nach England. (Ein volles Jahr Heimaturlaub zählte je ebenfalls zu den Dingen, die er sich auf dem Feldzug »herausgefetzt« hatte, wie er es nannte.) Und der Regimentsarzt, der schon ziemlich blau war, wurde sogar poetisch und faselte was von einem »hehren, helmzerhauenden Recken« und ähnlichen Blödsinn, und alle versicherten Cottar, was für ein feines Haus er doch sei! Aber als er sich endlich erhob, um seine Jungfernrede zu halten, brach ein solcher Tumult los, daß man seine Worte erst wieder verstand, als er sagte – »Völlig sinnlos, zu Leuten zu sprechen, die einen nur auf den Arm nehmen wollen! Wie wär' es mit einer Billardpartie?«

Es ist gar nicht so übel, achtundzwanzig Tage auf einem gemächlichen Dampfer zu sein, bei sonnendurchwärmter See und überdies in Gesellschaft eines weiblichen Wesens, das den Gesprächspartner merken läßt, wie sehr er nach ihrer Meinung alle anderen überragt – auch wenn diese Dame, wie das oft genug vorkommt, um volle zehn Jahre älter ist als der Herr.

Postdampfer sind nicht so unangenehm hell beleuchtet wie ein Atlantik-Liniendampfer. Umso stärker ist vorn überm Bug das tropische Meeresleuchten, und achtern, neben der Handsteuerung, sind Stille und Dunkelheit nur umso tiefer.

Demzufolge hätten mit Georgie allerlei Dinge passieren können, wäre er in bezug auf das von ihm erwartete Spiel nicht so gänzlich unerfahren gewesen: denn als Mrs. Suleika ihm in Aden eröffnete, wieviel Anteil sie nehme an seinen Medaillen, Patenten, kurz, an seinem ganzen Leben, und wie mütterlich sie um sein Wohlergehen besorgt sei, nahm Georgie dies für buchstäblich und fing sogleich an, von der eigenen Mutter zu reden (der er mit jedem weiteren Tag um weitere dreihundert Meilen näher war), von seinem Daheim und dergleichen – und dies auf der ganzen Fahrt durch das Rote Meer. Es war ja viel leichter als er geglaubt, mit einer Dame eine volle Stunde zu plaudern! Dann aber wechselte Mrs. Suleika vom Thema der Mütterlichkeit zu jenem der Liebe – zunächst rein abstrakt, doch wär' es, so meinte sie, näherer Studien nicht unwert. Im folgenden, unterm verschwiegenen Zwielicht des Abends, zeigte sie sich gewissen Vertraulichkeiten nicht abgeneigt, und Georgie hätte sie ihr nur zu willig erwiesen – kannte sich aber nicht aus, ja wußte gar nicht, daß es eigentlich seine Pflicht war, der Dame gefällig zu sein. Mrs. Suleika zeigte sich überrascht, ja wollt' es kaum glauben und stellte tiefgründige Fragen. Damit verschaffte sie sich Gewißheit und kehrte, als Frau die sie war, zur mütterlichen Variante zurück. (Georgie merkte das gar nicht.)

»Wissen Sie«, sagte sie einmal, als man schon im Mittelmeer war, »ich glaube, Sie sind mir der teuerste Junge, dem ich im Leben begegnet bin, und da hätte ich gern, daß auch Sie sich ein wenig an mich erinnern. Wenn Sie erst älter sind, werden Sie's tun, aber ich möchte, daß Sie schon jetzt an mich denken. Sie werden einmal ein Mädchen sehr glücklich machen!«

»Oh – das kann ich nur hoffen«, sagte Georgie sehr ernsthaft. »Doch bis zur Heirat und all diesen Dingen bleibt mir noch mehr als genug Zeit – meinen Sie nicht?«

»Das kommt darauf an. Hier sind die Bohnensäckchen zur Damenauslosung. Ich bin schon zu alt für derlei *Tamashas** !«

Man setzte jene Veranstaltung also ins Werk und wählte Georgie ins Komitee. Ihm fiel es nicht auf, wie perfekt die Säckchen verteilt waren – aber eine der anderen Damen sah es sogleich und war merklich erheitert. Er aber fühlte sich hingezogen zu Mrs. Suleika: die Jüngste war sie ja nicht, doch überaus nett und entgegenkommend. Und alles an ihr so vernünftig!

Gibraltar lag schon etliche Nächte zurück, als sein alter Traum wiederkehrte. Doch das an dem Reisighaufen wartende Mädchen war inzwischen herangewachsen zur Frau, deren schwarzes Haar einen Stirnwirbel bildete – einen »Witwenwirbel«**, der aber zurückgekämmt war. Georgie erkannte in ihr sofort jenes dunkelhaarige Kind, das sechs Jahre hindurch seine Gefährtin gewesen, und war darob maßlos entzückt, ganz wie früher bei den Begegnungen in dem Verlorenen Erdteil. Aus dem oder jenem traumländischen Anlaß waren »sie« diesmal günstig gestimmt oder auch weitergezogen, und so durchmaßen unsere beiden ihr Land, vom Reisighaufen den Dreißigmeilenritt aufwärts, bis sie von ferne, kaum größer als einen Stecknadelkopf, das Haus mit dem kranken Dingsda erblickten. Danach polterten sie durch den Stationswartesaal mit den rosenbestreuten Tischen und kehrten durch jene Furt, an der sie zu ihrer Kurzweil die Stadt angezündet, zu der Laternenanhöhe zurück. Und wo immer sie waren, scholl untergründiges Singen hinter ihnen einher, erweckte aber in jener Nacht keinerlei Angstgefühle. Außer unseren beiden war weit und breit niemand zu sehen, und zuletzt (Hand in Hand an der Straßenlaterne) beugte sie sich herüber, um Georgie zu küssen! Er fuhr aus dem Schlummer, starrte auf die Kabinentür und ihren wehenden Vorhang – und hätte beschwören mögen, daß er wirklich geküßt worden war!

* anglo-ind. für Lustbarkeiten. Anm. d. Ü. ** *widow's peak*, ein Punkt am Haaransatz, ehedem Vorzeichen früher Witwenschaft. Anm. d. Ü.

Anderen Morgens war schwere See in der Biskaya, und die Passagiere litten darunter. Als aber Georgie zum Frühstück erschien, rasiert, gebadet und duftend nach Seife, wandten etliche sich nach ihm herum, weil seine Augen so strahlten und seine Miene so sonntäglich war.

»Na, Sie sehn ja verdammt munter aus heute morgen«, bemerkte jemand am Tisch. »Haben wohl eine Erbschaft gemacht, mitten auf hoher See?«

Georgie griff nach dem Curry und lächelte heiter. »Wahrscheinlich, weil es nun nicht mehr so weit bis nach Hause ist – deshalb ist mir schon in aller Frühe so festlich zumut! – Beachtlicher Seegang heute – meinen Sie nicht?«

Mrs. Suleika blieb bis ans Ende der Reise in ihrer Kabine und ging dann vom Schiff, ohne von Georgie Abschied zu nehmen. Weinend vor Freude, begrüßte sie draußen am Pier ihre Kinder, die, wie sie oftmals beteuert hatte, dem Vater so ähnlich sahen!

Georgie war nur von dem Wunsche beseelt, so rasch wie möglich nach Hause zu kommen, voll Begier auf den ersten, längeren Urlaub nach all den mageren Jahren. Nichts hatte sich verändert am wohlgeordneten Leben daheim, angefangen vom Kutscher, der an der Station schon bereitstand, bis zu dem weißen Pfau, der von der Mauer überm gepflegten Rasen dem Wagen entgegenkreischte. Und vorm Haus sah er sich empfangen nach allen Regeln der Rangabstufung: zunächst kam die Mutter, danach der Vater, dann die Haushälterin, die schluchzend dem Himmel dankte. Hinterher kam der Butler, und so ging es weiter bis hinab zum Unteraufseher, welcher in Georgies Kindertagen noch Hundejunge gewesen und ihn nunmehr mit »Master Georgie« anredete, wofür ihn der Stallknecht zurechtwies, der seinerzeit Georgie das Reiten beigebracht hatte.

»Nichts hat sich verändert bei euch«, seufzte Georgie zufrieden, sobald man im Schein der untergehenden Sonne zu Dreien bei Tische saß. Draußen unter den Zedern kamen die Hasen zum Vorschein, und die großen Forellen im Weiher hinter den Weidegründen sprangen nach ihrer Beute.

»Für uns *braucht* sich nichts mehr zu ändern, mein Junge«, sagte zärtlich die Mutter. »Aber erst jetzt, wo ich mich wieder an deine Statur und Farbe gewöhnt hab' (du bist unglaublich sonnverbrannt, Georgie), sehe ich, daß auch *du* noch ein und derselbe bist – der ganze Vater!«

Auch der Vater strahlte beim Anblick des Sohnes – »Jüngster Major der Armee, Sir, und fürs V.C.* eingegeben« – und der Butler lauschte ganz hingerissen und vergaß seine professionelle Maske, als Master Georgie über den neuesten Stand der Kriegführung sprach, wobei ihm der Vater fortwährend mit Fragen ins Wort fiel.

Danach begab man sich auf die Terrasse, um bei den Rosen zu rauchen, und der Schatten des alten Hauses legte sich allgemach auf das üppige, englische Laubwerk – dieses einzige, atmende Grün unsrer Welt.

»Vollkommen! Bei Gott, es ist einfach wunderbar hier!« Georgie blickte dabei auf die Wälder jenseits der Weidegründe am Haus, wo die Pfauenverschläge aufgereiht standen. Die golden schimmernde Luft war voll unzählbarer Düfte und Laute. Georgie verspürte, wie der Arm des Vaters den seinen fester umschloß.

»Ja, gar nicht so übel – doch *hodie mihi, cras tibi***, meinst du nicht auch? Eines Tags wirst du wahrscheinlich aufkreuzen mit einem hübschen Mädchen am Arm – oder hast du schon eine?«

»Kein Grund zur Besorgnis, Sir! Nichts dergleichen.«

»Auch nicht während all dieser Jahre?« fragte die Mutter.

»Einfach keine Zeit dafür, Mama. Heutzutag halten sie dich bei der Armee ganz schön auf Trab. Auch die anderen Kameraden in unsrer Messe sind noch größtenteils ledig.«

»Aber du mußt doch Hunderte junge Damen kennengelernt haben – auf Gesellschaften, Bällen oder dergleichen?«

* Victoria Cross, seit 1857 (Ende des Krimkriegs) begehrtester Tapferkeitsorden. ** »Heute mein, morgen dein« – auf Epitaphien gebräuchliche Inschrift. Anm. d. Ü.

»Da bin ich wie jeder Zehnte: ich tanze nicht.«

»Er tanzt nicht! Aber wie war das – was hast du gemacht? Die Tanzkarten anderer ausgefüllt?« fragte der Vater.

»Nun ja – auch sowas habe ich manchmal getan. Doch wie es nun einmal ist – die eigene Arbeit geht vor, wenn man Schritt halten will mit den andern, und so hatte ich mehr als genug zu tun. Da blieb keine Zeit, mir die halbe Nacht um die Ohren zu schlagen.«

»Mhmm!« – Sehr überzeugt klang es nicht.

»Nun, zum Lernen ist es niemals zu spät! Überdies gilt es ja noch, deinen Einstand zu feiern – schon wegen der Nachbarn! Außer, du ziehst wieder weg, in die Stadt?«

»Keine Rede davon! Erst einmal bleibe ich hier, und sonst nichts! Freuen wir uns, endlich wieder beisammen zu sein! Ich nehme an, daß ihr auch ein Pferd für mich habt, wenn mir mal nach Reiten zumut ist?«

»In Anbetracht dessen, daß mir seit sechs Wochen nur mehr die zwei alten Braunen verbleiben, weil alle anderen Pferde für Master Georgie parat zu sein haben, müßte sich eines finden für dich«, versetzte lachend der Vater. »Man wird ja unausgesetzt dran erinnert, daß man ab jetzt nur mehr Nummer Zwei ist!«

»Wie brutal!«

»Vater meint es ja gar nicht im Ernst, mein Junge! Jedermann war drauf bedacht, dir die Heimkehr so schön wie möglich zu machen! Und du *bist* doch gern wieder daheim – oder nicht?«

»Aber ja – es ist herrlich hier! Es geht doch nichts über England, wenn man seine Pflicht getan hat!«

»Sehr richtig, mein Junge!«

So promenierte man auf dem fliesenbelegten Gartenweg, bis der Mond lange Schatten warf, und die Mutter ins Haus trat, um dort jene Weisen zu spielen, nach denen einstmals ein kleiner Junge so stürmisch verlangt hatte, und bis man die klobigen, silbernen Leuchter ins Zimmer brachte, und Georgie hinaufstieg zu den zwei Räumen im westlichen Flügel, die ihm früher als Kinderstube und Spielzimmer gedient. Und wer kam herein, um ihn zuzudecken, wenn nicht die Mutter? Sie setzte sich an sein Bett, und die beiden plauderten noch eine Stunde, wie's eben zu sein hat zwischen Mutter und Sohn, wenn dieses Englische Weltreich auch noch in Zukunft Bestand haben soll. Mit aller List, die ein Frauengemüt aufbringen kann, stellte sie ihre Fragen, um Antworten zu erzwingen, die ein Zeichen auslösen würden auf dem Gesicht in den Kissen – doch kein einziges Liderzucken, kein beschleunigtes Atmen, keine ausweichende oder stockende Antwort ließ sich erreichen. So gab sie ihm ihren Segen und küßte ihn auf den Mund, der ja nicht immer der Mutter gehört – und äußerte hinterher eine Vermutung, die bei ihrem Mann nur profanes, ungläubiges Lachen hervorrief.

Die gesamte Haushaltung erwartete unseren Georgie am Morgen, vom größten Sechsjährigen »mit 'nem Maul, so weich wie'n Glacéhandschuh, Master Georgie«, bis zum Unteraufseher, der vom Rande des Blickfelds heranschlenderte, mit Georgies bevorzugter Angelrute in Händen: »Da springt ein Vierpfünder gleich unterm Wehr! Sowas gibt es in Indien nicht, Mast- ... Major Georgie!« Nicht zu beschreiben, wie schön alles war, obschon die Mutter auf einer Ausfahrt im offenen Wagen bestand (das Leder roch nach den heißen Sonntagen der Kindheit), um ihn auf sechs Meilen im Umkreis bei allen Bekannten herumzuzeigen. Und der Vater nahm ihn dann mit in die Stadt, zum Essen im Club, wo er den Sohn ziemlich formlos gleich dreißig alten Haudegen vorstellte, deren Söhne es *nicht* zum jüngsten Major der Armee gebracht hatten und auch nicht das Große Verdienstkreuz besaßen. Dann aber kam die Reihe an Georgie, und er entsann sich der Freunde und brachte all die Offiziere ins Haus, die nur eine billige Unterkunft hatten, in Southsea oder am Montpelier Square in Brompton – lauter anständige Kerle, doch allesamt miserabel bei Kasse. Mutter erkannte sogleich, daß man da auch Mädchen einladen müsse, und weil es genug davon gab, war binnen kurzem das Haus von girrendem Leben erfüllt, wie sonst nur im Frühjahr ein Taubenschlag! Und sie alle bereiteten alles Erdenkliche vor für eine Theateraufführung – doch sobald es ans Proben ging, waren sie allesamt in den Gartenanlagen verschwunden. Alle verfügbaren Pferde und Fahrzeuge trieben sie auf, doch am liebsten war ihnen der zweirädrige Gouvernantenwagen mit dem dikken Pony davor. Sie fielen in den Forellenteich, machten Picknicks und spielten Tennis und hockten bei Dämmerung paarweise an den Türen und Zäunen, so daß Georgie erkennen mußte, wie wenig sie seiner zu ihrer Kurzweil bedurften!

»Bei Gott!« sagte er, als er endlich auch noch die letzte von hinten sah. »Alle haben sie mir gesagt, wie sehr sie sich hier amüsiert haben – aber von dem, was sie wollten, haben sie kaum die Hälfte getan!«

»Ich weiß schon, daß es sehr schön für sie war«, beschwichtigte ihn die Mutter. »Du bist wirklich der reinste Wohltäter, mein Junge!«

»Aber jetzt wird wieder Ruhe auf einige Zeit – oder nicht?«

»Natürlich! Da wäre nur noch eine sehr liebe Freundin, die solltest du kennenlernen. Bei so überfülltem Haus hat sie nicht kommen mögen, sie ist nämlich leidend, und bei deiner Ankunft war sie verreist – eine Mrs. Lacy.«

»Lacy? – Hier herum gibt's keine Lacys!«

»Sie ist nicht von hier – ist erst nach deiner Indien-Abfahrt hierher übersiedelt, von Oxford, nach dem Tod ihres Gatten. Ich glaube, sie hat auch Geld eingebüßt. Danach haben sie das Föhrengut an der Basset Road gekauft. Eine sehr stille Frau, und wir haben die beiden sehr gern.«

»Hast du nicht gesagt, sie sei Witwe?«

»Sie hat eine Tochter – hab' ich das noch nicht erwähnt, mein Junge?«

»Fällt die etwa *auch* in Forellenteiche und albert und kichert den Tag lang herum mit nichts als ›Ooh, Major Cottah!‹ und dem ganzen Getue?«

»Nein, nein! Sie ist ein sehr ruhiges Mädchen – aber hochmusikalisch! So oft sie zu uns kommt, hat sie die Musiksachen mit. Sie komponiert, mußt du wissen. Da sitzt sie den ganzen Tag bei der Arbeit, so daß du nicht etwa –«

»Ihr redet wohl über Miriam?« fragte der Vater und trat herzu. Sogleich rückte die Mutter auf Ellbogenreichweite an ihn heran, denn er war in weiblicher Diplomatie nicht sehr bewandert.

»Tja – Miriam ist ein sehr liebes Mädchen – spielt ganz wunderbar! Und auch zu reiten versteht sie! Sie ist Liebkind hier im Haus! *Mich* nennt sie immer –«. Ein Rippenstoß traf ihn, und er verstummte – ahnungslos und gehorsam wie stets.

»*Wie* nennt sie Euch, Sir?«

»Ach, alle möglichen Kosenamen hat sie für mich. Ich bin in Miriam einfach vernarrt!«

»Miriam – ist das nicht jüdisch?«

»Jüdisch! Demnächst nennst du dich auch noch selbst einen Juden! Sie stammt von den Herefordshire-Lacys. Und wenn ihrer Tante was zustößt –«. Neuerlich dieser Rippenstoß.

»Nun«, sagte die Mutter, »du wirst sie nicht viel zu Gesicht bekommen, sie sitzt ja den ganzen Tag über ihrer Musik. Außerdem willst du ja morgen früh in die Stadt! Hast du nicht etwas von einem Vortrag erwähnt?«

»In die Stadt? Und das *jetzt*? Was für ein Unsinn!« Abermals brachte ein Ellbogenstoß den Vater zum Schweigen.

»Ich habe es flüchtig erwogen, bin aber noch nicht entschlossen«, versetzte der Sohn. Warum nur wollte Mama ihn aus dem Weg haben, nur weil da ein musikalisches Mädchen samt leidender Mutter erwartet wurde? Er hatte nichts übrig für weibliche Wesen, die seinem Vater Kosenamen verliehen! Er mußte diese aufdringlichen Weiber, die erst sieben Jahre hier ansässig waren, im Auge behalten!

All das konnte die amüsierte Mutter ihm unschwer von der Miene ablesen, gab sich dabei aber ahnungslos und desinteressiert.

»Sie kommen heut Abend zum Essen. Ich schicke ihnen den Wagen hinüber, und sie werden auch nur eine Woche lang bleiben.«

»Vielleicht fahr' ich *doch* in die Stadt – ich weiß noch nicht recht!«

Georgie entfernte sich unschlüssig. Es gab einen Vortrag am Militär-Institut, zum Thema ›Munitionsversorgung im Feld‹, und ausgerechnet der Mann, dessen Ansichten unserem jungen Major so sehr widersprachen, sollte am Rednerpult stehen! Das zog ganz gewiß recht hitzige Diskussionen nach sich, und es war durchaus möglich, daß auch er selber sich zu Wort melden würde! Am Nachmittag nahm er die Angelrute und begab sich an den Forellenteich.

»Petri Heil, mein Junge!« rief von der Terrasse die Mutter hinter ihm her.

»Es wird nicht viel los sein, Mama! All diese Stadtmenschen, und besonders das Weibervolk, haben sämtliche Fische auf Wochen hinaus verscheucht. Keiner von denen hat eine Ahnung vom Angeln – nein, wirklich! Genauso gut könnte man auf eine halbe Meile Krach machen am Ufer und jedem Fisch zurufen, was man im Sinn hat mit ihm, bevor man die Fliege auswirft! Bei Gott, sogar *ich*, als Forelle – sogar *ich* würd' mich fürchten!«

Aber dann war es gar nicht so schlecht: die schwarze Fliege trieb auf dem klaren Wasser, und schon beim zweiten Versuch entdeckte er einen Dreiviertelpfünder, ging ihm langsam bachabwärts nach, kroch durch das Röhricht und Strauchwerk des Ufers, kauerte sich unter einem Hainbuchengestrüpp auf den fußbreiten Uferstreifen, wo er die Forellen erkennen konnte, ohne von ihnen gesehen zu werden vor so laubigem Hintergrund. Er legte sich auf den Bauch, um den Blickwinkel zu verflachen und unter dem unruhigen Schattenspiel überhängenden Astwerks den kiesigen Grund überschauen zu können. Seit frühester Jugend war ihm jeder Zoll dieses Wassers vertraut: die alten, gewitzten Burschen und auch die großen und fetten, die karpfenhaft träge ganz unten standen am schlammigen Grund und die stärkere Strömung über sich wegziehen ließen, wurden unruhig beim Anblick der Hand, die das Zucken und Wippen eines Insekts bei der Eiablage so gekonnt imitierte. Deshalb fand Georgie sich unversehens fünf Meilen vom Haus, als es schon höchste Zeit war fürs Umkleiden zum Essen. Da aber die Wirtschafterin Sorge getragen, daß ihr Junge nur ja nicht am Hunger verstürbe, setzte er sich, bevor er die schwarze Fliege gegen die weiße vertauschte, zu einem Imbiß aus bestem Rotwein mit Sandwiches, eingelegten Eiern und allerlei sonstigen Köstlichkeiten, die von fürsorglichen Frauen so liebevoll zubereitet und von den Männern so wenig gewürdigt werden. Danach ging es wieder ans Wasser, die Fischottern bei ihrer Suche nach Süßwassermuscheln zu überraschen, oder die Hasen im Klee am Rande des Buchengehölzes, und auch die Waldpolizei in Gestalt einer weißen, auf die Feldmäuse niederstoßenden Eule. Erst als der Mond schon heraufstieg, legte Georgie die Angel beiseite, um durch die noch immer vertrauten Schlupflöcher zwischen den Hecken seinen Rückweg zum Haus anzutreten.

Er beschrieb einen Bogen um das Gebäude, denn obwohl er zu jedem Verstoß gegen Althergebrachtes bereit war, hielt er sich strikt an die Regeln der Kindheit: nach dem Angeln hatte man durch die südliche Hinterpforte des Gartens zu kommen, mußte sich in der äußeren Spülkammer waschen und durfte allen Respektspersonen nur in gesäubertem Zustand und korrekter Kleidung vor Augen treten!

»Schon halb elf – du lieber Gott! Na, so entschuldigen wir uns mit unserm Angelsport! Am ersten Abend dieses Besuchs wollten sie mich ohnedies nicht im Haus haben. Wahrscheinlich sind sie sogar schon zu Bett!« Er trat an die offnen, französischen Fenster des Wohnraums. »Nein, man ist noch wach – und scheint sich ja recht behaglich zu fühlen!«

Der Vater saß auf dem gewohnten Platz, auch die Mutter war da, und neben dem großen Gewürzkräutertopf sah Georgie den Rücken des am Piano sitzenden Mädchens. Der Garten im Mondlicht bot einen traumhaften Anblick, und Georgie trat zu den Rosen hinüber, um seine Pfeife fertigzurauchen.

Soeben ging ein Präludium zu Ende, und aus dem Zimmer erklang eine Stimme, die er in der Kindheit als »sahnig« bezeichnet hätte. Es war ein volltönender Alt, und den Text dieses Lieds hörte Georgie jetzt Wort für Wort mit:

Es schimmert vom purpurnen Bergesgrat
  So einsam ein Licht zu uns her.
Kennt ihr den Weg zu der seligen Stadt
  An der Traumstraße über dem Meer,
Wo man sämtliche Trübsal vergessen mag,
  Wie der Kranke sein Leiden vergißt?
Nur uns Wachende, Arme
  – Ach, daß Gott sich erbarme! –
Holt grimmig der Polizeisergeant Tag
Zurück von der Schlafenden Stadt!

Die Müden, vom Leben zerbrochen und matt,
  Nun lassen sie Tagwerk und Beten
Und steigen hinauf zu der seligen Stadt,
  Um sie noch vor Nacht zu betreten,
Damit Seele wie Leib endlich Ruh' finden mag,
  Wenn das Tor sich auf ewiglich schließt!
Nur uns Wachende, Arme
  – Ach, daß Gott sich erbarme! –
Holt grimmig der Polizeisergeant Tag
Zurück von der Schlafenden Stadt!

Allnächtlich vom purpurnen Bergesgrat,
  Bevor unsre Träume beginnen,
Schaun wir hinüber zur seligen Stadt
  Und sehen sie doch nie von innen,
Weil man uns dort noch nicht einlassen mag,
  Und die Tore vor uns verschließt:

Vor uns Wachenden, Armen
– Möge Gott sich erbarmen! –
Die grimmig der Polizeisergeant Tag
Vertreibt von der Schlafenden Stadt!

Erst beim letzten Nachhall empfand er, wie trocken sein Mund war, und daß ihm ein ganz fremder Pulsschlag im Gaumen pochte. Die Wirtschafterin, in der Annahme, er sei ins Wasser gestürzt und habe sich dabei erkältet, stand schon an den Stufen bereit und mahnte zur Vorsicht! Da er jedoch keine Antwort gab, ja gar nichts wahrzunehmen schien, lief sie weg und erzählte so wirres Zeug, daß die Mutter nachsehen kam und an seine Tür klopfte.

»Ist etwas passiert, mein Junge? Die Harper sagt mir, dir sei nicht ganz –«

»Aber nein – nichts ist passiert. Ich fühl' mich ganz wohl, Mama! Bitte, laß mich jetzt in Ruhe!«

Er konnte die eigene Stimme kaum wiedererkennen, doch das war noch das geringste an dem, was ihm jetzt durch den Kopf ging! Kein Zweifel – ganz offensichtlich entsprang solche Koinzidenz der puren Verrücktheit! Er sagte sich das in seiner Eigenschaft als Major, als jener George Cottar, der morgen zur Stadt fahren wollte, um dort über feldmäßigen Munitionsnachschub zu diskutieren. Doch unmittelbar danach meldeten Seele und Hirn und auch Herz des ganz kleinen Georgie sich freudig zu Wort: »Es ist das Lilienbucht-Mädchen – aus dem Verlorenen Erdteil – das Dreißigmeilenritt-Mädchen – das Mädchen vom Reisighaufen! Ich *weiß* das, ich kenne sie ja!«

Steif und verkrampft erwachte er in seinem Lehnstuhl und durchdachte die Situation: bei Tage besehen, war sie gar nicht mehr so normal! Da aber der Mensch was zu sich nehmen muß, ging er hinunter zum Frühstück – das Herz schon fast an den Zähnen, doch mit eiserner Selbstbeherrschung.

»Spät, wie gewöhnlich«, sagte schnippisch die Mutter. »Das ist mein Junge – und hier unsre Miriam.«

Ein Mädchen in Schwarz, von hoher Statur, sah zu ihm auf, und Georgie vergaß darüber seine gesamte Erziehung! Gleichzeitig erkannte er aber, daß die Fremde völlig ahnungslos war. Er fixierte sie kritisch und kühl: da war das üppige Schwarzhaar, weit aus der Stirn gekämmt und mit einem »Witwenwirbel« am Ansatz; eine auffällige Welle verdeckte das rechte Ohr; da waren die grauen, ein wenig engstehenden Augen; ferner die etwas zu kurze Oberlippe, die energische Kinnpartie und die vertraute Neigung des Kopfes; und auch der kleine, schöngeschnittene Mund, von dem Georgie geküßt worden war!

»Aber Georgie – mein *Lieber*!« mahnte die Mutter betroffen, weil Miriam schon rot wurde unter so prüfendem Blick.

»Ich – ich muß um Vergebung bitten!« sagte er stockend. »Ich weiß nicht, ob Mutter es schon erwähnt hat – aber manchmal benehme ich mich ziemlich blöd, besonders vorm Frühstück! Es muß ein Familienübel sein!« Damit wandte er sich den Heißwasserschüsseln auf der Anrichte zu, innerlich froh, daß Miriam so ahnungslos war: nein, sie wußte von nichts!

Was er während des Frühstücks daherredete, klang eher verwirrt, obschon seine Mutter glaubte, er habe noch niemals so hübsch ausgesehn wie an diesem Morgen. Wie war es nur möglich, daß ein Mädchen von Miriams Scharfblick sich nicht von ihm einnehmen ließ? Miriam jedoch war zuinnerst verstimmt: noch niemals war sie so unverschämt angestarrt worden! Deshalb zog sie sich prompt in ihr Schneckengehäuse zurück, als Georgie bekanntgab, er habe es sich überlegt und wolle, anstatt in die Stadt zu fahren, lieber zu Hause bleiben, um mit Miss Lacy Tennis zu spielen, falls sie nichts Besseres vorhabe.

»Oh – ich möchte Sie wirklich nicht aus dem Haus jagen – aber ich habe zu tun, und das den ganzen Vormittag lang!«

»Was ist denn in Georgie gefahren, daß er sich so komisch benimmt?« fragte sich seine Mutter in ehrlicher Sorge. »Miriam ist aber auch der reine Gefühlsmensch – nein wirklich, die ganze Mama!«

»Nicht wahr, Sie komponieren? Es muß wahnsinnig schön sein, sowas zu können!« (»Gott – wie banal!« dachte Miriam.) »Ich glaube, ich habe Sie singen gehört gestern abend, als ich vom Angeln gekommen bin.« (Miriam schauderte es bis tief in die Seele.) »Wirklich, ein sehr hübsches Lied! Wie *kommt* man auf sowas?«

»Von dir ist ja bloß die Musik, nicht wahr, meine Liebe?«

Aber Georgie war anderer Meinung: »Nein, auch die Worte, Mama – da bin ich ganz sicher!« Seine Augen glänzten ganz eigen. Nein, dieses Mädchen wußte von nichts!

»Ach ja – ich hab' auch die Worte geßrieben«, sagte Miriam zögernd. Sie wußte ja, daß sie zu lispeln begann, sobald sie nervös war.

»Nein – wie *hast* du das wissen können, mein Junge!« rief die Mutter entzückt, als wäre der jüngste Major der Armee erst ganze zehn Jahre alt und präsentierte sich erstmals vor der Gesellschaft.

»Irgendwie hab' ich's gewußt. Oh, in mir steckt noch allerhand, wovon *du* keine Ahnung hast, Mama! – Sieht aus, als würde der Tag noch recht heiß – nur im Hinblick auf England natürlich. Was halten Sie von einem Ausritt, vielleicht gegen Abend, Miss Lacy? Wir könnten gleich nach dem Tee aufbrechen, wenn's Ihnen recht ist!«

Miriam wußte nicht, wie und weshalb sie ablehnen sollte, doch hätte jede Frau merken müssen, daß sie überhaupt nicht erfreut war.

»Könntet ihr da nicht die Straße nach Basset nehmen – das wäre nett! Es würd' mir ersparen, Martin ins Dorf hinunterzuschicken«, sagte die Mutter, in dem Bestreben, die peinliche Pause zu überbrücken.

Wie alle guten Hausfrauen, hatte auch sie ihre Schwächen – zum Beispiel für allerlei Winkelzüge, um Pferde und Wagen zu schonen. Den männlichen Hausbewohnern war das immer wieder ein Anlaß zur Klage, sie würden von ihr ins gewöhnliche Fuhrwerk verfrachtet, und es ging das Gerücht, sie habe einstmals, am Morgen vor einer Jagd, zum Haushaltungsvorstand gesagt – »Solltest du unten bei Basset rechtzeitig was schießen, mein Lieber – könntest du da nicht kurz mal vorbeikommen und es mir bringen?«

»Das hätt' ich mir denken können! Sowas läßt du dir niemals entgehen, Mam! Wenn es sich aber um Fisch handelt oder dergleichen, dann lieber nicht!« sagte Georgie und lachte.

»Nein, es ist nur eine Ente. Du könntest sie unten bei Mallett's gleich säuberlich einpacken lassen«, versetzte die Mutter. »Du hast doch gewiß nichts dagegen? Weißt du, bei dieser Hitze speisen wir kalt heute Abend!«

Der lange Sommertag zog sich hin und wollte kein Ende nehmen. Aber dann saß man auf der Terrasse doch noch beim Tee, und Miriam stellte sich ein.

Noch bevor er ihr hätte zur Hand gehen können, saß sie schon im Sattel – mit dem behenden Sprung eines Kindes aufs Pony zur Dreißigmeilendistanz! Doch der Tag hielt mitleidlos vor, es wollte nicht dunkel werden, ob auch Georgie zu mehreren Malen anhielt und abstieg, um nach vorgeblichen Steinen in Rufus' Hufen zu suchen! Bei blendender Helle lassen sich nicht einmal einfache Dinge ausdrücken, und was Georgie zu sagen hatte, war alles andre als einfach!

So verlor er nur selten ein Wort, und Miriam war recht erleichtert darob – und doch auch verärgert. Dieser große, so ungehobelte Kerl wußte ja, daß auch der Text jenes gestrigen Lieds von ihr stammte, und das war ihr unangenehm: ob auch immer ein junges Mädchen ihre geheimsten Gedanken einem Lied anvertraun mag, so legt sie doch keinerlei Wert darauf, solche Gefühle von einem Philister breitgetreten zu sehen! Man ritt jetzt die schmale, ziegelgepflasterte Straße nach Basset hinein, und Georgie machte die größten Umstände mit der bewußten Ente: sie mußte erst *so* und dann *so* eingepackt werden, und danach wollte er das Paket erst noch auf besondere Weise am Sattel festmachen! Es war jetzt schon nach acht Uhr abends, und der Rückweg zum Abendessen noch meilenlang!

»Jetzt müssen wir uns wirklich beeilen!« sagte Miriam verärgert.

»Kein Grund zu besonderer Hast. Aber wir können den Weg abkürzen, über die Dowhead-Anhöhe – auf dem Gras haben wir freie Bahn, und das bringt eine halbe Stunde!«

Die Pferde sprengten dahin über den kurzen, duftenden Rasen, und als unsre beiden die große Düne hinabgaloppierten, welche das Dorf und die westliche Fahrstraße überragt, versammelten sich schon die Schatten im Tal. Unmerklich wurde das Tempo jetzt schärfer, trotz der zahllosen Maulwurfshügel. Rufus erwies sich als Gentleman und wartete ab, bis auch Miriams Dandy die Steigung bewältigt hatte. Danach ging es pfeilschnell und nebeneinander zwei Meilen hangabwärts, und der Wind sang in den Ohren zum achtfachen Hufschlag der Tiere und dem leisen Klicken des Zaumzeugs.

»Ach – war das herrlich!« rief Miriam und zügelte dabei ihr Pferd. »Dandy und ich sind zwar alte Freunde – aber so schnell wie heute war er noch nie!«

»Nein – ein- oder zweimal sind Sie schon schneller gewesen!«

»Wirklich? Und wann?«

Georgie strich sich mit der Zunge über die Lippen. »Denken Sie doch an die Dreißig Meilen, damals mit mir – als ›die Andern‹ hinter uns her waren, auf der Straße am Strand! Linkerhand war das Meer – und wir zur Laterne hinauf, auf die einsame Höhe!«

Dem Mädchen verschlug es den Atem. »Was – was wollen Sie damit sagen?« rief sie, fast schon hysterisch.

»Ich meine den Dreißigmeilenritt und – na, was eben damals *noch* alles war!«

»*Das* meinen Sie –? Ich habe kein Wort gesungen davon, das weiß ich bestimmt! Keinem Menschen habe ich jemals von diesen Dingen erzählt!«

»Aber vom ›Polizeisergeant Tag‹ haben Sie *doch* gesungen, *und* von der ›Laterne am Bergesgrat‹, *und* von der ›Schlafenden Stadt‹! Das hängt alles zusammen, liegt in ein und derselben Gegend, und so war es nicht schwer, zu erkennen, wo überall Sie gewesen sind.«

»Großer Gott! – Es hängt alles zusammen – natürlich! Aber – ich war doch – du warst doch – Ach, reiten wir weiter, oder ich fall' noch vom Pferd!«

Georgie lenkte sein Tier neben das ihre, schob seine zitternde Hand unter die Zügelhand der Gefährtin und zog Dandy mit sich. Miriam schluchzte so fassungslos, wie er nur je einen Mann unterm Schock der Verwundung weinen gesehn!

»Ist ja schon gut – ist ja gut«, sagte er leise. »Aber – es ist ja die Wahrheit, das weißt du doch selber!«

»Die Wahrheit! Bin ich denn von Sinnen?«

»Dann bin ich es *auch*. Versuch doch einmal, in aller Ruhe zu überlegen: wie sollte denn jemand vom Dreißigmeilenritt wissen, der es nicht selber miterlebt hat?«

»Aber wo? Wo war es? So sag schon!«

»Na, drüben – wo immer das sein mag –, in unserem Land! Weißt du denn nicht mehr, wie du zum erstenmal dort geritten bist – über die Dreißigmeilendistanz! Du *mußt* es noch wissen!«

»Aber es war nur im Traum – wie alles andere auch!«

»Ja – aber sag es schon, *bitte* – wo ich's doch weiß!«

»Laß mich überlegen. Ich durfte – wir durften keinerlei Lärm machen – mußten ganz leise sein.« Sie starrte blicklos auf Dandys Ohren, und der Herzschlag wollte ihr stocken.

»Weil jenes ›Dingsda‹ im Sterben lag, in dem großen Haus?« fragte Georgie und zügelte nochmals das Pferd.

»Ist da nicht ein Garten gewesen, mit grüngoldnen Gittern – und es war furchtbar heiß? Kannst *du* dich erinnern?«

»Na und wie! Ich war an der anderen Seite des Bettes. Dann hat das ›Dingsda‹ zu husten begonnen, und ›sie‹ sind hereingekommen.«

»Also, *du* bist das gewesen!« – Ihre dunkle Stimme klang plötzlich kräftig und voll, und die geweiteten Augen schienen im Dunkel zu leuchten, als sie Georgie voll ansah, als wollte sie ihm bis ins Innerste blicken. »Dann warst also *du* jener Junge – mein Junge vom Reisighaufen –, und wir kennen einander von Kind auf!«

Sie sank vornüber auf Dandys Hals. Gewaltsam überwand Georgie die Schwäche, die ihn überkommen hatte, und legte den Arm um das Mädchen. Sie lehnte den Kopf an seine Schulter, und ihm kamen Dinge über die trockenen Lippen, von denen er bisher geglaubt, sie stünden bloß in Romanen. Zum Glück verhielten die Pferde sich ruhig. Miriam, auch als sie wieder die Fassung erlangte, machte keinen Versuch, sich von ihm zu lösen, sondern blieb wie sie war und flüsterte in einem fort: »Natürlich, du *bist* der Junge – nur hab' ich's bis jetzt nicht gewußt – nein, ich hatte ja keine Ahnung!«

»Auch ich weiß es erst seit gestern Nacht. Und als ich dich dann beim Frühstück –«

»Ach – *des*halb hast du mich so angestarrt! Ich konnte mir nicht erklären, was los war mit dir. Du aber hast es gewußt!«

»Ich konnte nicht reden bis jetzt. Laß deinen Kopf, wo er ist, Liebste! Jetzt ist alles gut, alles ist jetzt wieder gut, nicht wahr?«

»Aber weshalb hab' *ich's* nicht gewußt – nach all den gemeinsamen Jahren? Erst jetzt kommt es wieder – ach, wie vieles mir jetzt wieder einfällt!«

»So sag schon. Ich geb' auf die Pferde acht.«

»Erinnerst du dich? Ich habe dich damals erwartet – der Dampfer kam eben herein!«

»Du meinst, die Lilienbucht, hinter Hongkong und Java?«

»Wie – du kennst ihren Namen?«

»Du hast ihn mir ja genannt, als ich mich verirrt hatte auf dem Verlorenen Erdteil! Und warst es nicht du, die mir den Weg durchs Gebirge gezeigt hat?«

»Als die Inseln verschwunden waren? Ja, dann muß *ich* es gewesen sein, denn ich erinnere mich nur an dich – alle andern gehörten zu ›ihnen‹.«

»Und sie machten uns Angst!«

»Oh ja! Und ich weiß auch, *ich* hab' dir die Dreißigmeilenstrecke gezeigt. Du reitest genauso wie damals – also *bist* du es auch!«

»Komisch! Dasselbe hab' ich heute nachmittag von *dir* gedacht. Wunderbar, nicht?«

»Was mag das bedeuten? Weshalb ist nur uns dies – dieses Gefühl unter Millionen Menschen gemeinsam? Was bedeutet es nur? Ich habe Angst!«

»*Das* bedeutet es!« sagte Georgie. Die Pferde wurden jetzt schneller, wie auf Kommando. »Vielleicht, daß wir mehr davon wissen, sobald wir gestorben sind – aber jetzt bedeutet es *das*.«

Sie gab keine Antwort. Was hätte sie sagen sollen! Nach dem Zeitmaß der Welt kannten sie jetzt einander kaum achteinhalb Stunden – doch was sie verband, war nicht meßbar mit irdischem Maß. Lange Zeit blieben sie stumm. Die Luft kühlte ab, wurde scharf, als atmete man betäubenden Äther.

»Das war jetzt der zweite«, flüsterte Georgie. »Kannst du dich noch an den ersten erinnern?«

»Aber *nein*!« wehrte sie ab. »Ich hab' dich doch niemals im Leben –«

»Auf der Anhöhe droben, in jener Nacht – es ist schon Monate her. Damals war es genauso wie jetzt – wir ritten meilenweit über Land!«

»Und niemand war da, ganz wie heute. ›Sie‹ waren verschwunden, und mit ihnen die Angst. Weshalb wohl?«

»Oh – wenn du dich *dar*an erinnerst, so mußt du auch alles andere wissen! Gib's zu!«

»Ich erinnere mich an sehr vieles – doch was *du* meinst, habe ich nie getan! Noch niemals – bis eben vorhin!«

»Aber ja doch – du *hast*!«

»Ich weiß ganz bestimmt, daß es *nicht* dazu kam, weil – ach, warum soll ich's noch länger verschweigen? – ich war ja schon drauf und dran, es zu tun!«

»Und getan *hast* du's ja auch!«

»Nein, ich hab's nur ge*wollt*. Aber jemand kam dazwischen.«

»Es war ja gar niemand da – und es hat auch nie jemand andern gegeben!«

»Es *war* jemand da – wie das schon ist. Eine andere Frau – draußen auf See. Ich hab' sie gesehen, am 26. Mai. Irgendwo hab' ich mir's aufgeschrieben.«

»Wie – auch du schreibst dir auf, was du geträumt hast? Das mit der anderen Frau ist recht sonderbar, denn um die fragliche Zeit war ich wirklich auf See.«

»Also doch! Aber wie soll ich wissen, was du getan hast – wo du doch wach warst? Und ich habe geglaubt, du wärest allein!«

»Jetzt bist du aber im Unrecht wie nie zuvor! Hör mir nur eine Minute zu, Liebste!« Und, obwohl er sich dessen gar nicht bewußt war, schwor Georgie jetzt einen finsteren Meineid: »Was ich dir jetzt sage, behält man im allgemeinen für sich, weil andere nur drüber lachen. Doch ich sag' dir auf Ehr' und Gewissen – mich hat noch nie jemand geküßt – abgesehen von der Verwandtschaft! Lach jetzt nicht, Liebste! Keinem anderen Menschen würde ich so etwas anvertrauen – und dabei ist's die reine Wahrheit!«

»Ich hab' es gewußt! Du bist wie du bist! Ich war ja ganz sicher, irgendwann würdest du kommen. Doch bevor du davon zu reden anfingst, habe ich dich nicht wiedererkannt.«

»So gib mir noch einen!«

»Und du hast dich noch nie um eine andre bemüht? Wo doch überall auf der Welt sich eine jede schon auf den ersten Blick in dich verlieben mußte?«

»Wenn ja, dann haben sie sich's nicht anmerken lassen. Und ich selber? Nein, ich hab' mich um sowas gar nicht gekümmert.«

»Jetzt kommen wir aber zum Abendessen schon viel zu spät – unentschuldbar zu spät! Ach – wie soll ich dich ansehen können bei Licht, unter den Augen der Mutter – der deinen wie auch der meinen?«

»Wir tun einfach so wie bisher: du bist Miss Lacy für mich, bis zum passenden Zeitpunkt. Was ist die gehörige Wartefrist bis zur Verlobung? Wir werden ja wohl oder übel auch *dieses* Theater auf uns nehmen müssen – glaubst du nicht auch?«

»Darüber möcht' ich kein Wort verlieren – das ist viel zu banal! Aber da fällt mir was ein – du kannst es nicht wissen, nein, ganz gewiß nicht: wie heiße ich *wirklich*?«

»Na, Miri- ... doch halt! Das stimmt nicht! Wart einen Moment – gleich fällt's mir ein! Du bist doch – du wirst doch am Ende nicht –? Ach, diese alten Geschichten und Märchen aus meiner Kindheit, noch vor der Schulzeit! Bist du denn wirklich die echte, die einzige – *Anneluise*?«

»Von Anfang an hast du mich so gerufen! – Oh, da ist schon die Zufahrt – um eine volle Stunde zu spät!«

»Was macht uns das aus? – Die Kette reicht also bis damals zurück? Natürlich, sie muß ja – aber gewiß doch, sie muß! Und *ich* reite hier mit dem stinkenden Entenvieh durch die Gegend – zum Teufel damit!«

»›Ha, Ha, sagte die Ente und lachte.‹ Erinnerst du dich?«

»Oh ja – und wie! Und an jedem Fuß einen Blumentopf und so weiter! – Die ganze Zeit waren wir jetzt beisammen, und nun muß ich dir Lebewohl sagen bis zum Essen! Du *kommst* doch hinunter – wirst dich nicht auf dein Zimmer verziehen und mich den gesamten Abend alleinlassen? So leb denn wohl, Liebste – leb wohl!«

»Leb wohl, mein Junge, leb wohl! Und denk an die niedere Tür! Laß Rufus nicht Hals über Kopf in den Stall! Leb wohl! Ja, ich komme zum Essen. Aber – was fang' ich nur an, wenn ich dich sehe – bei Licht? ...«

# *Ein Krieg der Sahibs*

Ausweis? Passierschein? Da hab' ich schon einen, mit dem kann ich per *rêl* von Kroonstad hinunter nach Stellenbosch, wo die Pferde sind, wo ich meine Löhnung ausbezahlt krieg, und von wo ich nach Indien heimfahr. Ich bin – Reitersoldat beim Gurgun Rissala (Kavallerieregiment), dem Einhunderteinundvierzigsten der Pandschab-Kavallerie. Schmeißt mich nicht mit diesen Schwarzkaffern zusammen! Ich bin ein Sikh – ein staatlicher Reitersoldat. Der Lieutenant-Sahib versteht nicht, was ich da rede? Gibt's *überhaupt* einen Sahib auf diesem Zug, der auch nur versucht, einen Kavalleristen des Gurgun Rissala zu verstehen, einen, der Dienst macht in diesem vom Teufel erfundenen Land, wo's kein Mehl gibt, kein Öl, kein Gewürz, ja nicht einmal roten Pfeffer, und keinen Respekt vor einem Sikh? Hilft denn da gar nichts? ... Gottseidank, da *ist* so ein Sahib! Beschützer der Armen! Hochwohlgeboren! Sagt doch dem jungen Lieutenant-Sahib, daß ich Umr Singh heiße. Ich bin – war – Diener bei Kurban Sahib, jetzt ist er tot. Und habe einen Passierschein nach Stellenbosch, das ist, wo die Pferde sind. Und sagt ihm auch noch, er soll mich nicht zu diesen Schwarzkaffern tun! ... Jawohl, hier bleib ich sitzen, am offenen Güterwaggon, bis Hochwohlgeboren dem jungen Lieutenant-Sahib, der unsere Sprache nicht kennt, alles erklärt hat.

Was für Befehle? Der junge Lieutenant-Sahib hält mich nicht auf? Gut! Ich geh mit dem nächsten *terain* nach Stellenbosch ab? Gut! Ich geh mit Hochwohlgeboren? Gut! Dann bin ich ab heute der Diener von Hochwohlgeboren. Will Hochwohlgeboren diesem Sitz hier die Ehre erweisen? – Da ist ein offener Güterwaggon: ich will meine Decke hier über die Ecke breiten – die Sonne ist heiß, wenn auch nicht so heiß wie unsere Pandschabsonne im Mai. Ich spreize die Decke auf wie ein Dach – so –, und verteile das Heu – so –, auf daß Ihre Hoheit bequem darauf Platz nehmen können, bis Gott uns einen *terain* nach Stellenbosch sendet ...

Der Hohe Herr kennen den Pandschab? Lahore? Amritsar? Am Ende sogar Attarie? Mein Dorf liegt nach Norden hinaus, gleich über die Felder, drei Meilen von Attarie, beim großen, weißen Gebäude, das einem der Plätze unserer Großen Königin nachgebaut ist von – von – den Namen hab' ich vergessen. Können Hoheit sich vielleicht besinnen? Sirdar Dyal Singh Attariewalla! Ja, das ist der Mann, den hab' ich gemeint! Aber wie kommt's, daß Hoheit es wissen? Geboren und aufgewachsen in Hind? O-o-oh! Das ist was andres. Und Sahibs Amme eine Surtiefrau aus der Gegend von Bombay? Wie schade! Sie hätt' aus dem Hochland sein sollen – dort gibt es taugliche Ammen. Es gibt auf der Welt kein besseres Land als den Pandschab! Und kein Volk wie die Sikhs. Umr Singh, so heiß' ich, jawohl. Wie – schon bei Jahren? Jawohl. Und nur Reitersoldat nach so langer Zeit? Nun jaa. Der Sahib sehe doch meine Uniform an, wenn er zweifelt. Nein – nein: der Sahib schaut zu genau. Alle Rangabzeichen sind schon seit langem herunter, aber – aber eines ist wahr –, die meine ist nicht aus dem groben Zeug der Reitersoldaten, und – Sahib hat scharfe Augen – und die schwarze Verfärbung ist von einer lang auf der Brust getragenen, silbernen Kette. Sahib meint, daß Reitersoldaten keine silbernen Ketten tragen? N-nein. Reitersoldaten tragen keinen Orden von Britisch Indien? Nein. Sahib hätt' bei der Polizei des Pandschab sein sollen. Ich bin kein Reitersoldat, aber war fast ein Jahr lang im Dienst eines anderen Sahib – als Träger, Aufwärter, Auskehrer – alles auf einmal. Sahib sagt, daß ein Sikh keine niedrigen Dienste verrichtet? Das stimmt. Doch es ist ja für Kurban Sahib gewesen – für meinen Kurban Sahib – der jetzt seit drei Monaten tot ist!

Jung war er – mit rosig überhauchtem Gesicht –, blauäugig ist er gewesen, hat sich gewiegt auf den Füßen, wenn er erfreut war, und an den Fingergelenken gezogen, daß es geknackt hat.

Vor ihm hat das schon sein Vater getan, der war zur Zeit *meines* Vaters in Jullundur ein hoher Regierungsbeamter, damals, als ich noch Kavallerist war beim Gurgun-Rissala. *Mein* Vater? Jwala Singh. Ein Sikh aller Sikhs – hat bei Sobrun gegen die Briten gefochten und bis zum Tod eine Narbe getragen. Wie durch Blutsbande sind wir – Kurban Sahib und ich – miteinander verbunden gewesen. Ja, zuerst einmal war ich Kavallerist – sogar bis zum Lanzenreiter-Sergeanten hab' ich's gebracht, fällt mir ein – und mein Vater hat mir einen schwarzbraunen Hengst aus der eigenen Zucht geschenkt, damals, als ich befördert wurde. Und *er*, Kurban Sahib, war ein kleiner Baba, ein winziger Knirps, ist am Exerzierplatz auf der Mauer gesessen mit seiner Ayah, so nennt man die Kindermädchen bei uns – ganz in Weiß, Sahib – und hat gelacht, wenn unser Drill aus war. Und sein und mein Vater redeten miteinander, und der meine hat herübergewinkt, ich bin aus dem Sattel, und der kleine Baba hat seine Hand in die meine gelegt – achtzehn – fünfundzwanzig, nein *sieben*undzwanzig Jahre ist das nun her – Kurban Sahib – *mein* Kurban Sahib! Oh, wir sind dicke Freunde gewesen nachher! An meinem Säbelgriff hat er seine Zähne geschärft, wie man sagt. Großer Umr Singh hat er mich genannt – Goffa Umwa Fingh, weil er noch nicht gut reden konnte. Nicht höher als *so* ist er gewesen, vom Boden dieses Waggons gerechnet, hat aber uns Kavalleristen alle beim Namen gekannt – jeden von uns ... Dann ist er nach England hinüber, und bei seiner Rückkehr war er ein junger Herr, noch immer mit diesem wiegenden Gang, und auch mit den Fingergelenken hat er noch immer geknackt – ist dann wieder zum Regiment und zu mir. Und unsere Redeweise hat er so wenig vergessen gehabt wie unsre Art und Gewohnheit. Er war ein Sikh durch und durch, Sahib! Reich war er, freigebig, gerecht, den armen Reitersoldaten ein Freund, scharfäugig, allezeit lustig und sorglos. *Ich* könnte Geschichten erzählen aus seinen ersten Jahren bei uns! *Mir* hat er nicht viel verschwiegen, ich war ja sein Umr Singh, und wenn kein andrer dabei war, hat er mich ›Vater‹ genannt, und ich ihn ›mein Sohn‹. Ja, so haben wir zueinander gesagt. Über alles und jedes haben wir offen geredet – über Weiber und Krieg, übers Geld, übers Avancement und dergleichen.

Und auch über diesen Krieg da, noch lange vor seinem Ausbruch. Es waren ja so viele Stallburschen da, Hausierer, auch etliche Pathans darunter in diesem Land, besonders im Stadtgebiet von Yunasbagh (Johannesburg), und die haben Woche für Woche Nachricht geschickt, wie unsre Sahibs ganz waffenlos unterm Stiefelabsatz des Burenpacks liegen. Und daß große Kanonen straßauf und straßab geschleppt werden, um die Sahibs in Schach zu halten. Und wie dann ein solcher Sahib – Eger Sahib (Edgar?) einfach zum Spaß von dem Burenpack umgebracht wurde. Sahib weiß ja, wie wir aus dem Hind alles erfahren, was in der Welt vor sich geht? Kein Knacken eines gespannten Gewehrhahns in Yunasbagh, dessen Echo nicht schon einen Monat danach in Hind zu vernehmen war! Die Sahibs sind ja sehr gescheit, aber vergessen, daß ihre eigne Gescheitheit auch die *dak* (die Post) hervorgebracht hat, und daß für ein bis zwei Anna alles bekannt wird. Wir in Hind haben aufgepaßt und es vernommen und uns gefragt und gewartet. Und als es Gewißheit war, was uns die Hausierer und die Gemüsehändler berichtet hatten – daß die Sahibs in Yunasbagh von dem Burenpack unterdrückt und versklavt werden, haben manche von uns sich Fragen gestellt und auf Zeichen gewartet. Andere haben den Sinn solcher Zeichen mißdeutet. Weshalb, Sahib, ist es denn zu dem langen Krieg in Tirah* gekommen? Kurban Sahib hat es gewußt, und wir haben darüber geredet. Er hat gesagt, ›Noch hat's keine Eile. Aber bald werden wir kämpfen, und werden es für ganz Hind tun, in dem Land rings um Yunasbagh.‹ Und er hat die Wahrheit gesagt. Glauben Sahib nicht auch? So ist's doch gewesen! Es ist für Hind, wenn die Sahibs diesen Krieg führen. Man kann nicht regieren *hier* und unter-

* Nordwestl. Grenzprovinz Indiens.

drückt werden *dort*! Entweder überall Herr sein oder überall Sklave. Gott macht die Völker nicht nur mal so und mal so. Nie und nimmer – nein, nie und nimmer!

So ist die Zeit reif geworden – Schritt um Schritt reif. Ich hab' mir da keine Gedanken gemacht, bis auf eines vielleicht – und Sahib sieht es doch auch so? –, daß es blöd ist, eine Armee aufzustellen und hinterher ihrer Beherztheit durch Nichtstun zu schaden. Warum hat man denn nicht die Männer vom Tochi* gerufen – die Männer von Tirah – die Männer von Buner? Torheit über Torheit, und das tausendmal! *Wir* hätten das alles so glatt erledigt – so einfach im Handumdrehn!

Dann, eines Tages, hat Kurban Sahib mich holen lassen und mir gesagt, ›Ho, Dada, ich fühle mich schlecht, und der Doktor schreibt mich auf mehrere Monate krank.‹ Und hat gezwinkert dazu, und ich sage, ›Da komm ich um Urlaub ein und werde dich pflegen, mein Kind. Soll ich in Uniform bleiben?‹ ›Ja‹, hat er gesagt, ›und auch den Säbel behältst du, damit sich ein Kranker drauf stützen kann. Wir gehen nach Bombay, und von dort übers Meer nach dem Lande der Hubschies (Nigger).‹ Merkt nur, wie klug er war! Er ist unter sämtlichen Männern in all unsern Regimentern der erste gewesen, sich krank zu melden, um hier herüberzukommen! Jetzt will man unsere Offiziere nicht fortlassen von daheim, ob gesund oder krank, wenn sie nicht unterschreiben, daß sie an diesem Kriegspiel auf offener Straße nicht teilnehmen werden. *Er* ist aber klüger gewesen: kein Mucks war zu hören von Krieg, da hat er schon Krankenurlaub genommen. Ich? Mitgekommen? Natürlich! Bin einfach zu meinem Oberst, setz mich in den Stuhl (ich bin – also *war* – in der Rangstufe, welcher ein Sessel gebührt beim Gespräch mit dem Oberst) und sage, ›Mein Kind fühlt sich krank – also sick – und da möcht ich auf Urlaub, weil ich schon alt bin und ebenfalls sick!‹

Und der Oberst macht draus ein Wortspiel in Englisch und

* Afghan.-ind. Grenzfluß. Anm. d. Ü.

unserer Sprache und sagt, ›Ja, *Sikh*, das bist du tatsächlich.‹ Und hat mich danach einen alten Gauner genannt – nur so zum Spaß, wie eben Soldaten so reden untereinander. Und hat noch gesagt, daß mein Kurban Sahib lügt in bezug auf seine Gesundheit (und das war ja auch wahr) – und dann ist er aufgestanden und hat mir die Hand geschüttelt und mich gehen geheißen, und ich soll meinen Sahib in Sicherheit bringen. Mein Sahib in Sicherheit – hei!

Also bin ich nach Bombay mit Kurban Sahib, doch dort, beim Anblick des Schwarzen Wassers, hat Wajib Ali, sein Träger, haltgemacht und gesagt, seine Mutter sei tot. Da sag ich zu Kurban Sahib, ›Was macht das schon aus, ein Moslemschwein weniger oder mehr? Gib mir die Kofferschlüssel, damit ich die weißen Hemden fürs Essen bereitlegen kann!‹ Dann habe ich Wajib Ali verhauen hinter dem Watsonhotel, und noch am Abend des nämlichen Tags Kurban Sahibs Rasiermesser abgezogen. Jawohl, Sahib, ich bekenne daß *ich*, ein Sikh von den Khalsa, der kein Messer an seinen Bart kommen läßt, die Rasiermesser scharfgemacht habe! Aber die Uniform hab' ich *nicht* angezogen dazu. Anderseits hat Kurban Sahib für mich auf dem Dampfer eine Kabine genommen, die in allen Stücken so war wie die seine, und er hätte mir auch einen Diener gegeben! Wir haben von vielen Dingen geredet auf der Reise hierher. Und Kurban Sahib hat mir im voraus beschrieben, wie dieser Krieg sich abspielen wird. ›Sie haben‹, so hat er gesagt, ›Fußsoldaten genommen gegen die Reitersoldaten, und sie werden auch dumm genug sein, diesem Burenpack Pardon zu gewähren, weil man ja annimmt, daß es Weiße sein werden.‹ Und ferner hat er gesagt, ›Dieser Krieg hat nur *einen* Fehler, und der besteht darin, daß die Regierung nicht *uns* geschickt, sondern insgesamt einen Sahibkrieg daraus gemacht hat. So werden sehr viele Männer umkommen, aber Vergeltung wird es nicht geben.‹ Wahr gesprochen – nur zu wahr gesprochen! Es ist gekommen, wie Kurban Sahib vorausgesagt hat!

Und dann sind wir angekommen in diesem Land, gleich in

Kapstadt dort unten, und Kurban Sahib hat mir befohlen, ›Schaff das Gepäck zu dem großen *dak*-Bungalow, ich will mich inzwischen umsehen nach Arbeit für einen Kranken.‹ Ich habe die Uniform angezogen, mit all meinen Rangabzeichen, und bin zu dem großen *dak*-Bungalow, den sie Maun Nihâl Seyn (Mount Nelson?) nennen, und habe veranlaßt, daß das schwere Gepäck an den finsteren Ort kommt, ganz unten – kennt ihn der Sahib? –, der schon voll war mit den Gepäckstükken und mit den Säbeln der Offiziere. Seither ist er noch voller geworden – mit der Feldausrüstung der Toten! Aber ich hab' nicht vergessen, mir eine Bestätigung geben zu lassen, schriftlich, für alle drei Sachen. Hier ist sie, in meinem Gürtel – das Zeug muß ja wieder zurück in den Pandschab.

Bald danach kommt Kurban Sahib, wieder in seinem wiegenden Gang, das Zeichen kannte ich schon, und er sagt, ›Wir sind unter einem Glücksstern geboren: wir gehen nach Stellenbosch, zum Überwachen der Pferdetransporte.‹ Bedenkt, Kurban Sahib war vorher Schwadronkommandant beim Gurgun Rissala, und *ich* war Umr Singh! Da hab' ich gesagt, wie wir eben reden untereinander – oder vielmehr, geredet *haben*, wenn niemand dabei war: ›So bist du jetzt Stallknecht, und ich bin Grasschneider – ist das vielleicht eine Beförderung, Kind?‹ Darauf hat er gelacht und gesagt: ›Es ist ein Weg zu was Besserem. Du mußt nur Geduld haben, Vater!‹ (Jawohl, er hat ›Vater‹ zu mir gesagt, wenn keiner dabei war!) ›Dieser Krieg ist weder morgen noch übermorgen zu Ende. Ich habe die neuen Sahibs gesehen‹, hat er gesagt, ›und man merkt ihnen an, wie wenig Ahnung sie haben.‹

Also sind wir nach Stellenbosch weiter, dort, wo die Pferde sind. Stallknechtsarbeit hat Kurban Sahib verrichtet – und alles wurde geleitet ohne Voraussicht durch diese neuen Sahibs von Gott weiß woher, die noch niemals gesehen hatten, wie man ein Zelt aufstellt, einen Pflock in die Erde schlägt. Nur Eifer im Kopf, doch keine Spur von Erfahrung! Dann sind, nach und nach, jene Pathans herübergekommen aus Hind – die sind genau wie die Geier da oben, Sahib – sie folgen der Schlacht. Und auch etliche Sikhs, wenn auch nur Muzbies, und ein paar dieser Affenmenschen aus Madras, alle mit Pferden. Puttiala hat Pferde geschickt, Jhind und Nabha haben Pferde geschickt. Sämtliche Völkerschaften der Khalsa haben Pferde geschickt – von allen Enden der Welt sind Pferde gekommen! Weiß Gott, was sie bei der Armee damit gemacht haben – sie bei lebendigem Leibe gefressen vielleicht. Mit Pferden hat man Verschwendung getrieben, wie sonst nur die Freudenmädchen das Öl verschwenden: mit vollen Händen! Für die Pferde hat es viel Männer gebraucht. Kurban Sahib gab mir das Kommando (was für ein Kommando für *mich*!) über eine Schar Wollköpfe – Hubschies, deren Berührung, ja deren Schatten schon Besudlung bedeutet! Enorme Fresser sind das gewesen, geschlafen haben sie auf dem Bauch, gelacht ohne Grund – im übrigen wie die Tiere! Manche von ihnen wurden Fingos genannt, manche, glaube ich, Rotkaffern – aber Kaffern waren sie allesamt – ein unsäglicher Dreck! Ich hab' ihnen beigebracht, wie man die Pferde füttert und tränkt, auch das Ausmisten und das Striegeln. Ja, auch das Ausmisten habe ich überwacht – ein *jemadar* von *mehtars*, Vormann eines Dreckkommandos, bin ich gewesen, und Kurban Sahib ist's nicht viel besser ergangen, und das fünf Monate lang. Elende Monate! Der Krieg wurde so, wie Kurban Sahib vorausgesagt hatte: unsere Neuen wurden erschlagen, aber Rache hat's *keine* gegeben. Ein Krieg der Narren ist es gewesen, mit den Waffen von Zauberern! Kanonen, die den Tod eine halbe Tagesreise weit schickten, und Männer, die, neu wie sie waren, sich blindlings ins mannshohe Gras gewagt haben, um sich vom Burenpack wie das Vieh wegtreiben zu lassen! Und was jene Stadt betrifft, Stellenbosch – nun, ich bin zwar kein Sahib, ich bin bloß ein Sikh. Aber *ich* hätte nur einen Trupp vom Gurgun Rissala dort einquartiert – eine kleine Abteilung –, und mit ihr die Stadt dazu gebracht, daß die Leute den Boden geküßt hätten, wenn auch nur der *Schatten* eines Regierungspferds darauf gefallen wäre! Es gibt viele *mul-*

*labs* in Stellenbosch. Die haben zum *Jehad*, zum Heiligen Krieg, gegen uns aufgerufen. Das ist die Wahrheit, jeder im Lager hat das gewußt. Und die meisten Häuser haben ein Strohdach gehabt. Wirklich, es war ein närrischer Krieg!

Aber dann, nach fünf Monaten, hat mein Kurban Sahib – ganz mager war er geworden – gesagt: ›Unsre Belohnung ist da: schon morgen gehen wir mit den Pferden hinauf an die Front, und bin ich erst von hier weg, so werd ich zu krank für die Rückkehr. Mach unser Gepäck reisefertig.‹ So sind wir denn auf und davon, mit etlichen Kaffern und den frischen Pferden, die waren für ein Regiment, das gekommen war auf einem Schiff. Am zweiten Tag unsrer Fahrt mit dem *terain*, als wir an einem gottverlassenen Ort, wo es weit und breit keinen Bazar gab, die Pferde getränkt haben, ist aus einer der Pferdeboxen ein gewisser Sikandar Khan aufgetaucht, der war in Stellenbosch *jemadar* der *saises* (Oberstallknecht) gewesen, als Soldat eines Grenzregiments. Kurban Sahib hat ihn nicht schlecht heruntergemacht für seine Fahnenflucht. Aber der Pathan hat zur Entschuldigung bloß die Hände gehoben, und Kurban Sahib hat Mitleid gehabt und ihn in unsre Dienste genommen. Somit sind wir zu dritt gewesen – Kurban Sahib, dann ich, und Sikandar Khan –, also ein Sahib, ein Sikh und ein *Sag* (Hund). Doch der Kerl hat mir ganz einfach gesagt, ›Wir sind allesamt fern von der Heimat und beide im Dienste der *Raj* (Herrschaft). Schließen wir Frieden, bis wir den Indus wieder erblicken.‹ So hab' ich mit Sikandar Khan von ein und demselben Teller gegessen – sogar Rindfleisch, obwohl ich das wußte! Und *er* hat gesagt, als er einmal nachts aus dem Messezelt eine Dose Schweinefleisch abgezweigt hatte, in seinem Buch, dem Koran, stehe geschrieben, daß jeder, der in einen Heiligen Krieg zieht, frei ist von religiösen Geboten. Wah! Der hatte nicht soviel an Religion, wie eine Schwertspitze bei der Taufe Zucker und Wasser faßt. Dann hat er sich auch noch ein Pferd gestohlen von einem der neuen, noch unerfahrenen Regimenter. Auch ich hab' mir dort einen grauen Wallach besorgt. Die lassen ja ihre Pferde viel zu frei durch die Gegend laufen, diese Neuen von drüben.

Etliche schamlose Regimenter hätten uns beinahe *unsere* Pferde gestohlen – direkt vom Transport! Sie haben uns Requirierungswische gezeigt, für Pferde, und ein- oder zweimal sogar die Waggons abgekuppelt! Doch Kurban Sahib war schlau, und auch ich bin im ganzen kein Narr. Es geht nicht sehr ehrlich zu an der Front. Besonders bekannt war da ein gewisser Verband hartgesottener Pferdediebe: hellhäutige Sahibs von hoher Statur, die haben meist durch die Nase gesprochen und bei jeder Gelegenheit ›Oah Hell!‹ gesagt, was bei uns *Jehannum ko jao* bedeutet. Ein Rebenblatt hatte jeder von ihnen auf seiner Uniform, und geritten sind alle wie die Radschputen. Ja sogar wie die Sikhs sind sie im Sattel gesessen – wie die Ustrelyahs! Die Ustrelyahs, mit denen wir später zusammenkamen, haben gleichfalls recht stark durch die Nase gesprochen, sie waren hochgewachsene, dunkle Leute mit grauen und scharfen Augen, langbewimpert wie bei den Kamelen – genaue und tüchtige Leute – ein ganz neuer Typ von Sahibs für mich. Bei jeder Gelegenheit haben sie ›No fii-ah‹ gesagt, was bei uns *Durro mut* bedeutet (›Nur keine Angst‹), und so haben wir nur *Durro Muts* zu ihnen gesagt. Große, dunkelhäutige Männer, vorzügliche Reiter, heißblütig, zornig, für die Krieg wirklich Krieg *war*, und Tee trinken sie, wie sonst nur der Sand das Wasser. Diebe? Ein bißchen, Sahib. Sikandar Khan hat mir geschworen – und er stammt ja aus zehn Geschlechtern von Pferdedieben –, er hat mir geschworen, daß jeder Pathan ein Wikkelkind ist gegen solch einen *Durro Mut*, wenn's darum geht, Pferde zu stehlen. Die *Durro Muts* sind überhaupt nicht imstande, zu Fuß zu gehen. Da sind sie wie Hühner auf offener Straße. Deshalb *müssen* sie Pferde haben. Sehr tüchtige Leute, mit richtiger Freude am Krieg. Aah – ›No fii-ah‹, so sagen die *Durro Muts*. Und *sie* erst haben den wahren Wert Kurban Sahibs erkannt. *Sie* haben von ihm *nicht* verlangt, den Stall auszumisten! Gar nicht mehr losgelassen haben sie ihn! Einen ihrer

Anführer, als der Fieber bekam, hat er einen vollen Tag lang vertreten, in einer Gegend, die so hügelig war wie der Eingang zum Khaiberpaß. Und als sie am Abend zurückgekehrt sind, haben die *Durro Muts* alle gesagt, ›Wallah! (Junge!) Das ist ein Mann! Den kassieren wir uns!‹ Also haben sie mir meinen Kurban Sahib gestohlen wie alles, was sie benötigt haben, und an seiner statt ihren kranken Offizier nach Stellenbosch hinuntergeschickt. So war Kurban Sahib wieder sein eigener Herr, und ich war sein Träger, und Sikandar Khan war unser Koch. Zwar hielt man sich streng daran, daß dies ein Sahibkrieg war, aber es gab keine Vorschrift, daß Träger und Koch nicht wie ihr Sahib beritten sein sollten – und zu tragen gab es ja nichts, außer der Uniform. So sind wir denn auf und ab geritten in diesem verwünschten Land, wo's keinen Bazar gibt, keine Bohnen und Linsen, kein Mehl und kein Öl, kein Gewürz, keinen roten Pfeffer, kein Holz zum Feueranmachen. Nichts als rohe Getreidekörner und ganz wenig Vieh! Dabei hat es, soviel ich gesehen hab', keine großen Gefechte gegeben, nur viel Schießerei. Waren unserer Viele, so hat uns das Burenpack mit Kaffee willkommen geheißen und uns allerlei *purwanas* gezeigt, Bescheinigungen alberner, englischer Generale, die schon vor uns hier Rast gemacht und den Leuten bestätigt hatten, sie wären gutwillig und friedlich. Waren wir aber nur wenige, so haben sie sich hinter Felsen versteckt und auf uns geschossen. Doch der Befehl hat gelautet, die Leute sind Sahibs, und dies ist ein Krieg unter Sahibs. Gut! Auch das habe ich verstanden. Aber die Leute waren nicht anders als jene in Burma, oder auch die Afridis.* Das Schießen hat ihnen Freude gemacht, und waren sie mal in der Klemme, so haben sie ihre Gewehre versteckt und dafür die *purwanas* hervorgeholt, oder haben sich in ihre Häuser verkrochen und uns gesagt, daß sie Farmer wären. Ja, Farmer wie die, von denen unsere Madras-Einheiten bei Hlinedatalone in Burma zusammengehaun worden sind! Farmer wie

* Oberburma wurde 1885 von den Briten annektiert. Afridis: kriegerischer Volksstamm am Khaiberpaß. Anm. d. Ü.

jene, die Cavagnari Sahib und unsre Aufklärungsabteilung bei Kabul umgebracht haben! *Denen* haben wir's aber gezeigt, wahrhaftig – fünfzehn wenn nicht gar zwanzig an ein und demselben Morgen von der Veranda geputzt, gegenüber vom Bala Hissar! Deshalb hab' ich geglaubt, der *Jung-i-lat* Sahib (der Oberkommandierende) wird die alten Tage auch hier wieder aufleben lassen, doch – keine Rede davon! Überall hat man auf uns geschossen, aber *er* hat nur Proklamationen erlassen, sagend, er kämpfe nicht gegen die Leute, sondern gegen eine gewisse Armee – eine Armee, die in Wahrheit das ganze Burenpack war, mit nicht soviel Uniform, daß man sich einen Lendenschurz hätte draus machen können! Wirklich, ein närrischer Krieg, von Anfang bis Ende! Denn es liegt auf der Hand, daß man aufhängen sollte, was gegen dich kämpft mit dem Schießeisen in der einen und dem *purwana* in seiner andern Hand, wie all diese Leute! Aber wir, wenn sie mal genug davon hatten, wir haben sie auch noch in Ehren empfangen, ihnen Passierscheine ausgestellt, sie gelabt, ihren Weibern und Kindern zu fressen gegeben und unsre eigenen Leute aufs strengste bestraft, wenn die ihnen Hühner gestohlen haben! Nicht nur einmal haben wir auf diese Weise etliche Tote gehabt, sondern gleich drei- oder viermal und mehr! Ich habe mit Kurban Sahib sehr viel darüber geredet, doch er hat nur gesagt, ›Es ist ein Krieg unter Sahibs – so ist der Befehl‹. Dann, in einer Nacht, als Sikandar Khan mit seinem Messer sich durch die Postenkette hinausschleichen wollte, um denen zu zeigen, wie's zugeht an der afghanischen Grenze, hat er ihm eine zwischen die Augen gegeben und ihm damit beinah den Schädel zertrümmert. Dann hat Sikandar Khan mit einem Augenverband, der ihm das Aussehn eines kranken Kamels gab, den halben Tagesmarsch lang auf ihn eingeredet, und war noch verwirrter als ich und hat geschworen, er geht wieder hinunter nach Stellenbosch. Doch insgeheim hat Kurban Sahib hinterher zu mir gesagt, wir hätten die Sikhs und auch die Gurkhas loslassen sollen auf dieses Volk, und ihm die Stirn in den Staub stoßen.

Denn dieser Krieg sei nicht von der Art, daß die Leute hier ihn als Krieg empfänden.

Geschossen, auf uns? Aber gewiß doch, und das aus Häusern, auf denen die weiße Fahne geweht hat! Aber als sie dann sahen, wie wir uns verhielten, haben die Witwen durch Kaffernläufer Botschaft gesandt, und gleich war's vorbei mit dem Schießen. *No fii-ah*! – Nur keine Angst! Das ganze Burenpack, mit dem wir's zu tun bekamen, hat ja *purwanas* gehabt, auf denen vertrottelte Generäle bestätigt haben, es seien alles staatstreue Bürger! Auf dem Dachboden haben sie ihre Gewehre versteckt und ihre Patronen – mehr als genug! Die Weiber haben entsetzlich geflennt, wenn wir solche Häuser angesteckt haben und niedergebrannt, aber sich nicht zu nahe gewagt, wenn das Dachstroh Feuer gefangen hatte, aus Angst vor der Explosion der Patronen. Die Weiber des Burenpacks sind recht gerissen – gerissener noch als die Männer. Was sag ich? Gerissen? Das Burenpack? Aber nein, keine Spur! Das kommt davon, weil die Sahibs so blöd sind! Zur eigenen Ehrenrettung müssen sie sagen, das Burenpack sei gerissen. Nur die erstaunliche Dummheit der Sahibs hat dieses Burenpack großgemacht. Die Sahibs hätten erst einmal *uns* in das Spiel bringen müssen!

Aber die *Durro Muts* waren recht gut, sie kamen verläßlich zurecht mit all diesen Dingen im Land – wenn auch nicht so, wie unsereiner aus Hind es gemacht haben würde. Aber blöd, das waren sie nicht! Einmal, in der Nacht, wir lagen auf einem Höhenzug in der Kälte, hab' ich von ferne ein Licht gesehn aus einem Haus. Den sechsten Teil einer Stunde hat es geleuchtet, dann war's wieder weg. Bald danach ist es wiedergekommen, dreimal für den zwölften Teil einer Stunde. Ich habe es Kurban Sahib gezeigt, denn es war eines der von uns verschonten Häuser, weil die Bewohner noch und noch Ausweise vorgelegt und auch Treue geschworen hatten an unsern Steigbügelriemen. Und ich sagte zu Kurban Sahib, ›Schick doch mal einen halben Zug dort hinüber und mach Schluß mit dem Haus! Die signalisieren ja zu ihren Brüdern hinüber!‹ Er aber hat nur gelacht und gesagt, ›Würde ich jedesmal hören auf Umr Singh, meinen Träger, so gäb' es kein einziges Haus mehr in diesem Land.‹ Und ich sage darauf, ›Weshalb auch eins stehen lassen? Hier ist es wie damals in Burma: heut sind sie Farmer, und morgen schon Kämpfer. Behandeln wir sie dementsprechend.‹ Da hat er gelacht und sich fester in seine Decke gewickelt, und ich hab' das Licht in der Ferne bis zum Hellwerden nicht aus den Augen gelassen. Ich habe acht Feldzüge mitgemacht an der Grenze – Burma nicht mitgerechnet: den Ersten Afghanischen Krieg; den Zweiten Afghanischen Krieg; zwei Mahsud Waziri-Feldzüge* (das macht jetzt schon vier); zwei in den Schwarzen Bergen, wenn ich mich richtig besinne; dann den Malakand- und den Tirahfeldzug. Burma und sonstige Kleinigkeiten rechne ich gar nicht erst mit. *Ich* weiß, was es heißt, wenn von Haus zu Haus signalisiert wird!

Ich habe Sikandar Khan mit dem Fuß angestoßen, und er hat es gleichfalls gesehn. Er sagte, ›Einer vom Burenpack, der für unsre Küche die Kürbisse angeschleppt hat, die ich vorigen Abend geröstet habe, wohnt in dem Haus dort drüben.‹ ›Wie kannst du das wissen?‹ hab' ich ihn gefragt. ›Er hat einen anderen Weg genommen von unserm Lager, und da hab' ich bemerkt, daß sein Pferd an der Wegebiegung gebockt hat. Und vorm Dunkelwerden habe ich mich zum Abendgebet aus dem Lager geschlichen, mit dem Fernglas von Kurban Sahib, und von einem Hügel habe ich dann das scheckige Pferd unsres Kürbishändlers auf dem Weg zu dem anderen Haus gesehen.‹ Da hab' ich nichts weiter gesagt, sondern Kurban Sahibs Feldstecher ihm aus den schmierigen Händen genommen, ihn gereinigt mit einem seidenen Tuch und wieder ins Futteral getan. Dabei hat Sikandar Khan mir erzählt, er sei der allererste gewesen, der im Zenab-Tal ein Fernglas verwendet hat – als er im Lauf eines Dreimonate-Urlaubs zwei Blutfehden austrug. Aber andererseits war Sikandar Khan ja ein großer Aufschneider.

* Kriegerische Pathanstämme an Indiens NW-Grenze. Anm. d. Ü.

Am folgenden Tag hat man Kurban Sahib mit einem Dutzend Kavalleristen auf Erkundung geschickt, er sollte sich nach einem passenden Lagerplatz umsehn. Die *Durro Muts* waren damals in ihrer Bewegung behindert durch das Getreide und Futter auf ihren Karren, und sie hätten das alles am liebsten irgendwo in einer Stadt stehengelassen, um sich wieder den wichtigern Dingen widmen zu können. Also hat Kurban Sahib eine Abkürzung für sie gesucht, ein wenig abseits von unsrer Marschroute. Wir waren unserer Hauptstreitmacht um etwa zwölf Meilen voraus und sind an ein Haus am Fuß eines buschigen Hügels gekommen, mit einem *nullah* dahinter, den sie hier *donga** nennen, und einem alten *sangar* davor, zu dem sie *Kraal* sagen. An jeder Seite des Tors war ein dorniger Strauch, so eine Art Babulgewächs**, voll goldfarbener Blüten, und das Dach war aus Stroh. Eine steinige Senke vorm Haus führte zu einer zweiten, von Büschen bewachsenen Höhe. Ein Alter war in der Veranda – mit weißem Bart und einer Warze links an seinem Hals, und dann noch ein junger Bursche, der war ein Kretin: kein einziges Haar auf einem Schädel, der war nicht größer als eine Orange, und die Nasenlöcher zerfressen wie von einer Krankheit. Lachend und rotzend ist er herumgehüpft vor Kurban Sahib. Dann hat uns der Alte Kaffee gebracht, und das Weib hat uns *purwanas* entgegengehalten, von drei General-Sahibs, welche bescheinigt hatten, dies seien friedliche, harmlose Leute. Hier sind die *purwanas*, Sahib. Kennt Sahib die Generale, die darauf unterschrieben sind?

Na, die Leute haben geschworen, das Land sei von Burenpack frei. Sie haben die Hände gehoben zum Schwur! Das war um die Stunde der Abendmahlzeit. Ich bin mit Sikandar Khan an der Veranda gestanden, und er hat geschnüffelt wie ein Schakal, der Witterung nimmt. Nach einer Weile packt er mich am Arm und sagt, ›Schau dort hinüber! Dort spiegelt sich jetzt die Sonne im Fenster des Hauses, wo vorige Nacht die Signale

* Wasserlauf ** Akazienart. Anm. d. Ü.

waren. Von dort besteht Sichtverbindung hierher!‹ Und dann hat er sich umgedreht und zur buschbewachsenen Anhöhe hinübergeschaut und den Atem scharf eingezogen. Der Kretin ist an uns vorübergetanzt, hat seinen Schrumpfkopf gehoben, hinaufgesehen zum Dach und gelacht wie eine Hyäne, und das fette Weib hat plötzlich ganz laut geredet, als wollte sie da ein Geräusch übertönen. Ich bin danach hinters Haus gegangen, wie um Wasser zu holen für unsern Tee, und sehe dabei auf dem Boden ganz frischen Pferdemist und neue Hufspuren. Und mitten im Dreck ist eine Patrone gelegen, die hatte jemand verloren! Dann hat Kurban Sahib nach mir gerufen, aber in *unserer* Sprache: ›Ist das ein brauchbarer Platz fürs Teekochen?‹ hat er gefragt, und ich habe gewußt, was er meint, und gesagt, ›Hier gibt's Köche mehr als genug in der Küche!‹ ›Sitz auf und mach, daß du wegkommst, mein Kind!‹ Da bin ich zurück, und er grinst das Weib an und sagt, ›Mach inzwischen das Essen fertig, und wenn wir abgeschnallt haben, dann setzen wir uns zu Tisch, drinnen im Haus.‹ Doch zu den Männern hat er ganz leise gesagt, ›Aufsitzen und weg von hier!‹ Nein – das fette Weib und den Alten hat er nicht in Schach gehalten mit dem Gewehr, das ist seine Art nicht gewesen. Irgendein Trottel von den *Durro Muts* hat, weil er hungrig war, den Fluchtbefehl nicht gleich befolgt, und noch bevor wir im Sattel waren, ist es schon losgegangen: Schnellfeuer vom Dach – die Gewehrläufe schauten durchs Stroh! Darauf sind wir weg durch die steinige Senke und haben Feuer gekriegt aus dem nullah und aus dem Haus und von der Anhöhe hinter dem nullah, und ebenso aus dem Dach jenes Hauses – ein Schnellfeuer, daß es geklungen hat, als würden auf allen Bergen die Trommeln geschlagen! Sikandar Khan hat sein Pferd gezügelt und hat gesagt, ›Dieser Tanz ist nicht nur für uns allein, sondern auch für die anderen *Durro Muts*‹, und ich sag darauf, ›Sei still und schließ lieber auf!‹ weil sein Platz hinter mir war, wie *ich* hinter Kurban Sahib geritten bin. Aber diese neuen Geschosse durchschlagen fünf Männer hintereinander! Getroffen wurden wir nicht –

kein einziger von unserm Trupp – und haben den felsigen Hügel erreicht und uns zwischen den Steinen verteilt, und Kurban Sahib dreht sich im Sattel herum und hat gesagt, ›Gebt acht auf den Alten!‹ Der hat von seiner Veranda wie wild auf uns geschossen, und das Weib neben ihm und der Kretin – auch sie hatten plötzlich Gewehre! Kurban Sahib hat nur gelacht, ich pack ihn am Handgelenk, aber – sein Schicksal war schon besiegelt in jenem Moment: die Kugel ist mir unterm Arm durchgegangen und hat ihm die Leber durchschlagen! Er ist zusammengebrochen, und ich hab' ihn rücklings zwischen zwei große Felsen gezerrt – Kurban Sahib, meinen Kurban Sahib! Aus dem nullah hinter dem Haus und von den Hügeln herunter ist unser Burengesindel hervorgebrochen, mehr als hundert sind sie gewesen, und Sikandar Khan hat gesagt, ›Jetzt sehn wir, was letzte Nacht die Signale bedeutet haben. Gib mir das Gewehr!‹ Er hat Kurban Sahibs Flinte genommen – in diesem närrischen Krieg tragen ja nur die Doktoren Säbel – und sich flach auf den Bauch gelegt, um besser zielen zu können, aber Kurban Sahib dreht sich herum wie er liegt, und er sagt: ›Hör auf. Es ist ein Krieg unter Sahibs‹, und hat dann die Hand gehoben – *so*. Und die Augen auf mich gerichtet, und ich hab' ihm Wasser gegeben, damit es schneller vorbei ist mit ihm. Und noch während des Trinkens hat sein Geist den Körper verlassen.

So ist es uns, Sahib, ergangen in jenem Gefecht. Wir *Durro Muts* haben uns längs eines Höhenkamms nach Süden hin abgesetzt, wo unsere Hauptstreitmacht war, und das Burenpack lag in einem Tal, das westöstlich verlief. Sie sind über hundert gewesen, und unsere Männer waren nur zehn, haben aber die Buren nicht aus dem Tal gelassen beim Absetzen längs der Höhe nach Süden. Ich habe drei Buren fallen gesehen, im freien Gelände. Dann sind alle wieder in Deckung gegangen und haben die Felsen, hinter denen sich unsere Männer versteckten, unter schweren Beschuß genommen. Aber die Unseren waren schlau und haben sich nicht mehr gezeigt, sondern sind auf und davon, immer nach Süden. Auch der Gefechtslärm hat sich südwärts verlagert, von wo das Feuer schwerer Geschütze zu hören war. Dann ist es rasch finster geworden, und Sikandar Khan hat zwischen den Felsen einen alten, sehr tiefen Schakalbau gefunden, wo wir den Leichnam von Kurban Sahib aufrecht beigesetzt haben. Sikandar Khan hat das Fernglas des Toten an sich genommen, ich selber sein Taschentuch, etliche Briefe und noch ein gewisses Ding, das er, wie ich wußte, stets um den Hals trug, und Sikandar Khan ist mein Zeuge, daß ich alles ins Taschentuch gewickelt habe. Dann haben wir allesamt Rache geschworen, sind aber liegengeblieben und haben um Kurban Sahib getrauert. Und Sikandar Khan hat bis zum Morgen geweint – sogar er, ein Pathan und Mohammedaner! Die ganze Nacht über hörten wir es von Süden her feuern, und als es gedämmert hat, war das Tal übersät von dem Burenpack, in Wagen oder auf Pferden. Sie haben sich dann um das Haus gesammelt, wie wir durch Kurban Sahibs Feldstecher beobachten konnten, und der Alte, der, wie ich glaube, ein Priester war, hat sie gesegnet und ihnen den Heiligen Krieg gepredigt, wobei er fortwährend gefuchtelt hat mit den Armen. Und das fette Weib hat Kaffee gebracht, und der Kretin ist umhergehüpft zwischen den Leuten und hat ihre Pferde geküßt. Kurz danach sind sie weg, Hals über Kopf, und hinter den Höhen verschwunden. Dann ist ein schwarzer Sklave zum Vorschein gekommen und hat die Türschwelle mit klarem Wasser gescheuert. Sikandar Khan hat durchs Fernglas gesehn, daß es Blutflecke waren, und hat gelacht und gesagt, ›Da liegen Verwundete drin. Jetzt können wir Rache nehmen!‹

Gegen Mittag war dann im Süden eine dünne und hohe Rauchsäule, als würde ein Haus bei hellichtem Tage niedergebrannt, und Sikandar Khan, der versteht, wie man Peilung nimmt über die Berge, hat gesagt, ›Jetzt haben wir doch noch das Haus jenes Kürbisverkäufers, von wo die Signale gekommen sind, niedergebrannt.‹ Und ich hab' gesagt, ›Wozu soll das gut sein, jetzt, wo sie mein Kind mir umgebracht haben? Laß mich trauern!‹ Es war eine hohe Rauchsäule, und der Alte, ich hab' es gesehen, ist auf die Veranda gekommen und hat hinübergeschaut und die erhobenen Fäuste geschüttelt in Richtung des Rauchs. So sind wir gelegen bis zum Hereinbruch der Dunkelheit, ohne Speise und Trank, denn wir hatten geschworen, nichts zu essen und nichts zu trinken bis zum Vollzug unsrer Rache. Mir war noch ein wenig Opium übriggeblieben, und ich habe die Hälfte davon Sikandar Khan überlassen, weil auch er Kurban Sahib gerngehabt hat. Als es dann ganz finster war, haben wir unsre Säbel an einem runden Felsen gewetzt, der, wenn man Wasser dazugibt, den Stahl sehr gut schärft. Die Schuhe haben wir ausgezogen und sind barfuß hinunter zum Haus und haben ganz leise durchs Fenster geschaut. Der Alte hat in einem Buch gelesen, die Frau ist am Herd gesessen, der Kretin ist am Boden gelegen, den Kopf an ihren Knien, hat seine Finger gezählt und blöde dazu gelacht, und auch sie hat ihm zugelächelt. Da hab' ich gewußt, es sind Mutter und Sohn, und habe selber gelacht, denn ich hatte das schon vermutet, als ich die beiden mir ausbedungen von Sikandar Khan, mit Leib und mit Leben, beim Aufteilen unserer Beute im Vorhinein. Dann sind wir ins Haus, mit gezogenem Säbel. ... Wirklich, das Burengesindel versteht nichts von blanker Klinge, denn der Alte ist aufgesprungen, um sein Gewehr aus der Ecke zu holen. Aber Sikandar Khan hat ihm mit der flachen Klinge eins über die Hände gezogen, und da hat er sich hingesetzt und sie hochgehoben, und ich hab' den Finger an die Lippen gelegt und allen bedeutet, sich still zu verhalten. Aber die Frau hat geschrien, und im Zimmer daneben hat sich jemand bewegt, die Tür wurde aufgestoßen, und ein Mann mit verbundenem Kopf ist ganz benommen vor uns gestanden und hat mit der Flinte gefuchtelt. Doch da ist ihm der Kopf schon von den Schultern geflogen, mitten herein auf den Boden, und niemand ist nachgekommen. Es war ein recht schöner Hieb – für einen Pathan. Da waren sie alle ganz still, haben den Kopf angestarrt auf dem Boden, und ich sag zu Sikandar Khan, ›Hol Stricke! Nicht einmal für Kurban Sahib will ich mir hier den Säbel beschmutzen!‹

So hat er nach Stricken gesucht, ist mit drei ledernen Riemen gekommen und sagt, ›Da drin liegen drei Blessierte, und jeder von ihnen hat ganz gewiß einen Passierschein mit Generalsunterschrift.‹ Dann hat er gelacht und die Riemen gestrafft. Ich habe dem Alten die Hände am Rücken zusammengebunden und dasselbe mit dem Kretin getan – aber nur ungern, denn er lachte mir ins Gesicht und wollte mir immer den Bart befingern. Währenddessen hat sich das Weib mit den Schweinsaugen und Schweinebacken beständig herzugedrängt, und Sikandar Khan hat mich gefragt, ›Soll ich zuschlagen oder sie fesseln? Sie wurde *dir* zugesprochen bei der Beuteverteilung.‹ Und ich sag darauf, ›Halt dich zurück! Ich hab' eine Kette für sie. Mach die Tür auf!‹ Dann hab' ich die anderen zwei vor mir hergestoßen, quer durch die Veranda bis zum dunkleren Schatten der Dornbäume, und sie ist mir auf den Knien gefolgt und hat sich zu Boden geworfen, meine Stiefel umfaßt und geheult. Sikandar Khan hat die Lampe gebracht und gesagt, er ist jetzt der Butler und sorgt für die Tafelbeleuchtung, und ich habe mir einen Ast ausgesucht für unser Obst. Aber das Weib hat mich ganz schön behindert mit ihrem Gekratz und Gezappel, und ganz schnell geredet in ihrer Sprache, und ich hab' in meiner Sprache gesagt, ›Ich bin kinderlos seit heute Nacht, und schuld dran ist deine Gemeinheit, und mein Kleiner war unter den Männern geschätzt und von den Frauen geliebt. Er hätte *Menschen* gezeugt – keine *Tiere*! Du hast zwar mehr Jahre vor dir als ich, aber mein Schmerz ist größer als deiner.‹

Dann habe ich mich gebückt, dem Kretin den Strick um den Hals gelegt und das andere Ende über den Ast geworfen, und Sikandar Khan hat die Lampe hinaufgehalten, damit die Mutter es besser sieht ... Und dann war da plötzlich, gleich hinterm Lichtschein der Lampe, die Geistererscheinung von Kurban Sahib. Die eine Hand hielt er sich gegen die Seite, wo ihn die Kugel getroffen hatte, aber die andre hat er uns entgegengestreckt und gesagt, ›Nein – es ist ja ein Krieg der Sahibs!‹ Und ich sag' darauf, ›Wart noch ein wenig, mein Kleiner, dann kannst du ruhig schlafen.‹ Er aber ist so nah herzugekommen, als wollt er mir auf den Augen reiten, und hat gesagt, ›Nein – es ist ein Krieg der Sahibs.‹ Und Sikandar Khan hat gefragt, ›Ist dir der Kerl zu schwer?‹ und hat die Lampe zu Boden gestellt und ist herübergekommen. Und als er dann mit mir am Strick ziehen wollte, hat Kurban Sahib sich ganz nahe vor uns gestellt und zum dritten Male gesagt: ›Nein – s' ist ein Krieg der Sahibs!‹ Dann hat ein Windhauch die Lampe verlöscht, und ich habe ganz deutlich gehört, wie Sikandar Khans Zähne geklappert haben.

So sind wir nebeneinander gestanden, die Stricke in unsern Händen, und das für geraume Zeit, denn wir haben kein Wort hervorbringen können. Dann hab' ich gehört, wie Sikandar Khan seine Feldflasche aufschraubt und trinkt. Und nachdem er den Durst gelöscht hat, reicht er sie mir mit den Worten: ›Jetzt sind wir entbunden von unsrem Gelöbnis.‹ Also habe auch ich getrunken und dann gemeinsam mit Sikandar Khan auf den Morgen gewartet, an Ort und Stelle – und noch immer den Strick in der Hand. Und bald nach dem dritten Hahnenschrei hörten wir Pferdegetrappel von fern, und den Lärm von Lafettenrädern, und sobald es dann richtig hell war, zerplatzte eine Granate auf der Schwelle des Hauses, und das Verandadach, das mit Stroh gedeckt war, ist zusammengestürzt und hat vor den Hausfenstern Feuer gefangen. Da hab' ich gesagt, ›Was ist nun mit den Verwundeten drinnen?‹ Und Sikandar Khan hat gemeint, ›Wir haben die Order gehört: daß es ein Krieg der Sahibs zu sein hat. Bleib also wo du bist und sei still.‹ Dann kam eine zweite Granate – haarscharf gezielt, aber zu kurz – und hat uns mit Dreck überworfen. Und dann gleich zehn von dem Schnellfeuergeschütz, welches klingt, als würde es stottern – ja, ›Bumbum‹ sagen die Sahibs dazu –, und die Hausfront hat sich gefaltet wie Nase und Kinn eines zahnlos mümmelnden Alten – und ist zusammengebrochen. Und Sikandar Khan hat gesagt, ›Wenn es den Blessierten bestimmt ist, im brennenden Haus umzukommen – *ich* werde es nicht verhindern.‹ Und dann ist er hinter das Haus gegangen und gleich wieder aufgetaucht – und vier verwundete Buren hinter ihm her, von denen zwei nicht mehr aufrecht zu gehen vermochten. Und ich hab' ihn gefragt, ›Was hast du getan?‹, und er hat gesagt, ›Ich habe weder geredet mit ihnen, noch Hand an sie gelegt. Sie kommen, weil sie auf Gnade hoffen.‹ Und ich sage drauf, ›Dies ist ein Krieg unter Sahibs. Mögen sie warten auf *deren* Gnade.‹ Also lagen sie still, alle vier Männer und der Kretin, und auch das fette Weib am Dornenbaum, und das Haus hat hellauf gebrannt. Dann hörten wir das bekannte Geräusch – die Patronen zerknatterten unterm Dach – erst nur ein, zwei – dann in rascherer Folge – und dann hat's gekracht, und das Dachstroh ist auseinandergeflogen, und die Gefangenen krochen zur Seite so gut's eben ging, denn die Hitze hat schon die Dornenbäume versengt, und dazu sind die Dachstuhl- und Mauertrümmer nur so durch die Gegend geflogen! Ich aber habe gerufen, ›Hiergeblieben! Bleibt hier! Ihr seid Sahibs, und dies ist ein Krieg von euch Sahibs, o Sahibs! Und es besteht kein Befehl, daß ihr euch fortstehlt aus diesem Krieg!‹ Aber sie haben mich nicht verstanden. Doch geblieben, das sind sie – und haben es überlebt.

Auf einmal sind da fünf Männer von Kurban Sahibs Kommando den Hügel heruntergeritten, und einer von ihnen hat, wie ich wußte, meine Sprache gekannt, er war öfter mit Pferden nach Kalkutta gesegelt. Ihm hab' ich meine Geschichte erzählt, im Bazarjargon, damit seine Art Sahib es auch recht versteht. Und am Ende hab' ich gesagt, ›Eine Weisung des Toten ist an uns ergangen, es sei dies ein Krieg der Sahibs. Und ich rufe den Geist meines Kurban Sahib zum Zeugen, daß ich hiermit dem Urteil der Sahibs diese Sahibs hier übergebe, die mich meines Kindes beraubt haben.‹ Dann habe ich ihm den Strick ausgehändigt, und dann haben mich die Sinne verlassen, denn so voll auch mein Herz war, so leer war mein Bauch, bis auf das klein wenig Opium.

Sie haben mich auf einen Karren gelegt, zu einem ihrer Verwundeten, und nach einer Weile erfuhr ich, daß sie schon seit zwei Tagen und Nächten gegen das Burenpack kämpften. Das ganze, Sahib, war ja ein riesiger Kessel, von dem wir, genauso wie Kurban Sahib, nur den äußersten Rand erblickt hatten. Sie waren sehr zornig, die *Durro Muts* – wirklich äußerst erbittert. Nie wieder hab' ich so wütende Sahibs gesehen. Sie haben danach meinen Kurban Sahib nach den Riten seines Glaubens begraben, auf dem Gipfel der Anhöhe über dem Haus, ich habe die vorgeschriebnen Gebete gesprochen, und Sikandar Khan hat auf *seine* Weise gebetet und fünf Signalfackeln gestohlen, jede davon mit drei Dochten, und sie am Grab angezündet, so daß es ausgesehn hat wie das Grab eines Heiligen am Freitag. Die ganze Nacht hat er nichts als geweint, und ich weinte mit ihm, und er hat mich an den Füßen gefaßt und mich angefleht, ihm eine Erinnerung an Kurban Sahib zu schenken. Also hab' ich eines der Taschentücher von Kurban Sahib in zwei gleiche Teile geteilt – keins von den seidenen, die ihm ein Weib geschenkt hatte. Auch einen Mantelknopf habe ich ihm überlassen und einen kleinen, stählernen Ring, der nichts wert war, und den Kurban Sahib für seine Schlüssel verwendet hatte. Und er hat alles geküßt und es auf der Brust verwahrt. Das übrige habe ich hier in dem kleinen Bündel, und jetzt muß ich noch das Gepäck besorgen aus dem Hotel in Kapstadt – auch die vier Hemden, die wir zur Wäsche gegeben haben und die wir dann nicht mehr abholen konnten, weil wir landeinwärts verlegt worden sind – und das alles muß ich meinem Oberst-Sahib in Sialkote im Pandschab übergeben. Denn mein Kind ist nun tot – mein Baba ist tot! ...

Ich wär' ja schon früher auf und davon – es war ja kein Grund mehr, zu bleiben, jetzt, wo das Kind nicht mehr lebte. Aber wir waren weit weg von der Bahnlinie, und die *Durro Muts* waren wie Brüder zu mir, und auch Sikandar Khan war mir inzwischen schon beinah zum Freund geworden, und er hat mir ein Pferd besorgt, und so bin ich mit ihnen geritten landauf und landab. Aber irgendwie war alles Leben gewichen.

Weiß Gott, was alles ich war – Ordonnanz, *chaprassi* (Meldegänger), Koch, Auskehrer – ich habe darauf nicht geachtet, es kaum bemerkt. Nur ein einziges Mal habe ich Freude empfunden, Vergnügen: das war, als wir nach einem Monat auf unsern Streifzügen wieder in jenes Tal kamen. Jeden Stein hab' ich dort gekannt und bin gleich hinauf zu dem Grab. Dort hatte ein gebildeter Sahib der *Durro Muts* (wir hatten hier eine Abteilung zurückgelassen, um es dem *purwana*-Gesindel zu zeigen) eine Inschrift in einen Felsen gemeißelt. Ich habe sie mir erklären lassen. Sie enthält einen Witz, wie ihn auch Kurban Sahib geschätzt haben würde. Oh! Ich habe da eine genaue Abschrift. Lest sie laut, Sahib, und ich will Euch den Spaß dran erklären. Es sind zwei sehr gute Witze. Wollt Ihr anfangen, Sahib: –«

»Zum Andenken von
WALTER DECIES CORBYN,
Hauptmann der 141sten Pandschab Kavallerie,«

»Das ist das Gurgun Rissala. Lest weiter, Sahib.«

»unweit von hier heimtückisch niedergeschossen,
mit Wissen und Billigung des defuncten
HENDRIK DIRK UYS,
eines Gottesmanns,
welcher zu dreien Malen Neutralität geschworen,
und seines Sohnes Piet.
Dies kleine Geschäft«

»Aha! Das ist Witz Nummer Eins. Der Sahib wird es gleich merken!«

»wurde besorgt, in teilweiser
und unzulänglicher Wiedergutmachung für ihren Verlust,
von den Männern, die ihren Hauptmann geliebt haben.

*Si monumentum requiris circumspice*«

»Und *das* ist Witz Nummer Zwei. Die letzte Zeile bedeutet, daß derjenige, der Kurban Sahibs wahres Gedenkmonument sehen möchte, sich umdrehen und hinüber zu jenem Haus schauen muß. Und, Sahib, dort *ist* gar kein Haus mehr! Kein Brunnen, auch nicht der große Behälter, zu dem sie *dams* sagen. Auch die Obstbäume sind nicht mehr da, und alles Vieh ist verschwunden. Es ist überhaupt nichts mehr da, Sahib, bis auf die beiden im Feuer verdorrten Dornbäume. Sonst ist alles leer wie die Sandödnis hier – wie meine offene Hand – nein, wie mein Herz. Nichts ist mehr da, Sahib – glattweg nichts!«

# *Die Kinder*

Bild hinter Bild fächerte sich vor mir auf, Kuppe um Kuppe trieb fern vorüber, die halbe Grafschaft zog an mir vorbei, und weil ich ja bloß auf die Gangschaltung achten mußte, ließ ich die Straße fortrollen unter den Rädern. Allgemach wichen die Obstgärten des flachen Landes den Thymian-, Graugras- und Stechpalmenstrecken der Downs, und sie wiederum den üppigen Feldern und Feigenkulturen der meerwärts gelegenen Senken, wo man zur Linken, auf fünfzehn Meilen hinaus, den Gang der Gezeiten verspürt. Und als ich zuletzt nach links abbog, mitten hinein zwischen sanfte, bewaldete Hügel, sah ich mich vollends verloren, denn ich war rettungslos abgekommen vom bisher vertrauten Kurs! Jenseits des Weilers, nach welchem sogar die Hauptstadt der Vereinigten Staaten benannt ist, ging es durch träumende Dörfer, wo nur die Bienen mit ihrem Gesumm die turmhohen Linden belebten, deren Laubdach das Grau der normannischen Kirchen verdeckte. Wunderbar klare Gewässer plätscherten unter den steinernen Brükken, die für schwerere Lasten erbaut zu sein schienen, als je über sie hinweggehen würden. Zerbröckelnde Zehent-Scheunen zogen vorbei, geräumiger als ihre Kirchen, und eine verfallene Schmiede kündete deutlich davon, daß hier vorzeiten die Templer ansässig gewesen. Sogar Zigeunern begegnete ich auf einem Stück Freiland, wo Heidekraut, Farne und Ginster sich um den Besitz einer Meile des uralten Römerwegs stritten, und auch einen Rotfuchs scheuchte ich auf, als er sich hundegleich wälzte im blanken, wärmenden Licht!

Sobald mich der Wald in sich aufnahm, erhob ich mich von meinem Sitz, um Ausschau zu halten nach jener Erhebung der Downs, deren gerundete Kuppe nach allen Seiten, auf fünfzig Meilen im Umkreis, als Wegzeichen dient. Ich glaubte ja, durch diesen Landstrich die westwärts führende Straße erreichen zu können, die am Fuße der Höhen entlangläuft. Darum achtete ich nicht besonders auf die Wälderwirrnis ringsum – bis eine unvermutete Kurve mich auf eine grüne, sonnige Schneise führte, und gleich hinterher in die Verschattung eines tunnelartigen Forstwegs, wo es knisterte unter den Reifen von totem, vorjährigem Laub. Das dichte Haselgezweig über mir war seit Generationen nicht mehr gelichtet worden, und noch nie hatte hier eine Axt den moosüberkrusteten, krüppligen Eichen und Buchen zu weiterem Wachstum verholfen. Jetzt wurde die Strecke zum Reitweg, von dessen braunsamtenem Grund sich verblühtes Primelgenist jadegrün abhob zwischen den schütter verteilten, bleichstengelig-kränklichen Glockenblumen. Da der Weg jetzt abschüssig wurde, nahm ich das Gas weg und glitt übers wirbelnde Laub, wobei ich gefaßt war, schon im nächsten Moment einem Waldhüter zu begegnen! Aber nichts ereignete sich – nur der ferne Schrei eines Hähers unterbrach die rings herrschende, dämmrige Stille.

Immer steiler ging es hinab. Schon war ich entschlossen, zu wenden und den Rückzug im zweiten Gang anzutreten, um nicht unversehns festzusitzen in einem morastigen Loch – als plötzlich vor mir das Sonnenlicht durch das Blätterdach fiel! Ich hielt an und zog die Handbremse fest.

Doch gleich darauf fuhr ich weiter und fand mich, geblendet vom Licht, mit den vorderen Rädern auf dem gepflegten Grün eines weithin sich breitenden Rasengevierts, wo sich plötzlich geharnischte Reiter zeigten, zehn Fuß hoch, die Lanzen auf mich gerichtet, und hinter ihnen die prächtigsten Pfauen und sanfte, stutzköpfige Ehrenjungfrauen in glitzerndem Blau und in Schwarz, hervor aus getrimmtem Eibengebüsch! Und jenseits des Rasenplatzes, der an drei Seiten begrenzt war vom Heerbann der Wälder, erhob sich ein altertümlicher Bau aus bemoosten, verwitterten Quadern, die Fenster durch gotische Streben geteilt, und das Dach mit roten Ziegeln gedeckt! Zu beiden Seiten des Bauwerks, hinter mannshohen Buchsbaumhecken, zogen im Halbkreis ebenso rote Mauern sich hin und sperrten den Platz nach der vierten Seite. Auf dem Dach, um die schlanken Ziegelkamine, tummelten sich die Tauben, und hinter der sperrenden Mauer ragte achtkantig ein Taubenhaus auf.

Da stand ich nun: die gezückte Lanzenspitze des Wächters vor meiner Brust, und gebannt von der Schönheit solchen Juwels alter Baukunst und seiner Umgebung.

»Falls man mich nicht als unbefugten Eindringling hinauswirft oder gar über den Haufen reitet«, sagte ich mir, »dann müßten jetzt Shakespeare und Queen Elizabeth aus dem halboffnen Gartentor treten und mich zum Tee ins Herrenhaus bitten!«

Ein Kind zeigte sich an einem der oberen Fenster und winkte herüber – recht zutraulich, wollte mir scheinen. Doch war nur sein Spielgefährte gemeint, denn schon tauchte ein zweiter, hellhaariger Kopf auf. Auch vom Pfauengarten herüber ertönte ein Lachen, und als ich mich jener Richtung zuwandte (ich hatte bisher ja nur Augen gehabt für das Haus), sah ich hinter den Büschen den silbrig blitzenden Strahl einer Fontäne aufsteigen. Das Gurren der Tauben wetteiferte mit dem Plätschern des Wassers, doch dazwischen vernahm ich das fröhliche Lachen eines spielenden Kinds.

Das Gartentor – es war aus schwerem, tief ins Gemäuer eingelassenem Eichenholz – tat sich um eine Spur weiter auf, eine Dame mit breitem Sonnenhut setzte behutsam den Fuß auf die verwitterte Stufe und bewegte sich dann, nicht minder behutsam, über den Rasenplatz auf mich zu. Schon lag mir ein Wort der Entschuldigung auf den Lippen – da hob sie den Kopf, und ich sah, daß sie blind war.

»Ich hab' Euch gehört«, sagte sie. »Ist das nicht ein Motorwagen?«

»Ich fürchte, ich habe den Weg verfehlt – hätte schon weiter oben abbiegen sollen! Nicht im Traum hätte ich erwartet –« begann ich verlegen.

»Aber ich freue mich ja! Man denke – da kommt gar ein Motorfahrzeug zu uns in den Garten! Wird *das* eine Freude sein für die —« Sie wandte den Kopf, als hielte sie Ausschau nach sämtlichen Seiten. »Ihr – Ihr habt doch noch niemanden angetroffen, nicht wahr – oder doch?«

»Ich habe bis jetzt noch mit keinem Menschen geredet – nur die Kinder haben von weitem zu mir herübergesehn.«

»Welche Kinder?«

»Eben zuvor hab' ich zwei von ihnen oben am Fenster entdeckt, und auch im Garten scheint eines zu spielen.«

»Wie glücklich Ihr seid!« rief sie aus und strahlte über das ganze Gesicht. »Natürlich, *hören* kann ich sie ja, aber das ist auch schon alles! Ihr aber habt sie gehört *und* gesehen?«

»So ist es«, erwiderte ich. »Und wenn mich meine Erfahrung mit Kindern nicht täuscht, so vergnügt sich jetzt eines dort hinten, an der Fontäne im Garten. Es ist wohl davongelaufen, stell' ich mir vor.«

»Habt Ihr Kinder denn gern?«

Ich zählte ihr etliche Gründe für meine nicht unbedingt kinderfeindliche Einstellung auf.

»Natürlich, wie denn auch nicht!« bekräftigte sie. »Dann werdet Ihr mich verstehn und es nicht für überspannt halten, wenn ich Euch bitte, mit dem Wagen ein bis zweimal durch den Garten zu fahren – aber ganz langsam! Die Kleinen hätten gewiß ihr Vergnügen daran! Sie bekommen so wenig zu sehen, die Ärmsten! Man tut ja sein Bestes, um ihnen Freude zu machen, aber was soll's —«. Sie breitete ihre Arme und wies auf den Wald ringsum. »Wir sind viel zu sehr aus der Welt!«

»Es würde zwar großartig sein – aber ich kann Ihnen doch nicht den Rasen verderben!« gab ich zu bedenken.

Sie wandte sich rechtsherum. »Wartet ein wenig«, sagte sie dann. »Nicht wahr, wir sind hier am Südtor? Und hinter den Pfauen dort drüben gibt's einen fliesenbelegten Pfad – wir nennen ihn Pfauen-Allee. Man kann sie von hier aus nicht sehen, wie man mir sagt, aber wenn Ihr Euch nahe am Waldrand haltet, so könnt Ihr gleich nach den Pfauen einbiegen und auf die Steinplatten kommen!«

Eigentlich war es fast eine Entweihung, diesen Traum einer Hausfassade mit meinem Geknatter zu stören – aber ich lenkte den Wagen um den Rasen herum, strich am Gezweig des Waldrands entlang und gelangte so auf einen breiten, mit steinernen Platten gepflasterten Weg, an welchem der Springbrunnen lag, als wär's ein saphirener Stern.

»Darf ich zu Euch?« rief sie herüber. »Nein, bitte nicht helfen! Für die Kinder ist es noch schöner, wenn sie mich sehen können!«

Sie tastete sich behutsam herzu, stellte sich auf das Trittbrett und rief: »Kinder, oh, Kinder! Schaut her, wer da kommt!«

Ihre Stimme hätte sogar verlorene Seelen aus der Hölle gelockt, so viel Verlangen lag in ihrem Wohlklang, und so war ich nicht überrascht, als aus den Eiben ein Antwortruf kam. Es mußte das Kind am Springbrunnen sein – doch als wir uns näherten, lief es davon und ließ sein Schiffchen im Wasser zurück. Das Blau der Bluse schimmerte von den berittenen Wächtern herüber.

In heiterster Laune fuhren wir langsam bis an das Ende des Wegs, und auf die Bitte der Blinden auch wieder zurück. Das Kind hatte jetzt seinen Schreck überwunden, war aber noch immer unschlüssig und hielt sich in sicherer Entfernung.

»Jetzt schaut der Kleine uns zu«, sagte ich. »Ob er wohl mitfahren möchte?«

»Die Kinder sind noch recht scheu – *sehr* scheu sogar! Ach – wie glücklich Ihr seid, sie sehen zu können! Doch still jetzt – horchen wir lieber!«

Ich stellte sogleich den Motor ab. Die feuchte, vom Dunste der Eiben durchzogene Stille hüllte uns ein. Irgendwo stutzte ein Gärtner die Hecke, man hörte das Klappern der Schere. Bienengesumm erfüllte die Luft, und gedämpft klangen ferne Stimmen herüber – aber das mochten die Tauben sein.

»Ach – wie unartig sie doch sind!« rief sie enttäuscht.

»Vielleicht hat sie der Motor erschreckt. Aber die Kleine am Fenster scheint mächtig interessiert zu sein!«

»Wahrhaftig?« Meine Begleiterin hob den Kopf. »Dann hätte ich sowas nicht sagen dürfen! Die Kinder haben mich ja so gern – und das ist das einzige, was mir das Leben noch lebenswert macht: wenn uns die Kinder zugetan sind – hab' ich nicht recht? Nicht auszudenken, was dieser Ort ohne Kinder wäre! Übrigens – ist es nicht wunderbar hier?«

»Es ist wohl der schönste Ort, den ich jemals gesehen habe.«

»Das sagen mir alle, und ich spür' es ja auch. Aber das ist ja doch kein Vergleich!«

»So haben Sie nie im Leben —?« begann ich, verstummte aber beschämt.

»Nicht, soweit ich zurückdenken kann. Ich war erst wenige Monate alt, als es passierte, hat man mir gesagt. Und doch muß ein Rest von Erinnern in mir sein – wie könnte ich sonst von Farben träumen? Es *gibt* nämlich Licht und auch Farben in meinen Träumen, aber niemals erscheinen die *Kinder* darin. Ich kann sie bloß *hören*, nicht anders, als wäre ich wach.«

»Es ist auch sehr schwierig, im Traum Gesichter zu sehen. Manche Menschen können das zwar, aber den meisten von uns ist solche Gabe versagt«, erwiderte ich und blickte zu jenem Fenster hinauf, hinter dem sich das Kind jetzt verborgen hielt.

»Auch ich habe davon gehört«, sagte sie. »Und außerdem heißt es, daß man keinesfalls die Gesichter von *Toten* im Traum sehen könne. Ob da was Wahres dran ist?«

»Das könnte schon sein – wenn ich mir's recht überlege.«

»Und wie ist das bei Euch selber?« Die Augen der Blinden waren auf mich gerichtet.

»Ich habe in meinen Träumen noch nie die Gesichter verstorbner Verwandter gesehn«, erwiderte ich.

»Dann ist es nichts anders, als wäre man blind!«

Die Sonne stand schon hinterm Wald, und die längergewordenen Schatten löschten nun auch jene berittenen Wächter der Reihe nach aus. Das Licht auf den blitzenden Lanzen erlosch, und auch das prächtige Grün verlor sich in samtener Schwärze. Das Haus nahm den Hingang des Tages auf sich wie schon hunderttausendfach früher, und versank allgemach in schattige Ruhe.

»Habt Ihr Euch jemals gewünscht, Eure Toten im Traume zu sehen?« fragte die Blinde nach längerem Schweigen.

»Manchesmal schon«, erwiderte ich. Oben das Kind war mit dem Heraufzug der Schatten vom Fenster verschwunden.

»Oh! Ganz wie auch ich – doch ich glaube, das ist uns verboten ... Wo seid Ihr zuhause?«

»So ziemlich am anderen Ende der Grafschaft – sechzig Meilen von hier, wenn nicht noch weiter, und ich muß ja auch wieder zurück! Ich hab' meine starke Wagenlampe nicht mitgenommen.«

»Aber es ist noch nicht finster – ich würde ja sonst die Dunkelheit spüren!«

»Trotzdem, es wird Zeit für die Heimfahrt! Könnten Sie mir vielleicht jemand mitgeben, der mir den Weg bis zur Fahrstraße zeigt? Ich habe mich nämlich vollkommen verirrt!«

»Ich werde Euch Madden mitgeben, der kann Euch bis an die Wegkreuzung führen. Wir sind hier so sehr aus der Welt – kein Wunder, daß Ihr Euch verfahren habt! Ich zeige Euch jetzt noch den Weg um das Haus – nur, nicht wahr, Ihr fahrt doch ganz langsam über den Rasen? Das klingt wohl sehr dumm – oder nicht?«

»Seien Sie sicher, ich fahre ganz langsam!« beruhigte ich sie und überließ es ihr dann, den Wagen über den Steinpfad zu dirigieren.

Wir fuhren den linken Hausflügel entlang, dessen kunstvoll verbleite Fenster allein schon die Tagesfahrt lohnten. Dann ging's durch ein großes, von Rosen überwuchertes Tor des Ziegelgemäuers zurück zur Vorderfassade des Hauses, die an Würde und Schönheit dessen hintere Front so sehr übertraf, wie ich's bei anderen Landsitzen noch nie erlebt hatte.

»Ist es denn wirklich so schön?« fragte sehnsuchtsvoll meine Begleiterin, als sie meine bewundernden Rufe vernahm. »Und die Zierformen aus Blei gefallen Euch auch? Der uralte Azaleengarten liegt weiter nach hinten hinaus. Es heißt, man habe den Ort eigens für Kinder geschaffen. Bitte, helft Ihr mir jetzt aus dem Wagen? Ich wär' ja noch gern bis zur Wegkreuzung mitgekommen, nur müßte ich dann die Kleinen sich selbst überlassen, und das darf nicht sein! – Seid *Ihr* es, Madden? Ich möchte, daß Ihr diesem Herrn den Weg bis zur Abzweigung zeigt. Er hat sich verirrt – hat aber die Kleinen gesehen!«

Ein Butler zeigte sich lautlos im eichenen Wunder des Haupttors – und verschwand noch einmal, um seinen Hut aufzusetzen. Die Blinde hielt ihre blauen, blicklosen Augen auf mich gerichtet, und so erkannte ich erstmals, wie schön sie in Wirklichkeit war.

»Und denkt daran«, sagte sie leise, »wenn Ihr Kinder echt liebt, so werdet Ihr wiederkommen!« Damit entfernte sie sich und verschwand im Innern des Hauses.

Der Butler im Wagen blieb stumm bis zur Einfahrt am Pförtnerhaus, wo ich den Wagen mehr als nötig verriß, weil ich eine blaue Bluse durch das Gesträuch schimmern sah und nicht gewillt war, zum Kindesmörder zu werden, bloß weil da ein boshafter Teufel einen kleinen Jungen zu gefährlichen Spielen verleitet hatte!

»Vergebung, Sir«, fragte er plötzlich. »Aber weshalb habt Ihr das getan?«

»Ein Kind war da hinterm Gesträuch!«

»War das unser junger Herr – der in Blau?«

»Natürlich, der war es!«

»Er treibt sich recht weit vom Hause herum. Habt Ihr ihn, Sir, auch an der Fontäne gesehen?«

»Oh ja – und das mehrmals. Geht es hier seitwärts?«

»Gewiß, Sir! Und habt Ihr zufällig auch noch die Kinder in der obern Etage bemerkt?«

»Am oberen Fenster? Oh ja!«

»Und war das, bevor die Herrin herauskam, um mit Euch zu sprechen, Sir?«

»Kurz vorher. Aus welchem Grund interessiert Sie das so?«

Er schwieg eine Weile. »Bloß, um zu erfahren – nun, ob die Kleinen den Wagen auch wirklich gesehen haben. Bei spielenden Kindern muß man ja stets daran denken, daß etwas passieren könnte, wenngleich Ihr gewiß recht behutsam gefahren seid. – So, das war es auch schon, mein Herr: hier vorn ist die Kreuzung. Von jetzt an könnt Ihr Euch nicht mehr verirren! Oh, vielen Dank, Sir, aber bei *uns* hier ist das nicht Sitte, nein, nicht bei —«.

»Dann entschuldigen Sie«, sagte ich schlicht und steckte das Silberstück wieder zu mir.

»Oh, Sir, in jedem anderen Fall wäre es durchaus in Ordnung – da ist es sogar die Regel! Und jetzt Gute Fahrt, Sir, und Gott befohlen!«

Damit zog er sich in die Unnahbarkeit seines Standes zurück und schritt langsam davon – ein Idealbild des Butlers, der stets auf die Würde des Hauses bedacht ist, und – vielleicht durch ein Kindermädchen – auch auf die Erziehung der Kinder.

Bei den Wegweisern hinter der Kreuzung sah ich noch einmal zurück, aber die Hügel in ihrer Vielfalt schoben sich so eifersüchtig vor meinen Blick, daß ich den Standort des Hauses nicht mehr ermitteln konnte. Und als ich im nächstgelegenen Dorf nach dem Namen des Anwesens fragte, gab mir die beleibte Inhaberin eines Süßwarenladens recht unverblümt zu verstehen, daß man Benzinkutscher hierzuland gar nicht gern sehe – noch weniger gern, als »das fahrende Hausierergesindel«! Man war nicht sonderlich freundlich zu Fremden in jener Gemeinde.

Mein abendlicher Versuch, auf der Landkarte meinen Weg zurückzuverfolgen, führte zu keinem Ergebnis. Der kartographische Name des Orts schien »Hawkins' Old Farm« zu sein. Auch das sonst so verläßliche, alte Grafschaftsverzeichnis half mir nicht weiter. Der vornehmste Herrensitz jener Gegend war Hodnington Hall, aus der Zeit König Georgs des Fünften, mit frühviktorianischen Zubauten, wie ein erbärmlicher Stahlstich bezeugte. Und als ich dann mein Dilemma einem Bekannten aus der Nachbarschaft vortrug, der aus jenem Landstrich stammte, konnte auch er mir nur eine Familie nennen, mit der ich aber nichts anfangen konnte.

Vier oder fünf Wochen später war ich neuerdings in jener Gegend – mag auch sein, daß mich mein Wagen von sich aus hingebracht hatte. Wie von selbst war die Kargheit der Downs hinter uns geblieben, und jenseits der Berge war es dann weiter durch das Gewirr der Feldwege gegangen, hinein in das Dikkicht der Wälder, dessen undurchdringliches Laubwerk die Straße einsäumte. So erreichten wir schließlich die Kreuzung, an der mich der Butler verabschiedet hatte. Indes, nur wenige Schritte danach streikte plötzlich der Motor, und ich sah mich gezwungen, den Wagen auf einer grasigen Stelle inmitten von sommerlich stillem Haselgehölz abzustellen. Mit Hilfe des Sonnenstandes und meiner Spezialkarte stellte ich fest, daß es die Waldstraße war, die ich schon einmal befahren hatte. Deshalb machte ich mich in aller Ausführlichkeit an die Behebung des Schadens und legte mir sämtliche Schraubenschlüssel, die Luftpumpe und alles andere Werkzeug säuberlich auf einer Decke zurecht. Dieser Köder sollte die Kinder anlocken, die ja bei so schönem Wetter sich ganz in der Nähe aufhalten mochten. Ab und zu unterbrach ich die Arbeit und horchte – aber der Wald war so voll von den Lauten des Sommers (obwohl sich die Vögel schon längst gepaart hatten), daß ich die schleichend sich nähernden Schritte im trockenen Laub nicht heraushören konnte. Verführerisch bimmelte ich mit der Glocke, bereute es aber im nächsten Moment, weil ja so unerwarteter Lärm die Kinder erschreckt und verjagt. Schon eine halbe Stunde mochte ich an meiner Karre herumgewerkt haben, als ich aus dem Walde die Stimme der blinden Gutsherrin vernahm: »Kinder – ach, Kinder, wo seid ihr?« In der folgenden Stille hörte ich, wie sie sich zwischen den Stämmen herantastete. Aber das Kind, das sich an ihrem Rock festgeklammert, nahm Reißaus.

»Seid das *Ihr*?« fragte sie, »vom anderen Ende der Grafschaft?«

»Ja, das bin *ich* – vom anderen Ende der Grafschaft.«

»Weshalb seid Ihr nicht durch den Oberen Wald gekommen? Eben vorhin sind dort noch die Kinder gewesen!«

»Nein, *hier* waren sie – noch vor ganz kurzer Zeit. Ich glaube, sie haben bemerkt, daß mein Wagen kaputt ist, und ihren Spaß dran gefunden!«

»Hoffentlich ist es nichts Ernstes? Wie kommt es zu solchem Defekt?«

»Auf fünfzig verschiedene Arten. Nur hat sich der da die einundfünfzigste Art ausgesucht!«

Sie lachte von Herzen über den dürftigen Witz und schob den Hut aus der Stirn.

»Ich möchte Euch zuhören«, sagte sie dann.

»Warten Sie!« rief ich. »Ich leg' Ihnen erst noch ein Kissen zurecht!«

Sie setzte den Fuß auf die Decke mit all den Ersatzteilen und bückte sich voll Interesse. »Nein, was für herrliche Dinge!« Ihre sehenden Hände schimmerten unruhig im Wechselspiel von Licht und Schatten. »Da, eine Schachtel – und hier, eine zweite! Ihr habt es ja ausgelegt, als wär' es ein Spielzeugladen!«

»Ehrlich gesagt – ich wollte damit die Kinder anlocken. In Wirklichkeit brauch' ich ja kaum die Hälfte davon!«

»Wie reizend von Euch! Ich habe im Oberen Wald Eure Glocke gehört. Und Ihr sagt, die Kinder waren schon vorher hier oben?«

»Da bin ich so gut wie sicher. Nur, warum sind sie so scheu? Der Kleine in Blau, der mit Ihnen war, braucht sich doch nicht mehr zu fürchten! Schon eine ganze Weile hat er mich belauert – wie eine waschechte Rothaut!«

»Es muß Euer Läuten gewesen sein«, meinte sie. »Ich habe bei meinem Kommen eines von ihnen in Panik an mir vorbeilaufen hören. Ja, es ist wahr, sie sind scheu – unglaublich scheu, sogar vor mir!« Sie wandte den Kopf und rief neuerlich: »Kinder – ach, Kinder! So kommt doch und seht euch das an!«

»Sie werden schon wieder bei ihrem früheren Spiel sein«,

vermutete ich, weil ich hinter uns unterdrücktes Getuschel und Kinderlachen vernahm. Ich wandte mich meiner Pfuscharbeit zu, und die Blinde lehnte sich vor, stützte das Kinn in die Hand und lauschte gespannt.

»Wieviele sind es denn?« fragte ich nach einer Weile. Der Schaden war jetzt behoben, doch ich empfand wenig Lust, sofort loszufahren.

Sie überlegte. »Ich weiß nicht recht. Manchesmal sind es nur wenige – dann wieder mehr. Wißt Ihr, sie kommen und bleiben bei mir, weil sie spüren, wie gern ich sie habe.«

»Das muß ja recht unterhaltsam sein!« Ich verstaute den Werkzeugkasten am gehörigen Platz und erkannte zugleich, wie schal diese Redensart war.

»Ihr – Ihr macht Euch über mich lustig!« rief sie sofort. »Ich – ich *habe* ja gar keine Kinder! Auch keinen Mann! Die Leute lachen manchmal über mich, weil – weil –«

»Weil sie primitiv sind«, fiel ich ihr ins Wort. »Doch wozu sich darüber ärgern? Diese Art Menschen lacht über alles, was über die eigene Stumpfheit hinausgeht!«

»Davon verstehe ich nichts – wie sollte ich auch! Aber ich hab' es nicht gern, daß man *ihret*wegen über mich lacht! Es tut mir weh! Noch dazu, wenn man blind ist ... Ich will nicht, daß man mich für verrückt hält!« Das Kinn bebte ihr wie einem Kind. »Wir Blinde sind da besonders empfindlich – wir haben nur eine sehr dünne Haut. Jeder Schlag, der uns trifft, geht bis in die Seele! Bei Euch ist das anders – Ihr könnt ja *sehen* – könnt den Schlag abwehren, bevor er Euch trifft! An so etwas denken die Leute erst gar nicht.«

Schweigend führte ich mir diesen unlösbaren Zustand vor Augen – unsere nicht nur ererbte (obwohl man's wohlweislich behauptet) christliche Brutalität, neben der jeder heidnische, westafrikanische Neger maßvoll und sauber erscheint. Oh ja, ich ging gründlich mit mir ins Gericht!

»Laßt das – hört sofort auf damit!« rief sie plötzlich und legte die Hand vor die Augen.

»Was meinen Sie denn?«

Sie beschrieb eine Geste.

»Nun, *das*! Es – es ist purpurfarben und schwarz! Laßt es sein, die Farbe tut weh!«

»Wie in aller Welt können Sie Farben erkennen?« rief ich verwundert.

»Ihr meint, die Farben ganz allgemein?« fragte sie.

»Nein, diese speziellen, die Sie soeben gesehen haben!«

»Das wißt Ihr so gut wie ich selber«, sagte sie, schon wieder lachend. »Sonst hättet Ihr mich erst gar nicht gefragt! Nein, in Wirklichkeit gibt es sie nicht. Sie sind nur in *Euch* – Ihr seid zornig geworden!«

»Sie meinen den dunkelpurpurnen Fleck, als hätte man Portwein mit Tinte versetzt?«

»Ich habe Portwein niemals gesehen, so wenig wie Tinte – aber die Farben sind nicht vermischt, sondern getrennt voneinander – jede für sich!«

»Etwa wie schwarze Streifen und Zacken auf purpurnem Grund?«

Sie nickte. »Ja – ungefähr so:« – und beschrieb mit dem Finger eine Zickzacklinie – »Doch ist diese schreckliche Farbe viel röter als Purpur.«

»Und die Farbe ganz oben, auf – auf ihrem Bild?«

Sie bückte sich langsam und beschrieb auf der Decke die ovale Form eines Eies.

»*So* seh' ich die Farben.« Sie riß ein paar Gräser aus und nahm einen Halm zuhilfe.

»Hier ist das Weiß, dann das Grün, das Gelb, Rot und Purpur – und wenn jemand zornig ist oder böse, schieben sich schwarze Streifen über das Rot, wie eben vorhin bei Euch!«

»Wer hat Ihnen davon erzählt – in der Kindheit vielleicht?« wollte ich wissen.

»Von den Farben? Kein Mensch! Als ich noch ganz klein war, habe ich stets nach den Farben gefragt – von Tischtüchern, Vorhängen, Teppichen, meine ich –, weil manche davon mir zuwider waren und andere mir gefallen haben. Dann hat man es mir gesagt, und als ich dann größer war, hab' ich auch Menschen auf solche Weise gesehen.« Und wieder schrieb sie dies Oval auf die Decke, wie es sich wohl nur sehr Wenigen zeigt.

»Ist das von selber gekommen?« fragte ich nochmals.

»Ja, ganz spontan, aus mir selber. Es war ja sonst niemand da. Erst später hab' ich erkannt, daß andere Leute die Farben nicht sehen können.«

Sie lehnte sich rücklings an einen Stamm, in der Hand noch die Halme, welche sie abwechselnd knickte und straffte. Die Kinder im Walde hatten sich wieder genähert – ich sah aus dem Augenwinkel verstohlen hinüber: sie tollten herum wie verspielte Eichhörnchen.

»Jetzt weiß ich, Ihr werdet nicht über mich lachen«, sagte die Blinde nach einigem Schweigen. »Zumindest nicht *ihret*wegen.«

»Du lieber Gott – nein!« rief ich erschrocken – ich war in Gedanken gewesen. »Jemand, der Kinder nur lachhaft findet – außer, sie lachen von sich aus –, der ist ja ein Rohling!«

»*So* hab' ich es nicht gemeint. Nicht, daß Ihr *Kinder* lächerlich fändet – aber ich dachte – ich habe geglaubt – es könnte bei *diesen* der Fall sein! Doch nein, da muß ich wohl um Entschuldigung bitten ... Und über was lacht Ihr *jetzt*?«

Äußerlich war ich ganz ernst geblieben – sie aber hatte gemerkt, wie erheitert ich war.

»Nun ja – weil *Sie* sich bei *mir* entschuldigen wollen! Eigentlich hätten ja Sie, als staatserhaltende Grundherrin, mich wegen unbefugten Eindringens zur Rede stellen müssen, neulich, als ich durch Ihren Wald kutschiert bin. Wie schändlich von mir – unverzeihlich!«

Sie hielt ihre Augen auf mich gerichtet, den Kopf an den Baumstamm gelehnt – und sah mir tief in die Seele.

»Wie sonderbar«, sagte sie leise. »Und fast nicht zu glauben!«

»Wieso – was hab' ich getan?«

»Ihr begreift nicht ... und habt ja doch das mit den Farben verstanden! Könnt Ihr mir wirklich nicht folgen?«

Ich wußte mir ihre Erregtheit nicht zu erklären und sah sie nur ratlos an, als sie sich aufrichtete. Die Kinder hatten sich hinter dem Brombeergestrüpp auf einer Lichtung zusammengeschart. Ich sah einen schmächtigen Kopf, der über etwas gebeugt war, und die Haltung der Schultern verriet mir, daß sich Finger auf Lippen legten. Offenbar galt es auch dort, ein tiefes Geheimnis zu hüten! Einzig *ich* stand vollkommen ratlos im blendenden Licht.

»Nein!« Ich schüttelte voll Nachdruck den Kopf, als könnten die toten Augen mich sehen. »Was immer Sie meinen, ich kann's nicht verstehn – noch nicht *jetzt*. Vielleicht später einmal – falls ich wieder hierherkommen darf!«

»Das werdet Ihr«, gab sie zur Antwort. »Ihr werdet gewiß wiederkommen, hierher in den Wald.«

»Vielleicht werden mich dann die Kinder schon kennen und mir erlauben, mit ihnen zu spielen! Sie wissen ja, wie das bei Kindern ist!«

»Zu erlauben gibt es da nichts – es ist Euer Recht«, erwiderte sie. Aber noch während ich mir ihre Worte zu deuten versuchte, schoß da ein Weib um die Biegung der Straße, mit fliegendem Haar und erhitztem Gesicht, vor Entsetzen und Aufregung beinahe schreiend! Es war meine dicke, grobe Bekannte aus dem Süßwarenladen! Die Blinde hatte die Stimme erkannt und trat auf sie zu: »Was ist denn passiert, Mrs. Madehurst?«

Die Frau schlug die Schürze über den Kopf und warf sich buchstäblich vor uns in den Staub, wobei sie in einem fort schrie, ihr Enkelkind liege im Sterben, aber der Doktor sei angeln gegangen, und Jenny, die Mutter, sei am Ende ihres Lateins, und so fort und so weiter – immer die nämliche Litanei, unter beständigem Heulen.

»Und wo wohnt der zweitnächste Arzt?« fragte ich in einer Pause ihres Geflenns.

»Madden wird es Euch sagen! Lauft hinüber zum Haus und sagt ihm, er soll Euch begleiten! Ich kümmere mich um die Frau – aber beeilt Euch!« Sie nahm sich der Weinenden an und geleitete sie in den Schatten. Zwei Minuten danach ließ ich die Posaunen von Jericho gellen vor dem Hause der Schönheit, und Madden, aus seiner Kammer gescheucht, zeigte sich dem Alarmfall als Mann wie als Butler gewachsen.

Nach einer Viertelstunde gesetzwidrig-rasender Fahrt erwischten wir den fünf Meilen weiter wohnenden Doktor und luden den motorbegeisterten Herrn schon nach weiteren fünfzehn Minuten vor der Tür des Süßwarenladens ab, wonach wir ein Stück weiterfuhren, um seine Weisungen abzuwarten.

»Brauchbares Ding, so ein Wagen wie der da«, sagte Madden in seiner Rolle als Mann, nicht als Butler. »Hätte *ich* sowas gehabt, als mir meine Kleine krank wurde, so wäre sie jetzt noch am Leben!«

»Was hat sie gehabt?« fragte ich.

»Krupp. Und Mrs. Madden war nicht im Haus. Wir wußten uns nicht zu helfen. Acht Meilen weit bin ich gefahren, im gemieteten Wagen, um einen Arzt aufzutreiben. Als wir zurückkamen, war sie erstickt. Der Wagen da hätt' ihr das Leben gerettet! Sie könnte bald schon zehn Jahre alt sein!«

»Wirklich, das tut mir leid«, sagte ich. »Übrigens hab' ich schon neulich gemerkt, daß Sie Kinder gern mögen – als Sie mir den Rückweg gezeigt haben.«

»Habt Ihr sie denn wiedergesehen, Sir – heute morgen?«

»Ja – aber sie mögen den Wagen wohl nicht. Bis auf dreißig Schritt Abstand kommen sie ja – aber nicht näher.«

Er musterte mich wie ein Pfadfinder, dem ein Fremder über den Weg läuft, aber nicht wie ein Diener die Herrschaft.

»Ich frage mich wirklich, weshalb?« sagte er wie zu sich selber und holte tief Atem dabei.

Wir warteten weiter. Von See her strich eine Brise den Waldrand entlang, und das staubweiße Gras zu Seiten der Straße geriet in fahle Wellenbewegung.

Aus dem Nachbarhaus unsres Ladens trat jetzt eine Frau und wischte die Waschlauge von ihren Armen.

»Draußen im Hinterhof hab ich's gehört«, sagte sie eifrig. »Er sagt, es geht Arthur unglaublich schlecht! Habt ihr zwei ihn nicht schreien gehört? Verdammt schlecht soll's ihm gehen! Diesmal ist wohl die Reihe an Jenny, demnächst in den Wald zu spazieren – meinen Sie nicht, Mr. Madden?«

»Vergebung, Sir – aber die Decke rutscht Euch hinunter!« sagte Madden betont respektvoll. Die Frau schrak zurück, vollführte noch rasch einen Knicks – und eilte ins Haus.

»Was meint sie mit ›In den Wald spazieren‹?« fragte ich.

»Das wird eine hiesige Redensart sein. Ich selber stamme aus Norfolk«, erwiderte Madden. »Man drückt sich nicht sehr gewählt aus in dieser Grafschaft. Sie hat Euch für meinen Chauffeur gehalten, verehrter Sir!«

Aus dem Haus trat soeben der Doktor, und hinter ihm her eine ungepflegte, noch junge Frau. Sie hängte sich an ihn, als gälte es einen Pakt auf Leben und Tod! »Der Kleine«, jammerte sie, »bedeutet uns ebensoviel wie den besseren Leuten ihre rechtmäßigen Kinder – oh ja, um nichts weniger, Doktor, und auch der Herrgott hätt' sein Gefallen daran, wenn Sie den Kleinen durchbringen könnten! Miss Florence würd' Ihnen nichts anderes sagen – lassen Sie ihn nicht umkommen, Doktor!«

»Ich weiß schon, es ist ja schon gut«, sagte der Arzt. »Jetzt hat er sich ohnehin wieder beruhigt! Wir bringen die Pflegerin und auch die Medikamente so rasch es nur geht!« Er bedeutete mir, vorzufahren. Ich gab mir zwar Mühe, meine Teilnahme zu verbergen, sah aber sehr wohl das schmutzige, leiderstarrte Gesicht der jungen Person und spürte, obwohl der Motor schon lief, ihre ringlose Hand auf meinem Knie.

Der Doktor hatte Humor: er schwor meinen Wagen auf Aeskulap ein, bevor der dann gnadenlos ihn und auch mich in Beschlag nahm. Als erstes holten wir aus dem Wald Mrs. Madehurst und auch die blinde Miss Florence ans Bett des Erkrankten, wo sie die Ankunft der Pflegerin abwarten sollten. Sodann galt unsere Fahrt den Rezepten, und wir fielen deshalb in ein friedliches Landstädtchen ein (der Doktor hatte Genickstarre diagnostiziert – zerebrospinale Meningitis). Und als wir, inmitten von aufgeschreckt brüllendem Schlachtvieh, am dortigen Grafschafts-Spital erfuhren, daß im Moment keine Pflegerin frei sei, brachen wir wie der Teufel herein übers umliegende Land: verhandelten mit den Besitzern herrschaftlicher Güter – mit Magnaten am Ende laubüberwölbter Alleen, scheuchten grobknochige Damen von ihren Teetischen auf – und sie kamen herzu, um dem herrischen Doktor zu lauschen! Zuletzt war da eine weißhaarige Dame, sie thronte vor einer Libanonzeder als hielte sie Hof, umgeben von einer Meute prachtvoller Borzois, die wie wild an dem knatternden Wagen hochsprangen – und sie überreichte dem Doktor mit nahezu fürstlicher Geste eine schriftliche Weisung, mit der wir im Wahnsinnstempo meilenweit über Land rasten, bis wir einen Park und mit ihm das französische Nonnenkloster erreichten, wo wir das Schreiben abgaben, im Austausch für eine bleiche und zitternde Schwester. Auf unserer Rückfahrt kniete sie rosenkranzbetend vorm Rücksitz des Wagens, bis wir über allerlei Abkürzungen, in die mich der Doktor einwies, wieder vor unserem Süßwarenladen anhielten! Ein langer Nachmittag war das gewesen, randvoll mit verrückten Begebnissen, aufwölkend und wieder zerstiebend wie der Staub unter unseren Rädern! Eine Parforcejagd lag hinter uns, kreuz und quer durch entlegenste, nicht mehr verständliche Lebensbereiche, und so fuhr ich todmüde nach Hause, um dort von stoßenden Ochsen und Kühen zu träumen, von rundäugig zwischen Grabhügeln wandelnden Nonnen, von Teegesellschaften unter schattenden Bäumen, vom Karbolmief der graugelackten Spitalskorridore, von scheuen Kinderschritten im Wald – und von einer Hand auf den Knien, als der Motor schon lief.

Ich hatte die Absicht gehegt, schon nach wenigen Tagen wiederzukommen, doch das Schicksal wollte es anders und hielt mich aus mancherlei Gründen fern von jener Gegend, bis zur Reifezeit von Holunder und Hagebutte. Zuletzt aber kam dann doch noch ein strahlender Tag, klargefegt von einem Südwestwind, welcher die fernen Höhen in schiere Reichweite rückte – ein Tag voll bewegter Lüfte und hochfliegenden Schleiergewölks! Ich war frei, ganz ohne mein Zutun, und stieg in den Wagen zu meiner dritten Fahrt auf der schon vertrauten Strecke. Sobald ich die Höhe der Downs erreicht hatte, schlug die Luft um, lag im Sonnenlicht schimmernd vor mir, und weit draußen sah ich den Ärmelkanal, dessen silbriger Glanz fernhin ins opakene Stahlblau und bleierne Grau überging! Ein beladener Kohlendampfer unter der Küste nahm soeben Kurs ins tiefere Wasser, und in den kupferfarbenen Dunst ragten dicht bei dicht die Segel der ankernden Fischerfahrzeuge. Hinter mir, in sandiger Mulde, sauste knatternd der Wind ins Eichengehölz und wirbelte erstes, vertrocknetes Herbstlaub herauf, und als ich die Küstenstraße erreichte, legte Nebel sich über die Ziegelteiche, und die gerippte Fläche der Flut zeigte an, daß jenseits von Ushant stürmischer Wind herrschen mußte. Binnen weniger als einer Stunde war der Sommer von England zum frostigen Grau geworden, wir waren wieder die abgeschlossene Insel des Nordens, deren gefahrvollen Toren die Schiffe der Welt sich nahten unter Sirenengeheul, dem sich das gellende Schreien der Möwen gesellte. Schon tropfte die Kappe vor Nässe, und in den Falten der Decke sammelte sich's zu dünnen Gerinnen, während die Salzluft der See sich spröd auf die Lippen legte.

Landeinwärts verdichtete sich der Nebel, erfüllt vom Herbstgeruch zwischen den Bäumen, und das hauchfeine Nieseln war mittlerweile zum Dauerregen geworden. Aber die herbstlichen Blumen – Wegwarte, Feldskabiosen, und in den Gärten die Dahlien, schimmerten freundlich hervor aus dem Grau, und bis auf den kalten Hauch von der See war auch vom

Laubfall noch nicht viel zu merken. Die Türen der Dorfkaten standen noch offen, und auf ihren naßkalten Stufen saßen barfuß und barhäuptig die Kinder und pfiffen hinter dem Fremden einher.

Ich überwand mich dazu, den Dorfladen zu betreten, woselbst Mrs. Madehurst mich tränenden Blickes willkommen hieß. Der Kleine von Jenny, so sagte sie mir, sei schon zwei Tage nach Ankunft der Nonne gestorben, aber aufs beste beigesetzt worden, wiewohl die Sterbekassen aus ihr nicht ersichtlichen Gründen sich des sündhaft gezeugten Kindes nicht hatten annehmen wollen. »Nicht, als ob Jenny nicht alles getan hätte, ganz als wäre er wie sich's gehört auf die Welt gekommen – wie sie selber ja auch!« Aber Miss Florence hab' es ermöglicht, daß der Kleine mit einem Aufwand beigesetzt wurde, der nach Ansicht von Mrs. Madehurst das nicht ganz korrekte Datum seiner Geburt bei weitem vergessen machte. Des weitern beschrieb sie den Sarg von innen und außen, auch den gläsernen Leichenwagen, und vergaß auch nicht, die Immergrün-Einfassung des Grabs zu erwähnen.

»Und wie geht es der Mutter?« fragte ich schließlich.

»Meiner Jenny? Oh, die wird's überstehen! Ich habe dasselbe mit zwei meiner eigenen mitgemacht. Sie kommt drüber weg! Jetzt ist sie im Wald.«

»Bei solchem Wetter?«

Mrs. Madehurst kniff die Augen zusammen und musterte mich über den Ladentisch weg.

»Ich weiß nicht warum, doch es erleichtert ein wenig das Herz – ja, das Herz geht Euch auf! Mit der Zeit wird dort alles Kinderaustragen und wieder Verlieren ein und dasselbe, sagen die Leute bei uns.«

Nun wissen ja alte Weiber oft mehr als sämtliche Väter der Welt, und so versetzte mich dieses Orakel, als ich die Straße längst wieder entlangfuhr, so tief in Nachdenklichkeit, daß ich an der waldigen Kehre zu meinem Hause der Schönheit beinah eine Frau zusamt ihrem Kind überfahren hätte!

»Scheußliches Wetter!« rief ich ihr zu, als ich abbremste vor der Kurve.

»So schlecht ist es gar nicht«, erscholl es gelassen im Nebel. »Der meinige ist dran gewöhnt! Und die Ihrigen sind ohnehin drin im Haus, glaube ich!«

Als ich eintrat, hieß Madden mich mit professioneller Devotheit willkommen und verfehlte auch nicht, nach dem Zustand des Wagens zu fragen. Er wollte ihn unterstellen.

Ich wartete in einer stillen, nußbraun getäfelten Halle, die mit herbstlichen Blumen geschmückt und von einem behaglichen Feuer durchwärmt war – ein guter und friedlicher Ort. (Menschen mögen es ja bisweilen und unter beträchtlicher Mühe zu glaubhaften Lügen bringen, aber ein Haus, als geheiligter Ort, sagt über seine Bewohner stets nur die Wahrheit.) Ein Spielzeugwägelchen und eine Puppe lagen in einem Winkel auf dem schwarzweiß gemusterten Boden, dort, wo sich der Teppich verschoben hatte. Offenbar waren die Kinder soeben davongelaufen – wahrscheinlich, um sich zu verstecken hinter dem Bogen der mächtigen, hölzernen Treppe, die aus der Halle nach oben führte, oder um durch das Löwen- und Rosenschnitzwerk der Galeriebrüstung auf mich herunterzuspähen. Von oben vernahm ich die Stimme der Frau. Sie sang, wie nur Blinde zu singen vermögen, gewissermaßen aus dem Grund ihrer Seele. Es war ein Lied von den Sommertagen, und alle vergangenen Sommer kehrten beim Klang dieser Stimme zurück.

»Sagten oft an Sommertagen,
›Segne, Herr, was wir erworben!‹
Besser stünd' uns an, zu sagen,
›Segne, Herr, was uns erstorben!‹«

Sie ließ die letzte, traurige Zeile verklingen – und wiederholte sie dann:

»›Segne, Herr, was uns erstorben!‹«

Dort oben stand sie, über die Brüstung gelehnt, und ihre Hände schimmerten bleich vor dem Dunkel des Eichenholzes.

»Seid das *Ihr* – vom anderen Ende der Grafschaft?« rief sie herab.

»Ja, das bin *ich* – vom anderen Ende der Grafschaft!« gab ich lachend zurück.

»Viel Zeit ist vergangen seit Eurem letzten Besuch!« Sie eilte die Stufen hernieder, die eine Hand am massiven Geländer. »Zwei Monate und vier Tage ist das nun her! Und der Sommer ist schon vorbei!«

»Ich wollte ja schon viel früher kommen – aber das Schicksal hat's nicht gewollt.«

»Ich hab' es gewußt. Bitte, seht doch einmal nach dem Feuer! Mich läßt man ja nicht, aber ich spüre, es brennt nicht mehr richtig. Schürt es ein wenig!«

Ich suchte zu beiden Seiten des tiefeingelassnen Kamins nach einem Schüreisen, fand aber nur einen halb angekohlten Ast, womit ich das rußschwarz-erloschene Scheit in die Glut schob.

»Es geht niemals aus, weder bei Tag noch bei Nacht«, erläuterte sie. »Nicht wahr, es könnte ja sein, daß jemand mit kalten Füßen ins Haus kommt!«

»Hier drinnen ist's ja noch schöner als letzthin im Freien«, sagte ich halblaut. Der rötliche Feuerschein geisterte flackernd über das Dunkel der Holztäfelung, bis die Tudorlöwen und -rosen der Galerie Farbe und Leben gewannen. Ein alter, adlerbekrönter Konvexspiegel verzerrte vollends die wabernden Schatten – bog die Konturen der Brüstung zum geschwungenen Rumpf eines Schiffs. Draußen im windig ziehenden Nebel versank schon der Tag, und durch die vorhanglosen, steinernen Streben des breitausladenden Fensters sah ich die tapferen Ritter ankämpfen gegen den Wind, der mit Legionen aus wehendem Laub über sie herfiel.

»Ja, es muß wirklich schön sein hier drinnen«, sagte die Blinde. »Wär' es Euch recht, einen Rundgang zu machen? Oben wird es noch hell genug sein!«

Ich folgte ihr über die feste, in Wagenbreite errichtete Treppe zur Galerie und den feinziselierten, elisabethanischen Türen.

»Fühlt doch einmal, wie tief hier die Klinken angebracht sind – für die Kinder!« Sie öffnete eine der Türen.

»Weil Sie von den Kindern sprechen – wo sind sie denn heute? Ich habe sie bisher noch gar nicht gehört«, fragte ich.

Erst nach einer Weile antwortete sie. »Ich kann sie nur *hören*«, sagte sie leise. »Hier – das ist eins ihrer Zimmer – schon alles für sie vorbereitet, seht Ihr?«

Sie wies mir eine holzgezimmerte Kammer mit niedrigen, ausgeschnittenen Kindertischchen und den entsprechenden Stühlen. Ein halbgeöffnetes Puppenhaus stand frontal zu dem scheckigen Schaukelpferd, von dessen gepolstertem Sattel es ein leichtes für jedes Kind war, die breite Fensterbank zu erreichen und von dort in den Garten zu blicken. In der Ecke lagen ein Spielzeuggewehr und eine goldfarbne Kanone aus Holz.

»Die sind ganz gewiß noch soeben hier dringewesen«, flüsterte ich. Eine Tür knarrte leise im Zwielicht des Abends – aus einem der unteren Räume vernahm ich das Rascheln von Kleidern und das Tappen weghuschender Füße.

»Ich hab' was gehört!« rief sie triumphierend. »Ihr vielleicht auch? – Kinder, ach, Kinder, wo seid ihr?«

Ihre Stimme füllte das Haus, die Wände bewahrten den Ruf bis zum letzten, verhallenden Wohlklang – aber keinerlei Antwort erscholl, wie ich sie vordem im Garten vernommen. Von Raum zu Raum, über eichene Böden, hasteten wir – bald eine Stufe hinauf, bald drei Stufen wieder hinunter und übers Gewirr all der Gänge, stets weitergelockt von unsrer vermeintlichen Beute! Es war, als wollte man mit einem einzigen Frettchen einem noch nicht verstopften Kaninchenbau beikommen! Unzählige Winkel durchstöberten wir, finstere Mauerecken, verschattete Fensternischen, aus denen sie hinter uns fortspringen mochten. In den tiefen, sechs Fuß in das Mauerwerk eingelassenen Feuerstellen konnten sie ebensowohl verborgen sein wie im Schutze der vielen Verbindungstüren. Auch das Zwielicht half ihnen bei diesem Versteckspiel. Manchesmal war da ein unterdrücktes Gelächter, ein paarmal glaubte ich auch, vorm Fenster am Ende des Korridors den Schatten von Kinderkitteln zu sehen. Doch schließlich befanden wir uns mit leeren Händen zum andernmal an der Brüstung zur Halle. Unten war eine Frau in mittleren Jahren dabei, die brennende Lampe in eine der Nischen zu stellen.

»Nein, auch mir ist heut abend noch keines untergekommen, Miss Florence«, rief sie herauf. »Aber Turpin ist da und möchte mit Euch über den neuen Kuhstall verhandeln!«

»Oh, Mr. Turpin wird es recht eilig haben! Sagt ihm doch, Mrs. Madden, er soll in die Halle kommen!«

Ich sah in die Halle hinunter, die vom zusammengesunkenen Feuer nur dürftig erhellt war – und erspähte nun doch noch die Kinder: sie waren heimlich nach unten geschlüpft, während wir noch hier oben die Gänge abgesucht hatten, und hielten den alten, goldgepreßt-ledernen Ofenschirm für ein ideales Versteck! Nach kindlicher Auffassung war meine fruchtlose Jagd ja so gut wie eine Begrüßung gewesen! Ich aber, nach all meiner Mühe, wollte die Kleinen durch einen simplen, von Kindern gründlich verabscheuten Trick doch noch hervorlokken, indem ich ganz einfach so tat, als nähm' ich sie gar nicht zur Kenntnis. Jetzt lagen sie dort auf der Lauer, eng aneinandergedrückt, kaum mehr als ein Schatten – und nur beim Aufzüngeln der Flammen konnte man sehen, daß sich dort jemand verbarg.

»Jetzt trinken wir erst einmal Tee«, sagte die Blinde. »Eigentlich hätte ich Euch schon bei Eurer Ankunft zum Tee bitten müssen, doch man denkt nicht viel an Manieren, wenn man so sehr allein ist wie ich, noch dazu, wenn man für – hm – nicht ganz richtig angesehn wird.« Und danach, auf reizend spöttische Weise: »Wünschen der Herr vielleicht eine Lampe?«

»Der Schein des offenen Feuers gefällt mir viel besser«, erwiderte ich. Gemeinsam nahmen wir Platz vor der anheimelnden Glut, und Madden brachte den Tee.

Ich rückte meinen Fauteuil in die Nähe des Ofenschirms, um die Kleinen zu überrumpeln – oder mich überrumpeln zu lassen, je nachdem, wie das Spiel es ergeben würde. Dann beugte ich mich mit Erlaubnis der Gastgeberin (denn der Herd ist ja heilig) über das Feuer, um nachzulegen.

»Woher haben Sie denn dieses kurze, so hübsch gebündelte Holz?« fragte ich, nur um etwas zu sagen. »Aber nein doch – das sind ja Kerbhölzer!«

»Wie denn auch nicht«, versetzte sie. »Da ich weder lesen noch schreiben kann, bin ich bei meinen Abrechnungen auf das Kerbholz früherer Zeit angewiesen. Gebt mir doch eines herüber, und ich will Euch sagen, was darauf steht!«

Ich reichte ihr einen der unangebrannten, etwa fußlangen Haselstöcke, und sie fuhr mit dem Daumen über die Kerben.

»Das ist die Milchabrechnung vom Gutshof, vom April letzten Jahres, und zwar in Gallonen. Ich hätte ja ohne die Kerbhölzer kaum etwas anfangen können. Ein alter Forstmann hat mich vertraut gemacht mit dem System. Für jeden anderen ist es veraltet, nur meine Pächter halten sich dran. Einer von ihnen will jetzt mit mir reden. Eigentlich hätte er außerhalb der vereinbarten Stunden hier nichts zu suchen, aber er ist ein beschränkter, habgieriger Mensch – und ein Geizhals dazu! Oder aber – er wagt sich bei Dunkelheit nicht mehr herüber.«

»Ist Ihr Landbesitz denn so groß?«

»Wir selber bewirtschaften gottlob nur zweihundert Morgen – die andern sechshundert sind an Leute verpachtet, die schon vor meiner Zeit Bekannte unsrer Familie waren. Nur dieser Turpin ist neueren Datums – und der reine Halsabschneider dazu!«

»Sollte ich mich da nicht lieber –«

»Auf gar keinen Fall! *Ihr* seid hier der Gast! Übrigens hat er gar keine Kinder.«

»Richtig – die Kinder!« erwiderte ich und rückte den Sitz noch weiter nach hinten, bis er fast an den Ofenschirm stieß. »Wann sie wohl auftauchen mögen, um mich zu begrüßen?«

An der dunklen, niedrigen Seitentür wurde ein Wortwechsel hörbar – es war Madden und eine tiefere Stimme –, und gleich darauf schob sich ein hochgewachsner, rothaariger Kerl in Zeltstoffgamaschen herein – oder *wurde* geschoben.

»Kommen Sie hierher zum Feuer, Turpin«, sagte die Blinde.

»Wenn – wenn's Euch nichts ausmacht, Miss, will ich lieber – kann ich ebensogut hier an der Tür bleiben.« Er ließ die Klinke nicht aus der Hand und redete wie ein mißtrauisches Kind. Ich erkannte daraus, daß der Mann sich namenlos fürchtete.

»Nun, was führt Sie zu mir?«

»Es ist nur wegen dem neuen Stall für das Jungvieh. Das Herbstwetter steht vor der Tür, Miss ... aber ich kann auch ein andermal —«. Klapperten ihm denn die Zähne so sehr – oder war's nur die Klinke?

»Das ist nicht nötig«, versetzte sie obenhin. »Also, der neue Kuhstall – nun ja. Und was hat Ihnen mein Verwalter schon Mitte des Monats geschrieben?«

»Ich hab' es für besser gehalten, mit Euch persönlich zu reden, Miss – von Mann zu Mann sozusagen. Aber wenn —«.

Mit angstvollem Blick durchforschte er jeden Winkel der Halle und hielt sich die Tür spaltbreit offen. Doch sie wurde von außen energisch geschlossen.

»Er hat Ihnen nur meine Meinung geschrieben«, sagte die Blinde. »Ihr Viehbestand ist schon zu groß. Noch niemals hat es auf Dunnetts Farm mehr als fünfzig Stück Ochsen gegeben – auch nicht zu Zeiten von Mr. Wright. Und außerdem hat *er* mit Ölkuchen gedüngt. *Sie* aber haben jetzt siebenundsechzig, und von Düngen ist keine Rede! Sie haben in diesem Punkt den Pachtvertrag nicht eingehalten – Sie richten die Farm ja zugrunde!«

»Ich – ich lasse jetzt Kunstdünger kommen – Superphosphat–, es kommt nächste Woche! Eine ganze Wagenladung hab' ich bestellt. Schon morgen fahr' ich deswegen zur Bahn. Und auf dem Rückweg komme ich wieder vorbei, Miss – von

Mann zu Mann, wie gesagt, aber nur, wenn's noch hell ist ... Der Herr da wird doch nicht weggehen wollen – oder doch?« Er schrie es beinahe vor Angst.

Dabei hatte ich meinen Sitz nur um ein weiteres Stück nach hinten gerückt, um mit den Fingern aufs Leder des Ofenschirms trommeln zu können – er aber schrak zurück wie eine Ratte.

»Nein, er bleibt hier. Jetzt hören Sie mir einmal zu, Mr. Turpin.« Sie wandte sich zu ihm herum und wies dem noch immer gegen die Pforte gelehnten Mann ihr Gesicht. Es waren die alten, schmutzigen Schliche, um die es hier ging: er wollte den neuen Kuhstall auf Kosten der Gutsherrin bauen und auch noch die Düngerausbringung auf den Pachtzins des kommenden Jahres aufrechnen, wogegen sie ihm vor Augen hielt, daß er ja die fruchtbaren Weidegründe total heruntergewirtschaftet habe! Trotzdem imponierte mir seine Habgier – der Mann vertrat seine Sache, obwohl ihm der Angstschweiß schon auf der Stirn stand!

Ich hatte aufgehört, auf das Leder zu trommeln – überschlug insgeheim schon den Preis für den Kuhstall –, als meine hängende Hand von weichen Kinderfingern umspannt und herumgedreht wurde! Also hatte ich doch noch gesiegt! Nur noch einen Moment – und ich würde bekanntwerden mit den leichtfüßigen Schatten! ...

Dann aber fühlte ich, wie ein hauchzarter Kuß mir die Handfläche streifte: wie ein Geschenk, über dem ich sogleich die Finger zu schließen gedachte – oder wie das ergebene, vorwurfsvolle Signal eines wartenden Kinds, das darauf aus ist, Beachtung zu finden, ob auch die Großen beschäftigt sein mögen. Ein uraltes, stummes Verständigungsritual!

Und da erst begriff ich – und mir ward, als hätt' ich's schon immer gewußt, von Anfang an, seit jenem Tag, an dem ich erstmals über den Rasen zum Fenster heraufgeblickt hatte!

Die Tür hinter mir fiel ins Schloß. Die Blinde wandte sich mir wieder zu. Sie schwieg, und ich wußte, sie war jetzt im Bilde.

Wie lange wir so vor dem Feuer saßen, kann ich nicht sagen. Erst als ein Scheit aus der Glut fiel, fand ich zu mir und stand auf, um es wieder ins Feuer zu schieben. Danach nahm ich neuerlich Platz in meinem Fauteuil vor dem Schirm.

»Nun habt Ihr es doch noch begriffen«, kam's flüsternd aus der Verschattung.

»Ja. Jetzt ist es mir klar – seit vorhin. Und ich bin dankbar dafür.«

»Ich – ich *hör'* sie ja nur.« Sie barg das Gesicht in den Händen. »Ich hab' ja kein Recht, müßt Ihr wissen – kein *anderes* Recht. Ich habe noch niemals Kinder gehabt, so wenig, wie eines verloren – nein, weder gehabt noch verloren!«

»So seien Sie froh«, erwiderte ich, und die Seele war mir wie zerrissen.

»Vergebt mir!«

Sie sagte nichts mehr, und auch ich überließ mich nur meinen Gefühlen – aus Freude und Leid.

»Ich habe sie nämlich so sehr geliebt«, sagte sie schließlich bedrückt. »Nur *deshalb* ist alles gekommen, wie es jetzt ist, von Anbeginn an und noch ehe ich wußte, daß *sie* – das einzige waren, das mir jemals vergönnt sein würde.«

Sie streckte die Arme in Richtung des Dunkels und der Schatten innerhalb seiner Verschattung.

»Sie sind nur gekommen, weil ich sie liebte – und weil ich sie so sehr brauchte! *Ich* muß sie gerufen haben – ich selber! Glaubt Ihr, ich habe mich unrecht verhalten?«

»Aber nein – ganz gewiß nicht!«

»Und – ich versichere Euch, daß sämtliches Spielzeug und alles, was damit zu tun hat, buchstäblich nur sinnloser Tand ist und reiner Vorwand, aber – ich selber, als Kind, habe leere Zimmer nie ausstehen können.« Sie wies auf die Galerie. »Und auch diese leeren Passagen ... Wie hätte ich jemals ertragen können, die Tür zum Garten verschlossen zu halten? Stellt Euch einmal vor —«.

»Hören Sie auf – um Himmelswillen, hören Sie auf!« bat ich

sie. Draußen die Nacht hatte kalten Regen mit sich gebracht, der nun in böigen Schauern gegen die Bleiverglasungen klatschte.

»Und nicht anders ist's mit dem Feuer, das Tag und Nacht brennt. Nein, für *mich* ist das gar nicht unsinnig – und was haltet *Ihr* davon?«

Ich sah auf die große, ziegelgemauerte Feuerstelle, die durch kein Gitter geschützt war. Ich glaube, mir stiegen die Tränen herauf, und ich neigte den Kopf.

»Ich hab' ja das alles – und noch vieles mehr – nur getan, um mir selber was vorzumachen. Und dann sind sie *doch* noch gekommen! Ich habe sie deutlich gehört, aber ohne zu wissen, daß ich keinerlei Recht auf sie hatte – bis Mrs. Madden mir schließlich gesagt hat —«.

»Die Frau Ihres Butlers? *Was* hat sie gesagt?«

»Daß sie eines von ihnen gesehen hat. Was ich nur *hörte*, konnte sie *sehen*! Und es war ihr eigenes Kind! Es *gehörte* mir nicht! Anfangs begriff ich das gar nicht – war vielleicht sogar eifersüchtig. Erst mit der Zeit ist mir klargeworden, daß nur meine Liebe der Grund war, und nicht —. Ach, man muß ja erst *selber* Kinder bekommen oder verlieren«, sprach sie bekümmert. »Es gibt keinen anderen Weg – und dennoch, sie haben mich gern – sie *müssen* mich gernhaben! Oder nein?«

Es war ganz still in der Halle. Das Flackern des Feuers war der einzige Laut. Aber wir lauschten gespannt, und zumindest die Blinde schien etwas wie Trost zu empfinden. Sie gewann ihre Fassung zurück und richtete sich wieder auf. Ich allein blieb regungslos sitzen vor meinem Schirm.

»Haltet mich nicht für ein klägliches Ding, das nur sich selber beweint – aber, Ihr wißt ja, um mich ist nur Nacht. Ihr aber könnt *sehen*!«

Ja, ich konnte sehen – und was ich erblickte, bestärkte in mir den gefaßten Entschluß, obwohl er die unwiderrufliche Scheidung des Körperlichen vom Geist nach sich ziehen mußte. Nur eine Weile noch wollte ich bleiben – es war ja zum letzten Mal.

»So glaubt jetzt auch Ihr, daß es falsch war?« rief sie plötzlich, obgleich ich gar nichts gesagt hatte.

»Nicht für Sie. Nein, tausendmal Nein! Für *Sie* ist das alles ganz richtig . . . und ich bin Ihnen namenlos dankbar. Für *mich* aber wäre es falsch. *Nur* für mich . . .«

»Aber weshalb?« fragte sie und führte die Hand vors Gesicht, ganz wie sie's bei unserer zweiten Begegnung im Walde getan. »Ach ja, jetzt kann ich es sehen«, sagte sie schlicht wie ein Kind. »Für Euch wär' es falsch.« Und dann, mit verhaltenem Lachen: »Und *ich* hab' – erinnert Ihr Euch? – und *ich* habe Euch für glücklich gehalten, bei Eurem ersten Besuch! – Nein, Ihr dürft wirklich nie wiederkommen!«

Sie ließ mich sitzen vor meinem Schirm. Und oben, im Dunkel der Galerie, verlor sich der Hall ihrer Schritte.

# *Das kranke Haus*

An einem Abend nach Ostern saß ich mit mehreren Mitreisenden an einem Tisch im Rauchsalon unseres Heimatkurs steuernden Dampfers. Wir erzählten einander Gespenstergeschichten. Als die Gesellschaft aufzubrechen begann, sprach mich ein Herr an, der in der benachbarten Nische Patiencen gelegt hatte. »Ich habe das Ende der letzten Geschichte – der von dem Fluch auf dem Erstgebornen jener Familie – nicht ganz verstanden.«

»Da war auch nichts weiter«, erklärte ich ihm. »Nach dem Einzug der neuen Bewohner ist es, so glaube ich, mit dem Fluch endgültig vorbei gewesen. Persönlich hab' ich die Leute nie kennengelernt.«

»Ach so. Ich selbst hab' dergleichen schon öfter erlebt – und fühle mich gar nicht so sicher.«

»Wollen Sie damit sagen, daß auch in Ihrem Haus ein Gespenst umgeht? Warum haben Sie sich nicht zu uns gesetzt?«

»Hat einer der Herren noch einen Wunsch – die Bar wird geschlossen«, unterbrach uns der Steward.

»Setzen Sie sich zu mir, trinken wir eins!« lud mich der Patiencespieler ein. »Nein, nicht eigentlich ein Gespenst – vielmehr etwas wie Depressivität.«

»Interessant. Zu sehen ist also nichts?«

»Es ist – nun, eigentlich nur ein Anflug von Depression, wie gesagt. Und das Seltsame daran ist, daß in dem Haus seit dessen Bestehen – also seit achtzehndreiundsechzig – kein einziger Todesfall zu verzeichnen war. Das hat mir der Anwalt versichert und mich damit zum Ankauf bewogen – besser gesagt, meine bessere Hälfte – worauf er den Preis gleich um weitere Tausend hinaufgesetzt hat.«

»Sonderbar – und auch nicht üblich«, erwiderte ich.

»Nicht wahr, Sie finden doch auch? Gebaut hat man es für drei Schwestern – die Moultries, drei alte Jungfern. Die blieben darin beisammen, und der Ältesten hat es gehört. Vor mehreren Jahren hab' ich das Haus von ihrem Anwalt erworben, und obwohl ich von Anfang an bis zum heutigen Tag kein Pfund unnütz vertan habe, ist es mich, alles in allem, auf sage und schreibe fünftausend zu stehen gekommen! Elektrisches Licht, ein Flügelanbau fürs Personal, der Garten – kurz, was eben anfällt im Laufe der Zeit. Und nach all diesen Investitionen sollte ein Mann mit seiner Familie doch in Ruhe drin leben können, meinen Sie nicht?« Er musterte mich dabei durch den Boden des Glases.

»Macht es Ihrer Familie denn so sehr zu schaffen?«

»Meine bessere Hälfte – übrigens ist sie griechischer Abkunft – und ich, nun, wir beide sind über die erste Jugend hinaus und werden deshalb leichter fertig damit. Aber für meine Kleine ist es schon hart! Ich sag', meine Kleine, und dabei ist sie schon volle zwanzig! Aber wir haben sie auf Besuche und Reisen geschickt, um ihr alles weitere zu ersparen. So hat sie fast nur in Hotels oder Kuranstalten gelebt, was ja auch nicht sehr angenehm ist. Dabei war sie früher der reine Kanarienvogel – wirklich, wie ein Kanari, pausenlos hat sie gesungen. Sie sollten das einmal hören! Jetzt singt sie nicht mehr. Dergleichen Dinge sind einem jungen Geschöpf alles andre als förderlich, meinen Sie nicht?«

»Und wenn Sie das Haus verkauften, es einfach losschlügen?« fragte ich ihn.

»Das wär' ein zu großes Opfer, wir haben uns zu sehr daran gewöhnt. Es ist für uns drei wie geschaffen, und wir hätten es längst liebgewonnen, wenn man uns ließe!«

»Wie meinen Sie das – was hält Sie denn ab?«

»Na, jene Depressionen natürlich – solche Niedergeschlagenheit verdirbt einfach alles!«

»Wie ist das genau – könnten Sie mir es näher beschreiben?«

»Das läßt sich nicht so leicht machen. Man muß es erst sehen, um es ermessen zu können, wie die Versteigerer sagen. Übrigens, die Geschichte, die Sie vorhin zum besten gaben, hat mich mächtig beeindruckt.«

»Sie ist aber gar nicht wahr«, sagte ich.

»Aber meine Geschichte schon. Und falls Sie mir das Vergnügen erweisen und eine Nacht bei uns zubringen wollten in unserm bescheidenen Heim, dann würden Sie mehr erfahren, als ich Ihnen hier mitteilen könnte, und wär' es bis morgen früh. Wahrscheinlich würde es Ihnen persönlich nicht weiter schaden – womöglich sind Sie immun, oder nicht? Doch anderseits – wenn diese Influenz oder Beeinflussung Ihnen dennoch zusetzen sollte – nun, das wär' doch eine ganz neue Erfahrung?«

Damit übergab er mir seine Karte. ›L. Maxwell M'Leod, Esq., of Holmescroft‹ stand da zu lesen, und in Kleindruck am unteren Rand eine City-Adresse.

»Früher war ich im Pelzhandel tätig«, sagte er noch. »Falls Sie sich für Pelzwaren interessieren – ich habe drei volle Jahrzehnte damit verbracht.«

»Zu liebenswürdig«, murmelte ich.

»Aber, ich bitte Sie – keineswegs! Kommenden Samstag, nach Mittag, könnten wir uns in London treffen, wo immer Sie wünschen. Ich würde Sie dann im Wagen hinausfahren – eine herrliche Autotour um diese Zeit, der Rhododendron beginnt schon zu blühen. Wirklich, ich meine es ernst! Sie ahnen gar nicht, wie ernst es mir ist! Höchstwahrscheinlich würden Sie von dem Übel gar nicht befallen! Und außerdem darf ich mich rühmen, die schönste Sammlung der Welt an Narwalstoßzähnen zu besitzen. Das Beste an Häuten und Hörnern kommt ja über London herein, und L. Maxwell M'Leod kennt ihre Herkunft und Destination – das gehört zum Geschäft!«

Während der noch verbleibenden Fahrt durch den Ärmelkanal informierte mich Mr. M'Leod über Einkauf, Zurichten und Weiterverkauf von seltenen, kostbaren Pelzen und verriet mir schockierende Dinge bezüglich der Manufaktur von pelzgefütterten Mänteln. Jedenfalls kriegte er mich auf die oder jene Weise herum, und als wir mittwochs an Land gingen, hatte er meine Einwilligung, das kommende Wochenende bei ihm auf Holmescroft zu verbringen.

Am folgenden Samstag holte er mich mit seiner hocheleganten Benzinkutsche ab. Nach einer Fahrt von eineinhalb Stunden befanden wir uns am Ziel. Es war ein höchst exklusives, ländliches Wohnareal, jede Villa umgeben von drei bis fünf Morgen gepflegtesten Landes, der Morgen zu achthundert Pfund, so sagte er mir, und der neuangelegte Golfplatz, dessen Queen Anne-Pavillon wir passierten, habe sogar an die Vierundzwanzigtausend gekostet.

Der Holmescroft-Besitz war ein weiträumig-zweigeschossiges, rankenbegrüntes Gebäude. Die südseitige Veranda ging auf den Garten hinaus, wo sich zwei Tennisplätze befanden, die von dem fünf bis sechs Morgen umfassenden, parkähnlichen Grasland durch ein geschmackvolles Schmiedegitter abgezäunt waren. Auf dem Wiesengrund grasten zwei Jerseykühe, und im Schatten einer einladenden, kupferfarbenen Buche war der Teetisch gedeckt. Auf den besonnten Spielplätzen tummelte sich eine Schar junger Herren und Damen und widmete sich, in entsprechender Kleidung, dem Tennisvergnügen.

»Zauberhaft, dieser Anblick, nicht wahr?« bemerkte Mr. M'Leod. »Meine bessere Hälfte sitzt schon unterm Baum, und dort, auf dem hinteren Platz, das Mädchen in Rosa – das ist meine Tochter. Aber ich zeig' Ihnen erst noch Ihr Zimmer, zu meinen Leuten gehen wir später hinüber!«

Er geleitete mich übers Parkett einer geräumigen Halle mit zitronfarbener Möblierung, cloisonnierten Emaille-Bodenvasen sowie einem Flügel in Ebenholz und in Gold. Die seitlichen Blumenstellagen waren vollgeräumt mit vielerlei Pflanzen in Ziertöpfen aus Benaresmessing. Über die helle, eichengetäfelte Treppe gelangten wir zu der breiten Estrade mit ihrer grünsamtenen, silbergesteppten Polsterbank. Sämtliche Jalousien waren heruntergelassen, so daß nur schmale, parallele Streifen aus Licht die Böden erhellten.

Während er mich in mein Zimmer führte, bemerkte M'Leod munter: »Sie werden jetzt müde sein – das ist ganz normal, nur merkt man es nicht nach so einer Fahrt durch den Straßenverkehr. Bitte, kommen Sie erst, sobald Sie sich wieder erholt haben! Sie finden uns draußen im Garten.«

Das Zimmer war nicht sonderlich groß und roch aufdringlich nach parfümierter Seife. Deshalb trat ich sogleich ans Fenster und wollte es öffnen. Aber es reichte so tief an den Boden und ließ sich so schwer handhaben, daß ich beinahe ausgerutscht und um ein Haar nach draußen in die überhängenden Goldregenzweige gestürzt wäre. Hinterher, als ich dabei war, den Reisestaub von mir zu waschen, fand ich mich plötzlich von Müdigkeit überkommen. »Was denn«, so sagte ich mir, »du bist doch bei solchem Wetter nicht etwa hierhergekommen in diese neue Umgebung, um Depressionen zu kriegen?« Also begann ich zu pfeifen.

Doch im selben Moment gewahrte ich eine winzige, graue Verschattung: sie war nur hauchfein, wie eine Schneeflocke gegen das Licht – immens fern und dennoch ganz tief im Gehirn! Die Erscheinung beunruhigte mich, und ich schüttelte heftig den Kopf, um sie möglichst rasch loszuwerden. Schon aber signalisierte mir mein Bewußtsein, dies sei der Vorbote nahenden Dunkels, dem man vielleicht noch entgehen könnte, wenn man sofort und nach Kräften an etwas anderes dächte – ganz wie man sich durch einen Sprung vor stürzendem Mauerwerk rettet! Aber das Dunkel war schon über mir, noch bevor ich den Sinn meiner Eingebung hätte erfassen können: ich wankte zum Bett – die Nerven schmerzhaft gespannt in der Gewißheit um das, was mir nunmehr bevorstand. Ich setzte mich, und die verstörte, schreckensgelähmte Seele sank mir dahin – tauchte tiefer und tiefer hinab in entsetzliche Abgründigkeiten, von denen auch schon die Bibel spricht, und die man, wie die Versteigerer sagen, erst sehen muß, um sie ermessen zu können!

Welle um Welle überstürzten mich Elend, Verzweiflung und Angst, jede von ihnen gepaart mit neuen und anderen Schmerzen, und drückten mich nieder auf schier unendliche Zeit, bis schließlich alles ringsum ineinander verschwamm, und mir ein Knacks durch das Hirn ging, als säße ich in einer Taucherglocke und spürte den Druckausgleich im Gehör. Da wußte ich, jetzt war das Ärgste vorbei – doch ebenso war mir bewußt, daß sich schon im nächsten Moment das Dunkel von neuem herabsenken konnte! Und während ich diese Möglichkeit wieder und wieder erwog wie einer, der seinen tobenden Zahn fortwährend mit der Zunge betastet, ebbte die Dunkelheit ab – wurde wieder zur winzigen, grauen Verschattung, mit der sie sich angekündigt im Hirn, das abermals seine Signale aussandte – Notrufe nach allen Seiten, um Hilfe, Erleichterung oder Zerstreuung.

Da öffnete sich die Tür, und Mr. M'Leod kehrte zurück. Ich bedankte mich höflich bei ihm, sagte, ich sei von dem Zimmer entzückt und nun begierig, auch Mrs. M'Leod kennenzulernen, das Waschen habe mich herrlich erfrischt, und so fort und so weiter. Abgesehn von einem schalen Geschmack ganz hinten im Mund, gingen die Worte mir wunderbar leicht von den Lippen, während ich innerlich noch auf dem Grund unermeßlicher Tiefen verharrte. Doch M'Leod faßte mich an der Schulter: »Nicht wahr, jetzt haben auch Sie es gespürt?« fragte er.

»Oh ja«, sagte ich, »und mir ist noch ganz übel davon!«

»Es vergeht, sobald Sie im Freien sind – darauf geb' ich Ihnen mein Wort. Kommen Sie jetzt!«

Ich taumelte hinter ihm her und wischte mir in der Halle den Schweiß von der Stirn.

»Nehmen Sie sich's nicht zu Herzen«, sagte er nur. »Vermutlich hat die Fahrt Sie ermüdet. Meine bessere Hälfte sitzt drüben, unter der Buche.«

Mrs. M'Leod war von beträchtlicher Fülle. Sie trug ein aprikosenfarbenes Kleid und hatte viel Puder aufgelegt, so daß ihre schwarzen, langbewimperten Augen wie Korinthen in Kuchenteig wirkten. Hinterher wurde ich mehreren Damen und Herrn aus ihrem Bekanntenkreis vorgestellt, und während der ganzen Zeit kurvten prächtige Landauer und gedeckte Automobile die Zufahrt hinauf und hinunter, und die Luft war erfüllt von den fröhlichen Stimmen der Tennisspieler.

Mit Hereinbruch des Zwielichts empfahlen sich alle, und ich sah mich alleingelassen mit Mr. und Mrs. M'Leod. Diener und Dienstmädchen schafften die Tennis- und Teesachen wieder ins Haus. Miss M'Leod war die Auffahrt hinuntergeschritten, begleitet von einem hellhaarigen Jüngling, der sich offenbar gründlich auskannte mit südamerikanischen Eisenbahnobligationen. Schon beim Tee hatte er mir versichert, heutzutag müsse man sich in Finanzdingen spezialisieren.

»Ich glaube, es hat alles herrlich geklappt, meine Liebe«, wandte Mr. M'Leod sich an seine Gattin. Und zu mir sagte er, »Sie fühlen sich jetzt wieder wohl – natürlich, man kann es ja sehen!«

Mrs. M'Leod schlurfte über den Kiesweg zum Haus, während ihr Gatte vorauseilte und in der Südveranda einen Schalter betätigte. Ganz Holmescroft war nun strahlend erhellt.

»Sie können das von ihrem Zimmer aus ebenso machen«, sagte er beim Hineingehn. »Steckt allerhand Geld drin, nicht wahr?«

Hinter mir tauchte jetzt auch Miss M'Leod aus der Dämmerung auf. »Wir kennen uns zwar noch nicht«, sagte sie, »doch ich vermute, Sie bleiben bei uns über Nacht?«

»Ihr Herr Vater hatte die Güte, mich einzuladen«, versetzte ich.

Sie nickte. »Ach ja, ich weiß schon, warum. Und auch *Sie* wissen es, oder nicht? Ich hab' Ihre Miene gesehn, als Sie Mama vorgestellt wurden. Sie haben also die Depression sehr bald zu spüren bekommen. Manchmal ist es einfach entsetzlich in jenem Schlafzimmer oben! Was, glauben Sie, könnte es sein – Behexung vielleicht? In Griechenland – damals war ich noch klein – wäre das möglich gewesen. Aber hier, in England – oder glauben Sie, *doch*?

»Ich weiß nicht, was ich davon halten soll«, entgegnete ich. »Ich habe dergleichen noch niemals empfunden. Kommt es denn öfter dazu?«

»Nun ja, ab und an. Es kommt und es geht.«

»Das ist ja reizend!« rief ich aus, während wir auf dem Kies längs des Rasens auf und ab promenierten. »Und was haben *Sie* empfunden dabei?«

»Das ist schwierig zu sagen. Aber manchmal ist diese – nun, Depression – manchmal ist sie« – sie begann, recht unenglisch zu gestikulieren – »wie ein Licht. Ja, wie ein Licht, das plötzlich aufflammt im Zimmer: nur ist es ein *schwarzes* Licht, eines aus Finsternis, verstehen Sie mich? Ein schwarzes Licht fällt auf ein sorgloses Zimmer! Denn manchesmal sind wir so glücklich zu dritt – vollkommen zufrieden! Und auf einmal ist da diese Schwärze – flammt auf wie – oh ja, jetzt hab' ich's: wie die Scheinwerfer eines Automobils, und schon ist alles verfinstert! Und dann ist da noch etwas andres –«

Der Gong zum Umkleiden dröhnte durchs Haus, und wir betraten die grell erleuchtete Halle. Meine Vorbereitung zum Abendessen war eine forsche, athletische Prozedur mit verschiedentlichen Gesangsversuchen unter sorgfältiger Beachtung von Artikulierung und Ausdruck. Aber nichts ereignete sich, und als ich mich eilig hinunterbegab, war ich dem Himmel dankbar, *daß* nichts sich ereignet hatte!

Man hatte das Abendessen nach Art eines Frühstücks serviert: auf der Anrichte standen Platten und Schüsseln auf Tellerwärmern bereit, und jeder bediente sich nach Belieben.

»Das machen wir immer so, wenn wir unter uns sind – so läßt es sich besser reden«, sagte Mr. M'Leod.

»Und unter uns sind wir *immer*«, bemerkte die Tochter des Hauses.

»Tröste dich, Thea. Es kommt schon noch alles in Ordnung«, sagte der Hausherr beruhigend.

»Mitnichten, Papa!« Sie schüttelte ihren schwarzlockigen Kopf. »Gar nichts kommt in Ordnung, solange *Es* kommt!«

»Es gibt nichts, was wir jemals falsch gemacht hätten – das kann ich beschwören«, sagte plötzlich Mrs. M'Leod. »Sogar unser Personal haben wir mehrmals gewechselt. An *ihm* kann's nicht liegen, das wissen wir jetzt.«

»Schon gut. Genießen wir diesen Abend, solang es noch geht«, sagte Mr. M'Leod, während er den Champagner entkorkte.

Doch daraus sollte nichts werden. Ein Gespräch kam erst gar nicht in Gang. Immer länger wurden die Pausen.

»Wie bitte?« fragte ich, weil ich vermeinte, jemand habe mich angeredet.

»Aha, da ist es jetzt – jenes Andre!« rief Miss M'Leod, und ihrer Mutter entrang sich ein Stöhnen.

Dann schwiegen wir wieder, und schon in den nächsten Momenten überkam uns ein Kummergefühl – keine Furcht, kein gespenstischer Schrecken, sondern ein hilfloser, schmerzlicher Gram, jeden von uns, entsprechend dem jeweiligen Naturell, das empfand ich ganz deutlich. Und diese Empfindung dauerte an, war wie Licht, durch ein Brennglas gebündelt. Und hinter dem Schmerzgefühl meldete sich das stumme Begehr einer unwahrnehmbaren Wesenheit, die uns etwas erklären wollte, das für sie von immenser Wichtigkeit war!

Ich saß unterdessen nur da, formte Brotkügelchen und dachte an meine begangenen Sünden. Auch M'Leod stellte Betrachtungen an, indem er in seinen Löffel starrte. Seine Frau schien zu beten, und die Tochter bewegte nervös ihre Hände und Füße und hörte erst auf, als es Nacht war – als wären erst jetzt jene üblen, wie in einem Brennglas gesammelten Strahlen von uns genommen.

»Na also!« sagte sie plötzlich und richtete sich wieder auf. »Jetzt sehen Sie, was ein gemütliches Heim ist! Ach – verkauf es doch – Vater, verkauf es, und ziehen wir anderswohin.«

»Aber ich habe doch Tausende hier investiert! Nächste Woche fährst du ja ohnehin nach Harrogate, liebe Thea!«

»Jetzt bin ich doch eben von meiner Hoteltour zurück! Mir geht dieses ewige Packen schon so auf die Nerven!«

»Tröste dich, Thea, Kopf hoch! Jetzt ist es vorbei! Du weißt ja, es kommt nur höchst selten zweimal in einer Nacht! Ich glaube, wir können es uns jetzt bequem machen.«

Er hob den Deckel von einem der Teller und legte der Frau und der Tochter vor. Seine Züge waren gezeichnet und wirkten verfallen wie die eines alten Mannes nach einer ausschweifenden Nacht, doch seine Hände zitterten nicht, und auch die Stimme war fest. In seinem Bemühen, uns durch Wort und Tat zu ermuntern, gemahnte er an einen grauschnäuzigen Collie beim Zusammentreiben verängstigter Schafe.

Nach der Mahlzeit setzten wir uns um das Feuer des Speisezimmers – im Wohnzimmer hätte womöglich der Schatten sich neuerlich fühlbar gemacht – und redeten aufeinander ein wie am Straßenrand die Zigeuner, oder wie die Blessierten, die ihre Verletzungen zeigen nach überstandnem Scharmützel. Und als es elf Uhr schlug, hatten mir alle drei jedwedes Detail, jeglichen Namen berichtet, der nur irgendwie mit dem Gebäude und dessen Geschichte zusammenhing.

Zu Bett gingen wir unter ermutigend grellem, elektrischem Licht. Was ich fürchtete, war nur eins: daß jene Woge allesverschlingender Depression aufs neue hereinbrechen könnte – und gerade *das* war der sicherste Weg, sie heraufzubeschwören! Ich lag wach bis zum Morgengrauen, rasch atmend und schweißnaß unter dem Einfluß von etwas, das De Quincey so unvollkommen als »Die Last unverzeihlicher Schuld« beschreibt. Und mit Anbruch des tröstlichen Tageslichts fiel ich in den schrecklichsten aller Träume, der nicht nur jedes begangene Übel von uns nimmt, sondern uns auch das Gefühl gibt, es niemals verübt zu haben. Und inmitten so seliger Unschuld, bevor unser Traum ins Gegenteil umschlägt, erwachen wir zu dem verdienten Tag.

Der Morgen war eher kühl. Dennoch zogen wir vor, auf der Südveranda zu frühstücken. Die Zeit bis zum Mittag verbrachten wir draußen im Garten, vorgeblich befaßt mit Spielen wie Crocket und Clock Golf*. Zumeist aber standen wir nur beisammen und redeten. Am Nachmittag unternahm jener junge,

* Von einem wie ein Zifferblatt markierten Umkreis den Ball mit möglichst wenigen Schlägen im Zentrum einlochen. Anm. d. Ü.

über Südamerikas Eisenbahnwesen so wohlinformierte Mann mit Miss M'Leod einen Spaziergang, und um fünf Uhr brachte uns Mr. M'Leod im Wagen zur Stadt, wo wir zu speisen gedachten.

»Sagen Sie jetzt nicht, Sie werden die Psychologische Forschungsgesellschaft benachrichtigen und wieder zu uns hinauskommen«, sagte Miss M'Leod beim Abschied. »Ich weiß ganz genau, daß Sie's *nicht* tun werden!«

»Rede nicht so daher«, sagte die Mutter. »Sag lieber, ›Leben Sie wohl, Mr. Perseus, und lassen Sie sich wieder blicken!‹«

»Doch nicht *der*!« rief das Mädchen erschrocken. »Der hat ja das Haupt der Medusa gesehn!«

Der Anblick meiner Person in der Spiegelwand des Restaurants bewies nur zu deutlich, daß mir mein Wochenendaufenthalt gar nicht gutgetan hatte. Am folgenden Morgen brachte ich meine Holmescroft-Beobachtungen bis ins letzte Detail zu Papier, in der Hoffnung, mir damit alles von der Seele zu schreiben. Doch das Erlebte ließ mir keine Ruhe, sondern wirkte sich weiterhin aus, gleich einer nicht näher bekannten Strahlung.

Zwar kenne ich keinen Menschen, der weniger geeignet wäre als ich, einem Sherlock Holmes nachzueifern, denn mir fehlt es ebenso sehr an Methodik wie an Geduld. Dennoch war ich besessen von der Idee, jenem Übel auf seinen Grund zu kommen. Ich hatte noch keinerlei Theorie, bis auf das vage Gefühl, zwischen zwei unterschiedlich geladene Pole geraten zu sein und einen Schlag erhalten zu haben, der einem andern vermeint gewesen. Was folgte, war ein Gefühl der inneren Irritation. Ich blieb auf der Hut vor mir selber, fortwährend in der Erwartung des auf der Lauer liegenden, unnatürlichen Schrekkens, doch mein Selbst widersetzte sich, war sogar ungehalten, als wär' ihm ein grober Unfug angetan worden. Das Ganze vollzog sich höchst schmerzhaft, in Wallungen gewissermaßen – ich spürte es bis in die Knochen –, doch grob gesagt war es mein Hauptbestreben, ein wenig vom eigenen Ich zurückzugewinnen. Nur so war es möglich, einen Weg ausfindig zu machen und darauf voranzukommen.

Ein paar Tage danach kam mir die Idee, der Kanzlei von Mr. J. M. M. Baxter einen Besuch abzustatten – jenes Anwalts, der Holmescroft an Mr. M'Leod veräußert hatte. Es sei meine Absicht, Holmescroft zu erwerben, erklärte ich ihm, und ob er mir dabei behilflich sein wolle?

Mr. Baxter, von hochgewachsener, angegrauter Erscheinung und heiserer Stimme, schien davon nicht sehr eingenommen zu sein. »Ich hab' den Besitz an Mr. M'Leod verkauft«, sagte er. »Somit würde es mir nicht sehr anstehen, den Handel noch einmal – doch könnte ich ihnen empfehlen, sich an –«

»Ich weiß, er verlangt einen sehr hohen Preis«, wandte ich ein. »Und noch weitere Tausend für das von Ihnen ausgestellte Gesundheitszertifikat – so nennt er's zumindest.«

Der Anwalt richtete sich plötzlich auf in seinem Fauteuil. Auf einmal war er ganz Ohr.

»Nun, Ihre Garantie auf das Haus. Erinnern Sie sich?«

»Ja, natürlich – daß es seit seinem Bestehen keinen Todesfall darin gegeben habe. Ich entsinne mich dessen genau.«

Er ließ sich nichts anmerken, anders als jene, die im Lügen nicht so geübt sind – nur der Mund blieb ihm offen, und sein Blick, mit dem er die Aktenbündel rings an der Wand überflog, verschleierte sich. Die Sekunden verstrichen. Eine, zweie, drei – ich zählte bis zehn. Bei Depressionen kann das eine Ewigkeit sein, ich wußte es nur zu gut!

»Ich entsinne mich noch ganz deutlich.« Nur der Mund blieb ein wenig offen, als wär' da ein bitterer Nachgeschmack.

»Natürlich hat so etwas keine Bedeutung für mich«, fuhr ich fort. »Ich lege keinerlei Wert auf ein ›todfreies‹ Haus.«

»Gewiß – das tut niemand. Aber es war Mr. M'Leods fixe Idee – oder vielmehr, die seiner Frau, glaube ich. Und so haben wir uns auf den Kaufpreis geeinigt, im Sinne meiner Klienten, das war meine Pflicht, ohne Rücksicht auf meine eignen Gefühle.«

»Eben deshalb bin ich zu Ihnen gekommen. Ich habe von Mr. M'Leod erfahren, das Haus sei Ihnen von Grund auf vertraut.«

»Oh ja. Das war es schon immer. Es hat ja Verwandten von mir gehört.«

»Jenen drei Damen, den Moultries, nicht wahr? Wie interessant! Die müssen den Ort sehr gerngehabt haben, bevor die Umgebung verbaut worden ist.«

»Ja, sie waren vernarrt in den Ort.«

»Das wundert mich nicht. So still und so sonnig. Was mag sie dazu gebracht haben, sich davon zu trennen?«

Eins der sichersten englischen Merkmale ist es, im Zuge höflicher Konversation – und ich war ja so höflich wie möglich gewesen – kein Wort über Geldaffären zu reden.

»Miss Agnes – die jüngste der drei – ist plötzlich *erkrankt*« (es war um ein weniges überbetont), »und da die drei Schwestern so sehr aneinander hingen, haben sie ihr bisheriges Heim aufgegeben.«

»Natürlich. Ich habe mir schon überlegt, etwas in dieser Art müsse es sein. Wer traut schon den Staffordshire-Moultries zu« (ein unverantwortlicher Teufel gab es mir momentan ein) »sich in Geldnöten zu befinden!«

»Ich weiß gar nicht, ob wir verwandt sind mit ihnen«, sprach er bedächtig. »Doch es könnte ja immerhin sein, denn unsre Familie stammt aus den Midlands.«

Ich berichte von diesem Gespräch in solcher Ausführlichkeit, weil ich so stolz bin auf meinen ersten Versuch als Detektiv. Doch als ich mich nach etwa zwanzig Minuten empfahl, versehen mit der Instruktion, mich dem Eigentümer von Holmescroft als möglicher Interessent vorzustellen, war ich stärker verwirrt als irgendein Doktor Watson zu Anfang einer Geschichte.

Weshalb wohl ging ein gestandener Anwalt in Deckung – warum blieb ihm der Mund offenstehn bei der Erwähnung des ebenso harmlosen wie erfreulichen Umstands, daß in dem

Haus, dessen Verkauf er besorgt hatte, noch niemand gestorben war? Falls ich des Englischen sicher genug war, so konnte der Tonfall, mit dem er mir mitgeteilt hatte, die jüngste jener drei Schwestern sei ›plötzlich erkrankt‹, doch nur auf Geistesgestörtheit hinweisen! Das mochte den Wandel in seinen Zügen erklären – und ebenso mochte es sein, daß die Nachwehen solcher Geisteszerrüttung noch jetzt über Holmescroft schwebten. Aber der Rest blieb mir dunkel.

Erleichterung spürte ich erst, als ich in M'Leods Stadtkontor war und ihm erzählte, was ich unternommen hatte – wenn auch nicht, was ich heimlich vermutete.

M'Leod stimmte bereitwillig zu, bei unserem Scheinverkauf mitzuspielen, sah aber keinerlei Nutzen in meiner Bekanntschaft mit Baxter.

»Er ist die einzige lebende Seele, die mit Holmescroft zu tun gehabt hat«, sagte ich.

»Ah! – ›Lebende Seele‹ ist gut!« versetzte M'Leod. »Auf jeden Fall wird unsre Kleine sehr angetan davon sein, daß Sie sich weiterhin interessieren für uns. Wollen Sie uns nicht besuchen, irgendwann in dieser Woche?«

»Wie ist es jetzt draußen bei Ihnen?«

Er verzog das Gesicht. »Einfach gräßlich«, sagte er nur. »Thea ist jetzt in Droitwich.«

»Ich würde ja liebend gern kommen – doch vorerst muß ich mir Baxter warmhalten. Auf Sie ist also Verlaß – Sie tun von sich aus das Ihre dazu?«

Er sah mich abschätzig an. »Nur keine Angst. Ich werde den Wucherer spielen – mein bester Anwalt werde ich sein.«

Noch vor Ablauf von vierzehn Tagen gestand Baxter kummervoll ein, M'Leod sei so geschäftstüchtig wie kaum eine andere Firma. Wir, als Käufer, gaben uns zugeknöpft, wir argumentierten, waren schockiert ob des exorbitanten Kaufpreises, erkundigten uns nach allem und jedem, zeigten abwechselnd die kalte Schulter – doch Mr. M'Leod übertraf uns bei weitem. Und Mr. Baxter trug mit den entsprechenden Briefen, Telegrammen und Konsultationen das Seine zu Kaufverhandlungen bei, die als Vorlage zu einem Film hätten dienen können. Gegen Ende des Monats sagte er mir, er glaube, M'Leod sei nun dank seiner – Baxters – Bemühung doch noch zur Vernunft gekommen. Mir hatte das Ganze erhebliche Kosten verursacht, doch war ich, menschlich gesehen, um manche Erfahrung reicher geworden. Und mir geschah ja nur recht. Nie wieder im Leben bin ich einem Menschen so sehr um den Bart gegangen wie diesem Anwalt, nur um ihn mir günstig zu stimmen!

Es stellte sich dabei heraus, daß er versessen auf Golf war. Also gab ich mich als begeisterter, lernbegieriger Anfänger. Zweimal drang ich bis in sein Bureau vor, versehen mit einer (von M'Leod geborgten) Tasche, vollgestopft mit Gerümpel, wie jenes abscheuliche Spiel es erfordert, und gerüstet mit dem dazu passenden Vokabular. Doch erst beim dritten Mal brach ich das Eis, und Mr. Baxter nahm mich mit sich auf seinen Golfplatz, der gute zehn Meilen entfernt lag. Dort kämpften wir uns inmitten des Labyrinths aus Tramwaylinien, Eisenbahngleisen und Kindermädchen durch unsere grasige Strecke über neun Löcher, als befänden wir uns auf widriger See. Er spielte erbärmlich und hatte wohl niemals erwartet, einen Gegner zu finden, der noch viel erbärmlicher war. Sobald er jedoch meine Fähigkeiten erkannt hatte, begann er, Geschmack an mir zu finden, denn er ließ mich für volle zwei Stunden nicht los. Schon nach zwei Wochen konnte er mir nur noch *einen* Schlag pro Loch vorgeben, und als ich es mit solcher Vorgabe fertigbrachte, ihm um einen Schlag voraus zu sein, war er ehrlich erfreut und versicherte mir, aus mir würde noch ein beachtlicher Golfer, wenn ich mich gehörig dranhielte. Und ich hielt mich gehörig daran – wenn auch aus ganz andern Motiven, und gelegentlich von Gewissensbissen geplagt, denn insgesamt war er ein netter Kerl. Während des Spiels gab er allerlei Dinge von sich, die mir als Beweisstücke dienten – zum Beispiel, er habe die Moultries schon immer gekannt, er sei ja ein

Vetter zu ihnen, und Miss Mary, die älteste der drei Schwestern, sei eine nachträgerische Person, die Vergangenes niemals vergangen sein lasse. Natürlich fragte ich mich, was sie gegen *ihn* haben mochte, und irgendwie brachte ich ihn in Verbindung mit der geistesgestörten Agnes.

»Die Menschen sollten vergeben und auch vergessen«, sagte er eines Tages von sich aus, zwischen zwei Spielen. »Besonders, wo sie ihrer Schlußfolgerungen nach Lage der Dinge nicht sicher sein können! Finden Sie nicht?«

»Insgesamt hängt jede Urteilsbildung von den jeweils zugrunde gelegten Indizien ab«, sagte ich ausweichend.

»Unsinn!« rief er aus. »Ich bin Anwalt genug, um zu wissen, daß nichts auf der Welt auf so schwachen Beinen steht wie der Indizienbeweis. Das war schon immer so!«

»Warum? Haben Sie schon jemanden hängen gesehn, bloß aufgrund von Indizien?«

»Hängen? Ewige Verdammnis hat man Menschen schon nachgesagt auf solche Weise!« Und wieder verschattete sich seine Miene. »Ich weiß nicht, wie *Sie* das empfinden, aber *mein* Trost ist, daß Gott darum weiß – er *muß* darum wissen! Was für uns aussieht wie Mord oder, sagen wir, Selbstmord, mag sich für Gott ganz anders darstellen. Meinen Sie nicht?«

»Darauf kann wohl jeder Mörder und auch jeder Selbstmörder hoffen, nehme ich an.«

»Ich habe mich da, wie gewöhnlich, recht ungeschickt ausgedrückt. Die Fakten, wie Gott sie bekannt sind, könnten *wirklich* ganz anders liegen – wie zwingend der Augenschein immer sein mag. Ich habe seit je die Meinung vertreten – als Anwalt wie auch als Mensch, doch es gibt Leute, die wollen es mir nicht – also, daß ich da nicht zu Gericht sitzen möchte – oder sagen wir lieber, sie *können* es mir nicht glauben. Hingegen behaupte *ich*, daß immer die Chance besteht, ja sogar die Gewißheit, zum Ärgsten sei es erst gar nicht gekommen.« Er verstummte und räusperte sich. »Na, machen wir weiter! Kommende Woche um diese Zeit bin ich schon auf Urlaub.«

»Auf welchem Golfplatz?« Ganz unbedacht war's mir herausgefahren, während ein Zwillingskinderwagen uns aus der Schußlinie ging.

»Keine bedeutende Sache – neun Löcher bloß, bei einer Kuranstalt in den Midlands. Meine Cousinen befinden sich dort, und zwar auf Dauer. Nicht, daß das vierte und siebente Loch so ohne weitres zu spielen wären – aber *Sie* müßten es eigentlich schaffen«, sagte er aufmunternd. »Sie spielen schon wesentlich besser. Nur Ihre Anfangsschläge sind noch nicht gut.«

»Sie haben ja recht – ich komme da einfach nicht hin! Womöglich werd' ich zuschanden daran, solange Sie fort sind – niemand wird mir Anleitungen geben!« sprach ich bekümmert.

»Noch habe ich Ihnen nicht alles beigebracht«, sagte er, hocherfreut ob meines Kompliments.

»Trotzdem, was ich gelernt habe, verdank' ich nur Ihnen. Wann sind Sie denn wieder zurück?«

»Schauen Sie«, hub er an. »Ich kenne ja Ihre Verpflichtungen nicht, aber auch ich habe keinen Partner für Burry Mills. Es ist immer dasselbe. Wenn Sie sich freimachen und auf ein paar Tage nachkommen könnten? Freilich, ich muß Sie warnen, es wird eher fad sein dort oben. Man behandelt dort Kehlkopf- und Gichtbeschwerden – also Bäder, Massage, Elektrizität und so weiter. Aber das vierte und siebente Loch – die haben's in sich!«

»Ich bin dabei«, versetzte ich wahrhaft heroisch, und nur der Himmel weiß, wie sehr mir das alles zum Halse heraushing.

»Das nenn' ich die rechte Einstellung! Als Anwalt meiner Cousinen muß ich allerdings darum bitten, vor ihnen kein Wort über Holmescroft verlauten zu lassen – es würde sie zu sehr aufregen. Hat es schon immer getan. Doch ganz unter uns: für mich wär' es höchst erfreulich, wenn Sie eine Möglichkeit fänden, um –«

Nun, nach scheinbarem Nachdenken fand ich sie auch und dankte ihm überschwenglich für seinen Vorschlag. Nach der Theorie, die ich mir zurechtgelegt hatte, mochte er sich mit

Hilfe seiner Anwaltsbefugnis am Geld seiner drei Cousinen vergriffen und damit die arme Agnes in den Wahnsinn getrieben haben. Wenn er nur nicht so sanft, so gutmütig und harmlos gewirkt hätte!

Vor unserem Treffen in Burry Mills verbrachte ich eine Nacht auf Holmescroft. Miss M'Leod war aus ihrer Kuranstalt heimgekehrt, und wir machten uns zunächst weidlich lustig über die Art und Gewohnheit von Engländern an solchen Orten. Sie kannte ja Dutzende Kuranstalten und schärfte mir vorsorglich ein, wie ich mich dort zu verhalten hätte. Das geschah im Beisein der Eltern, die ihre Tochter nahezu anhimmelten.

»Ach ja! So ist sie immer, wenn sie zurückkommt zu uns«, sagte Mr. M'Leod. »Jammerschade, daß es nur so kurz vorhält, nicht wahr? Sie müßten sie hören, wenn sie ›Du kleiner Vogel‹ singt!«

Während des ganzen Abends hatten wir das Haus vor Augen gehabt, und so war uns überhaupt nicht nach Lachen oder nach Singen zumut. Als wir aber eintraten, fiel die Verdüsterung über uns her und wich nicht von uns bis gegen zehn Uhr nachts. Erst dann krochen wir sozusagen darunter hervor.

»Im heurigen Sommer war es recht arg«, sagte Mrs. M'Leod im Flüsterton, sobald wir uns endgültig frei fühlten. »Manchesmal glaube ich schon, das Haus könnte aufstehn und zu schreien anfangen – es ist entsetzlich!«

»Auf welche Weise?«

»Wissen Sie nicht mehr, was dieser Depression nachfolgt?«

So saßen wir wartend ums schwächliche Feuer, und die leblose Atmosphäre des Zimmers drückte uns nieder, als läge da eine dumpfe, gefesselte Kraft über uns, verzweifelt bemüht, sich gegen Knebel und Fessel ein artikuliertes Wort abzuringen. (Aber eigentlich läßt es sich gar nicht beschreiben.) Das währte jedoch nur Minuten. Unwillkürlich dachte ich an Mr. Baxters Gewissen und an Agnes Moultrie, die in jenem hell erleuchteten Zimmer, das nun meiner harrte, von Sinnen gekommen war. Solche Betrachtung bescherte mir eine Nacht, in deren Verlauf ich an mir selber erfuhr, wie aus rein seelischem Unbehagen leibliche Übelkeit wird. Doch war solche Übelkeit immer noch besser als jene Träume, die mich gegen Morgen befielen, als schon die Vögel erwachten. Bei meiner Abfahrt machte M'Leod mir einen prächtigen Narwalstoßzahn zum Geschenk – ganz wie eine Kinderfrau ihrem Schützling Bonbons gibt, weil er beim Zahnarzt so tapfer gewesen.

»Er findet nicht seinesgleichen auf dieser Welt«, sagte er. »Und wenn, so wär' sein Pendant gleichfalls beim alten Maximilian M'Leod gelandet!« Damit verstaute er seine Gabe im Automobil. Miss M'Leod, an der anderen Wagenseite, raunte mir zu: »Haben Sie etwas herausgekriegt, Mr. Perseus?«

Ich bewegte verneinend den Kopf.

»Dann bleib' ich mein Lebtag an meinen Felsen gekettet«, sagte sie traurig. »Nur, sagen Sie nichts zu Papa!«

Vermutlich dachte sie dabei an den Jüngling, der auf Südamerikas Bahnen spezialisiert war, denn sie trug einen Ring am dritten Finger der Linken.

Ich begab mich vom Anwesen der M'Leods spornstreichs nach der Kuranstalt Burry Mills. Erstmals im Leben war ich scharf darauf, Golf zu spielen, weil ich auf Ablenkung hoffte. Baxter hatte für mich ein Zimmer belegt, das mit dem seinen verbunden war. Nach dem Lunch stellte er mich einer großen, pferdegesichtigen, ältlichen Dame von herrischer Wesensart vor, die im Rollstuhl von einer weißhaarigen Pflegerin durch die Parkanlagen der Anstalt geschoben wurde. Es war dies Miss Mary Moultrie, und sie hustete und räusperte sich auf ganz ähnliche Weise wie Baxter. Sie leide an einer unklaren Spielart chronischer Bronchitis, in Komplikation mit Stimmritzenverkrampfung – es sei das Familienübel der Moultries, sagte sie mir. Ferner erklärte sie mir mit tonloser Stimme, welche Waschungen, Gurgelmittel, Halspastillen und Inhalationen ihr bisher am meisten wohlgetan hätten. Von ihr wurde ich weitergereicht an Miss Elizabeth, ihre jüngere Schwester, ein kleines, verhutzeltes Ding mit zuckenden Lippen, gleichfalls ein Opfer, wie sie mir sagte, der nämlichen Halsbeschwerden, doch insgeheim einer anderen Medikation ergeben. Und als auch sie endlich weg war mit ihrem Rollstuhl und Baxter, fiel ich einem Major der Indischen Streitkräfte in die Hände, dem die Gicht aus den Augen sah und den seine Magenbeschwerden schon durch ganz Europa geführt hatten. Das alles breitete er vor mir aus, und ich vermochte ihm nur zu entgehen, weil eine betagte Dame mich in ihr Vertrauen zog: sie neige zu follikularer Tonsillitis und Ekzembildung, erklärte sie mir. Baxter blieb seinen Cousinen zu Diensten bis fünf Uhr am Nachmittag und war offensichtlich bestrebt, damit sein Verhalten gegenüber der verstorbnen Cousine zu sühnen. Miss Mary kommandierte ihn denn auch herum wie einen Hund.

»Ich habe Sie ja gewarnt, es würde nicht leicht sein«, sagte er, als wir uns endlich im Rauchsalon wiederfanden.

»Es ist ungemein interessant«, beruhigte ich ihn. »Aber wie wäre es jetzt mit einem Blick auf den Golfplatz?«

»Ungute Feuchtigkeit macht meiner ältern Cousine immer zu schaffen. Ich muß ihr jetzt einen neuen Bronchitis-Inhalator besorgen. Die Arthurs hat den alten gestern zerbrochen.« Wir machten den Sprung in die Stadtdrogerie, wo er ein großes, blinkendes Blechding erwarb, dessen Funktionen er mir auseinandersetzte.

»An solche Sachen bin ich gewöhnt. Bin ziemlich oft hier heraußen. Auch ich leide an dem Familienübel«, erklärte er mir.

»Sie sind schon ein guter Kerl«, erwiderte ich. »Wirklich, ein sehr guter Mensch!«

Unter den Buchen im Abendlicht wandte er sich mir voll zu. Sein Gesicht wirkte völlig verwandelt – wie um ein Menschenalter verjüngt!

»Sehen Sie«, sagte er heiser. »Da war noch die Jüngste – die Agnes. Bevor sie erkrankt ist, wissen Sie. Aber sie hat ihre Schwestern bestimmt nicht verlassen wollen – nein, ganz gewiß nicht!« Dann schritt er eilig davon mit seiner komischen Bürde und ließ mich zurück inmitten der Trümmer meiner finsteren Theorie. Nein, ein Mensch mit solchem Gesicht – *konnte* Agnes Moultrie nichts Böses angetan haben!

Zu unsrer geplanten Partie ist es nie gekommen. Zwischen zwei und drei Uhr morgens holte mich Baxter aus meinem Gesundheitsbett. Er trug einen Mantel überm weiß und orange gestreiften Pyjama – Farben, die ich bei seinem Charakter niemals erwartet hätte.

»Meine Cousine hat eine Art Anfall gehabt«, sagte er. »Kommen Sie mit? Ich möchte den Doktor nicht wecken – ich will ja keinen Skandal. Beeilen Sie sich!«

Also beeilte ich mich und betrat kurz danach unter Führung der weißhaarigen, nur mit Nachtjacke und Unterrock bekleideten Arthurs ein von Dämpfen und Brustbalsamdüften geschwängertes Zweibettzimmer. Das elektrische Licht war voll eingeschaltet. Miss Mary – ich erkannte sie an ihrer Größe – stand am offenen Fenster und trachtete mit einer Hand, sich aus Miss Elizabeths Griff zu befreien, der sie an den Knien zurückhielt. Die andere Hand, an der Kehle, war blutüberströmt.

»Sie hat es getan! Sie hat es gleichfalls getan!« rief Miss Elizabeth ganz außer Atem. »Haltet sie! Helft mir!«

»Aber, aber! Frauen schneiden sich doch nicht die Kehle durch«, flüsterte Baxter.

»Oh Gott! Sie hat sich die Kehle durchschnitten?« kreischte die Pflegerin und fiel auf der Stelle in Ohnmacht. Baxter schob sie unter den Waschtisch und stürzte sich auf die dürre Gestalt, die unter krächzenden, pfeifenden Lauten aus Leibeskräften bemüht war, ans offene Fenster zu kommen. Er packte sie an der Schulter, wobei sie um sich schlug, als wär' sie von Sinnen.

»Na also – die *Hand* hat sie sich zerschnitten«, sagte er dann. »Ein nasses Handtuch her – rasch!«

Während ich es besorgte, stieß er sie zurück. Ihre Kräfte schienen den seinen kaum nachzugeben. Sobald es mir möglich war, wischte ich ihr den Hals ab, der keine Verletzungen aufwies. Danach war ich Baxter behilflich, die Tobende zu beruhigen. Miss Elizabeth war zurückgesunken aufs Bett und weinte dort wie ein Kind.

»Verbinden Sie ihr die Hand irgendwie«, sagte Baxter. »Sie tropft uns sonst alles mit Blut an. Sie muß« – er trat mit seinen Pantoffeln auf splitterndes Glas – »eine Scheibe zerschlagen haben.«

Miss Mary taumelte wieder ans offene Fenster, sank auf die Knie, lehnte den Kopf an die Kante und verharrte in dieser Haltung, wobei sie mir ihre zerschnittene Hand überließ.

»Was hat sie getan?« fragte Baxter, an Miss Elizabeth gewandt, die auf dem hinteren Bett lag.

»Sie wollte sich aus dem Fenster stürzen«, kam es zurück. »Ich habe sie davon abgehalten und die Arthurs zu Ihnen um Hilfe gesandt. Ach, wir werden den Kopf nie wieder erheben können!«

Miss Mary krümmte sich und rang nach Luft. Baxter suchte nach einem Schal und legte ihn ihr um die Schultern.

»Unsinn!« versetzte er barsch. »Das sieht Mary nicht ähnlich!« Doch es zuckte in seinem Gesicht, als er es sagte.

»John, du hast's auch bei Aggie nicht glauben wollen. Aber vielleicht glaubst du's *jetzt*!« widersprach Miss Elizabeth. »Ich hab' ja *gesehen*, daß sie's getan hat – und außerdem hat sie sich auch noch den Hals durchgeschnitten!«

»*Hat* sie ja gar nicht«, wandte ich ein. »Es ist nur die Hand!«

Miss Mary riß sich von uns los, stieß einen unbeschreiblichen, würgenden Laut aus, eilte ans Bett ihrer Schwester und begann, sie zu schütteln. Es war, als lägen zwei Schulmädchen sich in den Haaren!

»Kein Wort mehr davon!« krächzte sie. »Wie kannst du es wagen, an so etwas auch nur zu denken, du schlechte Person!«

»Geh jetzt wieder ins Bett, Mary«, sagte Baxter beruhigend. »Du wirst dich sonst noch erkälten!«

Sie gehorchte, legte sich aber nicht hin, sondern blieb sitzen, den grauen Schal um die knochigen Schultern gelegt, und starrte auf ihre Schwester. »Jetzt ist mir schon wieder leichter«, krächzte sie dann. »Die Arthurs hat mich zu lange draußen im Freien gelassen. Wo steckt sie denn jetzt schon wieder – Arthurs! Den Inhalator!«

»Laß die Arthurs in Frieden«, versetzte Baxter, und dann zu mir: »Bringen *Sie* ihr den Inhalator!« Dienstfertig holte ich ihn vom Abstelltisch an der Wand. »Und jetzt, liebe Mary, ganz so, wie Gott dir jetzt zusieht, erzählst du mir Wort für Wort, was du da angestellt hast!«

Seine Lippen waren wie ausgedörrt, auch die Zunge half nicht, sie zu befeuchten.

Miss Mary hängte sich an ihren Inhalationsapparat, so daß sie zum Reden nur Zeit fand zwischen dem Atmen der Dämpfe: »Der Krampf hat sich erst vor kurzem gemeldet, noch während des Schlafs. Beinahe wäre ich daran erstickt – also bin ich zum Fenster hinüber. Ich habe das auch schon früher getan, ohne jemand zu wecken dabei. Bessie führt sich beim leichtesten Luftzug ja so zimperlich auf wie eine alte Jungfer. Wie gesagt, ich war schon fast am Ersticken, hab' aber den Riegel nicht aufgebracht und bin beinah aus dem Fenster gestürzt. Es reicht viel zu tief an den Boden – ich hab' mir die Hand zerschnitten, als ich mich festhalten wollte. Wer hat mir nur dieses schmutzige Taschentuch drumherumgewickelt? Das hättest *du* mal erleben sollen, Bessie – *so* einen Hals! Noch nie zuvor war ich so nahe am Tod!« Zürnend sah sie uns an, jeden von uns, und ihre Schwester schluchzte dazu.

Vom unteren Ende des Betts ertönte jetzt eine bebende Stimme: »Ist sie schon tot? Habt ihr sie weggeschafft? Oh – Blut hab' ich noch *nie* sehen können!«

»Arthurs«, versetzte Miss Mary, »Sie sind doch hier angestellt! Gehen Sie jetzt!«

Ich glaube, die Arthurs ist auf allen vieren aus dem Zimmer gekrochen – doch war ich zu sehr beschäftigt, die Glasscherben einzusammeln.

Baxter, der sich unterdessen ans Bett gesetzt hatte, fing jetzt mit einer Art Kreuzverhör an. An der Stimme hätte ich ihn kaum wiedererkannt. Im Moment konnte niemand bezweifeln, daß Miss Mary von echtem Grimm auf uns alle erfüllt war: auf ihre Schwester, ihren Cousin und auch auf die Pflegerin. Und daß man sogar den Doktor bemüht hatte – sie erwies mir die Ehre, mich für den Doktor zu halten –, hatte das Faß zum Überlaufen gebracht! Sie habe ja nur geglaubt, zu erstikken; sei zum Fenster geeilt, um Luft zu bekommen; wäre dort fast hinuntergestürzt und habe bei dem Versuch, einen Halt am Gitter zu finden, sich die Finger zerschnitten! Wieder und wieder erklärte sie es dem beharrlichen Baxter. Schließlich wandte sie sich zur Schwester hinüber und schimpfte sie weidlich aus.

»Du darfst mir nicht *alle* Schuld geben«, klagte Miss Bessie zuletzt. »Wo du doch weißt, woran wir Tag und Nacht denken!«

»Darauf kommen wir noch«, sagte Baxter. »Jetzt hört einmal zu, alle beide! – *Dein* Verhalten, Mary, hat dazu geführt, daß vier Menschen ernstlich geglaubt haben, du – du wolltest Schluß machen mit deinem Leben!«

»Ist denn *ein* Selbstmord in der Familie noch nicht genug? Allmächtiger, hilf und erbarme dich unser! Das *könnt* ihr doch nicht geglaubt haben!« schrie sie entsetzt.

»Der Augenschein hat uns gezwungen dazu. Aber glaubst du nicht auch« – Baxter hob bedeutsam den Zeigefinger, bewegte ihn vor ihrer Nase –, »*könntest* du dir nicht denken, daß es der armen Aggie genauso ergangen ist bei ihrem Sturz aus dem Fenster in Holmescroft?«

»Sie hatte dasselbe Halsleiden«, meldete sich Miss Elizabeth. »Es waren die gleichen Symptome. Erinnerst du dich denn nicht mehr daran, liebe Mary?«

»In welchem Zimmer hat sie geschlafen?« fragte ich Baxter, unhörbar für die zwei Frauen.

»Über der Südveranda, mit dem Fenster zum Tennisplatz.«

»Ich selber wäre beinahe aus jenem Fenster gestürzt, als ich in Holmescroft genächtigt habe – ich wollte es öffnen, um frische Luft einzulassen. Das Fensterbrett reicht einem kaum an die Knie«, sagte ich.

»Hörst du das, Mary? Mary, hast du gehört, was dieser Herr soeben gesagt hat? Glaubst du nicht auch, daß das, was dir heute beinahe passiert wär', in jener Nacht auch der armen Aggie passiert ist? Um Himmels- und auch um ihretwillen – Mary, *willst* du denn nicht daran glauben?«

In dem anhaltenden Schweigen war nur das Brodeln des Inhalators vernehmbar.

»Wenn ich nur sicher sein könnte – einen Beweis dafür hätte«, sagte sie schließlich. Dann verschlug ihr ein heftiger Weinkrampf die Sprache.

Baxter gab mir ein Zeichen, und ich verließ geräuschlos den Raum und begab mich zurück in mein Zimmer. Dort lag ich wach bis zum Morgen und dachte stärker als bisher an jenes bedrückende Etwas, das sich auf Holmescroft fortwährend verständlich zu machen gesucht. Miss Mary war mir in der Seele zuwider – ich verabscheute sie so tief, als kennte ich sie seit Jahrzehnten. Dennoch, ich hätte mir nie und nimmer gewünscht, mich von ihr verdammt sehn zu müssen, ob im Leben oder im Tod – das empfand ich ganz deutlich.

Als ich aber zu Mittag im Sanatoriumsgarten Miss Mary in ihrem Rollstuhl gewahrte, von der Arthurs geschoben und zu beiden Seiten begleitet von Baxter und ihrer Schwester, fiel es mir schwer, die richtigen Worte zu finden.

»Jetzt, wo Ihnen alles bekannt ist«, raunte Baxter mir zu, als die erste Befangenheit unsrer Begegnung vorbei war, »ist es nur recht und billig, Ihnen zu sagen, daß meine arme Cousine keineswegs *in* Holmescroft gestorben ist. Vielmehr war sie schon tot, als wir sie an jenem Morgen unter dem Fenster gefunden haben. Maustot ist sie gewesen.«

»Unter dem Goldregenstrauch vor dem Fenster?« Ich entsann mich ganz deutlich des krummen, unguten Gewächses.

»Ebendort. Sie hat ihn beschädigt mit ihrem Sturz. Aber drinnen, *im* Hause ist es, soweit uns bekannt ist, noch niemals zu Todesfällen gekommen. Sie können vollständig beruhigt sein in diesem Punkt! Mr. M'Leods zusätzliche Tausend für etwas, das Sie den »Gesundheitspaß« nennen, waren, als wir verkauften, für das Vermögen meiner Cousinen bestimmt. Es war meine Pflicht als Anwalt, den Betrag für sie sicherzustellen – auch gegen die eigene Überzeugung.«

Ich weiß nur zu gut, wie müßig es ist, zu argumentieren, sobald Engländer von ihrer Pflicht zu reden beginnen. Deshalb stimmte ich meinem Anwalt von vornherein zu.

»Der plötzliche Tod der Schwester muß für Ihre Cousinen ein entsetzlicher Schlag gewesen sein«, sagte ich nur. Der Rollstuhl befand sich jetzt hinter uns.

»Ein unbeschreiblicher Schlag«, raunte Baxter. »Sie wurden nicht fertig damit, haben Tag und Nacht darüber gebrütet. Kein Wunder! Falls die arme Aggie tatsächlich Selbstmord begangen hatte, war sie ja auf immer und ewig verdammt!«

»Glauben auch Sie, daß es Selbstmord war?«

»Gottlob, nein! Niemals hab' ich dergleichen geglaubt! Und jetzt, im Hinblick auf Marys Mißgeschick heute Nacht, weiß ich nur umso bestimmter, was unsrer armen Aggie in Wahrheit passiert ist. Sie hatte das nämliche Leiden – es liegt in unserer Familie. Mary hält Sie übrigens für einen Arzt. Andernfalls hätten Sie ja keinen Zutritt zu ihrem Zimmer!«

»Vortrefflich! Und glaubt jetzt auch *sie* an den Unfalltod ihrer Schwester?«

»Sie würde ich weiß nicht was dafür geben, um daran glauben zu *können* – doch sie ist fürchterlich eigensinnig, und wer allzu lange nur ein und derselben Möglichkeit nachhängt, dem verengt sich, gelinde gesagt, der Horizont. Manchesmal fürchte ich schon für ihren Verstand – religiöser Wahn, wissen Sie! Elizabeth kommt da nicht mit. Spatzenhirn. Hat sie schon immer gehabt.«

In diesem Moment rief die Arthurs mich an den Rollstuhl, und somit auch zu dem entstellten, von einem gestrickten Wollschal verhüllten Gesicht der Miss Mary Moultrie.

»Ich muß Sie hoffentlich nicht an Ihre Schweigepflicht – die absolute Schweigepflicht Ihres Berufes erinnern«, sagte die Kranke. »Zufolge der Unbedachtheit meines Cousins und meiner Schwester sind Sie dahintergekommen, daß –« Sie nahm Zuflucht zu ihrem Taschentuch.

»Bitte, Sir, regen Sie sie nicht auf«, ließ sich von hinten die Arthurs vernehmen.

»Aber, beste Miss Moultrie, ich weiß nur, was ich mit eigenen Augen gesehen habe – und da will mir scheinen, daß das, was Sie für die Tragödie Ihrer Schwester halten, sich nunmehr und gewissermaßen an Ihnen selber als bloßer Unfall herausgestellt hat – als ein höchst trauriger Unfall, gewiß –, aber doch zweifellos als ein Unfall!«

»Und Sie glauben das wirklich – auch *Sie*?« schrie sie mich an. »Oder sagen Sie's bloß, um mich zu trösten?«

»Ich glaub' es aus ganzem Herzen! Kommen Sie doch nur auf eine Stunde hinunter nach Holmescroft – oder nur auf eine *halbe* –, um sich persönlich zu überzeugen!«

»Wovon? Sie verstehen mich nicht! Ich habe das Haus ja tagtäglich vor Augen – und auch jede Nacht! Im Geist bin ich fortwährend dort, im Schlaf wie im Wachen. Seinen wirklichen Anblick könnte ich nicht mehr ertragen!«

»Das müßten Sie aber«, entgegnete ich. »Wenn Sie das Haus schon im Geiste besuchen – um wieviel mehr müßten Sie's körperlich tun! Betreten Sie doch das Schlafzimmer Ihrer Schwester – sehen Sie sich jenes Fenster an: ich selber bin dort beinah abgestürzt. Es reicht sehr tief an den Boden – fast schon lebensgefährlich! Das würde Sie überzeugen!« plädierte ich.

»Aber Aggie hat doch durch Jahre in jenem Zimmer geschlafen«, fiel sie mir ins Wort.

»Auch *Sie* schlafen schon seit langem in ein und demselben Zimmer, nicht wahr? Und trotzdem wären Sie fast aus dem Fenster gestürzt bei Ihrem Erstickungsanfall.«

»Da haben Sie recht – das ist noch das einzig Wahre daran«, stimmte sie zu. »Und ich hätte den Tod finden können!«

»Und in solchem Fall hätten dann alle – Ihre eigene Schwester, Ihr Cousin und auch Ihre Pflegerin – hoch und heilig geschworen, es sei Selbstmord gewesen, Miss Moultrie! Kommen Sie doch nach Holmescroft hinüber und sehen Sie sich jenes Zimmer noch einmal an!«

»Sie lügen mir nur etwas vor«, sprach sie gelassen. »In Wirklichkeit meinen Sie gar nicht, was Sie da sagen. Ich warne Sie – wir sind evangelisch! Wir beten nicht für die Verstorbnen. ›Wie der Baum fällt, so – ‹«

»Ja, so kann man sagen. Sie bleiben also dabei, daß Ihre Schwester Selbstmord begangen hat, und –«

»Aber nein, keineswegs! Ich habe schon immer darum gebetet, sie falsch beurteilt zu haben!«

Jetzt meldete sich hinterm Rollstuhl die Arthurs zu Wort: »Aber, Miss Mary! Sie haben seit je behauptet, daß die arme Miss Aggie sich umgebracht hat – und Miss Bessie hat es natürlich von Ihnen. Einzig Master – Mister John hat sich da herausgehalten und – und wenn heute nacht was passiert wär', so hätte auch ich auf die Bibel geschworen, daß Sie sich freiwillig umgebracht haben!«

Miss Mary beugte sich zu mir herüber und faßte nach meinem Ärmel.

»Sollte mein Holmescroft-Besuch mich das Leben kosten«, sagte sie ernst, »dann werden Sie diesen Mord an einem Mitmenschen zeitlebens auf dem Gewissen haben – für immer und ewig!«

»Das will ich gerne riskieren«, entgegnete ich. In Anbetracht all des Leides, das ihre Selbstquälereien auf Holmescroft ausgelöst hatten, und vor allem bei dem Gedanken an jenes bedrükkende Etwas, welches das Haus erfüllt hatte mit dem Begehr, sich verständlich zu machen, nahm ich solches Risiko weniger schwer.

Baxter war von dem geplanten Besuch überrascht, gehorchte aber dem Wink der entsetzlichen Frauensperson und brach sogleich auf, um diese Reise vorzubereiten. Ich aber telegraphierte inzwischen an Mr. M'Leod, er und die Seinen mögen Holmescroft an dem betreffenden Nachmittag räumen. Miss Mary sollte, gleich mir, mit ihrer verstorbnen Cousine alleinsein.

Ich war auf jederlei Schwierigkeiten gefaßt bei solchem Transport, doch sei zu Miss Marys Ehre gesagt, daß sie sich an ihre Zusage hielt und die Prozedur ohne unnütze Einwendungen über sich ergehen ließ. Miss Bessie saß in die Fensterecke gekuschelt, weinte unter dem Schleier still vor sich hin und suchte von Zeit zu Zeit die Hand ihrer Schwester. Baxter hüllte sich in sein neu errungenes Glück, saß nur still da und lächelte in sich hinein wie ein selbstzufriedener Bräutigam vor der Hochzeit.

»Ich hab' es schon immer gewußt – Aggie *kann* sich nicht umgebracht haben«, erklärte er mir. »Und ich bekenne, eigentlich ist's mir egal, was in Wahrheit passiert ist. Aber sie ist ja steinhart, diese Mary! War es schon immer. *Sie* wird nicht sterben daran!«

Wir führten sie wie eine Blinde zur Auffahrt hinaus und verstauten sie in der Droschke. Die halbstündige, kriechende Fahrt bis nach Holmescroft war der schlimmste Teil jenes Tages. M'Leod hatte sich an meine Bitte gehalten: weder im Haus noch im Garten war jemand zu sehen – nur die Eingangstür stand weit offen.

Miss Mary erhob sich, löste sich von ihrer Schwester, schritt langsam voran und betrat als erste die Halle.

»So komm doch schon, Bessie!« schrie sie.

»Ich wag' es nicht – nein, ich getraue mich nicht!«

»So komm schon!« Die Stimme klang jetzt ganz anders – Baxter zuckte zusammen. »Wovor hast du Angst? Da *ist* nichts!«

»Du lieber Himmel!« rief Baxter. »Da rennt sie die Treppe hinauf – wir sollten ihr lieber folgen!«

»Nein, wir warten ab, hier herunten. Sie geht in das Zimmer.«

Wir hörten das Öffnen der Tür zu dem mir bekannten Gemach. Dann fiel sie ins Schloß. Abwartend standen wir in der zitronfarbnen Halle. Die Luft war von Blumendüften geschwängert.

»Seit dem Verkauf war ich nicht mehr hier drin«, seufzte Baxter. »Was für ein schöner und friedlicher Ort es doch ist! Und die arme Aggie hat sich um die Blumen gekümmert.«

»Friedlich?« Schon wollte ich widersprechen, überlegte mir's aber, denn ich empfand bei aller Erschöpftheit, daß Baxter die Wahrheit sagte. Es war ein helles, geräumiges, luftiges Haus, erfüllt von Behagen und Seelenfrieden – vor allem von Seelenfrieden. Ich wagte mich in das Speisezimmer, wo die umsichtigen Hauseigentümer ein Kaminfeuer angefacht hatten. Nichts von Schrecken war zu verspüren, nichts lag auf der Lauer. Und im Wohnzimmer, das wir aus gutem Grund niemals betreten hatten, vereinten sich Sonne und Stille und Blumenduft zu einem Gefühl, wie es bewohnten Häusern wohl ansteht. Als ich die Halle wieder betrat, war Baxter auf einem Diwan in Schlummer gesunken und gemahnte in nichts an einen Anwalt von mittleren Jahren nach einer unruhigen Nacht bei einer sekkanten Cousine.

So blieb mir genugsam Zeit, mir alles noch einmal vor Augen zu führen – mich meines großartigen Scharfsinns zu freuen (abgesehn von dem kleineren Irrtum, Baxter für einen Dieb und möglichen Mörder zu halten), ehe dort oben die Tür wieder aufging und Baxter, dessen Schlaf offenbar nur sehr leicht gewesen, hellwach auf die Beine sprang.

»Ich bin nur ein wenig eingenickt«, sagte er und rieb sich die Augen mit dem Handrücken wie ein Kind. »Du lieber Gott! Das ist doch nicht *ihr* Schritt!«

Aber er war es. Noch nie war mir bisher vergönnt gewesen, den Schattenzeiger der Sonnenuhr rückwärtslaufen – von menschlichen Schultern die Jahre buchstäblich abfallen, und alte, eingesunkene Augen zu neuem Leben, verhärtete Lippen zu Menschlichkeit wiedererwachen zu sehen!

»John«, rief Miss Mary, »nun weiß ich's gewiß: Aggie hat's *nicht* getan!« Und »Aggie hat's *nicht* getan«, wiederholte freudig Miss Bessie.

»Es wäre jetzt an der Zeit, ein Gebet zu sprechen«, setzte Miss Mary hinzu. »Nicht für *Aggies* Seele, sondern für *unseren* Frieden. Erst dieser Besuch hat mich überzeugt!«

»Ja, erst er hat uns überzeugt«, piepste die jüngere Schwester.

»Wir haben der armen Aggie Unrecht getan. Aber ich fühl' es, jetzt weiß sie Bescheid. Wo immer sie sein mag, sie weiß jetzt, wir wissen um ihre Schuldlosigkeit!«

»Ja, auch ich spüre, daß sie es weiß«, bestätigte Miss Elizabeth.

»Daran hab' *ich* nie gezweifelt«, versetzte John Baxter, dessen Miene jetzt fast schon verklärt wirkte. »Niemals – von Anfang an – niemals!«

»Nur den Beweis, John, bist du uns schuldig geblieben! Aber jetzt sieht ja, gottlob, alles anders aus, und ich kann nun an Aggie denken, ohne traurig zu sein.« Sie durchmaß hüpfend, buchstäblich hüpfend, die Halle. »Wie diese Juden ihr Meublement arrangieren!« Sie entdeckte mich hinter einer der großen, cloisonnierten Emaillevasen.

»Ich hab' mir das Fenster angesehn«, sprach sie gedankenverloren. »Es war sehr riskant von Ihnen, mir zu dieser Reise zu raten. Indes, wie sich herausgestellt hat ... sei Ihnen vergeben, und ich bete zu Gott, daß Sie niemals erfahren mögen, was seelische Qualen bedeuten können! Bessie – so schau doch, was für ein Klavier! Glauben Sie, Doktor, diese Leute würden uns Tee aufwarten? Ich vermisse den meinen.«

»Ich will mich sogleich darum kümmern«, versetzte ich und begab mich eilends hinüber in den neuen Anbau fürs Personal, um Nachschau zu halten. In der dortigen Halle stöberte ich die M'Leodfamilie auf – sämtliche Mitglieder platzten beinahe vor Neugier und Nervosität.

»Tee für drei Personen – und möglichst rasch!« befahl ich.

»Und wenn Sie jetzt anfangen, Fragen zu stellen, krieg' *ich* einen Anfall!« Also bereitete Mrs. M'Leod den Tee, und ich übernahm die Rolle des Butlers, während der selbstvergessen lächelnde Baxter entschuldigend murmelte wegen Miss Marys kühler Mißbilligung eines für ihre Begriffe vulgären Teetassendekors. Trotzdem, sie ließ es sich schmecken, ja wandte sich sogar an mich, ob nicht auch ich eine Tasse zu nehmen gedächte.

Dann, in der Dämmerung, zogen sie ab – in jener Dämmerung, die ich einstmals gefürchtet hatte. Sie fuhren zu dritt in ein Londoner Hotel, um sich von den Strapazen des Tags zu erholen, und als ihre Droschke die geschwungene Auffahrt hinabfuhr, führte ich auf der Schwelle einen Freudentanz auf – mit der gesammelten Finsternis des Gebäudes im Rücken.

Als ich aber die zögernd sich nähernden Schritte der Hausbewohner vernahm, bat ich mir aus, die Lichter noch nicht aufzudrehn, sondern einfach zu spüren – zu erfühlen, was mir da geglückt war: denn die Verschattung war endgültig fort, und mit ihr das dumpfe Begehren, das bisher in der Luft gehangen! Und sie atmeten diese Luft – nur kurz und prüfend zunächst, doch alsbald schon in tieferen Zügen, wie das Badende tun, wenn sie sich ins Kalte wagen. Sie durchmaßen die Halle, ein jeder für sich, stiegen auf Zehenspitzen die Treppe hinauf, eilten herunter, stürzten zu mir, und Miss M'Leod fiel mir um den Hals! (Auch ihre Mutter, so glaube ich, mich zu erinnern, wiewohl sie's bestreitet. Aber der Hausherr *hat* es getan, das weiß ich gewiß!)

Es wurde ein schandbar ausschweifender Abend. Daß wir wie die Wilden durchs Haus tollten, ist eine gelinde Umschreibung. Wir spielten eine Art Blindekuh auf den finstersten Gängen, im unbeleuchteten Wohnraum, im kleinen Speisezimmer. Und nach jeder weitern Erkundung verständigten wir einander durch ausgelassene Zurufe: *hier* drin, und *hier* – und auch *hier* sei die Bedrohung gewichen! Schließlich waren wir oben in der bewußten Schlafkammer – auch für diese Nacht wieder die meine – und nahmen allesamt Platz, die Frauen gleich auf dem Bett, und wir Männer auf Stühlen, tranken in tiefen Zügen den tröstlichen Seelenfrieden dieser gereinigten Luft, und ich erzählte nun meine komplette Geschichte und sah mich dafür mit Lob, Segenswünschen und Dankesbekundungen überschüttet.

Als die Dienerschaft von ihrem Ausgang zurück war, gab's zu Abend kalten, gebratenen Fisch, und M'Leod war so vernünftig, *keinen* Wein aufzutischen. Praktisch waren wir ja schon betrunken seit dem Hereinbruch der Nacht, so daß Wasser und Milch wie Alkohol wirkten.

»Ich mag diesen Baxter«, sagte M'Leod. »Er ist ein gerissener Kerl. *Im* Haus war der Tod zwar nicht – aber haarscharf daneben, nicht wahr?«

»Der Witz daran ist, daß er glaubt, ich will dieses Haus von Ihnen erwerben«, sagte ich. »Nun, verkaufen Sie's mir?«

»Nicht um das Doppelte dessen, was ich bezahlt hab' – das heißt, wie die Dinge *jetzt* liegen«, versetzte M'Leod. »Ihr ganzes Leben will ich in Pelze einhüllen – aber Holmescroft kriegen Sie *nicht*!«

»Nein – unser Holmescroft niemals!« rief jetzt auch Miss M'Leod. »Übrigens, jene Lange, ich hab' sie durchs Küchenfenster gesehen – hat *sie* denn behauptet, im Geist immer hiergewesen zu sein? Abscheulich, diese Person! Sie ist schuld an dem Ganzen! Wo es doch nach dem Verkauf gar nicht mehr *ihr* Haus gewesen ist! Finden Sie nicht?«

»Ich nehme an«, gab ich zur Antwort, »daß sie bei Tag wie bei Nacht nur den vermeintlichen Selbstmord der Schwester im Kopf gehabt hat – zumindest hat sie das gesagt –, und ihre Gedanken so sehr auf das Haus konzentriert waren, wie sonst nur das Licht durch ein Brennglas.«

»Brennglas ist gut!« rief M'Leod.

»Ich hab' ja schon früher gesagt, es komme mir vor, als fiele ein schwarzes Licht herein über uns!« rief das Mädchen und drehte an ihrem Ring. »Das muß immer dann gewesen sein, wenn die Lange über das Haus und ihre Schwester am ärgsten erbost war!«

»Ach – diese arme Aggie!« sagte Mrs. M'Leod. »Sie hat doch nur aller Welt mitteilen wollen, daß es sich in Wahrheit ganz anders verhält! Kein Wunder, daß wir gespürt haben, ein Etwas sei hier im Haus und wolle uns etwas sagen! Thea, Max – denkt ihr noch an jene Nacht –«.

»Wir müssen nicht mehr daran denken«, unterbrach sie M'Leod. »Es betrifft uns nicht mehr. Die beiden sind nun miteinander ins Reine gekommen!«

»Sie glauben mithin«, frug mich Miss M'Leod, »daß jenen beiden – ich meine die Lebenden – etwas mitgeteilt wurde, dort oben, in – in Ihrem – also, in jener Kammer?«

»Das kann ich nicht sagen. Jedenfalls waren sie merklich erleichtert, ja glücklich, und haben beim Tee tüchtig zugelangt. Indes, wie Ihr Vater sagt, das betrifft uns gottlob jetzt nicht mehr.«

»Amen!« sagte M'Leod. »Und jetzt, liebe Thea, wollen wir wieder was hören von dir nach den Monaten dieser Trübsal! ›Du kleiner Vogel, sing mit Lust ...‹ – wie wär' es damit? Das müssen Sie unbedingt hören!«

Und in der halbdunklen Halle sang Thea nunmehr eine alte, englische Weise, welche mir bisher noch nie zu Ohren gekommen:

Du kleiner Vogel, sing mit Lust
  Das Lob des Schöpfers dein:
Laß schallen es aus voller Brust,
  ER soll der Höchste sein!
ER ist es, der dich nähret hier
Im schönen, irdischen Revier.
  Sei du damit zufrieden!

Was bist du nur so aufgebracht
  Und zählst es Ihm zum Bösen,
Daß ER zum Vogel dich gemacht,

Und nicht zum Menschenwesen?
Daß ER zum Vogel dich gemacht,
ER hat es weislich vorbedacht.
Sei du darum zufrieden!

## *Im selben Boot*

»Eine pulsierende Ader«, sprach Dr. Gilbert beruhigend. »Mehr nicht. Sozusagen die Mutter Ihrer Erscheinungen und Beschwerden.«

»Und wie erklären Sie dann, daß ich schon vorausweiß, wann's wieder losgeht?« fragte Conroy mit versagender Stimme.

»Sie hätten vor Einnahme dieser Pillen natürlich einen Arzt fragen sollen.«

»Ich war schon am Rande des Wahnsinns! Und jetzt komm' ich nicht mehr los von dem Zeug!«

»So schlimm ist's noch nicht! Mit fünfundzwanzig gibt man sich nicht so leicht auf. Aber denken Sie doch einmal nach: in Ihrer Kindheit – war da ein besonderes Schreckenserlebnis?«

»Nicht, daß ich wüßte! Nur begonnen hat's schon im Knabenalter.«

»Im Verein mit diesen Verkrampfungszuständen – oder noch nicht? Übrigens, würden Sie mir Ihren Zustand noch einmal beschreiben?«

»Nun«, sagte Conroy und krümmte sich unbehaglich auf seinem Sessel. »Ich bin zwar kein Musiker – doch stellen Sie sich einmal vor, eine vibrierende Geigensaite zu sein, auf die plötzlich ein Finger gepreßt wird. Wirklich, so ist es: als preßte ein Finger sich auf die schutzlose Seele! Grauenhaft – kaum zu beschreiben!«

»Bei Verdauungsbeschwerden ist das nicht anders, auch bei Alpträumen nicht – doch nur, so lange sie vorhalten.«

»Aber auch *hinterher* macht mich der Horror noch tagelang krank! Und schon vorher, das Warten ... und dann diese Drogenabhängigkeit. Nein, ich halte das nicht länger durch!«

Es schüttelte Conroy so sehr, daß der Sessel zu knacken begann.

»Verehrtester«, sagte der Doktor, »mit zunehmendem Alter

werden Sie sehen, daß auch die Besten von uns ihre Bürde zu tragen haben. Jedem Spartaner sein Schwert!«

»Was hilft denn das *mir*! Ich *kann* nicht mehr weiter – ich *kann* nicht!« schrie Conroy auf – und erlitt einen Weinkrampf.

»Sie brauchen sich nicht zu entschuldigen«, beruhigte ihn Gilbert, als der Anfall vorbei war. »Ich bin dran gewöhnt, daß mitunter die Leute in diesem Raum ein wenig – nun, sagen wir, aus der Fassung geraten!«

»Und schuld sind nur diese Tabletten!« Conroy machte den schwachen Versuch, mit dem Fuß aufzustampfen, während er sich die Nase putzte. »*Die* haben mich fertiggemacht! Und dabei bin ich früher ganz in Ordnung gewesen! Ach, alles mögliche hab' ich probiert – auch, mir Bewegung zu machen! Aber nur *eine* Minute des Sitzens und Wartens, wenn man spürt, daß es wieder einmal soweit ist – auch um vier in der Frühe –, und schon wächst es mir über den Kopf!«

»Tjaa – so manches meldet sich in der Stille des Morgens ... Und Sie wissen dann immer, daß Ihre Heimsuchung nahe bevorsteht?«

»Ich weiß nicht, was ich drum gäbe, es *nicht* zu wissen!« schluchzte Conroy.

»Lassen wir das im Moment. Ich denke da an einen Fall, wo das, was wir erst einmal Blutleere des Gehirns nennen wollen, durch Vibrationen zwar nicht geheilt, aber doch überdeckt worden ist, gewissermaßen maskiert. Der Betreffende konnte nicht schlafen – oder hat das zumindest geglaubt. Und dann, gelegentlich einer Schiffsreise, durch das stete Stampfen der Schraube –«

»Doch nicht ein *Dampfer*?! Und das nach allem, was ich Ihnen eröffnet habe?« Beinahe kreischend war es gekommen. »Lieber würd' ich mich ...«

»Nein, nein – natürlich *kein* Dampfer, in Ihrem Fall! Vielmehr eine längere Bahnfahrt, sobald Sie neuerlich glauben, daß es Sie überkommen könnte. Es mag ja absurd erscheinen – indes –«

»Ich würde ja *alles* versuchen – hab' ohnehin schon fast alles probiert«, seufzte Conroy.

»Unsinn! Ich hab' Ihnen hier ein Mittel verschrieben, das wird Sie zumindest von *dieser* Zwangsidee freimachen. Versuchen Sie's aber doch mit der Bahnfahrt, geben Sie dem Zug eine Chance – doch putschen Sie sich nicht etwa vor Antritt der Reise mit Ihren Tabletten auf! Sie können sie mitnehmen, meinetwegen – aber nur als Reserve – als Rückhalt für den äußersten Notfall!«

»Glauben Sie wirklich, ich hätte mich so in der Hand – nach allem, was Sie gehört haben?« fragte Conroy.

Dr. Gilbert lächelte. »Aber gewiß doch. Und nach allem, was ich *gesehen* habe« – er blickte im Zimmer umher –, »möcht' ich sogar behaupten, Sie haben sich ebensosehr in der Hand wie die meisten anderen Leute. Wegen der Reise werde ich Ihnen noch Näheres schreiben. Bis dahin nehmen Sie dieses Mittel!« Und er gab dem Patienten noch etliche Ratschläge allgemeinerer Art auf den Heimweg.

Schon eine Stunde danach hastete Dr. Gilbert zum Golfplatz, wo die Partner der üblichen Samstagspartie auf ihn warteten. Es wurde eine recht steife Runde, im gemächlichsten Tempo, denn die Last einer Arbeitswoche lag auf den zwei Kron-Anwälten und auf Sir John Chartres nicht minder schwer als auf unserem Doktor. Die Anwälte waren alte Prozeßgegner am Admiralitätsgericht, und Sir John, der mit seinen eisgrauen Brauen an Abernethy* gemahnte, stand bei den Neurologen in mindestens ebenso hohem Ansehen wie Rutherford Gilbert.

Nach Beendigung der Partie, im Clubhaus, zankten die Anwälte weiter ob ihrem verwickelten Streitfall, und unsere beiden Ärzte tauschten professionelle Ansichten aus.

»Gelogen – nichts als gelogen«, protestierte Sir John, sobald Gilbert ihm Conroys Eröffnungen mitgeteilt hatte. »›*Post hoc, propter hoc*‹. Ob Mann oder Weib – sind sie erst drogen-

* John Abernethy, namhafter engl. Chirurg, 1764-1831. Anm. d. Ü.

abhängig, verfallen sie *ipso facto* der Lüge! Wo bleibt Ihr Einfühlungsvermögen?«

»Zu dumm, daß auch Sie nicht viel davon haben!«

»Ich hab' eine Zeitlang gewissen Patienten Glauben geschenkt – und doch, es ist immer dasselbe: aus Gründen, die gar nicht zur Sprache kommen, nimmt man Zuflucht zu Drogen. Daraus resultieren dann die gewissen Symptome, und hinterher schwört man mir hoch und heilig – und glaubt es auch noch –, man hätte das Zeug nur zur Beseitigung eben dieser Symptome genommen! Was nimmt denn der *Ihre*? Najdolin, sagen Sie? Hab' ich mir gedacht! Letzten Donnerstag erst habe ich praktisch dasselbe auf Weiblich erlebt! Gleichfalls Najdolin – und auch die gleiche Verlogenheit!«

»Beschreiben Sie mir die Symptome – und ich zieh' meine Schlüsse daraus, bester Johnnie!«

»›Symptome‹? Es war schon die reine *Vergiftung* mit Najdolin! Gestampft hat sie und getobt, als wär' sie besessen! Du lieber Himmel – ich hab' schon gefürchtet, sie reißt mir den Kronleuchter von der Decke!«

»Auch *mein* Patient ist total aus der Fassung geraten – und hat eine Physis wie sonst nur ein Stier! Welche Erscheinungen hat *Ihre* Kranke?«

»Gesichter – zerfressne, lepröse Gesichter. In jeder anderen Situation würden wir das als Delirium bezeichnen. Natürlich hat sie mir vormachen wollen, sie nähme die Droge ja nur, um diese Gesichter nicht mehr vor Augen zu haben. *Post hoc, propter hoc*, wie gesagt! Und allesamt Lügner, die eine so wie der andere!«

»Um was geht's denn bei euch?« fragte der ältere Anwalt. »Ihr klingt ja so professionell?«

»Bleiben Sie uns vom Leibe – das ist nichts für Sie, lieber Sandy!« Damit wandte Sir John dem Frager den Rücken und nahm unsern Doktor mit sich in den frostigen Abend hinaus.

Eine Woche danach empfing Conroy auf seinem Zimmer das folgende Schreiben:

*Lieber Mr. Conroy* – sollten Sie noch immer die Absicht haben, Ihre Bahnreise am Abend des 17. anzutreten und dabei kein bestimmtes Ziel vor Augen haben, so könnten Sie mir einen großen Gefallen erweisen: eine gewisse Miss Henschil, deren Fall mir am Herzen liegt, fährt am nämlichen Abend in Richtung Westen mit dem 10.08-Zug vom Waterloo-Bahnhof ab (Bahnsteig 3). Sie ist nicht eigentlich krank, sondern bloß, wie so viele von uns, nervlich ein wenig angegriffen. Natürlich fährt sie in Begleitung einer Betreuerin, doch wenn ich gewiß sein könnte, daß auch Sie sich im Abteil befinden, dann wäre das eine zusätzliche Sicherheit. Bitte, schreiben Sie mir, ob Ihnen der obige Zug ab Waterloo, Bahnsteig 3, genehm ist, und ob ich Sie daselbst antreffen werde? – Beherzigen Sie meine Warnung und nehmen Sie nur das verschriebene Mittel. –
Ihr ergebener

*L. Rutherford Gilbert*

»Wo er doch weiß, daß ich kaum in der Lage bin, für mich selber zu sorgen«, überlegte Conroy verärgert. »Und da will er auch noch, daß ich mich um dieses Weib kümmere!«

Indes, nach halbstündigem Zaudern bequemte er sich dazu.

Conroys Problem, mit dem er sich schon seit Jahren herumschlug, war nämlich das folgende:

In gewissen Abständen geschah es, daß ihm bei Nacht, schon im Halbschlaf, ein langer, angstvoller Seufzer heraufstieg. Die Erfahrung hatte ihn aber gelehrt, dies für ein Zeichen zu nehmen, daß nun sein Hirn aufs neue dem Horror ausgesetzt war und innerhalb einer bestimmten Frist dessen Schreckensvisionen hervorrufen würde.

Mit Hilfe jener Tabletten war es ihm aber möglich, jene Entsetzensbilder so sehr zu mildern, daß sie nur wie ein eisiger Traum unter andern, verworrenen Traumgesichten vorüberglitten. Freilich, die Wiederkehr konnte man durch solche Pillen weder steuern noch abwenden: war jener Seufzer erst über die Lippen gekommen, so ließ sich das Weitere nicht mehr verhindern, und die noch verbleibenden Tage bis zum gefürchteten Anfall wurden zu einer einzigen Folter. Während der ersten zwei Jahre hatte er noch versucht, sich durch Zerstreuung dagegen zu schützen, doch hatten weder Betätigung physischer Art noch Betäubung durch Alkohol etwas zu ändern vermocht. Dann erst war er an die Tabletten jenes trefflichen Monsieur Najdol geraten, deren Etikettierung »erquickenden, absolut natürlichen Tiefschlaf für seelisch Erschöpfte« versprach. Die parfümierten Tabletten befanden sich in einem Sprungfeder-Röhrchen, das jeweils nur eine Pille freigab, die man, nach Heben des Schleiers oder Beiseitestreichen des Schnurrbarts, mit den Lippen abnehmen konnte.

Drei Jahre Gewöhnung an Monsieur Najdols Präparat machen den Menschen nicht sonderlich tauglich fürs Weiterkommen im Leben. Conroys Freunde, die wußten, daß er nicht trank, bestätigten allesamt, wie hartnäckig er mit Freiluftaktivitäten sein Herz überanstrengt hatte. Auch hatte er eigens für sie einen Arzt erfunden, redete von Symptomatik, Diätvorschriften, ja diskutierte mit ihnen darüber, ganz wie auch mit seiner in Hereford wohnhaften Mutter, die fest daran glaubte, er würde schon fertigwerden mit seinem Übel – und ihrem Sohn im übrigen Brechnuß empfahl.

Zuletzt, als Conroy dann wirklich zum Arzt mußte, war's in der verzweifelten Hoffnung gewesen, daß ihn vielleicht noch die Zwangsjacke vor dem Selbstmord bewahren könnte. Dr. Gilbert hatte ihm aber nur weitere Mittel verschrieben – wie dies eine für die Eisenbahnreise – und dringend geraten, eine Nacht im Zug zu verbringen. Das bedeutete nicht nur die Schrecknisse einer Bahnfahrt (für die er, aus Scheu vor einem Diener, sich auch noch persönlich seines Gepäcks annehmen, es beschildern und adressieren mußte), sondern auch noch den Zwang, sich beständig im Zaume zu halten vor einer »nervlich ein wenig angegriffenen«, ihm gänzlich fremden Person!

Er vertat einen endlosen Vormittag mit dem Packen. Während er alles zusammensuchte und immer wieder nachzählte, überschlug er beständig, wieviele Stunden ihm noch verblieben bis zum Hereinbruch der Nacht. Sogar überm lauten Herzählen der Minuten ertappte er sich. Unter solchen Gegebenheiten kam es bisweilen schon vor, daß ihn sein verhaßtes Schicksal zu Ausbrüchen trieb, die kein Diener mitansehen durfte! Indes, an diesem speziellen Abend stellte das neue Mittel ihn ruhig – auch beim Zusammensetzen seines Patentrasierers.

Der Waterloo-Bahnhof brachte ihn unsanft zurück in den Alltagsbetrieb: die Geldherausgabe am Fahrkartenschalter erforderte Konzentration, damit nicht aus Shillings und Pence zuviele Minuten würden – und außerdem galt es, einen Träger zu finden und das Reisegepäck zum gewünschten Bahnsteig bringen zu lassen. Der alte 10.08-Zug nach Westen war die ganze Nacht unterwegs und hielt in nahezu jeder Station, um die Milchkannen mitzunehmen.

Dr. Gilbert war in Begleitung eines älteren, stattlichen Herrn und wartete schon an der Tür des Waggons mit den reservierten Doppelabteilen. »Da sind Sie ja, fein!« rief der Arzt schon von weitem. »Soll ich mich um Ihre Fahrkarte kümmern?«

»Nicht mehr nötig!« versetzte Conroy. »Die hab' ich mir selber besorgt! Auch mein Gepäck ist schon da«, ergänzte er stolz.

»Pardon. Miss Henschil ist schon im Coupé – am besten, ich stell' Sie der Dame gleich vor!«

»Aber – so warten Sie –«, stotterte Conroy. »Bedenken Sie doch meinen Zustand! Wenn etwas passiert – ich fiele doch glatt in Ohnmacht!«

»*Sie* ganz gewiß nicht. Wie ein Vogel würden Sie schweben über den Dingen, sich der Lage gewachsen zeigen! Und bezüglich der Selbstbeherrschung, die Sie neulich erwähnt haben« – Gilbert nahm ihn an der Schulter und schwang ihn herum –, »da, sehen Sie selber!«

Am Waggonfenster stand ein jüngerer Mann, den offenen Mantel überm seidenverbrämten Gehrock – und ließ seinen Tränen ganz ungeniert freien Lauf!

»Ach – der hat nur zuviel getrunken«, vermutete Conroy. »Ich selber hab' seit dem Lunch nichts mehr von meinen – na, von den Dingern zu mir genommen.«

»Großartig!« rief Dr. Gilbert. »Ich hab' ja gewußt, daß Verlaß auf Sie ist! Kommen Sie jetzt – es dauert nur eine Minute, Chartres.«

Eine verschleierte, hochgewachsene Dame saß am gegenüberliegenden Fenster. Sie neigte den Kopf, als der Doktor, unhörbar für Conroy, ihr etwas anvertraute. Dann verließ er das Abteil, und herein trat der Kondukteur, um die Fahrkarten zu kontrollieren.

»Bei meiner Gesellschafterin, im Nachbarcoupé«, sagte die Dame langsam und unbeteiligt.

Conroy wies seine Fahrkarte vor – doch als er sie in die Ärmeltasche des Mantels zurückstecken wollte, glitt das silbrige Najdolinröhrchen ihm aus dem Handschuh und fiel auf den Boden. Rasch hob er es auf, bevor noch die Anfahrt des Zugs ihn zurückdrückte in seinen Sitz.

»Das ist aber hübsch«, sagte die Dame, schlug lässig den Schleier zurück, löste am linken Handschuh den obersten Knopf und schob aus der Innenhand ein ebensolches Röhrchen hervor.

»Tun Sie's *nicht*!« – Ohne zu wollen, hatte es Conroy gerufen.

»Wie, bitte?« Gleichmäßig, leise und tief war die Stimme, und Conroy wußte auch schon, weshalb.

»Ich habe gesagt, ›tun Sie's *nicht*‹! Es wäre ihm sicher nicht recht!«

»Nein, ganz gewiß nicht.« Sie hielt das Röhrchen mit der entnahmebereiten Tablette zwischen Daumen und Zeigefinger. »Aber – sind nicht auch *Sie* so ein ›seelisch Erschöpfter‹?«

»Eben deshalb! Oh, bitte *nicht* – nicht schon jetzt! Ich – ich habe seit heute früh noch keine genommen. Ich könnte mich dann nicht beherrschen – Sie würden mich schwach machen!«

»*Ich* – *Sie*? So weit ist es schon mit Ihnen?«

Er nickte und preßte die Hände gegeneinander. Der Zug rumpelte jetzt über die Weichen von Vauxhall. Sein Aufenthalt war begleitet vom hohlen Geschepper der nach Westen bestimmten Milchkannen.

Nach längerem Schweigen hob die fremde Sitznachbarin den Blick ihrer grauen Augen und ersuchte Conroy mit einer Harmlosigkeit, die jeden normalen Menschen getäuscht haben würde, ihr von nebenan ein vergessenes Buch zu holen. Das Mädchen sei ohnehin drüben.

Conroy bewegte abwehrend den Kopf. »Nein«, sagte er. »Unsereins kann jetzt nicht lesen. Und im übrigen – tun Sie es nicht!«

»Sind Sie etwa hier, um mich zu bewachen?« Die Stimme klang immer gleich.

»*Ich*? Viel eher müßte man *mich* überwachen – besonders in dieser Nacht!«

»In dieser Nacht? *Haben* Sie überhaupt eine? Als ich *meine* Nächte beschrieben habe, wollte man es mir nicht glauben!« Sie lehnte sich langsam zurück, unter trägem Auflachen. »Wie ahnungslos Ärzte doch sind! Wirklich, zu dumm!«

Sie stützte den Arm auf das Knie, schob den verrutschten Schleier zurecht und blickte den Sitznachbar an, die Hand unterm Kinn. Und Conroy erwiderte diesen Blick – bis ihm die Tränen aufstiegen.

»Sie glauben, daß ich Bescheid weiß?« fragte sie plötzlich.

»Aber gewiß doch!« gab Conroy zur Antwort. Er hatte die zitternde Angst unter den schweren Lidern sehr wohl bemerkt, und auch die hauchfeinen Linien auf ihrer Stirn und die Gespanntheit dieser begehrenswert schönen Lippen waren ihm nicht entgangen.

»Nun denn – wie wär' es mit einer – nur *eine*, für jeden von uns? Seit heute nachmittag habe ich nichts mehr genommen!«

Er hob die Hand, wollte schreien – doch die Stimme versagte ihm.

»Nein – tun Sie's *nicht*! Sehn Sie denn nicht, wie sehr es mir hilft, Ihnen helfen zu können? Wir wollen doch nicht *gemeinsam* schwach werden!«

»Aber ich *muß* eine haben! So ganz ohne Freude – wie soll man da leben können? Nur eine einzige – es geht ja um meine Nacht!«

»Um die meine nicht minder! Es ist schon die vier-, fünfundsechs-, nein, *sieben*undsechzigste!« Er preßte die Lippen zusammen vor solch visionärer Flut aus nichts als Zahlen, die ihn mit sich schwemmen wollte.

»Ach, bei mir ist es erst Nummer neununddreißig.« Sie schwieg eine Weile, ganz wie vorhin auch er. »Ob ich es aushalte bis zu den Sechzig wie Sie – das ist noch die Frage! – So *sagen* Sie was, ich komme sonst um den Verstand! Sie sind doch ein Mann – Sie sind das stärkere Gefäß! Erzählen Sie doch, wann sind *Sie* denn zerbrochen daran?«

»Vor ein, zwei, drei, vier, fünf, sechs, sieben – acht – nein, ich muß um Entschuldigung bitten.«

»Keineswegs! – Ich tu' ja selbst immer so, als wär' mir beim Stricken eine Masche hinuntergefallen. Ich zähle die Tage bis ganz zuletzt – dann die Stunden, dann die Minuten. Geht es Ihnen nicht auch so?«

»Ich glaube nicht, während der letzten Zeit sehr viel andres getan zu haben«, sagte Conroy. Es schauderte ihn. Die Nacht wurde kalt, und er spürte den Frost schon im voraus.

»Ach – was für ein Trost, endlich mit einem Menschen vernünftig reden zu können! Der Zeitpunkt ist aber nicht immer der gleiche – oder doch?«

»Würde das einen Unterschied machen?« Damit gab Conroy sich einen Ruck und knöpfte den Mantel auf. »Sie sind ja eine vernünftige Frau. Sie wissen doch selber, wie gottlos (aus der gepolsterten Armstütze wölkte der Staub, so heftig schlug er drauf ein), wie abgründig schlecht dieses Unrecht ist? Was hab' ich angestellt, hab' *ich* denn Böses getan?«

Sie drückte ihm ihre große Hand auf die Schulter.

»Sobald Sie erst anfangen, über dergleichen zu grübeln«,

versetzte sie, »gehn Sie kaputt und schämen sich noch vor sich selber! Wenn Sie mir aber Ihr Elend schildern, erzähl' ich Ihnen das meine. Nur, bewahren Sie Ruhe dabei, kommen Sie nicht aus der Fassung, mein Lieber, sonst werde ich schwach!« Beschwichtigend rückte sie näher – wenn auch mit bebendem Kinn.

»Nun ja«, versetzte er schließlich und kratzte weiterhin an der trennenden Armstütze herum. »Im Grunde genommen, ist es ja gar nicht so arg.«

»Seien Sie jetzt kein Narr! Das können Sie Ihrem Doktor erzählen – oder meinetwegen auch Ihrer Mutter!«

»Die reine Hölle ist es«, murmelte Conroy, »und auf einem *Dampfer* fängt's immer an. – Es ist Nacht, die Hitze fast zum Ersticken. Ich komme aus meiner Kabine, durchquere den Speisesaal. Die Stewards haben die Läufer zusammengerollt, alle Eßplätze sind abgeräumt, seifig und heiß.«

»Auch ich bin auf einem Dampfer gefahren«, ließ sich die Dame vernehmen.

»So! – Ich betrete das Deck, gehe den überdachten Laufgang entlang. Es riecht nach geschlachtetem Fleisch, nach Bananen, nach Schmieröl ...«

Sie nickte beistimmend.

»Es ist ein bleifarbener Dampfer, so grau wie die See. Eine vollkommen stille See übrigens – und auch das Schiff läuft vollkommen ruhig, man spürt nur das Arbeiten der Maschine, und unten die Wogen treiben vorbei und vorbei – in Schlieren und Linien, ein einziges, glanzloses Grau. Und während der ganzen Zeit weiß ich, daß etwas bevorsteht!«

»Das kenn' ich! Etwas bereitet sich vor«, flüsterte sie.

»Dann plötzlich ein dumpfer Knall im Maschinenraum – dann das Gerassel zusammenbrechender Teile – wie das Gescharr gigantischer Feuerhaken –, und dann zwei entsetzliche Schreie, es klingt wie Sirenengeheul – und da weiß ich im Hören schon, daß es ein zweifacher Tod war: da haben zwei Menschen unter Gebrüll und entsetzlichen Qualen sich das Leben aus dem Körper geschrien! Können Sie mir das nachempfinden?«

»Oh ja, ich glaub' *schon*! – Erzählen Sie weiter!«

»Das ist aber erst der Anfang. Dann höre ich nackte, rennende Füße im Laufgang – einer von den verbrühten Heizern keucht von hinten heran und ruft noch ganz deutlich, ›Leute – jetzt ist alles aus!‹, schlägt mir dabei auf die Schulter – und schon hör' ich, wie er tot umfällt!« Conroy holte tief Atem und fuhr sich über die schweißnasse Stirn.

»Das also ist Ihre Nacht?« fragte die Zuhörerin.

»Das ist meine Nacht – und kommt immer wieder, alle paar Wochen. Jedesmal etliche Tage nach Eintreffen dessen, was ich seither ›mein Urteil‹ nenne. Von da an beginn' ich zu zählen.«

»Sie nennen es ›Urteil‹ – und meinen damit wohl dasselbe wie ich?« Sie schloß halb die Augen, holte tief Luft und schüttelte sich. »Ich nenn' es ›Ankündigung‹.«

Sie hatte inzwischen den Hut abgenommen, ihn auf den leeren Sitz gegenüber geworfen, und ihr schwarzes, erstaunlich üppiges Haar fiel nun schwer auf den Nacken des kräftigen Halses und verdeckte mit dichtem Gelock auch ihr linkes Ohr. Conroy jedoch hatte nur Augen für ihren tiefernsten Blick.

»Hören Sie jetzt genau zu!« gebot sie eindringlich. »Ich gehe die Straße entlang, eine weiße, sandige Straße am Meer. An beiden Seiten ist sie von schadhaften Zäunen gesäumt, und Männer kommen herzu, die schauen mich über den Zaun hinweg an.«

»Nur Männer? Und sagen die nichts?«

»Sie *wollen* mir etwas sagen. Die Gesichter sind über und über zerfressen – bei manchen gar nicht mehr da!« Sie verdeckte die Augen mit ihrer Linken. »Ach, diese Gesichter – diese grauenhaften Gesichter!«

»Ja – wie meine zwei Schreie. Wie gut ich das kenne!«

»Und der entsetzliche Ort, die verlassene Ödnis – das Glitzern, der Salzgeruch und der wirbelnde Flugsand im Wind! Und neben und hinter mir her diese Männer – und ich renne und renne ... Ich weiß ja schon, was mir bevorsteht: einer von ihnen wird mich berühren, *anfassen*!«

»Ja! Aber was passiert *dann*? Vielleicht das, was wir beide nicht eingestehn wollen?«

»Ein entsetzlicher Schock – kein bloßer Schauder nur, sondern ein Schock – ein eisiger Schock!«

»Nicht wahr, als würde die Seele erstarren – oder, als würde man mit dem Finger den summenden Klang einer Schüssel stoppen?«

»Genauso«, bestätigte sie. »Die eigene Seele – der Urgrund des Lebens – ganz plötzlich zum Stillstand gebracht! *So*!«

Sie bohrte den Daumen tief in die gepolsterte Lehne. »Und jetzt« – nahezu flehend hauchte sie es – »wo wir einander so schrecklich aufgeregt haben – sollten wir jetzt nicht was nehmen dagegen? Nur *eine*, jeder von uns?«

»Keinesfalls«, sagte Conroy und schüttelte sich. »Halten wir durch! Wir haben ja« – er spähte hinaus in das Dunkel der Nacht – »Woking schon hinter uns. Da kommt schon der Friedhof! Wie lange haben wir noch bis zum Morgen?«

»Ach – fürchterlich lange! Und wenn man dann einnickt – und wär's nur für eine Minute – schon ist es da!«

»Weshalb glauben Sie eigentlich« – er tippte an seinen Handschuh –, »daß Ihnen dieses Zeug weiterhilft?«

»Es schirmt mich ein wenig ab. Die Dinge wirken dann nicht so *real* – man muß nur genug davon nehmen, finden Sie nicht? Anderseits – man verliert dadurch auch allen Halt. Zwei Jahre lang bin ich nur eine aufgezogene Puppe gewesen. Was gäben denn *Sie* darum, wieder wirklich zu sein und normal? So ein Leben aus nichts als Lüge – wer soll das aushalten!«

»Man muß sich irgendwie schützen – kann ja auch an die Mutter denken«, gab er zur Antwort.

»Das ist wahr. Irgendwo *muß* es eine Entschädigung geben für uns – das hoff' ich zumindest! Unsere Last – hören Sie überhaupt zu? – unsere Last ist schon schwer genug!«

Damit erhob sie sich – und schien dabei mit dem Kopf fast

ans Coupédach zu streifen. Conroys unsanfter Griff zog sie zurück auf den Sitz.

»Seien jetzt *Sie* kein Narr! Behalten Sie Platz!« sagte er streng.

»Aber es ist doch so schwer! Sehen Sie es denn nicht? Spüren Sie's nicht? Nehmen wir *doch* lieber eine – eine einzige nur, bevor ich –«

»Sie sollen sich wieder setzen!« schrie Conroy sie an, und der Schweiß stand ihm neuerlich auf der Stirn. Mehrere Nächte hindurch hatte er nun widerstanden – doch noch viel öfter hatte er nachgegeben. Und er kannte den inneren Aufruhr, dessen Lohe alles verbrennt, bis nur mehr Erschöpfung bleibt.

Sie fuhr sich glättend über das Haar, ließ sich zurückfallen in ihren Sitz und bewegte schmerzlich den Kopf, als wär' ihr der Hals steifgeworden.

»Einmal«, sagte sie dann und bewegte prüfend die Finger, »einmal hab' ich sogar die Steppdecke durchgerissen, von oben bis unten. Das erfordert viel Kraft. Damals hatte ich sie. Doch jetzt ist sie längst schon dahin. ›Alles für nix‹, sagt meine kleine Nichte. Und wie ist's bei Ihnen, mein Bester?«

»›Alles für nix‹! Und jetzt her mit dem Röhrchen – ich will es verwahren für Sie, bis zum Morgen.«

»Aber ich spüre die Kälte schon kommen!«

»Geben Sie's her!«

»Und auch das Ziehen, rechts, bis hinunter! Noch eine Minute, und ich werde mich nicht mehr bewegen können!«

»Kann ja selber den Arm kaum bewegen«, versetzte Conroy. »Jetzt ist es soweit – wir sind dran!«

»Warum sind wir dann so unvernünftig? Sie wissen doch, daß es viel leichter wird, wenn wir etwas nehmen – nur *eine*, jeder von uns!«

Schon hob sie das Röhrchen zum Mund. Mit letzter Anstrengung versuchte Conroy, es an sich zu reißen. Wie Marionetten bewegten sich beide, und als ihre Hände einander berührten, war's nur mehr wie Holz an Holz.

»Sie *dürfen* – das nicht!« sagte Conroy. Die Kinnladen wollten ihm nicht mehr gehorchen, und die Kälte kroch schon von den Füßen herauf.

»Warum – darf – ich – nicht?« wiederholte sie leer. Aber Conroy konnte nur mehr den Kopf verneinend bewegen. Dennoch versuchte er, ihre Hand, welche das Röhrchen umfaßt hielt, nach unten zu drücken.

Keiner Worte mehr fähig, atmete sie bei halbgeöffneten Lippen nur durch die Nase. Der Blick war erloschen, sie selber ganz grau im Gesicht, und ihre Hand unterm Handschuh fühlte sich kalt an wie Eis.

Nach und nach kehrte die Seele wieder zurück in den Körper, gab sich im Blick zu erkennen, als einziges Zeichen von Leben – und suchte nach Conroys Seele.

Auch er war nicht fähig, sich zu bewegen, hörte nur wie aus unermeßlicher Ferne sein Herz weiterschlagen, gleichwie eine Schiffsmaschine unbeirrt weiterstampft gegen die elementare Gewalt der herniederbrechenden Sturzseen. Seine einzige Hoffnung – er wußte es – war, die auf ihn gehefteten Augen nicht aus dem Blick zu verlieren, denn das Böse lag rings auf der Lauer und würde ihn überwältigen, sobald seine Augen die ihren auch nur um Haaresbreite verfehlten!

Was hinterher kam, war nur Finsternis und weltraumfernes Planetenkreisen zu klirrend geschlagenen Zymbeln (hinter Farnborough werden an jeder Station die leeren Milchkannen aus dem 10.08-Zug gerollt). Viel später erst kehrte das Leben in einen ganz fremden Körper zurück, unter kaum erträglichem Prickeln. Und stückweise, gliedweise nur, nach unsäglichen Angstzuständen, wurde der fremde Körper wieder zum eignen, aber so durch und durch müd und zerschlagen, als hätt' er den Tag lang, von morgens bis abends, ununterbrochen gerudert. Conroy sah noch die schweren Lider sich über die Augen der Nachbarin senken – alle Wachheit darin war erloschen –, dann sank die Seele auch ihm in wohligen Frieden ... und er schlief ein.

Das durchs Fenster einfallende Licht und ein salziger Hauch bewirkten, daß er erwachte – ganz sanft, ohne Schock. Seine Nachbarin schlief noch, die Stirn auf der Hand, welche die seine noch immer umfaßt hielt. Doch die Regung seines Erwachens weckte auch sie: gleich einem Kinde, naserümpfend und schnaubend, richtete sie sich auf.

»Man möchte glauben, es wird schon Tag«, sagte Conroy.

»Und nichts ist passiert! Oder haben Sie Ihre Männer gesehen? *Ich* habe nichts von meinen Gesichtern bemerkt. Soll das heißen, es hat uns verschont? Haben Sie – etwas genommen, sobald ich eingenickt war? *Ich* nicht – das kann ich beschwören«, sagte sie stockend.

»Nein – es war gar nicht nötig. Alle beide haben wir durchgeschlafen.«

»Nicht nötig! Gott sei's gedankt! Also nicht nötig! Da – sehen Sie doch!«

Der Zug fuhr jetzt unter rötlichen Klippen längs des senkrecht abfallenden Ufers, das unterwaschen wurde von den im Lichte des Morgens farblos wirkenden Wogen. Gegen Süden hinaus entstieg schon die Sonne den Nebeln überm Kanal.

Sie beugte sich aus dem Fenster, pumpte die Morgenluft tief in die Lungen. Der Fahrtwind fuhr ihr ins gelöste Haar und blies es ihr bis an die Hüften hinunter.

»Na?« fragte sie, und ihre Augen glänzten dabei, »glauben Sie immer noch, daß uns etwas bevorsteht?«

»Jetzt nicht mehr – nicht bis zum nächstenmal. Für diesmal sind wir davongekommen«, sagte Conroy und atmete gleichfalls tief auf.

»Wäre es nicht an der Zeit, jetzt ein Gebet zu sprechen?«

»Was für ein Unsinn! Man könnte uns sehen!«

»Wir brauchen ja nicht niederzuknien. Stehen Sie einfach auf und beten Sie das ›Vaterunser‹. Wir *müssen* es tun!«

Zum erstenmal seit seiner Kindheit betete Conroy. Und als eine Gleiskurve unsere zwei dabei unsanft gegen die Armstütze stieß, mußten beide hysterisch lachen.

»Und jetzt unser Frühstück!« rief sie munter. »Mein Mädchen – es ist Schwester Blaber – hat nebenan alles im Korb. In zwanzig Minuten ist es bereit! Oh – schauen Sie, meine Frisur!« Auflachend verließ sie das Abteil.

Ohne erst lang an den Hähnen herumzudrehn oder Aufschriften zu buchstabieren, war Conroys erste Entdeckung, daß auf Londons Südwestbahn nur unzureichend mit Waschwasser vorgesorgt ist. So nutzte er jeden Tropfen und rieb sich ungestüm Arme und Hals in der eisigen Kälte des Waschraums. Auch das Rasieren während der Fahrt erwies sich als gar nicht so einfach, doch der Kurzaufenthalt in der nächsten Station half ihm dabei, und er nützte die Chance – sehr zur eigenen Überraschung. Hinterher nickte und lächelte er seinem Spiegelbild zu: es war schon was dran an dieser Person mit den klaren, tiefliegenden Augen und diesem entspannten, nahezu lockeren Mund! Nur die Lahmheit des Arms überm Gewicht seiner Tasche, auf dem Rückweg in das Coupé, beeinträchtigte seine stolzen Gefühle ein wenig.

»Alter Freund«, sagte er zu sich selber, »du solltest wieder trainieren – du bist ganz schön steif!«

Man traf einander im Nebenabteil, wo das Mädchen bereits zum Frühstück aufgedeckt hatte.

»Alle Achtung!« rief er und verharrte im Eingang. »Ich hatte ja gar nicht bemerkt, wie schön Sie in Wirklichkeit sind!«

»Da kann ich Ihr Kompliment nur erwidern, mein Lieber. Kommen Sie, setzen Sie sich! Ich könnte buchstäblich ein Pferd verschlingen!«

»Das würde ich lieber bleiben lassen«, meinte die Pflegerin ruhig. »Je weniger Sie essen, desto besser.« Sie war eine sommersprossige, kleine Person mit hellem, flaumigem Haar und blaßblauen Augen, die sich nichts vormachen ließen.

»Das ist meine Miss Blaber«, bemerkte Miss Henschil. »Und er da ist *auch* so ein ›seelisch Erschöpfter‹, Schwesterchen, zu Ihrer Information!«

»Ich weiß schon. Doch wenn man es erst so knapp hinter

sich hat, dann ist es nicht gut, den Magen zu überladen. Ich hab' Ihnen deshalb nur Butterbrote gemacht.«

Damit ließ sie die beiden allein. Conroy errötete plötzlich.

»Wir führen uns auf wie die Kinder, nicht wahr?« sagte Miss Henschil. »Trotzdem, ich fühl' mich so wohl, daß ich mich *gern* dafür schäme. – Zucker gefällig?«

Beide hungerten heldenhaft, und die Krankenschwester, als sie hereinkam um abzuräumen, versäumte nicht, ihnen gebührend Beifall zu spenden.

»Schwesterchen?« sagte Miss Henschil bittend und wurde rot.

»Rauchen Sie?« fragte die Angesprochene ungerührt und an Conroy gewandt.

»Schon seit Jahren nicht mehr. Aber jetzt, wo Sie fragen – da wär' eine Zigarette gar nicht so übel ...«

»Auch ich habe früher geraucht. Glauben Sie denn, es wird mich beruhigen?« fragte Miss Henschil.

»Könnte schon sein. Bitte – bedienen Sie sich!« Damit bot Miss Blaber den beiden die offene Tabatière.

»Aber nehmen Sie keinesfalls etwas andres!« mahnte sie noch und nahm dann den Frühstückskorb mit sich hinaus.

»Das schmeckt!« brummte Conroy zwischen zwei Lungenzügen.

»Besser als nichts ist es *schon*«, sagte Miss Henschil. Eine Zeitlang genierten sich beide – und fühlten sich dabei erleichtert wie gemeinsam bestrafte Kinder.

»Aber jetzt«, hub sie im Flüsterton an, »– jetzt sagen Sie mir, was Sie früher gewesen sind, als Mann, *vor* Ihrer Erkrankung!«

Conroy erzählte es ihr, und sie berichtete dann über sich. Es erleichterte beide, ja tat ihnen wohl, alltäglichen Kram auszutauschen – familiäre Dinge und Namen, Örtlichkeiten und Daten, und auf das Verständnis des andern rechnen zu können.

Sie stamme, so sagte sie, aus Lancashire – ihre Leute seien wohlhabende Fabrikanten, noch an der Sprechweise zu erkennen – an den gedehnten *a* und den unterdrückten Hauchlauten bodenständiger Bürger. Gelebt habe sie in allerbesten Verhältnissen, im Norden von Lancaster Gates, und das Langham Hotel sei der gesellschaftliche Mittelpunkt, sozusagen das Mekka der begüterten Leute gewesen.

Auch sie selber sei dort in die Gesellschaft eingeführt worden, und allein schon der Blumenschmuck für jenen Ball sei auf siebenundachtzig Pfund Sterling gekommen. Im Grunde betrachtet, habe sie aber dort so gut wie keinen Anschluß gefunden – ein paar Freundinnen höchstens. Hingegen seien sehr viele Männer hinter ihr hergewesen – sie habe als Schönheit gegolten, eigentlich als *die* Schönheit in jenen gehobenen Kreisen, beteuerte sie.

All das erzählte sie offen, ganz ohne Scheu, wie etwa ein lebenslänglicher Häftling dem Zellengenossen vom vergangenen Leben erzählt. Und Conroy nickte dazu und blies ab und an kunstvolle Rauchringe vor sich hin.

»Erinnern Sie sich, als Sie den Waggon betraten (ach, hätt' ich jetzt nur was zu stricken bei mir!) – ist Ihnen da etwas aufgefallen?«

Conroy dachte zurück. »Stand da nicht jemand draußen vorm Fenster, gleich neben der Tür – ein Mann, der geweint hat?«

»Das ist der Kleine gewesen, mit dem ich früher verlobt war. Aber ich habe ihm zugeredet, die Verbindung zu lösen. Es könne nicht gutgehn, hab' ich ihm gesagt. Aber er hat das nicht einsehn gewollt, wissen Sie.«

»Jener Bursche – wieso? Der reicht Ihnen ja nicht einmal bis zur Schulter!«

»Darauf kommt's nicht an – ich schätze ihn über die Maßen. Da bin ich eben ein hirnloses Ding ...« In Gedanken weit weg, setzte sie sich behaglich zurecht und stützte sich auf die Armlehne. »Aber was soll's, wir waren verlobt, und er betet sogar noch den Boden an, auf dem ich stehe. Was hilft's – ich bin da nicht zurechnungsfähig! Seine zwei Schwestern sind strikt dagegen, obwohl ich das nötige Geld hätte – und eigentlich haben sie recht, wenn auch nicht in allem: sie glauben nämlich, ich *trünke*«, sprach sie gedehnt. »Die Skinners sind allesamt Methodisten. Ihr Großvater – er hat seinerzeit die Patton-Spinnereibetriebe gegründet – ist an der Trunksucht gestorben!«

»*Das* ist es also«, rief Conroy. Das ernste Gesicht unterm zurückgeschlagenen Schleier war von Kummer verschattet.

»Ja – das ist George Skinner gewesen.« Sehr leise war es gesagt, fast nur gehaucht. »Ich würde ja eine gute Ehefrau sein – mit Gottes Hilfe und wenn ich's zustandebrächte. Doch es hilft nichts – ich bin ja nicht zurechnungsfähig. Noch dazu weigert er sich, meine Absage zu akzeptieren. Nach Gewohnheit nenn' ich ihn ›Toots‹ – er ist ja so unbedeutend, wissen Sie!«

»Das ist von Dickens«, unterbrach sie Conroy. »Seit Jahren hab' ich an seinen ›Toots‹ nicht mehr gedacht! Der war doch im Internat von jenem Doktor Blimber?«*

»Nun gut – so ist mein Problem«, sagte sie resignierend und preßte die Hände zusammen. »Aber ich – glauben Sie denn, daß jetzt wieder Hoffnung besteht?«

»Wie bitte? Oh ja, natürlich! Heute hab' ich die Krisis zum erstenmal ohne Hilfe bewältigt – oder nein, mit der *Ihren*, müßt' ich wohl sagen!«

»Es wird aber wiederkommen!«

»Wollen wir uns dann verabreden wie dieses Mal? Hier – meine Karte. Sie schreiben mir nur, welcher Zug, und wir nehmen ihn dann gemeinsam.«

»Ja – das sollten wir machen. Nur, in der Zwischenzeit – wenn uns wieder die Sucht überkommt –« Sie betrachtete ihre Handfläche und die nervös arbeitenden Finger. »Es ist furchtbar schwer, davon loszukommen!«

»Überlegen Sie doch, was wir bis jetzt schon erreicht haben – und lassen Sie *mich* die Tabletten verwahren!«

Sie verneinte stumm, warf die Zigarette durchs offene Fenster und sagte dabei: »So weit bin ich noch nicht.«

* bombastischer Schulleiter in »Dombey and Son«. Anm. d. Ü.

»Nun, so wollen wir sie der Schwester geben und dann versuchen, bloß mit Zigaretten über den Tag zu kommen! Ich will Miss Blaber gleich holen, solang wir noch stark genug sind!«

Nach einigem Zaudern stimmte sie zu. Auch die Schwester war einverstanden und nahm die Tabletten lächelnd entgegen.

»*Sie* kommen bald wieder in Ordnung«, sagte sie zu Miss Henschil. Und danach, an Conroy gewandt, »Aber an *Ihrer* Stelle – da würde ich sehr viel Bewegung machen!«

Nach seiner Heimkehr schickte Conroy sich an, den gegebenen Rat zu befolgen. Er entsann sich der Reise nicht mehr – bis auf das vage Erinnern an einen bläulichen Streifen der See zu seiner Linken – und an Ginstergestrüpp zur Rechten. Auch war da vor ihm ein Fußpfad der Küstenwache gewesen, mit weiß übertünchten Steinen markiert, die er zu Tausenden nachgezählt hatte ... Und auf dem Rückweg vom Strand in das Städtchen hatte er unten, am Fuße der Klippen, Miss Henschil gesehen: hingekniet vor Schwester Blaber, weinend, in flehender Haltung ...

Fünfundzwanzig Tage danach, in seiner Wohnung, erhielt Conroy ein Telegramm: *ankündigung da. neuerlich waterloo. vierundzwanzigster.*‹ Und noch in der folgenden Nacht wurde er von jenem Schaudern und Seufzen geweckt, welches anzeigte, daß auch *sein* Urteil erfolgt war. Dennoch sinnierte er auf seinem Kissen, er habe, wenn auch mit etlichen Rückfällen, drei Wochen Leben für sich herausgeschunden – drei Wochen mit etlichen, noch vor dem Frühstück unternommenen Morgenritten, wenn die Sucht nach dem Najdolin schon übermächtig zu werden drohte. Ferner waren, in ununterbrochener Folge, jene fünf vollen Tage bei Hammersmith auf dem Fluß gewesen, wo er beim Rudern die weißen Arme nach Gebühr strapaziert hatte – wenn auch verspottet von den vorüberstreichenden Insassen anderer Boote. Dann noch das Ballspiel in seinem Club, drei Abendgesellschaften, auch eine kleine Tanzveranstaltung und jener recht menschliche Flirt mit einem recht menschlichen, weiblichen Wesen. Und, noch bemerkenswerter – er hatte sein Monatsbudget nicht überschritten, oder doch nur um den kleinen, kaum nennenswerten Betrag, den Preis für die Tage der ihm zugemessenen Gnadenfrist …

Am Morgen nach dem Telegramm ritt er im Gefühl eines Siegers auf seinem gemieteten Gaul durch den Park – und entdeckte dabei am Lancastertor Miss Henschil. Sie war gleichfalls zu Pferd und im Gespräch mit einem jüngeren Mann.

Sie riß ihr Reittier herum und sprengte auf Conroy zu.

»Himmel – Sie sehen ja blendend aus!« rief er, ohne gegrüßt zu haben. »Ich wußte gar nicht, daß Sie reiten!«

»Ach, das ist lang her«, sagte sie. »Jetzt bin ich ganz außer Übung.«

Gemeinsam jagten sie über die volle Distanz.

»Ihr Gaul will nicht recht«, stellte er fest.

»*Soll* er auch nicht – aber das bringt mich auf etwas: wie ist es denn *Ihnen* ergangen inzwischen?« fragte sie, noch ganz außer Atem. »Wenn nur die Drogistenläden nicht diese Rotlichter hätten!«

»Wieso? Sind Sie etwa hinein und haben sich was besorgt?«

»Da kennen Sie Schwesterchen schlecht! Ach – es tut gut, wieder einmal im Sattel zu sitzen! Der Gaul hat mich glatte Zweihundert gekostet!«

»Da hat man Sie überhalten!«

»Ich weiß – doch es spielt keine Rolle. Jetzt muß ich aber zu Toots* zurück, und ihn nach Hause schicken! Er läßt alles stehen und liegen um meinetwillen.«

Sie riß ihr schweres Tier auf den nicht sehr kräftigen Fesseln herum. »Ist Ihnen wieder Ihr ›Urteil‹ zugestellt worden?«

»Ja. Aber diesmal trifft es mich nicht mehr so hart.«

»Na also, dann auf, zum Waterloo-Bahnhof – und Gott steh' uns bei!« Sie galoppierte zum Tor, in Richtung der kleinen Gehrockfigur, die ihrer so treulich harrte.

* Anspielung auf Charles Dickens: »Mr. Toots«, in »Dombey and Son«, ist der schüchterne Anbeter von Florence Dombey. Anm. d. Ü.

Conroy spürte die Frühlingssonne auf seinen Schultern und trabte heimwärts. Am Abend ruderte er mit einem Partner bis zur Erschöpfung. Indes, auch dieser gab zu, er hätte das Tempo höchstens noch fünf Minuten durchhalten können.

Conroy schleppte die Reisetasche über die ganze Länge des Bahnsteigs Nummer 3 – und beförderte sie danach mit nur einer Hand ins Gepäcknetz.

»Alle Achtung!« tönte es anerkennend vom Gang her. »Auch bei uns geht es aufwärts!«

Dr. Gilbert trat aus dem Nebenabteil, begleitet von einem älteren Herrn.

»Hallo, Conroy!« sagte Gilbert. »Warum haben Sie sich nicht anschauen lassen? Nur her jetzt mit Ihnen, unter die Lampe – und nehmen Sie Ihren Hut ab! Nein, nicht so – setzen Sie sich, Sie junger Riese! Soo ist es gut – Johnnie, sehn Sie sich das einmal an!«

Ein kleiner, beleibter, habichtsgesichtiger Mann beugte sich über Conroys Gesicht.

»Gilbert hat recht gehabt mit der Schönheit von diesem Weibstück ...« brummte er vor sich hin. »Wo halten Sie jetzt Ihre Pillen versteckt – im Handschuh vielleicht?« Damit stieß er Conroy derb in die unteren Rippen.

»Aber nein«, hauchte Conroy gepreßt, doch ohne zu husten. »Ich habe sie nirgends – auf Ehre! Sie sind weg – endgültig!«

»Sagen Sie so etwas nicht, bevor Sie endgültig *geheilt* sind, Mr. Conroy!« Damit stelzte Sir Chartres aus dem Coupé. Draußen, im Korridor, wandte er sich an Gilbert: »Sieht ja gar nicht so schlecht aus. Die Frage ist nur – soll ich, oder sollen wir beide, auch noch den Part eines ›Pandarus von Troja‹* spielen? Was wäre dann mit den Kindern?«

»Hat man Sie untersucht?« fragte Miss Henschil bald nach Abfahrt des Zuges. »Darf ich mich neben Sie setzen? Nämlich

* Verkuppelt bei Shakespeare Troilus mit Cressida. Anm. d. Ü.

– ich bin meiner noch nicht so sicher. Ihnen fällt's offenbar leichter als mir, Schluß zu machen damit!«

»Ist es für Sie noch immer so schwer? Trotzdem, ich habe noch niemals erlebt, daß jemand sich innerhalb eines Monats so merkbar erholt hätte!«

»Sehen Sie her!« Sie langte hinauf ins Gepäcknetz, hob mit nur einer Hand Conroys gewichtige Reisetasche herunter und hielt sie bei waagrecht gestrecktem Arm vor sich hin. »Ich habe jetzt langsam bis zehn gezählt«, sagte sie stolz, »doch ohne dabei an Stunden oder Minuten zu denken!«

»Erinnern Sie mich nicht *da*ran!« rief er sogleich.

»Oh weh – jetzt hab' ich mich selber daran erinnert! Hätte ich's nur nicht getan! Glauben Sie denn, daß die heutige Nacht leichter sein wird als die vor vier Wochen?«

»Bitte, *nicht* davon reden!« Der Geruch des Abteils zauberte Conroy urplötzlich die ganze damalige Bahnfahrt vor Augen. Voll Unbehagen krümmte er sich auf seinem Sitz.

»Entschuldigen Sie! Ich hab' ein paar Spiele für uns mitgenommen«, sagte sie rasch und im Bestreben, das Thema zu wechseln. »Brettspiele und auch Karten – doch leider ist alles mit Zählen verbunden. Schach wäre sicherlich besser, aber ich bin keine Schachspielerin. Was könnten wir tun? Uns über irgendwas unterhalten?«

»Na gut – fangen wir erst einmal bei Ihrem Toots an – wie geht es ihm denn?« fragte Conroy.

»Wieso? Haben Sie ihn auf dem Bahnsteig bemerkt?«

»Nein – ist er denn dagewesen? Aufgefallen ist er mir nicht!«

»Aber ja! Und er will nicht begreifen, ist nur wahnsinnig eifersüchtig! Ich hab' ihm gesagt, es sei nichts dabei und es stecke auch gar nichts dahinter! – Bitte, lassen Sie mir Ihre Hand – ich glaube, das Frostgefühl meldet sich wieder!«

»Toots würde mich ganz schön beneiden!«

»Das tut er so oder so. Erst gestern hat er sehr anerkennend von Ihnen gesprochen – seit kurzem beginnt er ja wieder mich zu besuchen. Ihm ist es egal, was die Leute reden.«

Conroy senkte den Kopf. Er fühlte die Kälte aufsteigen und wußte, es würde noch ärger kommen!

»Er hat gesagt«, sprach sie weiter und gähnte, »(Verzeihung.) – Er hat gesagt, er könne einfach nicht glauben, daß ich mich in einen Mann von ihrem Kaliber nicht verlieben werde. Sich selber hat er mit einer miesen, kleinen Ratte verglichen – erst gestern abend. Dabei hat er mit der Stirn aufs Klavier eingeschlagen!«

»Sie spielen Klavier?«

»Eigentlich nur für ihn. Er ist ganz begeistert von meinem Spiel. Aber ich hab' ihm versichert, selbst wenn Sie das letzte männliche Wesen auf Erden wären – und nicht nur das einnehmendste –, ich würd' Sie nicht haben wollen, auch nicht mit einer Million in jedem Strumpf!«

»Auch ich würde *Sie* nicht wollen – nicht mit einer Million in jedem Strumpf«, erwiderte Conroy mit Nachdruck. »Ist das nicht seltsam?«

»Wahrscheinlich – und gar für einen, der über uns nicht Bescheid weiß! – Wo war ich stehengeblieben? Ja: gleichwohl hat George mich beschuldigt, ihn zu betrügen! Er wollte schon auf und davon – ohne Gutnacht zu sagen! Er kann es nicht leiden, auf Zehenspitzen zu stehn – ist aber gezwungen dazu, wenn ich mich nicht setze.«

Am liebsten hätte Conroy erheitert gegrinst, doch empfand jetzt auch er die Kälte des nahenden Übels. Warnend umschloß er die Hand seiner Leidensgefährtin.

»Tja – und so –« Mitten im angefangenen Satz hatte es sie überkommen, und nur ihre angstgeweiteten Augen verrieten noch Leben, als sie sich Conroy zuwandte. Hand fror an Hand wie die zugehörigen Körper, während beide dem Horror entgegenharrten, dessen Vorbote die Nacht war. Und doch – auch während der ärgsten Momente nahm Conroy inmitten des Dunkels einen winzigen Lichtschein wahr. An ihn wollte er sich halten, um der eigenen Angst zu entrinnen! Und er gewahrte voll Staunen, daß jenes Licht aus den Augen seiner Gefährtin kam – daß ihre gefesselte Seele der seinen verzweifelt signalisierte: »Sieh mich doch an!«

Nach einer Weile hob sich das finstere Etwas von ihm wie von ihr, und beider Seelen fanden aufs neue zu sich. Er war ganz verwirrt, dachte plötzlich an Menschen, die sich bei nahendem Unwetter flüchten, von ihren nachtschwarzen Fenstern in die Geborgenheit ihrer Betten. Eine Zeitlang döste er so vor sich hin, und im Zustand halber Betäubung lösten sich ihm die Finger – seine Hand fiel ab von der ihren.

»Jetzt ist es wieder vorbei. Die Gesichter haben sich nicht mehr gezeigt«, hörte er neben sich sagen. »Alles vorbei – Gottseidank! Und ich brauche gar nicht, was mir die Schwester versprochen hat. Wie ist es bei Ihnen?«

»Nein, auch ich brauche nichts.« Er rieb sich die Augen.

»Seien Sie nicht zu sicher!«

»Woher denn. In einem Monat müssen wir's wieder probieren.«

»Was ich fürchte, ist nur, daß Ihnen das Ganze zu lästig wird mit der Zeit.«

»Mir nicht, da können Sie unbesorgt sein!« beteuerte Conroy. Erleichtert lehnten sich beide zurück und lachten über die Seichtheit der Worte nach all dem überstandenen Schrecken.

»Aber jetzt erklären Sie mir«, gebot sie und sah dabei Conroy fest in die Augen, »weshalb Sie mich nicht haben wollen – auch nicht mit einer Million in jedem Strumpf?«

»Wer weiß – darüber denk' ich ja schon die ganze Zeit nach!«

»Ich nicht minder! Dabei gäben wir zwei ein so stattliches Paar ab, wie ich es nur je gesehn habe. Und gutgestellt sind Sie doch auch, mein Lieber?«

»So sagt man.« Conroy mußte grinsen.

»So ist eben der Norden!« Auch sie mußte lachen. »Abgesehen davon, daß jeder von uns ganz gut aussieht, bleiben mir volle Viertausend pro Jahr, und wenn ich die Pachteinkünfte und Zinsen miteinrechne, sind's sogar Sechs! So mancher würde sich da alle zehn Finger ablecken!«

»Das will ich meinen – beneidenswert glücklicher Toots!« sagte Conroy.

»Gewiß«, stimmte sie zu. »Wenn ich es durchstehen sollte, wird er der glücklichste Bursche von London sein. Und wie ist das mit der Ihrigen?«

»Die gibt es gar nicht, meine Liebe! Ich habe seit Jahren die Hölle auf Erden – das einzige, was ich will, ist loszukommen davon und am Leben zu bleiben. Ist das nicht Grund genug?«

»Für einen Mann mag das stimmen. Ich selber habe da noch nicht viel nachgedacht – oder doch erst, als George aufgetaucht ist. Ich war völlig abgestumpft, nahezu blöd!«

»Ganz wie ich auch – doch jetzt fang' ich an, wieder ans Leben zu glauben. Nächstes Mal müßte es *noch* leichter werden für uns – meinen Sie nicht?« fragte er.

»Ich hoff' es – oh ja! Mädchen trachten im allgemeinen ja nur, unter die Haube zu kommen. Ich selber frage nicht mehr danach. Doch wen immer Sie finden werden – sie bekommt von Mrs. George Skinner ein Hochzeitsgeschenk, das sich –«

»Sie würde es ebensowenig verstehn wie Ihr Toots!«

»Der spielt dabei keine Rolle – außer für mich! Aber ich bin nicht mehr fähig, die Augen offenzuhalten, gottlob! Also, schlafen Sie gut, mein Bester!«

Conroy sah sie aufmerksam an. Schön war sie, anmutig, kraftvoll – und hatte genug von allem an sich, was auch bessere Männer als diesen George Skinner dazu bringen konnte, mit der Stirn aufs Klavier einzuschlagen! Doch sogar um den Preis jenes Lebens, das er neu in sich aufkeimen fühlte, hätte Conroy nicht die Spur einer Hinneigung zu dieser Frau aufgebracht! Er streckte die Beine, schickte sich an, einzuschlafen – und träumte von einer unbeschwerten, normalen, gesundeten Welt, empfand dabei großen Nachholbedarf. Oh ja, da gab es sehr vieles, doch kein Frauengesicht war darunter.

Noch dreimal unternahmen sie diese Bahnfahrt, und mit jeder weiteren Reise wurde das Übel geringer. Miss Henschil erzählte von Toots, der sie neuerdings öfter besuche, und wie erbost seine Schwestern darauf reagierten. Auch der verblichene Monsieur Najdol kam zur Sprache (für beide war er so gut wie gestorben), nebst seinem Geschenk für die »seelisch Erschöpften«. Ferner waren da Einkäufe zu besprechen, Hausmieten, oder die Kosten einer echt künstlerischen Möblierung und Wäsche-Ausstattung.

Conroy sprach über die Aktivitäten, denen er sich so eifervoll unterzog – schweißtreibende Spiele gegen sehr starke Gegner, damit er nach dem Bad ungestört schlafen könne. Auch hatte er seine Mutter in Hereford besucht und wußte nun manches von ihr zu berichten – von jenem häuslichen Leben, das ihm, der fünf lange Jahre von allem normalen Dasein ausgeschlossen gewesen, so sehr wohlgetan hatte. Selbst Schwester Blaber bekundete Interesse an Conroys Mutter, blieb aber zumeist im Nebenabteil, wo sie sich zigarettenrauchend in ihre Romanbroschüren vertiefte.

Auf der letzten gemeinsamen Fahrt blieb sie jedoch aus freien Stücken in Gesellschaft unserer beiden und vergrub sich bei deren Geflüster in die Lektüre von *Klause und häuslicher Heerd**. In solcher Situation, gegen zwei Uhr morgens (Salisbury war fast schon in Sicht), geschah es, daß jenes lauernde Übel die beiden zum andernmal streifte – doch bewirkte es diesmal nur, daß sie ihr Gespräch unterbrachen und die Hände einander schutzsuchend umfaßten – wie das auch wildfremde Menschen tun, auf hoher See, wenn unter den Füßen das Schiff zu rollen beginnt und zu schlingern.

»Trotzdem«, sprach Schwester Blaber, ohne von ihrem Buch aufzublicken, »ich glaube noch immer, Ihr Mr. Skinner würde vor Eifersucht platzen, wenn er Sie beide so antreffen müßte!«

»Es wäre auch kaum zu erklären«, versetzte Conroy.

»Dann sollten Sie bei meiner Hochzeit lieber *doch* nicht zugegen sein!« lachte Miss Henschil.

* *The Cloister and the Hearth*, hist. Roman aus dem 15. Jh., von Charles Reade (engl. Dramatiker u. Romancier, 1814-1884). Anm. d. Ü.

»Besonders nach allem, was wir gemeinsam durchgemacht haben! Wirklich, es wäre besser, mich *nicht* einzuladen. Steht denn das Datum schon fest?«

»Im September ist es soweit – am zweiundzwanzigsten, gegen alle Bedenken seiner zwei Schwestern!«

»Teuerste Freundin!« Begeistert schüttelte er der nicht minder erfreuten Gefährtin die Hand. »Ich kann Ihnen gar nicht sagen, wie froh es mich macht, das zu hören!«

»Grundgütiger Himmel!« rief Schwester Blaber in ganz neuem Ton. »Pardon – ich werde ja nicht bezahlt, bloß um so aus der Fassung zu kommen!«

»Aus der Fassung? Warum denn? – Ach, ich verstehe!« Und, an Conroy gewandt, erklärte Miss Henschil: »Sie hat wohl erwartet, wir würden einander jetzt in die Arme sinken, uns womöglich noch abküssen oder so!«

»Nach allem, was Sie gemeinsam durchgemacht haben, wie Mr. Conroy gesagt hat!«

»Aber ich könnte das nicht – könnten *Sie* es vielleicht?« fragte Miss Henschil, und die Unlust auf ihrem Gesicht gab der seinen nicht nach. »Schrecklich – nicht auszudenken! Und dabei sind Sie doch ein so hübscher Mann! Schwesterchen, können *Sie* das erklären?«

Schwester Blaber bewegte verneinend den Kopf. »Beste Miss Henschil, man hat mich gerufen, um Sie von einer Gewohnheit zu heilen. Sobald Sie kuriert sind, wende ich mich meinem nächsten Fall zu – dem altersschwachen Pflegepatienten in Bournemouth. Ich hab' Ihnen davon erzählt.«

»Und ich bin dann mit George ganz allein! Doch nehmen wir einmal an, es kommt nicht zur Heilung«, sagte Miss Henschil erschrocken. »Angenommen, es kommt alles wieder zurück! Als verehelichte Mrs. Skinner kann ich doch nicht wie bisher nach *ihm* senden!« Wie ein Kind zeigte sie mit dem Finger auf Conroy.

»Selbstverständlich würde ich kommen!« versetzte dieser. »Nur, was Sie da sagen, wäre dann *schon* zu bedenken!«

Sie sahen einander an, besorgt, ja beinahe verstört. Dann blickten sie auf Schwester Blaber, die ihre Lektüre unterbrach, die Stelle markierte, das Buch zuklappte und sich dann an die beiden wandte.

»Haben Sie jemals mit Ihrer Mutter gesprochen, Miss Henschil – ich meine, wie Sie's mit mir getan haben?«

»Nein. Mit Vater hätt' ich vielleicht reden können – bei meiner Mutter liegen die Dinge wesentlich anders. Aber was wollen Sie damit sagen?«

»Und Sie, Mr. Conroy – haben auch Sie nicht mit ihrer Mutter gesprochen?«

»Nicht vor diesem Najdolin. Und auch dann hab' ich mich auf das Herz ausgeredet. Aber jetzt ist es wohl nicht mehr nötig, wo ich doch praktisch aus allem heraus bin – meinen Sie nicht?«

»Nur, solang es sich nicht wieder meldet. Aber –« Sie hob ihren kurzen Zeigefinger so triumphierend, daß unsre beiden noch enger zusammenrückten. »Sie wissen ja, Kindchen, täglich zum Tee lese ich Ihrer Mutter ein Bibelkapitel vor.«

»Gewiß – da sind Sie wirklich ein Engel!« Anerkennend klopfte Miss Henschil auf die blaue Schulter neben der ihren. »Mutter ist neuerdings Mitglied der Kirche von England«, erklärte sie ihrem Nachbar. »Aber wie alle Skinners will sie Abend für Abend ihre Bibelstelle zum Teegebäck haben.«

»Erst letzten Dienstag haben mich Naaman und Gehazi* darauf gebracht. Ich sagte zu ihr, ich hätte noch nie einen Fall von Leprose gesehen, und da hat Ihre Mutter gemeint, *sie* leider allzu viele!«

»Wo soll das gewesen sein? Sie hat nie über sowas geredet!« rief Miss Henschil entgeistert.

»Während der Überfahrt nach Australien, monatelang vor Ihrer Geburt – auf Mola, Molo oder so ähnlich. Drei Abende hab' ich gebraucht, um alles aus ihr herauszubekommen.«

* *Naaman*, syr. Hauptmann, durch Elias vom Aussatz geheilt. Anm. d. Ü.

»Ach ja – immer, wenn man ihr zusetzt mit Fragen, schöpft Mutter Verdacht«, sagte Miss Henschil zu Conroy. »Sie versperrt dann jede Tür hinter sich, und wär' es auch nur für Minuten. Eine echte Tackberry ist sie, aus der Jarrow-Linie, müssen Sie wissen.«

»Die Männer, die sie erwähnt hat, haben aufs Haar den Ihren geglichen – aus buchstäblich weggefressnen Gesichtern haben sie über den Zaun auf Ihre Mutter gestarrt und sie angebettelt. Sie war, wie sie sagt, ganz außer sich und ist auf der Straße zurückgerannt bis zum Pier. Dabei habe einer der Kranken sie angefaßt, und sie sei vor Entsetzen beinahe ohnmächtig geworden. Noch heute schämt sie sich jenes Vorfalls.«

»Wie – sie hat *meine* Männer gesehn? Auch den Sand und die Zäune?« fragte Miss Henschil tonlos.

»So ist es. Sie wissen doch, wie akkurat sie ist in allen Dingen, und wie sehr sie windiges Wetter verabscheut. Sie erinnert sich auch, daß der Zaun ziemlich schadhaft war, und der Tag äußerst windig. Den Sand, die Sonne, den Salzwind – auch den Zaun und die Gesichter dahinter –, erst nach und nach hab' ich es stückweis herausbekommen aus ihr. Ach, Sie wissen ja gar nicht, Miss Henschil, was *ich* alles weiß! Und passiert ist das Ganze keine vier Monate vor Ihrer Geburt! Na, was sagen Sie *jetzt*!« Triumphierend hob Schwester Blaber die kleine Hand und schlug sich aufs Knie.

»Und Sie glauben, *das* könnte der Grund sein?« Miss Henschil bebte am ganzen Körper.

»Absolut, felsenfest! Fragen Sie doch, wen Sie wollen! Nicht *Sie* waren es, nicht aus *Ihnen* ist es gekommen, sondern es war Ihnen *auferlegt*! – Rasch, Mr. Conroy, sie wird mir zu schwer ... Ich lauf' um das Fläschchen!«

Miss Henschil war vornübergesunken – bewußtlos, umgekippt wie ein Fabrikschlot, wie Conroy ihr später sagte. Und als sie wieder zu sich kam, klapperten ihr die Zähne.

»Nein – lassen Sie nur«, brachte sie mühsam hervor. »Ich bin nicht hysterisch. Es ist nur – ich habe ja plötzlich gar keinen

Grund, mich noch länger zu fürchten – keine Veranlassung mehr – nichts, überhaupt *nichts*! Gott sei gepriesen dafür! *Spüren* Sie's denn nicht selber? Ich bin eine völlig normale Frau!«

»Jetzt lassen Sie mich endlich los!« gebot Schwester Blaber. »Sie sind ja schon wieder bei Kräften! Da – trinken Sie Ihren Kognak. Glauben Sie mir, das geht alles mit ganz natürlichen Dingen zu, und ich wette, daß auch Mr. Conroys Fall nicht viel anders beschaffen ist! Ich habe mir schon überlegt –«

»Mich wundert nur –« begann Conroy – und drückte die Schwankende gegen die Lehne des Sitzes.

Schwester Blaber strich sich übers farblose Haar. »Ja, ja – auch was *Ihnen* so sehr zu schaffen macht, muß sich irgendwann tatsächlich abgespielt haben – oder doch was sehr Ähnliches, ob nun an Land oder auf See, aber jedenfalls während der Schwangerschaft Ihrer Mutter! Kindchen, so fragen Sie Ihre Mutter danach! Fragen Sie sie – und Sie sind es ein für allemal los!«

»Das werde ich tun«, versprach Conroy. »... Moment mal, da müßte ich doch –« Er öffnete seine Reisetasche und wühlte hastig in deren Inhalt.

»Mein Gott, ich bin ja so froh – Gott segne Sie, Schwesterchen, Liebe!« Nur unter Schluchzen vermochte Miss Henschil, sich verständlich zu machen. »Sie wissen ja gar nicht, wieviel das für mich bedeutet! Damit ist der Alpdruck von mir genommen – mit allem, von seinen ersten Anzeichen an!«

»Sieht denn das Leben für Sie jetzt noch immer so aus wie bisher?« frug Schwester Blaber erstaunt. »Jetzt, wo Sie wieder ganz Frau sind?«

Nur mit seiner Tasche beschäftigt, hatte Conroy nicht zugehört. Miss Henschil sah ihn von der Seite her an, wobei ihre Schönheit, nun aller Ängste entledigt, erst richtig hervortrat. »Ich versteh' schon«, erwiderte sie. »Doch in dieser Beziehung ist alles beim alten. Mich verlangt es einzig nach Toots! *Er* hat niemals den Kopf verloren – oder doch höchstens im Hinblick auf meine Verrücktheit.«

»Na endlich – da ist er«, ließ sich jetzt Conroy vernehmen. Er bückte sich unter die Lampe, den Bradshaw* in Händen. »In Templecombe, wenn ich den Zug nach Bristol erwische (jawohl: Bristol – Hereford) – dann sitz' ich zum Frühstück schon bei meiner Mutter und gehe der Sache auf den Grund!«

»Da haben Sie aber nicht mehr viel Zeit!« rief Schwester Blaber. »Gillingham liegt schon weit hinter uns. Aber Sie sollten doch vorher noch eines von unseren Sandwiches nehmen!« Sie eilte ins Nebenabteil, um den Eßkorb herbeizuschaffen. Conroy und Miss Henschil hätten am liebsten vor Freude getanzt, doch die Coupés der Südwestbahn bieten Fahrgästen ihrer Statur zu wenig Raum.

»Leben Sie wohl, und viel Glück noch, mein Guter! – Ja, noch was: auch Sie sind verändert, wie ich! Und telegraphieren Sie uns ins Hotel, sobald alles klar ist«, schärfte Miss Henschil ihm ein. »Was hätte ich ohne Sie angefangen!«

»Und ich ohne Sie!« erwiderte Conroy. »Doch eigentlich hat Schwester Blaber uns aus diesem Elend geholfen.«

»Dann bedanken Sie sich bei *ihr*«, versetzte Miss Henschil und blickte ihm fest in die Augen. »Wirklich, ich an Ihrer Stelle ... und sie würde sich ganz bestimmt freuen!«

Als Schwester Blaber, nachdem man in Templecombe Abschied genommen, wieder das Abteil betrat, waren Nase und Augen verdächtig gerötet. Trotzdem strahlte sie über das ganze Gesicht – auch noch dann, als sie, schniefend vor innerer Rührung, längst wieder in die Lektüre von *Klause und häuslicher Heerd* vertieft war.

Miss Henschil, ihrerseits in den Prospekt einer Ausstattungsfirma vertieft, blieb wohl zwanzig Minuten lang stumm. Erst zwischen dem Aufaddieren der unterschiedlichen Bettwarenpreise für beste, für Gäste- und für Personalgarnituren fragte sie unvermittelt: »Schwester? Warum ist es bei uns zweien stets gleichzeitig ausgebrochen?«

* *Bradshaw's Monthly Railway Guide* – brit. Kursbuch, erstmals 1839 von der Druckerei George Bradshaw aufgelegt. Anm. d. Ü.

»Vielleicht, weil in jeder Sekunde irgendwo auf dieser Welt ein Kind auf die Welt kommt«, erwiderte Schwester Blaber. »Ferner dürften Sie beide einander besonders empfänglich gemacht haben mit Ihrem fortwährenden Reden und Kopfzerbrechen. Das hätten Sie lieber nicht tun sollen, meinen Sie nicht?«

»Vielleicht – nur haben Sie selber noch nie die leibhafte Hölle auf Erden erlebt.«

Das in Hereford um 12 Uhr 46 abgesendete Telegramm, welches man unsrer Miss Henschil am Strand ihres Aufenthaltsortes um 14 Uhr 07 aushändigte, hatte den folgenden Wortlaut:

»›*alles bestätigt stop sie erinnert getöse maschinenraum indienheimreise fünfundachtzig stop*‹«

»Damit meint er das Jahr, nicht die Hitze«, warf Schwester Blaber dazwischen, während sie weiterhin Kiesel über die kalte See tanzen ließ.

»›*zwei mann verbrüht was meine schreie erklärt stop* (Mir muß er das sagen!) *dann rief alberner geistlicher fahrgast hinterrücks spasshalber – leute jetzt ist alles aus – was auch traumworte erklärt stop*‹«

Schwester Blaber schnurrte geradezu vor Vergnügen.

»›*sie erinnert ohnmacht von ein zwei minuten dann unendlich erleichtert stop alles liebe an goldstück schwester stop herauskriegen was sie sich wünscht*‹ – Oh – das hätte ich jetzt nicht laut lesen dürfen!« sagte Miss Henschil erschrocken.

»Spielt aber keine Rolle – ich wünsch' mir ja nichts«, beruhigte sie Schwester Blaber. »Und auch, *wenn* ich mir etwas wünschte – bekommen würd' ich's ja *doch* nicht ...«

# *Hervey der Hund*

Mein Freund Attley, allzeit bereit, seinen Kopf herzugeben, hätte man ihm gesagt, man habe den eigenen verloren – Freund Attley war mit der Verteilung eines Wurfes sechs Monate alter Welpen von seiner Hündin Bettina beschäftigt, und ein Halbdutzend Damen konnte sich vor Entzücken kaum fassen bei diesem Ereignis auf Mittlehams Rasen.

Wir losten die Wahl aus. Mrs. Godfrey durfte als erste aussuchen, ihre verheiratete Tochter als nächste. Ich, als der dritte, verzichtete auf mein Recht, weil mir ja schon Malachi gehörte, der Bruder Bettinas, den ich im Wagen mitgebracht hatte, um ihm seine Neffen und Nichten zu zeigen, die er allesamt umgebracht hätte bei meinem Versuch, auch nur eines von ihnen nach Hause zu nehmen. Milly, Mrs. Godfreys jüngere Tochter, stieß ob meines Verzichts einen Entzückensschrei aus und hüpfte vor Freude, und Attley wandte sich an ein bleiches, dunkelhaariges Mädchen mit offenem Schmollmund, die zum Tennis gekommen war, und lud sie ein, mitzumachen. Sie nahm einen Kneifer zuhilfe, mit dem sie aussah wie ein Kamel, kniete sich umständlich nieder, weil sie von den Hüften bis an die Knie etwas länglich geraten war, schnaufte vernehmlich und beäugte die letzten zwei Welpen.

»Ich glaube, ich nehme den Hellscheckigen«, sagte sie.

»Oh, doch nicht *den*, beste Miss Sichliffe!« rief Attley. »Er muß gequetscht worden sein, als er zur Welt kam, oder hat einen Sonnenstich abgekriegt irgendwie. Im Zwinger ruft man ihn Blödmann! Und außerdem schielt er!«

»Mir gefällt das, ich finde es reizend«, gab sie zur Antwort. Weder Malachi noch ich – keiner von uns hatte bisher einen schielenden Hund zu Gesicht bekommen.

»Es wird wohl Chorea sein – eine Art Veitstanz«, vermutete Mrs. Godfrey. »Man hätt' ihn ertränken sollen gleich nach der Geburt.«

»Aber ich mag's, wie er aussieht«, beharrte das Mädchen.

»Besonders tauglich sieht er *nicht* aus«, meinte ich. »Aber vielleicht ist es möglich, ihn doch noch zurecht- und geradezubiegen.« Miss Sichliffe wurde hochrot, und als ich bemerkte, daß Mrs. Godfrey einen Blick tauschte mit ihrer verheirateten Tochter, wurde mir klar, daß ich da etwas gesagt hatte, das ich wieder gutmachen mußte.

»Ja«, sagte Miss Sichliffe mit bebender Stimme. »Er ist nicht sehr tauglich, aber vielleicht kann ich ihn – nun, wie sie sagten, ›zurecht- und geradebiegen‹ irgendwie. Komm her, kleiner Mann!« Das mißgestaltete, über die Schnauze schielende Vieh wackelte auf die Ruferin zu – und stolperte über die eigenen Pfoten. Glücklicherweise sauste Bettina in diesem Moment über den Rasen und erinnerte meinen Malachi an die gemeinsame Kindheit. Sämtliche Hunde aus dieser Zucht sind übernervös und fallen übereinander her wie Mann und Frau. Ich mußte die beiden gewaltsam trennen, und Mrs. Godfrey half mir dabei, bis alle zwei im Rhododendron verschwanden.

»Sie wissen anscheinend nichts über den Vater des Mädchens?« fragte mich Mrs. Godfrey.

»Keine Ahnung«, erwiderte ich. »Sie ist mir von sich aus zuwider – atmet mit offenem Mund.«

»Er war Arzt in Pension«, erklärte sie mir, »und nahm sich – heftiger Jünglinge an, in ihrer bußfertigen Phase. Er hat sie zu sich ins Haus genommen und hat sie ›zurechtgebogen‹, bis sie tauglich zur Ehe waren. Dann hat er sie dick verheiratet und auf die Welt losgelassen – mit Lust hat er das getan! Zu seinen Lebzeiten hat ihn natürlich kein Mensch gekannt – aber er hat seiner Tochter einen Haufen Geld hinterlassen.«

»Strikt legitim – und höchst respektabel«, erwiderte ich. »Nur, was für ein Leben für seine Tochter!«

»Tja, was für ein Leben, nicht wahr! – Ist Ihnen eigentlich klar, was Sie da sagen?«

»Vollkommen. Und jetzt, nach so reizender Information – sollten wir da nicht zum Haus zurückgehen?«

Als wir es betraten, war drinnen schon alles versammelt, und man beratschlagte über die Namen.

»Wie werden Sie *Ihren* rufen?« fragte Milly Miss Sichliffe.

»Harvey«, gab sie zur Antwort. »Nach ›Harveys Würze‹, nicht wahr. Er wird ja ziemlich scharf sein, sobald ich ihn erst« – ein Blick durchs französische Fenster zeigte ihr unser Kommen an – »sobald er erst kräftiger ist.«

Der wohlmeinende Attley, um es mir leichter zu machen, bat mich um meine Meinung zu diesem Namen.

»Oh – glänzend«, legte ich los. »H mit 'nem a, A mit 'nem h, R mit 'nem – –«

»Das reinste Bingo!« warf jemand ein, und alles lachte.

Miss Sichliffe, die Hände über die zu langen Schenkel gelegt, sagte geschraubt: »Sie sollten sich Ihr Buchstabieren immer *vorher* überlegen.«

Das war kein sehr freundlicher Einwand, doch etwas am Wort ›Buchstabieren‹ aktivierte mein Unterbewußtsein, und ich suchte nach einer Phrase, einer bestimmten Wendung, derer ich durchaus nicht habhaft wurde – sie blieb knapp außer Reichweite, ganz wie die Katze vorm Sprung eines Hundes. Auf dem Heimweg kam in der Dämmerung jene Miss Sichliffe hinter mir her, den jungen Hund an der Leine und die großen Sportschuhe wippend am Tennisschläger.

»Tut mir leid«, sagte sie mit belegter Schuljungenstimme. »Wirklich, das mit dem Überlegen vorm Buchstabieren hätt' ich nicht sagen sollen – aber ich hab' Sie ja noch nicht genügend gekannt.«

»Das mit dem Bingo hat ja gestimmt«, erwiderte ich. »Es hätte mir beim Buchstabieren einfallen müssen.«

»Natürlich. Es liegt nur am richtigen Buchstabieren.« Sprach's, latschte davon und zerrte den Hund an der Leine hinter sich her. Und wieder zermarterte ich mir das Hirn auf der Suche nach etwas, das bedeutsam sein mußte, hätte ich nur korrekt buchstabiert! Auf meinem Heimweg vertraute ich dieses Dilemma meinem Malachi an, aber Bettina hatte ihn viermal gebissen, an vier verschiedenen Stellen, und so war er beschäftigt und hatte für mich keine Zeit.

Wochen danach kam Attley zu mir auf Besuch. Noch bevor der Wagen zum Stehen kam, ließ Malachi mich wissen, daß Bettina vorn beim Chauffeur saß. Er begrüßte sie mit einem Biß ins Genick, als sie heraussprang, und ich begrüßte Mrs. Godfrey und Attley – nebst einem geräumigen Korb.

»Du mußt mir unbedingt helfen«, sagte Attley erschöpft. Wir trugen den Korb in den Garten hinüber, und dort kam mühsam und ungelenk das Gespenst eines hellscheckigen, räudigen Terriers zum Vorschein, mit blödsinnig verdrehten Ohren und schauderhaft schielendem Blick! Bettina und Malachi, die sich schon in den Haaren hatten, nahmen bei seinem Anblick Hals über Kopf und in entgegengesetzter Richtung Reißaus.

»Was willst du denn hier mit dem stinkenden Köter?« wollte ich wissen.

»Mit Harvey? Du sollst ihn in Pflege nehmen!« versetzte Attley. »*Er* hat die Staupe gehabt, und *ich* muß verreisen.«

»So nimm ihn doch mit! Ich will ihn nicht haben – der ist ja nicht richtig im Kopf!«

»Jetzt schau mich mal an!« Attley schrie nahezu. »Glaubst du am Ende, ich *hab'* sie nicht alle?«

»Na und ob!« sagte ich.

»Schön, wenn du und auch Ella es sagen, so beweist das nur umso mehr, daß ich schleunigst abreisen muß.«

»Will ist da im Irrtum – und wie!« warf Mrs. Godfrey dazwischen. »Doch ob so oder so, den Kleinen müssen Sie nehmen!«

»Junge, Junge – mach nie einer Frau ein Geschenk!« schnaubte Attley.

Erst nach und nach kriegte ich in der Stille des Gartens die Geschichte aus den beiden heraus (von Bettina und auch von Malachi war nichts zu hören), und während der ganzen Zeit starrte Harvey mich an und brachte mich aus der Fassung – erst mit dem einen, dann mit dem anderen Tintenfischauge.

Es stellte sich schließlich heraus, daß Harvey der Hund, vier Wochen nachdem ihn Miss Sichliffe bei sich aufgenommen, an der Staupe erkrankt war. Miss Sichliffe hatte ihn eine Zeitlang gepflegt und ihn dann auf ihren Armen zu dem zwei Meilen entfernten Mittleham gebracht, wo sie ihn weinend – buchstäblich weinend – Attley zu Füßen gelegt hatte mit dem Bemerken, Harvey sei ihr ein und alles auf dieser Welt, und Attley müsse ihn wieder kurieren. Attley, kraft seiner Veranlagung, seiner Umstände und Position der geborne Beschützer leidender Hunde, hatte alles beiseite geschoben für dieses ekelhafte Geschäft, und Miss Sichliffe, so versicherte er, habe von da an praktisch mit ihm zusammengelebt.

»Am Abend ist sie natürlich nach Hause«, brach's aus ihm hervor. »Aber die ganze übrige Zeit hat sie Mittleham mit ihrer Gegenwart überschwemmt! Ich bin ja bei Gott nicht sehr heikel – aber *das* war sogar mir zuviel! Ein Skandal! Sogar noch die Dienerschaft! ... Drei-, ja viermal am Tag – und dazwischen noch schriftliche Anfragen, wie es der Bestie gehe! Lacht nicht, zum Teufel! Und immer drauf aus, mir Blumen und so einen Goldfisch zu schicken! Sehe ich denn nach Goldfischen aus? – Könnt ihr zwei nicht eine Minute lang stillsein?!« (Wir zwei – Mrs. Godfrey und ich – klammerten uns aneinander, um nicht umzufallen vor Lachen.) »Als ob meine Person dermaßen einnehmend oder verführerisch wäre!«

Attley verfügt über mehr Festigkeit, Hilfsbereitschaft und Gefühlstiefe als sehr viele andere Menschen, weil er den Typ jenes seltenen Engels und absolut selbstlosen Junggesellen verkörpert, der es zufrieden ist, von ganzen Konsortien eifriger Freunde in Trab gehalten zu werden. Diesmal jedoch schien seine Lage ziemlich verzweifelt zu sein, und das sagte ich ihm.

»Sofortige Flucht ist das einzige, was dir jetzt helfen kann«, lautete mein Befund. »Ich kümmere mich inzwischen um deine zwei Wagen, und außerdem kannst du mir dein gesamtes Glashausobst rüberschicken.«

»Aber weshalb soll ich mich aus den eignen vier Wänden

verjagen lassen von so einem weiblichen Dromedar?« beschwerte er sich.

»Oh, nicht doch! Seien Sie still!« würgte Mrs. Godfrey hervor. Sie war vor Lachen noch ganz außer Atem. »Ihr verrennt euch da beide! Zugegeben, du hast ja recht, Will – und doch *weiß* ich, daß ihr es falsch macht!«

»Drei- wenn nicht viermal am Tag«, sagte Attley mit schmerzlicher Miene. »Ich bin ja wirklich nicht eingebildet, aber – jetzt hör einmal zu, Ella, ich bin nicht empfindlich, das will ich doch hoffen, aber wenn du nicht aufhörst, dir einen Witz aus dem Ganzen zu machen ––«

»Ach – sei doch ruhig!« Sie kreischte beinahe vor Lachen. »Glaubst du auch nur für eine Sekunde, daß deine Freunde Mittleham jemals aus ihren Fingern lassen? Ich gebe ja zu, es schickt sich nicht für ein erwachsenes Mädchen, zu jeder beliebigen Tages- und Nachtzeit auf Mittleham zu erscheinen –«

»Aber ich sagte doch schon, zur Nacht ist sie heimgegangen!« erwiderte Attley verärgert.

»Nun eben, das *auch* noch! Aber, Will, denk doch daran, welches Leben sie gehabt haben muß!«

»Das geht mich nichts an. In Ruhe soll sie mich lassen, sonst nichts!«

»Vielleicht will sie auch *dich* zurechtbiegen und hinterher auch noch verheiraten«, gab ich zu bedenken.

»Wissen Sie eigentlich, was Sie sind?« wandte sich Mrs. Godfrey mit einem Lächeln an mich, an das ich seit einem Vierteljahrhundert nur mit Schrecken zurückdenken kann. »Sie sind der liebe und nette, gescheite und hundevernarrte Freund, der gar nicht weiß, *wie* gescheit und *wie* nett er unter Umständen ist! Will hat Ihnen Harvey gebracht, damit Sie den armen Engel komplett wiederherstellen. Sie haben für Hunde die richtige Hand, sonst hätte Will sowas gar nicht getan! Und das hat er ihr auch geschrieben! Außerdem sind Sie viel zu weit weg, als daß Miss Sichliffe täglich hier auftauchen könnte. Vielleicht, daß sie zwei oder dreimal die Woche erscheint und sich an den restlichen Tagen nur schriftlich erkundigt. Doch wie sie's macht, ist egal, weil Ihnen Mittleham ja nicht gehört – verstehen Sie mich?«

Ich versicherte ihr, dies sei mir vollkommen klar – und nicht nur dies.

»Ach – nur ein paar Tage, dann haben Sie es überstanden«, erwiderte sie. »Sie sind der verantwortungsvolle, ritterliche und hundeliebende Freund, der – –«

»So hat er am Anfang auch mich angestarrt«, sagte Attley und schüttelte sich. »Aber nach einer Weile hat er es aufgegeben. Jetzt macht er es nur, weil du neu für ihn bist.«

»Aber, zum Henker, er ist ein teuflisches Vieh –« hub ich an.

»Und wenn er wieder wohlauf ist, so schicken Sie ihn mit den besten Grüßen zurück, und kriegen dafür einen wunderschönen, vierschwänzigen Goldfisch von ihr«, schloß Mrs. Godfrey und wandte sich, um zu gehen. »Damit wäre alles geregelt. Den Wagen, bitte! Wir fahren zum Lunch nach Brighton hinüber.«

Noch bevor ich auf Touren kam, waren sie weg – und so sagte ich Harvey, was ich von den beiden hielt – und auch von seiner Herrin. Er verharrte regungslos auf seinem Platz und fixierte mich unverwandt aus seinen schielenden Augen, eins um das andre. Malachi, nachdem seine Schwester sich aus dem Staub gemacht hatte, kam jetzt herzu und riet mir aus sicherer Entfernung, das abscheuliche Vieh zu ertränken und mich wieder der feineren Welt zu gesellen. Aber Harvey der Hund spitzte nicht einmal jenes Ohr, das dazu tauglich war.

Und genauso ging's weiter – solange er bei mir verblieb. Wo immer ich sitzen mochte – dort machte auch er sich's bequem und starrte mich an. Auf all meinen Wegen blieb er neben mir, den Kopf schräg zur Schulter geneigt und in meine Betrachtung versunken. Nie gab er Laut, nie kam er herzu, um sich streicheln zu lassen, und nur höchst selten ließ er mich allein. Und erstaunlicherweise nahm Malachi, der sonst kein anderes Tier im Haus dulden mochte, ganz einfach hin, daß mich dieser dürre, unausgewachsne, grünäugige Satansbraten total in Beschlag nahm. Ja es hatte sogar den Anschein, als ob ihn dies alles interessierte, denn sobald wir nach verbittertem Ausgang heimkehrten, kam er herzu, blickte abwechselnd auf Harvey und mich – und tat's mit so zitternder Spannung, als säße er vor einem Rattenloch. Im übrigen blieb Malachi für sich, wie das nur eine Katze kann oder Frau.

Ein paar Tage später stellte Miss Sichliffe sich ein (zum Glück war ich nicht zu Hause) – und gab weitschweifig vor, sie habe hier in der Gegend ein paar Besuche zu machen. Anderntags übersandte sie mir ihren schriftlichen Dank. Ich war noch dabei, ihre Botschaft zu lesen, da kamen Malachi und Harvey herein, auf ihre üblichen Plätze: Harvey ganz nahe zu mir, um mich besser anstarren zu können, und Malachi halb unter das Sofa, um jeden von uns zu sehen. Aus reiner Neugier starrte auch ich Harvey an, zog seinen schiefen Kopf an meine Knie und sah ihm minutenlang tief in die Augen. Nun kann ich ja in Malachis Augen jederzeit alles erkennen, was einen braven Hund ausmacht, da und dort untermischt von der angestrengten, halben Beseeltheit, die Umgang und Liebe des Menschen der Hundenatur hinzugefügt haben. Bei Harvey indes war das Auge verängstigt wie bei einem gepeinigten Menschen. Nur wenn man ganz tief hineinsah, war die normale Tiernatur zu erkennen, obgleich nur geduckt und bedrückt unter irgendwelcher unguten Last.

Leggatt, mein Chauffeur, kam um weitere Anweisungen.

»Was meinen *Sie* – wie macht sich das Vieh?« wollte ich von ihm wissen, während ich Harvey den würgenden Hals massierte. Der Tierarzt hatte mich nämlich gewarnt, daß Staupe spinale Beschwerden nach sich ziehen könnte.

»Mein Fall ist er ja *nicht*«, war die Antwort. »Aber mich kümmert's nicht, was er treibt – solange ich nicht im Zimmer mit ihm alleinsein muß.«

»Warum das? Er ist lammfromm wie Moses«, erwiderte ich.

»Er macht mir 'ne Gänsehaut. Am Ende kriegt er mir einen Anfall!«

Harvey jedoch gedieh recht zufriedenstellend, wie ich von Zeit zu Zeit seiner Besitzerin schrieb, und begann sogar, als er kräftiger wurde, mit allerlei gräßlichen Spielen wie Ausspähen, Verfolgen, Verbellen und Hetzen anderer Hunde. Doch dann ließ er plötzlich davon ab und nahm seinen steifen Gang wieder an, als hätte er eine hochwichtige Sache vergessen und könnte sich ihrer nur durch beständiges Anstarren meiner Person vergewissern. Eines Abends ließ ich ihn auf dem Rasen allein mit seinen Unwahrnehmbarkeiten, und begab mich ins Haus, um etliche Briefe postfertig zu machen. Das mag eine Stunde gedauert haben, denn ich mußte schließlich Licht machen, und spürte dabei, daß sich jemand im Zimmer befand, den ich zu allerletzt hier erblicken gewollt! Es war, als sträubte sich mir das Haar im Genick! Vor mir an der Wand hing ein Spiegel, und als ich hineinsah, gewahrte ich Harvey im Schatten an der geschlossenen Tür! Voll aufgerichtet saß er auf den Hinterbeinen und hielt den Kopf schräg, um am Sofa vorbei auf mich starren zu können. Das Gesicht mit der faltigen Stirn und den hochgezogenen Lefzen war das eines Hundes – und doch war sein Ausdruck im Augenblick meiner Wahrnehmung der eines Menschen, war auf erschreckende Weise menschlich! Indes, als mein Blut wieder zu pulsieren begann, lag er schon ausgestreckt auf dem Boden und betrachtete mich auf gewohnte, einäugige Weise. Gleich anderntags brachte ich ihn zu seiner Miss Sichliffe zurück: keinen Tag länger hätte ich ihn bei mir haben mögen, nicht um die Schätze ganz Asiens, ja nicht einmal um Ella Godfreys Billigung willen!

Miss Sichliffes Haus war, wie ich feststellen konnte, um die Mitte der viktorianischen Zeit erbaut worden und zeichnete sich – selbst daran gemessen – durch besondere Häßlichkeit aus. Umgeben war es von einem Garten voll disharmonischer Farben, und alles blitzte und glänzte von Glas und frischgestrichenem, eisernem Zierwerk. Herabgezogene, streifige Blenden verdeckten den Großteil der Fenster an diesem sommerlich hellen Vormittag, und zu Klavierklängen war eine Stimme zu hören, die sich an einer fast schon vergessenen Weise von Jean Ingelow versuchte –

> Mich deuchten die Sterne so strahlend und rein,
> Und von Sehnsucht die Segel geschwellt –

Das Fortepedal wurde betätigt, und der ungehemmte, flehende Klang scholl über ein Beet Tritomen herüber, die sich im eigenen Feuer verzehrten.

> Als ich sprach, heute nacht geht's zum Herzliebsten mein
> Am anderen Ende der Welt.

Ich verstehe nichts von Musik, aber die Stimme war gut. Also wartete ich auf das Ende des Lieds.

> O Mädchen, so hör, dort bin ich nicht mehr,
> Kein Ort mehr gehört mir allein –
> Kein Obdach an Land, keine Hütte am Strand,
> Ich will einzig im Herzen dir sein.

Armseliges Leben, so dachte ich, das nichts Besseres zu tun hat, als den Dienstagvormittag auf so nichtige Art zu vertrödeln! Doch plötzlich schlingerte diese Miss Sichliffe aus dem Haus auf mich zu, in plumper Hast und geblendet vom strahlenden Licht.

»Nun?« Wie ein mit aller Kraft geschleuderter Speer schoß es aus ihr hervor.

»Ich bring' Ihnen Harvey doch lieber zurück«, sagte ich. »Da ist er.«

Doch sie hatte nur Augen für mich und achtete nicht auf den Hund, der sich ihr jetzt zu Füßen warf. Es war, als wollte sie mir bis ins Innerste blicken, mich meiner Seele berauben!

»Und – was halten Sie von ihm? Was haben Sie aus ihm gemacht?« fragte sie atemlos. Ich war im Moment zu sehr verblüfft und brachte kein Wort hervor. Dann brach ihr die Stimme und sie beugte sich zu dem Vieh an ihren Knien. »O Harvey, Harvey, du nichtsnutziges Satansgeschöpf!« klagte sie, und der Hund kroch vor ihr auf der Erde herum in all seiner hündischen Servilität, bis ich gar nicht mehr hinsehen mochte. Deshalb wandte ich mich, um zu gehen.

»Aber nein, bitte – bleiben Sie doch!« Sie klammerte sich an die Wagentür. »Möchten Sie nicht ein paar Blumen mitnehmen, oder ein paar Orchideen? Wir haben ganz herrliche Orchideen, und« – sie schlug die Hände zusammen – »auch japanische Goldfische haben wir hier, echte japanische Goldfische mit vierfachen Schleierschwänzen! Und wenn *Sie* sich nichts daraus machen, dann vielleicht Ihre Freunde oder sonst irgendwer – ach, bitte!«

Harvey war wieder zu sich gekommen, und so fiel mir erst jetzt auf, daß dieses Weib ja ebenso würdelos um mich herumtanzte wie um sie noch eben vorhin der Hund.

»Aber gewiß doch«, erwiderte ich und schämte mich, ihr in die Augen zu sehen. »Zwar speise ich heute auf Mittleham, aber –«

»Da bleibt uns ja massenhaft Zeit!« rief sie bittend. »Was denken denn *Sie* über Harvey?«

»Er ist ein merkwürdiges Vieh«, sagte ich und stieg aus dem Wagen. »Immerzu starrt er mich an!«

»Während der ganzen Zeit, die er bei Ihnen war?«

»Ununterbrochen. Jetzt tut er's schon wieder – sehen Sie nur!«

Wir waren stehengeblieben. Harvey hatte sich nicht gesetzt und starrte nun abwechselnd auf uns beide, mit wiegender Kopfbewegung.

»Und so geht's den ganzen Tag«, sagte ich. »Was ist denn los, Harvey?«

»Ja, was ist los, Harvey?« echote sie. Der Hund riß den Rachen auf, wurde ganz steif – und es schüttelte ihn, als stünde ein Anfall bevor. Dann riß er sich merkbar zusammen und nahm seine starre Beobachtung neuerlich auf.

»Ist das *immer* so?« flüsterte sie.

»Immer«, erwiderte ich und erzählte ihr einiges über sein

Leben bei mir. Sie nickte ein paarmal und geleitete mich dann ins Haus. Die Türen im Innern waren naturbelassene Kiefer und nach gotischem Muster gefertigt. Es gab intarsierte Marmorkamine mit ziselierten Stahlgittern, staunenswerte Tapeten und allerlei oktagonales, medaillonverziertes Wedgwoodsteinzeug, schwarzgoldene Kandelaberhalter und jedwede andere Zier, welche das Kunstgewerbe oder die Wohlhabenheit zwischen 1851 und 1878 zu kaufen erlaubten. Und über allem der Firnisgeruch.

»Hier!« Sie öffnete eine gepolsterte Tür und wies auf den langen Korridor, der beiderseits weitere, gotische Türen aufwies. »Hier haben wir unsere Zöglinge – ›zurechtgebogen‹. Sie haben davon ja schon gehört, Mrs. Godfrey hat's Ihnen damals im Garten erzählt, als ich Harvey bekommen habe. Ich« – und sie atmete tief – »wohne hier ganz allein, ich bin ziemlich reich. – Komm zurück, Harvey!«

Er war den Korridor hinuntergetappt, steifbeinig wie immer, und hockte vor einer verschlossenen Tür. »Wissen Sie«, fuhr sie fort und trat vor mich hin. »Ich sage Ihnen das nur, weil auch Sie meinen Harvey zurechtgeflickt haben. Und Sie sollen jetzt wissen, daß ich eigentlich Moira heiße. Mutter nennt mich nur Marjorie, weil das vornehmer klingt – aber mein richtiger Name ist Moira, und ich stehe im vierunddreißigsten Jahr.«

»Sehr wohl«, sagte ich. »Ich werd' mir alles das merken.«

»Haben Sie Dank.« Und gleich danach, demütig wie ein verlegener Junge – »Tut mir leid – aber ich hab' doch nichts Ungehöriges ausgeplaudert? Wissen Sie – da schaut Harvey schon wieder her! –– Oh, was ich sagen wollte – nun, falls Sie jemals was brauchen sollten, in Orchideen oder Goldfischen oder auch sonst irgendwas, das Ihnen von Nutzen sein könnte – so brauchen Sie nur herzukommen. Durch letztwillige Verfügung bin ich vollkommen unabhängig, und in unsrer Familie lebt man sehr lange – leider sehr lang!« Sie blickte mich an, und ihre Miene verzog sich wie schmelzendes Glas. »Ich habe noch gut und gern fünfzig Jahre vor mir«, sagte sie.

»Vielen Dank jedenfalls, Miss Sichliffe«, erwiderte ich. »Seien Sie sicher, daß ich mich melde, falls ich irgendwas brauchen sollte.« Sie nickte. »Aber jetzt muß ich hinüber nach Mittleham!« sagte ich noch.

»Mr. Attley wird Sie noch gründlich verhören.« Zum ersten Mal lachte sie laut. »Ich fürchte, ich habe ihn aus der Grafschaft gescheucht. Natürlich ganz ohne Absicht – aber wahrscheinlich sieht er jetzt schon, wie unrecht er hatte. Sagen Sie doch auch Harvey Lebwohl!«

»Lebwohl, alter Freund«, sagte ich. »Starr mich zum Abschied noch einmal an, damit wir uns nächstes Mal wiedererkennen!«

Der Hund blickte auf, kam langsam zu mir herüber, blieb mit gesenktem Kopf stehen und zitterte am ganzen Körper, als ich ihm einen Klaps gab. Und als ich mich abwandte, kroch er schon wieder zu seiner Besitzerin zurück.

Das war kein guter Auftakt zu dem ausgelassenen, von allerlei weiblicher und auch männlicher Jugend dominierten Lunch auf Attleys Mittleham, das ich wie üblich im Besitz von jedermann vorfand, mit Ausnahme seines Besitzers.

»Und was hat das Dromedar gesagt, als du ihr das Hundevieh retourniert hast?« fragte mich Attley.

»Die üblichen Artigkeiten«, versetzte ich. »Ich gelte nun einmal als netter, auf Hunde spezialisierter Freund.«

»Ich beneide dich nicht darum! Seit ich dir Harvey anvertraut habe, hat sie sich gottlob hier nicht mehr blicken lassen. Vermutlich beteuert sie jetzt überall in der Grafschaft, du ganz allein hättest die Bestie kuriert. Wie eben 'ne Frau sich Dankbarkeit vorstellt.« Attley schien sich verletzt zu fühlen, doch Mrs. Godfrey lachte.

»Das beweist, daß Sie recht hatten, Ella, soweit es Miss Sichliffe betrifft«, sagte ich. »Sie hat mit keinem von uns etwas im Sinn gehabt!«

»Ich irre mich nie in solchen Dingen. Und nicht einmal einen Goldfisch hat sie Ihnen angeboten?«

»Überhaupt nichts«, sagte ich. »Sie wissen ja, wie so 'ne Jungfer sich aufführt, wenn's um ihren kostbaren Hund geht!« Und obwohl ich Jahre hindurch immer wieder erfolglos versucht hatte, Ella Godfrey zu belügen, so glaubte ich doch, daß es mir diesmal gelungen war.

Als ich an jenem Abend in unsere Zufahrt einbog, äußerte Leggatt halblaut: »Bin nur froh, daß Svengali* wieder dort ist, wohin er gehört! Höchste Zeit, daß unser Mike wieder ins Haus kommt!«

Und tatsächlich, Malachi war wieder da – gesund an Körper und Geist – doch voll jener nicht ganz geheuern Erwartung, die er sich von Harvey abgesehn hatte.

Es war schon Januar geworden, als Attley mir schrieb, Mrs. Godfrey, die mit Milly, ihrer unverheirateten, jüngeren Tochter, den Winter auf Madeira verbrachte, sei von einem typhösen Leiden befallen, und man habe sie aus dem Hotel, um den Ruf des Hauses zu wahren, ausquartiert und in einer angrenzenden Hütte untergebracht. Er sei, schrieb er weiter, mit einer Pflegerin unterwegs, und ich solle in England bleiben, bis er von sich hören lasse. Schon nach einer Woche kam sein Telegramm, daß nun auch Milly darniederliege, und daß ich, nach sorgfältiger Auswahl, zwei weitere Krankenschwestern mitbringen möge.

Schon siebzehn Stunden nach Eintreffen der Depesche hatte ich beide auf dem Kapdampfer untergebracht und sah dort mit an, wie sie seekrank wurden. Die folgenden Wochen wurden für mich und die Kranken zum schweren Delirium, überschattet von grotesken Erinnerungen an portugiesische Beamte und deren Versuche, Kalbshaxen-Aspik strafzuverzollen; an zungengewandte Ärzte und ihre Beteuerungen, es gebe gar keinen Typhus auf dieser Insel; an Pflegerinnen, die man erst anlernen, aus ihrem Alltagstrott bringen und dran gewöhnen mußte, die

* bekannter Hypnotiseur jener Tage. Anm. d. Ü.

Ablösung auf die Minute genau zu vollziehen; an nächtliche Rutschpartien über steile und glatte, kopfsteingepflasterte Gassen*, wo es nach Blumen und offenen Abwässern roch zwischen Mauern, die Attley und ich schon Stein für Stein auswendig kannten; an nachtlanges Wachen in stuckverzierten Veranden unterm Heraufzug und Abstieg der hellen Gestirne und den Versuchen, schon im Dämmern des Tags zu erkennen, was er mit sich bringen werde; an irre Ablenkungsversuche im örtlichen Spielcasino, wo wir Berge von Silber gewannen, was uns doch nicht zu trösten vermochte; an die von ein- und auslaufenden Dampfern verpestete Luft in den Straßen; an Hilfsangebote vollkommen Fremder, die wir gierig akzeptierten oder verwarfen; an das langsame, alptraumhafte Erwachen aus schwerer Krankheit, an einem Vormittag unterm rebenverwucherten Lattenverschlag, wo Attley mit einer der Pflegerinnen in enger Umarmung saß, während die anderen zwei einen stummen, leichtfüßigen Negertanz aufführten, den sie bestimmt nicht aus ihrem Spital in Middlesex mitgebracht hatten. Und zuletzt, als die innere Angespanntheit sich bei uns allen mit Ohrensausen und Kopfschmerz fühlbar zu machen begann (was wir aber dem Landwein zuschrieben), kam eine Vision über Mrs. Godfrey, deren graues Haar nun so leblos wie Glaswolle schien, doch deren verklärter Blick triumphierte über den Schatten des weichenden Tods zwischen ihr und der Tochter Milly, die unglaublich größer geworden war und nahezu vehement wieder zum Leben erwachte, gleich ihrer Mutter in einen Rohrstuhl gestreckt – und beide verlangten fast schreiend nach stärkender Kost.

In solcher Stunde des Aufatmens trat in unser Leben ein jugendlich wirkender Mann von mittleren Jahren. Sein Name war Shend, er hatte unausgeprägte Züge und einen flehenden Blick. Er sei mit mir im Casino am Spieltisch gesessen, ließ er uns wissen, und das war ja nicht die beste Empfehlung. Ich

* in Funchal fährt man teilweise auf Kufen. Anm. d. Ü.

erinnere mich, daß er uns zweimal einen Korb für die Kranken zustellen ließ, mit Likör und Champagner. Ein Matrose mit rotbequasteter Mütze brachte das Zeug schon um drei Uhr früh zu unserer Hütte herauf. Jener Shend war der Sohn eines Großkaufmanns im Farben- und Ölhandel und besaß eine Dampfjacht von vierhundert Tonnen, auf die wir später, zufolge seines beharrlichen Drängens, unser Domizil verlegten, mit Sack und Pack. Milly weinte vor Freude, als sie der entsetzlichen Hütte endlich den Rücken wandte. Wochenlang lagen wir so vor Funchal, und Shend wirkte Wunder an Luxus und Fürsorglichkeit durch seine Beauftragten, erkundigte sich aber niemals persönlich nach unserem Wohlbefinden. Es kam sogar vor, daß wir ihn an mehreren Tagen hintereinander nicht zu Gesicht bekamen. Er begründete das mit Anfällen von Malaria. Da jedoch, wie ich wußte, Mrs. Godfrey und Attley im Geben überaus großzügig waren, verstanden sie sich auch darauf, großzügig im Nehmen zu sein. Doch ist mir im Leben kein Mensch mehr untergekommen, der so nobel zu geben und auch den Dank entgegenzunehmen verstand, wie Shend dies getan hat.

»So sagen Sie doch, weshalb Sie so unglaublich nett sind zu uns Zigeunern«, bat ihn eines Tages an Deck Mrs. Godfrey.

Er blickte von dem Diagramm der Untiefen auf, anhand dessen er mir die Lage der Sandbänke in der Themsemündung erläutern gewollt, und versetzte in seiner sanftlächelnden Art:

»Das will ich gern tun: es macht mich ganz einfach glücklich – ja mehr noch als glücklich –, mit Ihnen beisammen zu sein. Ich fühle mich dabei wohl. Haben Sie denn eine Ahnung, wie eigensüchtig Männer sein können? Wenn ein Mann in Gesellschaft bestimmter Menschen sich wohlfühlt, so ist er imstande, sie auf den Tod zu langweilen, genau wie ein Hund! Und bei Ihnen habe ich stets das Gefühl, mir könnten erfreuliche Dinge bevorstehn!«

»Haben Sie denn noch niemals erfreuliche Dinge erlebt?« fragte Milly.

»Dies hier ist das Allererfreulichste, was mir seit Jahren passiert ist«, erwiderte er. »Mir geht es dabei wie dem Mann in der Bibel – es ist ein ›guter Ort‹ hier. Im allgemeinen spüre ich sowas ja nie, wo auch immer ich mich befinde.« Und als er weitersprach, war's, als bäte er mich um eine Gnade: »Würden Sie mir erlauben, mit Ihnen gemeinsam nach Hause zu fahren – denselben Dampfer wie Sie zu benutzen? Ich würde Sie ja auf dem Ding da heimbringen, um Ihnen die Mühe des Kofferpakkens zu sparen – aber die Jacht ist zu wendig für den Seegang in der Biscaya.«

Also buchten wir unsre Kabinen, und als es Zeit zur Abreise war, schiffte er uns und unser gesamtes Gepäck mit der Präzision eines Kreuzers der Kriegsmarine auf dem nach Southampton bestimmten Postdampfer ein, als wären wir eine Gesandtschaft. Dann ging auch er von Bord seiner Jacht – als unauffälliger Fahrgast in einer Backbordkabine gegenüber der meinen.

Unmittelbar danach liefen wir aus, kamen ins britische Frühlingswetter und demzufolge in sehr starken Südwest. Mrs. Godfrey, Milly und auch ihre Pflegerinnen verschwanden und zeigten sich nicht mehr an Deck. Attley stand es durch bis zur folgenden Mahlzeit, wurde gelb im Gesicht und verschwand gleichfalls, so daß Shend und ich den kleinen Tisch ganz für uns hatten. In Abwesenheit der Damen wirkte er fast noch anziehender. Seine natürliche Sanftheit, seine Stimme und seine Art nahmen mich für ihn ein, und seine Kenntnis der Seefahrtpraxis (er besaß auch das Kapitänspatent für Handelsschiffahrt) war die reine Freude für mich. Wir saßen im leeren Speisesaal und danach noch im Rauchsalon lange beisammen und begaben uns erst gegen elf Uhr nachts übers glitschige Deck nach unten in unsre Kabinen.

An einem Freitagabend, ich war schon dabei, mich in die Koje zu legen, kam er in meine Kabine – er hatte sich eben die Zähne geputzt, wie er das täglich sechsmal tat.

»Macht es Ihnen was aus«, sprach er überstürzt, »wenn ich noch hereinschaue auf einen Sprung? Ich bin etwas durcheinander.« Ich muß überrascht gewirkt haben. »Im allgemeinen fühl' ich mich besser nach einem Schnaps – aber der Whisky aus meinem Koffer hat mich erwischt! Lassen Sie mich, lieber Freund, um Gotteswillen heut nacht nicht im Stich! Da – sehen Sie nur –, meine Hände!«

Die zitterten ganz gewaltig an den Gelenken. Er ließ sich auf einen Koffer fallen, den der Seegang hervorgerückt hatte. Wir machten nur halbe Fahrt, und das Schiff stampfte ganz gehörig in der unruhigen See, die gegen die nachtschwarzen Luken schlug. Eine reizende Nacht stand bevor!

»Sie verstehen mich doch – oder nicht?« schwatzte er weiter.

»Aber ja«, sagte ich munter. »Nur, wie wäre es, wenn ich –«

»Nein, nein: nur keinen Arzt! ›Rufst du den Arzt, dann weiß es das ganze Schiff‹. Außerdem ist's nur ein leichter Anfall. Sie glauben es nicht? Zähneputzen – das ist der Trick. Ich geb' Ihnen das Rezept.«

»Wenn's um ein Rezept geht, ruf' ich doch lieber den Doktor – meinen Sie nicht?« schlug ich vor.

»Na gut! Ich gebe mich vorbehaltlos in Ihre Hände. Eigentlich habe ich das ja schon immer getan. Ich hab' mir gesagt – ich bin doch nicht lästig? –, von Anfang an sagte ich mir, ›Das ist der Mann!‹« Er wiederholte die Wendung und stützte sich auf seine Knie. »Jedenfalls können Sie sich von mir gesagt sein lassen, daß dieses Leben in Reichtum und Nichtstun hundsmiserabel ist! Ob nüchtern oder betrunken – es ist kein Kinderspiel!«

Ein Ruck des Koffers schleuderte ihn quer durch die Kabine. In diesem Moment trat der Steward ein, dem ich geklingelt hatte. Ich bat den Arzt schriftlich um Bromtabletten, während Shend sich noch mühte, auf die Beine zu kommen.

»Was war denn *das*?« fragte er. »Ach ja, ich weiß schon! Wir nehmen Fahrt weg fürs Loten vor Ushant. Es wird ja auch Zeit. Wenn Sie dann wieder hereinschauen, Matchem, dann ziehn Sie die Blenden hoch und machen sie fest – so brauchen Sie uns nicht zu wecken. Beim Gezeitenwechsel gibt's hohe See. – Sie sehen also«, sagte er, als der Mann draußen war, »auf mich ist Verlaß. Sie – Sie halten mich doch zurück, wenn ich was Ungehöriges sage, nicht wahr?«

»Reden Sie nur«, erwiderte ich. »Wenn Sie's erleichtert?«

»So ist es – Sie sprechen es aus. In Ihrer Gesellschaft ist alles leichter für mich – auf Sie kann ich mich verlassen. Ich drücke mich ungeschickt aus, doch Sie verstehen mich schon. Wir werden es ihm jetzt zeigen ... Ich bin ja vielleicht ein nichtsnutziger Kerl – aber streitsüchtig, das bin ich nicht ... Das habe ich ihm beim Frühstück gesagt. ›Doktor‹, hab' ich gesagt, ›ich will ja nicht streiten, aber wenn Sie es nochmals zulassen sollten, daß jenes Mädchen wieder von Clements belästigt wird, dreh' ich Ihnen persönlich den Hals um!‹ – Das halten Sie doch für richtig?«

»Absolut«, bestätigte ich.

»Dann brauchen wir ja nicht weiter darüber zu reden. Der Absicht nach ist jener Mann ein Mörder gewesen – nicht im gesetzlichen Sinn, wie damals die Dinge lagen – verstehn Sie? Das hat sich inzwischen geändert – aber *mich* hat er niemals getäuscht. Das hab' ich dem Doktor gesagt. Ich hab' ihm damals gesagt, ›Ich weiß nicht, wieviel mein Kopf Ihnen wert ist, aber wenn Sie jemals zulassen, daß Clements das Mädchen nochmals belästigt – so ist es vorbei mit Ihnen!‹«

»Und was tat er darauf?« fragte ich, um ihn am Reden zu halten, denn soeben trat Matchem ein und brachte die Bromtabletten.

»Ach, der ist auf der Stelle *so klein* geworden! – Wird oben an Deck noch immer gelotet, Matchem?«

»Ich habe nichts weiter gehört«, sagte der treue Diener der Union-Castle-Schiffahrtsgesellschaft.

»Schon gut – nur nicht die Passagiere aufregen! Machen Sie jetzt die Blenden hinauf, ja?« Matchem machte sie fest, denn das Schiff schlingerte ganz gewaltig. Getrampel ertönte von Deck, und auch Möwengeschrei wurde vernehmbar. Shend musterte mich mit seemännischem Blick.

»Das hat nichts auf sich«, beruhigte er mich.

»Oh – für *Sie* gewiß nicht!« Ich ergriff die Gelegenheit. »Aber für mich? *Ich* habe kein Kapitänspatent der Handelsmarine – ich bin bloß Passagier, und als solcher habe ich Angst!«

Sogleich änderte sich seine Haltung – mein Appell hatte funktioniert.

»Es ist alles ganz einfach, mein Bester, und sonnenklar: wir sind drauf bedacht, auf fünfundsechzig Faden zu bleiben. Jede geringere Tiefe bei diesem Südwest würde bedeuten – aber ich hol' meine Lotsenkarte herüber und werd's Ihnen zeigen. Bin wirklich froh, einmal zur Abwechslung *Sie* zu beruhigen!«

Mithin war die Situation gerettet: während der folgenden Stunde – er lehnte den Drink ab – navigierte er uns anhand seines Kanalführers um Ushant herum und auf meine Bitte noch weiter, durch den Kanal nach Southampton hinauf, Leuchtfeuer um Leuchtfeuer und mit allen erklärenden Reminiszenzen – bis ich beteuerte, ich sei nunmehr völlig beruhigt, und ihm vorschlug, er möge nun endlich zu Bett gehn.

»Sofort«, sagte er. »Aber, ob Sie's nun glauben oder auch nicht« – er blickte von seinem Buch auf und zu meinem wildschaukelnden Schlafrock an der Kabinentür – »ich hab' eben vorhin eine halbe Stunde lang Dinge gesehen! Tatsache ist, daß ich ganz nahe davor bin, auf ganz dünnem Eis, nur um die Ecke herum – nordöstlich, direkt davor – wo jener Hund mich immerzu anstarrt!«

»Wie sieht er denn aus?« fragte ich.

»Ah – was für ein Trost Sie mir sind! Die meisten Leute gehn einfach durch das, was ich sehe, hindurch, um mir zu beweisen, daß es nicht existiert. Als ob ich's nicht wüßte! Aber *Sie* sind da anders – das sieht man mit *einem* Auge.« Er setzte sich auf und wies vor sich hin.

»Verdammt noch einmal! Der Hund sieht ja auch nur mit einem – Nein doch, er *kennt* Sie! Er kennt Sie genau! Haben auch Sie *ihn* gekannt?«

»Wie kann ich das sagen, wenn's ihn gar nicht gibt?« entgegnete ich.

»Aber Sie können's! *Sie* sind in Ordnung, das hab' ich auf Anhieb gemerkt. Sie dürfen mich jetzt nicht im Stich lassen – oder ich fall' auseinander wie *Drummond Castle*. Entschuldigen Sie, alter Freund – aber, nicht wahr, Sie *kennen* den Hund! Ich werd' es Ihnen beweisen: was *tut* er? Na, sagen Sie schon! Sie *wissen* es ja!« Ein Zittern befiel ihn, er faßte nach meinem Knie und flüsterte mir verschwörerisch zu: »Ich buchstabiere es Ihnen, oder besser, wir tun es abwechselnd. Sie fangen an!«

»S«, sagte ich, um ihn bei Laune zu halten, denn was sollte ein Hund denn andres machen als stehen und sitzen oder springen und schnüffeln und starren?

»C«, sprach jetzt er, und ich spürte, wie heiß seine zitternde Hand war.

»H«, sagte ich. Ein anderer Buchstabe kam nicht in Frage – und auch ich begann jetzt zu zittern!

»I.«

»E.«

»L – e – n,« stieß er hastig hervor. »Na also – das ist der Beweis! Ich hab' ja gewußt, daß Sie ihn kennen! Sie glauben gar nicht, wie mich das erleichtert. Unter uns gesagt, alter Freund – in letzter Zeit ist er mir öfter erschienen, als es mir lieb war. Und ein schielender Hund – ein Hund, welcher schielt! Das ist doch wohl wirklich ein *zu* starkes Stück! Na – was meinen *Sie*?« Er schluckte, setzte sich neuerlich auf, und ich machte mich drauf gefaßt, daß schon beim nächsten Satz der Fieberwahn ihn überwältigen werde.

»Aber woher denn«, sagte ich – und es war meine letzte Chance, ich hatte die Hand schon am Klingelzug. »Sie haben mir bloß bewiesen, daß ich ihn kenne – also sind wir jetzt *beide* im selben Boot – weiter nichts!«

»Himmel! Welcher Gedanke! Natürlich, jetzt sind wir zu zweit! Ich hab' ja gewußt, Sie verstehen mich! Jetzt werden wir's ihnen zeigen! He – Hundchen! ... Weg ist er. Spurlos verschwunden!« Erleichtert seufzte er auf, und ich nutzte den günstigen Zeitpunkt.

»Geschafft!« sagte ich. »Wahrscheinlich hat er nur *mich* sehen wollen. So, und jetzt trinken Sie das – und hauen sich dann gleich hier in die untere Koje!«

Dies tat er denn auch, wenngleich er einwandte, er könne mich doch nicht so sträflich inkommodieren und so fort und so weiter – und fiel inmitten seiner Proteste in Schlaf. Mir aber stand eine schlaflose Nacht bevor – es gab ja sehr viel zu bedenken. Indes, kaum war ich in die obere Koje gekrochen, da kam der Schlaf auch über mich – wie eine Woge von jenseits der Welt.

Der Morgen war voll von Entschuldigungen, die wir beim Frühstück abmachten, noch vor dem Erscheinen der andern.

»Ich glaube – nach alledem – nein, Sie trifft keine Schuld. Ich bin nun mal ein verlorener Bursche.« Er hob den Blick und sah mich über den Tisch hinweg an – wie ein Hund!

»Shend«, erwiderte ich, »ich betreibe zwar keine Sonntagsschule, aber sobald wir an Land sind, steigen Sie in meinen Wagen und kommen zu mir nach Hause!«

»Das ist wirklich freundlich von Ihnen – freundlicher, als Sie glauben!«

»Es ist nur, weil Sie noch immer so durcheinander sind. Ich möchte mich wirklich nicht in Ihr Privatleben mischen ——«

»Ach, wenn Sie's nur täten!« fiel er mir ins Wort.

»Nun – würden Sie mir dann den Vornamen jenes Mädchens verraten, das von einem Mann namens Clements belästigt wurde?«

»Moira«, sagte er leise. Und eben in diesem Moment traten Mrs. Godfrey und Milly an unsern Tisch, schon mit ihren Hüten und fertig, von Bord zu gehen.

Erst zu Mittag legten wir an, aber der treue Leggatt stand schon mit dem Wagen ganz nahe am Wasser, und neben ihm saß Malachi, beredt wie Demosthenes und wie gewöhnlich mit goldenem Halsband – oder Leggatt macht, daß es aussieht wie Gold. Shend schrak ein wenig zusammen, als er ihn sah. Wir packten Mrs. Godfrey und Milly in Attleys Wagen – sie wollten mit ihm nach Mittleham, wie denn anders – und fuhren dann selber los, über die Bahngleise weg und in den strahlenden Vorfrühling Englands hinein. Shend seufzte vor Glück und Zufriedenheit.

»Ich weiß ja nicht, ob Sie es wissen«, sprach er vertraulich, »aber hätten Sie mich im Stich gelassen – ich wäre gleich nach dem Frühstück in meine Kabine gegangen und hätt' mir den Hals durchgeschnitten. Und jetzt – es ist wie ein Traum – und ein sehr schöner Traum noch dazu!«

Wir speisten mit den drei andern in Romsey zu Mittag. Danach nahm ich auf dem Vordersitz Platz, um mit Malachi ein wenig zu plaudern. Als ich nach hinten sah, war Shend schon tief eingeschlummert – und schlief durch volle zwei Stunden, während derer Leggatt längs der sich begrünenden Hecken hinter Attleys bulligem Daimler einherfuhr. Shend wurde erst wieder wach, als wir vor Mittleham Abschied nahmen und ein baldiges Wiedersehen verabredeten.

»Und hoffentlich«, äußerte Mrs. Godfrey, »steht Ihnen jetzt nur mehr Angenehmes bevor!«

»Und das haufenweise – und womöglich alles auf einmal!« rief die hochaufgeschossene, noch von der Krankheit gezeichnete Milly und schwenkte ihr nasses Taschentuch.

»Ich muß noch zu einem Haus in der Nähe, um zu sehn, wie's dem dortigen Hund geht«, sagte ich. »Dann fahren wir gleich zu mir weiter.«

»Die Gegend hier ist mir von früher bekannt«, versetzte er nur und sagte kein Wort mehr, bis Leggatt das Pförtnerhaus an Miss Sichliffes Einfahrt passierte. Shend atmete schwer.

Miss Sichliffe, in grünem Regenmantel, orangefarbenem Wollzeug und hellrosa Lederhut, machte sich an einem Beet Zwiebeln zu schaffen. Erst als wir anhielten, richtete sie sich auf und holte tief Atem. Shend stieg aus dem Wagen und trat auf sie zu. Sie reichten einander die Hand, wandten sich um und gingen mitsammen ins Haus. Harvey der Hund stürzte hervor aus dem Schutz einer Bank, und Malachi, mit einem einzigen, freudigen Sprung, fiel über ihn her – als Feind und als Artgenosse. Und Harvey, bis auf seine Pflichten als Wachhund von jeglicher Bürde befreit, machte bereitwillig mit: er war um ein halbes Jahr größer und stärker geworden.

»So laßt sie doch!« rief der Chauffeur und umtanzte selber den Aufruhr. »Sie haben sich so lange aufgespart für einander! Es tut ihnen unglaublich gut!«

»Leggatt«, ersuchte ich ihn, »würden Sie Koffer und Tasche von Mr. Shend hinüberschaffen zum Haus und gleich hinterm Eingang abstellen? Wir fahren gleich weiter.«

Somit sah ich das Ende des Kampfes allein. Es herrschte drückende Hitze, und die beiden leckten einander liebevoll ab, bis Harvey, das eine Auge flehend auf mich gerichtet, auf den Vordersitz sprang, von Malachi in solchem Wunsch unterstützt. Zwar war es Diebstahl, doch ich nahm Harvey mit, und wir redeten auf dem Heimweg nur von R-ratten und R-rebhühnern, K-haninchen und K-hnochen und ähnlich lebenswichtigen Dingen. Und nach dem Abendessen schliefen die beiden vorm offenen Feuer, ein jeder den Kopf an meine Knöchel geschmiegt – je ein Hundekopf beiderseits des Gelenks, bis ich sie mit dem Fuß anstieß und hinaufscheuchte zu ihrem Schlafplatz.

Ich war nicht zugegen auf Mittleham, als sie dort erschien und ihre Verlobung bekanntgab, sondern hörte davon erst durch Attley und Mrs. Godfrey, die mit der brühwarmen Nachricht im Vierzigmeilentempo angebraust kamen. Mrs. Godfrey beschimpfte mich weidlich und beschuldigte mich, ich hätte vorsätzlich geschwiegen.

»Solange sie *mir* nicht die Schuld gibt, macht's mir nichts aus«, sagte Attley.

»Sie müssen es schon die ganze Zeit über gewußt haben!« rief Mrs. Godfrey wieder und wieder. »Was sonst hätte Sie bewogen, ihr den Mann buchstäblich in die Arme zu treiben?«

»Ich wollte ja bloß mal nach Harvey sehen«, erwiderte ich.

»Aber was macht dann die Bestie *hier?*« fragte Attley, während Malachi und Harvey der Hund einen Familienrat mit Bettina abhielten und sie dabei überstimmten.

»Ach – Harvey schien sich *de trop* zu fühlen da drüben – er war einfach überzählig«, erklärte ich. »Und sie hat ihn auch gar nicht mehr abholen lassen. Kümmert euch doch um Bettina, bevor die beiden sie abgemurkst haben!«

»Genug der Lügen um diesen Hund«, wandte sich Mrs. Godfrey an mich. »Wenn er nicht schon mit Lügen zur Welt kam, so hat man ihn dann mit ihnen getauft! Wissen Sie denn überhaupt, *warum* sie ihn Harvey genannt hat? Auch ich bin erst während der Zeit meiner schrecklichen Krankheit dahintergekommen, weil einem da alles und jedes im Kopf herumgeht. Sie kennen doch Ihren Boswell? Was hat Johnson über Hervey gesagt – wohlgemerkt, über Hervey mit *e*?!«*

»Ach – *daran* also liegt's!« entfuhr es mir unwillkürlich. »*Des*halb sollte ich mir mein Buchstabieren *vor*her überlegen – und hab' mich dabei vollkommen verrannt! Moment mal – gleich hab' ich es wieder. Johnson hat gesagt: ›Er war ein verwerflicher Mensch ...‹«

»›... aber sehr freundlich zu mir‹«, fiel mir Mrs. Godfrey ins Wort. Und dann, wir beide gemeinsam: »›Wenn Sie einen Hund »Hervey« tauften, so müßt' ich ihn gernhaben.‹«

»Also *waren* Sie in die Geschichte verwickelt! Jedenfalls hatten Sie einen Verdacht – von Anfang an? Heraus mit der Sprache!« gebot Mrs. Godfrey.

»Ella«, sagte ich, »ich weiß es mir nicht auf vernünftige Art zu erklären. Das alles – es war nur das Werk einer Frau, und es hat mich entsetzlich genervt!«

* *James Boswell* (1740-1795), schottischer Biograph und Busenfreund Samuel Johnsons. Autor literarisch bedeutsamer Tagebücher. *Dr. Samuel Johnson* (1709-1784), engl. Lexikograph, Hrsg. v. Shakespeares Werken, führender Literarhistoriker seiner Zeit. *James Hervey* (1714-1758), engl. Hellseher und Wahrsager. Anm. d. Ü.

»Warum eigentlich?« fragte sie.

Das war vor sechs Jahren. Und ich hab' es hier niedergeschrieben, um ihr – wo auch immer sie sein mag – reinen Wein einzuschenken.

# *Am Tor (1916)*

Wäre die Ordnung dort oben bloß eine Abspieglung irdischer Einrichtungen (wie uns jener Altvordre versichert, der um sie gewußt hat), so ließe solche Entsprechung auch zu, daß sogar in den Amtsbereichen des Todes Unordnung sich breitmachen könnte: die Sterberate auf dieser Welt nimmt ständig ab, die medizinisch verlängerte Dauer tödlicher Krankheit prolongiert über Monate hin die Vorwarnungsfrist der Befallnen und hat dergestalt die bisherige Handlungsfreiheit des Nekrologie-Dezernats erheblich beschränkt. Überdies hat der ausgebrochene Krieg die betreffenden Ämter nicht minder unvorbereitet getroffen als die gesamte, gesittete Menschheit, so daß man sich amtlicherseits zum Improvisieren genötigt sah, ja sogar zu Schuldüberwälzung, unter den Augen des Himmels.

Es traf zu, was der Tod höchstpersönlich zu Sankt Petrus sagte, als dieser das Tor kurz verlassen hatte, um sich eine Pause zu gönnen: »Man versucht ja, sein Bestes zu geben mit dem, was zur Hand ist! Doch leider –«

»Wem sagst du das!« stimmte verständnisinnig der milde Heilige zu. »Auch unter Heranziehung sämtlicher Helfer, welche ich aufbieten kann, stehe ich Tag und Nacht geschlagene zweiundzwanzig von vierundzwanzig Stunden am Tor!«

»Sind denn diese Volontäre wirklich von Nutzen?« fragte der Tod. »Wär's nicht viel leichter, selber die Arbeit zu tun und nicht erst –«

»In diesem Punkt muß man vorsichtig sein«, versetzte Sankt Petrus. »Indes, ich weiß schon, wie du das meinst: am Ende macht ja das Amt auch die Besten von uns zu Beamten – was *ist* denn schon wieder?!« Unwirsch wandte er sich an den Seraph, der jetzt mit hochwichtiger Miene einen Vertreibungsbeschluß zur Absegnung präsentierte. Flüchtig prüfte Sankt Petrus den Wortlaut: »Schütze R. M. Buckland«, stand da zu lesen, »wird der Behauptung beschuldigt, ›Es gibt keinen Gott‹.«

»Ist das alles?« fragte der Heilige.

»Sir, er hat sich sogar erbötig gemacht, den Wahrheitsbeweis anzutreten! Und unseren Regeln zufolge –«

»Wären Sie zur Genüge vertraut mit unseren Regeln, so hätten Sie dort auch den Passus gefunden, ›Nur der Narr sagt in seinem Herzen, Es ist kein Gott‹! Und *das* ist der entscheidende Punkt: wahrscheinlich Nervenschock, erlitten im Trommelfeuer. Haben Sie schon die Reflexe des Mannes geprüft?«

»Zu Befehl, Sir, noch nicht. Nur, er bleibt bei seiner Behauptung, es gebe –«

»Veranlassen Sie die Einlieferung! Und stellen Sie jemanden ab, der den Sachverhalt mit ihm erörtert! Besorgen Sie ihm den bestmöglichen Zuspruch, solange Sankt Lukas nicht abkömmlich ist! – Liegt sonst noch was vor?«

»Da wäre noch der Bericht über eine Rotkreuzschwester, Sir. Zwei Jahre Lazarettdienst in Frankreich.«

»Eine recht lange Zeit«, meinte Sankt Petrus bedeutsam. »Da wär' es schon möglich, daß das Fleisch einmal schwach wird.«

»Es ist der *Zivil*bericht, Sir. Ich hielt es fürs beste, ihn *Euch* vorzulegen.« Damit überreichte der Seraph ein grellrotes Formular.

»Nächstens«, sagte Sankt Petrus, indem er den obern Rand umkniff und einen Vermerk darauf schrieb, »wenn Ihnen wieder mal – na, so ein farbiger Wisch unterkommt, stempeln Sie ›Q.M.A.‹ drauf und lassen den Inhaber durch! Nur nicht die Zeit vertrödeln mit solchem Kleinkram!« Der Seraph schwirrte ab, zurück zu dem Massenbetrieb vor dem Tor.

»›Q.M.A.‹?« erkundigte sich der Tod. »Welche Abteilung ist das?« Sankt Petrus begann zu lachen.

»Das ist eine *Regel*, keine Abteilung: ›Quia multum amavit‹ – ›Die da viel‹ ... na ja. Eine recht praktische Regel – ich hab' sie auf alle erweitert, die ... Was ich mich frage, ist nur, woran die Kleine *wirklich* gestorben sein mag ...«

»Will gleich mal nachfragen«, sagte der Tod und trat an den

Telefonautomaten. »Bitte, die Kriegsüberwachung, Evidenz Jüngstes Gericht – Englische Seite, Nichtkombattanten!« begehrte er. »Den neuesten Einlauf ... natürlich, der muß schon bei Ihnen sein! ... Jawohl, Rotkreuzschwester, Frankreich ... Nein! *Nicht* ›Charakter- und Dienstbeurteilung‹! Ich sagte – *Welche – Art – Krankheit*? ... Danke!« Er trat wieder zu Sankt Petrus. »Herzversagen nach verschleppter Brustfellentzündung – offenbar zuviel Überstunden.«

»Großartig!« Sankt Petrus rieb sich die Hände. »Das bedeutet gehobene Kategorie – ›K. M. H.‹, nächsthöhere Einstufung: ›Kein Mensch hat der Liebe so viel‹ ... Eigentlich hätten das *meine* Leute sofort wissen können!«

»Wer *ist* eigentlich dieser Schreiberling?« fragte der Tod. »Ein strammer Vorkämpfer der Schicklichkeit und Moral?«

»Ach – nur der heutzutag gängige Typ«, versetzte Sankt Petrus. »Eine ganz junge Kraft, bisher verantwortlich für irgendein halbausgebackenes Universum – und ebenso nebulos. Hat's noch niemals mit richtigem *Leben* zu tun gehabt.«

»Genau wie bei mir«, seufzte der Tod. »Mit meinen Bureauchefs ist es nicht anders. Die Kalkhaufen wollen um keinen Preis einsehn, daß wir einer vollkommen *neuen* Ära entgegensterben! – Komm doch mit mir und schau sie dir an! Es könnte recht interessant sein!«

»Oh, danke, das möcht' ich recht gern, doch – entschuldige einen Moment! Da schwirrt mein junger Eiferer schon wieder an!«

Der Seraph kam mit der Nachricht, man sichte unüberschaubare Scharen im Anmarsch aufs Tor – und was ihm der Heilige riete?

»Ich bin im Begriff, einen interdepartmentalen Rundgang zu machen«, wehrte Sankt Petrus ab. »Sie *müssen* sich dran gewöhnen, auch auf *eigene* Faust zu handeln! Ich werde Sie also auf ein bis zwei Stunden sich selbst überlassen und schlage bloß vor (doch ohne Ihrer Entscheidung vorgreifen zu wollen), Sie nehmen den Heiligen Paulus, den Heiligen Ignatius (Loyola natürlich) und – sagen wir – auch Sankt Christophorus als Beisitzer in den Aufnahme-Ausschuß. Ignatius als einen unsrer spitzfündigsten Geister – auch ist er Edelmann *und* Offizier. Glaub mir« – er sprach jetzt wieder zum Tod –, »sein Lieblingsfach ist Dialektik, und wird ihm ein Fall übertragen, so ist er imstand, dir den schwärzesten Bösewicht lilienweiß zu waschen! Na, und Sankt Christophorus bringt ohnehin jeden herüber, der genugsam durchweicht und schlammverschmiert aussieht!«

»Aber so sehen fast alle der Neuangekommenen aus, Sir!« gab der Seraph jetzt zu bedenken.

»Dann ist's umso besser. Ja – was ich noch sagen wollte ... nämlich, der Heilige Paulus hat seine Mucken – ein ausgeprägt *starker* Kollege ... na, jeder von uns hat seine Schwächen ... Aber vielleicht wär' es günstig, bei Gelegenheit auf seine Seefahrerzeit im Mittelmeer anzuspielen. Übrigens – lassen Sie sich den Namen des Schiffes ausheben! In Alexandria registriert, glaube ich. Unter Umständen könnte das hilfreich sein bei diesen so plötzlich auftauchenden Schiffsuntergängen. Daß Sie streng zu sein haben, muß ich bei *Ihnen* ja nicht erst betonen – es ist Ihre Lieblingssünde. Was ich meine, ist nur – nun – seien Sie streng vor den *andern*, jedoch –« dem Heiligen brach fast die Stimme: »Ach, Kind, Sie ahnen ja gar nicht, was es bedeutet, auf Vergebung angewiesen zu sein! Seien Sie sanft mit den armen Teufeln – so behutsam wie möglich!«

Rasch wie ein fallender Lichtstrahl küßte der Seraph dem Heiligen den sandalenbekleideten Fuß – und war gleich danach weg.

»Na«, sagte Sankt Petrus, »viel wird er nicht anstellen können mit einem Aufnahmeteam, wie ich es ihm da arrangiert hab'!«

Die beiden schritten nun auf das große Verwaltungsgebäude des Normal- & Zivil-Todes zu, das rundum von flachen Behelfsbaracken umstellt war und an ein geschlossenes Spielbrett inmitten verstreuter Dominosteine gemahnte.

Man betrat jetzt ein Areal aus Längs- und Querstraßen zwischen langen und flachen Gebäuden, bevölkert von zahllosen Seraphim, die emsig ihrer Arbeit oblagen, bei zusammengepreßten Flügeln.

»Unsre Behelfs-Zubauten«, erklärte der Tod. »Und immer noch neue kommen hinzu! Wir befinden uns hier auf der Seite des Kriegs. Auf der normalen Zivilseite drüben wirst du nicht viel Veränderung merken – noch weniger, als bei den Menschen auf Erden!«

»Ich bin wohl der Letzte, sie darob zu tadeln!«

»Eben! Ob ich wohl jemals *der* Seele begegne, der du *keine* Entschuldigung fändest?« sagte der Tod. »Bei *mir* jedenfalls gibt's *kein* Arrangement von Aufnahme-Kommissionen!«

»Wer seinem Stab nicht von sich aus hilft, dessen Stab hilft sich nimmer von sich aus«, versetzte lachend Sankt Petrus, schon im Schatten des Eingangs zum N.Z.T.-Hauptverwaltungsgebäude.

»Erinnert dich diese Fassade nicht irgendwie an den Vatikan?« frug jetzt Sankt Petrus beiläufig.

»Man ist hier auch ebenso konservativ! Schau nur, wie sie noch immer die Holbein-Uniform tragen! – Wünsch' einen Guten Morgen, Korporal Ender – wie geht's denn allweil?« sagte der Tod beim Öffnen des staubigen Eingangs und nickte einem der Türsteher zu, welcher angetan war mit der grimmen, von Hans Holbein entworfnen Livree.

»Traurig, überaus trist, Sir«, versetzte der Angesprochne. »Gar so viel arme Damen und Herrn, Sir, wo gut und gern noch ein paar Jährchen vor sich gehabt hätten, kratzen jetzt, wie man so sagt, ganz einfach ab – da bleibt keine Zeit für die guten, alten Begräbnisfestivitäten!«

»Das ist wirklich jammerschade«, sagte mitfühlend der Tod. »Indessen – *keiner* von uns wird ja jünger, mein Bester!«

Gleich danach ging's eine prunkvolle Stiege hinauf, die beiderseits dekoriert war mit allem erdenklichen, funebralen Gepränge. Auf dem Treppenabsatz (er war von dunklem Granit) hielt der Tod inne und winkte einem der Kammerherrn.

»Wir haben heut Hochbetrieb, Sir«, flüsterte dieser. »Aber ich glaube, bei *Ihnen* wird Majestät eine Ausnahme machen!«

»Sag mir – wer *ist* eigentlich hier der Chef? Bist das nicht *du?*« fragte Sankt Petrus, nun auch schon im Flüsterton.

»Du hast leicht fragen«, versetzte der Tod. »Ich bin hieramts nur gedul-« er verbesserte sich: »Tatsache ist, daß unsre Normal- und Ziviltod-Abteilung von einem Vorstand geführt wird, der sich einbildet, soviel zu sein wie ich selber – wenn nicht noch mehr! Er gleicht nämlich jenem Tod, den sich die *Menschen* erschaffen haben – nach ihrem Ebenbild.« Dabei wies er auf ein messingnes Schild, das neben der tiefschwarz drapierten Eingangstür angebracht war:

NORMAL- & ZIVILTOD
K.G., K.S., H.Ph., B.B. &c

»Na ja, und er *ist* ja auch überaus menschlich!«

»Das merkt man schon diesen Buchstaben an! Was bedeuten sie denn?«

»Ach, das sind nur die bisher verliehenen Titel: ›König der Geister‹, ›König des Schreckens‹, ›Herr der Phantome‹, ›Bleicher Bezwinger‹ und was nicht noch weiter! Kein Zweifel, er hat sie sich alle verdient – ein hochkarätiger Intellekt – wenn auch ein *weenig* versn –«

»Majestät wären im Augenblick frei!« ließ der Kammerherr sich vernehmen.

Der Zivile Tod erwies sich als Seiner Hoheit durchaus bewußt: kein Monarch dieser Welt hätt' unsern beiden huldreicher begegnen können! Beziehungsweise, Sankt Petrus betreffend, mit gemeßnerer Höflichkeit von jener Art, wie sie nur wahren Königen eignet. Sobald ihn der Tod jedoch fragte, wie die Geschäfte denn gingen, ward all das sogleich reduziert auf den sorgenvollen Abteilungsvorstand:

»Wegen dieses abscheulichen Krieges«, beklagte er sich voll Mißmut, »muß meine Ziviltod-Abteilung ums nackteste Überleben kämpfen! Euer neues Kriegsdezernat scheint nachgerade zu glauben, sein Krieg sei das Maß *aller* Dinge! Man hat mir sogar abverlangt, zwei Drittel meines Keller-Archivs (E 7 bis E 64) für Polens Zivilverluste zu räumen, Evidenzhaltung Jüngstes Gericht! Das ist ja absurd! Wer *bin* ich denn, daß man mir ansinnt, meine Archive zu übersiedeln? Wo doch eben erst umgestellt wurde auf neueste Querverweis-Registratur!«

»Nach *meiner* Information«, versetzte der Tod, »hat unser Kriegsdezernat bloß um *Bureau*räume in Ihren Kellern gebeten. Keine Rede davon, Ihr Archiv anzutasten!«

»Das ist ganz unmöglich! Jeden Moment sind Wir gezwungen, darauf zurückzugreifen! Da haben wir jetzt einen Fall, der Uns alle interessiert – eine Frau Ollerby: laut Aktenauszug Worchestershire – Tod durch ererbtes, inneres Leiden. Jeden Moment kann es sein, daß Wir ihr Dossier öffnen müssen. Und wie *könnten* wir das, falls unser Kellergeschoß besetzt wär' von Leuten, die von Amts wegen Unsrer Kontrolle nicht unterstehen? Nachlässigkeit, Schlamperei – alles redet sich aus auf diesen Krieg!«

»Ich muß schon sagen«, versetzte der Tod, »das wundert mich sehr! Ich war der Meinung, der N.Z.T. sei davon gar nicht tangiert!«

»Noch vor ein paar Jahren hätt' Ich die Sache stillschweigend bewilligt«, sprach der Ziviltod weiter. »Aber seit diesem – also, dem Ausbruch unkontrollierter Mortalität schiebt man gewisse Aspekte Unsrer Verwaltung ganz achtlos beiseite! Solche Respektlosigkeit wirkt sich zwangsläufig auch auf den Amtsbetrieb aus. Der Beamte ist ja zum Großteil nur das, was die Öffentlichkeit aus ihm macht! Ja, ich weiß, eine Zeiterscheinung, gewiß – doch merkt auch der Fernstehende mittlerweile, was Ich hier damit sagen will! Vielleicht wollen Sie sich durch Augenschein überzeugen?«

Der Ziviltod verbeugte sich vor Sankt Petrus, welcher seinerseits meinte, ob er damit nicht des anderen Zeit über Gebühr strapaziere?

»Nicht im geringsten! Ich bin doch kein Diener der Öffentlichkeit – das wär' ja noch schöner!« widersprach der Ziviltod und schickte sich an, seine Gäste hinaus an die Treppe zu komplimentieren. »Sehen Sie – *hier*!« – Er nötigte sie in ein riesiges, aber nur schlecht erhelltes Bureau – »Unser Internationales Sterblichkeits-Dezernat – Wir nennen es nur ›I. S. D.‹. Es arbeitet Hand in Hand mit der Jüngsten Gerichts-Evidenz. So aus dem Handgelenk könnte ich im Moment gar nicht sagen, *wie*viele Millionen Pfund Sterling Wir da hineingesteckt haben – investiert in die Beisetzungsfeierlichkeiten jeder Nation dieser Menschheit!« Er blieb hinter einem nahezu vollkommen kahlen Amtsschreiber stehen. »Trotzdem, Wir nehmen Notiz noch vom geringsten Detail – ja, das tun Wir! – Was haben Wir beispielsweise denn *hier*?«

»Die Beerdigungskosten für Mr. John Shenks Tanner, vor kurzem verstorben.« Der Schreiber erhob sich, trat neben das rotlinierte, offene Hauptbuch. »Aus Kriegsgründen von den Vollstreckern zusammengestrichen, und zwar von Pfund 173, Shillings 19, Pennies 1 auf Pfund 47, Shillings 18, Pence 4. Halten zu Gnaden, ein trauriger Rückgang, wenn ich so sagen darf, Majestät!«

»Und was sagen die Hinterbliebnen dazu?« erkundigte sich der Ziviltod.

»Nicht weiter viel, Majestät. Leichentransport mit Motor-Sargwagen.«

»Da haben Wir's! Ein gefährliches Beispiel, das, wie Ich fürchte, Schule macht auch bei den untersten Klassen!« murmelte der Prinzipal. »Allzuviel Hast und zu wenig Respekt vor Unseren Letzten Dingen! Achtlose Behandlung des Leichnams, und ferner –«

»Und die *wahren* Gefühle der Leute?« fragte Sankt Petrus den Schreiber.

»*Dafür* sind wir hieramts nicht zuständig, Sir«, war die Antwort. »Was wir positiv wissen, ist nur, daß man heutigentags schon zu fünfzig Prozent nicht einmal schwarzgeränderte Todesanzeigen versendet!«

»Du lieber Himmel!« rief der Ziviltod entrüstet. »Nicht einmal Todesanzeigen! Ich muß mich sofort *persönlich* einschalten! Vergebung, Heiliger Petrus – aber Wir Diener der Humanität sind, wie Sie ja wissen, nicht immer Herr Unsrer Selbst! Nicht einmal Todesanzeigen – nein sowas!« Damit entließ Er die beiden mit einem Wink Seiner amtlichen Hand und vertiefte Sich in das Hauptbuch.

»So komm schon«, raunte der Tod, an Sankt Petrus gewendet. »Jetzt ist die Gelegenheit günstig!«

Die beiden schritten voran bis ans hinterste Ende des düstern Bureausaals. Hier *taten* die Schreiber nicht einmal so, als wären sie mit ihrer Arbeit befaßt. Soeben trat ein Bureaubote ein und warf eine winzige Tonspule hin.

»Bittesehr, meine Herrn!« rief er dabei. »Mister Wilbraham Lattimers letzte Worte vor seinem Hintritt: einfach Schluß gemacht hat er – ein schockierendes Ende!«

»Der hat's überstanden – dem tut nichts mehr weh!« rief eine sehr junge Stimme. »Schmeiß sie herüber!«

»Übrigens«, fuhr der Bureaubote fort, »er hat sie für seinen Bruder besprochen: ›Bert,‹ heißt es da, ›ich hab' keine Zeit, mir erst noch Gedanken zu machen übers Krepieren in dieser Zeit! Und, was noch mehr zählt, du hast sie erst recht nicht! Geh *du* inzwischen zurück an die Somme, *ich* bring' es daheim mit Hilfe von Tantchen Maria* zu Ende. *Ihr* macht's vielleicht Spaß, und *dich* wird's nicht weiter abhalten!‹ – Wenn *das* kein Fressen ist für unsern Chef ...« Er ließ einen Pfiff hören und verschwand. Einer der Angestellten nahm ächzend die Spule an sich.

»Wie zum Teufel bring' ich das Zeug in amtliche Form?« fragte er ungehalten. »Gebt mir mal unsern erbaulichen Gantry Tubnell herüber! – Werd' *wieder* einmal von ihm abschreiben müssen!«

»Aber gib acht!« flüsterte ein Kollege und schob ihm dabei

* »Aunt Maria«: in Cornwall gebräuchlich für »Jungfrau Maria«. Anm. d. Ü.

ein paar mit Maschinschrift bedeckte Blätter über das Pult. »Ich selber hab' heute morgen schon *zwei*mal Anleihen gemacht bei unserm bewährten Tubby!«

Jener defunkte Gantry Tubnell mußte sich bei seinem Hintritt strikt an die approbierten Sterbe-Richtlinien gehalten haben, denn der Bericht über ihn wirkte überaus abgegriffen. Voll Interesse lauschten der Tod und Sankt Petrus der amtlichen Transkription jener Letzten, auf Draht gesprochenen Worte.

»Dieses ›Tantchen Maria‹ paßt einfach nicht ins Konzept, ich kann es nicht unterbringen, was soll ich machen!« platzte zuletzt der Bearbeiter zornig heraus. »Hört einmal zu – ein jeder von euch! Also, bei *mir* ist sie herzkrank und kratzt in dem Moment ab, wo sie ihrem wassersüchtigen Lattimer die Bettücher wechselt. Sie sagt nur noch ›Willy! Bin leider nur 'ne verdammt schlechte Krankenschwester!‹ Dann setzt sie sich hin – und ist hinüber. Ist das nicht *die* Idee? Am besten, ich trag' das Ganze sofort ins Kriegsdezernat, deklariert als indirekte Verluste! So komm' ich auch gleich noch dazu, kurz mal frische Luft zu schnappen!«

»Dich sollte man lieber rösten, auf glühenden Kohlen!« murrte sein Nachbar.

»Na und? Wenn's weiter nichts ist – das bin ich gewöhnt«, versetzte grinsend der Schreiber.

»Tatsächlich?« meldete sich jetzt der Tod und trat aus seinem Versteck hinter dem hohen Aktenregal. »Wer *sind* Sie denn eigentlich – na?« Der Schreiber in seiner Gerippe-Livree wirkte sichtlich verdattert.

»Bin nur außerplanmäßig hier, Sir – gehöre nicht zum Stammpersonal«, sagte er stockend. »Ich bin nämlich – eine Art Volontär. Wollte bloß sehen, wie sich die Leute verhalten, wenn's einmal richtig *heiß* hergeht!«

»So. *Wollten* Sie! Nun, dann packen Sie unverzüglich den toten Lattimer samt Miss Maria zusammen und schaffen das Ganze ins Kriegsdezernat, Hauptregistratur! Und hinterher melden Sie sich beim diensthabenden Beamten zum Antritt auf

Probe in – warten Sie mal – ja, in der Abteilung für Inlandsverluste, Unfälle Haushalt, Hauptsekretariat Nummer 7!«

Der Angesprochne gab sich einen Ruck und würgte hervor:

»Ich bin aber, Sir – bin ja nur heimlich –– ich komm' aus dem Untern Etablissement, Sir!«

Weiterer Worte bedurfte es nicht. Der Arme zitterte über und über, als hätt' ihn ein Nervenleiden befallen – wiewohl im gesamten Himmel keiner zu zittern braucht – er käme denn von einem Ort, wo man zwar gläubig ist, doch unter »Heulen und Zähneklappern«!

»Ist diese Mitteilung offiziell – oder vertraulich gemeint, unter Vier Augen?«

»Oh, wirklich nur inoffiziell, Sir! *Streng* vertraulich sogar – ich nehme ja an, Sie wissen dort unten Bescheid!«

Die in Ehrfurcht erstarrten Kollegen konnten sich kaum ihres Grinsens erwehren bei dem Gedanken an einen Tod, der dort *nicht* Bescheid gewußt hätte! Auch er selber verkniff sich das Lachen.

»Ich glaube kaum, daß Sie drüben im Kriegsdezernat auf Ablehnung stoßen werden«, meinte er dann. »Im übrigen – dort trägt man diese Uniform *nicht*!«

Dies kaum vernommen, ward sie auch schon vom Leibe gefetzt und zu Boden geworfen! Und was noch soeben ein kleiner Hilfsangestellter des Normalen Ziviltods gewesen, präsentierte sich nun unverkennbar als kraushaariger Höllenkobold mit Fledermausflügeln und faunhaft gespitzten Ohren! Am Schulteransatz jedoch wiesen die hautigen Schwingen einen taubengrau-zarten Flaumbewuchs auf, der sich alsbald zum veritablen Federkleid auswachsen mochte! Sankt Petrus schmunzelte, als er es sah – für ihn war's ein Zeichen der Gnade ...

»Dem Himmel sei Dank!« schnaufte erleichtert der Ex-Angestellte, raffte die Lattimer-Akten an sich, flatterte seitlich aufs nächstbeste Oberlicht zu – und war wie der Blitz ins Freie verschwunden!

»Amen!« bekräftigten Tod wie Sankt Petrus – und es war wie aus Einem Munde.

»Hast du vorhin nicht angespielt auf meine laxen Methoden?« fragte Sankt Petrus beiläufig.

»Nun, ›Wer seinem Stab nicht von sich aus hilft, dessen Stab hilft sich nimmer von sich aus‹«, kam es schlagfertig zurück. »Jetzt aber werd' ich mich unter der Hand informieren, wie dieser junge Teufel es angestellt hat, unüberprüft beim N.Z.T. unterzukommen! Und zwar, noch *bevor* man sich hieramts beschwert, ich hätte mich unbefugt eingemischt in die hiesige Zuständigkeit und Versetzungsbefugnis! Die Leute sind hier ja nicht anders als unten die Menschen! Wenn du inzwischen ans Tor zurückwillst – am kürzesten ist es geradeaus weiter, und draußen quer durch den Barackenkomplex.«

Durch eine Seitentür traten die beiden wieder ins volle Licht ihres Himmels. Soeben zog eine Abteilung Verklärter unter Marschgesang über den Platz:

»Eh-re sei IHM, der die Him-mel er-schuf,
Und doch ih-rem Gang nim-mer we-he-ret!
Eh-re sei IHM nur, auf des-sen Ruf
Eb-be und Flut wie-derke-he-ret!
Ge-prie-sen Sein Na-me im Mun- ...«

Aber da hatte der Tod mit der Frage nach dem Woher und Wohin dem Singen schon Einhalt geboten:

»Freiwillige Hilfsbrigade«, meldete der kommandierende Seraph. »Zum Dienstantritt unterwegs ins Kriegsdezernat, Abteilung Inlandsverluste, Unfälle Haushalt, I.V.U.H., Sparte Familienhilfe!«

Die Abteilung zog weiter, in geschlossener Formation – eine strahlende Truppe aus Ehre und Kraft, aus geduldiger Einsatzbereitschaft, Nächstenliebe und Redlichkeit, wie man dergleichen sich nicht einmal zu erträumen vermöchte. Und hinterher schritten der Tod und Sankt Petrus – und betraten die I.V.U.H.-Baracke der Englischen Seite, wo gegenwärtig die

Arbeit ein wenig ausgesetzt hatte. Jetzt aber leuchtete plötzlich der Telephon-Indikator auf: »Mrs. Arthur Bedott, Portsmouth Avenue 317, Brondesbury. Gatte im Feld schwer verwundet. Ein Kind«, war da zu lesen. Es folgte der Hinweis auf ganz extreme Hilflosigkeit.

Der Seraph auf dem Kommandostand, von wo er die an der Eingangstür wartenden Hilfskräfte überschaute, nickte und gab einen Wink: aus der neueingetroffenen Schar löste sich eine Gestalt – ein Verklärter auf Zeitverpflichtung – und schwirrte erdwärts davon.

»Verlaß dich drauf«, raunte der Tod, zu Sankt Petrus gewendet, »das wird noch ein Hohelied von des Schützen Bedott Aufopferung für Weib und für Kind, woran beide sich aufrichten können! Doch jetzt« – man hörte ermattetes Flügelgeflatter – »haben wir's, fürchte ich, mit einem Versager zu tun!«

Ein Seraph trat ein und neigte, abgekämpft und außer Atem, das Haupt. Sein Gefieder war über und über zerzaust, das Schwert knapp am Heft abgesplittert. Die Miene war noch gezeichnet von den Leidenschaften der Welt, der er soeben entflohen war, und sein besudeltes Kleid roch unverkennbar nach Fusel.

»Alles vergebens!« meldete er mit heiserer Stimme und nannte dazu einen Frauennamen. »*Nichts* hat geholfen – *da*, seht nur!« Er wies das zerbrochene Schwert. »An ihrer *Schnaps*flasche ist es zuschanden geworden!«

»Wirklich? – Wir machen *noch* einen Versuch!« sprach ungerührt der Oberste Seraph. Abermals winkte er – und herzu trat der Kobold, den vorhin der Tod vom N. Z. T. hierher versetzt hatte!

»Jetzt probierst *du* es!« befahl ihm der Seraph. »Man muß eine Wahnsinnige entsprechend ihrer Verrücktheit behandeln! Wird dein Eifer ausreichen dafür?«

Es hätte der Frage nicht erst bedurft: des Aufgerufenen Antlitz glühte von Einsatzbereitschaft, die Nasenflügel zitterten ihm! Kaum fand er noch Zeit für die Ehrenbezeigung – er stürzte nur auf und davon, so daß im Wind seiner Schwingen die Akten umherwirbelten!

Beifällig nickte Sankt Petrus. »Ich seh' schon«, sprach er zufrieden, »er wird an ihr Selbstgefühl appellieren – und er wird's mit allen Mitteln versuchen – ›mit *fast* allen Mitteln‹, wie mein guter Sankt Paulus es ausdrückt. Eigentlich sollte man sagen, ›unter Aufbietung aller sich bietenden Möglichkeiten‹. Vortrefflich!«

»Trotzdem ist es *wirklich* nicht leicht«, ließ eine sanftäugige Dulderin sich vernehmen. »*Ich* versage da jedes Mal! Bei mir reicht es höchstens zum Teekränzchen mit alten Jungfern!«

Abermals flammte es an der Anzeigetafel auf – ein Massenalarm! Er betraf gleich mehrere Tausend an Leib und Seele erschöpfter Männer. Die Dulderin wurde beordert, die Sache zu übernehmen.

»Du liebe Güte!« seufzte sie gottergeben, zuckte verzweifelnd die Schultern – es war beinah komisch – und schwang sich hinaus in die Leere des Raums – so sanft wie ein Lufthauch vor Sonnenaufgang.

»Was hat *das* nun mit ›Inlandsverlusten‹ zu tun? Es kam aus dem Schützengraben – man hat ja ganz deutlich den Matsch und den Schlamm durchgehört?« wunderte sich Sankt Petrus.

»Irgendwie sind da wieder einmal die Verbindungen durcheinandergeraten – wie üblich! Hier kommt es ja *immer* zu solchem Wellensalat«, erklärte der Seraph.

»Den Eindruck habe ich *auch*«, meinte Sankt Petrus, während ein neuer, verstümmelter Funkspruch hereinkam, dessen zusammenhanglose Zeichen von falschem Gesang überlagert waren:

»So du der Liebe nicht hast wie die Engel im Him-

-Knacks!« war das Gewimmer verstummt. Ein Name erschien auf der Tafel. Die Seraphim der Bereitschaft nahmen sogleich Haltung an – dermaßen stramm, daß die Kiele der Schwungfedern knirschten!

»Ihr hattet recht!« sagte der Oberste Seraph. »Er hat sie gefunden!«

»Und wer ist dieses Weib?« fragte Sankt Petrus.

»Seine leibliche Mutter!« versetzte der Tod. »Nun eben, du wirst deinen Hang zur Romantik nicht los!« Jeder im Raum verkniff sich das Schmunzeln.

»*Dafür* dank' ich dem Himmel! Indes – es ist hoch an der Zeit, sich wieder zum Tor –«

»Einen Moment noch – da kommt etwas Ungutes durch, glaube ich!« unterbrach ihn der Tod.

Aus einem der vielen Empfänger funkte es wild S. O. S. – mit Unterbrechungen zwar, doch es ließ keine Rückfragen zu.

»Den Namen! Den Namen!« rief ein junger Bekenner verzweifelt. »Es *läßt* und *läßt* sich nicht ausblenden!« Doch kein Name kam durch – nur der stets sich erneuernde Notruf.

»Falscher Alarm!« meinte ein abgerackerter Helfer mit viel Menschenkenntnis. »Irgendein Trottel ist draufgekommen, daß auch er eine Seele hat. An die Arbeit – ich werd' ihm schon helfen! . . .«

»Schscht!« machte in diesem Moment ein geharnischter Engel und stampfte mit dem gepanzerten Fuß. Alles verstummte.

»Arger Fall?« fragte schließlich der Tod.

»Sehr arger Fall, Sir. Sie halten den Namen zurück«, sagte der Oberste Seraph. Immer verzweifelter tönten die S. O. S.-Zeichen – und brachen mit scharfem Laut ab! Der Geharnischte schrak zusammen:

»Erschießungskommando«, flüsterte er, an Sankt Petrus gewendet. »Das war jetzt die Salve, ganz unverkennbar!«

»Und worum geht es?« rief der Heilige aufgeregt.

»Desertion, möglicherweise auch Spionage – vielleicht sogar Mord«, meinte der Oberste Seraph bedrückt. »Und sohin meiner Befugnis entzogen . . . Nein! – Halten Sie noch Verbindung! Jetzt kommt *doch* noch der Name!«

Nur ganz flüchtig flammte es auf an der Tafel – flimmernd und schwach wie das Glosen trockenen Zunders –, doch Dutzende Federn hatten schon mitgeschrieben! Ohne ein weiteres Wort schürzte Sankt Petrus sein Übergewand, eilte zum Ausgang und rannte auf kürzestem Wege in Richtung des Tores.

»Nur keine Überstürzung!« mahnte der mit ihm Seite an Seite gebliebene Tod. »Mit einem Tempo, wie *du* es da vorlegst, kommt ja dein Mann nie im Leben zurecht!«

»In Zeiten wie diesen ist das nicht so sicher! Noch dazu, wo doch die Haie vom Unteren Etablissement schon unterwegs sind – der Fall ist ein wahres Fressen für ihre Propaganda-Abteilung: Deserteur – Verräter – wenn nicht gar Mord! – Fort, aus dem Weg da, ihr Kleinen!«

Die Kinderschar um den rothaarigen Märchenerzähler stob auseinander und machte sich munter davon. Der Mann aber wandte sich jetzt an Sankt Petrus:

»Deserteur? Verräter und Mörder?« wiederholte er fragend. »Könnte nicht *ich* da von Nutzen sein?«

»Na und ob!« rief der Heilige, ganz außer Atem. »Los, fort, und beeil dich – zum Tor! Richte dort aus, sie sollen mir *keinen* mehr abweisen und auf mich warten! Und hinterher«, schrie er aufgeregt dem im Hundetrab schon Enteilenden nach, »schaust du hinaus zu den Wachen und behältst die Kolonnenränder im Aug! Daß *keiner* mir aus der Reihe tanzt, verstehst du? Auf *keinen* Fall! So *mach* schon, beeil dich!«

Indes, der Tod sollte recht behalten: die überstürzte Eile wär' gar nicht nötig gewesen! Der Andrang der Massen am Tor überstieg bei weitem die Kapazität des Überprüfungsausschusses, obwohl man ihn, wie der vertretende Seraph dem Heiligen sagte, inzwischen aufs Doppelte aufgestockt hatte.

»Wir tun unser Bestes«, entschuldigte sich der Seraph, »doch der Andrang ist gar zu groß, der Stau unvermeidbar! Die vom Unteren Etablissement haben, wie üblich, die Gelegenheit wahrgenommen und sich herangemacht an die Kolonnen! Ich hab' die Begleitwachen draußen verdoppelt und schicke noch weitere Posten hinaus! Hier, Sir – die Separatliste! Ferner haben sich vorhin folgende Leute bei mir gemeldet, auf Euren

Befehl, Sir, und haben die Posten mit sich genommen: d'Arc J., Bradlaugh C., Bunyan J., Calvin J., und Ischariot J.* Dann war da auch noch ein Shakespeare W. und ferner –«

»Den Rest können Sie sich schenken«, versetzte Sankt Petrus. »Ich sehe dort draußen schon selbst nach dem Rechten! Machen *Sie* mittlerweile die Paßkontrolle hier weiter – doch ohne viel Umstände, ja? Und geben Sie mir ein paar leere Formblätter mit!« Damit raffte er einen Packen Passierscheine auf, winkte nach einer in Khaki gekleideten Gruppe an einem der Paßkontroll-Tische, schrieb »Offizier samt Mannschaft« auf den Passierschein des Kommandanten, überließ das Eintragen der Nummern dem kompetent aussehenden Stabswachtmeister – und warf sich, noch immer den Tod an der Seite, in das Gewühl der Hereindrängenden, dem unüberschaubar anrükkenden Heer aus sämtlichen Rassen, Hautfarben und Religionen entgegen, um sich den Weg freizukämpfen nach draußen.

Eine bejahrte Dame, die einen schnapsnasigen Major von mittlerem Alter mit festem Griff am Gürtel gepackt hielt, arbeitete sich durch eine Kolonne verwegener *Poilus* und vertrat Sankt Petrus den Weg, wobei sie ihren Gefangnen mit jenem eisernen Muttergriff festhielt, den noch keine Macht dieser Welt je zu lösen vermocht hat.

»Ich hab' ihn gefunden – ich *hab'* ihn! Und *ihr* laßt ihn unverzüglich hinein!« rief sie resolut.

Der Mund blieb dem Heiligen offen vor Staunen. Taktvoll sah der Tod in die andere Richtung.

»*Aber* – da wären erst noch die Formalitäten …« wollte Sankt Petrus geltend machen.

»Bei *meinem* Jerry – in *seinem* Zustand? Kommt nicht in Frage, nichts da! Das schaut euch Männern wieder mal ähnlich! Mein armer Junge hat mir noch *nie* –«

»So hör doch schon auf, ich *bitt'* dich – hör *auf*!« Der Major wirkte fast so verlegen wie der bedrängte Sankt Petrus.

* Charles Bradlaugh, engl. radikaler Politiker, 1833-1891; John Bunyan, engl. Prediger, 1628-1688. Anm. d. Ü.

»Doch was er mir aufführen *würde*, wenn man ihn *nicht* hineinließe, davon macht ihr euch allesamt kei-«

»Hab' ich Sie vorhin nicht singen hören?« wandte der Tod sich an den Major, weil er sah, wie dringend Sankt Petrus einer Atempause bedurfte.

»Aber natürlich, was *sonst*!« fiel ihm die Mutter ins Wort. »Und er singt ja *so schön*! Das wäre ein *weiterer* Grund! Bei *deiner* Baßstimme, nicht wahr, mein Junge?«

Sankt Petrus starrte auf den vor Scham schon halbtoten Major – und stellte ihm unverweilt den verlangten Passierschein aus. Ohne ein Dankeswort zerrte die Mutter den Ärmsten mit sich davon.

»Und – unter welcher vertretbaren Regel rechtfertigst du *das*?« fragte anzüglich der Tod.

»Nun, unter ›D. L. W.‹ – ›Die Lästige Witwe‹! Freilich, es ist skandalös – eine Schande!« ächzte der Heilige. Doch gleich danach, als er hinausblickte über die Weite vorm Tor, lief er dunkelrot an. »Das paßt mir *gar* nicht!« rief er erbost. »Da draußen wimmelt's ja heute abend vom Unteren Etablissement! Ich hoffe nur, daß unsre Wachen –« Die Menge war jetzt nicht mehr so dicht, sondern löste sich allgemach zu einer langen, ungeordneten Reihe, von beiden Seiten bedrängt durch geschäftige Emissäre des Unteren Etablissements, die beständig versuchten, die Wartenden zu überreden, wobei sie sich immer wieder von den wachsamen Posten zurückgescheucht sahen. Durch das vorherrschende Khakibraun glich diese Szene ziemlich getreu jener irdischen an der Kantine unter dem Bogen von Victoria Station, kurz vor der Abfertigung der Armeezüge an die Front. Das Erscheinen des Heiligen Petrus wurde seitens des Unteren Etablissements mit dem bekannten, dreimal sich wiederholenden Hahnenschrei signalisiert.

»Scheußliche Arbeit das – an diesen Kreuzwegen«, meinte sarkastisch der Tod.

»Ich verdien' es nicht anders!« murrte Sankt Petrus bedrückt. »Immerhin, wenn man bedenkt, was das für *Judas* ...«

Damit drängte der Heilige sich ins Gewoge aus Püffen und Stößen und Stimmengewirr, wo die Wachtposten mit Überredungskunst, Drohungen oder Bitten, ja bisweilen auch mit Brachialgewalt sich bemühten, die erschöpften Männer und Frauen voranzubewegen – vorbei an den zungengewandt-verlockenden Geistern der Hölle, die darauf brannten, Den oder Jenen aus der Kolonne auf ihre Seite zu bringen.

Soeben war da ein Shropshire-Kavallerist beim Anblick eines gefälschten Passierscheins den Beteuerungen einer der Schlepperinnen erlegen, der Himmel liege hier gleich um die Ecke! Schon war er bereit, sich heimlich hinüberlotsen zu lassen – da riß eine derbe Hand ihn zurück, während die andere das Weibstück anpackte unter dem donnernden Ruf: »Weg da, du Satansbraten!« Danach ward unserm verdutzten Soldaten eine Belehrung in unmißverständlicher Barras-Sprache zuteil!

»Hör schon auf und mach's halblang, Alter!« setzte der Mann sich zur Wehr. »Seit Monaten hab' ich kein Weib mehr gesehn, und schon gar nicht 'nen Engel! Ich bin aus Joppa – und woher kommst *du*?«

»Northampton«, tönte es mürrisch zurück. »Reih dich jetzt ein und halt dich an mich!«

»Wie! Du bist doch nicht etwa der Charly B., von dem mir mein Vater soviel erzählt hat? Hast du nicht immer gesagt –«

»Gleich werd' ich dir noch was ganz anderes sagen ... Schau, dein Sergeant dort fängt sich was an mit der Schlampe in Rot! Schnapp ihn dir, hol ihn zurück – aber *rasch*!«

Ein hohläugiger Offizier eines schottischen Regiments, ganz verloren in dem chaotischen Treiben, sah sich von einer Person mit geistlichem Anstrich am Knopf seiner Uniformbluse gepackt mit dem Bemerken, ob er nicht wisse, daß er, als Hochländer, zufolge des eignen, von den Altvordern überkommenen Glaubens, nicht nur unwiderruflich verdammt, sondern daß solche Verdammnis schon vor Erschaffung der Erde ihm vorbestimmt worden sei?«

»Das ist unumstößlich – da läßt sich nichts machen«, versetzte betrübt der noch recht junge Mann. »Los, gehen wir also!« Er schickte sich an, dem andern zu folgen – da trat eine kleine, wenngleich nicht würdelose Gestalt ihm in den Weg:

»Monsieur«, hub sie an, »vielleicht ist es Ihnen ein Trost, wenn ich Ihnen versichre, ich bin – oder war – Johannes Calvin!« Dies kaum vernommen, begannen Ehrwürden zu fluchen wie ein Verdammter (der er ja war), wogegen der Hochländer sich, den eigenen Fall schon mit Calvin erörternd, jetzt auf das Tor zubewegte, wobei man etliche Varianten jenes Gedankengebäudes besprach, das sich »Prädestinationslehre« nennt.

Andere ließen sich nicht so leicht halten. Eine gewisse Frauensperson mit gelöstem Haar und entblößten Armen, funkelndem Blick und tanzenden Füßen, trieb eine erschöpfte, zögernde Schar unter heiseren Zurufen vor sich her. Als aber der Spott ihrer Gegnerschaft sich erhob, und man ihr zurief: »Sag ihnen doch, wer du warst – sag's ihnen, wenn du dich traust!« – da schrie sie zungenfertig zurück, nicht anders als Judas, der sich, gleich einem armenischen Teppichverkäufer, heranschlängelte durch die Menge, seine Schande lauthals verkündend, weil er den anderen Mut machen wollte:

»Jawohl!« so schrie er aus Leibeskräften. »Ich *bin*, was mich alle Welt nennt! Und dennoch, *jetzt* bin ich *hier* – ein todsichrer Beweis für *euch alle*! *Da* entlang, Leute! Im Hause des HErrn sind viele Wohnungen, Herrschaften! Eintrittskarten im Überfluß! – Bitte, Sir, hören Sie gar nicht auf dieses Gesindel! Nur hereinspaziert, treten Sie näher – und Hoffnung bewahren, die Herrschaften – immer die Hoffnung bewahren!«

Und jedesmal, wenn es von unten her nach ihm rief – Arme Seelen, die jetzt nicht mehr weiter wußten, nachdem sie sich irgendwie eingeschleust hatten –, beschrieb er ihnen sein eigenes Ende, bis sie imstande waren, sich zu erheben und ihn zu verfluchen. Und des Heiligen Lukas durch nichts zu erschütternde Sanftmut bestärkte sie noch in ihrer nahezu orientalischen Schimpfwörterflut!

Auf solche und ähnliche Weise gelang es, den Zustrom des heutigen Tages schrittweise vorüberzulotsen an dem gefahrvollen Punkt, wo es dem Unteren Etablissement aus uns nicht erläuterten Gründen erlaubt war, sein dunkles Geschäft zu betreiben. Und die Posten blieben zurück hinter der langen Kolonne, atmeten endlich auf und tauschten ihre Erfahrungen aus.

»Was mich immer wieder beeindruckt«, sagte der Tod zu Sankt Petrus, »ist die schafsmäßige Sturheit gewisser, intellektueller Typen!« Er hatte nämlich sein Augenmerk auf einen Posten gerichtet, der offenbar überwältigt war vom Redestrom eines Gottesleugners, dem über so hitzigem Argumentieren völlig entging, daß *ihn* ja die Hölle zu einem Gott machen wollte! So schritt dieser Eiferer unbeirrt weiter, in einem fort redend – während der Wachtposten ständig zurückwich vor ihm – bis er ihn über die volle Breite des Aufwegs zum Tor gelockt hatte!

»Er hat sich total verhaspelt in seine Sprüche und Spitzfindigkeiten«, sprach grinsend und unbeeindruckt der Mann. »Du brauchst so 'nem Typ nur das Ohr hinzuhalten – schon wackelt er hinter dir her wie ein kollernder Truthahn!«

»Aber Johannes schwieg still zu diesen Worten«, meldete sich eine frische, volltönende Stimme. »›Es mag sein, wie du sagst‹, spricht Johannes. ›Und gewißlich vermeinst du in deinem Herzen, daß es in Wahrheit so ist‹, spricht Johannes. ›Mächtig bewegen mich deine Worte!‹ – So spricht Johannes und nimmt seinen Glauben zurück gleich einer gewendeten Lanze. Doch jener törichte Jüngling, welcher da nichts als Worte und abermals Worte ausspinnt – wie geht er am Rachen der Hölle vorüber, und siehet ihn nicht! ... Sag mir, Johanna – wer *ist* das dort draußen?«

»Eurer Engländer einer – und allzeit zu spät – so seht doch!« Eine Jungfrau mit pagenhaft kurzem Haar wies mit dem Schwert auf die weite Fläche hinaus, wo eine verlorne Gestalt langsam herangewankt kam, offenbar in dem Bestreben, die

Kolonne noch einzuholen. Dann aber schwenkte sie ab, hinüber nach links, in Richtung des Unteren Etablissements, von wo man den Ankömmling schon mit Gejohle begrüßte, als wär' er ein führender Kopf des Unternehmens!

»Aber – das ist ja mein Deserteur und Verräter!« rief jetzt Sankt Petrus. »Der braucht sich erst gar nicht dort unten zu melden – erst einmal hat er *hier* anzutanzen!«

Immer langsamer näherte sich die Gestalt dem ihr entgegenjohlenden Haufen. Zwei- oder dreimal sah sie sich um – beschrieb eine Wendung – und dann strebte der Mann von neuem auf die mittlerweile zum Stillstand gekommne Kolonne zu.

»Keiner hat mir geglaubt, was immer ich auch unternommen hab'«, rief er unter Schluchzen und Gestikulieren. »Allesamt waren sie *gegen* mich, von Anfang an! Und ich hätte doch nur ein wenig Zuspruch gebraucht! Eine regelrechte Verschwörung war das! Da hab' ich ihnen gezeigt, zu was ich imstand bin – jawohl, *gezeigt* hab' ich ihnen, was in mir steckt! Und – und –« Er blieb zum andernmal stehen: »Ach Du mein Gott! Was werdet ihr jetzt mit mir tun?«

Keiner sagte ein Wort. Der Mann, ganz wie ein unschlüssiger Hund, trat vom einen Bein auf das andere, während fern, vom Unteren Etablissement her, noch immer die Lockrufe tönten. Aller Augen hingen jetzt an Sankt Petrus.

»Im Augenblick«, sprach der Heilige halb zu sich selbst, »fällt mir gar keine taugliche Regel ein, unter der man –«

»Vielleicht mein eigener Fall?« ließ sich der allzeit willfährige Judas vernehmen.

»N-nein – doch lieber nicht! Es würde dem Ganzen zu viel Gewicht verleihen! Wenngleich ...«

»Oh – so *macht* doch und bringt es zu Ende!« rief kläglich der Mann und zählte danach all das her, was er unternommen hatte, ohne je Anerkennung zu finden: weder bei seinen verstockten Verwandten, noch bei den engstirnigen Brotherrn, und schon gar nicht beim dünkelhaft-stolzen Offizierskorps des Bataillons.

»Da haben wir's«, sagte Sankt Petrus zum Schluß. »Der Fall ist total verfahren! Nicht einmal eine Frau, auf die man ...!«

»Aber – da hat es doch eine gegeben – wenn nicht alles mich täuscht!« meldete sich der Posten zu Wort, welcher vorhin so schön das Lob des Johannes gesungen.

»Wie – *was* sagst du da? Wann wär' das gewesen?« wandte Sankt Petrus sich rasch an den Sprecher. »Und wer war sie?«

»Die Weise Frau von Tekoah«, kam's leise zurück. »Und ich entsinne mich ihrer, weil der betreffende Vers meinem Spiel so viel innere Kraft verliehn hat – bisweilen zumindest!«

Aber der Heilige hörte jetzt gar nicht mehr hin: »Da haben wir's!« rief er zum andernmal. »Samuel Zwei, Kapitel 14, Vers 14! – Und *mir* fällt sowas nicht ein! – ›Denn wir sterben des Todes, und wie das Wasser in die Erde verschleifft, das man nicht auffhält, und GOtt wil nicht das Leben wegnehmen, *sondern bedenckt sich*‹ ... Komm her da! Hör dir das an!«

Der Mann trat herzu und stand stramm. Jemand nahm ihm die Kappe vom Kopf, während Judas und der Johanneswachtposten zu beiden Seiten Aufstellung nahmen.

»›... *sondern bedenckt sich*‹ (verstehst du?), *daß nicht das Verstossene auch von Ihm verstossen werde*‹! Und *das* paßt nun ganz genau auf deinen Fall! *Wie* ER sich bedenkt, kann ich freilich nicht wissen – das zu erkennen, bleibt *dir* überlassen. Sie werden es dir dort unten schon sagen!« – Der Heilige wies mit dem Kopf in Richtung des nunmehr verstummten Unteren Etablissements, während er schon den Überweisungsschein schrieb. »Da – nimm das an dich und melde dich drüben zum Dienst! Dir stehen jetzt harte Zeiten bevor – aber man wird dich um keinen Tag länger behalten, als *ich* es hier festgelegt habe. – Wache!«

»Soll das heißen – es *gibt* noch Hoffnung für mich?« fragte fassungslos der Delinquent.

»Aber natürlich – so komm schon, ich zeig' dir den Weg«, raunte Judas ihm zu. »*Ich selbst* war ja lange Zeit dort – eine *sehr* lange Zeit!«

»Ich geb' euch ein Stück das Geleit«, sprach der Johanneswachtposten zur Linken. »Jetzt gilt es, der puren Verzweiflung ins Auge zu schaun – und mit ihr fertig zu werden! Kopf hoch, Bruder Kleinmut!«

Die Drei zogen ab. Die Kolonne sah ihnen nach, wie sie kleiner und kleiner wurden auf ihrem Weg dort hinunter.

Sankt Petrus lächelte gütig und rieb sich die Hände.

»Jetzt können wir endlich verschnaufen«, sprach er zufrieden. »Aber wir könnten noch was unternehmen in Anbetracht der Zulassungskarten – wie wär's, meine Herren?«

Die letzten Wachtposten kamen herein, nicht länger im Dienst, sondern Gefährten und Freunde wie alle die andern in der Kolonne. Da und dort wurden Freudenrufe vernehmbar, und der gesamte Konvoi setzte sich wieder in Marsch – auf das nicht mehr ferne Himmelstor zu.

Der Tod und Sankt Petrus blieben ein wenig zurück. Der Abend war himmlisch. Man hörte den flötenden Laut tieffliegender Cherubim – deutlich und klar vor dem noch viel himmlischer tönenden Flügelschlag eines entlassenen Seraphs, der nach Erfüllung eines gegebenen Auftrags nunmehr dabei war, etliche Sterne zu kühlen im Bade des Herkules. Dazu das dynamohafte, ununterbrochne Gesumm der Inneren Planeten auf ihrer kreiselnden Bahn ... und, als die Stille *noch* tiefer wurde, den leisen, staunenden Seufzer einer weit draußen im All soeben zur Welt gekommenen Sonne! Doch die Gedanken der beiden galten nur dem Konvoi, dem sie noch immer nachblickten.

Zuletzt sprach Sankt Petrus, nicht ohne Stolz: »Stell dir vor, wenn all dieses Volk den Burschen *vor* sich gehabt hätte – so voll der Verzweiflung, es wäre zu keinem weiteren Schritt zu bewegen gewesen! Und schau, wie sie ausschreiten jetzt! Sind sie nicht menschlich?«

»Wem sagst du das?« sprach da der Tod und lächelte müde. »*Mir*, der ich *mehr* bin als menschlich? *Ich muß* ja irgendwann einmal sterben, und das ohne Hoffnung, unwiderruflich. Sämtliche *andern* Geschöpfe dagegen – hinterher, nach ihrem leiblichen Tod …«

»Ich weiß«, versetzte sehr leise Sankt Petrus. »Das *ist's* ja, was dich mir so teuer macht – ASRAEL!«

Jetzt nämlich, wo man ganz unter sich war, hatte der Tod sein wahres, sein majestätisches Äußere angenommen – er, als das Einzige Wesen, das unwiderruflich umkommen muß, weil ihm alle Auferstehung versagt ist. Und er wußte darum.

»Nun denn – so ist's mir nun einmal verhängt!« sprach er schlicht – und straffte sich wieder. »Und dennoch –« er blickte hinab in die Leere, wo die Schergen vom Unteren Etablissement ihre Beute mit sich genommen: »Und doch – *ER bedenkt sich*‹ …«

## *Das Haus der Wünsche*

Die neue Pfarrhelferin war nach zwanzigminütiger Unterredung soeben gegangen. Während solcher Visite hatte Mrs. Ashcroft sich eines Englisch bedient, wie es sich schickt für eine alte, erfahrene, in Pension gegangene Köchin, die ihr Leben in London zugebracht hat. Umso lieber fiel sie zurück in ihr altes, leichter zu sprechendes Sussex (wo alle ›t‹ alsbald zu ›d‹ werden), jetzt, an diesem schönen Samstag im März, da sie in der Tür Mrs. Fettley erblickte, die ihr der Bus über dreißig Meilen Entfernung ins Haus gebracht hatte. Die beiden waren von Kindheit her eng befreundet, doch hatte das Schicksal es anders gewollt und ihre Zusammenkünfte zum seltnen Ereignis gemacht.

So gab es denn allerhand zu bereden, und vielerlei noch vom letztenmal offene Enden waren von beiden Seiten neu aufzunehmen, bis dann Mrs. Fettley mit ihrem Handarbeitsbeutel voll Stoffresten Platz nahm auf dem Sofa am Fenster, mit Blick auf den Garten und auf den Fußballplatz unten im Tal.

»Die Leute sind schon fast alle bei Bush Tye ausgestiegen, wegen dem Match da unten«, erläuterte sie, »so daß dann gar niemand mehr da war, an den ich mich hätte anlehnen können. Und man wird ganz schön durchgeschüttelt von so 'nem Kasten.«

»Hast aber keinen Schaden genommen«, sagte die Gastgeberin. »Bist ja noch nicht altersschwach, Lisa!«

Mrs. Fettley lachte vergnügt vor sich hin und paßte dabei ein Paar ihrer Stoffreste zueinander. »Nein – oder ich wär' schon vor zwanzig Jahren hinfällig geworden. Kannst dich kaum an die Zeiten erinnern, wo ich noch rund war und glatt – oder ja?«

Mrs. Ashcroft schüttelte langsam das Haupt – alle Hast war ihr fremd – und fuhr fort, einen strohgeflochtenen Utensilienkorb mit Sackleinwand auszufüttern. Mrs. Fettley legte inzwischen noch weitere Stoffreste vor sich zurecht. Das Frühlingslicht fiel durch die auf dem Fensterbrett stehenden Pelargonien herein, und für eine Weile äußerte keine der beiden ein Wort.

»Wie ist denn die neue Pfarrhilfe bei euch hier?« erkundigte sich Mrs. Fettley und wies mit dem Kinn nach der Tür. Wegen ihrer extremen Kurzsichtigkeit war sie beim Eintreten fast mit der Dame zusammengeprallt.

Mrs. Ashcroft hielt inne zwischen zwei Stichen und hielt ihre grobe Stopfnadel kritisch in Schwebe. »Abgesehn davon, daß man von ihr nicht viel Neues erfährt, habe ich eigentlich nichts gegen sie.«

»Die Unsere ist verheiratet, aber sie hat, wie man hört, nicht viel davon ...« Mrs. Fettley hob plötzlich ihr spitzes Kinn: »Du lieber Gott! Die verdammten Himmelfahrtskarren bringen dir noch hier drin in der Bude die Knochen zum Zittern!«

Die Ziegelwände des Häuschens erbebten, als draußen zwei weitere Vierzigsitzer vorüberdonnerten auf ihrem Wege zum Bush Tye-Match. Gleich hinterher kam der fahrplanmäßige Samstags-›Einkaufsbus‹ zur Hauptstadt der Grafschaft, und von einem der überfüllten Wirtshäuser gesellte sich reversierend ein Vierter der Prozession und blockierte den Wochenend-Freizeitverkehr.

»Dein Mundwerk ist noch so lose wie eh und je, Lisa«, bemerkte dazu Mrs. Ashcroft.

»Nur, wenn ich bei dir bin. Im übrigen bin ich Großmutter geworden – zum dritten Mal schon inzwischen. Ich wette, das Körbchen da ist für eins deiner Enkelkinder – hab' ich nicht recht?«

»Es ist für Arthur – den Ältesten meiner Jane.«

»Aber der hat doch gar keine Arbeit – nicht wahr?«

»Nein, 's ist nur ein Picknickkorb.«

»Da kommst du noch relativ gut weg: mein Willie verlangt dauernd Geld von mir, für diese himmelhohen Wäschestangen, wie die Leute sie in ihren Gärten aufstellen, um die Musik aus Lonnon zu kriegen. Und ich geb' es ihm noch – blöde Gans was ich bin!«

»Und dann vergißt er, dir wenigstens mit einem Kuß zu versprechen, daß er's zurückzahlen wird – so ist es doch, oder?« Bedeutungsschwer lächelte Mrs. Ashcroft in sich hinein.

»So ist es. Immer das gleiche mit den jungen Leuten – ob heut oder vor vierzig Jahren. Immer nur nehmen und nichts dafür geben – und wir finden uns damit ab. Blöde Gänse sind wir! Ganze drei Shillings nimmt Willie mir jedesmal ab!«

»Sie wissen mit Geld nicht mehr umzugehn heutzutage«, klagte Mrs. Ashcroft.

»Erst vorige Woche«, sprach die andere weiter, »hat meine Tochter beim Fleischer ein Viertelpfund Nierenfett bestellt. Und hat es zurückgeschickt, er soll's ihr aufschneiden. Sie kann sich mit sowas nicht aufhalten, hat sie gesagt.«

»Wetten, er hat ihr's berechnet?«

»Wetten. Mir hat sie gesagt, für den Nachmittag sei am Institut ein Whist-Turnier angesetzt, und da habe sie keine Zeit für solche Sachen.«

»Tz – tz!«

Mrs. Ashcroft strich ihr fertiges Korbfutter glatt. Sie hatte die Arbeit kaum weggelegt, als ihr sechzehnjähriger Enkel in Begleitung seiner gegenwärtigen Flamme durch den Garten herzugeeilt kam, von weitem schon rufend, ob das Ding endlich fertig wäre, es hastig an sich riß und ohne zu danken davonlief. Mrs. Fettley blickte gespannt hinterher.

»Die wollen ein Picknick machen, irgendwo draußen«, erläuterte Mrs. Ashcroft.

»Aha«, versetzte die andre und kniff die Augen zusammen. »Wetten, daß der *nicht* viel Rücksicht auf andre nimmt, wenn's darauf ankommt? An *wen*, zum Teufel, hat er mich nur erinnert soeben?«

»Die schauen nur auf sich selber – wie *wir* es ja auch getan haben.« Damit begann Mrs. Ashcroft, den Teetisch zu decken.

»*Du*, Grazia, hast das gekonnt – da gibt's nichts zu sagen«, bestätigte Mrs. Fettley.

»Was geht dir denn *jetzt* wieder durch den Kopf?«

»Weiß nicht ... Mich überkommt's nur ganz plötzlich – da war doch die Frau dieses Rye – ich hab' ihren Namen vergessen – hat sie nicht Barnsley geheißen?«

»Batten – Polly Batten, die meinst du.«

»Genau – Polly Batten. Damals, als sie mit der Heugabel hinter dir her war – beim Heuen in Smalldene, weil du ihr den Mann ausgespannt hast.«

»Aber du hast doch selber gehört, wie ich ihr gesagt hab', von mir aus kann sie ihn behalten?« Mrs. Ashcrofts Stimme und Lächeln waren sanfter denn je.

»Hab' ich. – Und jeder von uns hat gesehn, wie sie dir deshalb die Gabel direkt durch die Brust rennen wollte, rein durch und durch!«

»Aber nein. *So* weit hat sie sich niemals vergessen, die Polly. Hat sich zu sehr gefürchtet, etwas auch wirklich zu *tun*.«

»*Mir* kommt immer vor«, sagte Mrs. Fettley nach einer Weile, »daß ein Mann zwischen zwei eifernden Weibern das Blödeste von der Welt ist. Wie ein von zwei Seiten gerufener Hund, der nicht weiß, wohin er jetzt soll.«

»Kann schon sein. Aber was bringt dich jetzt ausgerechnet auf damals, Lisa?«

»Die Kopfhaltung und auch die Armbewegung des Jungen sind daran schuld. Seit er so groß ist, hab' ich ihn gar nicht mehr angeschaut. An deiner Jane war es nicht so zu merken – aber an *ihm* kommt's heraus! Wirklich – der ganze Jim Batten und seine Art, wie er leibt und lebt! ... Meinst du nicht auch?«

»Kann schon sein. Irgendwas ist um die beiden, das macht sie so – so fad, so stupid irgendwie.«

»Oh – aber ja! Ach du meine Güte ... Und Jim Batten ist jetzt schon verstorben seit ...«

»Siebenundzwanzig Jahren«, versetzte Mrs. Ashcroft kurzangebunden. »Möchtest du jetzt nicht herkommen, Lisa?«

Mrs. Fettley setzte sich also zu Tisch – zu gebuttertem Toast, Korinthenbrot, Tee so bitter wie Leder, weil er zu lange gezogen hatte, selbsteingelegten Birnen und gekochten Sauschwänzen, damit die Semmeln leichter hinunterrutschen. Mrs. Fettley lobte all das nach Gebühr.

»Ach ja – ich weiß nicht, ob ich dem Bauch mein Lebtag viel schuldig geblieben bin«, sagte Mrs. Ashcroft nachdenklich. »Aber schließlich lebt man nur *ein*mal!«

»Schlägt sich das nicht auf den Magen mitunter?« erkundigte sich ihr Gast.

»Die Spitalsschwester sagt, ich sterbe noch eher an meiner Verdauung als an meinem Bein.« Mrs. Ashcroft laborierte nämlich an einem hartnäckigen Schienbeingeschwür und wurde deshalb regelmäßig von der Gemeindeschwester betreut, welche behauptete (oder von der manche sagten), sie habe es im Verlauf ihrer Dienstzeit schon einhundertdreimal versorgt.

»Und das *dir*, wo du doch immer so tüchtig warst! Und so vor der Zeit auch noch! *Ich* hab' noch gesehen, wie gut du zu Fuß warst.« Mrs. Fettley war voll der Anteilnahme.

»Ach, irgendwas kommt irgendwann über jeden! Mein Herz ist mir ja noch geblieben«, erwiderte Mrs. Ashcroft.

»Großherzig bist du ja immer für dreie gewesen. Auf sowas läßt sich zurückschaun am End' seiner Tage.«

»Auch du wirst was haben, worauf du zurückblicken kannst, nehm' ich an«, sagte darauf Mrs. Ashcroft.

»Nun, du weißt ja. Aber ich denk' nicht viel dran, außer, wenn ich bei dir hier bin, Gra'! 's braucht eben *zwei* Hölzer, um Feuer zu machen.«

Mrs. Fettley starrte bei halbgeöffnetem Mund auf den bunten Wandkalender des Kolonialwarenhändlers. Wieder erbebte das Häuschen vom Vorüberbrausen des Kraftfahrverkehrs, und auch vom Fußballplatz unter dem Garten scholl brausender Lärm herauf: das Dorf machte nach Kräften Gebrauch von seiner samstägigen Freizeit.

Mrs. Fettley hatte schon eine Weile ihr Thema weitergesponnen, ohne dabei unterbrochen worden zu sein. Dann fuhr sie sich über die Augen und sagte abschließend: »Und vorigen Monat haben sie mir seine Todesanzeige vorgelesen – in der Zeitung ist sie gestanden. Natürlich hat mich das nicht mehr besonders erschüttert – noch dazu wo er doch schon so lang von der Bildfläche weg war! Was hätt' ich da sagen sollen, oder mir gar noch anmerken lassen! Auch war da kein vernünftiger Grund, eigens nach Eastbourne zu fahren und sein Grab zu besuchen. Zwar hab' ich die Absicht gehabt, irgendwann einmal mit dem Bus hinüberzuschaun – doch das Gefrage daheim wär' nicht auszuhalten gewesen. Na, und so ist mir nicht einmal *das* geblieben.«

»Bist aber trotzdem auf deine Kosten gekommen?«

»Gott – jaa! In den vier Jahren, wo er bei der Bahn war, ganz in unsrer Nähe. Und die anderen Fahrer haben ihm ein sehr schönes Begräbnis bereitet.«

»Dann brauchst du dir keine Vorwürfe zu machen. Vielleicht noch 'ne Tasse Tee?«

Mit der sinkenden Sonne hatten auch Atmosphäre und Licht sich gewandelt, und die zwei alten Damen schlossen die Küchentür wegen der Kühle. Ein Häherpaar kreischte und flatterte in den entlaubten Apfelbaumkronen draußen im Garten. Das Wort war nun an Mrs. Ashcroft, und so redete sie, die Ellbogen auf den Teetisch gestützt und das kranke Bein waagrecht auf einen Sessel gelagert ...

»Mir Vorwürfe machen? Tu' ich ja gar nicht! Aber was hat denn dein Mann zu alldem gesagt?« erkundigte sich Mrs. Fettley am Ende dieses gedämpft vorgetragnen Berichts.

»Er hat gemeint, von ihm aus kann ich verschwinden, wohin es mir paßt. Aber weil er bettlägerig war, hab' ich gesagt, ich bleibe zur Pflege. Er hat ja gewußt, daß ich seinen Zustand nicht ausnützen würde. So ist er noch acht, neun Wochen gelegen – bis ihn dann wohl der Schlag gestreift hat. Tagelang war er stocksteif und hat sich nicht mehr gerührt. Und richtet sich dann im Bett plötzlich auf und sagt: ›Bete drum, daß dich kein

Mann so behandelt, wie du das mit manchen gemacht hast‹. ›Na, und *du*?‹ sag' ich drauf, denn du weißt es ja, Lisa, was für ein Steiger er war. ›Es war beiderseits‹, sagt er, ›aber *ich* bin am Ende und *sehe*, was dir bevorsteht!‹ Am Sonntag ist er gestorben, und am Donnerstag eingescharrt worden ... Und doch hab' ich so viel auf ihn gehalten – dermaleinst. – *Hab'* ich das eigentlich je?«

»Davon hast du nie was verlauten lassen«, warf Mrs. Fettley ein.

»Ich revanchier' mich eben für das, was du mir vorhin erzählt hast. Na, und weil er nun einmal tot war, hab' ich dieser Mrs. Marshall in Lonnon geschrieben, daß ich von jetzt ab frei wäre – und von ihr hab' ich dann meine erste Stelle als Küchenhilfe gekriegt – Gott, wie lange das her ist! Sie war hocherfreut, denn alle zwei waren ja nicht mehr die Jüngsten, und ich kannte dort schon den Betrieb. Du weißt ja noch, Lisa, ich hatte seit Jahren ausgeholfen bei ihnen – so zwischendurch, wenn wir Geld gebraucht haben, oder damals, als der Meinige wieder mal weg war.«

»Das war in Chichester, wo er sechs Monate ausgefaßt hat, nicht wahr?« flüsterte Mrs. Fettley. »Wir sind nie dahintergekommen, weshalb.«

»Er hätte noch mehr gekriegt, aber der Mann ist nicht gestorben.«

»Aber *du* warst *nicht* schuld daran, Gra'?«

»Nein! Das war damals der Mann jener anderen Frau. Und als der Meine dann tot war, bin ich zu diesen Marshalls zurück, als Köchin, endlich wieder bei vornehmen Leuten und mit einem Titel vor meinem Namen. Damals bist du übersiedelt, nach Portsmouth.«

»Nach Cosham«, verbesserte Mrs. Fettley. »Es ist dort etliches neu gebaut worden. Mein Mann ist noch vor mir hinüber, hat die Wohnung gekriegt, und ich bin ihm nach.«

»Na gut, ich bin dann gleich ein volles Jahr in Lonnon geblieben – vier Mahlzeiten täglich, und auch sonst ein bequemes

Leben. Dann, gegen Ende des Sommers, sind die beiden auf Reisen gegangen, nach Frankreich, haben mich aber behalten, denn ohne mich wär's nicht gegangen. Ich hab' dann das Haus in Ordnung gebracht, alles eingemottet, und bin danach zu Betty herüber, zu meiner Schwester – meinen Lohn in der Tasche, und alle sind froh gewesen, mich wiederzusehen.«

»Das muß gewesen sein, als ich in Cosham war«, erinnerte sich Mrs. Fettley.

»Du weißt ja noch, Lisa, damals hat keiner die Nase gerümpft über den andern, da hat es noch keine Kinos gegeben und auch keine Whist-Turniere, da war keine Arbeit zu schlecht, egal ob Mann oder Frau, wenn nur ein Shilling heraussprang dabei. Ich war nach Lonnon gesundheitlich ziemlich herunter und habe gemeint, die frische Luft wird mir guttun. So habe ich mich in Smalldene verdingt, zur Ernte der Frühkartoffeln, zum Hühnerabstechen und dergleichen Sachen. Die hätten sich über mich krankgelacht in meiner Lonnoner Küche, wenn sie *mich* so gesehen hätten, in Männerstiefeln, bei hochgezogenen Unterröcken!«

»Und hat's dir was eingebracht?« erkundigte sich Mrs. Fettley.

»Ich bin nicht *des*wegen gegangen. Du weißt ja so gut wie ich, daß erst was geschieht, wenn's passiert *ist*. Und erst ganz am Ende, wenn es zu spät ist, warnt dich dein Gefühl vor dem eingeschlagenen Weg. Erst in der Rückschau wird es uns klar, wie alles gekommen ist.«

»Und wer war es?«

»Harry Mockler.« Mrs. Ashcroft verzog das Gesicht – ihr Bein begann wieder zu schmerzen.

Mrs. Fettley verschlug es den Atem. »Harry? Also der Sohn von Bert Mockler! Darauf wär' *ich* nie gekommen!«

Mrs. Ashcroft nickte. »Und mir war es ja nur – und das hab' ich ge*glaubt* – um die Arbeit im Freien zu tun.«

»Und was hast du *wirklich* davon gehabt?«

»Ach, wie gewöhnlich. Erst war alles Liebe und Waschtrog –

und hinterher weniger als nichts. Warnende Vorzeichen gab's ja genug, aber ich hab' nicht geachtet darauf. Einmal zum Beispiel haben wir Ernterückstände und Unkraut verbrannt, das war um die Zeit, als wir schon wußten, wie's steht um uns zwei. Die Jahreszeit war noch zu früh fürs Verbrennen, und das habe ich ihm auch gesagt. ›Nein!‹, sagt er drauf. ›Je früher man Schluß macht mit diesem Mist, desto besser.‹ Steinhart hat er ausgesehen dabei. Und dann war's mir, als hätte ich da meinen Meister gefunden – was mir vorher noch nie passiert ist. Da hab' immer *ich* den Ton angegeben.«

»Natürlich – so ist es! Entweder du hast *sie*, oder sie haben *dich*«, seufzte die andre. »Der kürzeste Weg war für mich immer der beste.«

»Für mich nicht. Aber für Harry ... Na, und dann wurde es Zeit, wieder nach Lonnon zu gehn. Aber ich hab' es nicht können – reinweg nicht können! Also habe ich mir an einem Montagmorgen einen Schwall brühheißes Wasser aus dem kupfernen Kessel über die linke Hand laufen lassen – da hab' ich dann noch vierzehn Tage dableiben müssen.«

»Und? Ist's dafürgestanden?« frug Mrs. Fettley und besah sich die silbrige Narbe auf dem runzligen Unterarm.

Mrs. Ashcroft nickte. »Und hinterher haben wir abgemacht untereinander, daß er nach Lonnon kommt, als Bursche in einem Leihstall, nicht weit von mir. Und er hat die Stelle gekriegt – *ich* habe dafür gesorgt. Es hat keinen Tratsch gegeben – niemand hat was gewußt, nicht einmal seine Mutter. Er ist ganz einfach nach Lonnon hinauf, und dort haben wir beide den Winter verbracht, keine halbe Meile entfernt von einander.«

»Aber fürs Fahrgeld bist *du* aufgekommen«, sprach Mrs. Fettley voll Überzeugung.

Mrs. Ashcroft bejahte aufs neue. »Es gibt nicht viel, was ich für ihn *nicht* getan hab'. Er war mein Gebieter, und – Gott, steh uns bei – was *haben* wir zwei nicht gelacht, wenn wir miteinander am Abend im Finstern übers Pflaster spaziert sind, und mich die Hühneraugen gedrückt haben in meinen Schuhen! Ich hatte ja sowas noch nie erlebt – und er auch nicht – er auch nicht!«

Mrs. Fettley gluckste verständnisinnig.

»Und wann war es aus?« wollte sie wissen.

»Als er alles zurückgezahlt hat, jeden Groschen. Da hab' ich es dann gewußt, aber ich *wollt'* es nicht wissen. ›Du warst wahnsinnig nett zu mir‹, hat er gesagt. ›Nett?‹ sag' ich drauf. ›Zwischen *uns*?‹ Aber er bleibt nur dabei, wie nett ich die ganze Zeit zu ihm war, und daß er sein Lebtag dran denken wird. Drei Tag' und drei Nächte lang habe ich mich dagegen gewehrt, ich *wollte* es einfach nicht glauben! Danach hat er angefangen, die Stallarbeit freut ihn nicht mehr, die Leute dort täten ihm alles zu Fleiß – kurz, all dieses Zeug, wie's die Männer parat haben, wenn sie sich abseilen wollen. Ich hab' nur mehr zugehört, nichts da*für* getan, nichts da*gegen*. Ganz zum Schluß habe ich dann die Brosche heruntergenommen, die er mir geschenkt hat, und nur gesagt: ›Ist schon gut. *Ich* will jetzt nichts mehr von dir.‹ Und dreh mich herum auf dem Absatz, und bin auf und davon mit meinem Schmerz. Er hat nichts getan, ihn ärger zu machen: hat sich nimmermehr blicken lassen und auch nie mehr geschrieben. Er ist einfach weg – wieder nach Hause, zu seiner Mutter.«

»Und wie oft hast du noch erwartet, daß er zurückkommt?«

»Oft genug – mehr als einmal! Noch in den Gassen, wo wir immer gegangen sind, hab' ich gemeint, die Steine müßten mir aufschreien unter den Füßen.«

»Ja«, bestätigte Mrs. Fettley. »Wenn das nicht so weh tut wie nur irgendwas, dann weiß ich nicht. Das war dann alles?«

»Nein – war es nicht. Das ist ja das Komische dran, wenn du mir glauben willst, Lisa.«

»Ich glaub's dir – und wette sogar, daß du in diesem Moment gar nicht lügen *kannst*, Gra'!«

»So ist es ... Und ich hab' gelitten, wie ich's meinen ärgsten Feinden nicht wünschen möchte. Gott ist mein Zeuge, was ich durchgemacht habe in jenem Frühjahr! Dazu noch ein Kopfweh, wie ich's mein Lebtag noch nie gehabt hab'. Stell dir vor – *ich*, und Kopfweh! Aber schließlich war ich fast dankbar dafür: es hat mich abgehalten vom Denken ...«

»Das ist wie ein hohler Zahn«, pflichtete Mrs. Fettley bei. »Der Schmerz muß bohren und toben, bis er von selber aufhört – und hinterher ist dann gar nichts mehr übrig.«

»*Mir* bleibt noch genug – genug für mein ganzes, übriges Leben. Und gekommen ist alles durch die Kleine von unserer Scheuerfrau – Sophy Ellis hat sie geheißen –, nichts als Augen und Knochen und Hunger. Ich hab' ihr immer was zugesteckt, Essen und so. Sonst hab' ich mich nicht sehr gekümmert um sie, und natürlich noch weniger, als mir dann mein Harry nicht aus dem Kopf ging. Aber – du weißt ja, wie kleine Mädchen sowas manchmal zu allererst mitkriegen. Da war sie dann ganz vernarrt in mich, hat mich gestreichelt und sich fortwährend an mich gekuschelt. Und ich nicht das Herz, sie von mir zu stoßen ... An einem Nachmittag, zeitig im Frühjahr, hat ihre Mutter sie wieder einmal herübergeschickt, ob was zu essen abfiele. Ich bin grad am Feuer gesessen, die Schürze überm Gesicht und schon halb verrückt vor Kopfschmerzen – da schlüpft sie herein. Ich glaube, ich war ziemlich knapp mit meiner Erklärung. ›Gott!‹ sagt sie, ›wenn's *weiter* nichts ist! Das nehme ich dir im Handumdrehn ab!‹ ›Rühr mich nicht an!‹ hab' ich gerufen, in der Meinung, sie will mich anfassen am Kopf. Und ich mag sowas nicht. ›*Ich* faß dich nicht an‹, sagt sie nur, und schon ist sie draußen. Und kaum zehn Minuten danach sind auch meine Kopfschmerzen weg – wie fortgeblasen! Eben will ich mich an meine Arbeit machen, da kommt Sophy wieder herein und kauert sich auf meinen Sessel, mucksmäuschenstill, die Augen total eingesunken und das Gesicht ganz verspannt. Ich frag sie, was sie denn hat? ›Nix‹, sagt sie, ›es ist nur, weil *ich* es jetzt habe.‹ ›*Was* hast du?‹ frag' ich. ›Dein Kopfweh‹, sagt sie, ganz heiser und macht kaum den Mund auf dabei. ›Ich hab' es dir abgenommen.‹ ›Blödsinn‹, sag ich, ›es ist rein verflogen, während du weg warst. Leg dich hin, und ich mach dir 'ne Tasse

Tee.‹ ›Das hilft nix‹, sagt sie, ›solang deine Zeit nicht vorbei ist. Wie lange dauern denn *deine* Kopfschmerzen?‹ ›Laß die Verrücktheiten‹, sag ich, ›sonst hol ich den Doktor!‹ Ich hab' ja gemeint, sie brütet was aus, die Masern vielleicht. ›Ach, Mrs. Ashcroft‹, sagt sie, ›ich hab' dich soo gern!‹ Und streckt mir die mageren Ärmchen entgegen. Na, und da hab' ich sie auf den Schoß genommen und ganz fest an mich gedrückt. ›Und dein Kopfweh ist wirklich weg?‹ fragt sie mich. ›Ja‹, sag ich drauf. ›Und wenn das tatsächlich *du* warst, so bin ich dir wirklich dankbar!‹ ›Natürlich bin *ich* es gewesen‹, sagt sie und drückt ihre Wange an mein Gesicht. ›Denn ich weiß ja auch, wie es geht.‹ Und dann hat sie gesagt, sie habe das Kopfweh an einem Wunschhaus für sich eingetauscht.«

»Waas?« fuhr es Mrs. Fettley heraus.

»An einem Wunschhaus! Unglaublich! *Ich* hatte ja keine Ahnung davon, hatte von sowas noch nie gehört! Hab' auch fürs erste nichts anfangen können damit, und bin erst nach und nach dahintergekommen, daß so ein Wunschhaus eins sein muß, das schon seit langem verlassen und leer ist – lange genug für ein Etwas, für einen Jemand, der dann dort einzieht. Sie hat mir gesagt, sie weiß das von einem ganz kleinen Mädchen, mit dem sie gespielt hat im Leihstall, wo Harry beschäftigt war. Dieses Mädchen, so hat sie gesagt, habe zu fahrendem Volk gehört, das den Winter in Lonnon verbracht hat. Zigeuner, so denk ich.«

»Ooh, Zigeuner! Die wissen sehr viel, da gibt's nichts zu sagen – aber von einem *Wunsch*haus hab' *ich* noch nie was gehört – und dabei weiß ich 'ne Menge von solchen Dingen«, behauptete Mrs. Fettley.

»Sophy hat gesagt, ganz in der Nähe *sei* so ein Wunschhaus – in der Wadloes Road, nur ein paar Gassen weiter, am Weg zu unserem Grünwarenhändler. Man brauche nur, hat sie gesagt, die Klingel zu ziehen und seinen Wunsch in den Briefschlitz zu sprechen. Ich hab' sie gefragt, ob der Wunsch von *Feen* erfüllt wird. ›Weißt du denn nicht‹, sagt sie drauf, ›daß es keine Feen nicht gibt in einem Wunschhaus? Dort gibt es nur eine *Wesenheit*‹.«

»Allmächtiger – du meine Güte! Wie kommt sie zu *so* einem Wort?« rief Mrs. Fettley erschrocken. Denn so etwas kommt von den Toten, wenn nicht, noch schlimmer, von lebenden Wesen.

»Das habe sie von dem Zigeunermädchen, hat sie gesagt. Du kannst dir ja vorstellen, Lisa, wie mich das aufgeregt hat, und die Kleine in meinen Armen muß es gespürt haben. ›Wirklich, das ist aber lieb von dir‹, sag ich und drück sie an mich, ›mir meine Kopfschmerzen fortzuwünschen! Aber warum hast du dir nicht was Schönes gewünscht für dich selber?‹ ›Das kann man nicht machen‹, sagt sie. ›An einem Wunschhaus erlaubt man dir nur, anderen ihre Leiden zu nehmen. So hab' ich auch meine Mutter vom Kopfweh befreit, wenn sie lieb zu mir war. Und jetzt war's mir zum erstenmal möglich, es auch für dich zu tun. Oh, Mrs. Ashcroft, ich hab' dich ja soo schrecklich gern!‹ Und in dieser Art hat sie weitergeredet. Lisa, ich sag dir, am Ende sind mir beinahe die Haare zu Berge gestanden! Ich hab' dann die Kleine gefragt, wie diese Wesenheit aussieht. ›Das weiß ich nicht‹, sagt sie, ›nur, wenn du die Klingel gezogen hast, hörst du, wie jemand vom Keller heraufrennt, zur Haustür. Dann sagst du, was du dir wünschst, und dann gehst du fort.‹ ›Also macht dir die Erscheinung erst gar nicht die Tür auf?‹ hab' ich sie gefragt. ›Aber nein‹, sagt sie drauf. ›Du hörst nur sowas wie Gekicher, gleich hinter der Haustür. Dann sagst du, ich möchte dem oder dem seine Schmerzen abnehmen – wen du gerade gernhast. Und das geht in Erfüllung.‹ Ich hab' dann nicht weitergefragt – die Kleine war viel zu heiß, hat gefiebert. Ich habe mich um sie gekümmert, bis zum Anzünden des Gaslichts, und kurz danach ist ihr Kopfweh – oder das meine vermutlich – rein weggewesen, und sie ist hinunter und hat mit der Katze gespielt.«

»Nein sowas!« rief Mrs. Fettley. »Hast du – hast du die Sache weiterverfolgt irgendwie?«

»Die Kleine hat zwar drum gebeten, aber ich wollt' mich auf sowas gar nicht erst einlassen – bei einem Kind noch dazu!«

»Und was *hast* du getan?«

»Hab' mich ins Zimmer gesetzt statt in die Küche, sobald sich mein Kopfweh wieder gemeldet hat, und weiter an diese Sachen gedacht, ohne es recht zu wissen.«

»Kann ich mir vorstellen. Hat sie dir später noch mehr erzählt?«

»Nein. Sie hat nur gewußt, was die kleine Zigeunerin ihr gesagt hat, und auch, daß der Zauber tatsächlich hilft. Ich habe nach jenem Vorfall – er war im Mai – mit meinem Kummer den Sommer in Lonnon verbracht. Wochenlang war es nur windig und heiß, die Straßen haben gestunken vom Pferdemist, den es hin und her geweht hat bis zum Randstein hinauf. Heutzutag gibt's das ja nicht mehr. Und weil mein Urlaub so knapp vorm Hopfen war – also, vorm Pflücken –, bin ich herunter zu Betty. Die hat gleich gemerkt, wie abgemagert ich war, und geschwollen unter den Augen.«

»Hast du Harry gesehn?«

Mrs. Ashcroft nickte. »Gleich am vierten – nein, fünften Tag, ein Mittwoch ist es gewesen. Ich hab' ja gewußt, er arbeitet wieder in Smalldene. Hab' seine Mutter gleich auf der Straße nach ihm gefragt, ganz ohne mich zu genieren. Aber sie ist kaum zu Wort gekommen, weil sich Betty – du kennst ja ihr Mundwerk – ununterbrochen eingemischt hat. An jenem Mittwoch bin ich, mit einem von Bettys Brut an der Kittelfalte, an Chanters Tot vorbeigekommen. Und plötzlich spür' ich, daß er hinter mir ist auf jenem Seitenweg, und merke schon an seinem Schritt, daß er sich verändert hat. Ich geh langsamer – und da hör' ich auch ihn langsamer werden. Also hab' ich herumgetan mit dem Kind, um ihn zu zwingen, an mir vorbeizukommen. Ja, und das *mußte* er auch. Aber bloß ›Guten Abend‹ hat er gesagt, geht weiter und reißt sich zusammen und will sich nichts anmerken lassen.«

»War er besoffen?« erkundigte sich Mrs. Fettley.

»Woher denn! Nur total verschrumpelt und dürr bis auf die Knochen. Das Gewand hat geschlottert wie ein leerer Sack, und im Gesicht war er kreideweiß. Es fehlte nicht viel, und ich hätte die Arme gebreitet und hinter ihm hergerufen. Aber dann hab' ich's hinuntergeschluckt bis ich wieder daheim war und die Kinder zu Bett gebracht waren. Dann, nach dem Essen, sag ich zu Betty: ›Was um Himmelswillen ist denn mit Harry Mockler passiert?‹ Und Betty hat mir erzählt, er war im Spital, zwei Monate lang, weil er sich beim Ausputzen des alten Weihers von Smalldene mit dem Spaten den Fuß verletzt hatte. Und, daß Gift in dem Dreck gewesen sein muß, das sei ihm ins Bein gestiegen und habe sich über den ganzen Körper verteilt sozusagen. Mehr als vierzehn Tage ist er dann nicht mehr zur Arbeit gekommen – zum Ernte-Einfahren auf Smalldene. Der Doktor, sagte sie mir, hat gemeint, Harry würde den ersten Novemberfrost kaum überleben, und seine Mutter hat ihr erzählt, er kann nicht mehr richtig essen und schlafen, und daß ihm der Schweiß in Strömen herunterrinnt, egal wie kalt es auch ist. Und daß er am Morgen so fürchterlich Schleim spukken muß. ›Du meine Güte‹, sag ich darauf, ›aber vielleicht bringt ihn das Hopfen wieder zu sich‹, und habe mein Garn-Ende angeleckt und die Nadel unter die Lampe gehalten und eingefädelt ohne zu zittern. Und in der Nacht (mein Bett ist im Waschraum gestanden), da hab' ich geheult und geheult. Und du weißt es ja, Lisa – hast mich ja in meinen Wehen erlebt –, wieviel es braucht, mich zum Weinen zu bringen!«

»Oh ja – nur, beim Kinderkriegen sind Schmerzen nur recht und billig«, erwiderte Mrs. Fettley.

»Mit dem Hahnenschrei war ich auf und hab' mir mit kaltem Tee die entzündeten Augen gekühlt, damit niemand was merkt. Und noch lange vor Abend – ich war unterwegs, ein paar Blumen aufs Grab meines Mannes zu legen, damit's hübscher aussieht – treff ich mit Harry zusammen, dort, wo sie jetzt das Kriegerdenkmal aufgestellt haben. Er ist grad von seinen Pferden gekommen und hat diesmal *nicht* so tun können, als möcht er mich nicht bemerken. Ich schau ihn an, von oben bis unten, und ›Harry‹, sag ich durch die Zähne, ›komm doch nach Lonnon, zurück zu mir, zur Erholung.‹ ›Das geht nicht‹, sagt er, ›ich kann dir nix dafür geben.‹ ›Das braucht's nicht‹, sag ich darauf, ›glaub mir in Gottes Namen, ich will überhaupt nichts haben dafür. Nur mitkommen sollst du – und in Lonnon zum Doktor gehen.‹ Da schaut er mich ganz traurig an. ›Ist schon zu spät, Gra'‹, sagt er. ›Oh du mein Mann!‹ sag ich nur – mehr hab' ich nimmer herausgebracht, mir war ja die Kehle wie zugeschnürt. ›Ich dank dir recht schön, Gra'‹ sagt er (aber ›mein Weib‹ sagt er nie) und geht die Gasse hinauf, und seine Mutter – verwünscht und verdammt soll sie sein! – steht schon da und wartet auf ihn und sperrt hinter ihm auch noch die Tür zu.«

Mrs. Fettley langte über den Teetisch und wollte ihr Gegenüber am Ärmel überm Handgelenk streicheln, doch Mrs. Ashcroft zog ihren Arm zurück.

»Ich bin also weiter zum Friedhof mit meinen Blumen und habe dabei dran gedacht, wie mein Mann mich damals gewarnt hat in jener Nacht, als er plötzlich zu reden anfing. Es *war* die Klarsicht des Sterbenden, und es *ist* eingetroffen, was er gesagt hat. Aber als ich eben dabei war, ihm das Einmachglas auf das Grab zu stellen, da fällt mir ganz plötzlich ein, daß ich *doch* was für Harry tun könnte! Doktor hin, Doktor her – ich hab' mir gedacht, Probieren geht über Studieren. Und so hab' ich's getan. Nächsten Früh ist die Rechnung aus Lonnon gekommen, von unserm Grünwarenhändler. Mrs. Marshall hatte mir zwar das nötige Bargeld für dergleichen Ausgaben dagelassen – aber ich habe zu Betty gesagt, man ruft mich nach Lonnon, ich soll dort das Haus aufsperren und alles herrichten. Und dann bin ich weg, zum Nachmittagszug.«

»Und – wenn ich's auch *weiß* – aber Angst hast du keine gehabt?«

»Vor was? Was hab' ich denn vor mir gehabt? Nur meine eigne Beschämung und die Unbarmherzigkeit Gottes. Harry war unwiederbringlich verloren für mich, und – was hätt' ich denn machen sollen? Ich hab' ja gewußt, ich muß damit fertigwerden, bis es aus ist mit mir.«

»Ach ja – es ist schon ein Kreuz!« bekräftigte Mrs. Fettley und langte neuerlich über den Tisch. Diesmal zog Mrs. Ashcroft die Hand nicht zurück.

»Irgendwie war's ja ein Trost für mich, wenigstens *das* für ihn tun zu können. Ich bin gleich zum Grünwarenhändler, die Rechnung bezahlen, hab' seine Quittung in meine Handtasche getan, bin dann weiter zu Mrs. Ellis – unserer Scheuerfrau –, wegen der Schlüssel fürs Haus, und habe es aufgesperrt. Dann hab' ich mir erst noch mein Bett gemacht, fürs Wiederkommen (Du lieber Gott! Mein Bett, um mich niederzulegen!). Danach hab' ich mir meinen Tee gemacht, mich in die Küche gesetzt und überlegt, bis es dunkel wurde. Wirklich, es war schon recht finster. Also hab' ich mich angezogen und bin hinaus, den Quittungszettel noch immer bei mir, weil ich so tun wollte, als möcht ich da eine Adresse studieren. Wadloes Road Nummer vierzehn, das war der Ort – ein kleines Haus mit Küche im Souterrain, in einer Reihe mit zwei Dutzend gleichen, und mit winzigen, mauergesäumten Gartenstreifen davor – die Farbe schon von der Haustür geblättert, und kein Handgriff getan seit ich weiß nicht wie lange. Auch kein Mensch auf der Gasse, höchstens da und dort eine Katze. Und eine Hitze! Ich bin durch die Vorgartentür, frech wie Oskar, dann die Stufen hinauf – und habe die Klingel gezogen. Es hat gehallt, viel zu laut, wie das schon ist in leeren Häusern. Und wie's wieder still war, ist es wie Sesselrücken von unten, am Küchenboden, und schon hör ich Schritte die Kellerstiege herauf, wie von einer dicken, schweren Person in Pantoffeln. Sie kommen zum Treppenabsatz, dann durch den Vorraum zur Tür – ich habe die Dielenbretter knarren gehört –, und an der Haustür bleiben sie stehn. Ich bück mich zum Briefschlitz hinunter und sag: ›Laß mich alles Üble auf mich nehmen, was meinem Mann Harry Mockler bevorsteht, um meiner Liebe willen!‹ Und da hat, was immer da war an der andern Türseite, ganz tief ausgeatmet – als hätt' es die Luft angehalten, um besser hören zu können.«

»Aber *gesagt* hat man dir nichts?«

»Nichts. Sie hat bloß tief ausgeatmet – wie *A-ah* hat's geklungen. Dann waren da wieder die schlurfenden Schritte hinunter zur Küche, und gleich darauf nochmals das Sesselrükken.«

»Und du warst die ganze Zeit an der Türschwelle, Gra'?«

Mrs. Ashcroft nickte.

»Erst jetzt bin ich umgekehrt, und da sagt ein Mann im Vorbeigehn zu mir: ›Ham Sie nicht gewußt, daß das Haus leersteht?‹ ›Nein‹, sag ich drauf. ›Da hat man mir wohl 'ne falsche Adresse gegeben.‹ Und bin wieder zurück in unser Haus und gleich weiter ins Bett – bin ja wie zerschlagen gewesen. Zum Schlafen war's viel zu heiß – höchstens ab und zu eingenickt bin ich – und so bin ich herumgegangen, hab' mich dazwischen immer mal hingelegt – bis es grau wurde gegen Morgen. Dann bin ich zur Küche hinunter, um mir meinen Tee zu machen, und hab' mich dabei an einem alten Bratspieß gestoßen, den Mrs. Ellis aus der Ecke hervorgekramt hatte beim letzten Großreinemachen. Genau überm Fußgelenk war es. Und danach hab' ich nur mehr auf die Rückkehr der Marshalls aus ihrem Urlaub gewartet.«

»So ganz allein? Ich sollte doch meinen, du hättest genug gehabt von leeren Häusern!« rief Mrs. Fettley entsetzt.

»Oh, Mrs. Ellis und ihre Sophy sind ja in einem fort aus und ein, seit ich wieder da war, und zu zweit haben wir dann das Haus von oben bis unten in Ordnung gebracht. In so einem Haus gibt es ja immer *noch* was zu tun. Ja, so war das mit mir, damals im Herbst und im Winter in Lonnon.«

»Also ist gar nichts pass – ist nichts über dich gekommen, hat dein Schritt keine Folgen gehabt?«

Mrs. Ashcroft lächelte bloß. »Nein. Damals noch nicht. Und im Lauf des November habe ich Betty zehn Shillings geschickt.«

»Du hast ja schon immer 'ne offene Hand gehabt«, warf Mrs. Fettley dazwischen.

»Und habe dann für mein Geld auch erfahren, woran mir gelegen war. Betty hat mir geschrieben, das Hopfen hat beinahe Wunder gewirkt, er habe sechs Wochen damit verbracht, und jetzt sei er wieder auf Smalldene, zum Ernte-Einfahren. Mir war's ja egal, *wie* es passiert war – solange es nur passiert *war*. Aber ich weiß nicht, ob meine zehn Shillings mir viel genützt haben. Wär' Harry *tot* gewesen, so hätt' er gewissermaßen *ganz* mir gehört – bis zum Jüngsten Gericht. Der *lebende* Harry hingegen mochte sich schon von heute auf morgen was anfangen mit einer andern. Das hat mich ganz wild gemacht – und als es dann Frühling wurde, ist noch was hinzugekommen: an meinem Schienbein ist plötzlich ein ekelhaft nässendes Ding aufgebrochen – ein offnes Geschwür, das wollte nicht heilen. Ganz krank hat mich dieser Anblick gemacht – wo ich doch von Natur eine so glatte Haut habe! Du könntest mich über und über mit einem Spaten zerschinden, es würde spurlos verheilen. Schließlich hat Mrs. Marshall mich zu ihrem Hausarzt geschickt, und der hat gemeint, ich hätt' lieber gleich kommen sollen, schon beim ersten Auftreten dieses Geschwürs, anstatt erst noch monatelang alle möglichen farbigen Strümpfe drüberzuziehen. Und daß ich viel zu viel stehe bei meiner Arbeit, denn es ist ganz knapp über einer dick angeschwollenen Vene, gleich beim Gelenk. ›Das kommt und das geht, und beides braucht seine Zeit‹, sagt er noch, und, ›Lagern Sie Ihr Bein möglichst hoch und gönnen Sie sich mehr Ruhe‹, hat er mir geraten, ›dann wird es bald besser werden. Aber lassen Sie's nicht *zu* rasch abheilen – Sie haben ein sehr glattes Bein, Mrs. Ashcroft‹, sagt er noch. Und hat mir dann einen nassen Verband angelegt.«

»Das war auch ganz richtig«, sagte Mrs. Fettley bestimmt. »Nasser Umschlag auf nässende Wunden! Das zieht die schlechten Säfte heraus, ganz wie der Lampendocht das Petroleum zieht!«

»Das ist wahr – und Mrs. Marshall hat dann drauf geachtet, daß ich nicht mehr soviel stehe bei meiner Arbeit, und so ist es beinahe verheilt. Und hinterher haben sie mich zu Betty heruntergeschickt, um mich komplett auszukurieren, denn ich bin nicht der Mensch, der gern sitzenbleibt bei einer Arbeit, die man stehend verrichten sollte. Du warst damals gerade wieder im Dorf, Lisa.«

»War ich, war ich – aber hab' keine Ahnung gehabt von dem Ganzen!«

»Das wollt ich auch nicht«, sprach Mrs. Ashcroft und lächelte. »Ich habe dann Harry ein oder zweimal auf der Straße gesehn – er hatte großartig zugenommen und war wieder ganz beisammen. Aber eines Tags blieb er verschwunden, und seine Mutter hat mir gesagt, eins von seinen Pferden habe gescheut und ihn an der Hüfte getroffen. Und daß er im Bett liegen muß und sehr große Schmerzen hat. Und Betty sagt dann zu ihr, es sei schon ein Elend, daß Harry so gar keine Frau hat, die ihr die Pflege abnehmen könnte. Und die Alte *war* dir vielleicht verrückt! Ganz außer sich ist sie gewesen und hat uns erzählt, sein Lebtag habe ihr Harry sich um keine Frau umgesehn, und solang *sie* noch fähig wär', einen Finger zu rühren, werde sie für ihn sorgen, und wenn ihr die Hände abfielen dabei! Da hab' ich gemerkt, sie macht nur den Wachhund, und will nicht mal einen Knochen dafür.«

Mrs. Fettley lachte in sich hinein.

»Damals, an jenem Tag«, fuhr Mrs. Ashcroft fort, »war ich fast ununterbrochen auf meinen Beinen, um den Doktor kommen und gehen zu sehn – sie haben nämlich geglaubt, es wären auch noch ein paar Rippen kaputt. So ist mein Geschwür wieder aufgebrochen und hat genäßt wie nur je. Aber dann hat sich herausgestellt, daß die Rippen heil waren, und Harry hat eine ruhige Nacht gehabt. Und wie ich das morgens erfahre, sage ich mir, ›Noch will ich mir da nichts zusammenreimen. Eine Woche bleib ich jetzt auf den Beinen und warte ab, was draus wird.‹ Ich hatte kaum Schmerzen an jenem Tag – fühlte mich höchstens ein bißchen schwach –, und Harry hat während der Nacht neuerlich Ruhe gehabt. Also habe ich weitergemacht – aber bis Ende der Woche nicht viel drüber nachgedacht, bis sich dann Harry gezeigt hat, fast wieder der alte, nichts an ihm war entzwei, weder außen noch innen. Fast wäre ich da auf die Knie gesunken in meinem Waschraum, als Betty die Straße hinauf war. ›Jetzt hab' ich dich wirklich zum Mann‹, sag ich mir. ›Und was dir guttut, kommt alles von mir, und du sollst nichts wissen davon bis an mein Ende! Lieber Gott, schenk mir ein langes Leben, damit Harry es guthat!‹ So hab' ich gebetet. Und ich weiß nicht, aber vielleicht hat *das* meine Schmerzen betäubt.«

»Auf Dauer?« fragte Mrs. Fettley.

»Sie sind wiedergekommen, recht häufig sogar, aber was soll's, ich hab' ja gewußt, ich tu' es für *ihn*. Wirklich, das hab' ich gewußt! Immer wieder hab' ich die Schmerzen auf mich genommen und mich abgefunden damit, mich sozusagen drauf eingestellt, bis ich sie schließlich schon kommandieren konnte. Und auch das war ganz komisch: manchesmal, Lisa, waren sie plötzlich verschwunden, wie weggeblasen! Da hab' ich erst einmal versucht, sie wieder auf mich zu ziehen, aus Angst, Harry zu lange allein und ohne Stütze zu lassen. Und erst wenn ich darin ein Zeichen gesehn hab', daß es ihm gutgeht für eine Weile, hab' ich damit wieder aufgehört.«

»Und auf wie lange?« erkundigte sich Mrs. Fettley gespannt.

»Mehr als ein halbes Jahr lang hab' ich nur ein oder zweimal das kleine, nässende Ding an mir gehabt. Dann war plötzlich alles verschwunden, rein aufgetrocknet und weg! Aber da ist *er* krank geworden – zur Warnung –, und so hab' ich wieder gelitten für ihn. Und wenn's mir zuviel war – ich habe ja weiterhin arbeiten müssen in Lonnon –, hab' ich mein Bein hochgelagert auf einem Sessel, bis es sich wieder gebessert hat. Aber ja nicht zu rasch! Ich hab' ja gespürt, daß es Harry nicht gutgeht. Dann habe ich Betty nochmals fünf Shillings geschickt, oder was für die Kinder, um so herauszubekommen, ob er sich vielleicht verletzt haben könnte, als Folge von meiner Nachlässigkeit. Und wirklich, so war es! Jahraus und jahrein hab' ich so weitergemacht, Lisa, und so ist er wieder gesund geworden – ohne zu wissen, daß es durch *mich* war. Jahre und Jahre ist das so gegangen.«

»Aber was hast *du* gehabt davon, Gra'?« Mrs. Fettley war nahe am Weinen. »Hast du ihn regelmäßig gesehen?«

»Mitunter – wenn ich wieder mal hier war in meinen früheren Tagen. Und häufiger, seit ich auf Dauer hier wohne. Aber er schaut mich nicht an, so wenig wie all die anderen Frauen. Für ihn gibt's nur seine Mutter. Was hab' ich nicht aufgepaßt und mich umgehört! Genauso wie sie.«

»Jahre und Jahre!« wiederholte Mrs. Fettley. »Und wo arbeitet er jetzt?«

»Ach, die Fuhrwerkerei hat er aufgegeben, schon seit einer Weile. Jetzt ist er bei so einer großen Traktorenfirma – manchmal beim Pflügen, manchmal mit Lastautos – bis nach Wales hinüber, wie ich gehört hab', und dazwischen immer mal wieder nach Hause, zur Mutter. Jetzt hab' ich ihn aber seit Wochen nicht mehr zu sehen gekriegt. Macht nix! Seine Arbeit erlaubt ihm ja nicht, irgendwo länger zu bleiben!«

»Aber – sagen wir mal – wenn Harry schon verheiratet *ist*?« fragte Mrs. Fettley.

Mrs. Ashcroft sog die Luft durch die regelmäßigen, immer noch echten Zähne. »*Das* ist für mich keine Frage«, versetzte sie dann. »Meine Schmerzen, so glaub ich, sprechen dagegen. Glaubst du nicht auch, Lisa?«

»Wird schon so sein, meine Liebe. Wird schon so sein.«

»Und es *tut* weh mitunter. Du wirst es ja sehn, wenn die Pflegerin kommt. Sie glaubt, ich weiß nicht, daß es inzwischen schon bösartig ist.«

Mrs. Fettley verstand. Nur selten ringt sich die Menschennatur dazu durch, das Wort ›Krebs‹ auszusprechen.

»Bist du dir da auch ganz sicher, Gra'?«

»Für mich war es sicher, als mich der alte Mr. Marshall zu

sich ins Arbeitszimmer gerufen und des langen und breiten von meinen treuen Diensten geredet hat. Die hab' ich zu etlichen Zeiten ja auch geleistet – aber für eine Pension hätte das nicht gereicht. Trotzdem haben sie mir eine Wochenrente auf Lebenszeit ausgesetzt. Und da hab' ich gewußt, was das bedeutet – das war vor drei Jahren.«

»Das *beweist* doch nichts, Gra'!«

»Fünfzehn Shillings pro Woche für eine Frau, die nach ihrer Natur noch an die zwanzig Jahre zu leben hätte? Nein, es *ist* ein Beweis.«

»Da verrennst du dich – ja, du verrennst dich!« widersprach Mrs. Fettley.

»Lisa, es *gibt* keinen Irrtum – nicht, wenn sich alles so schön aneinanderreiht wie – die Perlen einer Halskette. Du wirst es ja sehen. Auch *ich* habe Dora Wickwood was vormachen wollen. *Sie* hat sowas ähnliches in der Achselhöhle gehabt.«

Mrs. Fettley überlegte ein wenig – und neigte das Haupt.

»Und wieviel Zeit wird dir noch bleiben, von jetzt an geschätzt, meine Liebe?«

»Ach, du weißt ja, alles im Leben braucht seine Zeit. Aber sollte ich dich bis zum nächsten Hopfen nicht mehr zu Gesicht bekommen, dann sehn wir uns heute zum letztenmal, Lisa.«

»Ich weiß nicht, ob ich's bis dahin noch schaffe, herüberzukommen – nicht ohne 'nen kleinen Hund, der mich führt. Denn die Kinder kümmern sich nicht, und – Ach, Gra'! – ich bin am Erblinden – ich werde bald gar nichts mehr sehen!«

»Oh – *des*wegen hast du mit deinen Flicken die ganze Zeit nur herumgetrödelt! Ich habe mich sowieso schon gefragt ... Aber die Schmerzen be*wirken* doch was, glaubst du nicht auch, Lisa? Sie be*wirken* doch, daß Harry so bleibt, wie ich ihn haben will! So sag schon – es *kann* doch nicht nur für die Katz' sein!«

»Da bin ich ganz sicher – ganz sicher, du Gute! Es wird dir vergolten!«

»Mehr will ich ja nicht – nur, daß meine Schmerzen in Rechnung gestellt werden sollen!«

»Sie werden – sie werden es, Gra'!«

Jemand pochte um Einlaß.

»Das ist die Pflegerin – sie kommt heute früher als sonst«, rief Mrs. Ashcroft. »Mach ihr auf!«

Die junge Dame trat so hastig ein, daß in ihrer Tasche die Arzneiflaschen klirrten. »Abend, Mrs. Ashcroft«, begann sie. »Ich komm' etwas früher vorbei, wegen des Institutballs heut abend. Es macht Ihnen doch nichts aus, oder doch?«

»Aber nein. Für mich hat sich's ohnedem ausgetanzt.« Sogleich wurde Mrs. Ashcroft zum wortkargen Dienstboten früherer Tage. »Eine alte Freundin von mir, Mrs. Fettley, hat mir eine Zeitlang Gesellschaft geleistet.«

»Hoffentlich hat Sie das nicht zu sehr angestrengt!« sagte die Pflegerin kühl.

»Ganz im Gegenteil – es war ein Vergnügen für mich. Bloß – bloß gegen Ende war ich ein bißchen – na, etwas erschöpft.«

»Ja, ja, natürlich.« Die Pflegerin, schon auf den Knien, machte das Waschzeug bereit. »Wenn ältere Damen zusammenkommen, wird eben zuviel geredet, ich weiß!«

»Kann schon sein«, sagte Mrs. Fettley im Aufstehn. »Na, dann werd' ich mich dünnmachen jetzt!«

»Trotzdem, schau es dir an, bevor du gehst«, bat Mrs. Ashcroft mit schwacher Stimme. »Ich will haben, daß du es siehst.«

Mrs. Fettley sah hin – und es schauderte sie. Dann bückte sie sich und küßte die Freundin auf die wachsbleiche Stirn und auf die erloschenen, grauen Augen.

»Es be*wirkt* doch was, nicht wahr – der Schmerz?« Nur gehaucht kam es über die Lippen, welche sich noch eine Spur ihres früheren Schwungs bewahrt hatten.

Mrs. Fettley drückte sacht einen Kuß darauf. Dann ging sie zur Tür.

# *Begegnung im Schützengraben*

Was immer im Herzen ein sterblicher Mann
  Auf Erden von himmlischen Mächten gedacht –
So läßt sich nicht leugnen, daß sie ab und an
  Unendliche Lieb' uns und Gnade gebracht.

O holdestes Wesen, du Licht meiner Tage,
  Du Teure, von der mich das Leben geschieden,
Da ist keine Hoffnung, da hilft keine Klage:
  Ihr Götter, tut solches nie zweimal hienieden!

*Swinburne*, »Les Noyades.«

In Anbetracht so vieler labiler Kriegsveteranen, die in den Jahren gleich nach dem Krieg unsre Instruktions-Loge aufgesucht haben (sie gehört zu ›Glaube und Werk‹, Ost-Mitte 5837), ist es das reine Wunder, daß nicht weit Ärgeres passiert ist mit Brüdern, die sich durch das plötzliche Wiedersehen mit alten Kriegskameraden zurückversetzt fanden in die noch immer nicht überwundenen Tage von einst. Doch war unser rundlicher, stutzbärtiger Mitbruder Keede – als Stuhlmeister und auch als Sprengelarzt – allzeit auf dem Sprung, sich hysterischer Ausbrüche anzunehmen, noch ehe sie außer Kontrolle gerieten. Und wenn ich Mitbrüder, die uns nicht bekannt oder nur unzureichend empfohlen waren, in Freimaurerdingen examinierte, überwies ich ihm, was mir irgendwie zweifelhaft schien. Er hatte, als Arzt eines Südlondoner Bataillons, während der letzten zwei Kriegsjahre genügend Erfahrung gesammelt und des öftern auch alte Bekannte und Freunde aus jener Zeit unter unsern Besuchern gefunden.

Bruder C. Strangwick, ein junger, neuaufgenommener Bruder von hoher Statur, kam von einer Südlondoner Loge zu uns. Papiere und Antworten waren in Ordnung, doch die rotgeränderten Augen blickten unstet und verwirrt, was auf zerrüttete

Nerven hinwies. Deshalb nahm ich den Neuen persönlich zu Keede, der ihn als Stabsordonnanz seines früheren Bataillons wiedererkannte, ihm zur Wiederherstellung gratulierte – man hatte damals den Mann wegen Untauglichkeit entlassen –, und sich sogleich in Reminiszenzen an die Sommefront verlor.

»Ich habe doch hoffentlich richtig gehandelt, Keede«, sagte ich, als wir uns fertigmachten zur Loge.

»Aber gewiß doch! Er hat mich daran erinnert, daß *ich* ihn behandelt habe, bei Sampoux, Neunzehnachtzehn, als er durchgedreht hat. Er war damals Meldegänger.«

»Nervenschock?« fragte ich.

»So was ähnliches – aber nicht das, was er mir vormachen wollte. Nein, Simulant war er keiner. Geschüttelt hat es ihn grade genug – nur die Ursache hat er verschleiert ... Tja, könnten wir unsre Patienten vom Lügen abhalten, dann wäre der Arztberuf wohl allzu leicht, nehm' ich an.«

Nach der Logenveranstaltung fiel mir auf, daß Keede unsern Neuen in eine der Reihen vor uns gesetzt hatte. Es gab einen Vortrag zur Anlage des Salomonischen Tempels. Ein eifriger Mitbruder hielt dieses Thema für die passende Überleitung vom Logenbetrieb zum anschließenden Tee mit kaltem Büffet – wir sagten »Bankett« dazu. Doch leider, auch der Tabak half uns nicht über die Fadheit des Vortrags hinweg, und mittendrin stieß der schon seit Minuten unruhig gewordene Strangwick seinen Sessel auf dem verfliesten Boden scharrend zurück und schrie plötzlich auf: »Nein – bei meiner Tante! Das halt' ich nicht länger aus!« Und unter allgemeinem Beifallsgelächter stürzte er an uns vorbei und wankte stolpernd nach hinten zum Ausgang.

»Das hab' ich erwartet!« raunte Keede mir ins Ohr. »Los, hinterher!« Wir holten ihn ein auf dem Gang, wo er hysterische Laute von sich gab und dazu die Hände rang. Keede geleitete ihn in die Kammer des Pförtners – ein kleines Bureau, das auch als Abstellraum diente für alten Insignienkram und sonstiges Zubehör. Dann verschloß er die Tür hinter uns.

»Ich – ich bin schon wieder in Ordnung«, sagte der Bursche in kläglichem Ton.

»Aber ja doch, gewiß!« Keede sperrte ein Wandschränkchen auf, dem er in meinem Beisein nicht zum erstenmal etwas entnahm, mischte in einem Meßglas Riechsalz mit Wasser, gab es Strangwick zu trinken und schob ihn dabei zu dem alten Sofa. »So«, sagte er. »Es ist nichts Ernstes. Ich hab' Sie schon in viel schlimmerem Zustand gesehen. Wahrscheinlich hat unser Gespräch so manches von damals wieder heraufgeschwemmt!«

Er angelte mit dem Fuß den Stuhl hinter sich heran, ließ aber dabei des Patienten Hände nicht los und nahm Platz. Dabei knarrte der Stuhl vernehmlich.

»Nicht!« kreischte Strangwick. »Das halt' ich nicht aus! Nichts auf dieser Welt kann so gräßlich knarren wie sie! Und – und wenn Tauwetter ist – also, bei Tauwetter mußten wir sie zurückdrücken in die Erde – mit dem Spatenblatt auf sie eindreschen! Wissen Sie noch, unterm Lattenrost, die kleinen Schuhe jenes Franzosen? ... Was soll ich nur tun – wie komm' ich damit nur zurecht?«

Jemand klopfte von draußen und fragte, ob alles in Ordnung wäre?

»Aber ja, danke!« rief Keede über die Schulter. »Nur, ich brauche die Kammer noch eine Weile. Ziehen Sie bitte die Vorhänge zu!«

Wir hörten das Gleiten der Ringe längs ihrer Stange. Mit dem Schließen des Vorhangs, welcher den Gang zwischen der Loge und dem Bankettzimmer teilt, verstummte der Stimmenlärm, und auch das Tappen der Schritte war nicht mehr zu hören.

Strangwick fuhr fort, würgend und hilflos über die froststarren Leichen und ihr Geknarr in der Kälte zu klagen.

»Er macht uns noch immer was vor«, flüsterte Keede. »Das *ist* es nicht, was ihm zu schaffen macht – so wenig wie damals, im Feld!«

»Aber wenn man bedenkt«, widersprach ich, »wie arg solche Dinge sich den Männern ins Hirn geprägt haben! Erinnerst du dich, im Oktober – –«

»Nein, nicht bei dem Burschen da. Was da wohl *wirklich* dahintersteckt? – Woran denken Sie jetzt?« fragte Keede mit fordernder Stimme.

»An French End und seine Metzgerallee«, murmelte Strangwick.

»Ja, da hat's eine ganze Menge gegeben. Trotzdem schlage ich Ihnen vor, wir packen den Teufel jetzt an den Hörnern, statt jedesmal vor ihm auszureißen!« Damit zwinkerte Keede mir zu, unter seiner Anleitung mitzuspielen.

»Weißt du, was damals an French End so schlimm war?« legte ich aufs Geratewohl los. »Es war nur ein ganz kurzes Grabenstück bei Sampoux, wir hatten es übernommen von den Franzosen. Harte Burschen, das sind sie – aber als Volk nicht sehr sauber. Beide Seiten des Grabens hatten sie abgestützt mit ihren Toten, die sollten den Schlamm abhalten. Bei Tauwetter waren ja all diese Gräben ein einziger Matsch! *Unsere* Leute haben es freilich nicht anders gemacht – da und dort. Aber die Metzgerallee von French End, die war – na, das Paradestück eben! Zum Glück haben wir um jene Zeit dem Jerry ein Grabenstück abgezwackt und damit die Front ausgebügelt – da brauchten wir ab November die Allee nicht mehr zu besetzen. Du kannst dich doch noch dran erinnern, Strangwick?«

»Du lieber Gott, ja! Und wenn da kein Lattenrost war, oder ein Laufbrett gefehlt hat, so bist du auf sie getreten, und sie haben geknarrt.«

»Das *müssen* sie auch. Es ist wie bei Leder«, bestätigte Keede. »Das nervt uns ein bißchen, aber es ist – –«

»Das nervt uns? Es ist real! Ganz real!« würgte Strangwick hervor.

»Aber im Laufe der Zeit bringt man auch das hinter sich – in kaum einem Jahr oder so. Ich geb' Ihnen jetzt einen Schluck – na, von etwas, das Sie ruhigstellen wird, und dann reden wir in aller Ruhe darüber – nicht wahr?«

Keede schloß seinen Schrank nochmals auf und verabreichte dem Patienten eine tropfenweis abgezählte, dunkelfarbene Dosis von etwas, das ganz bestimmt kein Riechsalz mehr war. »In ein paar Minuten ist alles vorbei«, erläuterte er. »Bleiben Sie liegen und sagen Sie nichts – bis Sie sich wieder stark genug fühlen!«

Er blickte mich an und strich sich den Bart.

»Jaa. Die Metzgerallee war alles andre als hübsch«, bekannte er dann. »Und der Anblick von Strangwick schwemmt alles wieder herauf. Komische Sache, damals! Wir hatten da einen Zugführer von Nummer Zwo – wie hat er nur gleich geheißen? –, einen recht alten Kerl, der muß auf die patriotische Tour ganz schön gelogen haben, um bei seinen Jahren noch an die Front zu kommen! Na, jedenfalls war er als Sergeant Klasse Eins A, bei ihm war ein Fehler so gut wie unmöglich. Er stand damals knapp vor einem zweiwöchigen Urlaub, im Januar Achtzehn. Strangwick, Sie waren um jene Zeit beim Bataillonsstab, nicht wahr?«

»Ja, Ordonnanz bin ich damals gewesen. Es war der einundzwanzigste Jänner.« Strangwick redete mit schwerer Zunge, seine Augen hatten einen fiebrigen Glanz. Das Mittel, das Keede ihm verabreicht hatte, begann seine Wirkung zu üben.

»Könnte stimmen«, sagte Keede. »Na gut, also dieser Sergeant, anstatt sich nach Einbruch der Dunkelheit wie gewöhnlich zur Befehlsausgabe beim Bataillon einzufinden und den komischen, kleinen Zug nach Arras zu nehmen – statt dessen denkt sich der Kerl, ›erst einmal wärm' ich mich auf‹. Also kriecht er in einen Unterstand jener Metzgerallee, der seinerzeit den Franzosen als Verbandsplatz gedient hat, und klemmt sich dort zwischen zwei Wärmpfannen voll purer Steinkohle! Und, wie das Pech es schon will, war's der einzige Unterstand mit einer inneren Tür, nach innen zu öffnen – so eine französische Gasschleuse eben, stell' ich mir vor –, und da muß, soweit wir das hinterher feststellen konnten, jene Abdichtungstür sich geschlossen haben, während er sich drin aufgewärmt hat. Jedenfalls war er bei Abfahrt des Zuges nicht da, und man hat sofort nach ihm suchen lassen, weil wir's uns nicht leisten konnten, einen Zugführer leichtfertig zu verlieren. Am Morgen haben wir ihn gefunden – Gasvergiftung, aus, fertig! Einer von den Maschinengewehren hat ihn gemeldet, so war es doch, Strangwick?«

»Nein, Sir. Korporal Grant ist's gewesen – von den Minenwerfern, vorne im Graben.«

»Natürlich! Ja, es war Grant – der Mann mit dem kleinen Geschwür am Hals! Na also, mit Ihrem Gedächtnis ist jedenfalls alles in Ordnung! Und wie hat der Sergeant geheißen?«

»Godsoe – John Godsoe«, erwiderte Strangwick.

»Stimmt. Ich mußte ihn mir gleich vormittags ansehn – steifgefroren zwischen den Wärmpfannen. Und nichts an Papieren privater Natur! Eben das war es ja auch, was mich darauf brachte, es könnte vielleicht *doch* kein Unfall gewesen sein.«

Strangwicks entspanntes Gesicht wurde starr – mit einem Mal war er wieder ganz Ordonnanz.

»Ich habe alles ausgesagt, damals – vor Ihnen, Sir! Er ist vorbeigekommen an mir – besser gesagt, hat mich überholt – auf seinem Weg von der Reservestellung, ich hatte ihm ja Bescheid gesagt wegen des Urlaubs. Und ich hab' geglaubt, er nimmt wie gewöhnlich den Papageiengraben. Aber er muß sich danach zum French End gewandt haben – an der zerschossenen Brustwehr.«

»Ja – ich erinnere mich. Sie sind ja der Letzte gewesen, der ihn lebend gesehen hat. Am einundzwanzigsten Januar, sagen Sie? Na, und *wann* haben Dearlove und Billings *Sie* zu mir gebracht – so ganz außer sich wie Sie waren?« ... Keede legte ihm seine Hand schwer auf die Schulter, ganz im Stil der Magazin-Detektive. Der Junge blickte verdutzt und benommen auf und murmelte dann: »Am Abend des vierundzwanzigsten Jänner haben die zwei mich zu Ihnen gebracht. Aber Sie glauben doch nicht, daß *ich* es war, der ihn dort eingesperrt hat – oder doch?«

Ich fühlte mich unwillkürlich erheitert beim Anblick von Keedes enttäuschtem Gesicht. Aber er faßte sich rasch. »Was also, zum Teufel, war *wirklich* mit Ihnen los an jenem Abend – vor meiner Beruhigungsspritze?«

»Das – das war nur die Metzgerallee. Die bin ich nicht losgeworden. Sie haben mich ja schon einmal in solchem Zustand gesehn, Sir!«

»Und gewußt, daß Sie lügen. Denn Ihr Hirn hat so klar funktioniert wie in diesem Moment. Sie haben da irgendwas mitgekriegt und verschweigen es mir!«

»Wie können denn *Sie* davon wissen, Doktor?« kam's betreten zurück.

»Erinnern Sie sich, was Sie mir sagten, als Dearlove und Billings Sie damals am Abend niedergehalten haben?«

»Über die Metzgerallee?«

»Aber nein! Sie haben nur eine Menge Zeug über knarrende Leichen erzählt, und dann, mittendrin, plötzlich den Faden verloren und mir jenes Telegramm zugeschoben. Was haben Sie denn zum Beispiel gemeint, als Sie fragten, wozu gegen ›Bestien von Officers‹ kämpfen, wenn die Toten *doch* wiederkehren?«

»Hab' ich wirklich gesagt, ›Bestien von Officers?‹«*

»Sie haben. Es ist aus dem Einsegnungsritus.«

»Dann muß ich das irgendwann mal gehört haben. Tatsächlich, ich hab' es gehört!« Und Strangwick begann, unmäßig zu zittern.

»Wahrscheinlich. Und dann ist da noch was – jene Strophe, die Sie fortwährend anstimmten, bevor ich Sie ruhiggestellt habe. Irgendwas von ›unendlicher Liebe und Gnade‹. Erinnern Sie sich?«

»Ich will es versuchen«, sagte der Junge gehorsam und fing an, zu paraphrasieren: »›Was immer im Herzen ein Mann zu seinem Gott sagen mag, so sag' ich euch ehrlich – Gott hat dem

* Nicht nachvollziehbarer Hörfehler: es soll »Bestien von Ephesus« heißen, wie sich später herausstellt. Anm. d. Ü.

Menschen wieder und wieder unendliche Gnade und – und auch die oder jene Liebe gebracht.‹« Er verdrehte die Augen, und es schüttelte ihn.

»Jetzt – wo haben Sie *das* wieder her?« Keede ließ nicht lokker.

»Von Godsoe – am einundzwanzigsten Jänner ... Aber wie hätt' ich denn wissen sollen, was er vorgehabt hat?« schrie er plötzlich mit überschnappender Stimme. »Noch dazu, wo ich doch gewußt hab', daß *sie* schon gestorben war!«

»Daß *wer* schon gestorben war?« fragte Keede.

»Armine, meine Tante.«

»Meinen Sie die aus dem Telegramm, das Sie bei Sampoux erreicht hat, und das Sie mir erklären wollten – die nämliche, die Sie eben vorhin auf dem Gang gemeint haben mit Ihrem Ausruf, ›Ach, Tante!‹, woraus Sie sofort ›Ach Gott‹ gemacht haben, als ich Sie am Kragen gepackt hielt?«

»Ja, die! Ihnen kommt man nicht aus, Doktor! Ich hatte ja keine Ahnung, daß mit den Heizpfannen irgendwas faul war. Wie hätt' ich das wissen sollen? Wo wir sie doch stets in Gebrauch hatten! Im ersten Moment hab' ich ganz ehrlich geglaubt, er will sich vor Abfahrt des Urlauberzugs bloß noch ein wenig aufwärmen! Ich – ich wußte ja nicht, daß Onkel John die Absicht gehabt hat, sich – na, ›einzurichten auf Dauer‹!« Er lachte hysterisch – und gleich darauf kamen die blanken Tränen.

Keede wartete ab, bis der Weinkrampf sich unter viel Schluchzen und Schluckauf gelegt hatte, und setzte dann fort: »Wieso: war denn Godsoe Ihr Onkel?«

»Nicht wirklich«, versetzte Strangwick und stützte den Kopf in die Hände. »Nur, wir haben ihn schon von klein auf gekannt, und Dad war schon früher mit ihm befreundet. Er hat ein paar Häuser weiter gewohnt. Er und Dad und auch Ma und alle die andern sind schon seit je befreundet gewesen. Deshalb war er der ›Onkel‹ für uns – wie das bei Kindern schon ist.«

»Was für ein Mensch war er denn?«

»Einer der allerbesten, Sir. Sergeant im Ruhestand, mit etwas Geld auf der Kante – also sein eigener Herr – und sehr überlegen. Das Wohnzimmer war voll kurioser Sachen aus Indien, die er und auch seine Frau uns Kindern gezeigt haben, wenn wir brav waren.«

»War er fürs Einrücken nicht schon zu alt?«

»Das hat bei ihm keine Rolle gespielt. Er ist gleich als Ausbilder eingerückt, und als das Bataillon dann abging ins Feld, war er mit von der Partie. Er hat mich in seiner Abteilung untergebracht, als wir an die Front kamen – das war Anfang Siebzehn. Wahrscheinlich, weil Ma sich's gewünscht hat.«

»Habe gar nicht gewußt, daß ihr so gut miteinander bekannt wart«, äußerte Keede.

»Ach – das war nicht weiter wichtig für ihn. Er hat keinen bevorzugt in seinem Haufen, nur meiner Ma hat er geschrieben, über mich und was sonst alles los war. Sehen Sie« – Strangwick streckte sich unbehaglich auf seinem Sofa –, »wir haben ihn ja schon immer gekannt – gleich in der nächsten Straße hat er gewohnt oder so ... Und er war schon gut über Fünfzig! Du lieber Gott – ach, du *meine* Güte!« klagte er plötzlich. »Was für ein heilloses Durcheinander, wenn man so jung ist wie ich!«

Doch Keede ließ nicht locker. »Er hat also Ihrer Mutter von Ihnen geschrieben?«

»Ja. Ma's Augen hatten gelitten, von all den Luftangriffen – die Blutgefäße waren geplatzt, vom ewigen Sitzen im Keller und dem sonstigen Elend. Also mußte sie sich von der Tante jeden Brief vorlesen lassen. Heute, wenn ich dran denke, kann man das freilich auch anders sehen ––«

»Das war die Tante, die dann gestorben ist, und von deren Tod man Sie telegraphisch benachrichtigt hat«, beharrte Keede.

»Ja – Tante Armine, Ma's jüngere Schwester, aber auch schon an die Fünfzig. Mein Gott, was ist das für ein Schlamassel! Hätt' man mich damals gefragt, ich hätte geschworen, daß da nicht ein einziger Punkt war in ihrem Leben, von dem nicht jeder gewußt hat. Was immer sie tat – alle Welt hätte zusehen können! Sie hat uns betreut, mich und meine Schwester, sobald es notwendig war – bei Keuchhusten oder bei Masern –, nicht anders als Ma. Wie die Kaninchen im Bau sind wir bei ihr aus und ein. Onkel Armine ist ja Kunsttischler von Beruf, er restauriert alte Möbel, und wir haben gern mit den Sachen gespielt. Sie selber hat keine Kinder gehabt, und als dann der Krieg kam, hat sie immer wieder betont, wie froh sie sei, keine zu haben. Aber im übrigen hat sie nie über Gefühle gesprochen, sondern alles mit sich ausgemacht, wissen Sie!« Er blickte uns an, überaus ernst, ob wir ihn auch recht verständen.

»Wie hat sie denn ausgesehen?« wollte Keede wissen.

»Eine füllige Frau ist sie gewesen, und früher einmal recht hübsch, glaube ich. Aber weil wir an sie gewöhnt waren, haben wir zwei nicht sehr drauf geachtet – eins vielleicht ausgenommen: Ma hat sie ›Bella‹ gerufen, das war ihr richtiger Name. Aber für meine Schwester und mich ist sie immer nur Tante Armine gewesen, nicht wahr.«

»Und warum?«

»Wir haben geglaubt, es paßt besser zu ihr – so jemand, der langsam daherkommt, als wär' er gepanzert – armiert.«

»Aha! Und *sie* hat Ihrer Mutter all jene Briefe vorgelesen?«

»Immer, wenn Post war, ist sie zum Vorlesen auf einen Sprung über die Gasse gekommen. Und – und wetten möcht' ich, daß da nichts anderes war, so weit ich zurückdenken kann! Und sollte ich morgen schon baumeln – ich würd' meinen Kopf verwetten dafür! Einfach gemein von denen, alles auf *mich* abzuwälzen, weil – weil – wenn Tote *wirklich* wiederkommen, was wird dann aus mir und aus dem, was ich bisher geglaubt hab'? *Das* möcht' ich wissen! Ich – ich ––«

Keede jedoch ließ sich nicht abschütteln. »Hat der Sergeant Sie in seinen Briefen heruntergemacht?« erkundigte er sich vorsichtig.

»Da war nichts herunterzumachen – wir hatten zuviel um

die Ohren –, vielmehr war, was er schrieb über mich, für Ma ein sehr großer Trost. Ich bin ja kein großer Briefschreiber – habe mir alles für meine Urlaube aufgespart. Alle sechs Monate vierzehn Tage und einen Reisetag ... Ich war da besser dran, als alle andern.«

»Und wenn Sie nach Hause kamen – haben Sie dann von Ihrem Sergeant erzählt?« fragte Keede.

»Wird schon so sein. Aber darüber hab' ich mir damals nicht viel Gedanken gemacht – war zu sehr beschäftigt mit meinem eigenen Kram – wie denn auch nicht! Onkel John hat mir einmal in jedem Urlaub geschrieben und mich informiert, was draußen los ist und was mich bei meiner Rückkehr erwartet, und Ma hat sich's von mir vorlesen lassen. Dann mußte ich immer auf einen Sprung hinüber zu seiner Frau, um auch ihr Nachricht zu geben. Und außerdem war da noch die junge Dame, die ich heiraten wollte, falls ich durchkommen würde. Wir haben sogar schon gemeinsam die Preise studiert in den Geschäften.«

»Aber geheiratet haben Sie *nicht* – hinterher?«

Wieder begann der Junge zu zittern. »*Nein*!« schrie er auf. »Noch bevor alles aus war, hab' ich ja gewußt, wie die Dinge in Wirklichkeit liegen! Nie hätt' ich mir träumen lassen, daß so etwas möglich sein könnte! ... Und sie war doch schon an die Fünfzig und meine eigene Tante! ... Und nichts, kein Zeichen, kein Hinweis, von Anfang an bis zum Schluß – was hätt' *ich* da schon sagen können? *Verstehn* Sie denn nicht? Alles, was sie mir zu Weihnachten Achtzehn, am letzten Tag meines Urlaubs, beim Abschied gesagt hat, war nur: ›Wirst du Mister Godsoe bald wiedersehn?‹ ›Früher, als mir lieb ist‹, sag' ich darauf. ›Na gut, so bestell ihm von mir‹, sagt sie dann, ›daß meine kleinen Beschwerden mit einundzwanzigstem kommenden Monats vorbei sind, und ich dann sterbe, um ihn so bald wie möglich wiederzusehn.‹«

»Was für Beschwerden sind das gewesen?« fragte Keede plötzlich überaus professionell.

»Ein kleines Geschwür in der Brust, glaube ich. Aber sie hat da zu niemandem viel geredet darüber.«

»Das ist verständlich«, versetzte Keede. »Und zu Ihnen? Was hat sie zu Ihnen gesagt?«

Strangwick wiederholte: »›Bestell Onkel John, daß meine Komplikationen mit einundzwanzigstem vorüber sein werden, und daß ich dann sterbe, um ihn, sobald es mir möglich ist, wiederzusehn.‹ Dann hat sie gelacht und gesagt: ›Aber du hast ja ein Hirn wie ein Sieb, also schreib' ich's dir lieber auf, und du kannst es ihm geben, wenn du ihn triffst.‹ Dann hat sie's auf einen Zettel geschrieben, und ich habe sie zum Abschied geküßt – ich war immer ihr Liebling, nicht wahr – und dann bin ich zurück nach Sampoux. Ich habe an all das kaum noch gedacht, wissen Sie. Aber als ich dann erstmals wieder nach vorn in den Graben mußte – als Meldegänger –, war unser Zug im nördlichen Ausweichgraben, und ich hatte einen Befehl für den vorderen Minenwerfer, den Korporal Grant kommandierte. Der hat sich dann zwei Mann ausgeborgt von unserm Zug, für den befohlenen Stellungswechsel. Ich geb' Onkel John den Zettel von Tante Armine, dann geb' ich Grant eine Zigarette, und wir wärmen uns an einer Pfanne ein bißchen auf. Da sagt Grant zu mir: ›Gefällt mir *gar* nicht‹, und weist mit dem Daumen auf Onkel John, der im Graben die Nachricht von Tante studiert. Nun, *Sie* wissen Bescheid, Sir, Sie haben ja Grant zur Rede gestellt wegen der Art, wie er Dinge vorausgesagt hat – das war doch, als Rankine sich mit der Leuchtpistole umgebracht hat.«

»Ich hab' ihn mir vorgenommen«, bestätigte Keede und erklärte mir dann: »Grant hatte das Zweite Gesicht – hol' ihn der Teufel! Brachte die Männer ganz schön durcheinander. Ich war froh, als er eine verpaßt gekriegt hat. Und wie ging es dann weiter, Strangwick?«

»Grant flüstert mir zu: ›Schau doch hin, du verdammter Engländer! Er ist fällig!‹ Onkel John steht an die Grabenwand gelehnt und summt vor sich hin, es war jene Strophe, die ich vorhin versucht habe, Ihnen zu wiederholen. Aber er hat auf einmal ganz anders gewirkt – wie frisch rasiert, möcht' ich sagen! Ich verstehe ja nichts von alldem, doch ich habe Grant gewarnt wegen seines Geredes – falls ein Offizier es mitkriegen sollte, und habe mich dann verdrückt. Und wie ich vorbeikomm' an Onkel John, da nickt er mir zu, grinst mich an, was er sonst nur selten getan hat, und steckt das Papier in die Tasche und sagt: ›Für *mich* grade recht! Auch *ich* geh' am einundzwanzigsten Jänner auf Urlaub.‹«

»Das hat er wirklich zu Ihnen gesagt?« fragte Keede.

»Genauso als würd' er mich grüßen. Natürlich hab' ich entsprechend freundlich erwidert und ihm gewünscht, daß es wahr wird, und bin dann zurück zum Bataillonsstab, ohne viel an den Vorfall zu denken. Das ist am elften Jänner gewesen – drei Tage, nachdem ich vom Urlaub zurück war. Sie wissen ja, Sir, daß in der ersten Hälfte des Monats auf beiden Seiten der Front nicht viel los war. Der Jerry hat seine Märzoffensive vorbereitet, und solang er sich stillhielt, wollten wir ihn nicht reizen.«

»Kann mich noch gut erinnern«, bestätigte Keede. »Aber was war mit dem Sergeant?«

»Dem muß ich auf meinem fortwährenden Hin und Her in den folgenden Tagen noch etliche Male begegnet sein, hab' aber kaum drauf geachtet. Weshalb sollte ich auch? Und am einundzwanzigsten Jänner, als ich loszog, um den Fronturlaubern Bescheid zu sagen, war da auch *sein* Name auf der Urlauberliste. Das ist mir natürlich aufgefallen. Nun hat aber drüben der Jerry an eben dem Nachmittag eine neue Art Minenwerfer eingesetzt, und bevor unsre Schweren ihn ausmachen konnten, hat es bei uns eingeschlagen, mitten in eine Stellung, und ein Dutzend Leute zerrissen. Die wurden eben zurückgebracht, als ich zur Bereitschaft hinaus bin, und so war unser Papageiengraben wie üblich blockiert, Sie erinnern sich doch daran, Sir?«

»Na und wie! Und da war ja auch das SMG hinterm halbierten Haus, das hat nur darauf gewartet, daß einer den Graben verläßt«, sagte Keede.

»Daran habe auch ich gedacht. Aber es wurde gerade dunkel, und vom Kanal draußen ist schon der Nebel gekommen – darum bin ich aus dem Graben geklettert und ohne Deckung an den vier toten Warwicks vorbei, die dort übereinander lagen. Aber der Nebel hat mich getäuscht, und auf einmal war ich bis an die Knie in dem alten Laufgraben, der vom Papageien nach Westen zum French End verläuft. Ich hab' mich hineinfallen lassen – fast genau auf die alte MG-Stellung bei den zwei Zuavenskeletten. Damit hatte ich wieder die Richtung und bin weiter durch French End, dort, wo die Laufbretter weg sind, und hinein in die Metzgerallee, wo die *Poilus* beiderseits in sechs Gliedern aufgestellt oder unter die Lattenroste gestopft sind, und das Leichengeknarr fing wieder an.«

»Und das hat Sie damals tatsächlich so durcheinandergebracht?« fragte Keede.

»Keine Rede«, sagte der Junge voll professioneller Verachtung. »Wenn ein Meldegänger erst anfängt, auf so was zu achten, dann kann er sich lieber gleich eingraben lassen! Mitten in der ›Allee‹, knapp vor dem alten Verbands-Unterstand, den Sie erwähnt haben – da ist es mir plötzlich, als ob auf den Laufbrettern neben der Tür jemand steht, der aussieht wie Tante Armine – und ich hab' schon gedacht, wie komisch es wär', wenn die plötzlich hier eintrudeln würde! Doch schon im nächsten Moment hab' ich gesehn, daß nur die Dunkelheit und ein paar Fetzen des Gasvorhangs an einem Brett mir diesen Streich gespielt hatten. So bin ich weiter bis zur Bereitschaft und hab' die Urlauber verständigt, auch Onkel John. Dann mußte ich noch zum vordersten Graben, um ihnen auch dort Bescheid zu geben. Ich habe mir dabei Zeit gelassen, weil der Jerry das Feuer noch immer nicht eingestellt hatte. Na, und dann ist eine Kompanie Ablösung nach vorn gekommen – und ihr Offizier hat Angst gekriegt wegen etlicher Lichter an den Flanken, und hat sie einsammeln lassen, und ich habe dann meine Urlauber längs des gesamten, verdunkelten Ladens zusammentrommeln müssen. Darüber, und auch aus etlichen anderen Gründen, ist es halb neun Uhr abends geworden, ehe ich wieder zurück war, hinten bei der Reserve. Dort bin ich auf Onkel John gestoßen, der hat sich gerade den Dreck abgekratzt, war schon frisch rasiert – der reine Dandy! Er hat sich bei mir erkundigt wegen des Zugs nach Arras, und ich hab' gesagt, so um die zehn Uhr herum, wenn der Jerry nicht wieder anfängt. ›Gut‹, sagt er, ›ich geh' mit dir.‹ Also sind wir gemeinsam nach hinten, durch den alten Graben, der quer durch Halnacker geht, hinter den Stellungen der Reserve. Sie kennen ja alles das, Sir.«

Keede nickte wortlos.

»Dann sagt Onkel John irgendwas über Ma wiedersehen und alle andern in den nächsten paar Tagen, und ob ich ihnen was ausrichten möchte? Weiß Gott, was mich da überkommen hat, aber ich hab' ihm gesagt, er soll Tante Armine von mir bestellen, ich hätte zu allerletzt einen Menschen wie *sie* hier heraußen zu sehen erwartet. Und noch während ich's sage, hab' ich gedacht – es war das *letzte* Mal, daß ich gedacht habe! ›Wie – du hast sie also *gesehen*?‹ fragt er ganz selbstverständlich. Und ich hab' ihm erzählt, daß nur Sandsäcke und Fetzen mir im Finstern den Streich gespielt hätten. ›Wahrscheinlich‹, sagt er darauf und klopft sich den Dreck von den Wickelgamaschen. Da waren wir schon an der Ecke, wo die alte Sandsackbarrikade zum French End gewesen ist – bevor sie zerschossen wurde. Und er wendet sich plötzlich nach rechts und klettert hinüber.

›Nein, dankeschön‹, sag' ich. ›Ich war heute abend schon einmal da drüben.‹ Aber er hat gar nicht zugehört, sondern im Schutt und den Skelettresten der Barrikade eine Weile herumgestöbert – sich dann wieder aufgerichtet und zwei mit Kohlen gefüllte Wärmpfannen in Händen gehabt.

›Na, komm schon, Clem‹, sagt er – und er hat mich sehr selten bei meinem Vornamen gerufen. ›Oder hast du am Ende Angst? Es ist nur ein Sprung, und wenn der Jerry auch wieder anfängt, hierher verschwendet er keinen Schuß. Der Graben ist aufgegeben, das wissen die drüben so gut wie wir.‹ ›Wer hat denn Angst?‹, sag' ich drauf. ›Na, ich zum Beispiel‹, sagt er. ›Ich will mir doch nicht in letzter Minute meinen Urlaub zur Sau machen lassen!‹ Und dreht sich herum und spricht dann die Worte, von denen Sie sagten, sie stammten aus dem Beisetzungsritus.«

Keede hatte Grund, sie langsam und im kompletten Wortlaut zu wiederholen: »Wenn ich, nach des Menschen Art, gekämpft habe gegen die Bestien von Ephesus, was hülfe es mir, wenn die Toten nicht auferstünden?«

»Genau«, bestätigte Strangwick. »Also sind wir gemeinsam durch French End – alles gefroren und still, bis auf das Knarren der Leichen. Ich weiß noch, wie ich gedacht hab' ––« Sein Blick wurde unruhig.

»Denken Sie nicht – beschreiben Sie lieber, was *war*«, gebot Keede.

»Oh – entschuldigen Sie! Er ist also weiter mit seinen zwei Pfannen und hat dabei seine Hymne gesummt in der Metzgerallee. Knapp vor dem alten Sanitäts-Unterstand bleibt er plötzlich stehen, setzt sie ab und fragt mich: ›Wo, sagst du, ist sie gewesen, Clem? Meine Augen sind auch nicht mehr das, was sie waren.‹

›Daheim, in ihrem Bett‹, sag' ich drauf. ›So komm schon, mach weiter! Verdammt kalt hier heraußen, und ich geh' ja nicht auf Urlaub wie du!‹

›Na ja – aber *ich*‹, sagt er mir. Aber dann – und auf Ehre, ich hab' seine Stimme nicht wiedererkannt – streckt er den Hals, wie das seine Art war, und sagt: ›Wie – Bella!‹ sagt er. ›Oh, Bella!‹ sagt er. ›Gottlob!‹ sagt er. Genauso! Und dann habe ich sie gesehen – wirklich, *gesehen*: Tante Armine! Leibhaftig ist sie an der Tür zu dem alten Verbandsplatz gestanden, dort, wo ich sie erstmals zu sehen geglaubt. Er hat *sie* angeschaut, und sie *ihn*. Ich hab' es gesehen, und alles in mir hat sich umgedreht, weil – weil plötzlich alles kaputt war, an was ich geglaubt hab'! Nichts mehr, an das man sich halten kann, verstehn Sie? Aber er hat sie nur angeschaut, als könnt' er Halt finden an ihr – und bei ihr war's dasselbe, ich hab' es an ihren Augen gemerkt! Und dann sagt er: ›Wie, Bella‹, sagt er, ›das muß erst das zweite Mal sein, daß wir beide allein sind zusammen in all diesen Jahren!‹ Und dann seh' ich sie ihre Arme ausbreiten in der eisigen Kälte – nein, schon an die Fünfzig, und meine eigene Tante! Sie können mich ja für verrückt erklären und morgen schon einliefern lassen – aber ich hab' es *gesehen*, habe *gehört*, was sie ihm geantwortet hat! ... Dann gibt er sich einen Ruck, wie um sein Gewehr abzunehmen – schlägt sich aber nur auf die Hand und sagt: ›Nein – führ mich nicht in Versuchung, Bella! Wir haben die ganze Ewigkeit vor uns, da kommt's nicht mehr an auf ein bis zwei Stunden!‹ Und nimmt die zwei Pfannen und geht zur Unterstandstür. Mit mir war er fertig, auf mich hat er nicht mehr geachtet. Dann gießt er Petroleum auf die Kohlen, zündet es an und trägt die Pfannen hinein. Und die Tante steht immer noch da, mit gebreiteten Armen – und mit einem Ausdruck! *Nie* hätt' ich gedacht, daß es so etwas gibt! Dann schaut er nochmals heraus, und er sagt: ›Komm jetzt herein, meine Liebe!‹ Und sie bückt sich und schlüpft in den Unterstand, noch immer mit diesem komischen Blick! Und er macht von innen die Tür dicht und fängt auch noch an, sie zu verkeilen! So wahr mir Gott helfe, ich habe das alles gehört und gesehen – mit eigenen Augen und Ohren!«

Er wiederholte seine Beteuerung mehrmals. Nach einer längeren Pause fragte ihn Keede, ob er noch wisse, was weiter geschah.

»Von da an muß ich irgendwie durcheinander gewesen sein. Schon, ich hab' weitergemacht – so hat man es mir gesagt –, aber ich war – ich habe in mir was gespürt – als wär' da ein langer, innerer Weg – falls auch *Sie* so was jemals empfunden haben. Ich war gar nicht richtig bei mir. Irgendwann am nächsten Vormittag hat man mich dann geweckt, weil er zur Abfahrt des Zugs nicht erschienen war, und weil jemand ihn mit mir gesehen hatte. Und das Fragen hat dann kein Ende genommen, bis Mittag und drüber hinaus!

Dann hab' ich mich, glaub' ich, freiwillig gemeldet für Dearlove, der eine offene Zehe gehabt hat, eine Meldung nach vorn zu bringen. Ich mußte mich künstlich auf Trab halten, weil ich keinen Halt mehr gefunden habe. Und während ich vorn war, hat Grant mir erzählt, auf welche Weise er Onkel John dann gefunden hatte – hinter verkeilter Tür, auch noch die Ritzen verstopft mit leeren Sandsäcken! Das hatte ich gar nicht mehr abgewartet. Das Pochen, als er die Keile einschlug, hat mir genügt. Wie bei Dad's Sarg ist das gewesen!«

»*Mir* hat niemand gesagt, daß die Tür von innen verkeilt war«, sagte Keede streng.

»Man muß einen Toten nicht auch noch anschwärzen, Sir.«

»Wodurch wurde Grant veranlaßt, in der Metzgerallee nachzusehen?«

»Er hatte bemerkt, daß Onkel John seit einer Woche Kohlen für sich abgezweigt und sie dort an der alten Brustwehr versteckt hat. Und als dann die Nachsuche losging, ist er schnurstracks hinüber, und als er die Tür verkeilt fand, hat er alles gewußt. Er hat dann, so sagt er, die Sandsäcke aus den Ritzen gezerrt und die Hand durchgezwängt und die Keile herausgewuchtet, noch bevor jemand anderer aufgetaucht ist. So war dann alles in Ordnung. Sie selber haben gesagt, Sir, die Tür muß von selbst zugefallen sein.«

»Also hat Grant gewußt, was Godsoe vorhatte?« fragte Keede scharf.

»Grant hat gewußt, daß Godsoe ganz einfach fällig war. Und nichts auf der Welt hätte da helfen können – es war nicht mehr zu verhindern. Das hat er mir selber gesagt.«

»Und was haben *Sie* getan hinterher?«

»Ganz einfach weitergemacht, nehm' ich an, bis mich hinten beim Stab Ma's Telegramm erreicht hat – die Nachricht von Tante Armines Tod.«

»Wann ist Ihre Tante gestorben?«

»Am Morgen des einundzwanzigsten Jänner. Am einundzwanzigsten morgens! Und das machte mir alles zur Sau, verstehn Sie? Solang ich noch klar im Kopf war, hab' ich mir beständig gesagt, es wird so was ähnliches sein wie Sie's mir erklärt und beschrieben haben, im Kellerquartier von Arras – die Engel von Mons und so Sachen. Aber das Telegramm hat alles zur Sau gemacht.«

»Ach! Das mit den Halluzinationen! Ich erinnere mich. Und das Telegramm machte alles kaputt?« fragte Keede.

»Ja! Nicht wahr« – und er suchte sich aufzurichten von seinem Sofa –, »mir war kein einziges, gottverdammtes Ding mehr geblieben, an das ich mich halten konnte, damals und auch später. Wenn die Toten sich wirklich erheben – und ich hab' es gesehen – dann – dann – ist *alles* möglich auf dieser Welt. Verstehen Sie mich?«

Er stand jetzt aufrecht, ungelenk gestikulierend.

»Denn ich hab' sie gesehen«, sagte er nochmals. »*Beide* hab' ich gesehen – *sie*, die tot war seit Tagesanbruch, und *ihn*, wie er vor meinen Augen sich umgebracht hat, um weiterzumachen mit ihr in alle Ewigkeit – und *sie* hat dafür noch die Arme gebreitet! Ich möchte wissen, wie ich nun eigentlich dran bin! Schaut mich doch an, ihr beide – warum stehen denn *wir* zu jeder Stunde so auf der Kippe?«

»Das weiß Gott allein«, sagte Keede vor sich hin.

»Sollten wir jetzt nicht jemanden rufen?« schlug ich ihm vor. »Der Junge ist kurz vor dem Durchdrehn.«

»Nein, der dreht nicht mehr durch. Es ist nur das letzte Aufflackern, ehe die Wirkung einsetzt. Ich weiß, wie das Mittel arbeitet. Hal-loh!«

Strangwick, die Hände hinter dem Rücken und mit geschlossenen Augen, fing plötzlich zu reden an, mit der gespannten, gebrochenen Stimme des rezitierenden Knaben: »Ihr Götter, tut solches nie zweimal hienieden«, rief er wieder und wieder. »Und verdammt will ich sein, wenn so etwas *mir* auch nur *einmal* passiert!« setzte er in einem Anfall von blinder Wut fort. »*Mir* ist's egal, ob wir schon Preise verglichen haben in den Geschäften ... *Soll* sie mich klagen, wenn es ihr paßt! Sie hat keine Ahnung, wie die Dinge in Wirklichkeit liegen. *Ich* weiß es – ich war dabei und hab' es gesehen! ... *Nein*, sag' ich euch! Ich kann Weiber haben, wann immer ich will – aber dann fort und aus den Augen mit ihnen – erst recht, wenn ich diesen Ausdruck bemerke ... diesen Blick ... Nein, ich nehme mir keine zur Frau. Was wirklich zählt, sind nur Leben und Tod. Und der Tod ist der *Anfang*, verstehn Sie? Aber *sie* hat ja keine Ahnung davon ... Ach, geht doch zum Henker mit euren Anwälten – mir steht's bis zum Hals – bis da oben!«

Er verstummte ebenso plötzlich wie er begonnen hatte. Sein verzerrtes Gesicht erschlaffte zur nichtssagenden Miene. Keede hielt ihn an beiden Händen gefaßt und geleitete ihn zum Sofa zurück, auf welches der Junge hinfiel wie ein durchweichtes Handtuch. Aus einem Schrank nahm Keede ein auffälliges Kleidungsstück – eine Art Talar – und deckte den Kranken zu.

»Jaa. *Das* also ist's, was dahintersteckt«, bemerkte er dann. »Jetzt, wo er von sich nichts mehr weiß, wird er schlafen. Durch wen ist er übrigens hergebracht worden?«

»Soll ich mich erkundigen?« schlug ich ihm vor.

»Ja – und Sie könnten ihn bitten, hierherzukommen. Wir brauchen ja wirklich nicht die ganze Nacht hierzubleiben.«

Ich begab mich also hinaus zum »Bankett«, wo alles schon voll im Gange war, und versicherte mich eines ältlichen, recht betulich wirkenden Bruders von einer Südlondoner Loge, der mir besorgt und reumütig folgte. Aber Keede beruhigte ihn ziemlich rasch.

»Der Junge hat allerhand Schwierigkeiten«, erklärte unser Besucher. »Ich bin tief betroffen, daß er sich hier so schlecht aufgeführt hat, denn ich habe geglaubt, er hätte es schon überwunden.«

»Wahrscheinlich hat unser Gespräch über die alten Tage ihm alles wieder heraufgeschwemmt«, sagte Keede. »Sowas kommt manchmal vor.«

»Kann sein, könnte sein! Doch außerdem, und vor allem, sind es Nachkriegsprobleme, die ihm so zu schaffen machen.«

»Kriegt er keine Arbeit? In seinem Alter sollte er das nicht allzu schwer nehmen«, versetzte Keede aufmunternd.

»Das ist es nicht – aber er ist so gut wie versprochen mit – na ja –« Er hüstelte hinter vorgehaltener Hand und sagte vertraulich: »Also, die Sache ist die, verehrlicher Sir – er hat zur Zeit ein Verfahren am Hals – wegen Bruch des Eheversprechens.«

»Ah – das ist was andres!« rief Keede.

»Ja – das ist sein echtes Problem. Und ganz ohne Grund, wissen Sie! Die junge Dame paßt sehr gut zu ihm, in jeder Beziehung, und würde ihm eine gute Frau sein, soweit *ich* das beurteilen kann. Aber er sagt steif und fest, sie sei nicht sein Ideal, oder so irgendwas. Wer weiß schon, was heutzutag in den Köpfen so junger Leute vor sich geht, nicht wahr?«

»Ich fürchte, das weiß wirklich niemand«, bestätigte Keede. »Aber jetzt ist er wieder normal – jetzt wird er schlafen. Bleiben Sie hier bei ihm sitzen, und wenn er aufgewacht ist, bringen Sie ihn stillschweigend nach Hause ... Ach ja – wir sind es gewöhnt, daß die Männer ab und zu bei uns durchdrehn. Keine Ursache, sich zu bedanken, Bruder – Bruder ––«

»Armine«, sagte der alte Herr. »Er ist mein Neffe, durch Heirat.«

»*Das* hat's doch gebraucht – jetzt ist alles klar!« sagte Keede.

Ein wenig verdutzt sah Bruder Armine ihn an, und Keede beeilte sich, zu erklären: »Wie gesagt, das, was er jetzt braucht, ist Ruhe – nur Ruhe, bis er von sich aus erwacht.«

# *Der Gärtner*

Ein Grab ward mir vertrauet,
An dem ich wachen sollt'.
Gott hat mein Leid geschauet,
Den Stein hinweg gerollt.

*O Leid, von mir erfahren!*
*O Tag, von Gott gewollt!*
*Da ward, nach all den Jahren,*
*Der Stein hinweg gerollt.*

Jedermann im Dorf wußte, daß Helen Turrell nicht nur keine Pflicht scheute, sondern vielmehr sie an keiner Person ihres Wirkungsbereichs redlichern Herzens erfüllte als an dem bedauernswerten Kind ihres einzigen Bruders. Und nicht minder war im Dorfe bekannt, daß jener George Turrell seit frühester Jugend der Sargnagel seiner Familie gewesen. So überraschte es niemanden, als man erfuhr, er habe, nachdem er's nach vielen Versuchen in dem oder jenem Metier zum Inspektor gebracht (bei der Indischen Polizei), sich mit der Tochter eines ausgedienten Sergeanten eingelassen, sei aber, nur ein paar Wochen vor der Geburt seines Kindes, durch einen Sturz vom Pferd ums Leben gekommen. Georges Eltern waren, zu ihrem Glück, schon beide verstorben, und Helen, mit fünfunddreißig und frei wie sie war – Helen, die sich ganz leicht und reinen Gewissens aus dieser Mißlichkeit hätte heraushalten können, nahm sich aufs großherzigste des verwaisten Knaben an, obschon die Furcht um ihre Lunge sie eben um jene Zeit nach dem Süden Frankreichs getrieben hatte. Von dort aus veranlaßte sie alles Nötige für die Passage von Kind und Wärterin aus Bombay nach Europa, erwartete die beiden in Marseille, pflegte danach das durch die Achtlosigkeit der inzwischen entlassenen Begleitperson an einer Art Säuglingsruhr leidende Baby gesund und nahm, als triumphierender Schatten ihrer selbst, den völlig genesenen Knaben im Spätherbst mit sich nach Hampshire ins eigene Haus.

Diese Geschichte war allenthalben bis ins kleinste bekannt, weil Helen die Offenheit in Person war und überdies die Ansicht vertrat, daß jedes Vertuschen den Skandal nur noch verschlimmern würde. Freimütig räumte sie ein, George sei zwar schon immer das Schwarze Schaf der Familie gewesen, doch wären die Dinge noch ärger, hätte die Kindesmutter auf ihrem Vorrecht bestanden und das Kind *nicht* herausgerückt. Indes, und zum Glück, schienen Leute solchen Schlages für Geld zu fast allem bereit, und da der verstorbene George ja schon immer mit all seinen selbstverschuldeten Sorgen zu Helen gekommen war, fühlte sie sich nun berechtigt – und die Freunde stimmten ihr bei –, ein für allemal zu brechen mit jener Sergeantenverwandtschaft, und dem Kind nur von sich aus Stütze zu sein. Erster Schritt dazu war die Taufe auf den Namen Michael, und zwar durch den Pfarrherrn persönlich. Soweit sie selber sich kenne, bekannte sie frei, sei sie zwar nicht in Kinder vernarrt, doch habe ihr George, all seinen Fehlern zum Trotz, wirklich sehr viel bedeutet, und überdies sei der Kleine, namentlich um den Mund herum, seinem Vater wie aus dem Gesicht geschnitten! Und das *war* ja schon was für den Anfang!

Um der Wahrheit die Ehre zu geben – eigentlich war's ja die Stirn, breit und niedrig und wohlgeformt, und auch die breite Augenstellung darunter, was an die Turrells gemahnte und von Michael so originalgetreu reproduziert worden war. Denn der Mund war um etliches hübscher geformt als in der Familie üblich. Helen indes, die an der Mutter kein gutes Haar lassen mochte, schwor Stein und Bein, der Junge *sei* nun einmal ein waschechter Turrell, und weil niemand sich fand, dergleichen zu widerlegen, galt die behauptete Ähnlichkeit zweifelsfrei als erwiesen.

Binnen weniger Jahre nahm Michael den ihm gebührenden Platz ein – nicht minder geschätzt wie bisher schon Helen –, als ein unerschrockner, vernünftiger und recht sympathischer Bursche. Der Sechsjährige wollte wissen, warum er nicht »Mami« zu ihr sagen könne wie die anderen Jungen zu ihren Müttern. Sie sei nur die Tante, erklärte sie ihm, und eine Tante sei ganz etwas anderes als eine Mutter, doch wenn ihm so viel daran liege, könnt' er beim Schlafengehen *auch* »Mami« sagen zu ihr – quasi als Kosewort, ganz im geheimen.

Michael bewahrte dieses Geheimnis überaus treu und verschwiegen – aber Helen, nach alter Gewohnheit, schwatzte es vor den Bekannten aus. Als Michael davon erfuhr, begann er zu toben!

»Warum *hast* du's ihnen verraten – *warum* nur?!« stand groß am Ende so kindlichen Zornes.

»Weil es das beste ist, *immer* die Wahrheit zu sagen«, gab Helen zur Antwort und legte dabei den Arm um den zitternden Kleinen im Bett.

»Wenn aber die Wahrheit so häßlich ist, halt' ich das *gar* nicht für schön!«

»*Gar* nicht, mein Lieber?«

»Nein, *gar* nicht, und überhaupt« – der kleine Körper wurde ganz straff –, »jetzt, wo du's ihnen erzählt hast, werd' ich dich nie wieder ›Mami‹ rufen – auch nicht, wenn ich schlafen geh'!«

»Das ist aber *nicht* lieb von dir«, sagte Helen sehr sanft.

»Mir egal! Mir egal! Erst hast *du* mir wehe getan, ganz tief drinnen, und jetzt haue *ich* zurück! Und werde zurückhaun, solange ich auf der Welt bin!«

»Aber, aber, mein Kind – so etwas sagt man doch nicht! Du weißt ja gar nicht, was du da –«

»Ich *will*'s aber sagen! Und bin ich erst tot, so hau' ich dich noch viel ärger!«

»Gottlob werde *ich* früher tot sein als *du*, viel früher!«

»Papperlapapp! Emma sagt immer, ›Das kann man nie wissen!‹« (Michael hatte so seine Gespräche mit Helens ältlicher, plattgesichtiger Dienstmagd.) »Ganz viel kleine Jungen sterben ganz bald! Und ich *auch*! Und *dann* kannst du was erleben!«

Helen verschlug es den Atem – sie wollte zur Tür, aber ein klagendes »Mami, ach, Mami!« zwang sie zurück an das Bett. Und dann weinten sie beide, gemeinsam.

Mit Zehn, nach zwei Vorschulsemestern, brachte ihn etwas oder auch jemand auf die Idee, er stehe irgendwie außerhalb der Gesellschaft, passe nicht in deren bürgerliches Konzept. Er setzte Helen beharrlich zu mit diesem Thema, tat ihre gestammelten Einwürfe kurzerhand ab, schob sie weg mit der üblichen, familiären Direktheit:

»Ich glaub' dir kein Wort«, schloß er, fast fröhlich, den Streit. »Die Leute hätten sich nicht so das Maul zerfranst, wären meine Eltern verheiratet gewesen. Aber laß gut sein, Tantchen, mach dir nichts draus! Ich weiß schon, was los ist mit mir – aus der Geschichte Englands, aus manchen Stücken von Shakespeare: erst einmal ist da Wilhelm der Eroberer gewesen, und dann – ach, haufenweis andre, und allesamt ganz nach oben gekommen! Dir macht's doch nichts aus, daß es so ist wie es ist mit mir – oder doch?«

»Als ob *irgendwas* auf der Welt –«, hub sie an.

»Dann ist's ja gut! Und jetzt reden wir nicht mehr davon – *nie* mehr, wenn's dich so sehr zum Weinen bringt!«

Und er brachte, von sich aus, das Thema nie mehr zur Sprache. Als er jedoch, zwei Jahre danach, es mit viel Geschick fertiggebracht, noch zu Ende der Ferien die Masern zu kriegen, und als seine Temperatur die Marke von Vierzig erreichte, phantasierte er von nichts anderem mehr, bis Helens beschwörende Stimme den Delirierenden doch noch erreichte mit der Beteuerung, es gebe überhaupt nichts, im Himmel so wenig wie hier auf Erden, das sie beide jemals zu trennen vermöchte.

Die Semester der Schulzeit, die herrlichen Weihnachts- und Oster- und Sommerferien lösten einander ab, strahlend und bunt aneinandergereiht wie eine Edelsteinkette – und als Edelsteine wurden sie denn auch von Helen bewahrt. Nach und nach entwickelte Michael persönliche Vorlieben und Interessen, die allgemach wieder erloschen, um anderen Platz zu machen. Konstant blieb nur *eins*: die Liebe zu Helen, und diese Liebe nahm eher noch zu. Und Helen erwiderte sie mit ihrem gesamten Wesen – mit allem, was sie an Zuwendung, Hilfe und Rat und auch Geldmitteln aufbringen konnte. Und da Michael ein heller Kopf war, konnte nur der Krieg ihm verwehren, was eine höchst aussichtsreiche Laufbahn zu werden versprach.

Mit Oktober wäre er nämlich als Stipendiat nach Oxford gekommen. Doch schon Ende August war er nahe daran, sich Mitschülern anzuschließen, die darauf brannten, möglichst bald an die Front zu kommen. Indes, der Hauptmann jenes Kadettenlehrgangs, wo Michael Sergeant gewesen seit bald einem Jahr, verhinderte das und beorderte ihn als Fähnrich zu einem Ersatzbataillon, das so neu war, daß die halbe Einheit noch das alte Armeerot trug, während die andere Hälfte in überbelegten, durchweichten Zelten Gefahr lief, Hirnhautentzündung zu kriegen. Helen war ob der Idee freiwilligen Kriegsdienstes heillos entsetzt gewesen.

»Aber das liegt doch in der Familie«, hatte Michael lachend gesagt.

»Soll das heißen, du hättest von Anfang an die alten Geschichten *geglaubt*?« fragte Helen. (Emma, die alte Dienstmagd, war schon vor Jahren gestorben.) »Ich hab' dir mein Wort drauf gegeben – und geb' es hier nochmals – daß – nun, daß alles mit dir seine Ordnung hat! Wirklich, so ist es!«

»Ach – *das* macht mir keine Sorgen, so wenig wie je«, versetzte er tapfer. »Ich hab' nur gemeint, wenn ich mich freiwillig melde, komm' ich früher zum Heldenzirkus da drüben zurecht – ganz wie mein Großvater auch!«

»So etwas sagt man doch nicht! Hast du denn Angst, es könnte schon so früh vorbei sein?«

»Wenig Aussicht. Du weißt, was der König gesagt hat.«

»Ja, schon – aber erst Montag hat mein Bankier mir erklärt, es könne *unmöglich* bis über Weihnachten dauern – schon aus rein finanziellen Gründen!«

»Schön, wenn er recht hätte, doch unser Oberst – und der ist Berufssoldat – meint, es kann sich recht lange noch hinziehn.«

Michaels Bataillon hatte insofern Glück, als es an der Küste von Norfolk in behelfsmäßigen Schützengräben zur »Küstensicherung« eingesetzt wurde, was zu etlichen Malen auch »Fronturlaub« hieß. Danach ging's nach Norden, um eine schottische Bucht abzusichern, und schließlich kamen die Wochen der vagen Latrinengerüchte von irgendwelchem Überseedienst. Doch genau auf den Tag, an dem Michael an einer Umsteigstation Helen auf vier Stunden wiederzusehen gedachte, kam es heraus: wurde bekanntgegeben, es gelte, den Verlust von Loos wettzumachen! Er hatte eben noch Zeit, zum Abschied ein Telegramm abzusenden.

Auch drüben in Frankreich blieb dem Bataillon das Glück fürs erste noch treu. Man wurde unweit vom Salient ausgeladen, wo man ein anspruchsloses, beschauliches Dasein führte, während an der Somme sich der Aufmarsch vollzog. Ja, man genoß noch die friedvollen Tage der Abschnitte von Armentières und von Laventie, als die Schlacht schon begonnen hatte. Bis dann irgendein Kommandeur drauf verfiel, es wäre von Vorteil, die eigenen Flanken zu sichern und Schützengräben ausheben zu lassen. Also zog er das Bataillon aus dessen eigener Division mit der vorgeblichen Begründung, man brauche es zum Telegraphenbau, und setzte es an der Ypernfront ein.

Vier Wochen danach, gerade als Michael begonnen hatte, an Helen zu schreiben, es gebe hier nichts Besondres zu tun und so sei auch kein Grund zur Besorgnis, machte an jenem naßkalten Morgen ein Granatsplitter seinem Leben ein Ende. Er war sofort tot. Schon der folgende Einschlag warf den Schutt einer Scheunen-Grundmauer über den Toten – mit solcher Exaktheit, daß auch der erfahrenste Kämpfer sich nicht hätte träumen lassen, hier sei jemand umgekommen.

Um jene Zeit hatte man sich zu Hause im Dorf an den Krieg längst gewöhnt und, auf englische Weise, eine Art Ritual entwickelt, ihm zu begegnen. Als die Postmeisterin ihrer siebenjährigen Tochter die amtliche Drahtnachricht für Miss Turrell aushändigte, bemerkte sie vor dem Pfarrgärtner nur: »Jetzt ist auch Miss Helen dran.« Und er, des eigenen Sohns eingedenk, meinte bloß, »Tja – er hat's länger gemacht als so mancher!« Das Mädchen hingegen klopfte laut schluchzend an Helens Tür, denn Master Michael hatte ihr oftmals Bonbons zugesteckt. Helen, die eben dabei gewesen, die Jalousien der Reihe nach sorgsam zu schließen, sagte später zu jedem, der's hören wollte: »›Vermißt‹, das bedeutet *immer* soviel wie ›gefallen‹.« Und reihte sich ein in die trübe Prozession derer, denen die lange Reihe fruchtloser Emotionen so gnadenlos auferlegt ist. Der Pfarrherr freilich predigte Hoffnung und prophezeite, binnen kurzem werde Nachricht eintreffen, aus einem der Gefangenenlager dort drüben! Auch etliche Freunde stellten sich ein, mit allerlei angeblich wahren Geschichten, doch die betrafen nur *andere* Frauen, denen nach monatelangem Schweigen der Vermißte aufs Wunderbarste wiedergeschenkt worden sei! Andre hinwiederum rieten ihr, mit irgendwelchen verläßlichen Sekretären von Organisationen in Verbindung zu treten, die ihrerseits über Kanäle zu hilfsbereiten Neutralen verfügten, wo man genauere Informationen herauskriegen könne, auch von den verschwiegensten Kommandanten der hunnischen Kriegsgefangenenlager! Und Helen tat, wozu man ihr riet: sie schrieb und sie unterfertigte alles, was man ihr vorschlug oder vorlegte.

Einmal, als Michael auf Urlaub gewesen, hatte er Helen zu einem Besuch der Munitionsfabrik mitgenommen und ihr gezeigt, wie eine Granate entsteht – vom Roheisenkern bis zum nahezu fertigen Projektil. Besonderen Eindruck hatte ihr damals gemacht, daß jenes verwünschte Ding keine Sekunde sich selbst überlassen blieb. »Genauso geht es jetzt mir«, sagte sie sich beim Ordnen ihrer Papiere. »Man bearbeitet mich – man hämmert und manipuliert mich zur Hinterbliebnen.«

Als Folge davon, und sobald ihr von sämtlichen Einrichtungen und Vereinen deren aufrichtes oder tiefempfundnes Bedauern zuteil geworden, weil keine Spur sich blabla undsoweiter – als Folge davon brach etwas zusammen in ihr, gab einfach nach, und alle Empfindung – bis auf die Dankbarkeit ob solchen Erliegens – schlug um in die Wohltat der Passivität: Michaels Tod hatte die Welt zum Stillstand gebracht, und solcher Schock war Helen in Fleisch und Blut übergegangen. Jetzt stand auch in ihr alles still, nur draußen das Leben ging weiter – doch ging es sie jetzt nichts mehr an. Sie erkannte das an der Leichtigkeit, mit welcher sie Michaels Namen ins Gespräch bringen konnte, wobei sich ihr Haupt wie von selbst nach Schuldigkeit neigte zur jeweiligen Beileidsbekundung.

Mitten hinein in die Wohltat solcher Schicksalsergebenheit donnerten die Glocken des Waffenstillstands – doch Helen achtete ihrer nicht. Ein weiteres Jahr mußte erst noch ins Land ziehn, bis sie den nahezu körperlichen Abscheu vor den jungen, lebendigen Heimkehrern überwunden hatte und wieder fähig war, deren Hand zu ergreifen und ihnen Glück zu wünschen – jetzt fast schon von Herzen. Dennoch, sie nahm keinen Anteil an den Nachwehen dieses Kriegs, weder persönlich noch national, saß aber, innerlich weit von alldem entfernt, in verschiedenen Hilfskomitees und vertrat ihre eigene Ansicht (sie hörte sich selbst dabei zu) bezüglich des Aufstellungsorts eines geplanten Kriegerdenkmals.

Dann, eines Tags, erhielt sie, als engste Verwandte, eine amtliche Sendung: den angefangenen Brief in verwaschenem Bleistift, die Erkennungsmarke, die Uhr und den dürren Bescheid, Leutnant Turrells Leiche sei aufgefunden, identifiziert und beigesetzt worden zu Hagenzeele, Soldatenfriedhof Nummer Drei. Zum Schluß noch der Kennbuchstabe der Gräberreihe und die Nummer des Grabs.

So sah sich Helen ganz unverhofft in einer neuen Fertigungsphase für Hinterbliebne – versetzt in die Welt jener jubelnden, oft auch gebrochnen Verwandten, die endlich gewiß sein durften, nun doch noch einen Altar auf Erden zu haben, ihre Liebe daran zu bekunden. Und alsbald machten ihr diese Leute anhand von allerlei Fahrplänen klar, wie leicht es doch wäre, wie wenig störend fürs tägliche Gleichmaß, solch ein Grab zu besuchen.

»Und um *so* viel günstiger«, meinte die Gattin des Pfarrherrn, »als wenn er in Mesopotamien gefallen wär', ja noch auf Gallipoli!«

Durch die Qual, gewissermaßen zu einem zweiten Leben verurteilt zu sein, sah Helen sich kontinentwärts getrieben, mitten hinein in eine Welt abgekürzter Bezeichnungen, denen sie gleichwohl entnahm, daß »Hagenzeele Drei« recht bequem mit dem Nachmittagszug zu erreichen wäre – diesem direkten Anschluß ans Vormittagsfährboot, und daß es keine drei Kilometer vor Hagenzeele ein kleines Hotel gebe, wo man komfortabel die Nacht bis zum Gräberbesuch am folgenden Morgen verbringen könne. Sie erfuhr das von einem Beamten der zentralen Gräberverwaltung, der am Rand einer pulverisierten Stadt aus nichts als Kalkstaub und Fetzen Papiers in einem Bretter- und Wellblechverschlag residierte.

»Übrigens«, sagte der Mann, »Sie kennen Ihr Grab ja, nicht wahr?«

»Oh ja, vielen Dank«, versetzte Helen und wies ihm Reihe und Grabnummer vor, eigens getippt auf Michaels winziger Schreibmaschine. Der Beamte wollte erst noch die Nummer anhand seiner vielen Akten verifizieren, aber da fuhr eine imposante Lancasterdame dazwischen und bestürmte ihn, er mög' ihr doch endlich sagen, wo sie ihren Sohn finden könne, Korporal im Expeditionskorps sei er gewesen. Sein richtiger Name sei Anderson, verkündete sie unter Schluchzen, doch weil aus gehobner Familie, so habe er sich unter »Smith« registrieren lassen und sei dann bei Dickiebusch gefallen, gleich zu Anfang des Fünfzehnerjahrs, und sie habe weder die Grabnummer, noch wisse sie, welchen seiner zwei Taufnamen er zu den jeweiligen Familiennamen verwendet habe, aber ihr Touristenbillet von Cook gelte nur bis zum Ende der Osterwoche, und wenn sie bis dahin ihr Kind nicht gefunden hätte, käm' sie noch um den Verstand! Dies kaum gesagt, sank sie Helen an die Brust – doch da schoß auch schon die Frau des Beamten aus der kleinen Schlafkammer hinterm Bureau hervor, und sie schleppten zu dritt die Zusammengebrochne hinein und hoben sie auf das Bett.

»Das kommt ziemlich oft vor«, sagte die Frau des Beamten, wobei sie der beinah Besinnungslosen die Hutbänder löste. »Gestern noch hat sie gesagt, er sei bei Hooge gefallen. Sind Sie sicher, daß Sie die richtige Grabnummer haben? Es ist dann alles um so vieles leichter!«

»Ja, ja, vielen Dank«, sagte Helen und machte, daß sie hinauskam, noch ehe die Frau auf dem Bett wieder anfinge mit ihren Lamentationen.

Beim Tee in der überfüllten, lila und blau gestreiften Behelfsbaracke mit der hölzernen Scheinfassade sah Helen sich nur umso tiefer ins alptraumhafte Geschehen verstrickt. Am Fahrkartenschalter stand neben ihr eine derbe, grobgesichtige Engländerin, die sich bei Helens Frage nach der Hagenzeele-Verbindung erbötig machte, sie dorthin zu begleiten.

»Ich muß selber nach Hagenzeele«, verkündete sie. »Zwar nicht direkt nach Nummer Drei, sondern mein Ziel ist Zuckerfabrik, kürzlich erst umbenannt auf La Rosière, nur ein Katzensprung weiter südlich. Haben Sie schon ein Hotelzimmer dort?«

»Oh ja, vielen Dank. Ich habe per Draht vorbestellt.«

»Das ist auch viel sicherer so. Mitunter ist nämlich das Haus ganz schön voll, dann wiederum ist kaum jemand da. Neuerdings haben sie Zimmer mit Bad im alten Lion d'Or – das ist das Hotel am Westrand von Zuckerfabrik –, das zieht eine Menge Leute dorthin, glücklicherweise!«

»Für mich ist das alles ganz neu. Ich bin zum ersten Mal hier herüben.«

»Was Sie nicht sagen! Bei mir ist's das *neunte* Mal seit Waffenstillstand. Nicht in eigener Sache – *ich* hab' gottlob niemand Teuren hier liegen – aber, wie's schon so ist, ich hab' einen Haufen Freunde, die jemand verloren *haben*. Und weil ich so häufig herüberkomme, hab' ich mir gedacht, es könnt' sie beruhigen zu wissen, daß jemand für sie nach dem Rechten sieht auf dem – na, hierzuland eben, und ihnen erzählt wie's aussieht. Und man kann ja auch Fotos machen für sie. Ich hab' eine ganze Liste von Aufträgen mit!« Sie lachte nervös und klopfte dabei auf die Kodak am Riemen. »Diesmal sind zwei oder drei auf Zuckerfabrik an der Reihe – und auch noch etliche andre auf all den Friedhöfen ringsum. Ich sammle die Aufträge, das ist mein System, und ordne sie dann, wissen Sie. Und sobald es genug sind für ein Areal, so daß es sich auszahlt, mach' ich den Sprung herüber und erledige das. Wirklich, das ist *schon* ein Trost für die Menschen!«

»Das mag durchaus sein«, gab Helen zur Antwort. Es schauderte sie, als man in den wartenden Zug stieg. Er bestand nur aus wenigen Waggons.

»Aber gewiß doch! (Was für ein Glück, wir kriegen noch Fensterplätze!) Und ich *muß* es ja tun, denn wenn *ich* es nicht mache, so bitten sie jemand andern darum – so ist es doch, oder? Ich hab' eine Liste mit zwölf oder fünfzehn Aufträgen mit – da drin hab' ich sie« – und sie klopfte neuerlich auf ihre Kodak –, »die muß ich gleich heute abend sortieren! Ach, ich hab' ganz vergessen, zu fragen ... Wen besuchen denn *Sie*?«

»Nur meinen Neffen«, versetzte Helen ergeben. »Aber ich hab' ihn sehr gern gehabt.«

»Natürlich! – Wissen Sie, manchesmal frag' ich mich, was *sie* wohl wissen, jetzt, nach ihrem Tod? Was glauben Sie?«

»Ach, ich hab' keine – ich hab' nicht viel nachgedacht über dergleichen«, entgegnete Helen und hätte fast schon die Hände gehoben, beschwörend, um diese Person von sich abzuhalten!

»Vielleicht ist das ohnehin besser«, sagte die Reisegefährtin. »Wir müssen uns abfinden mit dem Verlust – das wird es wohl sein. Na – ich will Sie nicht länger inkommodieren!«

Helen atmete auf – aber als man dann im Hotel war, bestand Mrs. Scarsworth (man kannte einander nun auch schon mit Namen) darauf, gemeinsam zu speisen. Und hinterher nahm sie, inmitten des gräßlichen Speisesalons voll gedämpfter Verwandtengespräche, mit Helen all ihre »Aufträge« durch – samt den Lebensläufen der Toten, soweit sie sie kannte, und auch noch von deren engster Verwandtschaft. Und Helen hielt durch, bis gegen halb zehn in der Nacht – bis sie endlich die Flucht auf ihr Zimmer ergriff.

Die Tür war kaum hinter ihr zu, da klopfte schon jemand dagegen – und Mrs. Scarsworth trat ein. Noch immer hielt sie die schreckliche Liste in den gefalteten Händen!

»Ja – ja – ich weiß«, hub sie an. »Ich geh' Ihnen auf die Nerven – aber ich muß noch reden mit Ihnen, muß Ihnen etwas sagen. Sie sind ja noch ledig, nicht wahr? Da werden Sie vielleicht gar nicht ... Aber was soll's – ich *muß* mich mit jemandem aussprechen! Ich ertrag' es ganz einfach nicht länger!«

»Aber, ich *bitte* Sie –« Doch Mrs. Scarsworth lehnte sich an die geschlossene Tür, bewegte die trockenen Lippen.

»Nur einen Moment«, sagte sie, »wegen der Gräber, von denen ich Ihnen vorhin erzählt hab', unten, Sie wissen ja! Das sind *wirklich* nur Aufträge, zumindest die meisten davon.« Dabei musterte sie das Zimmer. »Was für ausgefallne Tapeten man hier in Belgien hat, finden Sie nicht? ... Ja. Ich schwör' es, das sind alles Aufträge. Bis auf *ein einziges* Grab, wissen Sie, und – und der darin liegt, hat mir mehr bedeutet als alles auf dieser Welt! Können Sie mich verstehen?«

Helen nickte stumm.

»... mehr als irgend ein anderer Mann. Und das konnte natürlich nicht sein: er hätte mir gar nichts bedeuten *dürfen*. Aber er *war* mein Ein und mein Alles. Und ist es noch *immer*! Nur deshalb, wissen Sie, übernehm' ich die Aufträge da. So, jetzt ist es heraus! Nur *das* wollt'ich Ihnen sagen!«

»Aber – weshalb denn *mir*?«, frug Helen verzweifelt.

»Weil mir das Lügen jetzt schon zum *Hals* heraushängt! Immer nur lügen und lügen, jahraus und jahrein! Und wenn ich auch keine Lügen erzähle – ich muß sie doch immerzu *tun* und immer dran *denken*! *Sie* wissen ja gar nicht, was das bedeutet! Er ist mir all das *gewesen*, was er nie hätte sein *dürfen*! – Das einzig Wahre, was mir jemals im Leben begegnet ist! Und *ich* mußte immer so tun, als wäre gar nichts zwischen uns. Kein wahres Wort konnt' ich reden, und war die eine Lüge heraus, so mußte ich mir schon die nächste ausdenken – Jahre und Jahre ist das gegangen!«

»Wieviele Jahre?« frug Helen.

»Sechs Jahre vier Monate *vor*her, und zweidreiviertel da*nach*. Seither habe ich ihn schon achtmal besucht. Und morgen ist es mein neunter Besuch, und – und ich kann nicht – ich *kann* einfach nicht vor ihn hintreten, ohne daß irgendwer um uns *weiß*! Bevor ich ihn wiederseh', möcht' ich zu jemandem *ehrlich* gewesen sein! Sie verstehen mich doch? Es ist nicht um *meinet*willen. Ich bin nie aufrichtig gewesen, auch nicht als Kind. Nur, es ist unwürdig *ihm* gegenüber! Also – nun – deshalb hab' ich es *Ihnen* gesagt – es *mußte* heraus, ich kann es nicht länger bei mir behalten. Nein, ich kann anders nicht mehr weiter!«

Sie hob die gefalteten Hände bis ans Gesicht – und ließ sie dann fallen, noch immer gefaltet, bei gestreckten Armen, bis unter die Hüften. Und Helen ergriff diese Hände, beugte sich drüber und raunte: »Ach, meine Liebe – Sie Liebe!« Mrs. Scarsworth trat ein wenig zurück, errötete fleckig-nervös.

»Du lieber Gott«, sagte sie nur. »*So* nehmen Sie's auf?«

Aber Helen brachte kein Wort mehr hervor. Die andre verließ das Zimmer. Lange noch lag Helen wach und fand keinen Schlaf.

Andern Morgens war Mrs. Scarsworth schon früh auf den Beinen, um ihren Aufträgen nachzugehn, und so begab sich Helen allein nach Hagenzeele Drei. Die Anlage, noch im Entstehen begriffen, erhob sich fast mannshoch über der Schotterstraße, die Hunderte Meter daran entlanglief. Behelfsstege führten über den tief ausgehobenen Graben zu Öffnungen in der halbfertigen Mauer. Helen erklomm die wenigen, bretterverschalten Erdstufen – und hatte, auf einen einzigen Blick, das ganze, flache und dichtbestandne Gelände vor sich. Es verschlug ihr den Atem: sie hatte ja keine Ahnung gehabt, daß Hagenzeele Drei schon jetzt an die einundzwanzigtausend Gefallene umschloß! Vor ihren Augen, gnadenlos, breitete sich ein Meer schwarzer Kreuze – und jedes davon an der Vorderseite mit nummerngestanztem Blechstreifen – waagrecht und senkrecht und schräg, in jedem nur möglichen Winkel! Keinerlei Ordnung, nichts von System ließ sich erkennen. Nur eine einzige, hüfthoch wuchernde Wildnis aus abgestorbenem Holz ragte da vor ihr auf! Zögernd schritt sie voran, probierte es links, dann zur Rechten – nein, es war hoffnungslos! Helen fragte sich, mit welcher Hilfe sie das gesuchte Grab jemals auffinden würde? In großer Entfernung zog eine weißliche Linie sich hin – und stellte sich dann als geschlossner Komplex von zwei- oder dreihundert Gräbern heraus, deren Steine man schon gesetzt hatte über der Blumenanpflanzung und grünschimmernden Gräseraussaat. Aber die scharfumrissenen Kennbuchstaben am Ende der Gräberreihen stimmten mit Helens Notizen nicht überein. Hier hatte sie nichts verloren ...

Hinter einer der Grabsteinreihen kniete ein Mann – augenscheinlich ein Gärtner, denn er war eben dabei, ein Junggewächs in die gelockerte Erde zu senken. Helen trat auf ihn zu, ihren Papierstreifen in der Hand. Der Fremde sah ihr entgegen, erhob sich und fragte ganz unvermittelt, ohne gegrüßt zu haben: »Wen suchst du?«

»Leutnant Michael Turrell – er ist mein Neffe«, sprach Helen langsam und klar, betonte dabei jedes Wort, wie sie's im Leben schon Tausende Male getan.

Der Mann hob den Blick. Tiefes Mitgefühl stand in den Augen. Er wandte sich ab von den frisch ausgesäten Gräsern und sah zu den nackten und schwarzen Kreuzen hinüber.

»So komm«, sprach er nur. »Und ich will dir weisen, wo dein Sohn ruht.«

Beim Verlassen des Friedhofs wandte Helen sich um – tat einen letzten Blick auf die Kreuze. In der Ferne sah sie den Mann, schon wieder über die jungen Pflanzen gebeugt. Dann schritt sie weiter, wähnend, es wäre der Gärtner.

## *Einer des Anderen Feind*

Durch Abu Ali Jafir Bin Yakub-ul-isfahani ist uns berichtet (und Gott der Herr weiß am besten, wie es in Wahrheit bestellt ist), daß, als Der Wohltäter bei Sich die Erschaffung Seines größesten Stellvertreters (Adam) beschlossen hatte – daß Er dann, wie jedermann weiß, dem getreuen und untadeligen Erzengel Jibrail befahl, auf Erden allerlei Lehm einzusammeln und Tegel und Sand, von unterschiedlichen Farben und Eigenschaften, wie sie benötigt wurden zur Leiblichkeit unseres keuschen Vorvaters. Und Jibrail, in Erfüllung solchen Gebots zur Erde herniederkommend, streckte die Hand nach dem Sand und dem Lehm. Doch da erbebte die Erde und fing an zu klagen und flehte ihn an, ihrer zu schonen. Und Jibrail spach: »Sei still und freue dich, denn von Ihm wird erschaffen aus dir, was das Schönste von allem sein wird – nämlich der Nachfolger und Träger der Herrschaft über dich auf alle Zeit.« Aber die Erde sagte: »Ich flehe dich an, nimm Abstand von deinem Begehr, auf daß nicht das Übel und die Verdammnis den aus mir Erschaffenen überkomme, und Kummer und Leid mir in Ewigkeit auferlegt seien! Zwar vermag ich es nicht, dem Willen des Höchsten zu wehren, doch nehme ich Zuflucht zu Allah vor dir.« Also ward Jibrail bewegt von der Hilfslosigkeit und Klage der Erde, und kehrte mit leeren Händen in die Vorhalle der Glorie zurück.

Dies geschehen, begab sich als nächster der furchtbare und gerechte Erzengel Michael zur Erde hinab – doch kehrte auch er, sobald er ihr Elend mitangehört und auch gesehen, mit leeren Händen zurück. So ward als dritter der Erzengel Asrael ausgesandt, und als die Erde zum andernmal Gott angefleht und gerufen hatte, schloß er die Hand um ihren Busen und riß daraus Lehm, Sand und Tegel, soviel man ihrer bedurfte.

Zurückgekehrt in die Vorhalle, fragte man ihn, ob die Erde abermals Zuflucht genommen zu Allah? Und Asrael bejahte.

Da ward ihm die Antwort: »Wenn sie Zuflucht genommen zu Mir, weshalb hast du ihrer dann nicht geschont?« Und Asrael sprach: »Gehorsam (Dir gegenüber) steht über dem Mitleid (mit ihr).« Da ward ihm zur Antwort: »Hinweg! Zum Todesengel bist du gemacht, die Seelen der Menschen von ihrem Fleische zu sondern!« Da weinete Asrael und sprach: »So werden die Menschen mich allesamt hassen.« Doch ward er beschieden: »Du hast gesagt, daß der Gehorsam über dem Mitleiden stehe. So mische den Sand mit dem Lehm und breite ihn aus zwischen Tayif und Mekka, auf daß er dort trockne, bis die verheißene Zeit gekommen sein wird!« Und Asreal folgte diesem Gebot. Doch entging ihm in seiner Hast, daß der Lehm und der Sand, die er der Erde entrissen, dort in Fehde gelegen seit Anbeginn – und sonderte beide nicht von einander. Und in seiner Betrübnis, ein Sonderer des Gesellten zu sein, mischte er auch seine Tränen dazu, so daß die Substanz für den Körper des Adam vollends verdorben ward durch so brennende Tropfen, und uneins mit sich, noch ehe da Hader und Zank war (oder die Ursach dazu).

Solcher Lehm blieb zur Trocknung viermal zehn Jahre lang ausgelegt zwischen Tayif und Mekka, und ward unterdessen aufbereitet nach des Allmächtigen Willen, der Segen und Gnade darauf herabregnen ließ und auch, was sonst noch erforderlich war zur Verschönung so vorgesehener Nachfolgeschaft. Auch ist berichtet, daß in jener Wartezeit Engel darüber hinschwebten – auch der verworfene Eblis*. Der schlug auf die trocknende, vorbestimmte Substanz, und sie klang hohl. Dies vernommen, prüfte Eblis genauer und sah, daß sie aus unterschiedlichen, schlecht zu einander passenden Stoffen gemacht war und durchtränkt mit bitteren Tränen. Und er sprach: »Kein Zweifel, ich werde nur allzubald Herrschaft erlangen darüber. Und ihn zu verderben, wird leicht sein.« (Auch dies aber war schon im Ratschluß des Ewigen beschlossen.)

* Fürst der abtrünnigen Engel. Anm. d. Ü.

Als nun die Zeit gekommen war, die Kette aus Ursach und Wirkung dem Willen des Menschen zu unterwerfen, die Gefäße von Absicht und Wollen seinem Denken anzuvertrauen und auch das Gehäus seines Leibes mit dem Lichte der Lebenskraft zu erfüllen, ward auf des Allmächtigen Weisung die Seele herbeigebracht durch den Erzengel Jibrail. Aber die Seele war schwächlich und zart, und sie weigerte sich, einzugehn in den festen, unterschiedlichen Lehm, indem sie sagte: »Ich fürchte mich vor dem Sein.« Dies rief sie zu zweien Malen, bis ihr das Machtwort wurde: »*Wider Willen sollst du betreten den Leib – und ihn wider Willen verlassen*!« Dies vernommen, betrat sie den Leib. Und nach Vollendung der Pein ward ihr das Wort: »*Stärker noch als mein Zorn ist mein Erbarmen.*« Und ist berichtet, dies seien die ersten Worte gewesen, die unser aller Vorvater wissentlich wahrgenommen.

Späterhin, und aus eigenem Willen, reifte in Adam der Wunsch nach einer Gefährtin – einer Vertrauten und Freundin im Garten des Baumes. Und es heißt, er habe zunächst mit der Erde Rates gepflogen (die seinen Leib erst gebildet). Aber die Erde sagte: »Steh ab von deinem Begehr. Ist's nicht genug, daß *einer* die Herrschaft über mich habe?« Und Adam antwortete: »Nur Einer ist da, der Eine zu sein auf Erden wie auch im Himmel. Alle paarweis geschaffenen Wesen streben nach Einheit, und meine Seele, die nicht von dir kam, ist erfüllt von unsäglichem Sehnen.« Sagte die Erde: »Bescheide dich in deiner Unschuld und laß deinen Leib, welchen ich wider Willen gegeben, in Unschuld heimkehren zu mir (die ich deine Mutter bin).« Und Adam versetzte, »Eine Mutter habe ich nicht. Was sollte ich also erkennen?«

Da kam der verworfene Eblis des Wegs, der seit langem einen satanischen Plan gegen unseren Vorvater ausgeheckt hatte und, voll Begier auf dessen Verderbnis, nur darauf aus war, sie zu befördern durch vielerlei Ursach und auch Gelegenheit. In seiner Abscheulichkeit wandte er sich unter den Vögeln des Gartens zunächst an den Pfau und redete also zu ihm: »Um deiner Schönheit willen empfinde ich große Neigung zu dir. Doch ist mir – nicht durch meine Schuld – der Garten verboten. Verbirg mich denn unterm Gefieder deines herrlichen Rades, auf daß auch ich ihn betreten und sowohl dir als auch unsrem Meister, dem Adam, huldigen könne – ihm, der ja auch über *dich* gesetzt ist!« Der Pfau aber sprach: »Nicht durch meine Mithilfe sollst du den Garten betreten, auf daß niemand Gericht halte über mich und den Glanz meiner Schönheit. Doch haust in dem Garten eine Schlange von widrigem Aussehn, die mag dir Einlaß verschaffen.« Und der Pfau sandte die Schlange ans Tor, und sobald Eblis sich mit ihr beredet hatte und eine böse List ausgesonnen, verbarg er sich unter der Zunge der Schlange und gelangte so durch das sperrende Tor. Danach brachte er Adam seine Huldigung dar und riet ihm ohn' Unterlaß, um eine vertraute Gefährtin zu bitten, auf daß der Freuden noch mehr wären und auch die Nachfolge sicherer sei in der Herrschaft über die Erde. Er sah ja voraus, daß aus der Vielzahl künftigen Volkes sehr viele *ihm* zukommen würden. Und Adam flehte nun jeglichen Tages um solche Gunst. Da ward ihm die Antwort: »Wie willst du wissen, ob die Gewährung deines Begehrs ein Segen sein wird oder Fluch?« Und Adam sprach: »Dies kann ich nicht wissen – allein, wie es kommt, so will ich es auf mich nehmen.«

Danach fiel ein Schlaf über ihn – so ist es berichtet. Und beim Erwachen erblickte er unsre Frau Eva (Vergebung und Nachlaß der Schuld über sie). Sagte Adam: »O meine Geliebte, du Licht meiner Welt, wer bist du?« Und Eva sprach: »O mein Gebieter und Höhepunkt meines Glücks, wer bist du?« Adam sagte: »Nur eins ist gewiß – ich bin dein.« Und Eva sprach: »Auch dies ist gewiß – ich bin dein.« So ließen sie ab, noch mehr Fragen zu stellen, und waren vereint und wurden Ein Fleisch und Eine gemeinsame Seele, und ihre Glückseligkeit ward ohnegleichen und überstieg alle Vorstellung, alles Verstehen und allen Glauben.

Des weiteren ist berichtet, daß Eblis der Verstockte sich

heimlich heranmachte an unsre beiden im Garten, und mit ihm der Pfau. Und sie scherzten und waren fröhlich und guter Dinge vor unsrem Gebieter Adam und seiner Frau Eva, und gaben allerlei Rätsel zum besten, Ausschmückungen und Spitzfündigkeiten. Und auf eine Zeit, als das Glück auf dem Gipfelpunkt war und nichts die Zufriedenheit trübte, hub Eblis zu reden an, und er sagte: »O mein Gebieter und meine Herrin, wollet mir etwas wie eine Vergleichung oder auch Gleichnis nennen, das jenseits der Grenzen des Möglichen liegt.« Adam aber sprach: »Dies ist leicht getan. Daß die Sonne im Himmel erlischt oder die Flüsse im Garten versiegen – ist jenseits aller möglichen Grenzen.« Da lachten sie allesamt und stimmten einander bei, und der Pfau sagte, »O unsre Herrin, erzähl uns nun *du* einen Scherz, der so unfaßbar ist, so unglaublich wie der Ausspruch deines Gebieters!« Und Eva sagte darauf: »Daß mein Gebieter mich jemals auf andere Weise ansehen könnte als wie bisher – dies geht über seinen Ausspruch hinaus.« Und als man weidlich darüber gelacht, sprach Eva weiter: »O die ihr uns dienstbar seid – sprecht doch jetzt *ihr* etwas aus, das meinen Ausspruch an Unglaublichkeit übertrifft!« Da sagte der Pfau: »O unsre Gebieterin Eva, bis auf den Umstand, daß du deinen Herrn jemals auf andere Weise ansehen könntest als wie bisher – gibt es nichts, das deinen Ausspruch an Unglaublichkeit überträfe.« Aber Eblis hub an und sagte: »Bis auf den Umstand, daß von euch beiden einer des andern Feind würde, gibt es nichts, das deinen Ausspruch an Unmöglichkeit, Undenkbarkeit, Unvernunft und auch Unglaublichkeit überträfe.« Und alle vier lachten darob unmäßig in ihrem Garten.

Als aber der Pfau sich entfernt hatte, und auch Eblis verschwunden zu sein schien, sprach Eva zu Adam: »Mein Gebieter und Herr meiner Seele, wie ist es möglich, daß Eblis um unsere Angst weiß?« Und Adam sagte: »O meine Geliebte, welche Angst meinst du?« Darauf sprach Eva: »Die Angst, welche uns ins Herz gesetzt ward von Anbeginn – daß der eine von uns dem andern zum Feind werden könnte.« Da lehnte unser Vorvater das Haupt an Evas Brust und sagte: »O meines Herzens Gefährtin, dies war ja von Anbeginn her auch *meine* Angst – nur, wie konntest du's wissen?« Und Eva sprach: »Weil ich dein Fleisch bin und deine Seele. Was aber sollen wir tun?«

So kamen sie denn bei Aufgang des Monds zu dem ihnen verbotenen Baume, und Eblis lag schlafend darunter. Doch erwachend, sagte er frohgemut: »O mein Gebieter und meine Herrin, dies ist der Ewigkeit Baum. Und so ihr esset von seiner Frucht, wird unter den Menschen auf immer Glückseligkeit sein. Und auch die Herzenszuwendung der Esser wird unwandelbar von Bestand sein nach dem Genuß solcher Frucht.«

Da streckte Eva die Hand aus, doch Adam verwies es ihr, indem er sprach: »Dies ist uns verboten. Wir wollen uns lieber entfernen.« Und Eva sagte: »O mein Gebieter und Helfer, so komme es auf mein Haupt und das meiner Töchter, die nach uns auf Erden sein werden. Ich will als Erste kosten von diesem Baume, und wenn Ungemach über mich kommt, wirst du Fürsprach einlegen für mich. Oder auch, es mir nachtun und essen vom Baume, auf daß wir die Ewigen Wonnen gemeinsam erfahren.«

Dies gesagt, aß sie die Frucht, und Adam tat es ihr gleich. Und alsbald verschwand alle Schmückung des Paradieses ringsum, und sie waren der Nacktheit und Scham überliefert, und auch dem Abscheu und Ekel. Und Adam, so ist berichtet, bezichtigte Eva der Schuld, doch Eva (Entsühnung und Gnade über ihr Haupt) nahm auf sich, was man gemeinsam getan.

Als aber die Schlange und auch der Pfau ihr billiges Teil erhalten hatten ob so verwerflicher Machenschaft (die Bestrafung des Eblis stand noch bevor), ward über Adam und Eva das Göttliche Urteil ihrer Verstoßung verhängt mit diesen Worten: »*Hebt euch hinweg – und fortan sei der eine des anderen Feind*!« Doch Adam sprach: »Aber ich habe vernommen, daß Dein Erbarmen größer sei als Dein Zorn!« Da ward ihm zur Antwort: »Ich habe gesprochen. Mein Urteil stehe für alle Verfluchung.« Also gingen die beiden, und die Torflügel jenes Gartens, in welchem der Baum steht, schlossen sich hinter ihnen.

Und ferner ist überliefert von den Meistern des Worts und Erzählern uralter Sagen, daß nach der Vertreibung unseres schuldlosen Vorvaters Adam und seiner holden Gefährtin Eva (der Glanz aller Aufopferung über sie) sich unterm Getier des Gartens ein großes Wehklagen erhob, dieweil es gehätschelt worden von Adam und erquickt von unsrer Frau Eva. Und von denen, die ungerührt waren, verblieb nur der Maulwurf, dessen Gewohnheit es ist, in der Erde zu wühlen und das Licht der Sonne zu fliehen. Sein Wesen war übelwollend und sein Aussehen ärmlich, doch durch die Kraft des Allmächtigen (gepriesen Sein Name) ward er mit scharfen Augen begabt, welche fürs Licht wie für die Finsternis taugten.

Als nun der Maulwurf das Göttliche Urteil jener Verstoßung vernahm, kam es ihm in seinen unreinen Sinn, aus geheimer Verfolgung und verborgenem Ausspähen Vorteil zu ziehen, um besser voranzukommen. So folgte er unsrem Vorvater und dessen erlauchter Gefährtin unter der Erde und beobachtete die beiden in ihrem Kummer und Elend, und ließ den Garten allein um jene Zeit.

Sobald er zu Rande war mit seinem Plan und sich Gewißheit verschafft hatte, kehrte er unter der Erde zurück zu den Wächtern des Tors und sagte zu ihnen: »Gebt Raum! Ich habe sichere Kunde, und sie ist schrecklich!« So ward ihm Einlaß gewährt, und er lag bis zum Abend im Garten. Dann sprach er:

»Könnten denn die Verfluchten durch etwelches Mittel sich ihrem Urteil entziehen?« Und ward ihm zur Antwort: »Sie können ihm auf keine Weise entgehen, noch es vermeiden.« Da sagte der Maulwurf: »Sie *sind* ihm aber entgangen – ich hab' es mit eigenen Augen gesehen!« Aber die Antwort war: »Erkläre, was du geschaut hast!« Da sagte der Maulwurf: »Die zur Feindschaft Erschaffnen beten Dich nicht länger an, auch bewundern sie Dich nicht mehr. Keine Feindschaft mehr ist zwischen ihnen, sie sind miteinander vollkommen glücklich, und überdies haben sie sich eine neue Gottheit geschaffen.« Und ward ihm zur Antwort: »Beschreib Uns die neue Gottheit!« Da sagte der Maulwurf: »Ihr Gott ist von kleiner Gestalt, rosig von Farbe, auch trägt er keine Gewänder, ist aber freundlich und wohlgenährt. Sie betten ihn auf das Gras, legen Blumen in seine Hände, beten ihn an und bedürfen des Trostes nicht mehr.« Und ward ihm zur Antwort: »Nenn Uns den Namen des Gottes!« Da sagte der Maulwurf: »Sein Name ist Quabil (Kain), und ich bezeuge, ganz sicher gesehen zu haben, er ist ihr Gott, ihr Versöhner und auch ihr Tröster.« Und ward ihm zur Antwort: »Weshalb bist du zu Uns gekommen?« Da sagte der Maulwurf: »Durch meinen Eifer und meine Sorgfalt. Und um meiner Ehre und einer Belohnung willen.« Und ward ihm zur Antwort: »Ist dies denn das beste Vermögen der Augen, welche Wir dir verliehen haben?« Da sagte der Maulwurf: »Das Äußerste, dessen ich fähig bin.« Und ward ihm zur Antwort: »So wird's nicht gebraucht. Nicht *ihre* Bürde hast du vermehrt, sondern die deine. Fortan sollst du leben im Dunkel – so *über* wie *unter* der Erde. Es ist nicht gut, einem Gottesgeschöpf nachzuspähen, welchem Linderung zuerkannt ist.« Da schlossen sich beide Augen des Maulwurfs und wurden verfinstert, und so lebt er elendiglich über und unter der Erde bis auf den heutigen Tag.

Jenen zweien indes, dem Adam und seiner Eva, ward Linderung ihres Loses gewährt, bis Habil und Quabil sowie deren Schwestern Labuda und Aqlemía herangereift waren. Dies vollendet, trat vor den Größesten Stellvertreter und dessen Gefährtin, hervor aus dem steinigten Kabul, der Pfau, mit dessen Zustimmung der verworfene Eblis erstmals Zugang erhalten zum Garten des Baumes. Und ward von den zweien willkommen geheißen auf jegliche Weise. Und gab ihnen falsche Worte und abscheuliche Einflüsterungen, bis sie voll Hochmut und voll Verachtung auf ihr verwirktes Glück in dem Garten zurückblickten.

Danach erging ein Gebot an den treuen Erzengel Jibrail, und

es lautete also: »Folge den beiden mit Fleiß und halte den Schild deines Wohlwollens über sie, sobald es geraten erscheint. Denn ob Wir sie auch auf eine Zeit überantwortet haben (dem Eblis), so sollen sie doch nicht verdammt sein auf immer und ewig.« Also heftete Jibrail sich an unseren Ersten Stellvertreter und dessen Gefährtin Eva (auf welcher die Gnade und auch das Vergessen liegen) und hielt Wache über die beiden in allen Ländern, die sie zu durchwandern hatten. Und vernahm keine einzige Klage ob der begangenen Sünden aus ihrem Munde. Und ist berichtet, daß für einhundert Jahre ihnen der Pfau allzeit zur Seite war – unterm abscheulichen Einfluß des unerbittlichen Eblis, welcher durch Zauber die Eintönigkeit von Speise und Trank abwechslungsreicher machte, ganz wie auch, zu ihrer Freude, die Schönheit ihrer Gewandung, und ihnen Tag für Tag huldigte als seinen Göttern (auch dies lag im Unerforschlichen Ratschluß beschlossen). Dann wurden ihnen, um jene Zeit, die Augen verdunkelt und die Sinne getrübt, und auch die Gabe des Lachens ward ihnen genommen. Als aber der treffliche Erzengel Jibrail merkte, daß sie nicht mehr lachten, kehrte er eilends zurück, verneigte sich mit allen dienstbaren Geistern und rief: »Nun ist das letzte der Übel gekommen auf Deine Geschöpfe, über die ich zu wachen habe! Sie lachen nicht mehr und sind dergestalt dem Ochsen gleich und dem Kamele!« Da ward ihm zur Antwort: »Auch dies ist vorhergesagt und beschlossen. Bleibe du auf der Wacht!«

Und nach weiteren einhundert Jahren kam Eblis (dessen Verdammnis unweigerlich ist), um dem Adam zu huldigen nach Gewohnheit, und sprach: »O mein Herr und Beförderer und Unterweiser im Guten und Bösen, wen hättest du jemals erblickt in der Welt, der weiser und trefflicher wäre als du?« Und Adam sagte: »Niemalen habe ich solchen gesehen.« Und Eblis frug weiter: »Und ihn dir auch niemals ersonnen?« Und Adam versetzte: »Höchstens im Traume hab' ich dergleichen getan.« So gab Eblis zur Antwort: »Achte nicht deiner Träume. Sie kommen vom Übermaße an Fleisch. Streck aus deine Hand über die Welt, so du geschaffen, und nimm sie in deinen Besitz.« Und Adam ergriff Besitz von den Bergen, die er geebnet, von den Flüssen, die er abgeleitet und von den obern und unteren Feuern, die er gemacht, auf daß sie ihm dienstbar wären und Kunde gäben von ihm, und nannte dies alles seinen und seiner Kinder Besitz auf immer und ewig. Dies geschehen, frug Eblis: »O meine Stütze und Gipfelpunkt meines Glaubens, wer gab dir all diese nützlichen Dinge?« Und Adam sagte: »Mit eigener Hand und eigenem Kopfe hab' ich mir diese Dinge gegeben.« Eblis aber sprach: »So laß uns dem Spender lobsingen!« Da sang Adam mit lauter Stimme sein eigenes Lob und errichtete einen Altar und auch einen Spiegel dahinter. Und ließ nicht mehr ab, sich zu bewundern in jenem Spiegel und sich tagtäglich zu preisen vor dem Altar mit des Allmächtigen Eigenschaften und Namen.

Durch die Geschichtsschreiber ist überliefert, daß bei solchem Anlaß der Pfau stets sein prächtiges Rad schlug zu Seiten des Ersten Stellvertreters, um ihm zu schmeicheln und nach dem Munde zu reden.

Und nach weiteren einhundert Jahren senkte der Allgewaltige (gepriesen Sein Name) bittere Reue in die Brust jenes Pfauen, und der Pfau legte sein Rad zusammen und weinete auf den Bergen von Serendib. Da sprach der vortreffliche, allzeit getreue Erzengel Jibrail: »Weshalb hat dich Bußfertigkeit überkommen, du verächtlichstes aller gefiederten Wesen?« Und es versetzte der Pfau: »Obschon ich von mir aus nimmer gewünscht, Eblis in den Garten des Baums einzulassen, wie ja du und der Allüberblickende wissen, habe ich ihn der Schlange empfohlen, durch deren Arglist und unter deren gespaltener Zunge er insgeheim in jenen Garten gelangt ist. Wofür sodann Allah meine wohltönende Stimme zum heiseren Kreischen, und meine so schönen Beine zu häßlichen Klauen gewandelt, und mich in den Steinbezirk Kabuls verbannt hat. Nun fürchte ich aber, daß er mich auch noch des herrlichen Rades beraubt, welches der Schmuck meiner Tage ist und meine Augenweide.

Aus dieser Ursach und Angst kömmt mir die Reue, O Diener Gottes.« Jibrail aber sprach: »Nicht im Bekennen liegt Reue, sondern im sichtbaren Wirken zum Bessern.« Darauf der Pfau: »Erleuchte mich auf solchem Pfad und prüf meinen guten Willen.« Jibrail sagte: »Ich trage Sorge um Adam, der durch Eblis' unreinen Zauber sich von der Demut entfernt hat und tagtäglich auf diese und jene Weise nur dem eigenen Selbst huldigt an einem Altar und vor einem Spiegel.« Da sagte der Pfau: »O Botschafter der Throne, trägst du auch Sorge ob der Gebieterin Eva?« Jibrail fragte: »Aus welchem Grund?« Und der Pfau sprach: »Weil bei der Verstoßung der beiden gesagt ward, ›*Hebt* euch hinweg – und fortan sei der eine des anderen *Feind*‹, und dies ist ein Wahrwort.« Jibrail aber versetzte: »Was soll daraus kommen?« Da sagte der Pfau: »Laß uns die Gestalten tauschen auf eine Zeit, und ich will dir weisen, was daraus kömmt.«

Da nahm Jibrail den Pfau unter Eid, daß dieser nach einer gewissen Zeit ihm seine Engelsgestalt wiedergäbe ohne Hinterlist oder Betrug, und der Tausch ward vollzogen, und Jibrail nahm des Pfauen Gestalt an, und der Pfau ward gewandelt zu Jibrails glanzvollem Anblick und trat danach vor die Gebieterin Eva und sprach: »Wer ist Gott?« Und Eva antwortete: »Er nennt sich Adam.« Der Pfau aber sagte: »Wie kommt's, daß er Gott ist?« Und Eva antwortete: »Weil er weiß um das Gute und auch das Böse.« Da fragte der Pfau: »Und wie hat er solches Wissen erlangt?« Und Eva antwortete: »In Wahrheit bin *ich* es gewesen, die ihm dies Wissen mit eigener Hand gebracht von dem Baume im Garten.« Und der Pfau sagte: »Umso größer ist deine Bescheidenheit und deine Demut, O meine Gebieterin Eva.« Damit entfernte er sich und suchte zum andernmal Jibrail auf, das war kurze Zeit vor dem Abendgebet. Und er sprach zu dem Trefflichen, allzeit Getreuen: »Behalte, ich bitte dich, meine Gestalt und tritt für die Zeit dieser Andacht vor den Altar.« Und Jibrail willigte ein und spreizte sich vor dem Altare und fächerte sein Gefieder zum Rad, und pickte zwischen den Krallen den Boden vor dem Altar, ganz nach Art aller Pfauenvögel, bis unser keuscher Vorvater und seine erlauchte Gefährtin erschienen. Als aber Adam sich hinkniete vor den Spiegel, um seinem Abbild zu huldigen, sah Jibrail, wie Eva sich unwillig zeigte, und vernahm danach ihre Frage: »Habe ich denn nicht Anteil an dieser Anbetung?« Und Adam versetzte: »Großen und allergewichtigsten Anteil hast du, O meine Geliebte, welcher darin besteht, daß du mich preisest und meiner Person ohn Unterlaß huldigst.« Da sagte Eva: »Ich werde des ewigen Huldigens müde. So du nicht auch *mir* solch einen Altar baust, mit einem Spiegel für *mich*, will ich nicht länger zugegen sein – bei deiner Anbetung nicht, und auch nicht in deinem Bette.« Dies gesagt, ging sie davon. Adam jedoch sprach zu Jibrail, welcher für ihn ja ein Pfau war: »Was ist da zu tun? Errichte ich keinen Altar, so wird die Gesponsin an meiner Seite mir bei Tag ein beständiger Vorwurf, aber zur Nacht eine Buße, und kein Friede wird sein hier auf Erden!« Und Jibrail sprach mit der Stimme des Pfauen: »Um des Friedens auf Erden willen – errichte du einen Altar auch für sie.« So bauten die beiden selbander einen Altar mit einem Spiegel dahinter, welcher in allen Stücken demjenigen glich, den Adam für sich erbaut hatte, und Adam ließ einen Aufruf ergehen vom einen Weltende zum andern, daß es fortan *zwei* Gottheiten gebe auf Erden – die eine ein Mann und die andere ein Weib.

Danach trat der Pfau in Jibrails Gestalt vor Eva und sprach: »O Herrin des Lichtes, weshalb stehet dein Altar zur linken Hand, und meines Gebieters Altar zur rechten?« Und Eva sagte: »*Dem* Irrtum ist leicht abgeholfen«, und tat dies mit eigenen Händen, und unser keuscher Vorvater geriet darüber in großen Zorn. Da kam Jibrail in der Gestalt des Pfauen und sagte zu Adam: »O du mein Herr und einziger Ausleger meiner Worte, was hat dich so sehr in Unmut versetzt?« Und Adam sprach: »Was sollen wir tun? Die Frau meines Herzens hat die geheiligten Plätze unsrer Altäre vertauscht, und will ich den Tausch nicht leiden, so liegt sie mir Tag und Nacht in den Ohren, und keine Ruhe wird herrschen auf Erden!« Und Jibrail sprach mit der Stimme des Pfauen: »Um der Ruhe auf Erden willen – dulde den Tausch.« So huldigten beide fortan vor den getauschten Altären, und des Weibes Altar stand zur Rechten, aber links der des Mannes.

Dies vollbracht, trat der Pfau in des treuen Jibrail Gestalt zu Eva und sagte: »O Unvergleichliche und Allgebärerin, ist es die Möglichkeit, daß du auch die Mutter von Quabil und Habil bist (von Kain und Abel)?« Und Eva antwortete ihm: »Durch keine andere Möglichkeit als das unwandelbare Gesetz der Natur bin ich die Mutter der beiden.« Da sagte der Pfau mit Jibrails Stimme: »Und werden sie sein wie Adam?« Und Eva antwortete ihm: »Gewißlich, und um vieles mehr.« Und der Pfau, der als Jibrail auftrat, sagte darauf: »O Herrin des Überflusses, so eröffne mir denn, welches das Größere ist: die Mutter oder das Kind?« Und Eva antwortete: »Kein Zweifel, die Mutter.« Da sprach der verkleidete Pfau: »O meine Herrin, in Ansehung dessen, daß aus Dir ganz allein die Abkömmlinge des Manns entspringen, der sich da Gott nennt – bedarf es da eines Altars für den Mann?« Und Eva antwortete: »Der Altar ist ein Irrtum. Sei gewiß, dem wird abgeholfen.« Und stürzte zur Stunde der Anbetung jenen Altar. Adam aber sprach: »O meine Geliebte und Gleichgestellte, weshalb tust du dies?« Und Eva antwortete: »Weil offenbar ward, daß in Mir alle Mehrung und Vorzüglichkeit, aller Glanz, alle Macht und Schrecknis beruhen. Verneige dich denn und bete Mich an!« Adam aber sprach: »O meine Geliebte, bist du nicht Eva, meine Gefährtin und keine Gottheit? Dies hab' ich gewußt von Anbeginn! Nur um des Friedens willen hab' ich's gelitten, daß du dir einen Altar gebaut hast.« Und Eva antwortete: »O mein Geliebter, Adam bist du und mein Gemahl, aber Welten entfernt, eine Gottheit zu sein, und gewußt hab' auch ich es von Anbeginn. Und um keinerlei Friedens willen lasse ich davon ab, dies zu verkünden!« Und sie begann, es lauthals hinauszurufen, und beide klagten sie einander an und gerieten in Streit und enthüllten ihr innerstes Wissen, ihre geheimsten Gedanken – bis der Pfau sich eilends hinweghob und zu Jibrail kam und sagte: »Kehre jetzt jeder von uns zurück in seine Gestalt: die Erleuchtung steht nahe bevor!«

Sohin ward der frühere Zustand wieder in allen Ehren und ohne Betrug hergestellt, und die beiden kehrten in ihrer wahren Gestalt und mit all ihren Eigenschaften zum Orte der Andacht zurück und lauschten den Wechselreden zwischen dem Ersten Stellvertreter und dessen erlauchter Gefährtin. Und beide ließen nicht davon ab, einander all das vorzuwerfen, was sie während der Zeit ihrer langen Gemeinsamkeit an einander beobachtet, von einander erfahren oder sich selber vorgemacht hatten.

Als jedoch auf dem Schlachtfelde des Erinnerns alle Vorwürfe und Attacken zu Ende geritten waren, die Trommeln der falschen Beweise nicht länger geschlagen wurden mit den Stökken der Böswilligkeit, und sobald auch der streitbare Vogel Rechthaberei sich verzogen hatte zwischen die Felsen der Stille, verneigte der treffliche und allgetreue Erzengel Jibrail sich vor unsrem keuschen Vorvater und redete also zu ihm: »O mein Gebieter und Born aller Weisheit und Kraft – ist's mir verstattet, Dich anzubeten als den Leibhaften Gott?«

Da ward durch das Walten von Allahs Gnade unserem Ersten Stellvertreter die Zunge gelöst und die Lunge befreit von dem Druck, der darauf gelastet, und er lachte unbändig und sprach: »Bei Allah, ich *bin* gar kein Gott, sondern bloß der Gefährte dieses abscheulichen Weibes, welches ich liebe und derer ich so sehr bedarf, noch vor allen anderen Dingen.« Und ließ bis zur Nacht nicht mehr ab, Jibrail über die Torheit und Unvernunft unsrer Gebieterin Eva zu unterrichten.

Und wie Jibrail vor Adam, so verneigte der Pfau sich vor Eva und redete also zu ihr: »Ist's mir verstattet, den Born allen Lebens und seine Vortrefflichkeit anzubeten?« Da ward auch Eva die Zunge gelöst, und sie lachte befreit und beglückt, ehe sie sprach: »Bei Allah, ich *bin* keine Gottheit, sondern bloß die Gefährtin dieses gewöhnlichen Mannes, den ich trotz alledem liebe aus meiner tiefsten Seele.« Und ließ bis zum Aufgang der Sonne nicht ab, dem Pfau alle Dummheit und kindische Unreife unseres keuschen Vorvaters vor Augen zu führen.

Dies geschehen, trat Adam herein, und beide blickten einander an – und begannen zu lachen. Und Adam sagte zu Eva: »O meine Geliebte und Gipfelpunkt meines Erleidens – soll Friede sein zwischen uns?« Und unsre Frau Eva gab ihm zur Antwort: »O mein Geliebter und einzige Ursach all meiner Unvernunft, Friede soll sein bis zum nächsten Mal und der nächsten Gelegenheit.« Und Adam sprach: »Ich willige ein und nehme das Angebot an.« Da erwiderte Eva: »O Mann, wolltest du es denn anders haben, unter andern Gegebenheiten?« Und Adam sprach: »O Weib, unter keinen Gegebenheiten wollt' ich es anders haben – auch nicht, wenn wir in den Garten des Baumes zurückkehren könnten. Dies schwör' ich bei deinem Haupt und den Häuptern all derer, die noch aus dir kommen werden!« Und Eva sagte: »Auch ich schwöre dies.« Und sie zerstörten ihre Altäre und lachten dazu – und errichteten einen neuen Altar zwischen den Plätzen der alten.

Dies geschehen, entfernten sich Jibrail und auch der Pfau und warfen sich nieder vorm Thron und berichteten, was gesagt worden war. Da ward ihnen Antwort: »Wie ließet ihr sie zurück?« Und sie sagten: »Vor *einem* Altar.« Da ward ihnen Antwort: »Und was stand geschrieben darauf?« Und sie sagten: »Der Vertreibungsbeschluß, Wort für Wort – ›*Hebt euch hinweg – und fortan sei der eine des anderen Feind*‹.«

Da ward ihnen diese Antwort: »Dies sei Uns genug! Und stehe hinfort für beides – für Unseren Fluch und für Unseren Segen.«

## *Das Auge Allahs*

Weil der Kantor von St. Illod viel zu sehr an seiner Musik hing, als daß er sich mit der Klosterbibliothek hätte befassen mögen, war es an seinem Stellvertreter, welcher die Arbeit abgöttisch ernstnahm bis ins kleinste Detail, nach zwei Stunden des Schreibens und des Diktierens das Scriptorium aufzuräumen. Die mönchischen Schreiber überreichten ihm ihre Blätter – sie waren für ein schlichtes, von einem Abt in Evesham bestelltes Evangeliar bestimmt – und begaben sich dann zur Vesper. Johannes Otho, besser bekannt unter dem Namen Johannes von Burgos, merkte das nicht, denn er war mit dem Glattpolieren der winzigen Goldauflage seiner Verkündigungs-Miniatur für ein Lukas-Evangelium beschäftigt, mit welchem man später den Kardinal und päpstlichen Legaten Falcodi zu erfreuen hoffte.

»Hör jetzt auf mit der Arbeit, Johannes«, sagte leise der Zweite Kantor.

»Wie – sind schon alle gegangen? Das habe ich gar nicht bemerkt! Nur eine Minute noch, Clemens.«

Der andere wartete ab. Er war mit Johannes schon mehr als ein Dutzend Jahre bekannt, denn Johannes ging hier aus und ein und bezeichnete sich auf seinen Reisen stets als Mitbruder dieses Klosters. Und man ließ ihn nicht ungern gewähren, denn er schien, mehr als Othos andere Söhne, über jederlei Kunstfertigkeit zu gebieten und auch deren Rezepturen unter der Kutte zu tragen.

Der Subkantor sah ihm über die Schulter auf das niedergeheftete Blatt, worauf schon die Anfangsworte des Magnificat standen, in Gold und auf rotem Grund, wogegen der Heiligenschein der Jungfrau noch nicht vollendet war. Mit vor Staunen gefalteten Händen thronte sie in einer Laube aus winzigem Blättergerank, von dessen Rändern Orangenblüten ins Blau eines heißen Himmels sproßten, der den Übergang bildete zu der minuziös wiedergegebenen Landschaft des Mittelgrunds.

»Du hast ihr recht jüdische Züge verliehen«, bemerkte der Subkantor kritisch, während er die olivfarbnen Wangen und die von Vorahnung überschatteten Augen studierte.

»War unsere Herrin denn keine Jüdin?« Johannes entfernte die Nadeln. »Hör zu, Bruder Clemens: falls ich nicht zurückkehren sollte – dieses Blatt ist für meinen Großen Lukas bestimmt, wer immer ihn dann vollenden mag.« Damit schob er die Zeichnung in ihre schützende Hülle.

»So ist wahr, was ich hörte – du gehst wieder nach Burgos?«

»Ja, in zwei Tagen. Die Kathedrale dort drüben – die Maurer sind langsamer als Gottes Zorn – ist ein Labsal der Seele.«

»Auch der *deinen*?« fragte der Subkantor zweifelnd.

»Sogar der meinen, wenn du erlaubst. Und noch weiter nach Süden hinaus – am Rand der Eroberten Länder, schon auf Granada zu – gibt es maurische Ornamentik von erfrischender Schönheit. Sie hält die Gedanken beisammen und lenkt sie nur auf das Bild, ganz wie du es vorhin gespürt hast, in meiner ›Verkündigung‹.«

»Sie – das Bild – ist wirklich überaus schön. Kein Wunder, daß du nun gehst. Indes, du vergißt doch nicht deine Absolution, Bruder Johannes?«

»Gewiß nicht.« Sie gehörte ja ebensosehr zur Vorbereitung der Reise, wie das Nachschneiden seiner Tonsur, zu der er sich schon als Jüngling, in der Nähe von Gent, entschlossen hatte. Auch bedeutete sie im Notfall Begünstigung durch die Geistlichkeit und gewisse Rücksichtnahmen während der Reise.

»Und vergiß auch nicht, was wir für unser Scriptorium brauchen. Es gibt auf der Welt kein echtes Ultramarin mehr – sie reiben es jetzt mit dem deutschen Blau an. Und auch unser scharlachnes Rot –«

»Ich sehe zu, was ich tun kann – wie immer.«

»Und Bruder Thomas (es war dies der Leiter des Klosterspitals) benötigt –«

»Das wird er mir selber sagen. Ich gehe jetzt zu ihm hinüber, um mich neu tonsurieren zu lassen.«

Johannes schritt die Stufen zu jenem Gäßchen hinunter, das den Spitals- und Küchenkomplex von den hinteren Klostergebäuden trennt. Während der Prozedur des Barbierens überreichte ihm Bruder Thomas (St. Illods demutsvoller doch hartnäckiger Infirmarius) eine Liste jener Arzneigifte, welche Johannes in Spanien auftreiben sollte – durch Kauf oder sonst irgendwie. Bei solchem Handel wurden die zwei überrascht von Stephanus, dem lahmen, schwarzhaarigen Abt in seinen pelzverbrämten Bettschuhen. Nun war zwar Stephan de Sautré alles andere als ein Schleicher, doch hatte er noch als Jüngling an einem glücklosen Kreuzzug teilgenommen und war nach einem Gefecht bei Mansura in die Hände der Sarazenen gefallen. Zwei Jahre Gefangenschaft in Kairo hatten ihn seither gelehrt, nur leise in Erscheinung zu treten. Er verstand sich auf Waidwerk und Falkenbeize, auf die Wahrung von Zucht und Ordnung im Kloster – war aber im Innersten ein Mann der Wissenschaft. Als Doktor der Medizin unter einem gewissen Ranulphus, dem Kanonikus von St. Paul, gehörte sein Interesse mehr dem Spitalsbetrieb dieses Klosters, und nicht so sehr dessen religiösen Aufgaben. Aufmerksam prüfte er nun die Liste der beiden und ergänzte sie mit seinen eigenen Wünschen. Als der Infirmarius sich entfernt hatte, erteilte der Abt dem Johannes Generalabsolution für sämtliche Fehltritte auf dessen Weg, denn er hielt nichts von fallweiser Ablaßerteilung.

»Und wonach suchst du auf *dieser* Reise?« forschte er und nahm Platz auf der Bank neben dem Mörser und etlichen Waagen in der kleinen und warmen Zelle für die Arzneien.

»Vornehmlich nach Teufeln«, sagte Johannes und grinste.

»In Spanien? Sind nicht Abana und Pharphar ––«

Johannes, der in den Menschen bloß Vorlagen für seine Bilder sah, und der überdies von hoher Geburt war (seine Mutter war eine de Sanford), blickte dem Abt voll ins Gesicht. »Habt *Ihr* sie denn dort ...?« fragte er.

»Nein. Auch sie waren in Kairo. Aber weshalb benötigst du gerade sie?«

»Ich brauche sie für meinen Großen Lukas. Er ist ja der Beste von allen vier Evangelisten, sobald es um Teufel geht.«

»Kein Wunder. Er war ja Arzt. Du bist es nicht.«

»Das möge der Himmel verhüten! Aber ich bin all der Teufel, wie sie die Kirche sieht, müde! Die sind ja bloß Spottgeburten aus Affen, aus Ziegenböcken und Hähnen. Das mag gut sein für simple, rotschwarze Höllenschlünde und Jüngste Gerichte – aber für *mich* ist es nichts!«

»Was macht dich so wählerisch in dieser Hinsicht?«

»Weil sowohl die Vernunft als auch die Kunst dafür sprechen, daß in den Bezirken der Hölle sich alle möglichen Arten von Teufeln herumtreiben müssen! Jene Sieben der Magdalena ausgetriebnen zum Beispiel: das waren weibliche Teufel – und haben mit all den geschnäbelten und gehörnten, haarigen, ziegenbärtigen Allerweltsteufeln nichts mehr gemein!«

Der Abt mußte lachen.

»Oder noch ein Exempel: der Teufel, der aus jenem Stummen gefahren. Was hätte *dem* eine Schnauze genützt oder ein Schnabel? Nicht einmal ein Gesicht mag er gehabt haben, ganz wie ein Aussätziger! Und vor allem diejenigen Teufel – geb' Gott, ich lebte lange genug, sie zu malen! –, die zu Gadara in eine Sauherde fuhren: das müssen – das müssen doch, nun, ich weiß ja nicht, was, aber ausbündige Teufel, das sind sie gewißlich gewesen! So vielfältig und verschieden wie meine Heiligen möcht' ich sie abbilden können! Noch aber sind alle über den nämlichen Leisten geschlagen – ob für Wand- oder Glas- oder Tafelbilder!«

»Sprich weiter, Johannes! Du stehst tiefer in diesem Mysterium als ich.«

»Da sei Gott vor! Was ich sagen will ist, daß da Ehrfurcht sei auch vor den Teufeln, wie sehr sie immer verworfen sein mögen!«

»Dies ist ein gefährlicher Leitsatz!«

»Mir geht es nur um das eine: jedwede Erscheinungsform oder Gestalt, die es wert ist, sich über ihr Bild für den Menschen Gedanken zu machen – ist seiner *besten* Gedanken wert!«

»Das klingt schon besser. Gleichwohl bin ich froh, dir die Absolution schon gewährt zu haben.«

»Für den Künstler, der sich mit der äußern Erscheinung der Dinge befaßt – zur höheren Ehre der Mutter Kirche –, ist nicht allzuviel zu befürchten.«

»Mag sein« – des Abtes Hand berührte fast schon Johannes' Ärmel –, »indes, nun gesteh mir, hier auf der Stelle: ist sie – ist sie eine Maurin – oder gar Jüdin?«

»Sie ist die *Meine*«, versetzte Johannes.

»Und dies ist dir genug?«

»So hat sich's erwiesen.«

»Nun wohl – so sei es darum! Dies fällt nicht in meine Rechtsprechung. Nur – wie sieht man dergleichen dort drüben?«

»Oh, in Spanien treiben sie nichts auf die Spitze – weder Kirche noch König, Gottes Segen auf sie! Es gibt dort zu viele Mauren und Juden, als daß man sie allesamt umbringen könnte. Und triebe man sie aus dem Land, so gäb's weder Handel noch Feldarbeit mehr. Glaubt mir, man kommt sehr gut aus miteinander in den Eroberten Ländern, von Sevilla bis nach Granada hinauf, ob Spanier, Maure, ob Jude. Ihr seht, *wir* stellen da keine Fragen.«

»Gewißlich – gewiß«, seufzte Stephanus. »Und allzeit besteht ja die Hoffnung, daß die Deine sich doch noch bekehrt.«

»Oh ja – diese Hoffnung besteht.«

Der Abt schritt davon, zum Spital. Es waren beruhigtere Zeiten, damals, als Rom seine Zügel hinsichtlich so weltlicher Konnexionen des Klerus noch nicht gestrafft hatte. Wenn die Dame sich schicklich im Hintergrund hielt, und auch der Sohn nicht allzuviel Pfründe bezog aus des Vaters kirchlicher Würde und Steuereinnahme, so sah man über sehr vieles hinweg. Indes boten, wie der Abt nicht ohne Grund erwähnt hatte, Verbindungen zwischen Christen und Ungläubigen allerlei Anlaß zur Sorge! Dennoch, als Johannes auf seinem Maultier mit Sack und Pack durch das Gäßchen in Richtung Southampton und See davonklapperte, blickte Stephanus nicht ohne Neid hinterher.

Zwanzig Monate später kam Johannes zurück – in bester Verfassung und schwer bepackt mit Geschenken und Waren. Für den Subkantor brachte er einen Klumpen kostbarsten Lapislazulis mit, eine Stange Zinnober, im Innersten tieforange, und ein Päckchen getrockneter Käfer, die das leuchtendste Scharlach ergeben. Darüber hinaus etliche Würfel milchigen, jedoch rosig durchmaserten Marmors, der in gelöschtem und feingemahlenem Zustand eine Grundierung ermöglichte, die nicht ihresgleichen fand. Ferner führte Johannes ein Gutteil jener Arzneien und Drogen mit sich, wie sie der Abt und Bruder Thomas sich ausgebeten, sowie eine lange Halskette aus Karneolen für des Abtes Mätresse – für Anne of Norton. Sie nahm diese Gabe huldvoll entgegen und wollte wissen, woher denn Johannes sie habe?

»Aus der Gegend von Granada«, gab er zur Antwort.

»Und habt Ihr alles dort wohlauf zurückgelassen?« fragte ihn Anne. (Mag sein, daß der Abt ihr einiges von Johannes' Beichte verraten hatte.)

»Es ist alles in Gottes Händen.«

»Oh wehe! Seit wann?«

»In elf Tagen werden's vier Monate sein.«

»Und seid Ihr – zugegen gewesen?«

»Ich hielt sie in meinen Armen – am Kindbett.«

»Und das Kind?«

»Auch das Kind – ein Sohn wär's gewesen. Nun ist nichts mehr da.«

Anne of Norton benahm es den Atem.

»Später werdet Ihr, glaube ich, froh sein darüber«, sagte sie nach einer Weile.

»Laßt mir Zeit – und ich werde es vielleicht verwinden. Noch aber kann ich es nicht.«

»Ihr habt Eure Arbeit und Eure Kunst, und – Johannes – seid dessen eingedenk, daß es im Grab keine Eifersucht gibt.«

»Ach ja. Ich hab' meine Kunst, und empfinde weiß Gott keine Eifersucht – gegen nichts und niemanden.«

»So mögt Ihr zum wenigsten *da*für Gott danken«, sprach Anne of Norton, die allzeit kränkliche Frau, und blickte aus ihren eingesunkenen Augen den Abt an. »Und seid gewiß, daß ich dies hier« – sie berührte flüchtig den Halsschmuck – »wie einen Schatz hüten werde. Solange ich lebe!«

»Eben darum habe ich Euch diese Kette gebracht – nein, anvertraut«, sagte Johannes schlicht und nahm Urlaub von ihr. Als sie dem Abt erzählte, auf welche Weise sie zu der Kette gekommen sei, sagte er nichts, doch als er später mit Thomas in jener Zelle, die an den Küchenkamin des Spitals grenzt, all die Arzneien und Drogen verstaute, welche Johannes ihm aushändigte, ließ er gelegentlich eines Riegels getrockneten Mohnsafts verlauten: »Dies hier ist stark genug, allen leiblichen Schmerz fortzunehmen.«

»Ich hab' es mitangesehen«, versetzte Johannes.

»Doch für den seelischen Schmerz gibt es, außer der Göttlichen Gnade, bloß *eine* Arznei: die Leistung des Menschen, sein Wissen, oder auch andere, hilfreiche Rührung seines Gemüts.«

»Auch dies wird mir werden«, gab Johannes zur Antwort.

Schon den ersten Maitag mit günstigem Wetter verbrachte er draußen im Wald, beim Schweinehirten des Klosters und all dem zur Mast aufgetriebenen Borstenvieh. Bei seiner Rückkehr war er beladen mit Blumen und blühenden Zweigen, die er zu seinem sorglich bereitgehaltenen Arbeitsplatz im Norderker des Scriptoriums schaffte. Dort setzte er sich, seine Reiseskizzen unter den linken Ellbogen geklemmt, ließ alle Erinnerung fahren und versenkte sich ganz in die Arbeit am Großen Lukas.

Bruder Martin, der Oberkopist (er tat nur ein-, zweimal den Mund auf in vierzehn Tagen) wagte nach einer Weile die Frage, wie denn die Arbeit vorangehe?

»Es ist alles hier drin.« Johannes tippte sich mit dem Stift an die Stirn. »Hat nur gewartet darauf in den letzten Monaten – ach Gott! –, das Licht dieser Welt zu erblicken. Bist du fertig mit deiner Abschrift, Bruder Martin?«

Der Gefragte bejahte stumm. Sein ganzer Stolz war, daß Johannes von Burgos sich stets an ihn wandte – trotz Martins siebenzig Jahren –, sobald es untadlige Arbeit galt.

»Dann schau einmal her!« Johannes legte ein neues Schreibpergament vor sich hin – ein sehr dünnes Blatt, das gleichwohl weder Sprünge noch Risse aufwies. »Es gibt keine besseren Blätter, von hier bis Paris. Oh ja! Riech dazu, wenn du magst. Und deshalb – reich mir erst noch den Zirkel herüber, ich meß es dir aus –, wenn du mir auch nur einen einzigen Buchstaben heller machst oder dunkler als den vorhergehenden, so schlacht' ich dich ab wie ein Schwein!«

»Dazu wird's nicht kommen, Johannes!« Der Alte strahlte vor Freude.

»Aber ich tu's! Schau her jetzt: da – und da –, wo ich einsteche, und auf Haaresbreite genau in gleicher Höhe, schreibst du mir Vers einunddreißig und Vers zweiunddreißig aus Lukas Acht!«

»Ach ja – die Schweine von Gadara! ›*Und sie baten ihn, daß er sie nicht hiesse in die Tieffe fahren. Es war aber daselbst eine grosse Heerde Säue* ...‹« –– Bruder Martin hatte das Evangelium im Kopf.

»So ist es. Und bis zu ›*Und er erlaubete ihnen*‹. ›Und laß dir Zeit damit! Ich muß ohnedem mit meiner Magdalena erst noch zu Rande kommen!«

Bruder Martin führte die Arbeit so vollkommen aus, daß Johannes für ihn zur Belohnung aus der Abtküche etwelche Süßigkeiten entwendete. Der Alte genoß sie, wurde aber danach von Reue erfaßt, ging zur Beichte und bestand darauf, Buße zu tun. Der Abt jedoch, nur zu gut wissend, daß es bloß *einen* Weg gab, den *wirklichen* Sünder büßen zu lassen, übergab ihm ein Buch mit dem Titel *De Virtutibus Herbarum* zum

Übertragen in Schönschrift. St. Illod hatte es von den düsteren Zisterziensern entliehen, denen die Schönheit der Dinge nicht viel bedeutete, und somit hielt der schwer zu entziffernde Text den Bruder Martin von aller Mithilfe ab, um eben die Zeit, da Johannes ihrer zu ganz speziellen Zwecken bedurfte.

»Sieh mal«, sagte der Subkantor in bester Absicht. »Solche Sachen solltest du wirklich nicht machen, Johannes! Jetzt muß Bruder Martin büßen um deinetwillen ––«

»Nein – um meines Großen Lukas willen. Aber dem Koch des Abts hab' ich es eingetränkt – den hab' ich so sehr heruntergemacht, daß nicht einmal seine Küchenjungen ernstbleiben konnten. *Der* wird nichts mehr ausplaudern!«

»Wie wenig freundlich von dir! Und auch mit dem Abt hast du dir's verscherzt. Seit deiner Rückkehr hat er dir keinerlei Zeichen gegeben – dich nicht mehr an seine Tafel geladen.«

»Ich bin zu sehr beschäftigt gewesen – und Stephanus hat das gewußt, er hat ja Augen im Kopf. Indes, Bruder Clemens, es gibt keinen Bibliothekar von Durham bis Torre, der's mit dir aufnehmen könnte.«

Aber der Subkantor blieb auf der Hut: er wußte, worauf solch ein Lob des Johannes üblicherweise hinauslief.

»*Außer*halb des Scriptoriums freilich ––«

»Wohin ich mich niemals begebe!« Der Subkantor war ja sogar von der Arbeit im Garten befreit, zur Schonung der feinen, empfindlichen Hände.

»Trotzdem – in allen Dingen, die außerhalb deines Scriptoriums liegen, bist du der größte Tölpel der Christenheit. Laß dir das gesagt sein von *mir*, denn da kenn' ich mich aus!«

»Ich lasse mir *alles* gesagt sein von dir«, sagte Clemens und lächelte milde. »Du behandelst mich ärger als einen Chorknaben.«

Soeben ertönte von unten das Schmerzgeheul solch beklagenswerten Geschöpfes: offenbar riß der Kantor den Knaben jetzt an den Haaren.

»Gott ist mein Zeuge, das tu' ich! Aber hast du dir je überlegt, wie ich, auf meinen Reisen, tagtäglich lüge und stehle – ja, und daß du's nur weißt, sogar morde –, nur um dir deine Farben und Erden verschaffen zu können?«

»Das ist wahr«, stimmte Clemens betreten zu. »Schon oft habe ich mir gedacht, wäre *ich* in der Welt da draußen – wovor Gott mich bewahren möge! –, so könnt' ich in manchen Dingen ein arger Dieb werden!«

Sogar Bruder Martin, der über der Abschrift des abscheulichen *De Virtutibus* saß, mußte lachen.

Indes, um die Mitte des Sommers überbrachte Thomas der Infirmarius dem Johannes eine Einladung des Abtes zur Abendtafel in dessen Haus, mit dem Begehr, er möge mitbringen, was er bisher für seinen Großen Lukas getan.

»Worum geht es?« fragte Johannes, von seiner Arbeit gänzlich in Anspruch genommen.

»Ach, bloß um eine von seinen ›gelehrten‹ Abendtafeln. Du hast ja, seit du ein Mann bist, schon etlichen beigewohnt.«

»Gewiß – und zumeist ging es gut. Wie möchte Stephanus uns sehen ––?«

»In Kutte und mit Kapuze. Aus Salerno ein Doctor wird gleichfalls zugegen sein – ein Italiäner, Roger mit Namen. Weitbeschrien ob seiner Kunstfertigkeit mit dem Scalpell – und randvoll der Weisheit! Zehn Tage lang war er bei mir im Spital, um mir an die Hand zu gehn – sogar *mir*!«

»Ich habe den Namen noch niemals vernommen. Aber seit je war ja unser Stephanus mehr *physicus* – denn *sacerdos*.«

»Und seine Mätresse ist leidend seit einiger Zeit. Ihretwegen vor allem ist Roger hierhergekommen.«

»In der Tat? Jetzt erst fällt es mir auf – ich habe die Lady Anne schon eine ganze Weile nicht mehr gesehen!«

»In letzter Zeit hast du buchstäblich gar nichts gesehen. Lady Anne hütet seit fast einem Monat das Haus – und muß, wenn sie ausgeht, getragen werden.«

»So schlimm steht es schon um sie?«

»Roger von Salerno will noch nicht sagen, was er vermutet. Indes – –«

»Möge sich Gott dem Stephanus als gnädig erweisen! ... Und wer ist sonst noch zu Tisch, außer dir?«

»Ein Oxforder Mönch. Auch er nennt sich Roger. Ein Philosoph, berühmt ob seiner Gelehrsamkeit, und ein wackerer Zecher.«

»Drei Doctores – Stephanus miteingerechnet! ›Kommen drei Doctores zusammen, so sind zwei davon Atheisten‹.«

Thomas sah recht betreten drein. »Ein sündhaftes Sprichwort«, stammelte er. »Du solltest keinen Gebrauch davon machen!«

»Hoh! Komm mir jetzt nicht auf die mönchische Art, lieber Thomas! Seit elf Jahren bist du nun Infirmarius von St. Illod – und noch immer nur Laienbruder! Weshalb hast du nicht Profeß getan während all dieser Zeit?«

»Ich – ich bin ihrer nicht würdig.«

»Zehnmal würdiger als dieses neue, verfressene Schwein – dieser Henry Wie-heißt-er-nur-gleich –, der die Spitalsmessen liest! Poltert herein mit seinem Viaticum, schmiert einem die Letzte Ölung unter die Nase, selbst wenn so ein Kranker nur schwach ist vom Aderlaß! Und so stirbt der arme Teufel denn auch – aus purer Angst vor dem Sterben! Das weißt du so gut wie ich, und ich habe dich schon mehr als einmal in solchen Momenten studiert. Tu Profeß, Didymus! Deine Kranken werden dann weniger Messen, aber mehr Medizinen haben. Und das wird ihr Leben verlängern!«

»Ich bin nicht würdig – nicht würdig«, wiederholte Thomas zerknirscht.

»Aber nein doch – du stehst und du fällst als dein eigener Herr. Und jetzt, da mein Werk mir ein wenig Zeit übrigläßt, will ich einen heben – mit jeglichem Philosophen aus jedweder Schule! Und, Thomas«, so schloß er bittend, »bereite mir vor der Vesper ein heißes Bad im Spital!«

Sobald das erlesne und nicht minder vollkommen aufgetragene Gastmahl des Abtes beendet und samt des fransenbesetzten Tischlakens abgeräumt war, und auch der Prior die Schlüssel gebracht hatte mit dem Bemerken, alles sei nun verschlossen und zu im Klosterbereich, worauf sie ihm neu übergeben wurden mit dem Bescheid »So sei's bis zur Stunde des Ersten Gebets« – begaben der Abt und seine Gäste sich in den oberen Kreuzgang, durch den sie, entlang der verbleiten Scheiben, zum Triforium an der Südseite des Chors gelangten. Die Sommersonne stand noch recht hoch, denn es war erst fünf Uhr vorbei, doch in der Abteikirche herrschte das übliche Dämmerlicht. Soeben zündete man, dreißig Fuß weiter unten, die Lichter für die Chorprobe an.

»Unser Kantor gönnt seinen Knaben keine freie Minute«, hauchte der Abt. »Stellt euch an diesen Pfeiler, und hören wir zu, was er ihnen diesmal beibringen will!«

»Vergeßt nicht!« erscholl die gestrenge Stimme des Kantors von unten. »Hier steht der Geist des Bernardius gegen das Übel der Welt! Also schneller als gestern, und mit deutlichster Aussprache! He du, dort oben, fang an!«

Die Orgel intonierte, erst noch allein und sehr laut. Dann fielen die Singstimmen ungestüm ein, mit den ersten Worten des »*De Contemptu Mundi*«.

»*Hora novissima – tempora pessima*« – danach Stille, und gleich darauf klang das beistimmende *sunt* wie ein Schluchzen aus dem Dunkel herauf. Eine Knabenstimme, klar wie der Ton einer Silbertrompete, sang das langgedehnte *vigilemus*.

»Halt! Noch einmal von vorn!« rief der Kantor und begründete dies ein wenig ausführlicher, als sonst bei Chorproben üblich.

»Oh – über des Menschen Eitelkeit! Er hat gemerkt, daß wir zugegen sind! Kommt – gehen wir!« sagte der Abt. Anne of Norton in ihrem Tragstuhl hatte ebenfalls zugehört, weiter vorn auf der dunklen Triforiengalerie, in Gesellschaft Rogers von Salerno. Johannes hörte sie schluchzen. Auf dem Rückwege fragte er Thomas, wie es um ihre Gesundheit bestellt sei. Doch bevor Thomas hätte antworten können, trat der scharfgesichtige Italiener zwischen die beiden. »Zufolge unseres Tischgesprächs hielt ich es für das Beste, ihr die volle Wahrheit zu sagen«, sprach er, an Thomas gewendet.

»*Welche* Wahrheit zu sagen?« fragte Johannes.

»Was sie ohnedem schon geahnt hat.« Und Roger von Salerno wechselte über zu einem Griechischzitat vom Vorwissen jeglichen Weibes.

»Ich verstehe kein Griechisch«, versetzte Johannes gemessen. Schon während des Gastmahls hatte Roger von Salerno allzuviel Griechisch gesprochen.

»Nun, so komm' ich Euch auf Lateinisch. Bei Ovid ist es nachzulesen: ›Utque malum late solet immedicabile cancer‹ – – doch wisset Ihr ohnzweifelhaft, wie es weitergeht, wertester Sir.«

»O wehe! Mein Schülerlatein besteht nur aus dem, was ich aufgeschnappt habe von Narren, die vorgaben, kranke Weiber zu heilen. ›Hocuspocus et cetera‹ – – doch wisset Ihr ohnzweifelhaft, wie es weitergeht, wertester Sir.«

Roger von Salerno sagte nichts mehr, bis sie wieder im Speisesaal waren, wo man inzwischen das Feuer geschürt und den Nachtisch aus Datteln, Rosinen, Ingwer, Feigen, Cinnamon-Konfekt und auserlesenen Weinen gerüstet hatte. Der Abt nahm Platz an der Tafel, zog seinen Ring vom Finger und ließ ihn, für alle hörbar, in eine leere, silberne Schale fallen. Er streckte die Beine zum Feuer und blickte hinauf zu der großen, goldnen Rosette unter dem Deckengewölbe. Die von der letzten Abendandacht bis zur Frühmette herrschende Stille hatte sich über alles und jedes gelegt. Der stiernackige Oxforder Mönch sah zu, wie ein Sonnenstrahl sich am Rande eines kristallenen Salzfäßchens zu irisierendem Farbenspiel brach. Roger von Salerno hatte sein Streitgespräch mit Bruder Thomas neuerlich aufgenommen – es ging um eine Art Fleckfieber, in England und anderswo, das beide sich nicht erklären konnten.

Johannes gewahrte das scharfgeschnittne Profil des Italieners und langte heimlich – es mochte ihm für seinen Großen Lukas von Nutzen sein – unter die Kutte. Der Abt hatte es gesehen und nickte zustimmend. Johannes zog Silberstift und Skizzenbuch hervor.

»Nun ja – Bescheidenheit ist eine Zier – doch rückt mit der eigenen Meinung heraus«, drang jetzt der Italiener in den Infirmarius. Aus Höflichkeit für den ausländischen Gast führte man das Gespräch im gepflegten Tafel-Latein, das förmlicher war und auch ausführlicher als das Geplapper der Mönche. So hub Thomas denn an, unter demutsvollem Gestammel seine Ansichten darzulegen.

»Ich muß bekennen, daß ich die Ursach des hitzigen Fiebers nicht weiß, es wäre denn, daß – wie schon Varro* in seinen *De Re Rustica* sagt – gewisse winzige Lebewesen, die unser Auge nicht wahrnimmt, den Körper durch Mund und durch Nase betreten und großes Unheil anrichten. Anderseits findet sich nichts davon in der Heiligen Schrift.«

Roger von Salerno zog den Kopf ein und krümmte die Schultern wie ein fauchender Kater. »Schon *wieder*!« knurrte er vor sich hin, und Johannes skizzierte blitzschnell den Ausdruck der schmalen, verzerrten Lippen.

»Immer gespannt und auf Auslug, nicht wahr, Johannes?« sagte der Abt und lächelte dem Künstler zu. »Du solltest dich alle zwei Stunden in das Gebet versenken, wie wir. Der Heilige Benedict hat schon gewußt, was er sagte: zwei Stunden sind mehr als genug für die Spannung von Auge und Hand.«

»Für die Abschreiber gilt das gewiß. Bruder Martin ermüdet schon nach *einer* Stunde. Wenn aber das Werk seinen Mann gänzlich einnimmt, so bleibt er dabei, bis es ihn losläßt.«

»Ja – das ist wohl der Dämon des Sokrates«, brummte der Oxforder Mönch überm Rand seines Bechers.

»Solcher Grundsatz ist fast schon Anmaßung«, versetzte der

* Marcus Terentius Varro, röm. Gelehrter u. Schriftsteller, 116-27 v. Chr. Anm. d. Ü.

Abt. »Vergiß nicht des Worts, ›Soll der sterbliche Mensch gerechter sein als sein Schöpfer?‹«

»Die Gerechtigkeit ist hier nicht in Gefahr«, sprach erbittert der Mönch. »Doch es sollte dem Menschen freistehen, in seinen Gedanken und in seiner Kunst von *sich* aus voranzukommen! Vernimmt aber Mutter Kirche von seinem Fortschritt – was sagt sie dann? ›Nein‹, sagt sie, allzeit nur ›Nein‹!«

»Wenn aber die winzigen Wesen des Varro unsichtbar sind«, meldete sich nun Roger von Salerno zu Wort, »wie sollen wir dann zu einer Heilung gelangen?«

»Auf dem Wege des Experiments!« – Der Mönch schwang abrupt herum und wandte sich dem Gelehrten zu. »Durch den Gebrauch der Vernunft und des Experiments. Die eine ist nutzlos ohne das andre. Indes, Mutter Kirche ––«

»Nun denn!« Wie ein Hecht schnappte der Italiener nach dem hingeworfenen Köder. »Hört mich an, meine Herren! Eure Bischöfe – unsere Fürsten – haben Italiens Straßen mit Leichnamen gleichsam gepflastert, ob nun aus Zorn oder zur Kurzweil. Herrliche Leichen! Doch wenn ich – wenn wir Ärzte – auch nur einen Zipfel der Haut ablösen, um darunter Gottes Geweb zu erkennen – was sagt da die Mutter Kirche? ›Sacrileg! Bescheidet euch mit euren Schweinen und Hunden – oder ihr werdet den Flammentod sterben‹!«

»Und es ist nicht die Mutter Kirche allein!« rief beifällig der Mönch. »Allerorten hält man uns ab von unsrem Weg – hält uns ab mit den Worten von einem, der tot ist seit tausend Jahren, dessen Wort man aber für endgültig ansieht. Wer von den Söhnen des Adam sollte uns mit solchem Wort den Zugang zur Wahrheit versperren? Nicht einmal bei meinem berühmten Lehrmeister Petrus Peregrinus möchte ich da eine Ausnahme machen!«

»Und ich nicht bei Paulus von Aegina«, rief Roger von Salerno. »Höret, ihr Herren! Ich will euch ein treffendes Beispiel schildern. Apuleius versichert, wenn ein Mensch zuviel vom Absud der fingerblättrigen Hahnenfußpflanze zu sich nimmt –

*sceleratus* nennen wir sie, das bedeutet so viel wie ›heimtükkisch‹« – und er nickte dabei Johannes herablassend zu – »so verläßt seine Seele *lachend* den Leib. Nun ist aber solche Lüge gefährlicher als jede Wahrheit, wiewohl sie der Wahrheit nicht gänzlich entbehrt.«

»Jetzt ist er in seinem Fahrwasser!« raunte der Abt resignierend.

»Nämlich, der Absud jenes Gewächses, dies weiß ich aus meinen Versuchen, zerbeizt uns den Mund, zieht Blasen darin und verzerrt uns die Lippen. Und ebenso ist mir der *rictus* vertraut, jenes scheinbare Grinsen von Menschen, die am fressenden Gift der verwandten Ranunculuspflanzen verstarben. Daß solcher Gesichtskrampf dem Lachen gleicht, ist freilich nicht zu bestreiten. Deshalb will mir scheinen, daß Apuleius nach dem Anblick solch eines vergifteten Leichnams aufs Geratewohl niederschrieb, jener Mensch sei *lachend* gestorben.«

»Ohne erst abzuwarten und achtzuhaben, und ohne durchs Experiment zu erhärten, was er gesehen«, setzte der Mönch mit düsterer Miene hinzu.

Abt Stephanus gab Johannes mit den Augen ein Zeichen.

»Und was ist *deine* Meinung dazu?« fragte er.

»Ich bin kein Arzt«, versetzte Johannes. »Doch wäre es möglich, daß Apuleius durch all die Jahre von seinen Abschreibern verfälscht worden ist. Sie überspringen ja gern manche Stellen, um Arbeit zu sparen. Angenommen, Apuleius hätte geschrieben, die Seele verlasse nur *scheinbar* lachend den Leib nach solcher Vergiftung: so gibt es (nach *meiner* Erfahrung) unter fünf Kopisten zum wenigsten drei, welche das ›scheinbar‹ weglassen würden. Wer wird schon bei Apuleius nachschlagen? Hat es ihm so ge*schienen*, so wird es so *sein*! Anderseits kennt jedes Kind diesen fingerblättrigen Hahnenfuß.«

»Ihr kennt Euch aus mit dem Kraut?« warf Roger von Salerno dazwischen.

»Nur aus meiner Schulzeit im Kloster. Dort hab' ich mir mit solchem Hahnenfußabsud einen Hautausschlag um Hals und

Mund angezaubert – um nicht in den eiskalten Nächten zur Abendandacht zu müssen.«

»Ach so!« sagte Roger. »Von derlei Kunstkniffen mag ich nichts wissen.« Er wandte sich steif zur Seite.

»Wozu auch! Doch vorerst einmal zu deinen wirklichen Künsten, Johannes«, kam der Abt jetzt taktvoll zu Hilfe. »Du solltest dem Doctor nun die Magdalena zeigen, die du gemalt hast, und auch deine Sauherde von Gadara mit all ihren Teufeln!«

»Was Teufel! Teufel? Die hab' *ich* mit Arzneien heraufbeschworen – und sie ebenso wieder durch Drogen gebannt. Ob aber die Teufel von außen kommen oder von innen, also der Menschheit schon immanent sind, konnte ich noch nicht entscheiden!« Roger von Salerno war noch immer verärgert.

»Weil Ihr's nicht wagt«, sagte der Mönch aus Oxford anzüglich. »Mutter Kirche schafft sich ja ihre eigenen Teufel.«

»Nicht so sehr, wie Ihr meint! Unser Johannes hat uns aus Spanien etliche vollkommen neue gebracht.« Der Abt nahm das Pergamentblatt entgegen und legte es sacht auf den Tisch. Alle traten hinzu, um besser zu sehen. Die Magdalena darauf war in fahlster, nahezu transparenter Grisaille dargestellt, vor dem furiosen Hintergrund tanzender, frauengesichtiger Teufel, jede ein anderes Laster verkörpernd und ganz augenscheinlich in rasender Wut ankämpfend gegen die sie bezwingende Macht.

»Dergleichen grauschattige Arbeit hab' ich noch niemals gesehen«, sagte der Abt. »Wie bist du darauf gekommen?«

»*Non nobis*! Es überkam mich«, versetzte Johannes, ohne zu wissen, daß er der Zeit im Gebrauch solcher Mittel wohl um ein Menschenalter voraus war.

»Und warum ist sie so bleich?« fragte der Mönch.

»Das Böse hat sie verlassen – sie könnte jetzt jegliche Farbe annehmen.«

»Aha, ganz wie Licht durch das Glas. Ich verstehe.«

Roger von Salerno betrachtete schweigend das Blatt –

beugte sich immer tiefer darüber. »So ist es tatsächlich«, sagte er dann. »So ist's bei der Epilepsie – die Frau hat die Fallsucht! Mund, Augen und Stirn – sogar bis zur Schlaffheit des Handgelenks hier! Alle Anzeichen sind gegeben! Die Frau braucht belebende Mittel und hinterher einen natürlichen Schlaf! Nicht Mohnsaft, den würde sie beim Erwachen vomieren. Und später müßte man ihr – aber ich bin ja nicht in meinem Hörsaal!« Er richtete sich wieder auf. »Sir«, sagte er dann zu Johannes, »Ihr solltet zu unserem Stande gehören! Denn, bei Aeskulaps Schlange, Ihr habt ja den *Blick*!«

Dann schüttelten beide einander die Hände, als wären sie Gleichgestellte.

»Und was haltet Ihr von seinen Sieben Teufeln?« fragte der Abt.

Diese verschmolzen zu blumen- und flammengewundenen Leibern, vom phosphoreszierenden Grün bis zum schwärzlichen Purpur erschöpfter Bösartigkeit, und unter solcher Substanz ließen sich die pulsierenden Herzen erkennen. Doch zum Zeichen der Hoffnung auf die Rückkehr heilsameren Lebens bestand der untere Rand aus herkömmlichen Frühlingsblumen mit allerlei Vogelgetier, und darüber durchpfeilte in eiligem Flug ein Eisvogel gelbes Schwertliliengewirr.

Roger von Salerno bestimmte die dargestellten Gewächse und erklärte ausführlich deren heilende Kraft.

»Und jetzt zu der Sauherde von Gadara!« sagte Stephanus. Johannes schob das betreffende Blatt auf den Tisch.

Es zeigte die ausgetriebenen Teufel auf ihrer angstvollen Flucht vor dem Sturz in den Abgrund, wobei sie mit Stoßen und Drängen versuchten, durch jede sich bietende Öffnung in die Leiber der Säue zu fahren. Etliche dieser Säue widersetzten sich mit aller Kraft, ja schäumten vor Wut. Andere duldeten es, schläfrig, ja fast schon genußvoll, als kratzte man ihnen den Rücken. Und der Rest, schon besessen, stürmte im bockenden Schweinegalopp hinunter zum See. Ganz am Rande des Bildes lag der Befreite und streckte die Glieder, die ihm nun wieder gehorchten, und Unser Herr saß dabei und blickte nieder auf ihn, als wollte er fragen, was der Geheilte nun anfangen werde mit so neuem Leben?

»Oh ja – das sind Teufel!« kommentierte der Mönch. »Aber vollkommen andere, neue!«

Etliche dieser Teufel waren bloß Klumpen, mit Lappen und Höckern behaftet – und mitten aus solcher Gallerte lurte verschwommen das Böse hervor. Ein Schwarm ungebärdiger, kugelförmiger Teufelchen war aus dem Bauch ihrer grinsenden Mutter gequollen und wirbelte nun voll Begier auf die borstige Beute zu. Andre, gemeinsam oder für sich, wandelten sich zu Stäbchen, zu Ketten und Leitern, hingen sich um Kinnbacken und Kehle einer quiekenden Sau, aus deren Ohr der peitschende, haarlose Schwanz eines Teufelchens ragte, das seinen Unterschlupf schon gefunden hatte. Auch gab es dort, wo der Ansturm am heftigsten war, körnige, konglomerierte Teufel, mit Geifer und Schaum untermischt. Dann glitt der Blick über die Rücken der aberwitzig zum See galoppierenden Säue hinweg zur entgeisterten Miene des Hirten und zu dessen verängstigtem Hund.

Schließlich sprach Roger von Salerno: »Ich behaupte, all diese Gebilde sind Ausgeburten des Rauschgifts und deshalb jedem vernünftigen Denken entzogen.«

»Aber nicht diese hier«, meldete Thomas der Infirmarius sich zu Wort. Als Mitglied der Klostergemeinschaft hätte er freilich erst noch die Sprecherlaubnis des Abtes abwarten müssen. »Nicht *die* hier – so seht doch! – in den Zierleisten der Umrahmung.«

Das Bild war nämlich umschlossen von rautenförmiger Ornamentik aus unregelmäßig doch ausgewogen und wabengleich angeordneten Zellen, worin sozusagen die annoch unschuldigen Teufelchen hockten, schwebten oder strampelten – vom Bösen noch nicht inspirierte Gebilde –, indifferent, aber außerhalb aller menschlichen Norm und Einbildungskraft. Und wieder gemahnten die Formen an Leitern und Ketten, an Geißeln, an Diamanten, verkümmerte Knospen, oder an schwangere, phosphoreszierende Kugelgebilde – manche davon sogar sternenhaft.

Roger von Salerno schrieb sie der Besessenheit eines Klerikers zu.

»Sind sie bösartig?« fragte der Oxforder Mönch.

»Mir ist alles Unbekannte abscheulich«, sagte Roger wegwerfend.

»Mir nicht. Und eigentlich sind sie recht wunderbar – ja, wunderbar. Ich glaube ––«

Der Mönch wich zurück, denn Thomas drängte sich vor, um besser sehen zu können. Er öffnete schon den Mund.

»So rede«, beschied ihn Stephanus, der Thomas beobachtet hatte. »Irgendwie sind wir hier alle gewissermaßen Doctores.«

»Ich möchte sagen« – Thomas sprach so gehetzt, als stünde sein innerster Glaube jetzt auf dem Spiel –, »daß diese Gebilde hier unten in der Umrahmung gar nicht so höllisch und bösartig sind, wenngleich sie unserm Johannes als Muster zu seiner Gestaltung der ächten Teufel hier oben bei der Sauherde gedient haben mögen.«

»Und das würde bedeuten?« warf Roger von Salerno dazwischen.

»Nach meiner nichtigen Ansicht könnte er solche Gebilde wirklich gesehen haben, ganz ohne Zuhülfenahme von Drogen.«

»Wer nur – wer *hat* nur«, rief Johannes von Burgos nach einem geraunten Fluch, den aber niemand vernommen hatte, »dich ewigen Zweifler plötzlich so sehr erleuchtet?«

»Ich – und erleuchtet? Da sei Gott vor! Besinn dich, Johannes – vor sechs Jahren im Winter! Denk an die schmelzenden Flocken an deinem Ärmel, vorm Eingang zum Küchengebäude! Durch einen Crystall hast du mir jene Flocken gezeigt – er ließ alle Dinge viel größer erscheinen!«

»Ach ja! Die Mauren nennen solch ein Vergrößerungsglas ›Das Auge Allahs‹«, stimmte Johannes bei.

»Du hast mir gezeigt, wie sie schmelzen – sechsseitig. Und hast sie danach als deine Vorlagen bezeichnet.«

»Das stimmt. Schneeflocken schmelzen hexagonal. Ich habe mir das für mein Rautenwerk oftmals zunutze gemacht.«

»Schmelzende Flocken unterm Vergrößerungsglas? Also optische Kunst?« fragte der Mönch.

»Optische Kunst? Davon habe *ich* noch niemals gehört!« rief Roger von Salerno.

»Johannes«, gebot jetzt der Abt von St. Illod. »Ist dem so gewesen – hat Thomas recht?«

»Ja«, versetzte Johannes, »in gewisser Weise trifft zu, was er sagt. Jene Gebilde in der Umrahmung waren mein Vorbild für die Teufel hier oben. In *meinem* Geschäfte, Salerno, nehmen wir keine Drogen zuhülfe – sie verderben die Hand und das Auge. All meine Formen kommen ganz ehrbar in der Natur vor.«

Der Abt rückte eine Schüssel voll Rosenwasser vor sich. »Nach der Schlacht von Mansura, in der Gefangenschaft der Sarazenen«, begann er und schlug seinen langen Ärmel zurück, »gab es da Wunderdoctoren – arabische Ärzte –, die waren imstande« – und er tauchte den Mittelfinger behutsam ins Wasser –, »Euch den gesamten Höllenbezirk gleichsam in« – und er schüttelte einen Tropfen von seinem gepflegten Fingernagel auf die polierte Tischplatte –, »... in solch einem winzigen Tröpfchen zu zeigen.«

»Doch muß es Brackwasser sein – unreines Wasser«, ergänzte Johannes.

»So führ es uns vor – uns allen gemeinsam«, gebot ihm der Abt. »Ich will mich zum andernmal überzeugen.« Er sprach es mit geistlicher Strenge.

Johannes zog unter der Kutte ein Etui aus geprägtem Leder hervor, es maß etwa sieben Zoll in der Länge, worin auf verschossenem Sammet etwas gebettet lag, das einem silberbeschlagenen Zirkel aus uraltem Buchsbaumholz glich, mit einer Schraube überm Gelenk, welche die beiden Schenkel mit höchster Genauigkeit zu verstellen erlaubte. Die Schenkel liefen indes nicht in Spitzen aus, sondern in Löffelgebilde: das eine davon mit metallgeränderter Öffnung, keinen Viertelzoll breit, das andre mit halbzölliger Öffnung. Durch die größere Ausnehmung schob nun Johannes, nachdem er es vorher mit einem seidenen Tüchlein sorgsam gereinigt, ein metallenes Röhrchen, welches an beiden Enden mit Kristall oder Glas verschlossen zu sein schien.

»Aha! Eine künstliche Optik!«, sagte der Mönch. »Aber wozu ist das Ding untendran?«

Es war eine kleine, auf einem Zapfen drehbare und auf Hochglanz polierte, silberne Platte, nicht größer als ein Dukaten, welche als Spiegel diente und das Licht auf die untere Öffnung lenkte. Johannes justierte den Spiegel ohne die angebotene Hilfe des Mönches.

»Was wir jetzt brauchen, ist nur noch ein Wassertropfen«, sagte er dann und nahm einen kleinen Pinsel zur Hand.

»Kommt mit in den oberen Kreuzgang. Dort ist noch Sonne«, sagte der Abt und erhob sich.

Man folgte ihm an den genannten Ort. Auf halbem Wege dorthin hatte ein tropfender Abfluß eine grünliche Höhlung im verwitternden Stein ausgewaschen. Behutsam setzte Johannes einen Tropfen des dort angesammelten Wassers in die kleinere Öffnung des Zirkelschenkels, stellte sein Instrument auf die Brüstung, drehte die Schraube überm Gelenk, schraubte auch an dem Röhrchen und justierte den Spiegelzapfen, bis das Bild hell und scharf genug war.

»Gut!« Er spähte nochmals durch das Ding. »Jetzt sind alle Formen klar sichtbar. Überzeugt Euch persönlich, Vater! Und wenn Ihr das Bild nicht gleich habt, so stellt es an diesem gekerbten Rand noch genauer ein, nach links oder rechts!«

»Ich hab' es noch nicht vergessen«, versetzte der Abt und beugte sich über das Instrument. »Oh ja – da sind sie ja wieder – wie damals, zu meiner Zeit – wie in den alten Tagen! Sie sind *immer* da, hat man mir damals gesagt ... auf immer und ewig!«

»Das Licht wird schon schwächer! Oh, laßt auch mich sehen – gewährt auch *mir* einen Blick!« flehte der Mönch, fast schon den Abt mit der Schulter wegdrängend. Der trat zur Seite – sein Blick schien in der Vergangenheit zu verweilen. Der Mönch jedoch, anstatt zu schauen, drehte das Instrument in seinen klobigen Händen.

»Aber, aber!« unterbrach ihn Johannes, als er sah, daß der andere schon an den Schrauben zu drehen begann. »Laßt erst noch den Doctor hindurchsehn!«

Roger von Salerno blickte hindurch – und die Minuten verstrichen. Johannes bemerkte, wie die bläulich geäderten Wangen bleicher und bleicher wurden. Aber zuletzt trat der Doktor doch noch zurück – wie vor den Kopf geschlagen!

»Welch eine neue Welt – welch eine ganz neue Welt! Ach, und Gott läßt es zu, daß ich alt bin!«

»Nun ist die Reihe an Thomas«, sagte Stephanus.

Johannes rückte dem Infirmarius die Optik zurecht, weil dessen Hand zu sehr bebte, und auch Thomas blickte sehr lange hindurch. »Es ist Leben«, sprach er danach mit versagender Stimme. »Es ist nicht die Hölle! Geschaffene Wesen, die sich des Lebens erfreuen – das Werk unsres Schöpfers! Sie leben, ganz wie ich's geträumt! So war es nicht Sünde, solches zu träumen – nicht Sünde – mein Gott – *keine* Sünde!«

Er fiel auf die Knie und stimmte, fast außer sich, das *Benedicte omnia Opera* an.

»Jetzt aber möchte ich sehen, wie man umgeht mit diesem Ding!« Der Oxforder Mönch trat von neuem hinzu.

»Bring es jetzt wieder hinein! Hier haben die Wände Ohren«, warnte der Abt.

Mithin begab man sich in aller Stille durch den Kreuzgang zurück in den Saal. Draußen, im Lichte der Abendsonne, breiteten sich drei Grafschaften Englands nach allen Seiten – Kirche um Kirche, Kloster um Kloster, Kartause hinter Kartause, und ganz in der Ferne ragte der wuchtige Bau einer gotischen Kathedrale in die Glut des vergehenden Tags.

Man nahm abermals Platz an der Abendtafel – alle, bis auf den Mönch, der ans Fenster getreten war und gleich einer riesigen Fledermaus über dem Wunderding hockte. »Ich seh' es – ich sehe!« sprach er vor sich hin, immer wieder.

»Er wird sich schon nicht dran vergreifen«, sagte Johannes. Doch der Abt starrte stumm vor sich hin und hörte es nicht, und auch Roger von Salerno nahm es nicht wahr. Der Infirmarius barg das Haupt in den auf den Tisch gestützten, zitternden Händen.

Johannes streckte den Arm nach einem Becher mit Wein.

»Man hat mir auf solche Weise«, sagte nachdenklich der Abt, »schon zu Kairo gezeigt, daß der Mensch zwischen zwei Unendlichkeiten behaust ist – zwischen jener der Größe und jener der Kleinheit. Und derhalben ist da kein Ende – weder des Lebens, noch auch – –«

»Und *ich* steh' am Rande des Grabes«, murrte Roger von Salerno. »Wer hat denn Erbarmen mit *mir*?«

»Schscht!« machte der Infirmarius. »Die kleinen Geschöpfe werden geweiht sein – dem Dienste an Seinen Kranken geweiht!«

»Wozu denn das alles?« Johannes von Burgos fuhr sich über die Lippen. »Was man hier sieht, sind nur Formen von Dingen. Das gibt gute Bilder. Ich habe das Instrument in Granada entdeckt. Es kommt aus dem Osten, wie man mir sagte.«

Roger von Salerno lachte verärgert, mit aller Bosheit des Alters. »Und wie ist's mit Mutter Kirche? Unsrer Hochheiligen Mutter Kirche? Kommt es *ihr* erst zu Ohren, daß wir einen heimlichen Blick in *ihre* Hölle getan, ohne Erlaubnis – na, wo stehen wir dann?«

»Auf dem Scheiterhaufen«, sagte der Abt von St. Illod und setzte hernach mit erhobener Stimme hinzu: »Hört ihr das alle? Roger Bacon, habt auch Ihr es vernommen?«

Der Mönch wandte sich vom Fenster und umfaßte den Zirkel fester.

»Nein, dazu wird es nicht kommen!« beteuerte er. »Nicht

bei Falcodi – nicht bei unserem Foulkes mit dem englischen Herzen, wenn er zum Papst gewählt wird! Er ist weise – er ist ein Gelehrter. Er liest, was ich niedergeschrieben habe. Foulkes würde das nimmermehr leiden!«

»›*Ein* Ding ist der Heilige Vater, ein *andres* die Heilige Kirche‹«, zitierte Roger von Salerno.

»Aber ich selber – *ich* kann bezeugen, daß hier kein Zauber im Spiel ist! Überhaupt nichts von Zauberei, bloß optische Kunst! Aus Versuchen, aus Experimenten geborene Weisheit, haltet das fest! Ich kann es beweisen, und – mein Name ist von Gewicht bei all denen, die einen kühnen Gedanken wagen!«

»Sucht sie zusammen!« krächzte Roger von Salerno. »Dann sind es, wenn's gutgeht, fünf oder sechs auf dieser Welt. Das ergibt auf dem Scheiterhaufen nicht einmal fünfzig Pfund Asche! Ich hab' solche Leute gesehen – zusammengeschrumpft zu einem Häufchen!«

»Niemals geb' ich dies auf!« Die Stimme des Mönchs überschlug sich vor Leidenschaft und Verzweiflung. »Das wäre ja eine Sünde wider das Licht!«

»Nein, nein! Wir sollten – laßt sie uns weihen, die winzigen Wesen des Varro!« rief Thomas der Infirmarius.

Stephanus beugte sich vor, fischte den Ring aus der Schale und steckte ihn an den Finger. »Meine Söhne«, sagte er dann, »wir haben gesehen was wir gesehen haben.«

»Und das nicht zufolge von Zauber, sondern von Kunstfertigkeit«, beharrte der Mönch.

»Das zählt nicht. In den Augen von Mutter Kirche ist es mehr, als sie dem Menschen zu sehen erlaubt.«

»Es war aber Leben – erschaffenes Leben, das sich seines Daseins erfreut«, widersprach Thomas.

»Einen Blick in die Hölle zu tun, wie man uns vorwerfen wird – und auch nachweisen –, ist nur dem Priester erlaubt.«

»Oder bleichsüchtigen Jungfern auf dem Pfade zur Heiligkeit, wenn auch aus Ursachen, welche euch jedwedes reife Weib nennen könnte ––«

Des Abtes halb erhobene Hand setzte dem Ausbruch Rogers von Salerno ein Ende.

»Und auch der Priester sollte nur das von der Hölle erblikken, was nach dem Wissen der Kirche sich dort befindet. So hat denn, Johannes, dein Respekt ebensowohl der Kirche zu gelten wie deinen Teufeln!«

»Mein Geschäft ist das Äußere der Dinge«, versetzte Johannes gelassen. »Ich hab' meine Muster und Vorlagen.«

»Doch Ihr könntet Euch ja nach neuen umsehen müssen«, sagte der Mönch.

»In Ausübung meiner Kunst ist ein Ding mit dem ersten Mal abgetan. Wir wenden uns hinterher anderen Formen zu.«

»Und übertreten wir dabei bestehende Grenzen, so setzen wir uns dem Urteil der Kirche aus«, fuhr der Abt fort.

»Aber Ihr wißt – Ihr *erkennt*!« Roger von Salerno schritt nun zum Gegenangriff. »Unsere Welt tappt noch im Dunkeln in Anbetracht allen Urgrunds der Dinge – angefangen beim Fieber bis zu Eurer Dame – Eurer Gesponsin – verzehrender Krankheit! Überlegt es Euch gut!«

»Das hab' ich getan! Das habe ich reiflich erwogen!«

Jetzt hob Thomas der Infirmarius wieder das Haupt – und seine Rede war fließend und ohne zu stammeln. »Wie in dem Wasser, so auch im Blut müssen sie tanzen und einander bekriegen! Zehn Jahre lang hab' ich davon geträumt – hielt es für sündhaft – und dennoch sind meine Träume, wie jene des Varro, die reine Wahrheit gewesen! Seid dessen eingedenk! Ihr haltet das Licht buchstäblich in Händen!«

»So zertritt es! Du wirst nicht weniger brennen als jeder andere auch! Ich will dir den Casus auslegen, wie er sich der Kirche – und auch mir selber – darstellen würde: unser Johannes hier kömmt von den Mauren zurück und weiset uns eine Hölle voll Teufelsgeschöpfen, die miteinander wetteifern im Bereich eines einzigen Wassertropfens. Schwarzkunst, die alle Vernunft übersteigt! Man hört schon das Knistern der Reisigbündel!«

»Aber Ihr habt die Erkenntnis! Habt sie schon früher erworben! Um des Elends der Menschen, um unsrer Freundschaft willen – Stephanus!« Schon wollte der Mönch den Zirkel unter der Kutte verbergen.

»Was Stephan de Sautré erkannt hat, wißt Ihr als sein Freund nicht minder. Jetzt aber wünsche ich, daß Ihr dem Abt von St. Illod gehorcht. Gebt her!« Damit streckte der Abt die beringte Hand.

»Darf ich – oder darf Johannes – nicht wenigstens eine Zeichnung anfertigen von einer – von einer einzigen Schraube?« bat der gebrochene Mönch, fast gegen den eigenen Willen.

»Auf gar keinen Fall!« Damit nahm Stephanus das Ding entgegen. »Jetzt deinen Dolch, Johannes – samt Scheide, so ist es besser!«

Er schraubte das metallene Röhrchen aus dessen Fassung, legte es auf den Tisch und schlug mit dem Knauf des Dolchs die Kristalle zu funkelndem Staub, den er hernach in die hohle Hand strich und überm Kamin verstreute.

»Man könnte sagen«, sprach er dabei, »wir haben zu wählen zwischen zwei Sünden. Entweder, wir verweigern der Welt das Licht in unseren Händen – oder wir geben es ihr vor der schuldigen Zeit. Was ihr heute gesehen habt, habe ich schon viel früher bei den Ärzten von Kairo erblickt. Und ich weiß auch, welche Lehrmeinung sie daraus zogen. Thomas, nur *du* hast geträumt? Auch ich hab's getan – doch mit besserem Wissen. Indes, solches Neue kommt uns vor der Zeit. Die Folge davon wäre mehr Tod, mehr Marter, mehr Zwiespalt und *noch* tieferes Dunkel in unsern finsteren Tagen. Derhalben, und weil ich sowohl meine Welt als auch deren Kirche kenne, nehme ich diese Entscheidung auf mein Gewissen. Geht jetzt! Es ist zu Ende.«

Damit warf er die hölzernen Teile des Zirkels ins Feuer und schob sie dann tief zwischen die buchenen Scheite – bis alles zu Asche verbrannt war.

# *Gnade auf Abruf*

Wäre die Ordnung dort oben bloß eine Abspieglung irdischer Einrichtungen*, wie uns jener Altvordre versichert, der es an sich selbst erfahren hat, so könnte man folgern, daß in der Verwaltung des Universums sämtliche Amtsbereiche zusammenarbeiten.

Aus eben dem Grund waren Asrael, als Engel des Todes, und Gabriel, als vornehmster Diener Adams und Bote der Throne**, mit dem Fürsten der Finsternis zur Beratung versammelt in den Amtsräumen des Erzengels aller Engländer, der – wie der Himmel nur zu gut weiß – noch englischer als seine Engländer ist.

Ihm war gemeldet worden, zwei Schutzengel hätten die ihnen Befohlnen zusammengetan gegen jede bestehende Ordnung! Die Affäre betraf sowohl Gabriel, welcher das offizielle Oberhaupt aller Schutzengel ist, als auch den Satan, weil ja die Schutzengel menschliche Seelen sind, rekonditioniert zur Verfügung der Unteren Hierarchie. Auch war noch nicht klar, ob die Gesetze, welche das Paar so eklatant übertreten hatte, unabänderlich waren oder bedingt. Ferner hatte Ruya'il, der weibliche Schutzgeist, hartnäckig verweigert, dem Erzengel aller Engländer die Worte oder Gedanken der ihr anvertrauten Frau mitzuteilen, als jene sich mit dem Manne getroffen, für den Kalka'il, der männliche Schutzgeist, verantwortlich war. Und Kalka'il war in dem fraglichen Punkt nicht minder verschlossen gewesen. Beide Schutzgeister verschanzten sich hinter dem Salomonischen Spruch: – »Wer weiß, ob der Odem der Menschen auffwerts fahre, und der Odem des Viehes unterwerts unter die Erden ...?« In dem Bestreben, allzeit gerecht zu entscheiden, hatte darum unser englischer Erzengel auch den

* siehe »Am Tor«, p 460. ** Innerhalb der gottnächsten Dreiergruppe die dritte Stufe nach Seraphim und Cherubim in der neunstufigen Rangordnung des Dionysius. Anm. d. Ü.

des Tods beigezogen, da es an Asrael ist, die Seelen vom Fleische zu sondern.

Die vier Mächtigen waren dabei, nunmehr die Einzelheiten des Falles zu klären.

»Ich fürchte«, sprach Gabriel zuletzt, »kein Schutzengel ist gehalten, die ihm Befohlenen, seien sie Mann oder Frau, – wie sagt man bei euch? – preiszugeben! Indes« – damit wandte er sich an den Engel des Todes – »was ist *deine* Auslegung?«

»Nun eben – Prediger Drei, Einundzwanzig – ›Wer weiß, ob der Odem der Menschen …‹« warf der Satan dazwischen.

»Verbindlichsten Dank! Aber nach meinem Dafürhalten kommt's darauf an, was man unter dem ›Wer‹ versteht«, hielt ihm Asrael entgegen. »Es heißt ja, daß er – wer immer jener ›Wer‹ sein mag«, – der Glorienschein verblaßte beim Neigen des Hauptes – »keiner Hierarchie angehört!«

»Dies hab' ich allzeit so verstanden«, sagte der Satan.

»Für mich«, sprach bekümmert der Erzengel aller Engländer, »ist so laxe Loyalität in den Reihen unsrer S.G. nur die Folge des schädlichen Brauchs, rekonditionierte Seelen mit dermaßen heiklen Aufgaben zu betrauen!«

Das hatte Satan gegolten, der beifällig grinste.

»Natürlich sind sie nicht frei von menschlichen Schwächen«, bekräftigte er. »Übrigens, *wo* sind auf Erden der Mann und die Frau zusammengekommen?«

»Auf der – – – -Endstation, unter der Uhr, soviel ich weiß.«

»Interessant – ein Rendezvous?«

»Keineswegs! Ruya'il behauptet, die Frau sei bloß stehengeblieben, um in der Handtasche nach der Fahrkarte zu suchen. Und Kalka'il sagt, der Mann sei mit ihr zusammengestoßen. Also der reine Zufall – obzwar ein Verstoß gegen bestehende Vorschrift. Für mich freilich nur trivial, weil ja –«

»War's eine Verletzung der Vorbestimmtheit des Lebens?« erkundigte sich Asrael. Er meinte damit jene Festlegung in den Stirnnähten jedes Dreijährigen, die bei den minder fortschrittlich gesinnten Departements als Schicksalsvorgabe gilt.

»Für sich allein besehn«, meinte der Erzengel, »*war* es die Lebensbestimmung. Hier ist die Abschrift. Freilich stützen wir uns neuerdings mehr auf Milieu und Erziehung, um solcher Selbstsuggestion vorzubeugen.«

»Laßt uns erst einmal sehen!« Damit nahm Satan den bedruckten Zettel zur Hand und las vor: »›*Sollte Der oder Jener sich Der oder Jener verbinden, so sei ihre Lage letztendlich von einer Art, daß auch noch die Hölle Mitleid empfände*!‹ – Hmm! Das ist kein direktes Verbot, denn es schließt *a priori* die Freiheit des Handelns nicht aus. Auch ist dieses ›Sollte‹ von eminenter Bedeutung, und« – er sagte es nur zu sich selbst – «so wird's wieder einmal an *mir* sein!«

»Unsinn!« widersprach ihm der Erzengel aller Engländer. »Ich hab' mit dem Paar weit Besseres im Sinn! Und Vorbestimmung des Lebens – die gilt heutzutag nicht viel mehr als orientalisches Schnörkelwerk – wirklich!«

Jedoch der flachstirnige Gabriel, in dessen Befugnis dergleichen Lappalien fallen, blieb ungerührt.

»Ich kann nur hoffen, daß du recht behältst«, sagte der Satan nach einer Weile. »Du hast mit dem Paar also Besseres vor?«

»Ja!« sprach der Erzengel aller Engländer und räusperte sich bedeutsam. »›*Right or wrong*‹ – ich bleib' Optimist. Ich *glaub*' an den generellen Aufschwung des Lebens. Natürlich schließt er bei meinem englischen Volk auch Turbulenzen in sich, wie du weißt!«

»Deine Engländer – o ja, ich weiß!« seufzte der Satan.

»Immerhin, und nach meiner bescheidenen Meinung, entwickeln sie neue Richtlinien. Man muß ihnen deshalb mit neuen Methoden unter die Arme greifen. Gewiß hast auch du beim Umgang mit den Temperamentvolleren unter ihnen dieses neue Empfinden für erweiterte Horizonte bemerkt!«

»In gewissem Sinn – jaa«, erwiderte Satan gedehnt. »Doch entsinne ich mich, dergleichen schon einmal gesehen zu haben, kurz nach der Erfindung des Buchdrucks: damals sind deine

Leute zu mir hinuntergekommen, überquellend von Worten – geradezu caxtonisiert!* Etliche waren tief überzeugt, ganz neue Sünden erfunden zu haben! Na gut! Geschält und gesotten (wir hatten *damit* genug zu tun) stellten dergleichen Novitäten sich als bloße Variationen der Sieben Todsünden heraus – als Hochmut, Neid, Zorn, Trägheit, Völlerei, Geiz und Wollüstigkeit. – Ja, Technik – die gesteh' ich dir zu. Originalität – *nie*. Und bei diesem neuen, sogenannten *Zeitgeist*, den sie da ausposaunen, wirst du's nicht anders erleben!«

»Ach – wie kann man nur so pessimistisch sein!« rief der Erzengel erheitert. »Ich wünsche mir nur, du kämst mit den beiden zusammen, an denen mir so viel liegt! Bezaubernde Menschen! Tüchtig, kulturvoll und den positivsten Einflüssen ihrer Umgebung offen. Praktisch und ernsthaft und – na, undsoweiter veranlagt, wird jeder von ihnen, in seinem Bereich, genau jene Anstöße geben, die meinem Volk zum gegenwärtigen Zeitpunkt so förderlich wären. Deshalb gewähre ich ihnen den vollen Spielraum zur Propagierung und Realisierung ihrer Ideen, und das schließt in sich: tadellose Umgebung, Wohlstand, Kultur, Gesundheit, irdisches Glück (wie sollten unfrohe Menschen andere frohmachen können?), entsprechend der Größe jener Bestimmung, für die ich sie – ausersehn habe.«

Der Erzengel aller Engländer rieb sich die sanften Hände und sah strahlenden Blicks auf seine Kollegen.

»Nochmals: ich kann nur hoffen, du behältst recht«, sagte der Satan. »Indes, bist du wirklich so sicher, daß du mit deiner Methode des – sagen wir – Leuteverhätschelns auch das Beste aus ihnen herausholen wirst?«

»Besseres, als ich geglaubt habe«, warf jetzt Asrael ein. »Sie haben erstaunliche Dinge vollbracht – mit Meinem Schwert an ihrer Kehle –, auch dann noch, als sie schon feilschen mußten mit mir! Mitunter sind sie ein recht harter Brocken!«

»Nehmen wir nur den Fall Hiob«, spann Satan seinen Ge-

* William Caxton führte um 1474 den Buchdruck in England ein. Anm. d. Ü.

dankengang fort. »*Er* hat seine ›Höchstform‹, wie dein Volk es zu nennen beliebt, erst erreicht, nachdem *ich* ihm auf die Sprünge geholfen – nicht wahr?«

»Möglicherweise nicht ganz – an seinem Alter gemessen. Heutzutage jedoch legen *wir* dem Manne von Uz die Latte nicht mehr so hoch. *Qua* Literatur rein rhetorisch, *qua* Theologie anthropomorph und diskret. N-nein, du kommst um die Tatsache nicht herum, daß neue Standards auch neue Methoden erfordern, geänderte Perspektiven und, vor allem, erweiterte Akzeptanzen – ja, erweiterte Akzeptanzen! Da fällt mir ein« – der Erzengel aller Engländer wandte sich Asrael zu – »daß ich bei dir eine halboffizielle Anfrage eingereicht habe – vielleicht liegt sie dir noch nicht vor – in bezug auf die Milderung etlicher Amtsusancen in deinem Wirkungsbereich, soweit sie deine – finalen Schritte betreffen. Du weißt ja, der Lebensstandard ist höher geworden bei meinem Volk, und man führt Klage über – nun, über die Roheit gewisser vitaler Phänomena deiner Provenienz.«

Sekundenlang wies Asrael dem hoffenden englischen Engel voll das Gesicht, doch kein Muskel zuckte darin, als er sagte: – »Der Tod *ist* nun einmal brutal. Übrigens, mit der Geburt ist es nicht anders. Irgendwie scheint ja beides zusammenzuhängen. Was hieltest du von einem amtsübergreifenden Ausschuß –«

»*Wenn* nicht einer Kommission – die hätte mehr Spielraum, um mögliche Wege zu praktischer Koordinierung zu finden! Das wäre die Lösung!« führte der Engel den Gedankengang Asraels weiter. »Tatsächlich habe ich ja die einschlägigen Bestimmungen schon in der Kanzlei aufsetzen lassen! Ich gehe sie gern mit dir durch – falls du die paar Minuten erübrigen kannst!«

»Nichts lieber als das!« rief der Satan begeistert. »Doch leider, ich bin ja nicht immer Herr meiner Zeit.« Damit erhob er sich. Die andern taten's ihm nach und warfen sich, als man gebührend Abschied genommen, hinaus in die vor den Fenstern sich höhlende Leere des Raums.

»Im Grunde ist *das*«, meinte der Satan nach einiger Zeit, innerhalb derer nun schon das dritte Universum hinter ihnen versunken war, »ein perfektes Exempel dafür, wie man den Färber zur Färbung der eigenen Hand zwingt! ›Wir legen dem Manne von Uz die Latte nicht mehr so hoch‹ – oder nicht? Was bin ich doch froh, mit den Schulmeistern allzeit gut ausgekommen zu sein!«

»Und meine *Usancen* passen ihm nicht!« murrte Asrael. »Wäre er – leider Gotts! – nicht unsterblich, so könnt' ich ihn einiges anschauen lassen!«

Diese Bemerkung brachte sie so sehr zum Lachen, daß der Regent einer Außerplanmäßigen Galaxie ihnen von seinem Thron herab einen Gruß entbot und, nach Satans abwehrend schroffem Bescheid, man sei in Eile und könne nicht haltmachen, in verbindlichem Ton hinterherrief – »Unser Segen mit euch!«

»›Und der Friede‹ hat er aber weggelassen«, bemerkte Asrael kritisch.

»Das ist nicht nötig. In dieser Gegend weiß man noch gar nicht, daß es dich gibt«, erklärte Gabriel, der sich ja außerhalb aller Schöpfung befand.

»Tatsächlich?« Asrael schien ein wenig verwirrt. »Dann sollte sich unser junger, englischer Freund hierher versetzen lassen! Binnen kurzem wäre ich hinter ihm her, sollt' ich meinen!«

»Mitnichten«, entgegnete Gabriel erheitert. »*Er* würde *dich* abtun, kraft Milieu und Erziehung! Du bist für ihn bloß ein orientalischer Schnörkel – ganz wie die Vorbestimmtheit des Lebens für seine Seelen. Hältst du's für möglich, daß in seiner Kanzlei niemand weiß, was ›Kismet‹ bedeutet?«

»Eigentlich nicht – angesichts dessen, was er uns hinunterschickt«, murrte der Satan. »Hast du den Hieb gegen mich bemerkt, als er den ›schädlichen Brauch‹ mit unsern Schutzgeistern erwähnt hat? Da tut man sein Bestes, ihm seine verdammten Seelen aufzupolieren – und dann – –«

»Das machst du wirklich gewissenhaft«, stimmte Gabriel bei. »Ich habe das in meinem letzten Bericht für unsre Belegschaft ausdrücklich erwähnt!«

»Besten Dank! Die Arbeit ist schwerer, als du dir vorstellen kannst. Wenn du ein wenig Zeit hättest, könnt' ich dir zeigen, wie schwierig es –«

»Wenn's dir nicht –?« meinte Gabriel höflich.

»Nicht im geringsten – also, komm mit! ... Hinaus in den Raum – laß die Zeit hinter dir! Entschuldige, wenn ich vorangehe ... Jetzt!«

Kopfüber warfen die Drei sich in Richtung des Punktes, wo die Unendlichkeit in sich zurückkehrt – und legten die Schwingen erst wieder zusammen, als sie am untersten Grunde von Zeit und Raum angelangt waren, wo solch doppelte Last sie hinabdrückte zum absoluten Nullpunkt aus Lautlosigkeit und aus Nacht.

Gabriel atmete schwer: je größer der Glanz, desto merkbarer alle Insuffizienz.

»Es ist nur der Druck«, meinte Satan beruhigend. »Wir sind viel zu rasch herniedergekommen. Versuch mal, zu schlucken – da gibt es sich wieder. Inzwischen wollen wir etwas mehr Licht in die Sache bringen.«

Aber der Glanz des Glorienscheins, den er in seiner Eigenschaft trug, hatte es schwer gegen die Schrecknis des Großen Dunkels.

»Sind wir schon jenseits der Gnade?« flüsterte Asrael erschrocken, weil der Lichtschein plötzlich so schwach war.

»Nun sind sie in Meine Hände gegeben«, gab Satan zur Antwort.

»War hier herum nicht jener Hinweis für deine Gäste, alle Hoffnung fahren zu lassen?« Suchend durchspähte Gabriel das abgründige Dunkel.

»Den haben wir abmontiert. Wir arbeiten derzeit mit Hoffnung zu späterem Fälligkeitsdatum«, erwiderte Satan. »Das funktioniert sicherer.«

»Es hat aber nicht den Anschein, als ginge hier etwas vor sich«, wandte Asrael ein.

»Die Vorgänge hier sind großteils mental. Indes, dann und wann ... *Jetzt* zum Beispiel!« Ein winziger Laut war zu hören, kaum stärker als das Aufklaffen verklebter fiebriger Lippen – doch die Stille vervielfachte ihn zu alptraumhaftem Getöse. »Da kommt einer wieder zu sich – ist dabei, sich wieder zu konditionieren«, erklärte der Satan.

»Ein schreckliches Los. Manchmal macht es mir Angst«, sagte Asrael.

»Und mir *immer*«, setzte Gabriel hinzu. »Wahrscheinlich, weil Wir ihre Diener sind.«

»Wobei *mir* die härteste Arbeit verbleibt«, sprach der Satan mit Nachdruck.

»Ach – heutzutag hast du doch jede Möglichkeit zur Arbeitsersparnis – oder bin ich im Irrtum?« meinte Gabriel vage.

»Aber nichts, was mir die Verantwortung abnimmt. Zum Beispiel der Mann und die Frau, über die wir uns vorhin beratschlagt haben. Welche Schlüsse würdest du aus den Aussagen ihrer Schutzgeister ziehen?«

»Im Falle ihrer Verbindung war nur *eine* Folgerung möglich«, erwiderte Gabriel. »Du hast ja selber die Abschrift der Lebensbestimmung gelesen.«

»Und was tat unser junger, englischer Freund? Sich ergehen in schillernden Allgemeinplätzen von Aufschwung und Idealismus, und in seinem kostbaren Plan, die beiden mit jederlei Überfluß zu verwöhnen, weil ›unfrohe Menschen andre nicht froh machen können‹! Hast du's nicht selber mitangehört? Nein, ihm ist nicht zu helfen!« rief der Satan verärgert.

»Oh – so weit möcht' ich nicht gehen. Er ist eben englisch«, entgegnete Gabriel lächelnd.

»Und hast du«, beharrte der Satan, »ihn denn gesehen, wie er mich angeschaut hat, als ich vorlas ›... *daß auch noch die Hölle Mitleid empfände*‹? Das bedeutet doch, daß es bei Eintritt des Ärgsten wieder einmal an *mir* liegen wird, die Angelegenheit auszubügeln! Man erwartet von *mir*, daß ich *seine* Drecksarbeit mache – natürlich nur inoffiziell – und dafür auch noch alle Verhaßtheit auf die eigene Kappe nehme – aber das offiziell! *Ich* soll jenem Paar die Hölle heißmachen – und unser gemeinsamer junger Freund wird von meinem Erfolg profitieren!«

»So etwas ist ja auch anderwärts durchaus gebräuchlich«, bestätigte Asrael. »Nehmen wir nur unsern achtbaren Michael: schon seeehr wenig würde genügen, ihn glauben zu machen, sein Schwert sei ebenso wirksam wie meines.«

»Ich möchte jetzt meine Behauptung erhärten«, wandte sich Satan an Gabriel. »Wenn du gestattest – wir brauchen nur einen von ihnen –, dann soll sich Ruya'il, der Schutzgeist der Frau, hier bei uns melden. In England ist es jetzt Nacht, und ich kann während seiner Absenz alle bösen Träume blockieren. Wir werden dieses Verhör nach Art ihrer Kinofilme aufziehen müssen, aber ich hoffe, du wirst mir das nachsehn.«

Gabriel erteilte jene Erlaubnis, ohne die kein Schutzgeist seinen Dienstort verlassen darf, auch nicht einen Atemzug lang – und schon im nächsten Moment stand Ruya'il vor unsren Dreien, mit vom Glanze geblendeten Augen und in jener Menschengestalt, die sie zuletzt auf Erden gehabt.

Asrael trat auf sie zu.

»Nur eine ganz kurze Frage«, begann er. »Ich glaube, wir hatten schon das Vergnügen, Mrs. —« (er nannte Namen, Adresse und Sterbedatum). »Sie haben mich seinerzeit ja aus eigenem Antrieb gerufen. Weshalb?«

»Weil ich mit Gregory wieder zusammensein wollte«, sprach sie monoton.

»Dieser Satz umschreibt das gesamte Problem«, sagte der Satan und übernahm die Befragung: »Sie waren in Unserer Hand, Mrs. —, zur Rekondition für Wiederverwendung. Zu welchem Zweck?«

»Es war wegen Gregory.«

»Der wurde zu Kalka'il rekonditioniert. *Ihret*wegen?«

»Jawohl.«

»Und zu welchen Bedingungen wurdet ihr zwei als Schutzgeister eingesetzt, bitte?«

»Zu keinen. Gregory und mir stand es frei, in Erfüllung unserer Pflichten zusammenzukommen, wenn wir es einrichten konnten. Und das taten wir auch. Es war aber nicht *seine* Schuld.«

»Dasselbe hat mir wortwörtlich schon Eva gesagt – es waren die letzten Worte vor ihrem Tod«, raunte Asrael, an Gabriel gewendet.

»Tatsächlich!« resümierte der Satan. »Ihr beide seid also zusammengekommen, und ganz nebenbei haben euch das eure Schutzbefohlenen nachgemacht! Damit hätten wir, glaube ich, alles – nein, einen Moment noch: Sie kennen doch –?« und er nannte den Namen der Endstation.

»Ja.« Die Augenlider begannen zu zucken.

»In London und – auch hier bei uns?«

»Oh, *bitte*, nein! Aber ich kenne sie.« Eine Träne rann langsam und glitzernd über die Wange.

»Entschuldigen Sie. Und vielen Dank – ich will sie nicht länger inkommodieren.«

»Da könnt ihr jetzt sehn, wie ich dran bin«, sagte der Satan zu seinen Begleitern. »Unser junger, englischer Freund hätte das alles schon vor dem Verhör in seinem Notizbuch vermerkt haben sollen. Und als er mich beizog, hätte er es mir mitteilen müssen – dann hätte ich meinen Standpunkt gekannt. Aber nein, er hat's nicht getan, sondern macht mir die Arbeit zehnmal so schwer als sie ohnehin ist, indem er das Wesentliche vertuscht – und fällt mir überdies in den Rücken mit seinen hirnrissigen Verbesserungsplänen! Dabei erwartet er aber von mir, daß ich was voranbringe!«

»Ich fürchte nur, daß der erste Fehler in *meiner* Abteilung passiert ist, indem man dort ausgerechnet *diese* zwei Schutzgeister auf die beiden angesetzt hat«, warf Gabriel ein. »Auf jeden Fall nehm ich's auf meine Kappe und entschuldige mich.«

Satan war erheitert. »Das ist nicht nötig. Wir stehen schon seit Adams Zeiten gegeneinander. Fehler *passieren* da einfach! Was ich euch zeigen wollte, ist nur, wie loyal und hilfsbereit unser junger Freund im Grunde doch ist!«

»Und wie willst du vorgehn im Hinblick auf jene beiden?« erkundigte sich Asrael.

»Nur probeweise. Doch horcht!«

Er hob stilleheischend die Hand. Ein ersterbendes Flüstern, das eins zu sein schien mit dem Weltraum, drang an ihr Ohr.

*»Mein Gott! Mein Gott! Warum hast Du mich verlassen?«*

»War das ein Echo?« fragte Gabriel sofort. »Oder nur nachgesagt?«

»Nur nachgesagt. Aber wir messen dergleichen Sprüchen nicht viel Bedeutung bei. Oft ist es nur Hysterie – oder auch Eitelkeit. Eindeutig feststellen läßt sich so etwas erst später.«

»Und der metallische Laut, gleich nach den Worten?« wollte Asrael wissen.

»Bei der Frau«, erklärte der Satan, »war's einer von ihren Ringen, als sie ihren Kopfputz aufgesetzt hat, um zur Verhandlung zu gehn. Und im andern Fall war es ein Orden, der dem Manne verliehen wurde von seinem Souverän. Das zeigt uns, wie glücklich sie sind.«

Es verstrich eine Weile irdischer Zeit.

»Kein Zweifel – da ist auch Musik«, sprach Gabriel weiter. »Aber die Worte?«

Beides war überaus leise, doch hinlänglich klar:

»Ein Lied muß ich singen – oh!
So laß es erklingen – oh!«

Eine Pause – unterdrücktes Geplapper – und gleich hinterher mit nahezu unerträglicher, herzbewegender Rührung:

»Oh Jammer! Oh tödlicher Schmerz!
Die Liebe brach ihm das Herz!«

Und dann der Fall eines Körpers.

»Ach, das kommt bloß von einer Bühne«, vermutete Satan. »Die zwei sind jetzt im Theater – es paßt alles zusammen: ›Unfrohe Menschen können andre nicht frohmachen‹, nicht wahr? Na gut, jetzt, wo ihr die beiden gehört habt, schlage ich vor (wenn's euch nichts ausmacht), daß wir die Sache besprechen! Asrael kennt ja die Daten, sie sind bei den Akten – und wir warten dann das Resultat ab.«

Nach einem Blick in die Zukunft nannte Asrael ein Datum irdischer Rechnung, und man schied voneinander.

Als der Tod, auf dem Rückweg zu seinem Bereich, jene Galaxis durchmaß, wo man von ihm noch nichts wußte, vernahm ihr Regent eine Stimme unter den Sternen, deren Worte für ihn keinen Sinn ergaben:

»Wie Brand will Sein Wort dich verzehren,
Das Ihm von den Lippen loht.
Sein Herz ist voll blindem Begehren,
Seine Augen verkünden den Tod.«

Der Erzengel aller Engländer, der sich wie sein Volk im Laufe der Jahre weitergebildet hatte, war optimistisch wie niemals zuvor. Er habe nunmehr, so vertraute er den drei Erzengeln an, ein Bataillon besonders geeigneter Seelen zusammengestellt – weil ja Massenbewegung das Merkmal der Zeit sei –, bilde diese Seelen nun aus und wolle deren vereintes Bemühen um die Wohlfahrt der Welt mit verbesserten Sanitärmitteln und einem von staatswegen desinfizierten, öffentlichen Transportwesen unterstützen.

»Welch weite Vorausschau und Planung!« sagte der Satan. »Entsinnst du dich übrigens jenes Paars, an dem du vor einiger Zeit so großen Anteil genommen? ›... von Anfang der Creatur hat sie GOtt geschaffen ein Männlein und Fräulein‹ – nicht wahr? Ist nicht Ruya'il der Schutzgeist der Frau gewesen?«

»Ganz richtig«, versetzte der Erzengel aller Engländer. »Und sie haben auch eine gewisse Rolle gespielt – keine so große, wie sie sich einbildeten, aber doch eine Rolle – beim Ebnen des Wegs zur jetzigen Entwicklung, die ich ein wenig zu lenken die Ehre hatte – aus dem Hintergrund nur und ganz unauffällig.«

»Sehr gut! – Hast du nicht damals recht lobend von ihnen gesprochen?«

»Trotzdem« – der Engel verschränkte die Arme über dem etwas gerundeten Bauch –, »trotzdem würde ich sie eher *nicht* zu den Menschheitsbewegern zählen. Man kann ja, so sagt man in unsrer Abteilung, den Dienst an den Menschen in zwei Kategorien einteilen – in ›Saviours‹ und ›Paviours‹ – ha ha!«*

»*Sehr* hübsch gesagt!« rief der Satan erheitert.

»Ihr versteht? Um die Wahrheit zu sagen – es hat sich aus meinen Notizen auf einer Rangliste ergeben. N-nein – ich werde das an sich erstklassige Paar doch zur Zweiten Kategorie zählen müssen – zu den Pflasterern eben.«

»Was ist aus ihnen geworden?« frug der Satan anzüglich.

Der Erzengel aller Engländer sah fragend auf Asrael, welcher sagte: »Alle zwei schon bei meinen Akten.«

»Das tut mir leid – wirklich leid!« Bedauernd schnalzte der Erzengel mit der Zunge. »Ich war natürlich nur darauf aus, das Beste aus ihren begrenzten Fähigkeiten herauszuholen, und, wie ich glaube und ohne mich meiner Methoden rühmen zu wollen, nicht ohne Erfolg! Übrigens habe ich da einen kleinen Entwurf zur Förderung des Ineinandergreifens von Echter Glückseligkeit und Lebensleistung. Es würde nur zehn Minuten ––«

Doch seine Zuhörer konnten nicht länger bleiben, sie mußten anderswohin – und trafen einander erst wieder am Rande des Abgrunds zur Hölle.

»Wäre ich jetzt nervös«, bemerkte der Satan, »so hätte mein junger, englischer Freund bloß ›ein Lachen dafür‹, wie er sich auszudrücken beliebt. Was hat er denn *dir* gesagt, als wir uns trennten?«

* deutsch nicht nachvollziehbar: Erretter und Pflasterer. Anm. d. Ü.

»Oh«, sagte Asrael, »unser amtsübergreifender Ausschuß hat seinen Erwartungen nicht entsprochen. Wir wurden uns über den Wortlaut eines *modus moriendi* nicht einig.«

»Und außerdem hat er gemeint«, setzte Gabriel hinzu, »›Dieser Asrael hat keinen kritischen Sinn‹.«

»Wie sollt' ich ihn haben?« versetzte Asrael schlicht. »Ich bin nur Vollzugsorgan und sonst nichts! Mir obliegt nur die Auslieferung auf Gnade und Ungnade! *Apropos* – was ist aus dem Paar geworden, über das ihr soeben mit ihm gesprochen habt?«

»Das wirst du gleich sehen.« Der Satan blickte um sich. Sein Glorienschein bewirkte ein momentanes Aufflackern der höllischen Aktivitäten. Er sandte ein paar stumme Fragen durch die Leere des Raums – und nickte befriedigt. »Geht in Ordnung«, sagte er dann. »*Sie* war auf einem unsrer Belastungs-Prüfstände, und *er* ist ebenfalls Kandidat für den Finaltest. Wir waren nämlich so frei« – der Satan äffte die Art des Erzengels aller Engländer nach – »uns zu sagen, daß man vielleicht etwas mehr aus seiner Pflastererarbeit herausholen könnte, nachdem unser junger Freund ihn fallengelassen dort oben. Also haben wir ihn – so ähnlich wie Hiob – mit einem Jahrgeld bedacht, für das seine Freunde aufkommen, und ihn in ein sogenanntes Rowton-Logierhaus gesetzt, mit einem unheilbaren Leiden. Nach *unsrer* bescheidenen Meinung wiegt sein Realisierungsergebnis der letzten fünf Jahre die frühere Bauarbeit auf.«

»Und – war ihm das auch bewußt?« fragte Gabriel.

»Kaum. Er war ja komplett ›untendurch‹, wie die Engländer sagen. Ich will euch die beiden gleich vorführen. Haben sie einander nicht erstmals an der — -Endstation getroffen? ... Na eben! ... Kommt hinter mir her, bis ihr mich haltmachen seht! – So! ... Da wären wir nun.«

»Aber das *ist* ja die Endstation! Zug um Zug, und« – Gabriel wies auf die Zeitungsaushänge – »buchstabengetreu!«

»Natürlich, was sonst? Wir führen den Fortschritt nicht nur im Mund – wir *sind* progressiv!«

»Aber warum« – Gabriel mußte husten, weil eine Lokomotive dicke Rauchwolken bis unters Dach spie – »warum elektrifizierst du dein Bahnsystem nicht? Es stinkt ja zum Himmel!«

»Habe ich ja«, versetzte Asrael professionell. »Was du riechst, ist bloß Äther« – er sog prüfend die Luft ein – »ist Lachgas – dient alles der Anästhesie!«

»Tatsächlich! Und Geruch löst Erinnerung aus«, stimmte der Satan bei.

»Und was ist der Sinn von dem ganzen?« erkundigte sich Gabriel.

»Sehr einfach. Sehr viele Leute auf begrenzte, irdische Zeit neigen dazu, einen Bund mit andern Personen zu schließen – noch dazu unter Eid, so leid mir das tut –, und zwar auf immer und ewig. Der Großteil solcher Absprachen gerät in Vergessenheit oder wird überlagert von späteren Aktivitäten, die Anspruch auf unser besonderes Augenmerk haben. Der verbleibende Rest – etwa zwei Prozent – kommt schließlich hierher und repräsentiert natürlich ein höheres Maß an Charakter, an Leidenschaft und auch Beständigkeit, das *ipso facto* sehr stark auf unsere Maßnahmen anspricht. Anfänglich pflegten wir diese Personen an den Pranger zu stellen und der Lächerlichkeit preiszugeben. Als dann die Kutschen aufkamen, quartierten wir solche Leute in nachgebauten Straßengasthöfen ein. Später, mit Fortschreiten des Transportwesens, haben wir sämtliche Londoner Kopfbahnhöfe hier nachgebildet. (Du solltest das an einem Samstagabend erleben!) Doch das nur am Rande. Die Grundüberlegung ist, daß jede Seele bei uns die Ankunft eines Zuges erwartet, worin sich jene Person befindet, mit der sie sich früher auf ewig verbunden hat. Und, wie die Engländer sagen, sie brauchen ›nur halb‹ aufeinander zu warten.«

Der Satan grinste bei dem Gedanken an die hölleneigene — -Endstation, und wie sie den Männern und Frauen nach einem heißen und stickigen, ölstinkenden Sommernachmittag vorkommen mußte – gerechnet nach Sommerzeit, zwanzig nach Sieben statt zwanzig nach Sechs.

Ein Zug fuhr jetzt ein. Die Träger riefen die Gleisnummer aus, und viele der Leute scharten sich an der Sperre zusammen, doch etliche blieben unter der Uhr – die Herren strichen die Halsbinden glatt, die Damen rückten die Hüte zurecht. Eine ältere Frau mit Reisetasche wandte sich an einen Fremden: »*Ich* bleib' immer dort, wo ich gesagt habe, daß man mich findet. Man verfehlt dann einander viel weniger leicht.«

»Da haben Sie recht«, versetzte der Mann. »So halt' ich es *auch*.« Und schon eilten beide zur Sperre hinüber, wie an Schnüren gezogen!

Die Reihe der Passagiere quoll durch den Ausgang – sie und die harrende Menge schienen einander mit Blicken verschlingen zu wollen. Etliche, von einer Ähnlichkeit oder Stimme getäuscht, rannten auf einmal los, riefen Namen, ja breiteten schon die Arme – mußten indes alsbald ihren Irrtum erkennen, taten dann so, als wär' nichts geschehen und verdrückten sich in der wartenden Menge. Als auch der letzte Reisende durch war, erhob sich enttäuschtes Gemurr.

Ein sehr dicker Jude hielt plötzlich an, machte kehrt und arbeitete sich zurück zu dem Kartenabsammler, der schon unterwegs war zu einem anderen Bahnsteig.

»Kein Mensch mehr im Zug, Sir«, begann der Beamte, »aber – dankeschön, Sir – Sie können sich ja überzeugen, wenn Sie es wünschen.«

Doch der Jude war schon dabei, sämtliche Sitzreihen abzusuchen und jede geschlossene Tür aufzureißen – bis er schließlich fast weinend am geleerten Gepäckwaggon angelangt war. Hinter ihm her kam eine aufgelöste Erscheinung in Golfadjustierung, auf der Suche nach den abhandengekommenen Golfschlägern, und brach in Verwünschungen aus, als eine unscheinbare Frau ihn hinterrücks ansprach: »Suchst du vielleicht was fürs Herz, Kleiner?«

Ein neuer Zug wurde ausgerufen. Die Leute strömten hinüber – manche voll Hoffnung, andere bloß von letzter Willenskraft aufrechtgehalten. Etliche waren an den Verkaufsständen ostentativ in Zeitungen und Magazine vertieft, doch war ihre Aufmerksamkeit nur gespielt, denn sie schraken zusammen, sobald ein Vorbeistürmender sie streifte.

»Sie sind allesamt unter beträchtlicher Spannung«, sagte der Satan. »Folgt mir hinüber in das Hotel – dort sind wir mehr unter uns –, für den Fall, daß manche von ihnen vergebens gewartet haben.«

Die Erzengel folgten ihm langsam, bis man nicht mehr weiterkonnte, weil ein schäbig wirkender Kerl zwischen zwei Karren mit undeklariertem Gepäck den Stationsvorstand festhielt und heiser einsprach auf ihn, bis der gewiefte Beamte sich auf die bewährte Weise losmachte von ihm: »Ganz recht, Sir – verstehe vollkommen! Aber an Ihrer Stelle würd' ich mich erst einmal hinsetzen, drüben in dem Hotel, und noch ein wenig zuwarten. Seien Sie sicher, Sir – wenn Ihre Bekannte auftaucht, gebe ich Ihnen Bescheid!«

Damit trollte der Kerl sich murrend und gab den Weg frei.

»Das *ist* er«, bemerkte der Satan. »Und ›siehe, er *ward* mir in die Hand gegeben‹ – mit Haut und Haar! Habt ihr gehört, wie er all seine Titel genannt hat, um beim Stationsvorstand Eindruck zu schinden?«

»Was wird jetzt aus ihm?« fragte Gabriel.

»Das ist nicht so sicher. Meine Abteilungsvorstände haben in ihrem Bereich freie Hand, sie können da alles mögliche arrangieren. Dort drüben zum Beispiel ist eine, die niemals geduldet würde in der andern Station, über uns.«

Eine harmonikaspielende Frau mit einem Blechnapf vor sich stand am Bahnsteig von Gleis Nummer Eins, wo zahlreiche Leute auf einen Zug warteten. Nach kläglichem Vorspiel begann sie zu singen:

Am Himmel steht die Sonne still –
Es kann nicht dunkel werden.
Und keiner, der gebieten will,
Daß Abend sei auf Erden.

Um alle Kraft bin ich gebracht,
  Die Qual nur blieb mir treu,
O hört mich an – o hört mich!
  Und jedes Ding darauf bedacht,
Daß sich mein Tod erneu'!

Aber das Lied schien nicht zu gefallen – nur wenige Münzen klingelten in dem Blechnapf.

»Früher einmal haben die Leute weiß Gott was gegeben, nur um sie hören zu können«, sagte der Satan und nannte dabei ihren Namen. »Jetzt spart sie ihr Kleingeld, um wegzukommen von hier.«

»Gelingt denn das jemals?« erkundigte sich Gabriel.

»Oh ja – sogar ziemlich oft. Sie machen sich aus dem Staub – bis an ihr Ende. Dann holt man sie wieder zurück. Ein alter Inquisitionseffekt – aber sie sprechen stets darauf an. Dort drüben im Leseraum könnt ihr es sehen – sie machen Pläne und gehen die Kontinent-Bradshaws* durch. Übrigens haben wir uns bei der Hotelausgestaltung etliche Freiheit gestattet. Hoffentlich findet sie deinen Beifall!«

Damit nötigte er die Begleiter in ein enorm erweitertes Bahnhofshotel mit Passagen und frei betretbaren Zimmerfluchten, die abermals in eine Wirrnis von Gängen und Sälen ausmündeten. Und durch dieses Labyrinth bewegten sich unter Geflüster Männer und Frauen, öffneten Türen um Türen zu lautlosen Sälen, wo höfliche Aufwärter sie hinauskomplimentierten zu weiterer, fruchtloser Suche. Andere saßen in überbeheizten Zimmern an engen Schreibtischen und stellten, wie Satan ja schon erwähnt hatte, aus Bradshaws und Schiffahrtsprospekten die Daten für Hochzeitsreisen zusammen oder schrieben ausführliche Briefe, die sie couvertierten und heimlich einwarfen. Des öftern sprang einer auf und stürzte hinaus auf den Vorplatz, um dort ein abfahrendes Taxi zurückzuhalten, weil

* George Bradshaw – Begründer der seit 1839 monatlich erscheinenden Fahrpläne. Anm. d. Ü.

er darin ein bekanntes Gesicht zu sehen vermeinte. Auch gab es Frauen, die zogen aus ihren Handtaschen zerlesene Briefe, traten nahe ans Fenster, lasen sie wieder und wieder und bekamen nasse Augen darüber.

»Hier ist alles zur Hand, um ihrer Einbildung Vorschub zu leisten«, sprach der Satan nicht ohne Stolz. »Ich frage mich nur, welcher Prüfung man *unseren* Mann –«

Der schäbig aussehende Kerl war emsig mit Schreiben beschäftigt, als ein Page ihm ein Telegramm überbrachte. Er sah auf, nahm die Drahtnachricht freudestrahlend entgegen, las sie, starrte den Boten an – und brach zusammen. Der Satan haschte nach dem Papier – es hatte den folgenden Wortlaut: – »*Nochmals genauest erwogen. Vergib. Vergiß.*«

»Tssk – das ist ernst gemeint!« sagte der Satan. »Nun, wir werden ja sehn, wie er's verdaut!«

Geschulte Wärter schafften den röchelnden, leblosen Körper in eine Nebenkammer und betteten ihn auf ein Sofa. Als der Satan und seine Begleiter die Kammer betraten, trafen sie dort den diensthabenden Arzt an – einen Herrn von höchst kompetenter Erscheinung.

»›Der da gesündiget hat – er falle dem Arzt in die Hände‹«, bemerkte der Satan. »Die Frage ist nur, wie wird er entscheiden?«

»*Kann* er das denn?«

»Natürlich – wie immer. Dies ist ja die letzte Prüfung. Ich behaupte ja nicht, daß ich solche Methoden billige – aber wenn man sich in die Entscheidung von Untergebenen einmischt, untergräbt man die Autorität.«

»Du wirst doch nicht sagen wollen, das Telegramm sei gefälscht?!« rief Gabriel erregt.

»Es gibt auch verschlagene Geister«, versetzte glattzüngig der Satan. »Aber warten wir's ab.«

Der Mann war inzwischen mit Kognak und Riechsalz zu sich gebracht worden. Als er das Bewußtsein wiedererlangte, begann er zu stöhnen.

»Jetzt kann ich mich wieder besinnen«, sagte er dann.

»Das ist wirklich nicht nötig.« Der Arzt sprach ganz langsam. »Wir können Ihre Erinnerung löschen –«

»Aber, aber!« sagte der Satan, ganz wie man ein ungebärdiges Kind zur Rede stellt.

»– aber nur, wenn auch *Sie* das wollen«, sprach der Arzt weiter, blickte dem Satan voll ins Gesicht und raunte dabei: »Bin *ich* hier der Diensthabende, oder sind *Sie* es? – ›Wer weiß, ob der Odem der Menschen ––‹«

»Nur, wenn ich es will?« fragte stockend der Mann.

»Ja – wenn Sie mir die Erlaubnis erteilen«, sagte der Arzt.

»Und was wird dann aus mir?«

»Auf jeden Fall sind Sie dann schmerzfrei. Stimmen Sie zu?«

»Keinesfalls. Vorher möcht' ich noch *Sie* zum Teufel gehn sehen!«

Die Miene des Arztes hellte sich auf, doch was er sagte, klang nicht erfreulich.

»Dann ist es besser, Sie gehen jetzt.«

»Gehen? Wohin denn zum Teufel?«

»Da bin ich nicht zuständig. Wir brauchen das Zimmer für andere Patienten.«

»Dann ist's wirklich besser, ich gehe.« Er knöpfte sich das Flanellhemd ungeschickt zu, wälzte sich von dem Sofa und torkelte dann zur Tür, wo er sich wandte und undeutlich sagte: – »Schaun Sie – ich muß noch was sagen – ich glaube . . . Ich – ich bring' Sie vor das Gericht, mach' reinen Tisch. Reinen Tisch, das Sie's nur wissen . . . ich werde gegen Sie Klage erheben!«

Doch wie immer die Klage auch lauten mochte – sie wurde zum unverständlichen Murmeln, als er das Zimmer verließ, und der Doktor schritt hinter ihm her, den Kognak in Händen, mit dem er dem Kläger die Zunge gelähmt.

»Na also«, sagte der Satan. »Da habt ihr jetzt eine volle Belastungsprobe gesehn.«

»Und weiter?« wollte Gabriel wissen.

»Was – ›weiter‹?«

»Es steht ja geschrieben, ›*noch die Hölle soll Mitleid empfinden*‹.«

»Hab' ich euch nicht schon früher gesagt, am Ende kommt alles auf *mich*?« versetzte der Satan verdrossen.

Da fiel ihm Asrael ins Wort, voll eisiger Würde: »Meine Anweisung lautet«, so sprach er, »auf Gnade und Ungnade auszuliefern. Wo ist es?«

Wortlos wies ihm der Satan die Richtung.

Wartend standen die Drei in jenem Behandlungsraum mit dem Porzellanwaschtisch und dem Glasregal voller Gefäße, den Sauerstoffflaschen unter dem Kunstledersofa und dem beklemmenden Dunst nach Betäubungsmitteln – und warteten weiter, bis auch die Qual jenes anderen Wartens, das sich vor der Tür mit Gescharr und Gemurmel bemerkbar machte, hereindrang und sich auf sie legte: zunächst nur den Glanz ihrer Schwingen verdunkelnd; dann ihre Schultern krümmend unter dem Tanz der Staubteilchen, die im reglosen Strahl der Sonne aufleuchteten und sich senkten auf unsre Drei, bis auch der Glanz der Gewänder, das Funkeln der Schwerter, ja noch die Strahlen des Glorienscheins darunter erloschen. Nur mehr das Licht in den Augen war da.

Der erste, stöhnende Laut kam von Asraels Lippen. »Wie lange noch?« murmelte er. »Wie lange?« Aber der Satan blieb stumm und barg sich im Schutz seiner Schwingen.

Dann war es plötzlich wie Hysterie an der sich öffnenden Tür, eine Schwester im weißen Spitalshabit zog eine Frau in das Zimmer und half ihr danach auf das Sofa.

»Aber ich kann ja nicht – *darf* nicht!« protestierte die Frau, fortwährend bemüht, die helfenden Hände von sich zu schieben. »Ich – ich bin verabredet! Ich muß den Siebenuhrzwölfer erwarten – wirklich, ich muß! Es ist – ach, Sie wissen ja nicht, *wie* wichtig es ist! So lassen Sie mich doch *gehen* ... Bitte, lassen Sie mich hinaus! Ich geb' Ihnen all meinen Schmuck!«

»Jetzt legen wir uns erst mal hin – trinken ein Täßchen Tee! Gleich ist er fertig«, sagte die Schwester beruhigend.

»Tee? – Und wenn da was drin ist? – Und es *wird* etwas drinsein, das weiß ich gewiß! Nein, laßt mich hinaus da! Ich meld' es der Polizei, wenn ihr mich nicht gehn laßt! Ich sag' es – ich sag's! Herrgott, wer hilft mir? ... Dick! Dick! Man will mich vergiften! Komm mir zu Hilfe – zu Hilfe! *Ich* bin es, Dikkie!«

Alsbald erschöpfte sich das Gezeter und ward zum erstickten, schluchzend-vertraulichen Flüstern: »Schwesterchen! Tut mir *so* leid – der Auftritt soeben! Ich mach' es nicht wieder – auf Ehre, es kommt nicht mehr vor – wenn Sie mich bloß zum Zug lassen – zum Siebenuhrzwölfer! Ich bin dann gleich wieder da und will auch ganz brav sein! Bitte, so nehmen Sie doch Ihren Arm weg!«

Doch schon kam es über sie. Die Schwester beugte sich vor und hauchte ihr sanft auf die Stirn – bis die grauen Haare sich teilten und unseren Dreien den Blick freigaben auf die Vorbestimmung des Lebens, wo sie verzeichnet war seit Anbeginn. Der Körper fiel kraftlos zurück – die Frau sank in Schlaf.

»Seien – sei'n Sie doch nicht so halsstarrig«, murmelte sie. »Nun, wie wär's – nur auf eine Minute? Sie dürfen mich nicht zu spät kommen lassen zum Siebenuhrzwölfer, weil – ja weil ... Oh! Denken Sie dran ... Ich bringe Sie vor Gericht, wohlgemerkt – ich bring' –« Damit verstummte die Frau. Und wie ehedem Kalka'il, so blickte jetzt auch die Schwester dem Satan voll in die Augen und sagte nur eins: – »Fort mit euch!«

Und der Satan neigte das Haupt.

Dann scharrte und polterte es an der Tür, und der schäbig aussehende Mann wankte herein.

»Verzeihung!« begann er, »Aber ich muß meinen Hut hier drin vergessen haben!«

Die Frau auf dem Sofa erwachte, drehte sich nach ihm herum, stützte das Kinn in die Hand und kicherte glücklich: – »Was *soll* er dir jetzt noch, mein Lieber?«

*

Die Drei fanden sich ins Leere gewirbelt – zwei von ihnen ein wenig verwirrt, der dritte etwas betreten.

»Wie ist das gekommen?« Gabriel glättete sein Gefieder.

»Nun ja – das läßt sich nicht leugnen – man hat uns hinausgeworfen«, sagte der Satan.

»Hinausgeworfen? *Mich*?« rief Asrael entrüstet.

»Nicht zu reden von deinem Dienstälteren«, erwiderte Satan. »Hast du denn nicht bemerkt, daß jene Schwester zufällig Ruya'il war –«

»Dann werd' ich sofort offizielle Schritte einleiten!« Doch Asraels Miene strafte ihn Lügen.

»Ich glaube, du wirst noch dahinterkommen, daß sie unterm Schutz jener Regelung steht, die du deinem jungen, englischen Freund so lichtvoll erläutert hast. Du weißt ja, es hängt *alles* ab von der Auslegung jenes ›Wer‹!«

»Selbst *wenn* es so ist«, sagte Gabriel, »so rechtfertigt es doch nicht diese Knall-und-Fall-Überstürzung – diesen kintophaften Trick unserer – na, unsres Hinauswurfs!«

»›Ich glaube‹, sagte die Kleine, als sie nach dem Kindermädchen gespuckt hatte, ›das habe ich nur erfunden!‹ Indes, liebe Brüder im Herrn« – und der Fürst der Finsternis grinste dabei –, »glaubt ihr denn *wirklich*, man hätt' uns dort unten noch länger gebraucht?«

# *Textnachweise*

*Der Traum des Duncan Parrennes.* S. 9. The Dream of Duncan Parrennes. In: Civil and Military Gazette, 25. Dezember 1944

*Die Gespenster-Rikscha.* S. 17. The Phantom Rickshaw. In: Quartette, 1885

*Der Bisara von Puri.* S. 48. The Bisara of Pooree. In: Civil and Military Gazette, 4. März 1887

*Kasernengespenster.* S. 56. Haunted Subalterns. In: Civil and Military Gazette, 27. Mai 1887

*Mündliche Botschaft.* S. 64. By Word of Mouth. In: Civil and Military Gazette, 10. Juni 1887

*Meine selbsterlebte Gespenstergeschichte.* S. 70. My Own True Ghost Story. In: The Week's News, 25. Februar 1888

*Die Trommler der ›Von und Zu‹.* S. 82. The Drums of Fore and Aft, 1880

*Das Brandmal der Bestie.* S. 125. The Mark of the Beast. In: Pioneer, 12.-14. Juli 1890

*Imrays Wiederkehr.* S. 144. The Return of Imray, ca. 1889; auch als: The Recrudescence of Imray

*Am Ende des Wegs.* S. 160. At the End of the Passage. In: Lippincott's Magazine, August 1890

*»Die beste Geschichte der Welt«.* S. 188. The Finest Story in the World. In: Contemporary Review, July 1891

*Die Kinder vom Tierkreis.* S. 230. The Children of the Zodiac. In: Harper's Magazine, Dezember 1891

*Die verschwundene Legion.* S. 250. The Lost Legion. In: Strand, Mai 1892

*Der Junge vom Reisighaufen.* S. 266. The Brushwood Boy. In: Century Magazine, Dezember 1895

*Ein Krieg der Sahibs.* S. 310. The Sahib's War. In: Windsor Magazine, Dezember 1902

*Die Kinder.* S. 335. They. In: Scribner's Magazine, 4. August 1904

*Das kranke Haus.* S. 365. The House Surgeon. In: Harper's Magazine, September/Oktober 1909

*Im selben Boot.* S. 400. In the Same Boat. In: Harper's Magazine, Dezember 1911

*Hervey der Hund*. S. 434. The Dog Hervey. In: Century Magazine, April 1914

*Am Tor*. (1916) S. 460. On the Gate: A Tale of '16. Copyright 1916. Als ›The Department of Death‹ veröffentlicht in: McCall's Magazine, Mai/Juni 1926

*Das Haus der Wünsche*. S. 485. The Wish House. In: Mac Lean's Magazine. 15. Oktober 1924

*Begegnung im Schützengraben*. S. 509. A Madonna of the Trenches. In: Kipling, Debits and Credits, 1926

*Der Gärtner*. S. 530. The Gardener. In: McCall's Magazine, April 1926

*Einer des Anderen Feind*. S. 545. The Enemies to Each Other. In: Kipling, Debits and Credits, 1926

*Das Auge Allahs*. S. 560. The Eye of Allah. In: Kipling, Debits and Credits, 1926

*Gnade auf Abruf*. S. 587. Uncovenanted Mercies. In: Kipling, Limits and Renewals, 1932

## Englische und amerikanische Literatur im insel taschenbuch

Jane Austen: Die Abtei von Northanger. Aus dem Englischen von Margarete Rauchenberger. Mit Illustrationen von Hugh Thomson. it 931

– Anne Elliot. Aus dem Englischen von Margarete Rauchenberger. Mit Illustrationen von Hugh Thomson. it 1062

– Emma. Aus dem Englischen von Charlotte Gräfin von Klinckowstroem. Mit Illustrationen von Hugh Thomson. it 511

– Lady Susan. Die Watsons. Sanditon. Ein Briefroman und zwei Romanfragmente. Aus dem Englischen von Angelika Beck und Elizabeth Gilbert. it 1192

– Stolz und Vorurteil. Aus dem Englischen von Margarete Rauchenberger. Mit Illustrationen von Hugh Thomson und mit einem Essay von Norbert Kohl. it 787

Harriet Beecher-Stowe: Onkel Toms Hütte. In der Bearbeitung einer alten Übersetzung. Herausgegeben und mit einem Nachwort versehen von Wieland Herzfelde. Mit 27 Holzschnitten von Georg Cruikshank aus der englischen Ausgabe von 1852. it 272

Ambrose Bierce: Aus dem Wörterbuch des Teufels. Auswahl, Übersetzung und Nachwort von Dieter E. Zimmer. it 440

– Mein Lieblingsmord. Erzählungen. Mit einem Nachwort von Edouard Roditi. Aus dem Amerikanischen von Gisela Günther. it 39

Anne Brontë: Agnes Grey. Aus dem Englischen von Elisabeth von Arx. it 1093

Charlotte Brontë: Jane Eyre. Eine Autobiographie. Aus dem Englischen von Helmut Kossodo. Mit einem Essay und einer Bibliographie herausgegeben von Norbert Kohl. it 813

– Shirley. Aus dem Englischen von Johannes Reiher und Horst Wolf. it 1145

Emily Brontë: Die Sturmhöhe. Aus dem Englischen von Grete Rambach. it 141

Edward George Bulwer-Lytton: Die letzten Tage von Pompeji. Aus dem Englischen von Friedrich Notter. it 801

Lewis Carroll: Alice hinter den Spiegeln. Mit einundfünfzig Illustrationen von John Tenniel. Übersetzt von Christian Enzensberger. it 97

– Alice im Wunderland. Mit zweiundvierzig Illustrationen von John Tenniel. Übersetzt und mit einem Nachwort von Christian Enzensberger. it 42

– Briefe an kleine Mädchen. Herausgegeben und übersetzt von Klaus Reichert. Erweiterte Ausgabe mit dreißig Fotografien des Autors. it 172

– Geschichten mit Knoten. Eine Sammlung mathematischer Rätsel. Herausgegeben und übersetzt von Walter E. Richartz. Mit Illustrationen von Arthur B. Frost. it 302

153/1/6.89

Englische und amerikanische Literatur
im insel taschenbuch

Lewis Carroll: Die Jagd nach dem Schnark. Übersetzt und ausgeleitet von Klaus Reichert. Mit Illustrationen von Henry Holiday. it 598

Geoffrey Chaucer: Die Canterbury-Erzählungen. Vollständige Ausgabe. Aus dem Englischen übertragen und herausgegeben von Martin Lehnert. Mit Illustrationen von Edward Burne-Jones. it 1006

Gilbert Keith Chesterton: Pater Brown Geschichten. it 1149

James Fenimore Cooper: Der Lederstrumpf. Vollständige Ausgabe. 5 Bände in Kassette. Deutsch von C. Kolb, in einer Bearbeitung von Rudolf Drescher. Mit Illustrationen von O. C. Darley. it 760

Daniel Defoe: Glück und Unglück der berühmten Moll Flanders. Deutsch von Martha Erler. Mit Illustrationen von William Hogarth und einem Essay von Norbert Kohl. it 707

– Robinson Crusoe. Mit Illustrationen von Ludwig Richter. In der Übersetzung von Hannelore Novak. it 41

Charles Dickens: Bleak House. Aus dem Englischen von Richard Zoozmann. Mit Illustrationen von Phiz. it 1110

– David Copperfield. Mit Illustrationen von Phiz. it 468

– Detektivgeschichten. Aus dem Englischen von Franz Franzius. it 821

– Eine Geschichte aus zwei Städten. Mit Illustrationen von Phiz. it 1033

– Große Erwartungen. Aus dem Englischen von Margit Meyer. Mit Illustrationen von F. W. Pailthorpe. it 667

– Harte Zeiten. Aus dem Englischen von Paul Heichen. Mit Illustrationen von F. Walker und Maurice Greiffenhagen. it 955

– Das Leben unseres Herrn Jesus Christus. Von Charles Dickens geschrieben für seine Kinder. Mit Zeichnungen von Gunter Böhmer. Aus dem Englischen von Hans Mardersteig. it 1154

– Oliver Twist. Aus dem Englischen von Reinhard Kilbel. Mit einem Nachwort von Rudolf Marx und 24 Illustrationen von George Cruikshank. it 242

– Die Pickwickier. Mit Illustrationen von Robert Seymour, Robert William Buss und Phiz. it 896

– Der Raritätenladen. Aus dem Englischen von Leo Feld. Mit Holzschnitten von George Cattermole, H. K. Browne, George Cruikshank und Daniel Maclise. it 716

– Weihnachtserzählungen. Mit Illustrationen von Leech, Stanfiels, Stone u. a. it 358

Charles A. Eastman: Indianergeschichten aus alter Zeit. Deutsch von Elisabeth Friederichs. Mit einem Nachwort herausgegeben von Dietrich Leube. Illustrationen und Anmerkungen von Frederick Weygold. it 861

Henry Fielding: Mr. Jonathan Wild der Große. Die Geschichte eines Helden. Aus dem Englischen übersetzt von Horst Höckendorf. it 535

153/2/6.89

Englische und amerikanische Literatur
im insel taschenbuch

Henry Fielding: Tom Jones. Die Geschichte eines Findelkindes. 2 Bde. Mit Illustrationen von Gravelot und Moreau le jeune. Herausgegeben und mit einem Nachwort von Norbert Kohl. it 504

Bret Harte: Goldgräbergeschichten. Aus dem Amerikanischen von Wilhelm Lange. Mit zeitgenössischen Fotografien. it 803

Nathaniel Hawthorne: Der Marmorfaun. Aus dem Englischen von Gisela Günther. Mit Zeichnungen von Michael Schroeder. it 1043

– Der scharlachrote Buchstabe. Aus dem Amerikanischen von Barbara Cramer-Nauhaus. Mit Illustrationen von Renate Sendler-Peters. Mit einem Nachwort von Hans Weyhe und Anmerkungen von Alexander Thiele sowie einer Bibliographie von Norbert Kohl. it 436

Samuel Johnson: Reisen nach den westlichen Inseln bei Schottland. Nach einer anonymen Übertragung aus dem Jahr 1775. Herausgegeben von Volker Wolf und Bernd Zabel. Mit zahlreichen Abbildungen. it 663

James Joyce: Die Katze und der Teufel. Eine Geschichte von James Joyce. Deutsche Übertragung von Fritz Senn. Mit Bildern von Richard Erdoes. Vierfarbendruck. it 2024

Edward Lears kompletter Nonsens. Limericks, Lieder, Balladen und Geschichten. Ins Deutsche geschmuggelt von Hans Magnus Enzensberger. Mit Illustrationen von Edward Lear. it 1119

Matthew Gregory Lewis: Der Mönch. Aus dem Englischen von Friedrich Polakovics. Mit einem Essay und einer Bibliographie von Norbert Kohl. it 907

Lord Byron. Ein Lesebuch mit Texten, Bildern und Dokumenten. Herausgegeben von Gert Ueding. it 1051

Herman Melville: Moby Dick. 2 Bde. Übertragen von Alice und Hans Seiffert. Mit einem Nachwort von Rudolf Sühnel. Mit Illustrationen. it 233

Samuel Pepys: Das geheime Tagebuch. Herausgegeben von Anselm Schlösser und übertragen von Jutta Schlösser. Mit Abbildungen. it 637

Edgar Allan Poe: Das Geheimnis der Marie Rogêt und andere Erzählungen. Aus dem Amerikanischen von Werner Beyer, Felix Friedrich und anderen. it 783

– Grube und Pendel. Und andere Erzählungen. Mit einem Nachwort von Franz Rottensteiner und Illustrationen von Harry Clarke. Aus dem Amerikanischen von Günther Steinig. ›Grube und Pendel‹ wurde von Elisabeth Seidel übersetzt. it 362

Walter Scott: Im Auftrag des Königs. Die gefährlichen Abenteuer des Quentin Durward. Mit Illustrationen aus dem neunzehnten Jahrhundert und einem Nachwort von Traude Dienel. it 188

153/3/6.89

## Englische und amerikanische Literatur im insel taschenbuch

Walter Scott: Ivanhoe. Roman. Deutsch von Leonhard Tafel. Textrevision und Nachwort von Paul Ernst. it 751

Charles Sealsfield: Das Kajütenbuch oder Nationale Charakteristiken. Herausgegeben von Alexander Ritter. it 1163

William Shakespeare: Hamlet. Prinz von Dänemark. Aus dem Englischen von August Wilhelm von Schlegel. Durchgesehen von Levin L. Schücking. Mit Illustrationen von Eugène Delacroix. Herausgegeben und mit einem Essay versehen von Norbert Kohl. it 364

– Richard III. Aus dem Englischen von Thomas Brasch. it 1109

– Was ihr wollt. Aus dem Englischen von Thomas Brasch. it 1205

Mary W. Shelley: Frankenstein oder Der moderne Prometheus. Mit einem Essay von Norbert Kohl. it 1030

Laurence Sterne: Leben und Meinungen von Tristram Shandy Gentleman. In der Übersetzung von Adolf Friedrich Seubert. Durchgesehen und revidiert von Hans J. Schütz. Mit einem Essay und einer Bibliographie von Norbert Kohl. Illustrationen von George Cruikshank. it 621

– Yoricks Reise des Herzens durch Frankreich und Italien. Aus dem Englischen übersetzt und mit einem Nachwort versehen von Helmut Findeisen. Mit zwölf Holzschnitten nach Tony Johannot. it 277

Robert Louis Stevenson: Entführt oder Die Erinnerungen des David Balfour an seine Abenteuer im Jahre 1751. Mit einem Vorwort von E. Y. Meyer. Aus dem Englischen übersetzt von Michael Walter. Mit den Illustrationen der Erstausgabe. it 321

– Die Schatzinsel. Aus dem Englischen von Karl Lerbs. Mit Illustrationen von Georges Roux. it 65

– Der seltsame Fall von Dr. Jekyll und Mr. Hyde. Deutsch von Grete Rambach. Mit Illustrationen von S. G. Hulme Beaman. it 572

Bram Stoker: Dracula. Aus dem Englischen von Karl Bruno Leder. it 1086

Jonathan Swift: Ausgewählte Werke in drei Bänden. Herausgegeben, eingeleitet und kommentiert von Anselm Schlösser. Mit einem Essay von Martin Walser. it 654

– Ein bescheidener Vorschlag, wie man verhindern kann, daß die Kinder der Armen ihren Eltern oder dem Lande zur Last fallen und andere Satiren. Mit einem Essay von Martin Walser, Die notwendigen Schritte. Übersetzt von Felix Paul Greve. Revision der Übersetzung von Walther Freisburger und Klaus Reichert. it 131

– Gullivers Reisen. Mit Illustrationen von Grandville und einem Vorwort von Hermann Hesse. Aus dem Englischen übersetzt von Franz Kottenkamp. Vervollständigt und bearbeitet von Roland Arnold. it 58

153/4/6.89

Englische und amerikanische Literatur
im insel taschenbuch

William Makepeace Thackeray: Das Buch der Snobs. Aus dem Englischen von H. Conrad. Mit Illustrationen von W. M. Thackeray. Herausgegeben von Norbert Kohl. it 372

– Jahrmarkt der Eitelkeit. Ein Roman ohne Held. 2 Bde. Mit Illustrationen von Thackeray. Herausgegeben und mit einem Nachwort von Norbert Kohl. Dem deutschen Text wurde eine Übertragung aus dem Nachlaß von H. Röhl zugrunde gelegt. it 485

Mark Twain: Gesammelte Werke in 10 Bänden. Ausgewählt und zusammengestellt von Norbert Kohl. it 831-840

– Band 1: Durch dick und dünn. Deutsch von Hans J. Schütz. Mit Illustrationen von Klaus Ensikat. it 831

– Band 2: Tom Sawyers Abenteuer. Bearbeitet von Karl Heinz Berger. Mit Illustrationen von True W. Williams. it 832

– Band 3: Tom Sawyer im Ausland. Tom Sawyer als Detektiv. it 833

– Band 4: Bummel durch Europa. Deutsch von Gustav Adolf Himmel. Mit Illustrationen der Erstausgabe von W. Fr. Brown, True W. Williams, B. Day u.a. it 834

– Band 5: Prinz und Bettelknabe. Deutsch von Walter Scherf. Mit Illustrationen der Erstausgabe von Frank T. Merill, John J. Harley und L. S. Ipsen. it 835

– Band 6: Leben auf dem Mississippi. Deutsch von Helene Ritzerfeld. Mit Illustrationen von Klaus Ensikat. it 836

– Band 7: Huckleberry Finns Abenteuer. Deutsch von Barbara Cramer-Nauhaus. Mit Illustrationen von Edward W. Kemble. it 837

– Band 8: Ein Yankee am Hofe des Königs Artus. Deutsch von Maja Ueberle. Mit Illustrationen der Erstausgabe von Daniel C. Beard. it 838

– Band 9: Der berühmte Springfrosch der Provinz Calaveras und andere Erzählungen. it 839

– Band 10: Der geheimnisvolle Fremde und andere Erzählungen. Deutsch von Walter Hasenclever u. a. Mit Illustrationen der Erstausgabe von Lucius Hitchcock, W. T. Smedley und N. C. Wyeth. it 840

Horace Walpole: Die Burg von Otranto. Aus dem Englischen von Joachim Uhlmann. Mit farbigen Illustrationen der Ausgabe von 1796, einem Aufsatz von Walter Scott und einem Essay Norbert Kohl. it 1087

153/5/6.89

Englische und amerikanische Literatur
im insel taschenbuch

Oscar Wilde: Gesammelte Werke in zehn Bänden. Herausgegeben von Norbert Kohl. it 582

Band 1: Das Bildnis des Dorian Gray
Band 2: Märchen und Erzählungen
Band 3: Theaterstücke I
Band 4: Theaterstücke II
Band 5: Gedichte
Band 6: Essays I
Band 7: Essays II
Band 8: Briefe I
Band 9: Briefe II
Band 10: Briefe III

– Aphorismen. Herausgegeben von Frank Thissen. it 1020
– Das Bildnis des Dorian Gray. Deutsch von Hedwig Lachmann und Gustav Landauer. Mit einem Essay, einer Auswahlbibliographie und einer Zeittafel herausgegeben von Norbert Kohl. it 843
– Die Erzählungen und Märchen. Mit Illustrationen von Heinrich Vogeler. Aus dem Englischen übersetzt von Felix Paul Greve und Franz Blei. it 5
– Das Gespenst von Canterville. Erzählung. Mit Illustrationen von Oski. Aus dem Englischen von Franz Blei. it 344
– Lord Arthur Saviles Verbrechen und andere Geschichten. Mit Illustrationen von Michael Schroeder. Aus dem Englischen von Christine Hoeppener. it 1151
– Salome. Dramen, Schriften, Aphorismen und ›Die Ballade vom Zuchthaus zu Reading‹. Mit Illustrationen von Marcus Behmer. it 107

153/6/6.89

Französische Literatur
im insel taschenbuch

Honoré de Balzac: Eugénie Grandet. Aus dem Französischen von Gisela Etzel. Herausgegeben von Eberhard Wesemann. it 1127

– Die Frau von dreißig Jahren. Aus dem Französischen übertragen von Werner Blochwitz. it 460

– Das Mädchen mit den Goldaugen. Aus dem Französischen von Ernst Hardt. Mit einem Vorwort von Hugo von Hofmannsthal. Zehn Illustrationen von Marcus Behmer. it 60

– Tolldreiste Geschichten. Aus dem Französischen von Benno Rüttenauer. Mit Illustrationen von Gustave Doré. it 911

– Über die Liebe. Sein Weltbild aus seinen Werken. Zusammengestellt und mit einem Essay herausgegeben von Stefan Zweig. it 715

– Vater Goriot. Aus dem Französischen von Franz Hessel. Herausgegeben von Erika Wesemann. it 1167

Charles Baudelaire: Die Blumen des Bösen. Übertragen von Carlo Schmid. it 120

Pierre Augustin Caron de Beaumarchais: Die Figaro-Trilogie. Deutsch von Gerda Scheffel. Nachwort von Norbert Miller. Mit zeitgenössischen Illustrationen. it 228

William Beckford: Vathek. Aus dem Französischen von Franz Blei. Mit einem Vorwort von Stéphane Mallarmé. it 1172

Hector Berlioz: Groteske Musikantengeschichten. Aus dem Französischen von Elly Ellès. it 859

George Clémenceau: Claude Monet. Betrachtungen und Erinnerungen eines Freundes. Mit einem Nachwort von Gottfried Boehm. it 1152

Alphonse Daudet: Briefe aus meiner Mühle. Aus dem Französischen übertragen von Alice Seiffert. it 446

– Tartarin von Tarascon. Die wunderbaren Abenteuer des Tartarin von Tarascon. Mit 45 Zeichnungen von Emil Preetorius. it 84

Denis Diderot: Erzählungen und Gespräche. Übersetzt von Katharina Scheinfuß. it 554

– Jakob und sein Herr. In der Übersetzung von Mylius. Herausgegeben von Horst Günther. it 772

– Die Nonne. Mit einem Nachwort von Robert Mauzi, die Übersetzung des Nachworts besorgte Margaret Carroux. it 31

– Rameaus Neffe. Le Neveu de Rameau. Ein Dialog. Zweisprachige Ausgabe. Übersetzt von Goethe. Mit Zeichnungen von Antoine Watteau. Herausgegeben und mit einem Nachwort versehen von Horst Günther. it 775

Alexandre Dumas: Die drei Musketiere. Aus dem Französischen von Herbert Bräuning. it 1131

152/1/6.89

## Französische Literatur
## im insel taschenbuch

Alexandre Dumas: Der Graf von Monte Christo. 2 Bde. Bearbeitung einer alten Übersetzung von Meinhard Hasenbein. Mit Illustrationen von Pavel Brom und Dagmar Bromova. it 266

– Die Kameliendame. Aus dem Französischen von Walter Hoyer. Mit Illustrationen von Paul Gavarni. it 546

Dominique Fernandez: Süditalienische Reise. Aus dem Französischen von Julia Kirchner. Mit farbigen Fotografien von Martin Thomas. it 1076

Gustave Flaubert: Bouvard und Pécuchet. Aus dem Französischen übersetzt von Georg Goyert. Mit Illustrationen von András Karakas. Mit einem Vorwort von Victor Brombert und einem Nachwort von Uwe Japp. it 373

– Drei Erzählungen. Trois contes. Übersetzt und herausgegeben von Cora van Kleffens und André Stoll. it 571

– Lehrjahre des Gefühls. Geschichte eines jungen Mannes. Übertragen von Paul Wiegler. Mit einem Essay und einer Bibliographie von Erich Köhler. it 276

– Madame Bovary. Revidierte Übersetzung aus dem Französischen von Arthur Schurig. it 167

– November. Aus dem Französischen übersetzt von Ernst Sander. Mit einem Nachwort von Monika Bosse. it 411

– Reise in den Orient. Ägypten. Nubien. Palästina. Syrien. Libanon. Aus dem Französischen von Reinhold Werner und André Stoll. Mit Photographien von Maxime Du Camp, einem Register und einem Nachwort. Herausgegeben von André Stoll. it 619

– Salammbô. Herausgegeben und mit einem Nachwort versehen von Monika Bosse und André Stoll. Aus dem Französischen übersetzt von Georg Brustgi. it 342

Anatole France: Blaubarts sieben Frauen und andere Erzählungen. Mit Illustrationen von Lutz Siebert. Aus dem Französischen von Irmgard Nickel. it 510

Edmond und Jules de Goncourt: Germinie Lacerteux. Aus dem Französischen von Curt Noch. it 1054

– Tagebücher. Aufzeichnungen aus den Jahren 1851-1870. Nach der ersten Gesamtausgabe der Académie Goncourt ausgewählt, übertragen und herausgegeben von Justus Franz Wittkop. it 692

Victor Hugo: Notre-Dame von Paris. Aus dem Französischen von Else von Schorn. Mit zeitgenössischen Illustrationen. it 298

Choderlos de Laclos: Schlimme Liebschaften. Mit 14 Kupferstichen. Übertragen und eingeleitet von Heinrich Mann. it 12

152/2/6.89

## Französische Literatur
## im insel taschenbuch

Madame de Lafayette: Die Prinzessin von Clèves. Roman. Aus dem Französischen von Julia Kirchner. Mit einem Nachwort von Emile Magne. it 768

Briefe der Ninon de Lenclos. Aus dem Französischen von Lothar Schmidt. Mit zehn Radierungen von Karl Walser. it 1173

Alain René Le Sage: Die Geschichte des Gil Blas von Santillana. Aus dem Französischen von Konrad Thorer. Mit Illustrationen von Daniel Chodowiecki. it 949

Pierre Carlet de Marivaux: Die Abenteuer des jungen Brideron. Eine Parodie. Übersetzt und herausgegeben von Gerda Scheffel. it 1035

– Betrachtende Prosa. Aus dem Französischen übertragen und mit einem Nachwort herausgegeben von Gerda Scheffel. it 1049

– Das Spiel von Liebe und Zufall. Und andere Komödien. Aus dem Französischen und mit einem Nachwort von Gerda Scheffel. it 805

Guy de Maupassant: Bel-Ami. Aus dem Französischen von Josef Halperin. Mit zeitgenössischen Illustrationen. it 280

– Die Brüder. Novelle. Deutsch von Ernst Weiß. Mit Illustrationen von Géo Dupuis. it 712

– Das Haus Tellier. Und andere Erzählungen. Ausgewählt und mit einem Nachwort versehen von Werner Berthel. Mit zeitgenössischen Illustrationen. Aus dem Französischen übersetzt von Helmut Bartuschek und Karl Friese. it 248

– Pariser Abenteuer. Und andere Erzählungen. Ausgewählt von Werner Berthel. Mit zeitgenössischen Illustrationen. Aus dem Französischen von Helmut Bartuschek und Karl Friese. it 106

– Unser einsames Herz. Herausgegeben und mit einem Nachwort versehen von Dolf Oehler. Mit zeitgenössischen Illustrationen. Aus dem Französischen von Josef Halperin. it 357

Louis Sébastien Mercier: Das Jahr 2440. Ein Traum aller Träume. Herausgegeben von Herbert Jaumann. it 1162

– Mein Bild von Paris. Mit dreiundvierzig Wiedergaben nach Kupferstichen. Übertragen und herausgegeben von Jean Villain. it 374

Prosper Mérimée: Carmen. Mit Zeichnungen von Pablo Picasso. Aus dem Französischen übersetzt von Franz Schnabel. it 361

Jules Michelet: Die Frauen der Revolution. Herausgegeben und übersetzt von Gisela Etzel. Mit zahlreichen Abbildungen. it 726

Honoré-Gabriel Mirabeau: Der gelüftete Vorhang oder Lauras Erziehung. Aus dem Französischen von Eva Moldenhauer. Nachbemerkung von Norbert Miller. it 32

152/3/6.89

## Französische Literatur im insel taschenbuch

Honoré-Gabriel Mirabeau: Preußische Monarchie und Französische Revolution. Briefe nach Deutschland und Kapitel aus der »Preußischen Monarchie« in der Übersetzung von Jakob Mauvillon. Herausgegeben von Horst Günther. it 1118

Molière: Der eingebildete Kranke. Aus dem Französischen von Johanna Walser und Martin Walser. it 1014

– Der Menschenfeind. Nach dem Französischen des Molière von Hans Magnus Enzensberger. it 401

Michel de Montaigne: Essais. Herausgegeben und mit einem Nachwort versehen von Ralph-Rainer Wuthenow. Revidierte Fassung der Übertragung von Johann Joachim Bode. it 220

– Tagebuch einer Reise durch Italien. Aus dem Französischen von Otto Flake. it 1074

Michel de Montesquieu: Perserbriefe. Aus dem Französischen von Jürgen von Stackelberg. Mit Anmerkungen zum Text und einem Nachwort. it 458

Blaise Pascal: Größe und Elend des Menschen. Aus den »Pensées«. Auswahl, Übersetzung und Nachwort von Wilhelm Weischedel. it 441

– Über die Religion und über einige andere Gegenstände. Aus dem Französischen übertragen und mit einem Nachwort herausgegeben von Ewald Wasmuth. it 1008

Jan Potocki: Die Handschrift von Saragossa. 2 Bde. Herausgegeben von Roger Caillois. Aus dem Französischen von Louise Eisler-Fischer, aus dem Polnischen von Maryla Reifenberg. Mit Bildern von Goya. it 139

Abbé Prévost: Manon Lescaut. Geschichte des Ritters Des Grieux und der Manon Lescaut. Mit einem Nachwort von Josef Heinzelmann. Illustrationen von Franz von Bayros. Aus dem Französischen von Elisabeth von Hase und Walter Hoyer. it 518

Marcel Proust / Eugène Atget: Ein Bild von Paris. Texte und Photographien. Herausgegeben von Arthur D. Trottenberg. it 669

François Rabelais: Gargantua und Pantagruel. Mit Illustrationen von Gustave Doré. Herausgegeben von Horst und Edith Heintze. Erläutert von Horst Heintze und Rolf Müller. 2 Bände. it 77

Jean-Jacques Rousseau: Bekenntnisse. Aus dem Französischen von Ernst Hardt. Mit einer Einführung von Werner Krauss. it 823

– Zehn botanische Lehrbriefe für eine Freundin. Mit siebzehn Illustrationen von P. J. Redouté. Herausgegeben und aus dem Französischen übersetzt von Ruth Schneebeli-Graf. it 366

Marquis de Sade: Schriften aus der Revolutionszeit. Herausgegeben von Georg Rudolf Lind. it 1117

152/4/6.89

## Französische Literatur im insel taschenbuch

George Sand: Geschichte meines Lebens. Aus ihrem autobiographischen Werk ausgewählt und mit einer Einleitung versehen von Renate Wiggershaus. it 313

– Indiana. Aus dem Französischen von A. Seubert. Mit einem Essay von Annegret Stopczyk. it 711

– Lélia. Aus dem Französischen von Anna Wheill. Mit einem Essay von Nike Wagner. it 737

– Lucrezia Floriani. Roman. Aus dem Französischen von Anna Wheill. it 858

– Das Teufelsmoor. Aus dem Französischen von Helene und Herbert Kühn. Mit Illustrationen von Tony Johannot. it 943

Misia Sert: Pariser Erinnerungen. Aus dem Französischen von Hedwig Andertann. Mit einem Bildteil. it 1180

Madame de Sévigné: Briefe. Herausgegeben und übersetzt von Theodora von der Mühl. Mit zeitgenössischen Kupferstichen. it 395

Anne Germaine Madame de Staël: Über Deutschland. Vollständige und neu durchgesehene Fassung der deutschen Erstausgabe von 1814. Herausgegeben und mit einem Nachwort versehen von Monika Bosse. it 623

Stendhal: Die Kartause von Parma. Vollständige Ausgabe. Aus dem Französischen übersetzt von Walter Widmer. Mit einem Nachwort von Uwe Japp. it 307

– Rom, Neapel und Florenz im Jahre 1817. Aus dem Französischen von Katharina Scheinfuß und Bernhard Frank. it 1073

– Über die Liebe. Vollständige Ausgabe. Aus dem Französischen und mit einer Einführung von Walter Hoyer. it 124

Eugène Sue: Die Geheimnisse von Paris. 3 Bde. in Kassette. Aus dem Französischen von Helmut Kossodo. Mit zeitgenössischen Illustrationen. it 1080

Paul Verlaine: Galante Feste. Fêtes Galantes. Zweisprachige Ausgabe. Aus dem Französischen von Hans-J. Weitz. Mit Zeichnungen von Robert Pudlich. it 938

François Villon: Sämtliche Dichtungen. Zweisprachige Ausgabe. Aus dem Französischen von Walther Küchler. it 1039

Voltaire: Candide oder der Optimismus. Mit Zeichnungen von Paul Klee. it 11

– Philosophisches Wörterbuch. Nach der Textauswahl von Rudolf Noack. Herausgegeben und eingeleitet von Karlheinz Stierle. Aus dem Französischen von Erich Salewski und Karlheinz Stierle. it 855

152/5/6.89